LA CITÉ DES NUAGES ET DES OISEAUX

ANTHONY DOERR

LA CITÉ DES NUAGES ET DES OISEAUX

roman

Traduit de l'américain
par Marina Boraso

TERRES D'AMÉRIQUE

ALBIN MICHEL

« Terres d'Amérique »

Collection dirigée par Francis Geffard

Les extraits du « Chant VII » de l'*Odyssée* d'Homère
sont empruntés à la traduction de Victor Bérard
(Les Belles Lettres, 1989).

Édition originale américaine parue sous le titre :
CLOUD CUCKOO LAND
Publiée par Scribner, une marque de Simon & Schuster Inc.,
New York, États-Unis.

À tous les bibliothécaires passés,
présents et à venir

LA HUPPE : Voyons, quel nom donnerons-nous à la ville ?

PISTHÉTAÉROS : Voulez-vous que ce grand nom soit emprunté à la Lacédémone ? Lui donnerons-nous le nom de Sparte ?

ÉVELPIDÈS : Par Héraclès ! Moi, donner le nom de Sparte à ma cité ! Je ne voudrais pas du tout, même pour mon grabat, avoir de la sparterie.

PISTHÉTAÉROS : Alors, quel nom lui donnerons-nous ?

ÉVELPIDÈS : Un terme emprunté aux nuages et aux régions éthérées, quelque chose de bien ronflant.

PISTHÉTAÉROS : Veux-tu la Cité des nuages et des oiseaux ?

Aristophane, *Les Oiseaux*[1], 414 avant J.-C.

1. In *Théâtre complet d'Aristophane*, traduction d'Eugène Talbot, Alphonse Lemerre Éditeur, 1897.

PROLOGUE

À MA TRÈS CHÈRE NIÈCE,
EN ESPÉRANT QUE CECI T'APPORTERA
SANTÉ ET LUMIÈRE

L'ARGOS

ANNÉE DE MISSION 65

JOUR 307
À L'INTÉRIEUR DE LA CAPSULE N° 1

Konstance

Une jeune fille de quatorze ans est assise en tailleur sur le sol d'une capsule circulaire. Une masse de cheveux bouclés auréole son visage ; ses chaussettes sont trouées de partout. C'est Konstance.

Derrière elle, dans un cylindre transparent qui s'élève sur cinq mètres de hauteur, se trouve une machine composée de milliards de fils dorés, dont aucun n'est plus épais qu'un cheveu humain. Chaque filament s'entrelace à des milliers d'autres pour former des écheveaux d'une extraordinaire complexité. De temps en temps, une pelote à la surface de la machine émet une lueur clignotante : tantôt ici, tantôt là. C'est Sybil.

La capsule contient aussi un petit lit avec son matelas gonflable, des toilettes en circuit fermé, une imprimante à aliments, onze sacs de Nutri-poudre et un tapis de marche multidirectionnel, le Pérambulateur, dont la taille et la forme rappellent un pneu automobile. L'éclairage est fourni par une couronne de diodes fixées au plafond ; il n'y a aucune issue visible.

Le sol est quadrillé par une centaine de bouts de papier que Konstance a découpés dans des sacs de Nutri-poudre vides, et sur lesquels elle a écrit avec une encre de sa fabrication. Certains fourmillent de caractères manuscrits ; d'autres, en revanche, ne portent qu'un mot unique. Sur l'un d'eux sont tracées les vingt-quatre lettres de l'alphabet grec ancien. Et sur un autre on peut lire ceci :

> Au cours du millénaire ayant précédé l'an 1453, la cité de Constantinople a été assiégée à vingt-trois reprises, mais aucune armée n'est jamais venue à bout de ses remparts intérieurs.

Elle se penche et saisit trois fragments du puzzle étalé devant elle. La machine se met à clignoter derrière son dos.

Il se fait tard, Konstance, et tu n'as rien mangé de la journée.

« Je n'ai pas faim. »

Que dirais-tu d'un bon petit risotto ? Ou d'un morceau d'agneau grillé avec une purée de pommes de terre ? Tu es loin d'avoir essayé tous les plats composés.

« Non merci, Sybil. »

Les yeux sur le premier bout de papier, Konstance commence à lire :

> *La Cité des nuages et des oiseaux*, un récit en prose partiellement disparu dans lequel l'auteur grec Antoine Diogène relate le voyage d'un berger vers une utopique cité céleste, date probablement de la fin du premier siècle après J.-C.

Puis elle passe au deuxième :

> Nous savons, grâce à un compte rendu byzantin datant du IXe siècle, que l'ouvrage débutait par un bref prologue dans lequel Diogène, s'adressant à sa nièce souffrante, affirmait qu'il n'avait nullement inventé l'histoire comique qui suivait, mais l'avait découverte dans une tombe de la cité antique de Tyr.

Et enfin au troisième :

> Cette tombe, comme Diogène l'écrivait à sa nièce, portait l'inscription suivante : *Aethon. Il fut Homme pendant quatre-vingts ans, Âne pour une année, Loup de mer pour une autre, et une année Corbeau.* L'auteur grec déclarait avoir trouvé à l'intérieur un coffre en bois sur

> lequel était inscrit : *Étranger, qui que tu sois, ouvre ceci et tu apprendras des choses stupéfiantes*. Lorsqu'il ouvrit le coffre, il tomba sur vingt-quatre tablettes en bois de cyprès qui servaient de support à l'histoire d'Aethon.

Konstance, les yeux fermés, se représente l'écrivain qui descend dans l'obscurité du sépulcre. Elle le voit inspecter l'étrange coffre en bois à la lueur de sa torche. L'éclairage au plafond se tamise, les parois blanches de la capsule prennent une douce teinte ambrée, et Sybil annonce : *C'est bientôt l'Extinction, Konstance.*

La jeune fille se faufile entre les bouts de papier et va chercher sous son lit les restes d'un sac vide. S'aidant de ses ongles et de ses dents, elle y déchire un rectangle vierge. Puis elle dépose une petite cuillerée de Nutri-poudre dans l'imprimante à aliments, appuie sur plusieurs boutons, et alors la machine crache dans une coupelle trente millilitres d'un liquide foncé. Elle prend ensuite un tronçon de polyéthylène dont elle a taillé le bout en forme de plume, trempe son stylo de fortune dans son encre de fortune et dessine un nuage sur le papier.

Elle replonge la plume dans l'encre.

Au-dessus du nuage, elle esquisse les tours d'une cité, puis des oiseaux prenant leur essor, petits points noirs parmi les tourelles. Dans la capsule, il fait de plus en plus sombre. Sybil se remet à clignoter. *Konstance, je dois insister pour que tu te nourrisses.*

« Je n'ai pas faim. Merci, Sybil. »

Ramassant un papier qui porte la date du 20 FÉVRIER 2020, elle le pose auprès d'un autre qui indique : FOLIO A. Et à gauche elle place son dessin de la cité dans les nuages. L'espace d'un instant, dans la lumière mourante, les trois fragments alignés semblent presque s'élever dans les airs, tout illuminés.

Konstance recule légèrement, en appui sur les talons. Cela fait presque un an qu'elle n'est pas sortie d'ici.

UN

ÉTRANGER, QUI QUE TU SOIS, OUVRE CECI ET TU APPRENDRAS DES CHOSES STUPÉFIANTES

La Cité des nuages et des oiseaux, d'Antoine Diogène, Folio A

Le codex Diogène mesure 30 cm sur 22 cm. Nous n'avons pu sauver de l'ensemble que vingt-quatre feuillets, classés ici de A à Ω, rongés par les vers et en partie effacés par les moisissures. Tous ont subi des dommages, plus ou moins sérieux. L'écriture est soignée, inclinée vers la gauche. L'extrait qui suit est tiré de la traduction de Zenos Ninis (2020).

… depuis quand ces tablettes se décomposaient-elles au fond de leur coffre, attendant des yeux capables de les lire ? Je gage, ma chère nièce, que tu mettras en doute la véracité des extravagantes péripéties qui y sont contées, quoique ma transcription en respecte scrupuleusement chaque mot. Il se peut que les hommes aient jadis arpenté la terre sous l'apparence de bêtes, et qu'ait existé dans les cieux une cité des oiseaux flottant entre le royaume des humains et celui des dieux. À moins que ce berger, comme tous les insensés du monde, n'ait fabriqué une vérité de son cru, qui à ses yeux était bien réelle. Mais passons sans attendre à son histoire, et faisons-nous notre propre idée de son bon sens.

BIBLIOTHÈQUE MUNICIPALE DE LAKEPORT

20 FÉVRIER 2020

16 H 30

Zeno

À travers un rideau de neige, il escorte cinq élèves de CM2 jusqu'à la bibliothèque municipale. Il a plus de quatre-vingts ans et porte une veste en toile ; ses bottes sont fixées par des bandes Velcro ; des pingouins de dessin animé font des glissades sur sa cravate. Tout au long de la journée, un sentiment de joie n'a cessé d'enfler en lui, et maintenant, en ce jeudi de février à quatre heures et demie de l'après-midi, alors qu'il regarde les enfants courir devant lui sur le trottoir – Alex Hess avec sa tête d'âne en papier mâché, Rachel Wilson et sa torche en plastique, Natalie Hernandez chargée de son enceinte mobile –, cette émotion menace de le submerger.

Ils passent devant le poste de police, le Service des espaces verts, les bureaux du lotissement Eden's Gate. Le bâtiment de la bibliothèque municipale de Lakeport, au croisement de Lake et Park Street, est une maison victorienne tarabiscotée, à deux niveaux et au toit pointu, que quelqu'un a léguée à la ville après la Première Guerre mondiale. Ses cheminées sont de guingois ; ses gouttières s'affaissent ; sur trois ou quatre des fenêtres en façade, on a rafistolé les vitres fêlées avec du ruban adhésif. Plusieurs centimètres de neige s'accumulent déjà sur les genévriers qui bordent l'allée et sur le dépose-livres placé à l'angle, que quelques coups de pinceau ont déguisé en chouette.

Les gamins foncent dans l'allée, se ruant vers l'entrée et sur Sharif « Tope là », le responsable de la section Jeunesse, qui s'est avancé pour aider Zeno à manœuvrer dans l'escalier. Sharif porte des oreillettes couleur citron vert, et des éclats de peinture pailletée brillent sur les poils de ses bras. Son T-shirt arbore la phrase : J'AIME LES GROS PAVÉS ET JE NE MENS JAMAIS.

Une fois à l'intérieur, Zeno essuie la buée sur les verres de ses lunettes. Des cœurs en papier cartonné sont scotchés sur le devant du comptoir d'accueil ; derrière, un message encadré est accroché au mur, brodé au point de croix : *Les renseignements, c'est ici.*

Dans l'espace informatique, les trois écrans en veille affichent des spirales qui tourbillonnent à l'unisson. Entre l'étagère des livres audio et deux fauteuils défraîchis, une fuite venue d'un radiateur s'infiltre par les dalles du plafond et s'écoule goutte à goutte dans une volumineuse poubelle. Flic-flac. Flic-flac.

Les enfants se précipitent à l'étage en semant de la neige un peu partout, en route vers la section Jeunesse, et Zeno et Sharif échangent un sourire lorsque les bruits de pas s'interrompent en haut de l'escalier.

« Waouh ! » fait la voix d'Olivia Ott.

Et celle de Christopher Dee renchérit : « Nom d'un chien ! ».

Sharif prend Zeno par le bras pour monter les marches. L'accès au premier étage a été barré par une cloison en contreplaqué peinte à la bombe dorée, et Zeno a écrit au centre, juste au-dessus d'une petite porte en arcade :

Ὦ ξένε, ὅστις εἶ, ἄνοιξον, ἵνα μάθῃς ἃ θαυμάζεις

Les élèves de CM2 se massent contre la paroi, la neige fond sur leurs blousons et leurs sacs à dos tandis que tous les regards sont braqués sur le vieil homme, lequel attend que son souffle se raccorde au reste de sa personne.

« Vous vous rappelez tous ce que ça veut dire ?

– Évidemment, répond Rachel.

– Ben oui », dit Christopher.

Dressée sur la pointe des pieds, Natalie pose le doigt sous chacune des lettres. « *Étranger, qui que tu sois, ouvre ceci et tu apprendras des choses stupéfiantes.* »

« Bon sang, fait Alex, sa tête d'âne calée sous le bras. On croirait qu'on va entrer pour de vrai *dans* le livre. »

Sharif éteint la lumière de la cage d'escalier, et les enfants se pressent autour de la petite porte sous la lueur rougeoyante du panneau SORTIE.

« Prête ? » lance Zeno, et Marian, la directrice de la bibliothèque, lui répond derrière la cloison en contreplaqué : « Prête ! »

L'un après l'autre, les élèves de CM2 franchissent la porte en arcade qui mène à la section Jeunesse. On a poussé contre les murs les rayonnages, tables et poufs qui occupent habituellement l'espace, remplacés aujourd'hui par une trentaine de chaises pliantes. Des nuages en carton par dizaines, recouverts de paillettes, flottent au-dessus des sièges, accrochés aux poutres par des fils. Une petite scène leur fait face et, en arrière-fond, sur une toile tendue à travers le mur, Marian a peint une cité dans les nuages.

S'y dressent des essaims de tours dorées, percées d'une myriade de fenêtres et couronnées de fanions. Des nuées d'oiseaux tournoient entre leurs flèches – petits bruants au plumage brun et grands aigles argentés, oiseaux à la longue queue incurvée ou au grand bec recourbé, oiseaux du monde réel ou nés de l'imagination. Marian a éteint l'éclairage au plafond et, dans le rayon d'un unique projecteur de karaoké posé sur un trépied, les nuages scintillent, les volées d'oiseaux chatoient et les tours semblent illuminées de l'intérieur.

« C'est…, dit Olivia.

– … mieux que ce que je…, poursuit Christopher.

– La Cité des nuages et des oiseaux », murmure Rachel.

Natalie installe son enceinte, Alex monte sur scène d'un bond et Marian s'écrie : « Attention, la peinture n'est peut-être pas encore tout à fait sèche. »

Zeno s'installe sur une chaise au premier rang. Chaque fois qu'il cligne des yeux, un souvenir vacille derrière ses paupières : son père culbute dans un tas de neige ; un bibliothécaire ouvre le tiroir de classement des fiches ; un homme dans un camp de prisonniers trace des lettres grecques dans la poussière.

Pendant ce temps, Sharif montre aux enfants les coulisses improvisées derrière trois rayonnages, bourrées d'accessoires et de costumes ; Olivia recouvre ses cheveux d'un postiche en latex pour faire croire qu'elle est chauve, Christopher traîne jusqu'au centre de la scène un carton de four à micro-ondes qu'une couche de peinture a changé en sarcophage de marbre, tandis qu'Alex tend la main pour effleurer l'une des tours de la ville peinte et que Natalie tire de son sac à dos un ordinateur portable.

Le téléphone de Marian se met à bourdonner.

« Les pizzas sont prêtes, annonce-t-elle à Zeno en parlant dans sa bonne oreille. Je vais les chercher, je reviens dare-dare. »

« Mr Ninis ? »

Rachel tapote l'épaule de Zeno. Ses cheveux roux sont coiffés en petites tresses, la neige en fondant a laissé des gouttelettes sur ses épaules, et ses yeux écarquillés sont brillants. « C'est vous qui avez fabriqué tout ça ? Exprès pour nous ? »

Seymour

À un pâté de maisons de là, dans sa Pontiac Grand Am tapissée d'une couche de neige, un garçon aux yeux gris somnole, un sac à dos JanSport posé sur les genoux. Il s'appelle Seymour Stuhlman et il a dix-sept ans. Son énorme sac vert foncé renferme deux autocuiseurs garnis de clous de charpente et de roulements à billes, ainsi qu'un détonateur et cinq cents grammes d'une substance hautement explosive nommée Composition B. Par les couvercles des deux cocottes sortent des fils jumeaux, raccordés au circuit électrique d'un téléphone portable.

Seymour rêve qu'il marche sous les arbres en direction d'un groupe de tentes blanches, mais à chacun de ses pas le chemin se replie sur lui-même, les tentes s'éloignent de lui et une terrible confusion l'accable. Il se réveille en sursaut.

Le cadran du tableau de bord indique 16 h 42. Combien de temps a-t-il dormi ? Un quart d'heure. Vingt minutes tout au plus. Imbécile. Négligent. Il y a plus de quatre heures qu'il est dans la voiture, ses orteils sont engourdis et il a besoin d'uriner.

Du revers de sa manche, il efface la buée qui couvre le pare-brise. Il se risque une fois à mettre en marche les essuie-glaces, qui font tomber une plaque de neige. Pas un seul véhicule stationné devant la bibliothèque. Personne en vue sur le trottoir. L'unique voiture garée sur le parking gravillonné, du côté ouest, est la Subaru de Marian la bibliothécaire, toute bossue sous la neige.

16 h 43.

Quinze centimètres avant la tombée de la nuit, dit la radio, *entre trente et trente-cinq centimètres d'ici demain matin.*

Inspire pendant quatre secondes, retiens ton souffle quatre secondes et expire quatre secondes. Remémore-toi des choses que tu connais. La chouette a trois paupières à chaque œil. Celui-ci n'est pas sphérique mais en forme de tube allongé. On appelle « parlement » un groupe de chouettes.

Tout ce qu'il a à faire, c'est entrer tranquillement, cacher son sac dans l'angle sud-est de la bibliothèque, aussi près que possible des bureaux du lotissement Eden's Gate, et ressortir l'air de rien. Puis rouler plein nord, attendre la fermeture de la bibliothèque à dix-huit heures et composer les numéros. Laisser sonner cinq fois.

Boum.

Trop facile. À 16 h 51, une silhouette en parka rouge cerise sort du bâtiment et remonte sa capuche avant de déblayer l'allée à coups de pelle. Marian.

Seymour éteint la radio et se tasse un peu plus sur son siège. Un souvenir lui revient – il a sept ou huit ans, il se trouve dans la section Non-Fiction pour adultes, et Marian tire d'un rayonnage en hauteur un guide pratique sur les chouettes. Ses taches de rousseur dessinent sur ses joues comme un tourbillon de grains de sable ; elle sent le chewing-gum à la cannelle ; elle s'assied à côté de lui sur un tabouret à roulettes. Sur les images qu'elle lui montre, on voit des chouettes à l'entrée de terriers, des chouettes perchées dans des arbres, et d'autres encore qui prennent leur essor au-dessus des champs.

Il préfère écarter ce souvenir. Quels étaient les mots de Bishop, déjà ? *Un guerrier, s'il s'engage sincèrement, n'éprouve ni culpabilité, ni peur, ni remords. Un guerrier, s'il s'engage sincèrement, devient quelque chose qui dépasse l'humain.*

Avec sa pelle, Marian dégage la rampe d'accès pour handicapés où elle répand quelques poignées de sel, puis elle s'éloigne sur Park Street, engloutie par la neige.

16 h 54.

Seymour a attendu tout l'après-midi que la bibliothèque soit vide et le moment est arrivé. Ouvrant son sac à dos, il allume les téléphones portables scotchés aux couvercles des autocuiseurs et attrape un casque antibruit pour stand de tir, puis il referme le sac. Dans la poche droite de son coupe-vent se trouve un pistolet Beretta 92 semi-automatique qu'il a déniché dans la remise à outils de son arrière-grand-oncle. Dans l'autre poche : un portable avec trois numéros de téléphone inscrits sur le boîtier.

Entrer tranquillement, cacher le sac, ressortir l'air de rien. Puis rouler plein nord, attendre la fermeture de la bibliothèque, composer les deux premiers numéros. Laisser sonner cinq fois. Boum.

16 h 55.

Une déneigeuse franchit le carrefour dans un raclement de lames, phares allumés. Un pick-up gris passe, le flanc barré des mots KING CONSTRUCTION. Au rez-de-chaussée de la bibliothèque, le panneau OUVERT brille derrière la vitre. Marian est probablement allée faire une course, elle ne devrait pas tarder à revenir.

Vas-y. Sors de la voiture.

16 h 56.

Chacun des flocons qui heurtent le pare-brise produit un son à peine audible, mais le bruit semble pénétrer jusqu'aux racines de ses molaires. Tap tap tap tap tap tap. La chouette a trois paupières à chaque œil. Celui-ci n'est pas sphérique mais en forme de tube allongé. On appelle « parlement » un groupe de chouettes.

Il plaque contre ses oreilles les coques de son casque antibruit. Met sa capuche. Pose une main sur la poignée de la portière.

16 h 57.

Un guerrier, s'il s'engage sincèrement, devient quelque chose qui dépasse l'humain.

Il sort de la voiture.

Zeno

Christopher dispose des tombes factices autour de la scène, orientant le carton-sarcophage de façon à ce que le public puisse lire l'épitaphe : *Aethon. Il fut Homme pendant quatre-vingts ans, Âne pour une année, Loup de mer pour une autre et une année Corbeau.* Rachel s'empare de sa torche en plastique, Olivia émerge de derrière les rayonnages avec une couronne de laurier plantée sur son faux crâne en latex, et Alex éclate de rire. Zeno frappe une fois dans ses mains.

« Pendant une répétition générale, on se met dans les conditions de la vraie représentation, rappelez-vous. Demain soir, il se peut que votre grand-mère éternue dans la salle, qu'un bébé pleure ou que l'un de vous oublie son texte. Mais quoi qu'il arrive, le spectacle doit continuer, on est bien d'accord ?

– Oui, Mr Ninis.

– Tout le monde en place, s'il vous plaît. Natalie, musique ! »

Natalie pianote sur le clavier de son portable et une sinistre fugue pour orgue s'élève de l'enceinte. En arrière-fond on perçoit les craquements d'un portail, des rauquements de corneilles et des ululements de chouettes. Sur le devant de la scène, Christopher déploie une longueur de satin blanc et s'agenouille à un bout, Natalie se place à l'autre extrémité et ensemble ils font ondoyer l'étoffe.

Rachel, chaussée de ses bottes en caoutchouc, s'avance à grands pas jusqu'au milieu de la scène. « Nous sommes dans le royaume insulaire de Tyr, par une nuit de brouillard… » Elle baisse les yeux sur son texte, puis reprend : « … et l'écrivain Antoine Diogène quitte la salle des archives. Le voici, fatigué et tourmenté, inquiet pour sa nièce à l'agonie, mais attendez que je lui montre la chose étrange que j'ai découverte parmi les tombes. » Le voile de satin fait des vagues, l'orgue joue sa musique, la torche de Rachel clignote, et Olivia se dirige vers la lumière.

Seymour

Des cristaux de neige se prennent dans ses cils et il bat des paupières pour s'en débarrasser. Le sac sur son dos est un rocher, un continent. Les gros yeux de chouette jaunes peints sur le dépose-livres semblent le poursuivre.

Capuche relevée, casque antibruit sur les oreilles, Seymour monte les cinq marches en granit qui mènent à l'entrée de la bibliothèque. Sur une affichette scotchée à l'imposte en verre de la porte, côté intérieur, une main d'enfant a écrit :

DEMAIN SOIR
REPRÉSENTATION UNIQUE
LA CITÉ DES NUAGES ET DES OISEAUX

Personne nulle part. Le comptoir d'accueil, la table d'échecs, le coin informatique et l'espace de consultation des magazines – tout est désert. La tempête a sûrement dissuadé les gens de sortir.

Derrière le comptoir, le message au point de croix : *Les renseignements, c'est ici.* Il est dix-sept heures une à la pendule. Sur les moniteurs, les spirales des écrans de veille continuent à creuser leur sillon.

Seymour se dirige vers l'angle sud-est du bâtiment puis s'agenouille dans une travée, entre la section Langues et celle de Linguistique. Il retire d'une étagère du bas *L'Anglais sans peine*, *501 verbes anglais* et *Le Hollandais pour débutants*, case son sac à dos dans le renfoncement poussiéreux, et pour finir remet les livres à leur place.

Lorsqu'il se redresse, une cascade de filets pourpres envahit son champ de vision. Son cœur tambourine jusque dans ses tympans, ses genoux flageolent, sa vessie lui fait mal, il ne sent plus ses pieds et il a laissé de la neige derrière lui. Mais il a fait ce qu'il avait à faire.

Et maintenant, ressortir l'air de rien.

Alors qu'il retraverse la section Non-Fiction, le monde semble partir en vrille. Ses baskets pèsent comme du plomb, ses muscles rechignent à travailler. Un chaos de titres défile, *Langues disparues*, *Empires du verbe*, *Élever un enfant bilingue en sept étapes* ; il laisse derrière lui Sciences sociales, Religion, les dictionnaires ; le voilà prêt à pousser la porte lorsque quelqu'un lui tape sur l'épaule.

Non. Ne t'arrête pas, ne tourne pas la tête.

Mais il le fait. Devant le comptoir de l'accueil se tient un homme mince, des écouteurs verts dans les oreilles. Ses sourcils sont deux buissons noirs, il y a de la curiosité dans ses yeux, la partie visible de son T-shirt dit J'AIME LES GROS et il serre entre ses bras le sac JanSport de Seymour.

L'homme prononce quelques mots, mais avec le casque antibruit il pourrait aussi bien se trouver à cinq cents mètres de distance ; le cœur de Seymour est une feuille de papier qui tour à tour se froisse et se déplie. Le sac à dos ne peut pas être là, c'est impossible. Il faut à tout prix qu'il reste caché dans l'angle sud-est, le plus près possible des bureaux d'Eden's Gate.

L'homme aux sourcils épais jette un coup d'œil dans le sac, dont la glissière s'est ouverte en partie. Il relève les yeux avec une expression contrariée.

Mille petits points noirs fusent dans le champ de vision de Seymour. Un rugissement s'élève dans ses oreilles. Il enfonce sa main droite dans la poche de son coupe-vent et ses doigts se posent sur la détente du pistolet.

Zeno

Rachel soulève le dessus du sarcophage en faisant semblant de peiner. Plongeant une main dans la sépulture en carton, Olivia en retire une boîte plus petite, fermée par une ficelle nouée.

« Un coffre ? demande Rachel.

– Il y a une inscription sur le dessus.

– Et que dit-elle ?

– *Étranger, qui que tu sois, ouvre ceci et tu apprendras des choses stupéfiantes.*

– Maître Diogène, dit Rachel, considérez le temps que ce coffre a passé au fond du tombeau. Il a résisté au passage des siècles ! Tremblements de terre, inondations, incendies, et toutes ces générations qui ont vécu et se sont éteintes ! Et voilà qu'à présent, vous le tenez entre vos mains ! »

Christopher et Natalie, dont les bras commencent à fatiguer, continuent à agiter l'étoffe de satin qui imite le brouillard, l'orgue joue sa musique, les flocons de neige heurtent les vitres, la chaudière au sous-sol pousse des plaintes de baleine échouée, Rachel regarde Olivia et Olivia dénoue la ficelle. Elle tire de la boîte une encyclopédie désuète que Sharif a dénichée au sous-sol et peinte en doré.

« C'est un livre. »

Elle souffle dessus, chassant une poussière imaginaire, et Zeno, au premier rang, sourit.

« Est-ce que ce livre explique, demande Rachel, comment quelqu'un a pu être homme pendant quatre-vingts ans, âne pour une année, loup de mer pour une autre et enfin corbeau ?

– Voyons ça. »

Olivia ouvre l'encyclopédie et l'installe sur le lutrin dressé devant la toile de fond ; Natalie et Christopher laissent tomber le voile de satin, Rachel enlève les fausses tombes et Olivia retire le sarcophage, tandis qu'Alex Hess, un mètre trente-cinq et des cheveux dorés pareils à la crinière d'un lion, rejoint le centre de la scène, une houlette de berger à la main et un peignoir beige enfilé par-dessus son short de gymnastique.

Zeno se penche en avant sur sa chaise. Sa douleur à la hanche, les bourdonnements dans son oreille gauche, les quatre-vingt-six années qu'il a passées sur terre, le nombre quasi infini de décisions qui l'ont conduit jusqu'à cet instant – tout cela s'évanouit. Alex se tient seul dans la lumière du projecteur, et quand son regard se promène au-delà des rangées de sièges vides, on ne croirait jamais qu'il contemple le premier étage d'une bibliothèque décatie dans une petite ville de l'Idaho : on jurerait qu'il a sous les yeux les vertes collines ceignant l'antique royaume de Tyr.

Sa voix est douce et un peu aiguë.

« Je suis Aethon, simple berger d'Arcadie, et l'histoire que je vais vous conter est si absurde, si invraisemblable, que vous n'allez pas en croire un traître mot. Et pourtant, elle est bien vraie. Moi, que l'on traite de bécasse et d'écervelé, Aethon le benêt et la tête de linotte, j'ai voyagé autrefois jusqu'aux confins de la terre et au-delà, vers les portes étincelantes de la Cité des nuages et des oiseaux, là où nul ne manque de rien et où un livre contenant tous les savoirs… »

Du rez-de-chaussée monte un grand bang que Zeno trouve très semblable à un coup de feu. Rachel lâche une de ses tombes en carton ; Olivia tressaille ; Christopher se baisse brusquement.

La musique continue de jouer, les nuages se tordent au bout de leurs fils, la main de Natalie reste suspendue au-dessus du clavier, un deuxième bang se répercute à travers le plancher et la peur, tel un long doigt noir, se déplace dans la salle pour venir toucher Zeno sur sa chaise.

Sous le faisceau du projecteur, Alex se mord la lèvre inférieure et coule un regard vers le vieil homme. Une seconde. Puis deux. Il se peut que votre grand-mère éternue dans la salle. Qu'un bébé pleure ou que l'un de vous oublie son texte. Mais quoi qu'il arrive, le spectacle doit continuer.

Alex continue, reportant son regard au-dessus des sièges vides : « Mais d'abord, commençons par le commencement. » Natalie change de musique, Christopher fait passer l'éclairage du blanc au vert, et Rachel monte sur scène en portant trois moutons en carton.

DEUX

AETHON A UNE VISION

La Cité des nuages et des oiseaux, d'Antoine Diogène, Folio β

Quoique l'ordre originel des vingt-quatre feuillets soit sujet à débat, les chercheurs s'accordent à dire que l'épisode au cours duquel Aethon, pris de boisson, assiste à une représentation de la comédie d'Aristophane Les Oiseaux *et prend la Cité des nuages et des oiseaux pour un endroit réel marque le début de son voyage. Traduction de Zeno Ninis.*

... fatigué de l'humidité, de la boue et des bêlements continuels des moutons, fatigué de m'entendre traiter de tête de linotte et de benêt écervelé, je partis en laissant mon troupeau au champ et me retrouvai bientôt dans la ville.

Lorsque j'arrivai sur la place, les habitants étaient rassemblés sur des bancs. Devant eux, un corbeau, un choucas et une huppe de la taille d'un homme étaient en train de danser et alors je pris peur. Je constatai toutefois que leurs façons étaient paisibles, et vis parmi eux deux vieux compères qui décrivaient les merveilles de la cité qu'ils entendaient bâtir dans les nuages entre terre et ciel, loin des tracas des hommes et seulement accessible aux créatures ailées, une cité où nul ne souffrirait et où tous seraient doués de sagesse. Alors une vision surgit dans mon esprit : un palais aux tours dorées s'étageant au milieu des nuées, entouré de faucons, de chevaliers gambettes, de cailles, de gélinottes et de coucous, où des rivières de soupe jaillissaient du bec des fontaines, où les tortues circulaient chargées de gâteaux au miel, et où le vin coulait à flots de chaque côté des rues.

Voyant cela de mes propres yeux, je déclarai : « Pourquoi rester ici alors que je pourrais être là-bas ? ». Abandonnant mon pichet de vin, je m'acheminai sans tarder vers la route de Thessalie, lieu réputé, nul ne l'ignore, pour sa pratique de la sorcellerie, dans l'espoir de trouver une sorcière capable de me métamorphoser…

CONSTANTINOPLE

1439-1452

Anna

Sur la Quatrième Colline de la ville que nous appelons Constantinople, mais que ses habitants désignent tout simplement comme « la Ville », face au couvent Sainte-Théophania, dans l'atelier de broderie autrefois réputé de Nicolas Kalapathes, vit une orpheline prénommée Anna. Elle ne prononce pas un mot avant ses trois ans. Après quoi ce n'est que question sur question.

« Pourquoi on respire, Maria ? »

« Pourquoi les chevaux n'ont pas de doigts ? »

« Si je mange un œuf de corbeau, est-ce que mes cheveux vont devenir noirs ? »

« Est-ce que la Lune peut tenir à l'intérieur du Soleil, ou est-ce plutôt l'inverse ? »

Les religieuses de Sainte-Théophania l'appellent Le Singe parce qu'elle grimpe toujours dans leurs arbres fruitiers, et les garçons du quartier la surnomment Moustique parce qu'elle ne les laisse jamais en paix tandis que la maîtresse d'atelier, la veuve Théodora, l'a baptisée Peine Perdue, car elle n'a jamais vu aucune autre enfant capable d'oublier en l'espace d'une heure le point de couture qu'elle vient juste d'apprendre.

Anna et sa sœur aînée Maria dorment dans une cellule éclairée par une seule fenêtre, tout juste assez grande pour contenir une paillasse en crin de cheval. À elles deux, elles possèdent quatre piécettes en cuivre, trois boutons en ivoire, une couverture en laine rapiécée et une icône de sainte Koralia qui a peut-être, ou peut-être pas, appartenu à leur mère. Anna n'a jamais mangé de crème au lait ni goûté à une orange, et jamais elle n'est allée au-delà des murs de la ville. Avant ses quatorze ans, tous les gens qu'elle connaît seront morts ou réduits en esclavage.

Lever du jour. Pluie sur la ville. Vingt brodeuses montent les marches qui mènent à l'atelier et s'installent devant leur métier pendant que la veuve Théodora fait le tour des fenêtres pour ouvrir les volets. « Seigneur, dit-elle, protège-nous de l'oisiveté », et les brodeuses achèvent : « Car nous avons commis des péchés innombrables » ; Théodora déverrouille ensuite l'armoire où sont rangées les réserves, pèse les fils d'or et d'argent et les petits coffrets de perles, puis reporte les poids sur une tablette en cire, et dès qu'il fait assez clair pour que l'on distingue un fil noir d'un fil blanc, elles se mettent à l'ouvrage.

La plus âgée de toutes, Thekla, a soixante-dix ans. Anna est la plus jeune, et elle n'a que sept ans. Assise près de sa sœur, elle la regarde déplier sur la table une étole de prêtre inachevée. Le long des bordures, en médaillons bien dessinés, des branches de vigne s'enroulent autour de colombes, de paons et d'alouettes.

« Maintenant qu'on a fini les contours de Jean le Baptiste, dit Maria, on va broder son visage. » Elle choisit des fils de laine assortis qu'elle enfile dans le chas de son aiguille, fixe à son métier le centre de l'étole et enchaîne une série de points. « Tu vois, on tourne l'aiguille comme ça et on repasse dans le dernier point en repiquant bien au milieu des fibres. »

Mais Anna ne voit rien du tout. Qui pourrait vouloir vivre ainsi, penchée du matin au soir sur son fil et son aiguille, à broder sur les parements des hiérarques des étoiles et des saints, des griffons et des branches de vigne ? Eudokia entonne le Cantique des trois enfants, Agata en chante un autre sur les peines de Job, et la veuve Théodora arpente l'atelier comme un héron guettant le menu fretin. Anna s'efforce de suivre les points de Maria – point arrière, point de chaînette – mais voilà qu'un petit traquet brun, juste devant leur table, se pose sur le rebord de la fenêtre en secouant ses plumes mouillées, il module un ouit-tchak-tchak-tchak et l'imagination de la fillette la transporte en un clin d'œil dans le corps de l'oiseau. Elle s'envole doucement, esquivant les gouttes de pluie, puis prend son envol au-dessus du quartier, vers le sud, au-dessus de l'église Saint-Polyeucte. Des mouettes virevoltent autour du dôme de Sainte-Sophie, tel un tourbillon de prières autour de la tête de Dieu, le vent laboure le large détroit du Bosphore dans une mousse d'écume, et le navire d'un marchand contourne le promontoire toutes voiles dehors, mais Anna s'élève toujours plus haut, jusqu'à ce que la cité se réduise à une silhouette découpée faite de toits et de jardins, bien loin en contrebas, jusqu'à ce qu'elle ait atteint les nuées et que…

« Anna ? siffle Maria. D'après toi, quel fil faut-il choisir ? »

Depuis l'autre bout de l'atelier, l'attention de Théodora se pose vaguement sur elles.

« Du cramoisi ? Avec une lame d'argent ?

– Non, soupire Maria. Ni l'un ni l'autre. »

Toute la journée, il lui faut transporter ceci ou cela : du fil ou des pièces de toile de lin, de l'eau ou le déjeuner des brodeuses qui mangent des haricots à l'huile. L'après-midi, elles entendent claquer les sabots d'un âne dans la rue, le portier lance un salut et maître Kalapathes gravit l'escalier. Alors les femmes se tiennent un peu plus droites, et chacune manie son aiguille un peu plus vite. Rampant sous les tables, Anna ramasse tous les brins de fil qu'elle peut trouver, chuchotant pour elle seule : « Je suis petite, je suis invisible, il ne peut pas me voir. »

Avec ses bras trop longs, sa bouche tachée de vin et la bosse agressive de son dos, Kalapathes est tout le portrait d'un vautour. Il clopine entre les tables avec de petits bruits désapprobateurs et finit par jeter son dévolu sur l'une des brodeuses – aujourd'hui, c'est derrière Eugénia qu'il s'arrête pour entamer son sermon : elle est trop lente dans son travail, du temps de son père on n'aurait jamais confié un rouleau de soie à une incapable pareille, et aucune d'elles ne semble se rendre compte que les Sarrasins s'emparent chaque jour de nouvelles provinces, que cette ville est le dernier îlot de la chrétienté dans un océan d'infidèles, et que sans les murailles défensives de la cité ils seraient déjà tous exposés sur un marché aux esclaves, dans quelque arrière-pays oublié de Dieu.

À force de s'énerver il bouillonne de rage, et le portier signale d'un coup de cloche l'arrivée d'un client. Kalapathes s'éponge le front, puis rajuste sa croix dorée sur la patte de sa chemise avant de redescendre en catastrophe, et tout le monde relâche son souffle. Eugénia pose ses ciseaux ; Agata se masse les tempes ; Anna rampe hors de son refuge. Maria continue de coudre.

Les mouches tracent des boucles entre les tables. Des rires d'hommes leur parviennent d'en bas.

Une heure avant la tombée de la nuit, la veuve Théodora l'appelle.

« Par la grâce de Dieu, petite, il n'est pas trop tard pour aller chercher des bourgeons de câpre. Ils feront du bien aux poignets d'Agata, et soulageront aussi la toux de Thekla. Choisis ceux qui sont tout près d'éclore. Rentre avant l'heure des vêpres, couvre tes cheveux et prends garde aux coquins et aux vauriens. »

Anna a du mal à tenir en place.

« Et ne cours pas, surtout. Ta matrice risquerait de dégringoler. »

Elle s'oblige à ne pas dévaler les marches, à ne pas allonger le pas en traversant la cour et en passant devant le portier, mais ensuite elle file comme une flèche – franchit les portes du couvent, contourne les énormes blocs de granit d'une colonne effondrée, se glisse entre deux files de moines en robe noire qui remontent la rue, pareils à des corbeaux privés de leurs ailes. Des flaques de pluie miroitent dans les ruelles ; dans la carcasse d'une chapelle écroulée broutent trois chèvres qui relèvent la tête exactement au même instant.

Il y a sans doute vingt mille câpriers près de la maison de Karapathes, mais Anna s'éloigne d'un bon kilomètre jusqu'aux murs défensifs de la cité. Là, dans un verger étouffé par les orties, au pied du grand rempart terrestre, se trouve une poterne plus vieille que le monde. Anna escalade un tas de briques éboulées, se faufile dans une brèche et gravit un escalier en colimaçon. Six tournants pour atteindre le sommet, un réseau de toiles d'araignée à affronter, et elle débouche dans une tourelle de guet éclairée par deux meurtrières percées dans le mur d'en face. Partout, des gravats ; sous ses pieds, elle entend les ruisselets de sable s'infiltrer par les lézardes du sol ; une hirondelle effrayée s'enfuit à tire-d'aile.

À bout de souffle, elle attend que ses yeux s'ajustent à la pénombre. Des siècles en arrière, quelqu'un – peut-être un archer solitaire, fatigué de veiller – a peint une fresque sur le mur du côté sud. Le passage des ans et les intempéries ont écaillé une grande partie du plâtre, mais l'image reste nette.

À gauche, tout au bord, un âne aux yeux tristes se tient sur la grève. La mer est bleue, hachurée de vagues aux formes géométriques, et à droite, flottant sur un radeau de nuages, si haut qu'Anna ne peut la toucher, resplendit une cité aux tours de bronze et d'argent.

Elle a déjà contemplé la scène une demi-douzaine de fois, et chaque fois quelque chose remue en elle, la sensation informulable de l'attrait des lointains, de l'immensité du monde et de sa propre petitesse en son sein. Le style de la peinture n'a rien de commun avec celui des brodeuses dans l'atelier de Kalapathes, la perspective est inhabituelle, les couleurs sont plus simples et plus fortes. Qui peut être cet âne, et pourquoi ce regard désolé ? Et cette cité, alors ? Serait-ce Sion, le Paradis, la cité de Dieu ? Anna se hausse sur la pointe des pieds ; entre les fissures du plâtre, elle distingue des piliers, des arches, des fenêtres, des colombes minuscules qui se rassemblent près des tours.

En bas, dans les vergers, les rossignols commencent à lancer leurs appels. La clarté reflue, le sol craque, la tourelle semble pencher un peu plus vers l'oubli, et Anna se faufile par la fenêtre du côté ouest sur une corniche où un rang de câpriers expose ses feuilles au soleil couchant.

Elle cueille des bourgeons au passage et les glisse dans sa poche. Mais c'est surtout le vaste monde qui aimante son attention. Derrière la muraille extérieure, au-delà des douves envahies par les algues, il attend : plantations d'oliviers, sentiers de chevriers, la toute petite silhouette d'un chamelier conduisant ses deux bêtes le long d'un cimetière. Les pierres renvoient la chaleur du jour ; le soleil plonge à l'horizon, se dérobant à sa vue. Déjà retentissent les cloches des vêpres, et sa poche est bien loin d'être remplie. Elle va se mettre en retard ; Maria se fera du souci ; la veuve Théodora sera fâchée contre elle.

Anna retourne dans la tourelle et fait halte devant la fresque. Dans la lumière du crépuscule, les vagues ont l'air de bouillonner et la cité semble briller doucement ; l'âne arpente le rivage, rêvant désespérément de traverser la mer.

UN VILLAGE DE BÛCHERONS AU CŒUR DU MASSIF DES RHODOPES EN BULGARIE

MÊME ÉPOQUE

Omeir

À trois cents kilomètres au nord-ouest de Constantinople, dans un petit village de bûcherons au bord d'une rivière tumultueuse, un garçon vient au monde presque entier. Il a des yeux humides, des joues roses et des jambes pleines de vigueur. Mais sur le côté gauche de sa bouche, une fente coupe en deux sa lèvre supérieure, partant de la gencive et remontant jusqu'à la base du nez.

La sage-femme a un mouvement de recul. La mère glisse un doigt dans la bouche de l'enfant : la fente se prolonge loin à l'intérieur du palais. Comme si son créateur, gagné par l'impatience, avait abandonné son ouvrage une minute trop tôt. La sueur se glace sur son corps ; la terreur éclipse la joie. Quatre grossesses et jamais elle n'a perdu de bébé, peut-être même se croyait-elle bénie dans ce domaine. Et maintenant cela ?

Le nouveau-né se met à hurler ; une pluie glaciale martèle le toit. Elle tente de le caler bien droit contre ses cuisses en pressant son sein à deux mains, mais elle ne parvient pas à lui sceller les lèvres. Sa bouche aspire, sa gorge palpite ; il laisse échapper beaucoup plus de lait qu'il n'en absorbe.

Cela fait des heures qu'Amani, l'aînée des filles, est partie chercher les hommes à l'abattage ; le convoi doit à présent se hâter sur le chemin du retour. Les deux cadettes promènent leur regard entre la mère et l'enfant, comme pour tâcher de comprendre si pareil visage est une chose acceptable. La sage-femme envoie l'une des deux puiser de l'eau à la rivière, tandis que l'autre est chargée d'aller enterrer le placenta ; il fait nuit noire et le bébé continue de vagir lorsqu'elles entendent les chiens dehors, puis les cloches des bœufs, Aiguille et Feuille, qui s'arrêtent devant l'étable.

Grand-père et Amani passent la porte, tout scintillants de glace, le regard éperdu.

« Il est tombé, fait Amani. Le cheval… »

Elle se tait en découvrant le visage de l'enfant. Derrière elle, Grand-père dit : « Ton mari est parti devant, mais le cheval a dû déraper dans le noir… la rivière et… »

La terreur envahit la maisonnette. Le nouveau-né gémit ; la sage-femme se dirige vers la porte, les traits déformés par un effroi obscur, primitif.

La femme du maréchal-ferrant les avait avertis que des revenants semaient le désordre cet hiver dans les montagnes, s'insinuant à travers les portes closes, rendant malades les femmes enceintes, étouffant les bébés. Elle leur avait conseillé de laisser en guise d'offrande une chèvre attachée à un arbre et de verser un pot de miel dans un ruisseau pour faire bonne mesure, mais son mari avait répondu qu'ils ne pouvaient pas sacrifier la chèvre, et elle-même n'avait pas eu envie de renoncer au miel.

L'orgueil.

Au moindre mouvement, elle sent la douleur fuser comme un éclair dans son ventre. Et elle devine qu'à chaque battement de son cœur la sage-femme colporte son histoire dans un nouveau foyer. Un démon qui vient de naître. Son père mort.

Grand-père prend dans ses bras l'enfant qui pleure, il le dépose au sol afin de le démailloter et replie un doigt pour le lui fourrer entre les lèvres ; le petit se tait. De son autre main, il écarte doucement la fente qui coupe sa lèvre supérieure.

« Dans le temps, il y avait un homme qui vivait sur l'autre versant de la colline et sa bouche était fendue tout pareil. Un bon cavalier, si on oubliait sa vilaine figure. »

Il rend le bébé à sa mère et met la chèvre et la vache à l'abri, avant de ressortir dans la nuit pour libérer les bœufs de leur joug ; la lueur de la flambée se reflète dans les yeux des bêtes, et les filles se pressent autour de leur mère.

« Est-ce que c'est un djinn ?

– Un démon ?

– Comment fera-t-il pour respirer ?

– Et pour manger ?

– Est-ce que Grand-père ira l'abandonner dans les montagnes ? »

Dans un battement de paupières, l'enfant laisse ses yeux sombres les enregistrer dans sa mémoire.

La neige succède au grésil et la mère envoie une prière à travers le toit de la maison : si son fils a un rôle quelconque à jouer en ce monde, qu'il soit épargné. Mais quand elle s'éveille quelques heures avant l'aube, Grand-père est penché au-dessus d'elle. Enveloppé de sa pèlerine en cuir, les épaules poudrées de neige, il ressemble à un fantôme dans une chanson de bûcherons, un monstre rompu aux actes les plus atroces, et elle a beau se dire que son fils, d'ici le point du jour, aura rejoint son mari pour siéger sur le trône d'un jardin des délices, là où le lait jaillit des pierres, où le miel coule en abondance et où l'hiver ne vient jamais, elle a l'impression, en remettant l'enfant au vieil homme, de lui céder l'un de ses poumons.

Les coqs coqueriquent, la neige crisse sous les roues des chariots, la lumière entre dans la maison, et de nouveau l'épouvante la terrasse. Son mari noyé, le cheval avec lui. Les filles font leur toilette, récitent des prières et vont traire Belle la vache, elles apportent du fourrage à Feuille et à Aiguille, coupent des branchettes pour la chèvre, puis c'est déjà l'après-midi mais elle n'a toujours pas la force de quitter sa couche. Son sang, son esprit : figés dans la glace. Maintenant, ou dans un instant, son fils va traverser le fleuve de la mort.

Les chiens grondent à l'approche du crépuscule. Elle se lève et se traîne vers la porte. Dans les hauteurs, une rafale de vent fait s'envoler par-dessus les arbres un nuage scintillant. Ses seins douloureux la mettent au supplice.

Pendant un long moment, rien d'autre ne se passe. Puis Grand-père reparaît sur sa jument, descendant la route qui longe la rivière, un ballot en travers de la selle. Les chiens sont déchaînés ; Grand-père met pied à terre ; ses bras à elle se tendent vers ce qu'il porte alors même que son esprit voudrait l'en dissuader.

L'enfant est toujours en vie. Il a les lèvres grises et les joues couleur de cendre, mais le gel n'a pas brûlé un seul de ses doigts menus.

« Je l'ai emporté là-haut, dans le bosquet. » Grand-père empile du bois dans l'âtre, souffle sur les braises pour ranimer les flammes ; il a les mains qui tremblent. « Et je l'y ai déposé. »

Elle s'approche du feu autant que possible, et cette fois elle maintient de sa main droite le menton et la mâchoire du bébé pendant que la gauche fait gicler le lait dans sa gorge. Il s'en échappe un peu par ses narines et par la fente de son palais, mais il en avale une partie. Les filles s'éclipsent au-dehors, en effervescence devant tout ce mystère, les flammes bondissent et Grand-père frissonne. « Je suis remonté à cheval. Lui, il était tout paisible, il regardait juste vers la cime des arbres. Une petite forme de rien du tout au milieu de la neige. »

Un hoquet, et l'enfant se remet à boire. Les chiens gémissent derrière la porte. Grand-père baisse les yeux sur ses mains tremblantes. Combien de temps avant que le reste du village apprenne ce qui s'est produit ?

« Je n'ai pas pu l'abandonner. »

Il n'est pas encore minuit lorsqu'ils se font chasser sous la menace des torches et des fourches. L'enfant a provoqué la mort de son père et envoûté son grand-père pour qu'il le ramène à la maison. Il abrite en lui un démon, la tare de son visage en est la preuve.

Ils laissent derrière eux l'étable, le pré, la cave à légumes, sept ruches en osier et la maisonnette que Grand-père a bâtie soixante ans plus tôt. L'aube les trouve plusieurs kilomètres en amont, transis de peur et de froid. Grand-père patauge dans la neige fondue à côté des bœufs, qui tirent le chariot où les filles sont perchées, serrant entre leurs bras vaisselle et volailles. Belle la vache les suit sans se presser, bronchant devant chaque ombre sur sa route, et la jument ferme la marche, portant la mère et le bébé emmailloté qui contemple le ciel en clignant des paupières.

À la tombée de la nuit, ils sont descendus au fond d'un ravin sauvage, à une quinzaine de kilomètres du village. Un cours d'eau serpente entre des galets couverts de neige, et des nuages vagabonds, aussi grands que des dieux, s'engouffrent dans la couronne des arbres avec d'étranges chuchotis, effarouchant les bêtes. Ils installent un campement sous un surplomb de roche calcaire où, en des temps immémoriaux, des hominidés ont peint sur les parois des ours, des aurochs et des oiseaux incapables de voler. Les filles se rassemblent autour de leur mère, Grand-père allume un feu, la chèvre geint, les chiens grelottent et les yeux de l'enfant captent les lueurs du foyer.

« Omeir, ce sera son nom, dit la mère. Celui qui a une longue vie. »

Anna

Elle a huit ans et, un jour où elle rapporte de chez le marchand trois cruches de vin pour Kalapathes – un vin de couleur sombre, fort à vous fracasser le crâne –, elle fait halte pour se reposer devant une pension. Derrière une fenêtre aux volets fermés, elle entend ces mots scandés en grec :

> … Ulysse allait entrer dans la noble demeure du roi Alkinoos ;
> il fit halte un instant.
> Que de trouble en son cœur, devant le seuil de bronze !
> car, sous les hauts plafonds du fier Alkinoos,
> c'était comme un éclat de soleil et de lune !
> Du seuil jusques au fond, deux murailles de bronze s'en allaient,
> déroulant leur frise d'émail bleu.
> Des portes d'or s'ouvraient dans l'épaisse muraille :
> les montants, sur le seuil de bronze, étaient d'argent ;
> sous le linteau d'argent, le corbeau était d'or
> et les deux chiens du bas,
> que l'art le plus adroit d'Héphaïstos avait faits
> pour garder la maison du fier Alkinoos, étaient d'or et d'argent.

Anna en oublie sa charrette à bras, ses cruches de vin et l'heure qu'il est – elle oublie tout. L'accent est curieux, mais la voix est profonde et déliée, le rythme la prend à bras-le-corps comme un cavalier passant au galop. Puis des voix de garçons répètent les vers, et la première voix poursuit :

Aux côtés de la cour, on voit un grand jardin,
avec ses quatre arpents enclos dans une enceinte.
C'est d'abord un verger dont les hautes ramures,
poiriers et grenadiers et pommiers aux fruits d'or
et puissants oliviers et figuiers domestiques,
portent, sans se lasser ni s'arrêter, leurs fruits ;
l'hiver comme l'été, toute l'année, ils donnent ;
l'haleine du Zéphyr, qui souffle sans relâche,
fait bourgeonner les uns,
et les autres donner la jeune poire auprès de la poire vieillie,
la pomme sur la pomme, la grappe sur la grappe,
la figue sur la figue.

Quel est donc ce palais où les portes ont des montants d'argent et étincellent de dorures, et où les arbres sont toujours chargés de fruits ? Comme hypnotisée, elle s'approche de la maison, escalade le portail et glisse un regard entre les volets. À l'intérieur, quatre garçons vêtus de pourpoints sont assis en cercle autour d'un vieil homme qui a un goitre bombé au-dessus de la gorge. Les garçons ânonnent les vers sans y mettre le ton, le vieillard manipule sur ses genoux ce qui ressemble à des feuilles de parchemin, et Anna s'avance aussi près qu'elle ose le faire.

Jusque-là, elle n'a vu des livres qu'en deux occasions : une bible à reliure de cuir, éclatante de pierreries, que les dignitaires transportaient dans la travée centrale de l'église Sainte-Théophania ; et une compilation de recettes médicinales au marché, que l'herboriste avait refermée d'un coup sec lorsqu'elle avait tenté d'y jeter un œil. Ce livre-ci lui paraît plus ancien, et aussi plus sale : les lettres sont serrées sur le parchemin comme les empreintes de mille oiseaux marins sur le rivage.

Le professeur reprend son récit en vers, dans lequel une déesse camoufle le voyageur sous un nuage de vapeur pour qu'il puisse s'introduire dans le palais resplendissant, et Anna se heurte aux volets, attirant l'attention des garçons. La seconde d'après, un gaillard aux larges épaules la renvoie d'un geste, comme s'il chassait des oiseaux voleurs de fruits.

Elle se tient aussi près que possible de la maison, mais des chariots passent à grand fracas, les premières gouttes de pluie tambourinent sur les toitures et elle n'entend plus rien. Qui peut donc être cet Ulysse ? Et cette déesse qui l'enveloppe d'une brume magique ? Le royaume d'Alkinoos le généreux est-il celui qu'elle a vu peint dans la tourelle de guet ? Le portail s'ouvre et les élèves se hâtent de partir, esquivant les flaques tout en la regardant de travers. Peu après, le vieux répétiteur sort lui aussi, appuyé sur sa canne, et elle lui barre le passage.

« Votre chant, tout à l'heure. Il était sur ces pages ? »

Le professeur a toutes les peines du monde à bouger la tête – on dirait qu'on a planté une calebasse sous son menton.

« Voulez-vous bien m'apprendre ? Il y a quelques lettres que je connais déjà. Par exemple, celle qui ressemble à deux colonnes reliées par une barre, ou celle qui fait penser à une potence, et une autre qui a la forme d'une tête de bœuf à l'envers. »

De la pointe de l'index, elle trace un A dans la boue à ses pieds. Le vieil homme regarde en l'air, considérant la pluie qui tombe. Ses yeux sont jaunes là où ils devraient être blancs.

« Les filles ne prennent pas de leçons avec un professeur. Et puis tu n'as pas d'argent. »

Elle attrape une des cruches dans sa charrette.

« Mais j'ai du vin, par contre. »

Le vieillard allonge le bras, soudain intéressé.

« La leçon d'abord, lui dit Anna.

– Tu ne l'apprendras même pas. »

Elle tient bon, et le vieux professeur maugrée. Du bout de sa canne, il écrit à même la terre mouillée :

Ὠκεανός

« *Okéanos*. Océan, le fils aîné de la Terre et du Ciel. » Il trace un cercle autour du mot et plante sa canne au centre. « Ici : ce qui est connu. » Ensuite, il la plante à l'extérieur. « Et là, l'inconnu. Le vin, maintenant ! »

Anna lui donne la cruche, et il boit en la serrant à deux mains. Elle s'accroupit. Ὠκεανός. Rien que sept marques dans la boue. Et pourtant, celles-ci contiennent le voyageur solitaire, le palais aux murailles de bronze avec ses chiens de garde dorés, et aussi la déesse à la brume magique ?

Pour la punir de son retard, la veuve Théodora frappe à coups de bâton la plante de son pied gauche. Et parce qu'elle a rapporté l'une des cruches à moitié vide, elle la frappe aussi au pied droit. Dix fois de chaque côté. C'est à peine si Anna verse une larme. Elle passe une partie de la nuit à couvrir de caractères les étendues de son esprit, et pendant la journée qui suit, tandis qu'elle clopine dans l'escalier, transporte de l'eau ou va chercher des anguilles pour Chryse la cuisinière, elle ne cesse de voir l'île sur laquelle règne Alkinoos, couronnée de nuages et caressée par le vent d'ouest, regorgeant de pommes, de poires et d'olives, de figues bleues et de grenades rouges, avec ces garçons tout dorés qui brandissent leurs torches sur des socles éclatants.

Deux semaines plus tard, alors qu'elle fait un détour par la pension en rentrant du marché, elle aperçoit le professeur goitreux qui se chauffe au soleil comme une plante en pot. Déposant son panier d'oignons, elle écrit du bout du doigt dans la poussière :

Ὠκεανός

Puis elle trace un cercle autour.

« Fils aîné de la Terre et du Ciel. Ici, ce qui est connu. Et là, l'inconnu. »

Le vieil homme fait un effort pour tourner la tête et porte le regard sur elle comme s'il la voyait pour la première fois ; ses yeux larmoyants captent la lumière.

Il s'appelle Licinius. Avant tous ses malheurs, dit-il, il était employé comme précepteur par une famille fortunée, dans une ville située à l'ouest, à l'époque il possédait six manuscrits et aussi un coffre en fer où les ranger : deux hagiographies, un volume des discours d'Horace, un récit des miracles de sainte Élisabeth, un précis de grammaire grecque, et l'*Odyssée* d'Homère. Mais quand les Sarrasins s'étaient emparés de sa ville, il avait fui vers la capitale sans rien emporter, et il rendait grâce aux anges du ciel pour la solidité de ses murailles, dont les fondations avaient été posées par la Mère de Dieu Elle-même.

De sous son manteau, Licinius sort trois liasses de parchemin tachetées. Ulysse, explique-t-il, était général de la plus formidable armée jamais constituée, dont les légions venaient d'Hyrminé et du Doulichion, des cités fortifiées de Cnossos et de Gortyn et des mers les plus lointaines, et ils avaient traversé l'océan à bord de mille bateaux noirs pour mettre à sac la légendaire ville de Troie, chaque navire déversant mille guerriers, innombrables, dit Licinius, comme les feuilles des arbres, ou comme les mouches qui grouillent dans les seaux de lait tiède des bergeries. Dix années durant, ils firent le siège de Troie et, après la victoire finale, les légions fourbues prirent la route du retour ; tous arrivèrent à bon port à l'exception d'Ulysse. L'épopée qui retrace son périple, explique le vieil homme, était composée de vingt-quatre chants au total, un pour chaque lettre de l'alphabet, et il fallait plusieurs jours pour la réciter en entier, mais lui n'a plus en sa possession que ces trois cahiers de cinq ou six pages chacun relatant les épisodes où Ulysse, ayant quitté la grotte de Calypso, voit son bateau disloqué par une tempête et se retrouve nu sur le rivage, échoué sur l'île de Schérie que gouverne Alkinoos le généreux, chef des Phéaciens.

À une époque, précise Licinius, tous les enfants de l'empire connaissaient chaque protagoniste de l'histoire d'Ulysse. Mais un jour, bien avant la naissance d'Anna, des croisés venus d'Occident avaient incendié la cité en la dépouillant d'une grande partie de ses richesses, massacrant ses habitants par milliers. Puis des épidémies réduisirent la population de moitié, puis encore de moitié après ça, et l'impératrice d'alors dut vendre sa couronne à Venise pour pouvoir entretenir ses garnisons ; l'empereur d'aujourd'hui ne porte qu'une couronne de verre et peut tout juste s'offrir la vaisselle dans laquelle il mange, la cité affaiblie traverse à présent un long crépuscule, dans l'attente du retour du Christ en gloire, et plus personne ne s'intéresse aux histoires du temps passé.

L'attention d'Anna est rivée aux feuillets placés devant ses yeux. Tant de mots ! Il faudrait bien sept vies pour les apprendre tous.

Chaque fois que Chryse la cuisinière l'envoie au marché, Anna trouve un prétexte pour rendre visite à Licinius. Elle lui apporte des croûtes de pain, un poisson fumé, un demi-panier de grives ; à deux reprises, elle se débrouille pour voler une cruche de vin à Kalapathes.

En échange, il lui enseigne des choses. A égale ἄλφα égale alpha. B égale βῆτα égale bêta. Ω égale ὦ μέγα égale oméga. Et qu'elle balaie le sol de l'atelier, qu'elle charrie encore un rouleau d'étoffe ou un seau de charbon, qu'elle se penche sur son métier aux côtés de Maria, les doigts gourds, le plumet de son haleine flottant au-dessus de la soie, elle ne cesse de reproduire les lettres sur les mille feuillets vierges de son esprit. À chaque signe correspond un son, associer les sons revient à former des mots, et en associant les mots on finit par bâtir des univers. Ulysse, épuisé, s'éloigne de la grotte de Calypso à bord d'un radeau ; les embruns mouillent son visage ; sous la surface, on voit luire brièvement l'ombre du dieu de la mer, sa chevelure bleutée ruisselante d'algues.

« Tu te bourres le crâne de choses inutiles », lui chuchote Maria. Peut-être – mais le point de chaîne câblée, le point noué et le point de marguerite, Anna ne les apprendra jamais. Quand elle manie l'aiguille, son talent le plus sûr consiste à se piquer accidentellement le bout du doigt et à tacher l'étoffe de sang. Sa sœur a beau l'inviter à imaginer les saints hommes célébrer la divine liturgie dans les vêtements qu'elle a contribué à orner, il faut toujours que l'esprit d'Anna mette le cap sur des îles lointaines où coulent de délicieux ruisseaux, et où les déesses descendent des nuages sur un rayon de lumière.

« Par tous les saints, lui dit la veuve Théodora, tu n'apprendras donc jamais rien ? »

Anna est assez grande pour saisir toute la précarité de leur situation : les deux sœurs n'ont ni parentèle ni fortune ; elles n'ont pas de foyer, et c'est uniquement l'habileté de Maria pour la broderie qui leur garantit une place dans la maison de Kalapathes. Tout ce qu'elles peuvent espérer de la vie, c'est passer leurs jours dans cet atelier, à broder du matin au soir des motifs d'anges, de feuilles et de croix sur des chapes, des chasubles et des voiles de calice, jusqu'à ce que leur dos se voûte et que leurs yeux soient tout usés.

Singe. Moustique. Peine Perdue. Et pourtant elle est incapable de renoncer.

« Un mot à la fois. »

À nouveau, elle étudie les signes qui s'embrouillent sur le parchemin.

πολλῶν δ' ἀνθρώπων ἴδεν ἄστεα καὶ νόον ἔγνω

« Je n'y arrive pas.

– Mais si. »

Ἄστεα signifie « cités » ; νόον, c'est « l'esprit » ; ἔγνω veut dire « appris ». « "Celui qui visita les cités de tant d'hommes et connut leur esprit." »

La masse de chair tremblote sous le menton de Licinius tandis qu'un sourire retrousse ses lèvres. « Voilà, c'est exactement ça. »

D'un jour à l'autre ou presque, les rues s'illuminent de significations. Elle lit ce qui est inscrit sur les pièces de monnaie, les pierres angulaires et les tombeaux, sur les cachets de plomb, les contreforts et les plaques de marbre enchâssées dans les remparts – la moindre ruelle tortueuse devient à elle seule un immense manuscrit défraîchi.

Les mots rayonnent sur le bord ébréché d'un médaillon que Chryse la cuisinière garde au-dessous du foyer : *Zoé pieuse entre toutes.* Surplombant la porte d'une petite chapelle oubliée : *Paix à toi, si tu entres ici avec un cœur simple.* Son inscription favorite est gravée dans le linteau de la porte du gardien, près de l'entrée de Sainte-Théophania, et il lui faut la moitié d'un dimanche pour la déchiffrer :

Bandits, voleurs et assassins, cavaliers et soldats,
Faites halte humblement,
car nous avons goûté le sang rosé du Christ.

La dernière fois qu'Anna voit Licinius, il souffle un vent froid et le teint du vieil homme a la couleur d'un ciel d'orage. Ses yeux larmoient, il n'a pas touché au pain qu'elle lui a apporté, et son goitre, enflammé et violemment coloré, a plus que jamais l'air d'une créature funeste – comme si, ce soir, elle devait enfin dévorer son visage.

Aujourd'hui, lui annonce-t-il, ils vont travailler sur le mot *μῦθος*, *mythos*, qui désigne une conversation ou une chose dite, mais aussi une fable ou une histoire, une légende du temps des anciens dieux, et il est en train d'expliquer en quoi ce terme est délicat et changeant, comment il peut désigner à la fois le vrai et le faux, lorsque son attention commence à s'effilocher.

Le vent arrache un des cahiers de sa main, Anna le rattrape et l'époussette avant de le replacer sur ses genoux. Pendant un long moment, Licinius baisse les paupières sur ses yeux fatigués.

« Un reposoir, dit-il enfin. Tu connais ce mot ? Un lieu de repos. Un texte – un livre – est un lieu de repos pour les souvenirs de ceux qui ont vécu avant nous. Un moyen de préserver la mémoire après que l'âme a poursuivi son voyage. »

Alors il ouvre grand les yeux, comme s'il contemplait le fond de ténèbres infinies.

« Mais les livres meurent, de la même manière que les humains. Ils succombent aux incendies ou aux inondations, à la morsure des vers ou aux caprices des tyrans. Si personne ne se soucie de les conserver, ils disparaissent de ce monde. Et quand un livre disparaît, la mémoire connaît une seconde mort. »

Licinius grimace, son souffle est laborieux et haché. Les feuilles crissent dans la ruelle, des nuages lumineux courent par-dessus les toits, plusieurs chevaux de bât passent dans la rue, leurs cavaliers emmitouflés contre le froid, et Anna frissonne. Devrait-elle aller chercher le maître de maison ? Appeler quelqu'un pour une saignée ?

Le bras de Licinius se lève ; sa main serre comme une griffe les trois cahiers défraîchis.

« Non, professeur, lui dit Anna. Ce sont les vôtres. »

Mais il les place de force entre ses mains. La fillette jette un regard dans la ruelle : la pension, la muraille, les arbres qui font grincer leurs branches. Elle récite une prière, puis camoufle sous sa robe les feuilles de parchemin.

Omeir

La fille aînée meurt infestée par les vers, la fièvre emporte la cadette, mais le garçon grandit. À trois ans, il parvient à se tenir debout à l'avant de la charrue pendant qu'Aiguille et Feuille défrichent et labourent un champ. À quatre ans, il est capable d'aller remplir le chaudron au ruisseau et de le charrier dans les cailloux jusqu'à la petite maison en pierre que Grand-père a bâtie. Par deux fois, sa mère paie la femme du maréchal-ferrant pour qu'elle l'emmène faire recoudre la lèvre de l'enfant avec une aiguille et du gros fil, à quinze kilomètres en amont du village, et par deux fois le projet échoue. La fente, qui se prolonge jusqu'au nez, refuse de se refermer. Mais le garçon est calme, robuste, et il ne tombe jamais malade, même s'il arrive que ses tympans s'enflamment, que ses maxillaires le fassent souffrir et que le bouillon s'échappe de ses lèvres pour se répandre sur ses vêtements.

Ses plus anciens souvenirs sont au nombre de trois :

1. Aiguille et Feuille s'abreuvent au ruisseau et lui se tient entre eux deux, observant les gouttes d'eau qui attrapent la lumière en tombant de leurs larges museaux arrondis.

2. Sa sœur Nida se penche sur lui en grimaçant, prête à enfoncer une grosse aiguille dans sa lèvre supérieure.

3. Grand-père dépouille de ses plumes un faisan au corps rose et luisant, comme s'il le déshabillait, avant de le mettre à rôtir dans l'âtre.

Les quelques enfants qu'il s'arrange pour côtoyer lui font tenir le rôle du monstre quand ils rejouent les aventures de Buluqiya et lui demandent s'il est bien vrai que son visage peut tuer un petit dans le ventre d'une jument et faire dégringoler du ciel les roitelets en plein vol. Mais ils lui apprennent aussi à dénicher des œufs de caille et lui montrent les trous de la rivière qui abritent les plus belles truites, et ils lui désignent, sur une butte karstique loin au-dessus du ravin, un if noir à moitié creux qui, à les entendre, accueille des esprits mauvais et demeure à l'abri de la mort.

Parmi les bûcherons et leurs femmes, beaucoup refusent de l'approcher. Et il n'est pas rare que le marchand de passage, longeant la rivière, préfère talonner sa monture pour s'enfoncer entre les arbres plutôt que prendre le risque de croiser Omeir sur sa route. Il n'a pas souvenir qu'un quelconque étranger ait jamais posé les yeux sur lui sans crainte ni méfiance.

Ce qu'il aime plus que tout, ce sont les jours d'été, lorsque les arbres dansent sous le vent, qu'une mousse vert émeraude étincelle sur les rochers et que les hirondelles se courent après dans le ravin. Nida conduit les chèvres à la pâture en fredonnant, leur mère s'étend sur un bloc de pierre au bord du ruisseau, la bouche ouverte comme si elle absorbait la lumière, tandis que Grand-père, emportant ses filets et ses pots de glu, le conduit vers les hauteurs pour piéger des oiseaux.

Malgré son dos voûté et ses deux orteils en moins, Grand-père va bon train, si bien qu'Omeir doit allonger le pas pour le suivre. Pendant qu'ils grimpent ensemble, le vieil homme lui vante abondamment la supériorité des bœufs : ils sont plus calmes et plus endurants que les chevaux, il n'ont pas besoin d'avoine, leur bouse, à l'inverse du crottin, ne brûle pas les plants d'orge, et puis on peut les manger quand ils deviennent trop vieux, ils pleurent comme nous la mort d'un des leurs, et la façon dont ils se couchent permet de prévoir le temps qu'il fera : sur le flanc gauche ce sera soleil, alors que le droit annonce un jour de pluie. Les forêts de hêtres cèdent la place aux pins, que remplacent à leur tour gentianes et primevères, et, le soir venu, Grand-père a capturé dans ses pièges une douzaine de grouses.

Au crépuscule, ils font halte pour la nuit dans une clairière jonchée de pierres, les chiens leur tournent autour, guettant dans l'air l'odeur des loups, Omeir allume un feu et Grand-père apprête quatre grouses avant de les mettre à rôtir, tandis que les crêtes des montagnes en contrebas se dissolvent dans une succession de bleus toujours plus profonds. Ils mangent leur repas, de leur foyer il ne reste bientôt que des braises, Grand-père boit à sa gourde de l'alcool de prune et le garçon attend, empli du bonheur le plus pur, il sent que ça approche comme une carriole éclairée brimbalant sur la route, chargée de gâteaux et de miel, près d'apparaître au tournant.

« Est-ce que je t'ai déjà raconté, dira Grand-père d'ici peu, la fois où je suis parti visiter la Lune sur le dos d'un cafard gigantesque ? » Ou bien : « Je t'ai déjà parlé de mon voyage sur une île faite de rubis ? »

Il décrit à Omeir une cité de verre, loin dans le Nord, où les gens chuchotent tout bas de peur de briser quelque chose ; il dit qu'il s'est un jour changé en ver de terre et s'est creusé un passage vers le monde d'en dessous.

À la fin de chacune de ces histoires, Grand-père rentre sain et sauf dans ses montagnes, réchappé une fois de plus d'une aventure terrible et prodigieuse ; les braises de leur feu ne sont plus que cendres, le vieil homme se met à ronfler et Omeir, levant les yeux vers le ciel nocturne, s'interroge sur les mondes qui voguent là-haut, dans la clarté des lointaines étoiles.

Quand il demande à sa mère si les cafards peuvent voler jusqu'à la Lune, ou si Grand-père a vraiment séjourné une année entière dans le ventre d'un monstre marin, elle lui fait un sourire et répond qu'à sa connaissance, il n'a jamais quitté cette montagne – et maintenant, Omeir pourrait-il se concentrer pour l'aider à clarifier leur cire d'abeille ?

Le garçon, cependant, s'en va souvent tout seul par le chemin qui monte vers l'if de la butte, il escalade les branches et observe la rivière en contrebas, là où elle se dérobe à la vue après un coude, puis il imagine les aventures qui pourraient l'attendre au-delà : des forêts où les arbres sont doués de la parole ; des déserts où des hommes-chevaux galopent aussi vite que vole le martinet ; un royaume au sommet de la Terre où les saisons n'existent plus, peuplé de dragons de mer qui nagent entre des montagnes de glace et d'une race de géants bleus jouissant de la vie éternelle.

Il a dix ans lorsque Belle, leur vieille vache au dos ensellé, se prépare à mettre bas pour la dernière fois. Durant le plus gros de l'après-midi, une paire de petits sabots imprégnés de mucus et fumant dans l'air froid pointe sous l'arc de la queue relevée, et Belle continue de brouter comme si de rien n'était ; enfin, un spasme la secoue, et un veau couleur de glaise achève sa sortie.

Omeir s'avance d'un pas mais Grand-père l'écarte, une interrogation dans le regard. Belle lèche son petit, dont le corps léger ballotte sous la pression de sa langue, Grand-père chuchote une prière, la pluie tombe doucement et le veau ne se dresse pas sur ses pattes.

Omeir remarque alors ce que Grand-père a vu : sous la queue de Belle, une autre paire de sabots est apparue. Un museau d'où dépasse un bout de langue rose ne tarde pas à rejoindre les sabots, puis c'est un œil qui se montre, et on assiste enfin à la naissance d'un deuxième veau. Un gris, cette fois.

Des jumeaux. Deux mâles.

Sitôt qu'il a touché le sol, le veau gris se met debout et commence à téter. Le brun, lui, ne relève même pas le museau.

« Quelque chose ne va pas chez celui-là », souffle Grand-père, maudissant l'éleveur qui lui a fait payer les services de son taureau.

Omeir, pour sa part, estime que le veau prend simplement son temps. Qu'il apprend à se débrouiller avec l'expérience nouvelle de son corps et de la pesanteur.

Le veau gris tète toujours, planté sur ses pattes frêles et arquées ; le premier-né, tout humide, se tient recroquevillé au milieu des fougères. Grand-père pousse un soupir et, à cet instant précis, le veau brun se lève avant d'esquisser un pas vers eux, l'air de dire : « Qui de vous deux a douté de moi ? ». Ils éclatent de rire, et la fortune de la famille se trouve doublée d'un seul coup.

Grand-père annonce que pour Belle ce sera un exploit de donner assez de lait pour deux petits, mais la vache se montre à la hauteur de la tâche, broutant du matin au soir alors même que les jours rallongent, si bien que les veaux grandissent rapidement et sans anicroche. Ils baptisent le brun Arbre, le gris Clair-de-Lune.

Arbre aime avoir les sabots bien propres, il se met à beugler si sa mère disparaît de sa vue, et lorsque Omeir doit le débarrasser des bardanes prises à sa robe, il peut patienter sans broncher la moitié de la matinée. Clair-de-Lune, en revanche, ne cesse de gambader ici ou là pour faire connaissance avec les mouches, les champignons ou les souches d'arbre ; il grignote les cordes et les chaînes, patauge dans la boue jusqu'aux jarrets, mugit pour réclamer de l'aide quand il se coince une corne dans un arbre mort. Mais dès le premier jour, ils ont en commun l'adoration qu'ils portent au garçon : celui-ci les nourrit de sa main et leur caresse le museau, et il n'est pas rare qu'il se réveille auprès d'eux dans l'étable, leurs corps tièdes enroulés autour du sien. Avec lui, ils jouent à cache-cache et font la course jusqu'à Belle ; ils piétinent ensemble dans les flaques de pluie du printemps, parmi les nuées de mouches étincelantes ; les deux veaux semblent accepter Omeir comme un frère.

Avant leur première pleine lune, Grand-père les place sous le joug. Omeir charge le chariot de pierres, s'empare d'un aiguillon et entreprend de dresser les bêtes. Avant, arrière, *hii* pour aller à droite et *hoo* pour aller à gauche – au début les veaux n'en font qu'à leur tête. Arbre refuse de reculer pour qu'il puisse l'atteler ; Clair-de-Lune tente de se défaire du joug contre tous les arbres qu'il croise. Le chariot verse, les pierres dégringolent, les veaux tombent à genoux en beuglant à pleine voix tandis qu'Aiguille et Feuille cessent de paître pour secouer leur tête grise, comme si tout cela les amusait.

« Quelle bête, raille Nida, pourrait faire confiance à un garçon avec une tête pareille ?

– Montre-leur que tu sais répondre à tous leurs besoins », conseille Grand-père.

Omeir recommence. Il leur tapote les jarrets de son aiguillon ; il siffle et il glousse, leur chuchote au creux de l'oreille. De mémoire d'homme, la montagne n'a jamais été aussi verte que cet été-là, les herbes sont hautes, les ruches de sa mère s'alourdissent de miel et, pour la première fois depuis qu'on l'a chassée du village, la famille dispose de nourriture en abondance.

Les cornes poussent au front d'Arbre et de Clair-de-Lune, leur croupe s'arrondit, leur poitrail se fait plus large ; au moment où on les castre, ils sont déjà plus grands que leur mère, et Aiguille et Feuille paraissent menus en comparaison. Grand-père prétend qu'avec beaucoup d'attention on peut entendre le bruit de leurs os en pleine croissance, et même s'il est persuadé qu'il s'agit d'une blague, Omeir attend d'être seul pour plaquer l'oreille contre l'énorme cage thoracique de Clair-de-Lune, les yeux fermés.

À l'automne, une nouvelle se répand dans la vallée : le sultan Mourad II, Gardien du Monde, vient de mourir, et son fils de dix-huit ans (que Dieu le bénisse et le garde à jamais) a accédé au pouvoir. Les marchands qui achètent le miel de la famille affirment que le jeune sultan est en train d'inaugurer un nouvel âge d'or et, au fond de ce petit ravin, ces mots sonnent comme une vérité. La route reste sèche et dégagée, Omeir et Grand-père battent leur meilleure récolte d'orge, Nida et sa mère vannent le grain dans des corbeilles, et un vent pur et vif emporte la paille.

Un soir, peu avant les premières neiges, un voyageur sur sa jument lustrée arrive par le chemin qui longe la rivière, accompagné d'un serviteur monté sur une rosse. Grand-père envoie Nida et Omeir se cacher à l'étable, d'où ils observent la scène par les fentes entre les rondins. Le visiteur est coiffé d'un turban vert comme l'herbe, son manteau de voyage est doublé de laine d'agneau, et en voyant sa barbe soignée à l'extrême Nida suppose que des lutins viennent chaque nuit la lui tailler. Grand-père leur montre les antiques pictogrammes dans la grotte, puis l'étranger arpente leur modeste ferme en admirant leurs récoltes et leurs champs en terrasses, et lorsqu'il découvre les deux bouvillons, il reste médusé.

« Vous les nourrissez avec du sang de géant ?

– C'est une rare bénédiction, dit Grand-père, d'avoir des jumeaux réunis sous un même joug. »

À la tombée du jour, la mère sert à leurs hôtes des légumes et du beurre, suivis des derniers melons de la saison arrosés de miel, tandis qu'Omeir et sa sœur se faufilent derrière la maisonnette, l'oreille aux aguets, le garçon espérant surprendre des histoires sur les villes que leur invité a traversées, dans des contrées situées au-delà de la montagne. Lorsque ce dernier s'étonne qu'ils vivent seuls dans ce ravin, à des lieues du village le plus proche, Grand-père répond qu'ils s'y sont installés par choix et que le sultan – que la paix soit toujours avec lui – a pourvu à tous les besoins de la famille. Le visiteur murmure quelques mots indistincts, et son serviteur se lève en s'éclaircissant la voix : « Maître, ils dissimulent un démon dans l'étable. »

Silence. Grand-père ajoute une bûche dans le feu.

« Une goule ou un magicien qui se fait passer pour un enfant.

– Veuillez accepter mes excuses, dit le voyageur. Mon serviteur a oublié la place qui est la sienne.

– Sa figure est celle d'un lièvre, et quand il parle les bêtes lui obéissent. C'est pour cela qu'ils vivent isolés, loin de tout village. Et c'est aussi pour cela que leurs bêtes sont si grosses.

– Est-ce bien la vérité ? demande le maître en se levant.

– Ce n'est qu'un jeune garçon », déclare Grand-père, mais Omeir perçoit la note brusque qui affleure dans sa voix.

Le serviteur se dirige vers la porte : « C'est ce que vous pensez aujourd'hui, mais sa véritable nature se révélera un jour. »

Anna

Au-delà des murs de la ville s'agitent de vieilles rancœurs. Les Sarrasins ont perdu leur sultan, racontent les brodeuses, et son successeur, à peine entré dans l'âge adulte, consacre chaque instant de ses jours à un plan d'attaque de la cité. À les entendre, il s'adonne à l'étude de la guerre comme les moines à celle des Écritures. Déjà, ses maçons construisent des fours à briques à une demi-journée de marche d'ici, le long du détroit du Bosphore, car il a le projet de bâtir, en son point le plus étroit, une forteresse colossale à même d'arrêter tous les bateaux qui voudraient acheminer vers la ville des armes, du blé et du vin en provenance de ses avant-postes sur les côtes de la mer Noire.

L'hiver venu, Kalapathes ne peut voir une ombre sans y lire un mauvais présage. Une cruche fêlée, un seau qui fuit, une flamme qui s'éteint – c'est au sultan que revient la faute. Le maître de maison se plaint à longueur de temps : les commandes passées dans les provinces de l'empire ont cessé d'arriver ; les brodeuses ne se donnent pas suffisamment de peine, elles ont utilisé trop de fil d'or ou pas assez, ou alors c'est leur foi qui manque de pureté. Agata est trop lente et Thekla trop vieille, les motifs d'Élise sont trop communs. Pour une mouche à fruits dans sa coupe de vin, un fil noir s'insinue dans son humeur et s'attarde des jours durant.

La veuve Théodora prétend que Kalapathes a grand besoin de compassion, que la prière est le remède à tous les maux, et Maria, la nuit venue, s'agenouille devant l'icône de sainte Koralia, ses lèvres remuant en silence tandis qu'elle élève ses prières par-delà les poutres du plafond. Ce n'est qu'après l'office des complies, tard dans la soirée, qu'Anna se risque discrètement hors de la couche où sa sœur est endormie et, munie du bout de chandelle qu'elle a pris dans l'armoire de l'arrière-cuisine, retire de leur cachette sous la paillasse les cahiers de Licinius.

Si Maria l'a remarqué, elle n'en montre rien, et de toute façon Anna est trop absorbée pour s'en préoccuper. La flamme tremblote au-dessus des feuillets : les mots se changent en vers, les vers deviennent lumière et couleurs, et Ulysse le voyageur solitaire dérive en pleine tempête. Son radeau chavire ; l'eau salée lui emplit la bouche ; le dieu de la mer passe dans un bruit de tonnerre avec ses coursiers d'un vert glauque. Mais là-bas, dans les lointains bleu turquoise, au-delà du fracas de la houle, rayonne doucement le royaume magique de Schérie.

C'est comme si elle créait à l'intérieur de sa cellule un petit paradis radieux et rutilant, au riche éclat de vin et de fruits. On allume une chandelle, on lit un vers et aussitôt le vent d'ouest se lève : une servante apporte dans des aiguières du vin et de l'eau, Ulysse prend place à la table royale pour festoyer, et le barde favori du roi entonne un chant.

Par une nuit d'hiver, alors qu'elle longe le corridor en sortant de l'arrière-cuisine, Anna surprend la voix de Kalapathes. « Qu'est-ce donc que cette sorcellerie ? »

Des éclats de glace dégringolent dans tous les vaisseaux de son corps. Tout doucement, elle s'approche du seuil de sa cellule. Maria est agenouillée à terre, la bouche ensanglantée, et Kalapathes se tient courbé sous les poutres du plafond bas, les yeux noyés d'ombre. Serrés entre les longs doigts de sa main gauche : les feuillets de Licinius.

« C'était donc toi depuis le début ? Toi qui t'appropries les chandelles ? Toi qui attires tous ces malheurs sur nous ? »

Anna voudrait ouvrir la bouche et tout avouer, mais sa peur est si violente qu'elle lui ôte l'usage de la parole. Maria prie sans même bouger les lèvres, la prière se déroule dans sa tête tandis qu'elle se retranche dans un sanctuaire secret au cœur de son esprit, et ce silence ne fait qu'exacerber la rage de Kalapathes.

« On m'avait pourtant mis en garde : "Il faut être un saint pour accueillir dans la maison de son père des enfants qui ne sont pas les siens. Qui sait les maux qu'ils peuvent apporter ?" Si seulement j'avais écouté, au lieu de leur répondre : "Ce ne sont que des chandelles, celle qui les vole le fait simplement pour éclairer ses dévotions nocturnes." Et voilà que je découvre ceci ? Ce poison ? Ces actes de sorcellerie ? »

Il empoigne la chevelure de Maria, à l'intérieur d'Anna un hurlement retentit. Dis-lui la vérité. C'est toi la voleuse, la cause du malheur. Parle donc. Mais à présent Kalapathes tire Maria par les cheveux, passant dans le couloir comme si Anna n'existait pas, Maria se débat pour se remettre debout, Kalapathes fait deux fois leur taille et le courage d'Anna est absent.

Il traîne Maria le long des autres cellules, où les brodeuses sont tapies derrière leurs portes. Pendant un instant, elle parvient à poser un pied au sol, mais elle trébuche, une énorme poignée de cheveux arrachés reste dans la main de Kalapathes, et un côté de sa tête heurte la marche en pierre qui mène à l'arrière-cuisine.

On dirait le bruit d'un maillet fendant une courge. Près de son baquet à vaisselle, Chryse la cuisinière les regarde ; Anna ne bouge pas du corridor ; le sang de Maria se répand au sol. Personne ne dit mot lorsque Kalapathes, l'attrapant par sa robe, traîne son corps inerte jusqu'au foyer et tourne ses yeux aveugles vers les flammes pendant que les cahiers, un, puis deux, puis trois, sont réduits en cendres dans l'âtre.

Omeir

Omeir a douze ans. Il est perché sur une branche de l'if à moitié creux, en train de contempler le coude de la rivière, lorsque déboule sur la route le plus petit des chiens de Grand-père, qui rentre à la maison ventre à terre. Arbre et Clair-de-Lune – superbes bouvillons de deux ans, larges d'encolure et d'épaules, leurs muscles noueux ondulant sur leur poitrail – s'arrêtent de brouter au milieu des dernières digitales pour lever la tête de concert. Ils hument l'atmosphère, puis posent les yeux sur Omeir comme s'ils attendaient ses instructions.

La lumière prend une teinte platine. Un tel silence s'empare de l'air du soir qu'il entend le chien accourir vers la maisonnette, et sa mère qui demande : « Qu'est-ce qui lui prend, à celui-ci ? »

Quatre secondes, cinq, six. Là-bas sur la route, des hérauts aux bannières éclaboussées de fange apparaissent au tournant, chevauchant à trois de front. D'autres cavaliers viennent ensuite, la lance au poing ou portant une espèce de trompe, d'abord une douzaine et puis tout un convoi : des chariots tirés par des ânes, des soldats qui vont à pied… Jamais il n'a vu pareille quantité d'hommes et de bêtes.

Il saute à bas de l'arbre et file d'un trait à la maison, Arbre et Clair-de-Lune trottant sur ses talons sans cesser de ruminer, fendant les hautes herbes comme la proue d'un navire. Lorsque Omeir arrive devant l'étable, Grand-père sort déjà en clopinant, la mine sombre comme si une affaire déplaisante et longtemps remise à plus tard exigeait enfin règlement. Il fait taire les chiens et envoie Nida se cacher dans la cave à légumes, puis il attend, le dos raide et les poings sur les hanches, que les premiers cavaliers aient remonté la route de la berge.

Leurs chevaux arborent des brides colorées et des harnais chamarrés de glands, ils ont des bonnets rouges sur la tête et portent des hallebardes ou des lances de fer, certains ont des arbalètes sanglées à leur selle. De petites cornes à poudre sont pendues à leur cou ; leurs cheveux sont taillés de curieuse manière. Un émissaire du sultan, chaussé de grandes bottes, ses poignets de chemise ornés de volants, met pied à terre et louvoie entre les rochers ; il s'immobilise, la main sur le pommeau de sa dague.

« Soyez béni, lui dit Grand-père.

– Et vous de même. »

Quelques gouttes de pluie commencent à tomber. Observant la cohorte au loin, Omeir voit d'autres hommes apparaître au tournant de la route, quelques-uns dans des chariots attelés à de maigres bœufs des montagnes, les autres à pied, l'épée à la main ou chargés d'un carquois garni de flèches. Le regard d'un des hérauts s'arrête sur Omeir, et la répulsion lui tire une grimace ; alors le garçon se perçoit brièvement à travers ses yeux, lui et le lieu qu'il habite : un logis grossièrement aménagé dans une cavité rocheuse, demeure d'un garçon à la bouche balafrée, asile de la difformité.

« La nuit approche, fait Grand-père, et la pluie aussi. Vous devez être fatigués. Nous avons du fourrage pour vos bêtes, et un endroit où vous pourrez vous reposer à l'abri du mauvais temps. Venez, soyez les bienvenus ici. »

Il introduit dans la maisonnette une demi-douzaine de hérauts ; sa courtoisie un peu raide est peut-être sincère, même si Omeir remarque qu'il ne cesse de tirer sur sa barbe et d'en pincer les poils entre deux doigts, comme toujours lorsqu'il se sent inquiet.

À la nuit tombée, la pluie s'abat sans relâche, et ce sont quarante hommes et presque autant de bêtes qui trouvent refuge sous le surplomb rocheux, regroupés autour de petits feux. Omeir apporte du bois puis de l'avoine et du fourrage, se hâtant dans l'obscurité pluvieuse entre l'étable et la caverne, le visage dissimulé par son capuchon. Chaque fois qu'il s'arrête, la panique l'étrangle de ses vrilles : que sont-ils venus faire ici, où doivent-ils aller et quand s'en iront-ils ? Ce que sa mère et sa sœur sont en train de distribuer à ces gens – le miel et les conserves, le chou au vinaigre, les truites, le fromage de brebis et le gibier séché – représente presque la totalité de leurs provisions pour l'hiver.

Parmi les hommes, certains portent des capes et des pèlerines de bûcherons, mais d'autres sont vêtus de manteaux en fourrure de renard ou en peau de chameau, et l'un d'eux exhibe une hermine qui a encore toutes ses dents. La plupart ont des dagues fixées à la ceinture, et tous évoquent les dépouilles qu'ils vont arracher à une glorieuse cité, quelque part au sud.

Minuit est passé lorsque Omeir trouve Grand-père à l'étable, devant son établi éclairé par la lampe à huile – il est bien rare qu'il regarde aussi peu à la dépense –, occupé à fabriquer une barre de joug. Le sultan – que Dieu le garde –, dit Grand-père, est en train de rassembler des hommes et des bêtes dans sa capitale, Edirne. Il requiert des combattants et des conducteurs de bœufs, des cuisiniers et des maréchaux-ferrants, des forgerons et des portefaix. Tous ceux qui se présenteront seront récompensés, dans cette vie ou dans la suivante.

De petites volutes de sciure s'élèvent dans le rayon de la lampe avant de se fondre dans l'ombre.

« Quand ils ont posé les yeux sur nos bœufs, ils ont failli en perdre la tête. » Mais Grand-père ne rit pas en disant cela, il ne lève même pas les yeux de son ouvrage.

Omeir s'assied dos au mur. Un alliage bien particulier de crottin, de fumée, de paille et de copeaux de bois laisse au fond de sa gorge une saveur piquante, chaude et familière, et il doit ravaler ses larmes. Les jours se succèdent et on suppose que chacun ressemblera plus ou moins au précédent – qu'on sera toujours en sûreté, que la famille perdurera et restera unie, que l'existence suivra à peu près son cours habituel. Et puis arrive un moment où tout est bouleversé.

Des images de la cité dans le Sud fusent dans son esprit, mais pour lui qui n'a jamais vu de grande ville, pas plus en effigie qu'en réalité, il est bien difficile de se représenter quoi que ce soit, et les contes de Grand-père viennent se mêler à ses visions, avec leurs renards doués de parole et leurs araignées de la Lune, leurs palais taillés dans le verre et leurs ponts tendus entre les étoiles.

Dehors, un âne brait dans le noir.

« Ils vont emmener Arbre et Clair-de-Lune, dit Omeir.

– Et il faudra aussi quelqu'un pour les conduire. » Grand-père soulève la barre de joug et l'examine avant de la reposer. « Tu es le seul à qui ils voudront bien obéir. »

Omeir a la sensation qu'une hache vient de le pourfendre. Depuis toujours, il songe aux aventures que le monde tient en réserve au-delà du versant, mais pour l'heure il n'aspire qu'à se blottir contre le mur en rondins de l'étable en attendant que la nouvelle saison arrive, que ces visiteurs ne soient plus qu'un souvenir et que les choses soient redevenues comme autrefois.

« Je n'irai pas. »

Grand-père le regarde enfin et déclare : « Autrefois, tous les habitants d'une ville, des mendiants aux bouchers en passant par le roi, ont ignoré l'appel de Dieu et ont été changés en pierre. La population entière, y compris les femmes et les enfants, est devenue pierre. Il n'y a aucun moyen de refuser ce qui t'est demandé. »

Arbre et Clair-de-Lune sont endormis contre le mur d'en face, leurs côtes se soulevant à l'unisson.

« Tu te couvriras de gloire, dit Grand-père, et ensuite tu reviendras ici. »

TROIS

LA MISE EN GARDE DE LA COMMÈRE

La Cité des nuages et des oiseaux, d'Antoine Diogène, Folio Γ

… alors que je franchissais les portes du village, je croisai une vieille commère repoussante assise sur une souche d'arbre. « Où t'en vas-tu comme ça, pauvre sot ? me demanda-t-elle. La nuit va bientôt tomber, et ce n'est pas une heure pour courir les routes. » Et moi je répondis : « Toute ma vie, j'ai rêvé d'en connaître davantage, de me remplir les yeux de choses nouvelles et de laisser derrière moi ce village puant et boueux, et ces moutons qui ne savent que bêler. Je pars pour la Thessalie, Pays de la Magie, afin de trouver un sorcier capable de me transformer en oiseau, aigle farouche ou splendide chouette. »

Elle se mit à rire et me retourna : « Aethon, gros balourd, chacun sait que tu n'arrives même pas à compter jusqu'à cinq, et toi tu t'imagines compter les vagues de la mer. Pour ce qui est de te remplir les yeux, tu ne verras jamais plus loin que le bout de ton nez.

– Silence, mégère. Car j'ai entendu parler d'une cité dans les nuages où les grives vous tombent dans la bouche toutes rôties, où le vin coule à flots dans les rues et où de douces brises soufflent en permanence. Dès que je serai devenu un aigle farouche ou une splendide chouette, c'est vers elle que j'ai l'intention de m'envoler.

– Ah, on croit toujours que l'herbe est plus verte dans le pré du voisin ; mais il n'y a rien là-bas qui soit meilleur qu'ici, Aethon, je t'en donne ma parole. À chaque tournant de la route, des bandits embusqués n'attendent que de te fendre le crâne, et des goules sont tapies dans l'ombre, espérant s'abreuver de ton sang. Ici, tu as du vin et du fromage, tes amis et ton troupeau. Ce que tu possèdes déjà vaut mieux que ce que tu recherches si désespérément. »

Cependant, telle l'abeille qui voltige de-ci de-là, butinant les fleurs sans répit, je ne tenais pas en place et…

LAKEPORT, IDAHO

1941-1950

Zeno

Il a sept ans lorsque l'Ansley Tie and Lumber Company embauche son père pour faire fonctionner une nouvelle scie à guillotine. Ils arrivent en janvier, et jusque-là Zeno n'avait jamais vu d'autres flocons de neige que les fibres d'amiante saupoudrant une décoration de Noël, dans la vitrine d'un drugstore du nord de la Californie. Sur le quai de la gare, il touche une flaque gelée et retire sa main vivement, comme s'il s'était brûlé les doigts. Papa tombe à la renverse dans une congère et se relève en titubant, son manteau poudré de blanc. « Hé, regarde-moi ! Je suis le grand bonhomme de neige ! »

Zeno fond en larmes.

La compagnie leur loue un chalet de deux pièces mal isolé à plus d'un kilomètre de la ville, en lisière d'une plaine d'un blanc aveuglant – le garçon comprendra plus tard qu'il s'agit du lac prisonnier des glaces. Le soir venu, Papa ouvre une conserve Armour and Company, des spaghettis aux boulettes de viande qu'il fait chauffer sur le poêle à bois. La partie du fond brûle la langue de Zeno ; celle du dessus n'est qu'une pâtée froide.

« Nous être bien dans cette maison, pas vrai, ma caille ? Formidable, hein ? »

L'air froid s'immisce toute la nuit par d'innombrables interstices, et Zeno ne parvient pas à se réchauffer. Une heure avant l'aube, il s'aventure dans le canyon creusé entre les congères pour se rendre aux cabinets, une expérience tellement horrible qu'il prie pour ne plus jamais avoir besoin d'uriner. Au point du jour, Papa l'emmène au magasin général, à un kilomètre et demi de distance, et achète pour quatre dollars huit paires de chaussettes de la marque Utah Woolen Mill, les meilleures qu'ils ont en stock ; ils s'asseyent sur le plancher près de la caisse enregistreuse, et Papa lui enfile deux paires l'une sur l'autre.

« Oublie pas ça, fils. Y a pas mauvais temps, y a seulement mauvais vêtements. »

À l'école, la moitié des élèves sont finlandais et les autres suédois ; Zeno, lui, a les cils noirs, les yeux noisette et un teint couleur de thé au lait – et puis il y a la consonance de son nom. Huile d'Olive, Baiseur de Moutons, Métèque, Zéro ; même quand il ne saisit pas les termes employés, le message est assez transparent : évite de puer comme ça, ne respire pas, arrête de grelotter, arrête d'être bizarre. Après la classe, il déambule dans le centre de Lakeport, qui se réduit à un labyrinthe de neige tassée – une couche d'un mètre cinquante au-dessus de la station-service, d'un mètre quatre-vingts sur le toit de la quincaillerie M. S. Morris. À l'intérieur de la confiserie Caldwell, des garçons plus âgés que lui mâchent du chewing-gum en prononçant des mots comme « débile », « lavette » et « bagnole ». Ils se taisent dès qu'ils remarquent sa présence et lui disent : « Ne viens pas nous espionner. »

Huit jours après son arrivée à Lakeport, il s'arrête devant la façade bleu clair d'une maison victorienne à deux niveaux, à l'angle de Lake et Park Street. Des glaçons pendent comme des crocs à son avant-toit ; l'enseigne, à moitié enfouie sous la neige, dit ceci :

Bibliothèque municipale

Alors qu'il regarde à travers la vitre, la porte s'ouvre et deux femmes identiques, vêtues de blouses à col montant, lui font signe d'entrer.

« Oh là, fait la première, tu as l'air gelé, toi.

– Où est donc ta mère ? » ajoute la deuxième.

Les tables de lecture sont éclairées par des lampes inclinables ; accroché au mur, un ouvrage au point de croix indique : *Les renseignements, c'est ici.*

« Maman, elle est montée au Ciel, répond Zeno. Dans la cité où tout le monde est à l'abri du chagrin et où personne ne manque de rien. »

Les deux bibliothécaires inclinent la tête, exactement selon le même angle. L'une le fait asseoir près du feu sur une chaise à barreaux, tandis que l'autre disparaît entre les rayonnages et revient avec un livre relié en toile, à la jaquette jaune citron.

« Très bon choix », approuve la première sœur. Elles s'installent avec lui, une de chaque côté, et celle qui a apporté le livre dit alors : « Par une journée comme celle-ci, quand le temps est froid et humide et qu'on n'arrive pas à se réchauffer, je crois qu'il n'y a rien de tel que les Grecs. » Elle lui montre sur une page un texte compact, écrit en vers. « Grâce à eux, tu peux t'envoler et faire le tour de la Terre pour atterrir dans un lieu plein de lumière, de chaleur et de rochers. »

Les flammes vacillent dans la cheminée, les poignées en laiton rutilent sur les tiroirs des fichiers, et Zeno cale ses mains sous ses cuisses pendant que la deuxième sœur commence la lecture. C'est l'histoire d'un marin solitaire, l'homme le plus seul du monde, qui voyage dix-huit jours à bord d'un radeau avant d'être pris dans une tempête terrible. Son bateau fracassé, il échoue, tout nu, sur la côte rocheuse d'une île. Mais une déesse nommée Athéna prend l'apparence d'une fillette chargée d'une cruche d'eau et le guide vers une cité enchantée.

> Ulysse admirait donc les ports, les vaisseaux balancés,
> les places des héros, les grands et hauts remparts
> tout couronnés de pieux, merveilleuse vision.

Zeno ne bouge plus, fasciné. Il entend les vagues qui se brisent sur les rochers, il sent les effluves salés de la mer et voit miroiter les dômes qui s'élèvent haut dans les cieux. L'île des Phéaciens serait-elle la Cité céleste, et sa mère a-t-elle dû flotter pendant dix-huit jours sous les étoiles avant de l'atteindre ?

La déesse dit au marin solitaire qu'il ne faut pas avoir peur, que le courage est toujours la meilleure attitude à adopter, et il pénètre dans un palais qui chatoie comme le clair de lune ; le roi et la reine lui offrent un vin aux notes de miel, le font asseoir sur un siège d'argent en le priant de leur conter ses tribulations, et Zeno brûle d'apprendre la suite, mais la chaleur du feu, l'odeur du vieux papier et le ton cadencé de la bibliothécaire se conjuguent pour le soumettre à un sortilège, et il finit par s'assoupir.

Papa promet une isolation pour la maison, l'eau courante et un radiateur électrique Thermador flambant neuf, commandé directement chez Montgomery Ward, pourtant la plupart du temps il rentre si fatigué de la scierie qu'il n'a même pas la force de se déchausser. Il fait réchauffer des pâtes au bœuf haché sur le poêle, fume une cigarette et s'endort à la table de la cuisine, les pieds dans une flaque de neige fondue, comme si lui-même fondait un peu pendant son sommeil pour retourner à l'état solide une fois l'aube venue, quand il franchit la porte.

Tous les jours après la classe, Zeno s'arrête à la bibliothèque, où les bibliothécaires – appelées toutes les deux miss Cunningham – lui lisent la suite de l'*Odyssée*, puis *La Toison d'or et les héros qui ont précédé Achille* ; les deux sœurs lui font visiter l'île d'Ogygie et l'île d'Érythie, qu'elles qualifient de « mythiques », ce qui signifie que ces lieux ne sont pas réels, que Zeno ne peut s'y rendre qu'en imagination, même si, à d'autres moments, les bibliothécaires soulignent que les mythes antiques peuvent contenir plus de vérité que les choses vraies – alors, qui sait s'ils ne sont pas réels, finalement ?

Les jours rallongent, le toit de la bibliothèque goutte, et quand il entend tomber les gros paquets de neige des pins ponderosas surplombant le chalet, Zeno pense à Hermès aux sandales dorées s'élançant du mont Olympe pour aller délivrer un nouveau message des dieux.

Au mois d'avril, Papa ramène de la scierie un colley tacheté, et la chienne a beau sentir l'eau croupie et faire régulièrement ses besoins derrière le poêle, Zeno sent des larmes de joie lui monter aux yeux lorsqu'elle grimpe sur sa couverture la nuit et blottit son corps contre le sien en poussant de temps à autre un soupir d'infinie satisfaction. Il la baptise Athéna, et tous les après-midi quand il sort de l'école, la chienne l'attend derrière la clôture en bois, remuant la queue dans la neige fondue ; ils s'en vont tous les deux à la bibliothèque où les sœurs Cunningham laissent Athéna s'assoupir sur le tapis devant la cheminée pendant qu'elles lisent à Zeno des histoires sur Hector, Cassandre et la centaine d'enfants du roi Priam. Juin succède à mai, le lac est maintenant bleu saphir, le bruit des scies se répercute dans les forêts, des réserves de bois coupé s'élèvent près de la scierie, aussi grandes que des villes, et Papa achète à Zeno une combinaison trois tailles au-dessus de la sienne, avec un éclair brodé sur la poche.

Au mois de juillet, un jour où il passe devant une maison à l'angle de Mission et Forest Street – deux niveaux, une cheminée en brique, une Buick Model 57 bleu clair de 1933 garée dans l'allée –, une femme apparaît sur le seuil et lui fait signe de la rejoindre.

« Je ne vais pas te mordre, lui dit-elle. Mais n'emmène pas ton chien. »

À l'intérieur, des rideaux en soie font écran à la lumière. La femme lui explique qu'elle s'appelle Mrs Boydstun et que son mari est décédé quelques années plus tôt, après un accident survenu à la scierie. Elle a les cheveux jaunes et les yeux bleus, et les grains de beauté sur son cou ressemblent à des cafards pétrifiés en plein mouvement. Dans la salle à manger, une pyramide de gâteaux secs est posée sur une assiette, des biscuits en forme d'étoile avec un glaçage brillant sur une face.

« Vas-y, sers-toi. » Elle allume une cigarette. Sur le mur derrière elle, un Christ de trente centimètres jette du haut de sa croix un regard courroucé. « Sinon, ils finiront à la poubelle. »

Zeno prend un biscuit : sucre, beurre, un délice.

Le pourtour de la pièce est garni d'étagères sur lesquelles s'alignent par centaines des enfants en porcelaine aux joues roses, à bonnet et robe rouges, certains sont chaussés de sabots ou munis de fourches, et il y en a qui s'embrassent tandis que d'autres se penchent sur une fontaine aux souhaits.

« Je t'ai remarqué, lui dit la femme. Tu rôdes tout le temps dehors. Tu bavardes avec ces sorcières de bibliothécaires. »

Zeno est incapable de lui répondre, les enfants en céramique le mettent mal à l'aise, et en plus il a la bouche pleine.

« Ressers-toi donc. »

Le deuxième gâteau est encore meilleur que le premier. Quelle idée, de préparer une fournée de biscuits pour les jeter à la poubelle !

« Ton père est le nouveau, c'est ça ? À la scierie. Celui qui a de larges épaules ? »

Zeno réussit à hocher la tête. Le Christ impassible baisse les yeux sur lui. Mrs Boydstun prend une longue bouffée de tabac. Malgré ses façons décontractées, elle l'observe avec une attention farouche qui lui rappelle Argus Panoptes, le gardien d'Héra, qui avait des yeux sur toute la tête et jusqu'au bout des doigts, en si grand nombre que, s'il en fermait cinquante pour dormir, il lui en restait autant pour monter la garde.

Il prend un troisième biscuit.

« Et ta mère ? Elle est dans les parages ? »

Zeno fait non de la tête, et brusquement il étouffe dans cette maison, les biscuits deviennent argile dans son ventre, Athéna gémit dehors et la confusion et la culpabilité déferlent sur lui en vagues si violentes qu'il s'éloigne de la table à reculons et se sauve sans un mot de remerciement.

Le dimanche suivant, Papa et lui assistent à l'office avec Mrs Boydstun, et un pasteur qui transpire sous les bras annonce que des forces obscures sont en train de se rassembler. Après la messe, tous les trois rentrent à pied chez

Mrs Boydstun, qui verse dans deux verres identiques une boisson appelée Old Forester ; Papa allume la radio portative Zenith, balançant des airs de big band à travers les pièces sombres et étouffantes, et Mrs Boydstun rit en dévoilant tous ses plombages et effleure du bout des ongles l'avant-bras de Papa. Zeno espère qu'elle va servir une nouvelle assiette de biscuits, mais Papa lui dit : « Tu t'en vas jouer dehors, fils. »

En compagnie d'Athéna, il remonte le pâté de maisons pour se rendre au bord du lac et bâtit dans le sable un royaume des Phéaciens en miniature pourvu de remparts et de vergers faits de brindilles, et même d'une flotte avec des pommes de pin en guise de navires. Athéna écume le rivage pour lui rapporter des bâtons qu'il lance dans l'eau. Deux mois plus tôt, il aurait été enchanté de passer du temps dans une vraie maison, avec une vraie cheminée et une Buick Model 57 dans l'allée, mais à cet instant il ne rêve que de rentrer au chalet avec Papa pour qu'ils partagent une boîte de spaghettis.

Athéna lui rapporte des bâtons de plus en plus gros et finit même par traîner dans le sable des arbrisseaux déracinés, la surface du lac scintille au soleil, les immenses ponderosas ondulent et frissonnent en faisant pleuvoir leurs aiguilles sur son royaume, et Zeno, baissant les paupières, se sent devenir tout petit, assez pour pouvoir entrer dans le palais royal au centre de son île de sable, où des serviteurs le revêtent d'une chaude tunique avant de le précéder dans les couloirs éclairés par des torches, et tous sont ravis de l'accueillir, puis dans la salle du trône il rejoint Ulysse et sa mère, ainsi que le beau et puissant Alkinoos, et ils font des libations à Zeus maître du Tonnerre, qui guide le voyageur sur la route.

Il se résigne à retourner chez Mrs Boydstun et appelle Papa, qui lui répond depuis une pièce située à l'arrière.

« Encore cinq minutes, ma caille ! »

Athéna et Zeno attendent sur le porche, entourés d'un halo de moustiques.

Septembre se referme sur août comme une paire de griffes, et dès le mois d'octobre les hauteurs des montagnes sont poudrées de neige ; ils passent désormais tous leurs dimanches avec Mrs Boydstun, et même plusieurs soirées de la semaine. Novembre arrive et Papa n'a toujours pas aménagé de cabinets à l'intérieur, pas plus qu'il n'a commandé de radiateur flambant neuf chez Montgomery Ward. Le premier dimanche de décembre, alors qu'ils viennent de rentrer de l'église, Papa allume la radio de Mrs Boydstun et le présentateur annonce que trois cent cinquante-trois appareils japonais ont bombardé une base navale américaine, dans un endroit appelé Oahu.

À la cuisine, Mrs Boydstun laisse tomber un sac de farine. « Ça veut dire quoi, toutes les forces auxiliaires ? » demande Zeno. Personne ne répond à sa question. Athéna aboie depuis le porche, le présentateur estime à plusieurs milliers le nombre de marins décédés, et une veine bien visible palpite sur le front de Papa.

Dehors, le long de Mission Street, les congères sont déjà aussi hautes que Zeno. Athéna creuse un tunnel dans la neige, il n'y a pas de voitures dans la rue, pas d'avions dans le ciel, pas d'enfants sortant des maisons voisines. Le monde entier semble avoir été réduit au silence. Quand Zeno rentre, quelques heures plus tard, son père est en train de tourner autour de la radio en faisant craquer les phalanges de sa main droite, Mrs Boydstun se tient derrière la vitre avec un verre de bourbon Old Forester, et personne ne s'est soucié de nettoyer la farine répandue.

Une femme parle à la radio : « Mesdames et messieurs, bonsoir. » Elle s'éclaircit la voix. « Je m'adresse à vous ce soir, à un moment crucial de notre histoire. »

Papa dit en levant l'index : « C'est la femme au président. »

Athéna gémit derrière la porte.

« Depuis plusieurs mois maintenant, poursuit la femme du président, nous sentions peser la menace d'un événement de cet ordre, et cependant il nous paraissait inconcevable. »

Athéna se met à japper, et Mrs Boydstun lance : « Tu peux dire à ce chien de la fermer ?

– Papa, réclame Zeno, on pourrait rentrer à la maison ? »

« Peu importe ce qui est requis de nous, dit la femme du président, je suis certaine que nous sommes capables de l'accomplir. »

Papa secoue la tête.

« Des garçons avoir le crâne explosé au petit-déjeuner. Eux brûlés vivants. »

Athéna aboie encore, Mrs Boydstun serre son front entre ses mains tremblantes, et les centaines d'enfants en porcelaine sur les étagères – ceux qui se tiennent par la main, ceux qui sautent à la corde, ceux qui transportent des seaux – semblent tout à coup investis d'un pouvoir formidable.

« À présent, dit le présentateur, nous pouvons reprendre le cours des programmes prévus pour ce soir. »

« Nous leur montrer aux enfoirés de Japs, dit Papa. Oh oui, nous leur montrer. »

Cinq jours plus tard, Papa et quatre autres employés de la scierie se rendent à Boise, où on examine leurs dents et leur poitrine. Le lendemain de Noël, il part pour un endroit qu'on appelle un camp d'entraînement, dans un coin qu'on appelle le Massachusetts, et Zeno reste vivre chez Mrs Boydstun.

LAKEPORT, IDAHO

2002-2011

Seymour

Les premiers mois, il ne cesse de hurler, de vagir et de brailler. À deux ans, il n'accepte de manger que des choses rondes : des Cheerios, des gaufres surgelées et des M&M's tout chocolat en sachets – le format standard et surtout pas le mini ou le maxi-paquet, et gare à Bunny si elle lui propose la version aux cacahuètes. Elle a le droit de toucher ses bras et ses jambes, mais pas ses mains ni ses pieds. Et encore moins ses oreilles. Lui faire un shampoing relève du cauchemar, et il n'est pas question de lui couper les cheveux.

Ils habitent une chambre payée à la semaine au motel Golden Oak de Lewiston ; Bunny paie son loyer en faisant le ménage des seize autres chambres. Les petits copains se succèdent comme des coups de tonnerre : Jed, puis Mike Gawtry, puis un type que Bunny surnomme Turkey Leg. Lueurs des flammes de briquets ; vrombissements des distributeurs de glaçons ; fenêtres qui vibrent au passage des camions chargés de bois. Quand les choses tournent vraiment mal, ils passent la nuit dans la Pontiac.

À trois ans, Seymour décrète qu'il ne supporte pas les étiquettes de ses sous-vêtements ni le bruissement que produisent certaines marques de céréales dans leur sachet en plastique. À quatre ans, il se met à hurler si la paille de sa brique de jus de fruit racle dans le mauvais sens l'opercule en aluminium. Et il suffit que Bunny éternue un peu fort pour qu'il passe une demi-heure à trembler. « Mais qu'est-ce qui cloche chez lui ? demandent les hommes. Tu peux pas lui demander de la boucler ? »

Il a six ans lorsque Bunny apprend que son grand-oncle Pawpaw, qu'elle n'a pas vu depuis vingt ans, vient de décéder et qu'elle hérite de sa maison préfabriquée à Lakeport. Aussitôt elle referme son téléphone à clapet, jette ses gants en caoutchouc dans la baignoire de la chambre 14 et abandonne son chariot au milieu du passage, puis elle entasse dans la Grand Am le mini-four, le téléviseur Magnavox avec lecteur de DVD intégré, et deux sacs-poubelle remplis de vêtements. Ensuite ils roulent trois heures vers le sud, sans s'arrêter une seule fois.

La maison se trouve à un kilomètre et demi de la ville, sur un arpent de terrain en friche au bout d'une impasse gravillonnée baptisée Arcady Lane. L'une des vitres est brisée, quelqu'un a tagué sur un côté : PLUTÔT LA MILICE QUE LA POLICE, et la toiture rebique à une extrémité comme si un géant avait tenté de l'arracher. Dès que le notaire est reparti, Bunny s'agenouille dans l'allée et sanglote si longtemps qu'ils en sont tous les deux effrayés.

Une forêt de pins enferme le terrain sur trois côtés. Des milliers de papillons blancs volettent parmi les chardons du jardin. Seymour s'assied à côté de Bunny.

« Mon opossum, lui dit-elle en séchant ses larmes. Merde, ça faisait tellement longtemps ! »

Les arbres qui dominent la propriété chatoient ; les papillons voguent dans les airs.

« Longtemps que quoi, maman ?

– Qu'il n'y avait plus d'espoir. »

Un fil de toile d'araignée s'envole et capte la lumière.

« C'est vrai, merde, dit-il. Ça faisait longtemps qu'y avait plus d'espoir. »

Il sursaute lorsque sa mère éclate de rire.

Bunny cloue un panneau de contreplaqué sur la vitre cassée, débarrasse les placards de la cuisine des crottes de souris, et charrie jusqu'au bord de la route le vieux matelas de Pawpaw grignoté par les tamias. Elle en achète deux neufs grâce à un emprunt à dix-neuf pour cent. Chez le soldeur du coin, elle déniche une causeuse orange qu'elle arrose généreusement de désodorisant avant de la traîner dans la maison avec l'aide de Seymour. À la tombée du jour, ils s'asseyent sur les marches du perron et mangent deux gaufres chacun. Un balbuzard passe haut dans le ciel, volant vers le lac. Une biche et ses deux faons apparaissent près de la remise à outils, les oreilles frémissantes. Le ciel devient violet.

Seed's a-growing, chantonne Bunny, *and the meadow's a-blooming, and the wood's a-coming into leaf now…*

Seymour ferme les yeux. La brise est aussi douce que les couvertures bleues du motel Golden Oak, peut-être encore plus, les chardons exhalent un parfum chaleureux de sapin de Noël, juste derrière le mur auquel ils tournent le dos se trouve sa chambre rien qu'à lui, avec ses auréoles au plafond qui ressemblent à des nuages ou à des cougars, ou peut-être à des éponges de mer, et sa mère a l'air tellement heureuse qu'il ne peut s'empêcher de rire quand elle en arrive au moment de sa chanson où la brebis bêle, où le taureau caracole et où le bouc lâche un pet.

La classe de CP à l'école primaire de Lakeport = vingt-six marmots de six ans dans un préfabriqué de dix mètres carrés, placés sous la houlette de Mrs Onegin, enseignante chevronnée et portée sur l'ironie. Le bureau bleu foncé qu'elle attribue à Seymour est une horreur : son cadre est tordu, et ses boulons sont rouillés, et les grincements de ses pieds sur le sol lui donnent l'impression qu'on plante des aiguilles dans ses globes oculaires.

« Seymour, dit Mrs Onegin, est-ce que tu vois d'autres enfants assis par terre ? »

Ou bien : « Seymour, tu attends peut-être un carton d'invitation officiel ? »

Ou encore : « Seymour, si tu ne vas pas t'asseoir… »

Sur le bureau du directeur, il y a un mug qui dit : LE SOURIRE EST MA GYMNA. Des géocoucous de dessin animé trottent sur sa ceinture. Bonnie porte son polo tout neuf du service d'entretien du Wagon Wheel, dont le prix sera déduit de son premier salaire.

« Il est très sensible », dit-elle.

Et le directeur Jenkins demande en lorgnant ses seins pour la troisième fois : « Est-ce qu'il y a une figure paternelle dans son entourage ? »

Plus tard, dans la voiture, Bunny s'arrête sur le bas-côté de Mission Street et avale trois Excedrin sans eau : « Mon opossum, tu m'écoutes, là ? Si c'est oui, touche-toi les oreilles. »

Quatre camions passent en trombe ; deux bleus et deux noirs. Seymour porte les mains à ses oreilles.

« Qu'est-ce qu'on est, toi et moi ?

– Une équipe.

– Et ça veut dire quoi, être une équipe ?

– Que chacun aide l'autre. »

Passe une voiture rouge, puis un camion blanc.

« Tu veux bien me regarder ? »

Seymour obéit. Le badge fixé au polo de sa mère indique : BUNNY, AGENT D'ENTRETIEN. Son prénom est plus court que le nom de son travail. Deux autres camions ébranlent la Grand Am en fonçant sur la route, mais il n'arrive pas à entendre leur couleur.

« Je ne peux pas planter mon boulot en pleine journée sous prétexte que tu n'aimes pas ton bureau. C'est un coup à se faire virer, et ça, je ne peux pas me le permettre. J'ai besoin que tu fasses des efforts. Tu veux bien ? »

Il en fait, des efforts. Lorsque Carmen Hormaechea le touche avec son bras rougi par le sumac vénéneux, il tâche de ne pas hurler. Lorsque le frisbee de Tony Molinari le frappe à la tempe, il tâche de ne pas pleurer. Mais neuf jours après le début du mois de septembre, un feu de forêt dans le massif des Seven Devils asphyxie la vallée entière sous ses fumées, et Mrs Onegin annonce que la qualité de l'air ne leur permet pas de sortir pour la récréation, et qu'il leur faudra garder les fenêtres fermées à cause de l'asthme de

Rodrigo, et en l'espace de quelques minutes, le préfabriqué empeste aussi fort que le micro-ondes de Pawpaw quand Bunny décongèle des fajitas.

Seymour tient bon pendant l'atelier calcul, la pause-déjeuner et les exercices de lecture. Mais pendant « l'heure de réflexion », sa résistance commence à se fissurer. Mrs Onegin renvoie les élèves à leur bureau pour qu'ils colorient la carte de l'Amérique du Nord, et Seymour essaie de tracer doucement des cercles verts dans le golfe du Mexique, il s'efforce de ne bouger que le poignet et la main, de remuer le moins possible pour que le bureau ne fasse pas de *scritch scritch scritch* sur le sol, de retenir son souffle pour que les odeurs ne pénètrent pas dans ses narines, mais la sueur ruisselle le long de ses côtes, Wesley Ohman n'arrête pas de soulever et de recoller la bande Velcro de sa chaussure gauche, Tony Molinari fait des pop pop pop avec sa bouche, et Mrs Onegin est en train d'écrire au tableau un interminable et atroce A-M-É-R-I-Q- avec son marqueur qui couine et qui grince, la pendule murale tictaque, et tous ces bruits s'engouffrent dans sa tête comme les frelons dans un nid.

Le tumulte : depuis toujours, il perçoit sa rumeur au loin. Et à présent, le voilà qui grossit. Il anéantit les montagnes, le lac, le centre de Lakeport ; déboule à travers le parking de l'école en renversant les voitures ; maintenant il gronde devant le préfabriqué, secoue la porte. Des petits points noirs envahissent son champ de vision.

Miss Slattery, la psychologue de l'école, évoque un trouble de l'intégration sensorielle ou un problème d'hyperactivité, voire un mélange des deux. L'enfant est trop jeune pour qu'elle puisse se prononcer, et elle n'est pas habilitée à poser un diagnostic. Toujours est-il que ses hurlements effraient les autres élèves, le directeur Jenkins a donc décidé de le renvoyer chez lui pour la journée du vendredi, et Bunny ferait bien de contacter un ergothérapeute dans les meilleurs délais.

Celle-ci se pince l'arête du nez.

« Est-ce que c'est… gratuit pour les écoliers ? »

« C'est ça, Bunny, dit Steve, le manager du Wagon Wheel. Emmène ton môme au boulot si tu veux vraiment te faire virer. »

Alors Bunny, le vendredi matin, retire de la cuisinière les boutons des brûleurs à gaz, dépose un paquet de Cheerios sur le comptoir et lance un DVD de *Starboy* qui repassera en boucle.

« Mon opossum ? »

Sur l'écran de télé, Starboy descend du ciel nocturne dans sa combinaison étincelante.

« Si tu m'écoutes, touche-toi les oreilles. »

Starboy découvre une famille de tatous prise dans un piège. Seymour touche ses oreilles.

« Quand il y aura trois zéros à la pendule du four, je rentrerai voir si tout va bien. Ça marche ? »

Starboy a besoin d'aide. C'est le moment d'appeler Ami-Fidèle.

« Tu seras bien sage ? »

Il fait oui de la tête. La Pontiac remonte bruyamment Arcady Lane. Ami-Fidèle la chouette surgit de la nuit de dessin animé. Starboy éclaire la route, et Ami-Fidèle déchire le filet à coups de bec ; les tatous se tortillent pour se libérer ; Ami-Fidèle déclare que les vrais, vrais amis savent s'entraider. Et là, quelque chose se met à gratter la toiture de la maison, comme un scorpion géant.

Seymour va dans sa chambre, l'oreille tendue. Puis il écoute à la porte d'entrée et à la baie coulissante de la cuisine. Tap scratch scratch.

Sur l'écran de télé, un gros soleil jaune se lève. Le moment pour Ami-Fidèle de regagner le nid. Le moment pour Starboy de s'envoler vers le Firmament. *De vrais, vrais amis*, chante Starboy. *Ensemble à chaque heure. Moi dans le ciel et toi dans mon cœur.*

Lorsque Seymour fait coulisser la baie vitrée, une pie s'envole du toit pour aller se percher dans le jardin, sur un rocher en forme d'œuf. *Wock wock wock*, crie-t-elle en hochant la queue.

Un oiseau et pas un scorpion.

Dans la nuit, un orage a chassé la fumée et le ciel du matin est lumineux. Les chardons pourpres dodelinent de la tête, de minuscules insectes virevoltent. Les milliers de pins qui se serrent au fond de la parcelle, montant à flanc de coteau, semblent respirer tout en ondoyant. Inspiration, expiration. Il faut faire dix-neuf pas à travers les hautes herbes pour atteindre le rocher en forme d'œuf, et quand Seymour grimpe au sommet, la pie s'est déjà posée sur une branche en lisière de la forêt. Le rocher est orné de plaques de lichen rose, vert olive, fauve. Là-dehors, c'est purement incroyable. Grand. Vivant. En mouvement.

À vingt pas du rocher, Seymour rencontre une longueur de fil de fer barbelé qui s'affaisse entre deux piquets. Derrière lui : la baie coulissante, la cuisine, le four à micro-ondes de Pawpaw. Devant lui : trois mille arpents de forêt, propriété d'une famille texane que personne à Lakeport n'a jamais vue.

Wock wock wock, crie la pie.

En se baissant, c'est tout simple de passer sous le fil de fer.

Sous les arbres, la lumière est complètement différente : un autre monde. Des bannières de lichen se balancent aux branches ; des fragments de ciel brillent au-dessus de sa tête. Et voici une fourmilière qui fait la moitié de sa taille, un bloc de granit aussi grand qu'un mini-van, une plaque d'écorce qui s'adapte à son torse comme le plastron de l'armure de Starboy.

Derrière la maison, à mi-coteau, Seymour débouche dans une clairière entourée de pins de Douglas avec, en son centre, un grand ponderosa mort qui pourrait être le bras hérissé de doigts d'un géant-squelette ressurgi d'entre les morts. Tout autour de lui, planent par centaines les aiguilles de pin arrachées par le vent, accolées deux à deux. Il en attrape une paire et y voit un petit homme sans torse, aux grandes jambes fines. Le Bonhomme-Aiguille-de-Pin s'aventure sur le sol de la clairière avec ses pieds pointus.

À l'aide d'écorces et de brindilles, Seymour lui bâtit une maison à la base de l'arbre mort. Alors qu'il est en train de lui installer un matelas en lichen, un fantôme pousse un grand cri, trois mètres au-dessus de sa tête.

Iiiit, iiit, iit ?

Tous les poils se hérissent sur les bras de Seymour. La chouette est si bien camouflée qu'elle doit moduler trois autres appels avant qu'il parvienne à la repérer. En la voyant, il a le souffle coupé.

La chouette cligne des yeux, trois fois, quatre fois. Les paupières closes, elle se fond dans l'ombre qui enveloppe l'écorce. Puis les yeux se rouvrent et l'oiseau redevient visible.

Elle est aussi grande que Tony Molinari. Ses iris ont la même couleur que les balles de tennis. Et c'est lui qu'elle fixe. Seymour l'observe d'en bas, au pied de l'arbre mort, la chouette baisse le regard sur lui, la forêt respire et quelque chose se produit : la sensation de malaise dont le brouhaha accompagne chaque instant de sa vie – le tumulte – cesse d'un coup.

Cet endroit est plein de magie, semble dire la chouette. *Il te suffit de rester assis, de respirer et d'attendre, et la magie viendra à toi.*

Seymour reste assis, il respire et il attend, et la Terre parcourt mille kilomètres de plus sur son orbite. À l'intérieur de lui, les nœuds de toujours se relâchent.

Lorsque Bunny le retrouve, elle a des bouts d'écorce dans les cheveux et de la morve sur son polo Wagon Wheel, et au moment où elle le remet debout, Seymour ne saurait pas dire s'il s'est écoulé une minute, un mois ou dix années. La chouette s'évanouit comme une fumée. Il tord le cou pour la chercher du regard, mais elle n'est plus là, aspirée dans les profondeurs des bois, et Bunny lui touche les cheveux en sanglotant, « … sur le point d'appeler la police, pourquoi tu n'es pas resté tranquille… », elle le traîne au milieu des arbres en jurant, déchire son jean avec le fil de fer barbelé ; la pendule du micro-ondes dans la cuisine fait bip bip bip, Bunny parle au téléphone, Steve le manager est en train de la licencier, elle jette son portable sur la causeuse, empoigne

Seymour par les épaules pour qu'il ne puisse pas s'esquiver et dit : « Je croyais qu'on était unis, toi et moi, lui dit-elle, qu'on formait une équipe. »

Après l'heure du coucher, il se glisse jusqu'à sa fenêtre, fait coulisser la vitre et avance la tête dans l'obscurité. La nuit dégage un parfum sauvage qui rappelle l'oignon. Un aboiement, un tchi tchi tchi. La forêt est juste là, derrière la clôture barbelée.

« Ami-Fidèle, dit-il. Je te baptise Ami-Fidèle. »

Zeno

En bas, dans le salon, des adultes martèlent le plancher de leurs gros souliers. Cinq soldats en plastique Playwood sortent de leur caisse en fer-blanc. Le soldat 401, armé d'un fusil, rampe en direction de la tête de lit ; le soldat 410 traîne son canon antichar le long d'un sillon creusé dans la couette ; le soldat 413 s'est trop approché du radiateur, sa figure est en train de fondre.

Le pasteur White grimpe péniblement l'escalier avec à la main une assiette de crackers et de jambon et s'assied au bord du petit lit, le souffle court. Il ramasse le soldat 404, celui qui tient son fusil au-dessus de sa tête, en disant à Zeno qu'il n'est pas censé lui raconter cela mais que d'après ce qu'il a entendu, son papa a envoyé à lui tout seul quatre Japs en enfer avant de mourir.

« Guadalcanal, c'est où ça ? » demande une voix au pied de l'escalier. Et une autre répond : « Pour moi, c'est du pareil au même », et des flocons de neige volent derrière la vitre. Pendant une fraction de seconde, la mère de Zeno descend du ciel sur un bateau doré, il monte à son bord avec Athéna sous les regards ébahis des témoins, et ils s'envolent tous ensemble vers la Cité céleste, où une mer turquoise se brise contre les falaises noires et où tous les arbres sont lourds de citrons tiédis par le soleil.

Mais le voilà de retour sur son lit en laiton, le pasteur White qui empeste la lotion capillaire déplace énergiquement le soldat 404 autour du couvre-lit et Papa ne reviendra jamais.

« Un véritable, un authentique héros, lui dit-il. Voilà ce qu'était ton papa. »

Un peu plus tard, Zeno redescend en emportant son assiette et s'éclipse par la porte du jardin. Transie de froid, Athéna émerge en boitillant des genévriers, et il lui offre les crackers et le jambon, s'attirant un regard de pure gratitude.

La neige tombe en gros flocons compacts. Une voix chuchote dans sa tête, Tu es tout seul et c'est probablement ta faute, la lumière du jour décline. Plongé dans une espèce de transe, Zeno sort du jardin de Mrs Boydstun et remonte Mission Street jusqu'à l'intersection avec Lake Street, puis il escalade le talus de neige sur le bas-côté et s'ouvre à coups de poing un passage au milieu des congères, de la neige rentre dans les chaussures qu'il a mises pour les obsèques, et enfin il arrive sur les berges du lac.

Le mois de mars va s'achever et la fonte des glaces a dégagé quelques flaques sombres au milieu du lac, à huit cents mètres de distance. Du côté gauche, les ponderosas qui bordent le rivage dressent leur muraille ondoyante.

Lorsqu'il s'engage sur la surface gelée, la couche de neige devient plus mince, durcie par le froid et aplanie par le vent. À mesure qu'il s'éloigne du bord, il prend plus profondément conscience du bassin d'eau noire qui s'étend sous ses pieds. Trente pas, quarante. Quand il se retourne, la ville et les scieries ne sont plus visibles, il ne distingue même pas les arbres du rivage. Le vent et la neige effacent les empreintes de ses pas ; il flotte dans un monde de blancheur.

Encore six pas. Sept, huit – pause.

Le néant à perte de vue : un puzzle tout blanc dont on a éparpillé les pièces dans les airs. Il se sent vaciller au seuil d'il ne sait quoi. Dans son dos, Lakeport : l'école pleine de courants d'air, les rues bourbeuses, Mrs Boydstun avec son haleine qui sent le pétrole et ses enfants en céramique. Là-bas, il est Huile d'Olive, Baiseur de Moutons, Zéro : un orphelin rachitique avec du sang étranger dans les veines et un nom bizarroïde. Et devant lui, qu'est-ce qui l'attend ?

Un craquement presque inaudible, étouffé par la neige, fuse à travers la blancheur. Ce qui frémit là-bas, au-delà du voile des flocons, serait-ce le palais royal des Phéaciens ? Les murailles de bronze et les piliers d'argent, les vignobles, les poiriers et les sources ? Il voudrait solliciter ses yeux, mais on croirait qu'ils fonctionnent à l'envers, tournés vers l'intérieur de sa tête, vers un gouffre tourbillonnant de blancheur. *Peu importe ce qui est requis de nous*, a dit la femme du président, *je suis certaine que nous sommes capables de l'accomplir*. Mais comment saurait-il ce qui est requis de lui, et comment faire pour l'accomplir sans Papa ?

Zeno avance encore un peu. Il esquisse un demi-pas sur la glace, et un nouveau craquement monte du lac gelé, un bruit rauque qui semble naître en son centre pour filer exactement entre les jambes du garçon et se propager à toute allure vers la ville. Brusquement, quelque chose le tire par le derrière de son pantalon, comme s'il forçait sur une longe tendue et qu'on l'obligeait à rebrousser chemin, et quand il se retourne, Athéna tient dans sa gueule un bout de sa ceinture.

C'est alors seulement que la peur l'envahit, un millier de serpents qui ondulent sous sa peau. Il titube en retenant son souffle, tâche de se rendre aussi léger que possible tandis que le colley le ramène vers la ville, un mètre après l'autre sur la plaque de glace. Une fois qu'il a atteint le rivage, il bataille contre les tas de neige et regagne Lake Street. Le galop de son cœur emballé lui cogne aux tympans. Il grelotte au bout de l'allée, Athéna lui lèche la main et, dans le cadre illuminé des fenêtres de Mrs Boydstun, il voit les adultes qui bavardent au salon, leurs bouches qui s'ouvrent et se referment comme les mâchoires d'un bonhomme casse-noisettes.

Des adolescents qui fréquentent l'église se chargent de déblayer l'allée enneigée. Le boucher leur offre des restes et des os. Les sœurs Cunningham, en quête d'un peu plus de légèreté, l'orientent vers la comédie grecque, notamment un auteur nommé Aristophane qui, à les entendre, a créé quelques-uns des plus beaux univers jamais inventés. Ils lisent *Les Nuées*, puis *L'Assemblée des femmes* et enfin la pièce *Les Oiseaux*, dans laquelle deux vieux compères, écœurés par la corruption qui règne sur Terre, partent vivre auprès des oiseaux dans une cité céleste pour finalement découvrir que leurs ennuis n'ont fait que les poursuivre, et Athéna, pendant ce temps, somnole devant l'étagère des dictionnaires. Le soir, Mrs Boydstun boit de l'Old Forester et fume des Camel à la chaîne, et ensemble ils disputent des parties de *cribbage* en déplaçant les fiches sur la planchette. Zeno se tient bien droit, les cartes disposées en éventail dans une main, et il pense : Je suis toujours dans ce monde, mais il en existe un autre et il n'est pas bien loin.

Encore deux années au cours élémentaire, et la guerre se termine. Quelques vacanciers montent des vallées pour se promener en bateau sur le lac, Zeno a l'impression de n'y voir que des familles heureuses : père, mère, les enfants. La mairie fait poser dans le centre-ville une plaque en mémoire de Papa, quelqu'un tend un drapeau à Zeno et quelqu'un d'autre n'a que le mot « héros » à la bouche, et pendant le dîner le pasteur White, installé au bout de la table de Mrs Boydstun, brandit une cuisse de dinde.

« Alma, comment appelle-t-on un cycliste efféminé ? »

Mrs Boydstun s'arrête de mastiquer, des brins de persil collés aux dents.

« Une pédale douce ! »

Elle pouffe de rire ; le pasteur White plonge son sourire dans son verre. Autour d'eux, sur les étagères, deux cents enfants en céramique potelés observent Zeno de leurs yeux écarquillés.

Il a douze ans quand les jumelles Cunningham l'appellent au guichet pour lui remettre un ouvrage : *Les Tritons de l'Atlantide*, quatre-vingt-huit pages avec des illustrations en quadrichromie. « On l'a commandé en pensant à toi », dit la première, et la peau se fronce autour de ses yeux ; sa sœur tamponne une date de retour sur la dernière page, Zeno emporte le livre chez lui et s'installe sur son petit lit en laiton. Au tout début, une princesse est enlevée sur la plage par des étrangers en armure de bronze. À son réveil, elle découvre qu'elle est retenue prisonnière dans une cité immergée, sous une gigantesque coupole de verre. Les armures de bronze cachent des créatures aux pieds palmés, aux oreilles en pointe et aux bras cerclés d'or, la gorge fendue par des ouïes de poisson ; ils ont des triceps saillants et des cuisses vigoureuses, et le renflement qui se devine entre leurs jambes chamboule le ventre de Zeno.

Ces hommes étranges et beaux possèdent la faculté de respirer sous l'eau ; ils sont industrieux à l'extrême, et leur cité exhibe de délicates tours en cristal, des ponts aux hautes arches et de grands sous-marins étincelants. Des bulles montent le long des faisceaux de lumière dorée et liquide. Dès la page dix, une guerre éclate entre le peuple aquatique et les balourds du monde terrestre, qui sont venus chercher leur princesse et combattent avec des harpons et des mousquets, alors que leurs adversaires sont armés de tridents ; ils ont des muscles fuselés, et Zeno, le corps envahi par une bouffée de chaleur, ne peut détacher les yeux des petites fentes écarlates de leurs ouïes et de leurs longs membres musclés. Dans les dernières pages, la bataille redouble de férocité et, juste au moment où la coupole qui renferme la cité commence à se fissurer, mettant tout le monde en péril, on peut lire les mots : *À suivre*.

Pendant trois jours, Zeno garde *Les Tritons de l'Atlantide* au fond d'un tiroir, d'où il émet un rayonnement dangereux qui le poursuit jusque dans la salle de classe, pulsant à l'intérieur de son crâne : radioactif, illicite. C'est seulement le soir, quand il est bien sûr que Mrs Boydstun est endormie et que le silence règne dans la maison, qu'il ose se pencher de plus près sur le livre : les marins furieux attaquent la coupole protectrice à coups de harpon ; les élégants guerriers aquatiques nagent dans leurs tuniques bordeaux avec leurs tridents et leurs cuisses musculeuses. Dans les rêves de Zeno ils viennent toquer à sa fenêtre, mais quand il ouvre la bouche pour parler, de l'eau s'y engouffre et il s'éveille avec la sensation d'être tombé à travers la couche de glace du lac.

On l'a commandé en pensant à toi.

Le quatrième soir, Zeno descend au rez-de-chaussée en tenant *Les Tritons de l'Atlantide* dans ses mains tremblantes, les marches craquent sous ses pas, il passe devant les rideaux en soie, le chemin de table en dentelle et le diffuseur de pot-pourri qui répand son parfum écœurant, puis il fait coulisser le pare-feu avant de pousser le livre dans la cheminée.

Honte, fragilité, peur – il est l'opposé de son père. Il s'aventure rarement en centre-ville et s'arrange pour éviter les parages de la bibliothèque. Si jamais il aperçoit une des sœurs Cunningham, au bord du lac ou dans un commerce, il bat en retraite et va se cacher. Elles savent qu'il n'est pas venu rendre l'ouvrage, qu'il a détruit un bien appartenant à la collectivité, et elles devineront forcément pourquoi.

Dans le miroir ses jambes sont trop courtes, son menton est fuyant ; il se sent embarrassé par ses pieds. Il se peut qu'ailleurs, dans une lointaine cité éclatante, il parvienne à trouver sa place. Là-bas, il pourrait peut-être renaître, tout neuf et radieux, sous les traits de l'homme qu'il aspire à devenir.

Certains jours sur le chemin de l'école, ou simplement en quittant son lit, une sensation soudaine le fait chanceler et lui tord les entrailles : il lui semble qu'un groupe de spectateurs l'encercle, la chemise imbibée de sang et le visage accusateur. Tapette, lui disent-ils en pointant le doigt vers lui. Fiotte, tantouze.

Zeno a seize ans, il travaille comme apprenti à temps partiel dans l'atelier d'usinage de l'Ansley Tie and Lumber ; cette année-là, soixante-quinze mille soldats de l'Armée populaire nord-coréenne franchissent le 38e parallèle, déclenchant une guerre. Au mois d'août, les hommes de la congrégation qui, tous les dimanches après-midi, se réunissent autour de la table de Mrs Boydstun déplorent les failles dont souffre la nouvelle génération de soldats américains, trop gâtée et amollie par une culture du confort à tout prix, contaminée par l'à-quoi-bonisme. Les braises de leurs cigarettes dessinent des cercles orange au-dessus du poulet rôti.

« Ils n'ont pas le courage de ton papa », dit le pasteur White en tapotant ostensiblement l'épaule de Zeno, qui entend au loin une porte s'ouvrir.

La Corée : à peine une languette verte sur le globe terrestre de la salle de classe. Vue de l'Idaho, elle ressemble au bout du bout du monde.

Le soir, quand il a terminé son service à la scierie, il va courir au bord du lac, couvrant une partie de son périmètre. Quatre kilomètres et demi jusqu'au tournant de West Side Road et autant pour le retour, pataugeant sous la pluie tandis qu'Athéna clopine à sa suite – museau blanchi par l'âge et cœur de lion. Certains soirs, les guerriers de l'Atlantide au corps lisse et lustré l'accompagnent sans faiblir, comme guidés par un câble électrifié, et alors il force l'allure pour les tenir à distance.

Le jour de ses dix-sept ans, il demande à Mrs Boydstun de lui prêter sa vieille Buick pour qu'il se rende à Boise. Elle allume une cigarette au mégot de la précédente. L'horloge à coucou tictaque ; les ribambelles d'enfants se tiennent immobiles sur les étagères ; trois versions du Christ les regardent, chacun cloué sur sa croix. Dans le dos de Mrs Boydstun, derrière la fenêtre de la cuisine, Athéna se blottit sous la haie. À moins de deux kilomètres de là, des souris somnolent dans le petit chalet où Zeno et Papa ont passé leur premier hiver à Lakeport. Le cœur soigne ses blessures, mais il ne guérit jamais complètement.

En roulant sur la route sinueuse du canyon, il est pris par deux fois de nausées. Au bureau de recrutement, un médecin lui applique sur le sternum le pavillon froid de son stéthoscope, lèche le bout de son crayon et coche toutes les cases du formulaire. Un quart d'heure plus tard, il est devenu le soldat de 2e classe Zeno Ninis.

Seymour

Bunny a hérité de la maison en pleine propriété, mais Pawpaw n'avait pas fini de rembourser son emprunt pour le terrain qui l'entoure : 558 dollars par mois. Il y a aussi les factures de gaz, d'essence et d'électricité, la collecte des ordures, les échéances de la Blue River Bank pour l'achat des deux matelas, l'assurance de la Pontiac, l'abonnement de son téléphone mobile et le service de déneigement, qu'elle est obligée de payer si elle veut sortir sa voiture de l'allée ; sans compter son découvert de 2 652,31 dollars et les mensualités de sa mutuelle santé – ha, ha, c'est pour rire, elle est très, très loin de pouvoir s'en offrir une.

Elle trouve un emploi précaire à l'Aspen Leaf Lodge (10,65 dollars de l'heure pour faire le ménage dans les chambres) et assure le service en soirée au Pig N'Pancake (3,45 dollars de l'heure plus les pourboires). S'il n'y a pas de clients, Mr Burkett lui demande de nettoyer le sol, et alors elle peut dire adieu aux pourboires.

Tous les jours de la semaine, Seymour, qui a maintenant six ans, descend tout seul du bus scolaire, prend tout seul Arcady Lane et ouvre tout seul la porte d'entrée. Mange une gaufre, regarde *Starboy*, et surtout ne sors pas de la maison. Tu m'écoutes, mon opossum ? Touche-toi les oreilles, tu veux bien ? Tu peux faire un signe de croix sur ton cœur ?

Il touche ses oreilles, trace une croix sur son cœur.

Et pourtant, dès qu'il est de retour – peu importent la météo et l'épaisseur de la couche de neige – il pose son cartable, ressort de la maison en passant par la cuisine, plonge sous le fil de fer barbelé pour entrer dans la forêt et monte jusqu'au grand pin mort de la clairière, au milieu du versant.

Il y a des jours où il ne devine qu'une simple présence, un fourmillement sur sa nuque. D'autres fois, il entend des hou hou hou rouler dans la forêt comme un tonnerre sourd. Et certains jours il n'y a rien du tout. Mais parfois, les jours de chance, Ami-Fidèle est là devant lui, somnolant sur une fourche de l'arbre mouchetée de fiente, à l'endroit précis où il l'a vu la première fois, trois mètres au-dessus du sol.

« Salut. »

La chouette regarde vers lui ; le vent ébouriffe les plumes de sa tête ; dans la vrille de son regard attentif pulse une compréhension aussi ancienne que le monde.

« Ça vient pas juste de mon bureau, dit Seymour, il y a aussi les immondes autocollants de Mia, et la fin de la récré, quand Duncan et Welsey sont en sueur, et puis… Ils disent que je suis bizarre. Que je fiche la trouille. »

La chouette cligne des yeux dans la lumière déclinante. Sa tête a la grosseur d'un ballon de volley. À la voir, on dirait que les âmes de dix mille arbres se sont condensées en une forme unique.

Un après-midi de novembre, Seymour demande à Ami-Fidèle s'il est perturbé comme lui par les bruits trop forts, s'il a parfois l'impression d'entendre trop de choses – lui arrive-t-il de souhaiter que le monde entier soit aussi calme que la clairière en cet instant, alors qu'un million de petits flocons argentés volettent en silence – quand la chouette descend de sa branche en piqué, puis traverse la clairière pour aller se percher dans un arbre à l'autre extrémité.

Seymour la rejoint aussitôt. L'oiseau se coule sans bruit entre les ramures, se dirigeant vers la maison, et de temps à autre il module un appel, comme pour l'inviter à le suivre. Lorsque Seymour arrive dans le jardin, la chouette s'est déjà posée sur le toit. Elle lance un hou sonore et profond vers le rideau de neige, et son regard se tourne vers la vieille remise à outils de Pawpaw.

« Tu veux que j'entre là-dedans ? »

Dans l'ombre confinée de la resserre, l'enfant découvre une araignée morte, un masque à gaz soviétique, des caisses à outils rouillées et, pendu à un crochet au-dessus de l'établi, un casque antibruit pour stand de tir. Dès qu'il le pose sur ses oreilles, le vacarme du monde s'estompe.

Seymour tape dans ses mains, agite un pot à café rempli de roulements à billes, donne des coups de marteau : tout est assourdi, et c'est tant mieux. Ressortant dans la neige, il regarde la chouette perchée en haut du pignon.

« C'est bien lui ? C'est de lui que tu me parlais ? »

Mrs Onegin l'autorise à porter son casque pendant la récréation, la pause-déjeuner et « l'heure de réflexion ». Comme il n'a pas reçu de réprimande durant cinq jours consécutifs, elle lui permet de changer de bureau.

Miss Slattery, la psychologue, lui offre un donut en récompense. Bunny lui achète un nouveau DVD de *Starboy*.

Quand le monde résonne trop fort et que ses arêtes deviennent trop vives, quand le tumulte menace de le rattraper, Seymour ferme les yeux, son casque plaqué sur les oreilles, et se transporte en imagination dans la clairière. Cinq cents pins de Douglas se balancent ; les Bonshommes-Aiguilles-de-Pin descendent des airs tels des parachutistes ; et le ponderosa mort se dresse sous les étoiles, blanc comme l'os.

Cet endroit est plein de magie.

Il te suffit de rester assis, de respirer et d'attendre.

Seymour résiste au spectacle de Thanksgiving, au récital de Noël et au tohu-bohu de la Saint-Valentin. Il introduit dans son alimentation des biscuits fourrés aux pommes, des céréales à la cannelle et des croûtons. Un jeudi sur deux, il accepte de se faire shampouiner sans exiger de contrepartie. Il s'entraîne à ne pas broncher lorsque les ongles de Bunny tapotent le volant de sa voiture.

Par une lumineuse journée de printemps, Mrs Onegin pilote la classe de CP au milieu des flaques de neige fondue jusqu'à une maison bleu clair au porche de guingois, à l'angle de Lake et Park Street. Tous les élèves, à part Seymour, se ruent au premier étage ; une bibliothécaire au visage semé de taches de rousseur le trouve tout seul dans la section Non-Fiction pour adultes. Pour entendre ce qu'elle dit, il doit écarter une des coques de son casque antibruit.

« Tu me dis qu'il est grand comment ? On n'a pas l'impression qu'il porte un nœud papillon ? »

Elle retire un guide pratique d'une étagère en hauteur. Et là, sur la première page qu'elle lui montre, c'est bien Ami-Fidèle qui plane en tenant une souris entre les serres de sa patte gauche. Sur la photo suivante, c'est encore lui : perché dans un arbre mort et embrassant du regard une plaine enneigée.

Son cœur fait un saut périlleux.

La chouette cendrée, lit la bibliothécaire. *Le plus grand spécimen de la famille des strigidés. Également connue sous le nom de chouette lapone, ou de Fantôme gris du Nord.*

Sur son visage, un sourire monte du tourbillon de taches de rousseur. « Il paraît qu'elle peut atteindre plus d'un mètre cinquante d'envergure. Elle entend battre le cœur des campagnols sous un mètre quatre-vingts de neige. Son large disque facial l'aide à percevoir les sons, comme quand on met la main en cornet derrière l'oreille, tu vois ? »

Elle joint le geste à la parole, et Seymour retire son casque pour l'imiter.

Chaque jour de l'été, dès que Bunny s'en va prendre son service à l'Aspen Leaf, Seymour remplit un sachet de Cheerios, sort par la baie vitrée de la cuisine et marche jusqu'au rocher en forme d'œuf avant de se glisser sous le fil de fer barbelé.

Il improvise des frisbees avec des morceaux d'écorce, saute par-dessus les flaques, fait rouler des blocs de pierre dans les pentes et se lie d'amitié avec un grand pic. Dans les bois, il y a un ponderosa – bien vivant, celui-là – qui fait la taille d'un bus scolaire dressé à la verticale, avec un nid de balbuzard au sommet ; il y a aussi un bosquet de trembles dont les feuillages crépitent comme une averse tombant sur l'eau. Et tous les deux ou trois jours, Ami-Fidèle reparaît sur sa branche dans l'arbre-squelette, où il reste à observer son royaume en clignant des yeux comme un dieu bienveillant, et jamais aucune créature n'a tendu l'oreille avec une telle attention.

À l'intérieur des pelotes que l'oiseau rejette dans le tapis d'aiguilles, l'enfant découvre des mandibules d'écureuil, des vertèbres de souris et une incroyable quantité de crânes de campagnol. Un morceau de cordelette en plastique. Des éclats de coquilles d'œuf verdâtres. Et même la patte d'un canard – une seule fois. Il assemble sur l'établi de Pawpaw, dans la remise à outils, des squelettes de chimères : campagnols-zombies à trois têtes, tamiaraignées à huit pattes.

Bunny trouve des tiques sur ses T-shirts, de la boue sur le tapis, des teignes de bardane prises dans ses cheveux. « Quelqu'un finira par m'envoyer la police », dit-elle en remplissant la baignoire ; Seymour transvase de l'eau entre deux bouteilles de Pepsi, Bunny fredonne une chanson de Woody Guthrie avant de s'endormir sur le tapis de bain dans sa chemisette Pig N'Pancake et ses grosses Reebok noires.

Entrée en CE1. Il se rend tous les jours à la bibliothèque en sortant de l'école, retire son casque antibruit et s'installe à la petite table près de l'étagère des livres audio. Des chouettes sous forme de puzzle, des chouettes à colorier dans les albums, des jeux vidéo à base de chouettes. Dès qu'elle a une minute de libre, la bibliothécaire, qui s'appelle Marian, vient lui faire la lecture et lui donne des explications au passage.

Non-Fiction 598.27

La chouette cendrée a pour habitat idéal une forêt bordée d'étendues dégagées, pourvues de points d'observation élevés et d'une importante population de campagnols.

Revue d'ornithologie contemporaine

La chouette cendrée est tellement fuyante et si facile à effaroucher que nous savons peu de choses à son sujet. Cependant, nous sommes en train de comprendre qu'elle constitue l'un des éléments d'un système d'interactions impliquant les rongeurs, les arbres, les herbes et même les spores fongiques, un réseau si complexe que les chercheurs n'en appréhendent encore qu'un fragment.

Non-Fiction 598.95

Chez la chouette cendrée, seul un individu sur quinze survit jusqu'à l'âge adulte. Les nouveau-nés sont dévorés par les corbeaux, les martres, les ours noirs et les grands-ducs ; il est fréquent que les oisillons meurent de faim. Parce qu'elle a besoin de vastes territoires de chasse, la chouette cendrée se montre particulièrement vulnérable à l'appauvrissement de son habitat : le bétail qui piétine le sol des prairies provoque une raréfaction des proies ; des incendies de forêt détruisent son aire de nidification ; les chouettes se nourrissent de campagnols qui ont ingéré du poison, se font percuter par des véhicules et entrent en collision avec les fils électriques.

« Voyons voir… Ce site estime à onze mille le nombre total de chouettes cendrées sur le sol des États-Unis aujourd'hui. » Marian va chercher sa grosse calculatrice. « Disons qu'on a trois cents millions d'habitants, pour simplifier. Tu tapes sur le trois et tu ajoutes huit zéros. C'est bien, Seymour. Tu connais le signe de la division ? Maintenant tu tapes trois fois un, et c'est parti. »

27 027.

Ils fixent tous les deux le résultat affiché, s'imprégnant de sa signification. Pour 27 027 Américains, une seule chouette cendrée. Pour 27 027 Seymour, un seul Ami-Fidèle.

Assis à la table près des livres audio, il essaie de dessiner l'oiseau. Un ovale avec deux yeux au centre – c'est bien Ami-Fidèle. Et maintenant, les gens : 27 027 points disposés en cercles autour de la chouette. Un peu avant le sept centième, sa main tremble de fatigue, son crayon est tout émoussé et c'est l'heure de rentrer à la maison.

Entrée en CE2. Seymour obtient 93 sur 100 à une évaluation sur les nombres décimaux. Il ajoute à son alimentation des biscuits salés et des macaronis au fromage. Marian lui offre un de ses Coca Light. « Tu te débrouilles vraiment bien, mon opossum », lui dit Bunny, et la lueur du Magnavox se reflète dans ses prunelles embuées.

Un après-midi d'octobre en rentrant de l'école, Seymour tourne à droite pour prendre Arcady Lane. Là où il n'y avait rien le matin même se dresse un panneau ovale d'un mètre vingt sur un mètre cinquante, planté sur deux piquets. EDEN'S GATE, peut-on y lire, puis en dessous :

PROCHAINEMENT
MAISONS MITOYENNES ET PAVILLONS
PROJETS PERSONNALISÉS
TERRAINS D'EXCEPTION À VENDRE

Sur l'image, un cerf dix-cors s'abreuve à une mare voilée de brume. Au-delà du panneau, la route ne semble pas avoir changé : un ruban poussiéreux et défoncé, flanqué de buissons d'airelles aux flamboyantes couleurs d'automne.

Un pivert traverse la voie en traçant une parabole au ras du sol, puis disparaît. Une martre jacasse quelque part. Les mélèzes ondulent. Il regarde la pancarte, se retourne vers la route. La panique déploie son premier tentacule noir au fond de sa poitrine.

QUATRE

LA THESSALIE, PAYS DE LA MAGIE

La Cité des nuages et des oiseaux, d'Antoine Diogène, Folio Δ

Quasiment toutes les cultures comptent parmi leurs récits populaires les aventures d'un héros comique en quête de magie et lancé dans un long périple. Bien que plusieurs des feuillets qui pouvaient retracer le voyage d'Aethon vers la Thessalie aient disparu, il est évident qu'au folio Δ, il est arrivé à destination.

… impatient d'obtenir la preuve que la sorcellerie existait, je me dirigeai droit vers la place de la ville. Les colombes posées sur l'auvent étaient-elles des magiciens déguisés ? Verrais-je des centaures se déplacer en discourant entre les éventaires du marché ? Abordant trois jouvencelles chargées de paniers, je leur demandai où trouver une puissante sorcière capable de me métamorphoser en oiseau : un aigle vaillant, de préférence, ou une chouette splendide.

« Il y a bien Canidia, me répondit l'une d'elles. Elle sait extraire des rayons de soleil des melons, changer les pierres en sangliers et cueillir les étoiles au ciel, mais te transformer en aigle, ça non. »

Ses compagnes pouffèrent de rire, et elle poursuivit :

« Il y a aussi Meroë, qui peut arrêter le cours des rivières, réduire les montagnes en cendres et arracher les dieux à leurs trônes. Mais elle non plus, elle ne saura pas te changer en aigle. »

Et toutes les trois se tenaient les côtes de rire.

Sans me décourager, je m'acheminai vers l'auberge. À la nuit close, Palaestra, la servante de l'aubergiste, m'appela à la cuisine. Là, elle me révéla à mi-voix que la femme de son maître avait, tout en haut de la maison, une chambre garnie d'ingrédients de toute sorte dédiés à la pratique de la magie : des serres d'oiseaux, des cœurs de poissons et même des lambeaux de chair pris à des cadavres. « Si tu colles ton œil à la serrure ce soir à minuit, il se peut que tu trouves ce que tu cherches. »

L'ARGOS

ANNÉES 55 À 58 DE LA MISSION

Konstance

Elle a quatre ans. À l'intérieur de la Cabine 17, assez près pour qu'elle puisse la toucher, Mère se déplace sur son Pérambulateur, le bandeau doré de sa Visionneuse ajusté sur ses yeux.

« Mère. »

Konstance lui tapote le genou. Tire sur sa combinaison. Aucune réaction.

Une minuscule créature noire, pas plus grosse que l'ongle de son petit doigt, est en train de ramper sur la cloison. Ses antennes frémissent ; les articulations de ses pattes se tendent et se replient tour à tour ; les extrémités en dents de scie de ses mandibules auraient de quoi faire peur si elles n'étaient pas aussi infimes. Elle place son doigt en travers du chemin de la bestiole, qui s'empresse de l'escalader. Elle parcourt la largeur de sa paume, monte sur le dessus de sa main ; ses mouvements alambiqués sont d'une complexité stupéfiante.

« Mère, regarde. »

Le Pérambulateur pivote en vrombissant. Plongée dans un autre monde, la mère de Konstance exécute une pirouette et ouvre les bras comme pour s'envoler.

La fillette plaque la paume de sa main contre la cloison : la bestiole en redescend et retourne à sa trajectoire initiale, grimpant au-dessus de la couchette de Père avant de disparaître à la jointure de la paroi et du plafond.

Konstance la suit des yeux. Derrière son dos, Mère agite les bras.

Une fourmi. À bord de l'*Argos*. Impossible. Tous les adultes s'accordent là-dessus. Sybil dit à Mère : *Ne vous inquiétez pas. Il faut des années aux enfants pour apprendre à distinguer réalité et imagination. Et certains mettent plus longtemps que d'autres.*

Elle a cinq ans. Les moins de dix ans se tiennent assis en rond dans la Classe virtuelle. « Sybil, dit Mrs Chen, affiche s'il te plaît Beta Oph2 », et aussitôt, une sphère noir et vert de trois mètres de diamètre apparaît devant leurs yeux. « Vous voyez ces plaques brunes, les enfants ? Ce sont les déserts à gisements de silice de l'équateur, et là, à des latitudes plus élevées, il s'agit certainement de forêts de feuillus. Nous supposons que les océans aux deux pôles, ici et là, connaissent des glaciations saisonnières… »

Plusieurs enfants tendent la main vers l'image en rotation, mais Konstance garde les siennes bien calées sous ses cuisses. Les parties en vert sont jolies, mais les noires la remplissent de frayeur, vides et déchiquetées sur les bords. Comme le leur a expliqué Mrs Chen, ces régions de Beta Oph2 n'ont tout simplement pas encore été cartographiées, la planète est trop éloignée pour le moment et Sybil leur fournira des images plus précises à mesure qu'ils se rapprocheront, mais aux yeux de Konstance elles ressemblent à des gouffres dans lesquels on risque de tomber sans pouvoir jamais remonter.

« La masse de la planète ? demande Mrs Chen.

– Celle de la Terre fois 1,26 », récitent les enfants.

Jessi Ko plante son doigt dans le genou de Konstance.

« Taux d'azote dans l'atmosphère ?

– Soixante-seize pour cent. »

Jessi Ko plante son doigt dans la cuisse de Konstance.

« Taux d'oxygène ?

– Konstance, chuchote Jessi, qu'est-ce qui est rond, en feu et couvert de déchets ?

– Vingt pour cent, Mrs Chen.

– Bravo. »

Jessi se penche vers Konstance et lui souffle à l'oreille : « La Terre ! »

Mrs Chen les fusille du regard, Jessi se redresse et Konstance sent ses joues s'empourprer. L'image de Beta Oph2 tournoie au-dessus de la classe – noir, vert, noir, vert. Les enfants entonnent une chanson :

Peu importe le nombre,
C'est l'union qui fait tout
Pour atteindre sans encombre
La planète Beta Oph2.

L'*Argos* est un vaisseau interstellaire en forme de disque. À l'intérieur, il n'y a ni fenêtres ni escaliers, ni rampes ni ascenseurs. Quatre-vingt-six personnes y vivent. Soixante sont nées à bord. Parmi les autres, vingt-trois sont assez âgées pour se souvenir de la Terre, et le père de Konstance en fait partie. Les chaussettes sont renouvelées tous les deux ans, les combinaisons tous les quatre ans. Le premier de chaque mois, six sacs de farine de deux kilos chacun sortent des caissons à provisions.

Nous sommes des privilégiés, répètent les adultes. Nous avons de l'eau potable ; nous produisons des denrées fraîches ; nous ne tombons jamais malades ; nous avons Sybil ; nous avons l'espoir. Si nous utilisons sagement nos ressources, ce dont nous disposons ici suffira à combler nos besoins. Et s'il y a un problème que nous ne savons pas résoudre, Sybil le résoudra pour nous.

Et surtout, ajoutent les adultes, il faut faire très attention aux parois du vaisseau. Derrière, c'est la disparition qui menace : rayonnements cosmiques, champ gravitationnel nul, 2,73 kelvins. À peine trois secondes à l'extérieur, et vos mains et vos pieds tripleraient de volume. Votre langue et vos yeux se dessécheraient, les molécules d'azote de votre sang se colleraient les unes aux autres. Vous commenceriez par suffoquer, et ensuite vous vous changeriez en bloc de glace.

Konstance a six ans lorsque Mrs Chen l'emmène pour la première fois voir Sybil en personne, avec Ramón et Jessi Ko. Ils longent des coursives incurvées, passent devant les Labos de Biologie et les portes des Cabines 24, 23 puis 22, faisant un trajet en spirale jusqu'au cœur du vaisseau pour franchir enfin une porte indiquant *Capsule n° 1.*

« Il ne faut surtout pas introduire quoi que ce soit qui pourrait l'affecter, dit Mrs Chen. C'est pour cela que le sas va nous désinfecter. Fermez les yeux, s'il vous plaît. »

Porte extérieure verrouillée, annonce Sybil. *Le processus de décontamination va commencer.*

Un bruit s'échappe de l'épaisseur des parois, comme un ventilateur dont les pales prendraient de la vitesse. Une giclée d'air froid balaie la combinaison de Konstance, une lumière vive clignote trois fois derrière ses paupières, et la porte intérieure s'ouvre en sifflant.

Ils pénètrent dans une capsule circulaire de cinq mètres de diamètre, haute d'un peu moins de six mètres. Sybil est suspendue au centre, dans son caisson cylindrique.

« Qu'est-ce qu'elle est grande, chuchote Jessi Ko.

– On dirait des milliards et des milliards de cheveux dorés, murmure Ramón.

– Cette capsule, précise Mrs Chen, dispose de ses propres systèmes de régulation thermique, de contrôle mécanique et de purification de l'air, indépendants du reste de l'*Argos.* »

Bienvenue, dit Sybil, et des petits points couleur d'ambre papillotent le long de ses vrilles.

« Tu es superbe, aujourd'hui », fait Mrs Chen.

J'adore avoir de la visite.

« Ceci, les enfants, contient le savoir collectif de notre espèce. Toutes les cartes jamais tracées, tous les recensements jamais effectués et tous les livres jamais publiés, ainsi que chaque match de football, chaque symphonie, chaque numéro de n'importe quel journal ou encore les codes génétiques de plus d'un million d'espèces – tout ce que nous pouvons imaginer, tout ce dont nous sommes susceptibles d'avoir besoin un jour. Sybil est notre gardienne, notre pilote, notre protectrice : elle veille sur notre itinéraire et sur notre santé, elle sauve de l'effacement et de la destruction le patrimoine de l'humanité tout entière. »

Ramón souffle sur la vitre et trace un R dans la buée.

« Dès que j'aurai l'âge d'aller à la Bibliothèque, dit Jessi Ko, je filerai tout droit à la section Jeux pour m'envoler sur Flower-Fruit Mountain.

– Moi, fait Ramón, je jouerai à Swords of Silverman. D'après Zeke, il y a vingt mille niveaux. »

Et toi, Konstance, demande Sybil, *que feras-tu le jour où tu iras à la Bibliothèque* ?

Konstance jette un regard derrière son dos. La porte par laquelle ils sont entrés s'est refermée hermétiquement, on ne la distingue même plus de la paroi.

« C'est quoi, l'effacement et la destruction ? »

Ensuite commencent les terreurs nocturnes. Après le Troisième Repas, lorsque les autres familles regagnent leurs cabines et que Père retourne à ses plantations de la Ferme #4, Mère et Konstance réintègrent la Cabine 17, où elles trient les combinaisons qui attendent leur tour près de la machine à coudre – un bac pour les fermetures Éclair défectueuses, un pour les chutes de tissu, un autre pour les bouts de fil épars, rien ne se perd, pas de gaspillage. Après cela, elles se lavent les dents avec du dentifrice en poudre et se brossent les cheveux, Mère prend ses Somni-pastilles avant d'embrasser Konstance sur le front, puis elles s'étendent sur leurs couchettes, Mère en bas et Konstance en haut.

La lumière pourpre passe d'abord au gris, puis au noir. Elle fait un effort pour bien respirer, pour garder les yeux ouverts.

Mais ça ne les empêche pas de venir. Bêtes aux crocs luisants, tranchants comme des lames. Démons cornus, la bave aux lèvres. Larves blanches et aveugles qui grouillent à l'intérieur de son matelas. Les pires de tous, ce sont ces ogres aux membres squelettiques qui se ruent dans la coursive ; ils lacèrent la porte pour entrer, escaladent les parois, déchirent le plafond à coups de dents. Konstance se cramponne à son lit tandis que sa mère est aspirée dans le vide ; elle voudrait battre des paupières, mais ses yeux sont tout secs ; elle voudrait hurler, mais sa langue s'est changée en glaçon.

Mère interroge Sybil : « Où va-t-elle chercher tout ça ? Je pensais qu'on nous avait choisis pour nos capacités de raisonnement logique. Parce que nos facultés d'imagination étaient inhibées. »

Il arrive que la génétique réserve des surprises.

« Heureusement ! » dit Père.

Ça lui passera avec l'âge.

Elle a sept ans trois quarts. La Lumière-du-Jour s'atténue, Mère avale ses Somni-pastilles et Konstance grimpe sur sa couchette. Elle tient ses paupières du bout des doigts pour les empêcher de se fermer. Compte de zéro à cent avant de revenir à zéro.

« Mère ? »

Pas de réponse.

Tout doucement, elle descend par l'échelle et passe devant sa mère endormie avant de sortir de la cabine en traînant sa couverture. Dans l'Espace communautaire, deux adultes se déplacent sur leur Pérambulateur, la Visionneuse sur les yeux, tandis que le planning du lendemain s'affiche derrière eux, en suspension dans les airs : *Lumière-du-Jour 110, Taï-chi, Atrium de la Bibliothèque ; Lumière-du-Jour 130, Réunion de bio-ingénierie.* Longeant la coursive à pas feutrés, Konstance croise les Sanitaires #2 et #3, passe devant les portes closes d'une demi-douzaine de cabines et s'arrête à l'entrée de la Ferme #4, d'où filtre une chaude lumière.

À l'intérieur, ça sent les herbes et la chlorophylle. Placées à trente hauteurs différentes, de puissantes lampes de serre brillent au-dessus d'une centaine de bacs de culture, et les plantes occupent l'espace jusqu'au plafond : ici du riz et là du chou frisé, du chou chinois près de la roquette, du persil par-dessus le cresson et la pomme de terre. Dès que ses yeux se sont adaptés à la lumière crue, Konstance aperçoit son père à cinq mètres de distance, perché sur son escabeau dans un enchevêtrement de tuyaux d'irrigation, la tête au milieu des laitues.

Elle est en âge de comprendre que la ferme de Père ne ressemble pas aux trois autres : celles-là sont ordonnées et agencées avec méthode, alors que la Ferme #4 n'est qu'un fouillis de fils et de capteurs, de bacs de culture inclinés selon tous les angles possibles, de plateaux individuels où se bousculent plusieurs espèces, thym, radis, carottes. De longs poils blancs jaillissent des oreilles de Père ; il a au moins vingt ans de plus que les pères des autres enfants ; il faut toujours qu'il cultive des fleurs non comestibles, pour le seul plaisir de les voir, et il marmonne avec son drôle d'accent quelque chose à propos d'un thé de compost. Il prétend savoir en goûtant une laitue si sa vie a été heureuse ; à l'entendre, mettre le nez sur un pois chiche produit dans de bonnes conditions suffit à le renvoyer instantanément à des millions de kilomètres d'ici, dans les champs de Schérie où il a grandi.

Konstance se fraie un chemin jusqu'à lui et lui tapote le pied. Il relève sa visière en souriant.

« Salut, ma grande. »

Des miettes de terre se détachent sur le gris argent de sa barbe ; ses cheveux sont parsemés de feuilles. Il descend de l'échelle, enveloppe Konstance dans sa couverture et l'emmène tout au fond, là où trente poignées en acier font saillie sur un bloc de tiroirs frigorifiques.

« Dis-moi, qu'est-ce qu'une graine ?

– Une graine, c'est une plante en sommeil, un réceptacle qui protège la petite plante en sommeil, et aussi un repas pour la plante quand elle s'éveillera.

– Très bien, Konstance. Qui aimerais-tu réveiller ce soir ? »

Elle observe, réfléchit en prenant bien son temps. Enfin, elle choisit la quatrième poignée en partant de la gauche et ouvre le tiroir. Une bouffée de vapeur s'en échappe en sifflant ; l'intérieur contient des centaines de sachets en aluminium maintenus à zéro degré ; elle en prend un dans la troisième rangée.

Père lit ce qui est écrit dessus : « Ah, *Pinus herldreichii*. Le pin de Bosnie. Tu as bien choisi. Et maintenant, retiens ton souffle. »

Konstance gonfle ses poumons et cesse de respirer pendant qu'il déchire le sachet et laisse glisser dans sa paume une graine de huit millimètres de long, à laquelle est fixée une ailette brun clair.

« Parvenu à maturité, le pin de Bosnie peut atteindre trente mètres de hauteur et produire chaque année des dizaines de milliers de pommes. Il résiste à la neige et à la glace, aux vents violents et à la pollution. Tu as toute une forêt repliée dans cette graine. »

Il l'approche de la bouche de Konstance et lui dit en souriant : « Non, pas encore. »

La graine semble presque vibrer d'impatience.

« Maintenant ! »

Elle relâche son souffle, et la graine s'envole. Le père et la fille la regardent évoluer au-dessus des bacs surchargés. Konstance la perd de vue alors qu'elle voltige en direction de la porte, la repère de nouveau quand elle se pose au milieu des concombres.

Elle la pince entre deux doigts et la libère de son ailette. Son père l'aide à ménager un petit trou dans la membrane de gel qui tapisse un plateau vide, et elle enfonce la graine dedans.

« On a l'impression de l'installer pour dormir, dit Konstance, mais en fait, on est en train de la réveiller. »

Les yeux de Père brillent sous ses épais sourcils blancs. Il pousse Konstance sous une table de culture hors-sol, se glisse auprès d'elle et demande à Sybil de réduire l'éclairage (les plantes se nourrissent de lumière, explique-t-il, mais il leur arrive parfois comme nous de trop manger.) Sa couverture remontée jusqu'au menton, elle se blottit contre la poitrine de Père tandis que la pénombre envahit l'espace, écoutant les battements de son cœur sous sa combinaison, le bourdonnement des conduites cachées dans les parois, le goutte-à-goutte de l'eau le long des fils blancs de milliers de radicelles puis son ruissellement à travers les bacs étagés et dans les rigoles au-dessous du sol, où elle est collectée pour être redistribuée ; pendant ce temps, l'*Argos* franchit dix mille kilomètres dans le vide.

« Père, tu veux bien continuer à me raconter l'histoire ?

– Il se fait tard, ma Courgette.

– Juste le passage où la sorcière se transforme en chouette. S'il te plaît.

– Entendu, mais on s'arrête là.

– Oh, et aussi le moment où Aethon est changé en âne.

– Très bien, mais ensuite, au lit.

– D'accord.

– Et ne le raconte pas à Mère.

– Promis, je ne lui dirai rien. »

Ils échangent un sourire, familiers de ce petit jeu, Konstance gigote sous sa couverture, remuée par une vague d'impatience, les racines s'égouttent ; à les voir on croirait qu'ils se reposent à l'intérieur du système digestif d'une énorme bête bienveillante.

« Aethon vient d'arriver en Thessalie, Pays de la Magie, dit Konstance.

– C'est ça.

– Mais il n'a vu ni statues animées ni sorcières volant au-dessus des toits.

– Cependant, la servante de l'auberge où il loge lui annonce que, s'il s'agenouille devant une certaine porte tout en haut de la maison et regarde par le trou de la serrure, il risque d'assister le soir même à une scène de magie. Aethon se glisse donc jusqu'à la fameuse porte et observe la maîtresse de maison qui allume une lampe et se penche sur un coffre rempli de centaines de petits pots en verre. Après en avoir choisi un, elle retire ses vêtements et passe sur son corps le contenu du pot, de la tête aux pieds. Elle prend ensuite trois boulettes d'encens qu'elle jette dans sa lampe, puis récite la formule magique et…

– Quelle formule magique ?

– Gobelune, craquedingue et virevague. »

Konstance éclate de rire.

« La dernière fois, tu as dit "claquefigue" et "crissecrosse".

– Ah oui, elle le dit aussi. Alors la lampe brille très, très fort, et pfft, elle s'éteint d'un coup. Il fait sombre dans la pièce, mais Aethon voit à la clarté de la lune les plumes qui poussent dans le dos de la femme, sur son cou et jusqu'au bout de ses doigts. Son nez durcit et s'incurve, ses pieds se recourbent pour former des serres jaunes, ses bras se changent en de magnifiques ailes brunes, et ses yeux…

– Deviennent trois fois plus grands et prennent une teinte de miel liquide.

– Absolument. Et après ?

– Après ça, elle déploie ses ailes et s'envole par la fenêtre, pour disparaître dans le jardin et dans la nuit. »

CINQ

L'ÂNE

La Cité des nuages et des oiseaux, d'Antoine Diogène, Folio E

Les histoires d'hommes transformés en ânes, tel le célèbre récit picaresque d'Apulée, L'Âne d'or, *se sont multipliées dans l'Antiquité gréco-latine. Diogène puise sans se gêner dans la tradition ; reste à savoir s'il l'a enrichie à sa manière. Traduction de Zeno Ninis.*

Sitôt que la chouette se fut envolée par la fenêtre, je m'engouffrai dans la chambre. Pendant que je me débarrassais de mes vêtements, la servante ouvrit le coffre et fouilla parmi les pots de la sorcière. Je me frottai tout le corps avec l'onguent qu'elle avait choisi, et pris trois pincées d'encens pour les jeter dans la lampe, imitant les gestes de la sorcière. Je répétai alors les mots magiques, et la lampe brilla plus fort avant de s'éteindre, de la même façon que tout à l'heure. Je patientai, les yeux clos. Bientôt ma chance allait tourner. Encore quelques instants, et je sentirais mes bras devenir des ailes ! Je m'élèverais d'un bond, tels les chevaux d'Hélios, et je prendrais mon envol vers les étoiles, en route vers la cité céleste où le vin coule à flots dans les rues et où les tortues portent des gâteaux au miel sur le dos ! La cité où nul ne manque de rien, où le vent d'ouest souffle en permanence et où chacun est doué de sagesse !

La métamorphose commença dans la plante de mes pieds. Mes orteils se rapprochèrent pour fusionner, et mes doigts firent de même. Mes oreilles s'allongèrent, mon nez changea de dimensions. Je sentis ma figure qui s'étirait, et jaillir ce que j'espérais être des plumes…

BIBLIOTHÈQUE MUNICIPALE DE LAKEPORT

20 FÉVRIER 2020

17 H 08

Seymour

La première balle s'est perdue quelque part au milieu des romans d'amour. La deuxième a touché à l'épaule gauche l'homme aux sourcils épais et l'a fait chanceler. Un genou à terre, il a déposé le sac à dos sur la moquette comme s'il manipulait un gros œuf fragile, puis il s'est éloigné en rampant.

Bouge-toi, dit une voix dans la tête de Seymour. Cours. Mais ses jambes refusent d'obéir. Une douille fume près de l'étagère des dictionnaires. Des particules de panique brillent dans l'atmosphère. Face à lui, il y a un livre de Jean-Jacques Rousseau – couverture rigide, dos vert portant la cote JC179.R – qui dit ceci : *Vous êtes perdus, si vous oubliez que les fruits sont à tous, et que la terre n'est à personne.*

Vas-y. Tout de suite.

Les balles ont troué son coupe-vent, dont le nylon s'est désagrégé sur le pourtour des deux orifices. Sa veste est fichue, il va faire de la peine à Bunny. Une main au sol, l'homme aux gros sourcils se traîne dans l'allée qui sépare Fiction et Non-Fiction. Le sac JanSport reste sur la moquette, sa poche principale à moitié ouverte.

Sous les coques de son casque, Seymour attend la venue du tumulte. Il regarde l'eau qui goutte à travers les dalles tachées du plafond et s'écoule dans la poubelle à moitié pleine. Flic-flac, flic-flac.

Zeno

Des coups de feu ? À l'intérieur de la bibliothèque de Lakeport ? Difficile d'employer la forme affirmative. C'est peut-être Sharif qui a laissé tomber une pile de livres, à moins qu'une des lambourdes de cette bâtisse centenaire n'ait fini par craquer, ou qu'un farceur n'ait eu l'idée d'allumer des pétards dans les sanitaires. Ou alors c'est Marian qui a claqué la porte du four. Deux fois de suite.

Mais non. Marian est partie récupérer les pizzas chez Crusty, *je reviens dare-dare*.

Y avait-il d'autres usagers au rez-de-chaussée, quand il est arrivé avec les enfants ? Devant la table d'échecs, assis sur les fauteuils ou dans le coin informatique ? Il ne s'en souvient pas.

En tout cas, il n'y avait pas de voitures sur le parking, mis à part le Subaru de Marian.

Du moins, c'est ce qu'il croit.

À la droite de Zeno, Christopher manœuvre parfaitement le projecteur de karaoké, braquant le rayon sur Rachel-la-servante-de-l'auberge pendant qu'Alex-dans-le-rôle-d'Aethon, caché par l'ombre, prononce ses répliques de sa voix claire et enjouée. « Mais que m'arrive-t-il ? Ce poil qui pousse sur mes jambes – ce ne sont pas des plumes ! Et ma bouche – je n'y reconnais pas un bec ! Et là, ce ne sont pas des ailes mais des sabots ! Ah, je ne suis pas devenu une chouette splendide, mais un pauvre bougre d'âne ! »

Lorsque la scène tout entière se retrouve éclairée, Alex a coiffé sa tête d'âne en papier mâché, Rachel essaie de réprimer un fou rire en voyant le garçon tituber de-ci, de-là, des ululements de chouette s'échappent de l'enceinte de Natalie, et Olivia-le-bandit prépare son entrée en coulisses, avec sa cagoule de ski et son épée habillée de papier d'aluminium. Monter cette pièce avec ces enfants, c'est la plus belle expérience de toute la vie de Zeno, la meilleure chose qu'il ait jamais réalisée – et pourtant quelque chose ne va pas, les questions de tout à l'heure font leur chemin dans les canaux de son esprit, esquivant souplement les obstacles qu'il tâche de leur opposer.

Non, ce ne sont pas des livres qui sont tombés. Ni la porte du four qui a claqué.

Il jette un coup d'œil derrière lui. Côté intérieur, la cloison qu'ils ont dressée à l'entrée de la section Jeunesse n'a pas été peinte, simple panneau en contreplaqué cloué à des planches de bois, et l'on voit ici ou là quelques mouchetures dorées scintiller dans la lumière. La petite porte ménagée au centre est toujours fermée.

« Ciel ! s'exclame Rachel-la-servante sans cesser de rire. J'ai dû confondre les pots de la sorcière ! N'aie pas d'inquiétude, Aethon, je connais tous les antidotes. Va m'attendre à l'écurie, je t'apporterai des roses fraîches. Dès que tu les auras mangées, le charme se dissipera, et en l'espace d'un battement de queue, tu retrouveras ta forme humaine. »

Un crissement nocturne d'ailes de criquets monte de l'enceinte de Natalie. Un frisson court sur l'échine de Zeno.

« Quel cauchemar ! s'écrie Alex-devenu-âne. Je voudrais parler, mais je ne sais que braire ! Est-ce que ma chance tournera un jour ? »

Dans la pénombre des coulisses, Christopher rejoint Olivia et enfile à son tour une cagoule de ski. Zeno se frotte les mains. Pourquoi a-t-il si froid, tout à coup, par cette soirée d'été ? Mais non, on est en février, il porte une veste et deux paires de chaussettes en laine – c'est seulement la pièce qui se passe en été, l'été en Thessalie, au Pays de la Magie, et les bandits s'apprêtent à dévaliser l'auberge et à charger Aethon-devenu-âne des sacoches renfermant leur butin, avant de l'entraîner hors de la ville.

Il doit exister une explication anodine à ces deux détonations. Forcément. Il faudrait tout de même qu'il descende vérifier, histoire d'en avoir le cœur net.

« Ah, j'ai eu bien tort de me mêler de sorcellerie, se lamente Alex. Pourvu que la servante se hâte de m'apporter ces roses. »

Seymour

Derrière les vitres de la bibliothèque, par-delà la tempête de neige, la ligne d'horizon engloutit le soleil. Le blessé s'est traîné jusqu'au bas de l'escalier et s'est recroquevillé contre la première marche. Le sang qui imbibe peu à peu le haut de son T-shirt efface le mot GROS dans J'AIME LES GROS PAVÉS, teignant son épaule et son cou en cramoisi : Seymour est terrifié de voir une couleur aussi flamboyante s'échapper d'un corps humain.

Tout ce qu'il voulait, lui, c'était faire sauter une partie des locaux du promoteur, derrière le mur de la bibliothèque. Envoyer un message fort. Réveiller les gens. Se conduire en guerrier. Dans quoi est-il allé se fourrer ?

Le blessé allonge sa main droite, le radiateur siffle sur la gauche de Seymour, et il émerge de sa paralysie. Soulevant le sac à dos, il s'empresse de le rapporter au même endroit, dans la section Non-Fiction, et le dissimule sur un rayonnage plus élevé avant de courir à la porte, scrutant l'extérieur par-dessus l'écriteau scotché à la vitre.

DEMAIN SOIR
REPRÉSENTATION UNIQUE
LA CITÉ DES NUAGES ET DES OISEAUX

À travers le rideau de flocons, au bout de la rangée de genévriers, il aperçoit, comme enfermés dans une boule à neige, la caisse du dépose-livres, le trottoir désert et, plus loin, la forme de la Pontiac capitonnée de blanc. Une silhouette apparaît à l'angle, vêtue d'une parka rouge cerise, et se dirige vers la bibliothèque avec une pile de cartons de pizzas.

Marian.

Il verrouille la porte et éteint les lumières avant de filer à travers la section des ouvrages de référence, contourne le blessé et se précipite vers la sortie de secours, au fond du bâtiment. ISSUE DE SECOURS. UNE ALARME SE DÉCLENCHERA.

Seymour marque une hésitation. Lorsqu'il retire son casque, les bruits déferlent à ses oreilles. Les gémissements de la chaudière, le flic-flac de la fuite d'eau, un son lointain et incongru qui évoque les stridulations des criquets, et un autre qui ressemble aux sirènes des voitures de police – éloigné de quelques pâtés de maisons, mais se rapprochant à toute allure.

Des sirènes ?

Remettant son casque, il appuie des deux mains sur la barre de la porte. Alors qu'il avance la tête sous la neige, un signal d'alarme électronique commence à mugir. Un essaim de lueurs rouges et bleues se déplace dans l'allée.

Il recule à l'intérieur, la porte se referme et la sonnerie s'arrête aussitôt. À l'instant où il rejoint l'entrée principale, un 4×4 de la police, gyrophare allumé, grimpe à moitié sur le trottoir et manque percuter le dépose-livres. La portière s'ouvre à la volée, le conducteur descend d'un bond et Marian laisse tomber ses cartons de pizza.

Le rayon d'un projecteur se braque sur la façade. Ils vont prendre les lieux d'assaut avant de l'abattre et ce sera terminé. Fonçant derrière le comptoir d'accueil, il pousse le meuble sur le paillasson pour bloquer l'entrée. Ensuite il s'empare de l'étagère des livres audio, envoyant voltiger CD et cassettes, pour la traîner jusqu'à la fenêtre donnant sur la rue. Il s'y adosse pour reprendre son souffle, accroupi au sol.

Comment ont-ils fait pour arriver si vite ? Qui a prévenu la police ? Se peut-il que l'écho des deux détonations ait porté jusqu'au poste, à cinq rues de là ?

Il a tiré sur un homme ; il n'a pas fait exploser les bombes ; Eden's Gate n'a souffert de rien. Il a tout gâché. Les yeux du blessé au bas des marches enregistrent chacun de ses gestes. Même dans cette lumière crépusculaire, ternie par la neige, Seymour voit bien que la tache de sang ne cesse de s'élargir sur son T-shirt. Ces écouteurs vert citron dans ses oreilles : ils doivent être connectés à un portable.

Zeno

Aethon-devenu-âne tombe à point nommé pour porter les sacoches qu'Olivia et Christopher, sous leurs cagoules de ski, remplissent d'objets précieux. « Que c'est lourd, dit Alex. Arrêtez, je vous en prie. Il s'agit d'une méprise, je ne suis pas une bête mais un homme, un simple berger d'Arcadie », et Christopher-le-premier-bandit réplique : « Pourquoi cette bourrique fait-elle autant de raffut ? ». À quoi Olivia-le-deuxième-bandit répond : « S'il refuse de se taire, on va se faire pincer », puis elle frappe Alex de son épée couverte de papier d'aluminium et le signal d'alarme du rez-de-chaussée se déclenche pour s'arrêter aussitôt.

Les cinq enfants tournent le regard vers Zeno assis au premier rang, puis les bandits masqués reprennent le pillage de l'auberge – manifestement, ils pensent tous que l'incident fait partie de la répétition.

Zeno se lève, et un élancement familier lui traverse la hanche. Levant le pouce pour encourager sa troupe, il s'approche en clopinant de la petite porte en arcade et l'ouvre avec précaution. Il n'y a pas de lumière dans la cage d'escalier.

Venus d'en bas, plusieurs chocs sourds et désordonnés, comme si l'on traînait une étagère au sol. Puis c'est de nouveau le silence.

Ne restent que le panneau SORTIE en haut de l'escalier, dont la lueur rouge transforme le doré du contreplaqué en un vert effroyable et vénéneux, le mugissement lointain d'une sirène et une lumière qui vient lécher le bord des marches, passant du rouge au bleu et du bleu au rouge.

Des souvenirs affluent dans l'obscurité : la Corée, un pare-brise fracassé, une troupe de soldats dévalant une pente enneigée. La main sur la rampe, il descend deux marches et avise une forme recroquevillée à terre, au pied de l'escalier.

Sharif lève les yeux, le visage crispé. Son T-shirt porte une marque au niveau de l'épaule gauche, ombre, éclaboussure, ou pire encore. Il pose un doigt sur ses lèvres.

Zeno hésite un instant.

Sharif lui fait signe de reculer.

Il rebrousse chemin, tâchant de ne pas faire craquer les marches sous ses bottes ; le mur doré se dresse face à lui…

Ὦ ξένε, ὅστις εἶ, ἄνοιξον, ἵνα μάθῃς ἃ θαυμάζεις

… et l'austérité du grec ancien le frappe brusquement de sa glaçante altérité. L'espace d'une seconde, Zeno, tel Antoine Diogène déchiffrant une inscription sur un coffre vieux de plusieurs siècles, se sent comme un visiteur venu du futur sur le point de pénétrer dans un passé inconnaissable et d'une profonde étrangeté. *Étranger, qui que tu sois…* Prétendre saisir d'une manière ou d'une autre la signification de ces mots serait d'une absurdité totale.

Il regagne la salle en hâte et referme bien la porte. Sur scène, les bandits sont en train de quitter la Thessalie, entraînant Aethon-devenu-âne sur une route caillouteuse. « A-t-on jamais vu un âne aussi inutile ? dit Christopher. Il se plaint sans arrêt. » Et Olivia enchaîne : « Dès que nous aurons regagné notre repaire et déchargé le butin, il faudra lui trancher la gorge et le jeter dans un ravin. » Alex relève sa tête en papier mâché pour se gratter le front.

« Mr Ninis ? »

La lumière du projecteur est aveuglante. Zeno prend appui sur l'une des chaises pliantes pour ne pas perdre l'équilibre.

Christopher lui parle derrière sa cagoule : « Désolé d'avoir raté ma réplique tout à l'heure.

– Mais non, fait Zeno aussi calmement que possible. Tu t'en sors à merveille. Les autres aussi, d'ailleurs. C'est très drôle, vraiment fantastique. Tout le monde va adorer. »

Cigales et criquets stridulent dans l'enceinte. Les nuages en carton se tordent au bout de leurs fils. Les cinq enfants ont les yeux fixés sur Zeno. Qu'est-il censé faire, maintenant ?

« Alors, demande Olivia en agitant son épée en plastique, le spectacle continue ? »

SIX

LE REPAIRE DES BANDITS

La Cité des nuages et des oiseaux, d'Antoine Diogène, Folio Z

… de mes larges naseaux, je humais l'odeur des roses qui poussaient dans les derniers jardins de la ville. Ah, qu'il était doux, ce parfum, et si plein de mélancolie ! Mais chaque fois que je tentais de m'en approcher, les cruels voleurs me frappaient de leur badine ou du plat de leur épée. Mon fardeau me piquait les flancs à travers les sacoches, mes sabots non ferrés me mettaient au supplice, et la route sinueuse montait sans fin vers les montagnes rocailleuses et arides du nord de la Thessalie. De nouveau, je maudis ma mauvaise fortune. Lorsque j'ouvrais la bouche pour sangloter, il ne s'en échappait qu'un braiment sonore et pitoyable, et les coups des vauriens redoublaient.

Les étoiles se retirèrent du ciel et un soleil ardent se leva tandis qu'ils m'entraînaient toujours vers les sommets, si haut que plus rien ne poussait. Harcelé par les mouches, le dos cuisant, je ne voyais que rochers et à-pics aussi loin que portait mon regard. À la faveur d'une halte, on me laissa grignoter des chardons piquants qui entamèrent mes lèvres délicates tandis que pesait dans mes sacoches tout le butin dérobé à l'auberge, non seulement les joyaux de la maîtresse des lieux, bracelets et diadèmes ornés de pierreries, mais aussi de tendres miches de pain blanc, des viandes en salaison et des fromages de chèvre.

À la tombée de la nuit, nous atteignîmes l'entrée d'une grotte dans un défilé rocheux. Les bandits qui m'avaient emmené furent accueillis par un groupe de leurs semblables, et l'on me poussa à travers plusieurs salles où étincelaient l'or et l'argent de leurs larcins, pour m'abandonner dans une misérable caverne sombre. J'avais du foin moisi pour seule pitance, et rien d'autre pour m'abreuver que le petit filet d'eau qui s'infiltrait dans la roche. Toute la nuit, j'entendis résonner les rires des voleurs occupés à festoyer. Je versai des larmes sur…

CONSTANTINOPLE

AUTOMNE 1452

Anna

Elle arrive au terme de sa douzième année, même si personne ne songe à fêter le jour de sa naissance. Désormais, elle ne déambule plus au milieu des ruines en se prenant pour Ulysse introduit au palais d'Alkinoos : c'est à croire que Kalapathes, en jetant aux flammes les cahiers de Licinius, a également réduit en cendres le royaume des Phéaciens.

Les cheveux de Maria ont repoussé là où ils avaient été arrachés, les ecchymoses autour de ses yeux se sont effacées depuis longtemps, mais une atteinte plus profonde subsiste. La clarté du soleil lui tire une grimace, elle oublie le nom des choses et laisse ses phrases inachevées. Bien souvent, des maux de tête la poussent à se réfugier dans le noir. Et par une matinée ensoleillée, avant la cloche de midi, elle laisse tomber aiguille et ciseaux pour refermer les doigts sur ses paupières.

« Anna, je n'y vois plus rien. »

Sur son tabouret, la veuve Théodora fronce les sourcils ; les autres brodeuses lèvent les yeux un instant avant de reprendre leur ouvrage. Au rez-de-chaussée, Kalapathes reçoit un évêque. Maria agite les bras au hasard, renversant ce qui se trouvait sur sa table. Une bobine de fil roule à ses pieds et se dévide lentement.

« Est-ce qu'il y a de la fumée ?

– Non, ma sœur, il n'y en a pas. Viens avec moi. »

Anna lui fait descendre les marches en pierre pour la conduire dans leur cellule et adresse une prière à sainte Koralia, aide-moi à devenir meilleure et à apprendre mes points de broderie, aide-moi à réparer tout ça, et il se passe encore une heure avant que Maria puisse distinguer sa main devant son visage. Pendant le repas du soir, les femmes suggèrent plusieurs diagnostics. Strangurie ? Fièvre quarte ? Eudokia lui offre un talisman ; Agata lui conseille de boire une infusion d'astragale et de bétoine. Mais il y a une chose que les brodeuses se gardent d'exprimer tout haut : elles croient que le vieux manuscrit de Licinius contenait un maléfice et que, même détruit, il accable toujours les deux filles de malheurs.

Qu'est-ce donc que cette sorcellerie ?

Tu te bourres le crâne de choses inutiles.

Après les prières du soir, la veuve Théodora apporte dans leur cellule un brasero où brûlent des herbes, puis s'assied près de Maria en repliant ses longues jambes.

« Dans ma jeunesse, dit-elle, j'ai connu un chaufournier qui perdait la vue par moments, quasiment d'une minute à l'autre. Finalement, il s'est trouvé plongé dans des ténèbres plus sombres que le recoin le plus noir de l'Enfer, et aucun médecin, qu'il fût d'ici ou d'ailleurs, n'était capable de le soigner. Mais sa femme avait foi dans le Seigneur, et elle a rassemblé tout l'argent qu'elle a pu pour l'accompagner à la sainte porte de Silivri, auprès du sanctuaire de la Vierge de la Source. Là, les religieuses l'ont laissé boire à la source sacrée, et quand il est retourné chez lui… »

À cette évocation, Théodora trace en l'air le signe de la croix, et la fumée du brasero flotte d'un mur à l'autre.

« Alors quoi ? chuchote Anna. Qu'est-il arrivé lorsque le chaufournier est retourné chez lui ?

– Il voyait clairement les mouettes dans le ciel, les bateaux sur la mer et les abeilles qui butinaient les fleurs. Et jusqu'à la fin de sa vie, tous ceux qui l'avaient rencontré ont parlé de ce miracle. »

Maria est assise sur sa paillasse, ses mains sur ses genoux ressemblent à deux moineaux brisés.

« De l'argent, il en faut combien ? » demande Anna.

Un mois plus tard, à l'heure du crépuscule, elle s'arrête dans une ruelle qui longe le mur du couvent Sainte-Théophania. Elle jette un coup d'œil alentour, dresse l'oreille, et la voilà qui grimpe. Une fois en haut, elle se faufile à travers les barreaux de la grille métallique. De là, il n'y a pas bien loin pour sauter sur le toit de l'office, où elle reste accroupie une minute, à l'affût du moindre bruit.

De la fumée s'échappe des cuisines ; une mélopée assourdie filtre de la chapelle. Ses pensées vont à Maria assise sur sa paillasse, plissant les yeux pour dénouer et refaire une couronne toute simple qu'Anna a essayé de broder le jour même. Dans l'ombre qui s'épaissit, elle revoit Kalapathes empoigner la chevelure de Maria. Il la traîne dans le couloir, sa tête heurte une marche, et Anna a l'impression que c'est son propre crâne qui cogne, dans une explosion d'étincelles qui emplit son champ de vision.

Se laissant glisser au bas du toit, elle s'introduit dans le poulailler et saisit une poule entre ses bras. Celle-ci pousse un seul cri avant qu'Anna lui brise le cou et l'escamote sous ses vêtements. Et maintenant, remonter sur le toit de l'office, passer entre les barreaux de fer et redescendre par le mur couvert de lierre.

Au cours des dernières semaines, elle a vendu pour six sous au marché quatre poulets volés – sûrement pas de quoi offrir à sa sœur une bénédiction au sanctuaire de la Vierge de la Source. Dès que ses sandales touchent le sol, elle détale dans la ruelle, le mur du couvent sur sa gauche, et rattrape la rue encombrée d'hommes et de bêtes dont les flots se croisent dans la lumière déclinante. Tête baissée, un bras replié sur la volaille, elle s'achemine vers le marché, aussi discrète qu'une ombre. C'est alors qu'une main s'abat dans son dos.

Un garçon qui doit avoir le même âge qu'elle. Pieds nus, des mains énormes, et si maigre qu'on ne voit que ses yeux globuleux. Anna le connaît : il s'appelle Himerius et son oncle est pêcheur – le genre de gamin dont Chryse la cuisinière dirait qu'il est mauvais comme une rage de dents et aussi utile qu'une prière pour un cheval mort. Une épaisse mèche de cheveux lui barre le front, le manche d'un couteau dépasse de la ceinture de sa culotte, et il affiche le sourire de celui qui se sait en position de force.

« Alors, on vole les servantes de Dieu ? »

Le cœur d'Anna s'emballe, elle s'étonne que les passants ne l'entendent pas tambouriner. Les portes du couvent sont encore visibles : le garçon pourrait la traîner là-bas pour la dénoncer, la contraindre à montrer ce qu'elle camoufle sous sa robe. Elle a déjà vu des voleurs pendus au gibet ; à l'automne précédent, trois condamnés ont été promenés à dos d'âne jusqu'à l'Amastrianum, travestis en catins et tournés vers la croupe de leur monture. Le plus jeune n'était sûrement pas beaucoup plus âgé qu'Anna aujourd'hui.

Risque-t-elle la pendaison pour le vol d'une poule ? Le garçon réfléchit en observant le mur dont elle vient de redescendre.

« Tu connais le prieuré sur le promontoire ? »

Anna hoche la tête, méfiante. Il s'agit d'une ruine sinistre en bordure de la ville, à proximité du port sophien, cernée par la mer sur trois de ses côtés. Des siècles en arrière, l'abbaye a peut-être été un lieu accueillant, mais il n'en demeure aujourd'hui que des vestiges inquiétants et désolés. Les garçons de la Quatrième Colline la disent hantée par des spectres dévoreurs d'âmes qui transportent leur chambellan de salle en salle sur un trône fait d'ossements.

Deux Castillans en manteau de brocart, généreusement aspergés de parfum, passent dans la rue à cheval, et le garçon s'écarte de leur chemin en s'inclinant légèrement.

« Il paraît, dit-il alors, que ce prieuré contient des choses extrêmement anciennes : des coupes d'ivoire, des gants couverts de saphirs, des peaux de lion. Le Patriarche y conserve soi-disant des éclats de l'Esprit saint qui brillent dans des pots en or. »

Les cloches d'une dizaine de basiliques égrènent leurs coups solennels et le garçon cligne ses yeux énormes, portant le regard au-dessus d'Anna comme s'il voyait des pierres précieuses scintiller sur le fond du ciel noir. « Dans cette ville, il y a des étrangers qui sont prêts à payer très cher pour avoir ces choses anciennes. Moi, je t'emmène en barque jusqu'au prieuré ; toi tu grimpes et tu remplis un sac, et ensuite on vend ce que tu auras déniché. Retrouve-moi sous la tour du palais de Bélisaire la prochaine fois que la fumée montera de la mer. Sinon, j'irai parler aux sœurs du renard qui leur vole des poulets. »

La fumée qui monte de la mer : c'est au brouillard qu'il faisait allusion. Chaque après-midi, elle surveille le temps depuis les fenêtres de l'atelier, mais l'automne est toujours aussi doux, le bleu du ciel reste désespérément pur, et Chryse prétend qu'il fait assez clair pour que l'on voie jusque dans la maison de Jésus. Au hasard des ruelles étroites, Anna aperçoit au loin les contours du prieuré : une tour écroulée, de hauts murs, des ouvertures obstruées par les briques effondrées. Une ruine. Des gants ornés de pierreries, des peaux de lion – Himerius est un imbécile, et il n'y a que les imbéciles pour prêter foi à ses fabulations. Cependant, un brin d'espoir jaillit en filigrane de ses inquiétudes. Comme si une partie d'elle-même souhaitait la venue du brouillard.

Un après-midi, la chose se produit enfin : au crépuscule, une froide avalanche de blancheur déferle depuis la Propontide pour noyer la ville sous son épais silence. Postée à la fenêtre de l'atelier, elle regarde s'effacer le dôme central de l'église des Saints-Apôtres, puis les murs du couvent et la cour.

Le soir venu, après l'heure des prières, elle se glisse hors de la couche qu'elle partage avec Maria et gagne la porte à pas feutrés.

« Tu sors ?

– Je vais seulement aux cabinets. Dors tranquille, ma sœur. »

Elle suit le couloir, s'arrange pour esquiver le gardien dans la cour et plonge dans le dédale des rues. Le brouillard avale les murs, déforme les bruits et change les silhouettes en ombres. Elle se hâte, tâchant d'écarter de son esprit les horreurs nocturnes contre lesquelles on l'a mise en garde : sorcières en maraude, maladies qui se propagent dans l'air, coquins et vauriens, les chiens de la nuit qui s'insinuent entre les ombres. Elle passe devant les maisons des ferronniers, des fourreurs et des cordonniers : tous à l'abri derrière leurs portes barricadées, obéissant à la volonté de leur dieu. Descendue au pied de la tour par de petites rues escarpées, elle attend, toute tremblante. Les rayons laiteux de la lune ruissellent à travers le brouillard.

Partagée entre le soulagement et le dépit, elle finit par penser qu'Himerius a abandonné son plan, lorsque le garçon surgit de l'obscurité. Un rouleau de corde sur l'épaule droite et un sac de toile dans la main gauche, il la guide sans un mot au-delà de la porte des pêcheurs, sur une plage de galets où reposent une dizaine de bateaux retournés. Il s'arrête devant une barque qu'on a tirée au sec sur les cailloux.

Vermoulue et calfatée de partout, elle mérite à peine le nom d'embarcation. Déposant à la proue sa corde et son sac, Himerius met la barque à la mer, plongé dans l'eau jusqu'aux chevilles.

« Elle va vraiment rester à flot ? » demande Anna.

Le garçon prend un air offusqué. Dès qu'Anna est montée, il donne une impulsion habile pour s'éloigner du rivage, penché au-dessus du plat-bord. Les rames bien en place, il patiente un moment, l'eau s'égoutte des pelles et ils suivent des yeux un cormoran qui passe dans le ciel, émergeant du brouillard pour s'évanouir aussitôt.

Tandis qu'Himerius se dirige vers le port, Anna enfonce les ongles dans le bois du banc. Soudain, une caraque au mouillage dresse devant eux sa masse gigantesque, crasseuse et encroûtée de bernaches, son bastingage à une hauteur invraisemblable, un clapot d'eaux noires battant sa coque et les chaînes tapissées d'algues de ses ancres. Jusque-là, elle imaginait les navires rapides et majestueux ; vus de près, ils lui donneraient plutôt la chair de poule.

À chaque instant, elle s'attend à ce que quelqu'un les arrête, mais rien de tel ne se produit. Parvenu devant un brise-lames, Himerius cesse de ramer pour lancer par-dessus la poupe deux lignes dépourvues d'appâts.

« Si jamais on nous pose des questions, on est là pour pêcher », murmure-t-il, secouant une des lignes comme pour appuyer ses dires.

La barque tangue ; une odeur de crustacés empuantit l'atmosphère ; après le brise-lames, les vagues se fracassent contre les rochers. Les tours imposantes du Portus Palatii se perdent dans le brouillard derrière eux, et il ne reste plus que le grondement lointain du ressac, le bruit des rames heurtant la coque, et un mélange de terreur et d'exaltation dans le cœur d'Anna.

Au niveau d'une brèche dans le brise-lames, Himerius pointe le menton vers la masse noire qui remue au-delà. « Quand la mer est mauvaise, il vient un courant par ici qui peut nous entraîner vers le large. » Ils avancent encore un peu, le garçon pose une rame un moment puis lui tend la corde et le sac. La nappe de brouillard est si dense qu'elle ne distingue même pas le mur, et quand il apparaît enfin, il lui semble qu'elle n'a jamais rien vu d'aussi ancien, d'aussi usé.

La barque se balance et une cloche sonne un coup quelque part dans la ville comme si c'était à l'autre bout du monde. Des images affreuses suintent des catacombes de son esprit : des fantômes aveugles, et ce chambellan diabolique sur son trône d'ossements, la bouche noircie par le sang des enfants.

« Tu vois les gouttières là-haut ? » chuchote Himerius.

Tout ce qu'elle voit, elle, c'est une ruine dressée vers le ciel, ses briques hérissées de coquilles de moule à l'endroit où elle émerge des eaux, striée d'algues et de traces de décoloration, et qui semble monter vers l'infini à travers le brouillard.

« Si tu réussis à t'en approcher, tu devrais pouvoir te faufiler à l'intérieur.

– Et après ? »

Dans l'obscurité, les yeux proéminents d'Himerius ressemblent un peu à des braises.

« Après, tu remplis le sac et tu me le fais passer. »

Il maintient la proue aussi près que possible de la paroi ; Anna lève les yeux en tremblant.

« La corde est solide », lui assure le garçon, comme si sa résistance était la seule chose qui la faisait douter. Une chauve-souris isolée trace les deux boucles d'un huit au-dessus de la barque avant de s'éloigner. C'est sa faute à elle si Maria n'y voit plus. Sans sa petite sœur, elle pourrait être la brodeuse la plus douée de l'atelier de Théodora ; elle ferait la joie de Dieu. C'est Anna qui ne tient pas en place et qui n'arrive pas à apprendre quoi que ce soit, elle qui a tout gâché. Contemplant la surface opaque, elle imagine les flots se refermer sur elle.

La corde et le sac autour de son cou, elle trace des caractères sur la page de son esprit. A égale ἄλφα égale alpha ; B égale βῆτα égale bêta. Ἄστεα veut dire « ville » ; νόον veut dire « esprit » ; ἔγνω veut dire « instruit ». Lorsqu'elle se met debout, la barque tangue dangereusement. Manœuvrant une rame après l'autre, Himerius parvient à coller contre la paroi la proue du bateau qui racle la brique et se soulève au gré de la houle, et la main droite d'Anna empoigne un bouquet d'algues qui pousse dans une crevasse tandis que la gauche s'assure d'un appui ; levant un pied, elle propulse son corps contre le pan de mur, et la barque se dérobe au-dessous d'elle.

Elle se cramponne aux briques pendant qu'Himerius fait reculer l'embarcation. Sous ses pieds il n'y a plus que l'eau noire, et seule sainte Koralia peut connaître ses froides profondeurs et les choses épouvantables qui s'y agitent. Il ne lui reste qu'à grimper.

Ici ou là, des briques mal scellées font saillie – négligence des maçons ou travail de l'usure – et il n'est pas difficile de trouver un point d'accroche ; malgré son effroi, le rythme de l'ascension ne tarde pas à l'absorber tout entière. Deux prises pour les mains, deux pour les pieds ; très vite, le brouillard masque Himerius et la mer en contrebas, et elle a l'impression de gravir une échelle qui s'élève au milieu des nuages. Si l'on ne craint rien, l'attention se relâche ; mais quand la peur devient trop forte, on reste tétanisé. Tendre la main, s'agripper, prendre son élan, monter et recommencer. Se concentrer uniquement là-dessus.

La corde et le sac autour du cou, Anna escalade des strates de briques effritées dont la succession couvre les règnes de tous les empereurs, et bientôt elle se trouve face aux ouvertures qu'Himerius lui a décrites : une rangée de gargouilles ornementées à tête de lion, chacune aussi grande qu'elle. Elle parvient à se hisser dans un des orifices, et quand ses genoux ont trouvé un appui sûr, elle fait pivoter ses épaules et se glisse dans un tunnel encombré de saletés.

Maculée de boue, les vêtements humides, elle descend dans une salle qui a dû servir de réfectoire il y a longtemps. Un peu plus loin, des rats s'affairent dans l'obscurité.

Elle s'arrête pour écouter. Le plafond en bois s'est en grande partie affaissé et elle distingue au centre de la salle, sous le clair de lune tamisé par le brouillard, une table jonchée de détritus, aussi longue que l'atelier de Kalapathes et couronnée d'un massif de fougères. Une tapisserie dévastée par la pluie drape un des murs ; lorsqu'elle en effleure le bas, des choses invisibles battent des ailes pour se retrancher dans l'ombre. Ses doigts rencontrent ensuite un anneau mangé par la rouille, qui autrefois servait peut-être à fixer une torche. Aurait-il une quelconque valeur ? Himerius lui a fait miroiter des merveilles oubliées qui l'ont transportée au palais d'Alkinoos le généreux, mais cet endroit n'a rien d'une chambre au trésor. Ici, tout a été corrompu par les intempéries et le passage des ans ; ce sont désormais les rats qui y ont leur empire, et si un quelconque chambellan a jadis régné sur les lieux, il est mort depuis au moins trois siècles.

Ce qui s'ouvre sur sa droite pourrait passer pour un gouffre, mais il s'agit en réalité d'une cage d'escalier. Anna descend lentement, la paume plaquée contre la paroi ; l'escalier tourne, bifurque une première fois, puis une deuxième. Tentant sa chance au troisième palier, elle débouche dans un couloir bordé des deux côtés par des cellules de moines. Là, devant elle, on croirait voir des ossements entassés, des feuilles sèches bruissent, une crevasse dans le sol menace de la happer.

Anna fait demi-tour, progressant à tâtons, et, dans la lumière spectrale de la lune montante, l'espace et le temps se brouillent. Depuis quand est-elle ici ? Maria s'est-elle endormie ou attend-elle dans l'inquiétude qu'elle revienne enfin des cabinets ? Himerius est-il toujours là, sa corde sera-t-elle assez longue, la mer ne les a-t-elle pas engloutis, lui et sa barque délabrée ?

La fatigue la submerge d'un coup. Elle a pris tous ces risques en pure perte ; bientôt les coqs chanteront, ce sera l'heure de matines et la veuve Théodora ouvrira les yeux. Son rosaire entre les doigts, elle se mettra à genoux sur les dalles froides.

Elle réussit à rejoindre l'escalier et s'arrête face à une petite porte en bois. Derrière, elle découvre une pièce circulaire ouverte en partie sur le ciel, où flottent des remugles de fange, de mousse et de temps passé. Et d'autre chose, aussi.

Une odeur de parchemin. Il ne subsiste du plafond qu'une surface lisse, unie et dépouillée, Anna pourrait se croire sous la voûte d'un énorme crâne percé ; sur les parois de cette petite chambre, à peine visibles sous le clair de lune nébuleux, des rayonnages ouverts couvrent la surface du sol au plafond. Certains sont encombrés de mousse et de débris, mais d'autres sont garnis de livres.

Elle en a le souffle coupé. Ici, un tas de papiers désagrégés, là un rouleau en lambeaux, plus loin une pile de codices reliés imbibés d'eau de pluie. La voix de Licinius affleure à sa mémoire : *Mais les livres meurent, de la même manière que les humains.*

Elle fourre dans son sac une douzaine de manuscrits, autant qu'il peut en contenir, puis le traîne dans l'escalier et le long du couloir, bifurquant parfois au jugé. Quand elle se retrouve enfin dans la salle à la tapisserie, elle ferme le sac en nouant une extrémité de la corde, escalade un monceau de gravats et rampe à l'intérieur de la gargouille en poussant son butin devant elle.

La corde tendue file en crissant le long de la paroi. Elle est prête à croire qu'Himerius est parti sans elle, l'abandonnant à une mort certaine, lorsque le garçon et sa barque se profilent tout près du mur, enrobés de brouillard et beaucoup plus petits que ce qu'elle escomptait. La corde se détend, allégée de son fardeau, et Anna lâche le bout qu'elle serrait dans sa main.

Maintenant, la descente. Si elle regarde en bas, la nausée lui tord les entrailles, alors elle fixe ses doigts, puis ses orteils, descendant avec précaution au milieu des câpriers, des rameaux de lierre et des touffes de thym sauvage ; encore une minute et son pied gauche se pose sur le plat-bord, le droit trouve un appui et elle remonte dans la barque.

Elle a le bout des doigts écorché, sa robe est toute crasseuse et ses nerfs sont à vif.

« Tu as mis trop de temps, siffle Himerius. Il y avait de l'or ? Qu'est-ce que tu as trouvé ? »

Quand ils dépassent le brise-lames pour rentrer au port, l'obscurité est déjà en train de refluer. Himerius manie ses rames avec tant de vigueur qu'Anna redoute de les voir se casser. Elle tire du sac un des manuscrits, un grand livre gondolé par la pluie, et déchire la première page en voulant la tourner. Le feuillet est rempli de petits traits verticaux, et c'est la même chose pour le suivant, des colonnes entières de marques de comptage. De toute évidence, le manuscrit ne contient rien de plus. Des reçus ? Un quelconque registre ? Elle prend alors un livre plus petit, mais celui-là non plus n'offre rien de mieux que ces éternelles séries de hachures, et il porte en outre des traces d'humidité, peut-être même de brûlure.

Son cœur chavire.

Une pâle lumière couleur lavande transperce la brume, et Himerius pose ses rames une minute pour s'emparer du second codex et l'approcher de ses narines, avant de dévisager Anna, sourcils froncés.

« C'est quoi, ça ? »

Lui, il s'attendait à des peaux de léopard, à des coupes en ivoire serties de pierres précieuses. Anna fouille dans sa mémoire et y retrouve l'image de Licinius, ses lèvres pareilles à des vers blêmes nichés dans sa barbe.

« Même si leur contenu n'a aucune valeur, on peut toujours gratter les parchemins pour les réutiliser… »

Contrarié, Himerius laisse retomber le codex dans le sac et y donne un petit coup de pied, puis il reprend ses rames. La grande caraque au mouillage semble flotter sur un miroir, Himerius tire son bateau bien au sec sur le rivage et s'éloigne après l'avoir retourné, son rouleau de corde à l'épaule et Anna sur les talons, tel un ogre traînant son esclave dans une comptine de nourrice.

Lorsqu'ils traversent le quartier des Génois, les demeures se font plus hautes et plus cossues, beaucoup arborent des vitraux à leurs fenêtres, des façades décorées de mosaïques et des balcons orientés au sud qui surplombent les remparts maritimes devant la Corne d'or. Aux portes du quartier vénitien, des gardes armés qui bâillent sous un porche laissent passer les enfants en ne leur jetant qu'un bref coup d'œil.

Après avoir longé une succession d'ateliers, ils s'arrêtent devant un portail.

« Si jamais tu parles, appelle-moi "frère", recommande Himerius. Mais le mieux, c'est que tu te taises. »

Un domestique affligé d'un pied bot les conduit dans une cour où un figuier solitaire cherche désespérément le soleil, ils s'appuient contre un mur, les coqs chantent et les chiens aboient, et Anna imagine les sonneurs grimpant dans les clochers au milieu du brouillard pour réveiller la ville, les marchands de laine ouvrant leurs boutiques, les voleurs des rues regagnant furtivement leur repaire, les moines s'infligeant les premières mortifications de la journée, les crabes endormis sous les bateaux, les sternes plongeant vers la mer pour trouver leur pitance, Chryse la cuisinière en train de ranimer les flammes du foyer. Et la veuve Théodora monte l'escalier en pierre qui mène à l'atelier.

Seigneur, protège-nous de l'oisiveté
Car nous avons commis des péchés innombrables.

À l'autre extrémité de la cour, cinq pierres grises s'animent sous leurs yeux – ce sont des oies qui s'éveillent en battant des ailes et les regardent en cacardant. Bientôt, le ciel prend une couleur de mortier et les charrettes circulent dans les rues. Maria racontera à la veuve Théodora que sa sœur souffre d'un accès de fièvre ou d'un refroidissement. Mais pendant combien de temps le mensonge tiendra-t-il ?

Une porte finit par s'ouvrir et un Italien somnolent, vêtu d'un manteau en velours à manches trois quarts, examine Himerius avant de leur claquer la porte au nez, persuadé qu'il ne présente aucun intérêt. Dans la lumière du jour naissant, Anna fouille parmi les manuscrits imprégnés d'humidité. Le premier qu'elle tire du sac est à ce point barbouillé de moisissures qu'on n'y distingue plus le moindre caractère.

Licinius s'extasiait toujours sur la qualité du vélin – un parchemin issu de la peau d'un veau arraché avant terme au ventre de sa mère. Selon lui, écrire sur le vélin, c'était comme écouter la plus pure des musiques, mais les peaux qui ont servi à fabriquer ces livres sont grossières et rugueuses au toucher, et elles dégagent une odeur de bouillon rance. Himerius ne s'est pas trompé : ils n'en tireront pas un sou.

Une servante passe avec une jatte de lait, marchant à pas menus pour ne pas le renverser, et Anna a tellement faim que la cour se brouille devant ses yeux. Elle a échoué une fois de plus. La veuve Théodora la corrigera à coups de bâton, Himerius ira dénoncer ses larcins au couvent, Maria n'aura jamais assez d'argent pour se faire bénir au sanctuaire de la Vierge de la Source, et le jour où le corps d'Anna se balancera au gibet, la foule criera alléluia.

Comment l'existence peut-elle vous mener à cela ? À porter une robe toute rapiécée par-dessus les vieux jupons de sa sœur, alors que des gens comme Kalapathes se promènent en habit de velours et de soie avec des serviteurs à leurs basques ; pendant que des étrangers tels que ceux-ci ont des jattes pleines de lait, des oies en abondance et un manteau différent pour chaque jour de fête ? Elle sent un cri monter en elle, un hurlement propre à fracasser le verre, lorsque Himerius lui présente un petit codex défraîchi doté d'une reliure à fermoir.

Anna l'ouvre par le milieu. Le grec ancien que lui a enseigné Licinius se déploie sur toute la page en lignes bien ordonnées.

> *On raconte que l'Inde élève une race de chevaux pourvus d'une corne unique, ainsi que des ânes à une corne. À partir de ces cornes, on fabrique des coupes, et si quelqu'un y a versé du poison, celui qui y boit s'en tire sans dommage.*

Sur la page suivante :

> *On me dit que le Phoque régurgite le lait caillé contenu dans son estomac afin qu'il ne puisse servir de remède aux épileptiques. Le Phoque est une créature malfaisante, je vous en donne ma parole.*

Le cœur d'Anna bat de plus en plus vite.

« Celui-ci, souffle-t-elle. Montre-leur celui-ci. »

Himerius lui reprend le livre des mains.

« Non, tourne-le dans l'autre sens. Voilà. »

Le garçon frotte ses yeux proéminents. L'écriture est élégante et maîtrisée, Anna attrape au hasard une bribe de phrase – *J'ai entendu dire que le Pigeon était, de tous les oiseaux, le plus sage et le plus modéré dans ses relations sexuelles…* S'agit-il d'un traité sur les animaux ? Revoici le serviteur pied-bot, qui fait signe à Himerius de le suivre. Emportant le sac et le livre, le garçon entre dans la maison.

Les oies surveillent Anna dans la cour.

Il ne s'écoule même pas une minute avant qu'Himerius reparaisse.

« Alors ?

– Ils veulent te parler. »

Deux volées de marches en pierre, une réserve pleine de fûts empilés, et ils pénètrent dans une pièce où règne une odeur d'encre. Sur trois grandes tables s'éparpillent des bougies, des encriers, des plumes et des porte-plumes, des poinçons et des couteaux, des blocs de cire à cacheter, des calames et de petits sacs de sable en guise de presse-papiers. L'un des murs est tapissé de cartes marines, plusieurs rouleaux y sont appuyés, penchés les uns contre les autres, et les oies ont semé des fientes un peu partout, étalées sur le carrelage aux endroits où on les a piétinées. Assis à la table centrale, trois étrangers rasés de frais étudient les feuillets du codex découvert par Anna, jacassant à toute allure comme des oiseaux fébriles. Le plus petit des trois, qui est aussi le plus brun, considère Anna d'un œil sceptique.

« Le garçon prétend que tu es capable de déchiffrer ceci ?

– Nous regrettons de ne pas mieux maîtriser le grec ancien », dit l'étranger de taille moyenne.

Anna pose fermement un doigt sur le feuillet de parchemin et lit :

> *La Nature a créé le Hérisson prudent et habile à pourvoir à ses besoins. Comme il doit amasser des provisions pour une année, et que…*

Les trois hommes recommencent à vocaliser comme des moineaux. Le plus petit demande à Anna de poursuivre, et elle lit péniblement quelques lignes – des observations sur les mœurs de l'anchois, puis la description d'un animal appelé cigogne à bec-ouvert – jusqu'à ce que le plus grand, qui est aussi le plus élégant, l'interrompe pour se déplacer au milieu des rouleaux, des homéliaires et du matériel d'écriture ; il s'arrête devant une armoire et contemple l'intérieur comme s'il s'agissait d'un paysage au loin.

Sous l'une des tables, une écorce de melon oubliée grouille de fourmis. Anna a l'impression d'avoir pénétré dans un fragment de l'épopée d'Ulysse, de voir les dieux s'entretenir à voix basse au sommet de l'Olympe avant de descendre à travers les nuées pour sceller son destin. Le plus grand des trois hommes demande en écorchant la langue grecque :

« Où avez-vous trouvé ceci ?

– Dans un lieu bien caché, répond Himerius. On n'y arrive pas comme ça.

– Est-ce un monastère ? »

Himerius hoche la tête d'un air hésitant, les trois Italiens se concertent du regard, le garçon hoche de nouveau la tête, et bientôt tout le monde opine de concert.

« Où exactement, dans ce monastère ? s'enquiert le plus petit en tirant du sac les autres manuscrits.

– Dans une salle.

– Grande, la salle ?

– Assez grande, pas trop petite », fait Himerius.

Les trois hommes se mettent à parler en même temps.

« Y a-t-il d'autres manuscrits comme celui-ci ?

– Comment étaient-ils disposés ?

– Alignés ?

– Ou plutôt empilés ?

– Combien y en avait-il ?

– À quoi ressemble la décoration de la salle ? »

Himerius replie les doigts sur son menton, feignant de passer ses souvenirs en revue sous le regard attentif des Italiens.

« Elle n'est pas grande, cette salle, déclare alors Anna. Et je n'y ai vu aucun ornement. Elle est ronde et, dans le temps, elle avait un plafond voûté. Mais depuis, le toit s'est effondré. Il y avait d'autres livres, et aussi des rouleaux rangés dans des niches, comme des ustensiles de cuisine. »

Une vague d'enthousiasme circule parmi les trois hommes. Fouillant sous son manteau bordé de fourrure de renard, le plus grand en extrait une bourse et fait tomber des pièces au creux de sa paume. Anna voit des ducats et des *stavrata* en argent, la lumière du matin danse au-dessus des tables de travail et elle est prise d'un vertige soudain.

« Notre seigneur a la main à tout, explique le plus grand, vous voyez ce que je veux dire ? Navigation, commerce, religion, armée. Mais la chose qui l'intéresse en priorité, sa passion, si vous préférez, est de retrouver la trace des manuscrits de l'Antiquité. Selon lui, toutes les idées les plus brillantes ont été conçues il y a mille ans. »

L'homme hausse les épaules. Anna ne peut détacher les yeux de l'argent.

« Pour le texte sur les animaux », lâche-t-il, remettant une douzaine de pièces à Himerius qui reste bouche bée, tandis que l'étranger de taille moyenne se saisit d'une plume et entreprend de la tailler.

« Apportez-nous d'autres manuscrits, conclut le plus petit, et nous vous paierons davantage. »

Au moment où ils sortent de la cour, la clarté du matin resplendit, le ciel est teinté de rose et la chaleur dissipe le brouillard ; Anna règle son pas sur les grandes enjambées du garçon alors qu'ils se fraient un chemin au milieu de superbes bâtisses en bois qui, à cet instant, paraissent plus belles que jamais. La joie cabriole à l'intérieur d'Anna, sur le premier marché qu'ils rencontrent un marchand fait déjà frire des galettes fourrées de fromage, de miel et de feuilles de laurier, ils en achètent quatre qu'ils avalent goulûment et Anna sent l'huile chaude lui couler dans la gorge. Himerius compte la part d'argent qui lui revient et elle enfouit les lourdes pièces sous la ceinture de sa robe avant de se hâter à l'ombre de l'église Sainte-Barbara, puis traverse un nouveau marché, plus étendu que le premier et qui déborde de charrettes et de rouleaux d'étoffes, on y vend de l'huile dans des amphores, un rémouleur installe sa meule à aiguiser, une femme tend la main pour retirer le drap qui voilait une cage, un enfant transporte des brassées de roses automnales, la voie se remplit d'ânes et de chevaux, de Génois et de Géorgiens, de Juifs et de Pisans, de diacres et de nonnes, de cambistes, de musiciens et de coursiers, deux joueurs commencent déjà à lancer leurs dés en corne de bœuf, un notaire porte des documents, un noble fait halte devant un éventaire, escorté d'un serviteur qui l'abrite sous une ombrelle, et si Maria veut acheter les anges, alors le moment est venu ; ils voleront doucement autour de sa tête en effleurant ses paupières de leurs ailes.

SUR LA ROUTE D'EDIRNE

AUTOMNE DE LA MÊME ANNÉE

Omeir

À quinze kilomètres de chez lui, ils passent par le village qui l'a vu naître. Le convoi s'immobilise sur la route pendant que des hérauts font le tour des maisons pour réquisitionner hommes et bêtes. La pluie tombe continûment, et Omeir, frissonnant sous sa cape en cuir, regarde les flots s'écouler en grondant, gonflés d'écume et chargés de débris ; il se rappelle alors les paroles de Grand-père, qui disait que les plus modestes cours d'eau des montagnes, tellement petits qu'une main pouvait leur faire barrage, finissaient tous par rejoindre la rivière, et que la rivière elle-même, si impétueuse fût-elle, n'était qu'une goutte d'eau dans l'œil du vaste océan qui cerne toutes les terres du monde et contient tous les rêves formés par l'esprit des hommes.

La lumière se retire de la vallée. Comment sa mère, Nida et Grand-père pourront-ils survivre à l'hiver ? Toutes leurs provisions ou presque ont été englouties par les cavaliers qui l'entourent. Dans le chariot auquel sont attelés Arbre et Clair-de-Lune s'empilent la plus grande partie de leur bois de chauffage et la moitié de leur récolte d'orge. Ils auront toujours Feuille, Aiguille et la chèvre, ainsi que quelques pots de miel. Et ils garderont espoir de voir Omeir rentrer avec sa part du butin de guerre.

Arbre et Clair-de-Lune attendent patiemment sous le joug, le dos fumant, la pluie s'égouttant de leurs cornes, et le garçon cherche les cailloux sous leurs sabots et les plaies à leurs épaules, jaloux à l'idée qu'ils ne vivent que dans l'instant, sans redouter ce qui vient.

La première nuit, la troupe bivouaque dans un champ. Sur les crêtes des montagnes, des mégalithes karstiques se dressent comme les tours de guet de peuples éteints depuis longtemps, et de tapageuses légions de corbeaux survolent le campement en croassant. L'obscurité venue, les nuages se déchirent et la Voie lactée déploie sa bannière effrangée. Autour du foyer le plus proche d'Omeir, des conducteurs de bœufs parlent avec mille accents différents, évoquant la cité qu'ils doivent conquérir au terme du voyage. La Reine des Villes, disent-ils, un pont entre Orient et Occident, carrefour de l'univers. Pour certains, elle n'est qu'un cloaque de péchés où les impies dévorent les nouveau-nés et s'accouplent avec leur propre mère ; pour d'autres, elle abrite une inconcevable opulence, même les miséreux portent des anneaux d'or aux oreilles et les putains pissent dans des pots de chambre rehaussés d'émeraudes.

Selon un vieil homme, la cité est défendue par d'immenses remparts impénétrables, et tous font silence une minute avant qu'un jeune bouvier nommé Maher n'intervienne.

« Et les femmes, alors ! Là-bas, même un gars aussi vilain que lui peut tremper son pain au pot. »

Il montre Omeir du doigt, et les autres s'esclaffent.

S'éloignant du groupe, Omeir trouve Arbre et Clair-de-Lune en train de paître à l'extrémité du champ. Il leur caresse les flancs en leur disant de ne pas avoir peur, mais c'est à se demander qui il cherche à rassurer, les bêtes ou lui-même.

Au matin, la route s'enfonce brusquement dans une gorge aux parois d'argile sombre et le convoi reste bloqué au moment de franchir un pont. Les cavaliers mettent pied à terre, les conducteurs houspillent les bêtes en les frappant à coups de fouet et de badine. Arbre et Clair-de-Lune ont si peur qu'ils défèquent en même temps.

Un terrible mugissement se répercute parmi les bœufs. Tout doucement, Omeir persuade les siens d'avancer. Lorsqu'ils ont atteint le pont, il constate que celui-ci ne possède ni rebord ni rambarde, simple passerelle de rondins écorcés reliés par des chaînes. Les parois abruptes tombent quasiment à pic, semées par endroits d'épicéas perchés sur de formidables escarpements, et les eaux blanches et fougueuses de la rivière, très loin au-dessous du passage, rugissent avec fracas.

De l'autre côté du convoi, deux caissons tirés par des mules réussissent à passer, et Omeir, tourné face à ses bœufs, risque un pas au-dessus du gouffre. Les rondins sont glissants, tapissés de fumier, et, sous ses bottes, il voit briller dans les interstices la cataracte écumeuse.

Arbre et Clair-de-Lune avancent lourdement. Le pont est à peine plus large que les essieux du chariot. Un tour de roues, deux trois quatre, puis la roue placée du côté d'Arbre dérape dans le vide. Le chariot penche, les bœufs se figent, et des bûches de bois dégringolent en cascade.

Pattes écartées, Clair-de-Lune s'arc-boute pour soutenir le plus gros de la charge, attendant que son jumeau réagisse, mais Arbre reste pétrifié par la peur. Il roule des yeux, et autour d'eux les parois rocheuses renvoient l'écho des cris et des beuglements.

Omeir a la gorge nouée. Que la roue bascule encore un peu, et le chariot sera entraîné par son propre poids, emportant les bœufs dans sa chute.

« Tirez, les gars, allez-y. »

Les bêtes ne bougent pas. De la brume s'élève des rapides, de petits oiseaux voltigent d'un rocher à l'autre et Arbre ne cesse de haleter, comme s'il voulait aspirer tout le paysage avec ses naseaux. Omeir lui passe la main sur le museau et caresse sa grande tête brune. Les oreilles du bœuf frémissent, l'effort et la peur font trembler ses solides pattes antérieures.

Le garçon sent l'effet de la pesanteur s'exercer sur leurs corps et sur le chariot, sur le pont et sur les flots en contrebas. S'il n'était pas venu au monde, son père serait toujours en vie. Sa mère habiterait encore au village, elle pourrait bavarder avec les autres femmes, échanger ragots et pots de miel, partager ses journées avec elles. Et peut-être que ses grandes sœurs auraient survécu.

Ne regarde pas en bas. Montre à tes bêtes que tu es capable de satisfaire tous leurs besoins. Si tu gardes ton calme, elles feront de même. Les talons mordant sur le vide, Omeir contourne souplement le flanc de Clair-de-Lune, évitant ses cornes, et se penche pour lui chuchoter au creux de l'oreille : « Vas-y, frère, tire. Fais-le pour moi, et ton jumeau suivra. »

Le bœuf incline la tête de côté, comme pour peser le bien-fondé de la requête, son gros œil humide et bombé reflète une version miniature du ciel, du pont et des parois rocheuses, et à l'instant où Omeir se prépare à un échec, Clair-de-Lune se courbe sous le harnais, les veines de sa poitrine se gonflent, et il ramène la roue du chariot sur le pont.

« C'est bien, mon grand. Tranquille, on y est. »

Clair-de-Lune donne la première impulsion, et Arbre l'imite aussitôt, progressant pas à pas sur les rondins visqueux, Omeir se cramponne au chariot, et il ne leur faut que quelques secondes pour arriver au bout du pont.

Un peu plus loin, la gorge s'élargit, les montagnes cèdent la place aux collines puis à des plaines vallonnées, et de vraies routes succèdent aux pistes cavalières fangeuses. Heureux de se trouver en terrain sûr, Arbre et Clair-de-Lune avancent à bonne allure en faisant rouler leurs larges hanches. Dans chaque village qu'ils croisent, les hérauts enrôlent hommes et bêtes, tenant toujours le même discours : le sultan – que Dieu l'ait en sa grâce – vous appelle dans sa capitale, où il rassemble des forces pour conquérir la Reine des Villes. Ses rues regorgent de joyaux, de soieries et de filles ; vous aurez tous votre part.

Au terme d'un voyage de treize jours, Omeir et ses bœufs arrivent à Edirne. Un peu partout, des montagnes de rondins écorcés luisent au soleil, l'air a une odeur de sciure humide, et les enfants courent le long des routes pour vendre du pain et de la crème de lait, ou pour le seul plaisir de regarder la caravane passer à grand fracas. La nuit venue, des officiers à cheval viennent à la rencontre des hérauts pour faire le tri parmi les bêtes à la clarté des torches.

Omeir et ses bœufs sont dirigés vers un champ nu, aux limites de la ville, en même temps que les animaux les plus robustes. À une extrémité du terrain, le garçon remarque une tente éclairée dont la taille dépasse l'imagination – elle pourrait abriter une forêt entière. Des hommes s'y affairent à la lumière des torches, déchargeant des caissons ou pratiquant des tranchées, tandis que d'autres creusent le sol pour créer une fosse de moulage si vaste qu'elle ressemble au tombeau d'un géant. Au fond du trou reposent des moules en argile cylindriques, emboîtés les uns dans les autres et longs de dix mètres chacun.

Toute la journée, Omeir et ses bœufs font l'aller-retour jusqu'à une mine de charbon, à un kilomètre et demi du camp, et rapportent leur chargement dans la gigantesque tente. À mesure que le charbon s'accumule, la température monte sous la tente, perturbant les bêtes qui rechignent à s'approcher, et les conducteurs déchargent leurs chariots pendant que les fondeurs alimentent les fourneaux ; des groupes de mollahs font des prières, et des hommes ruisselant de sueur, par équipes de trois, manient d'énormes soufflets. Lorsque la psalmodie s'interrompt, Omeir entend le feu brûler, comme si une chose colossale mastiquait inlassablement à l'intérieur de la tente.

Le soir, il s'approche des conducteurs qui veulent bien tolérer son visage, cherchant à savoir quel projet justifie leur présence. L'un prétend que le sultan veut mouler un propulseur en fer, quoique lui-même ignore ce qu'est un propulseur. Un autre parle de catapulte à feu, un troisième de fléau, un autre encore évoque un Destructeur de Cités. Un homme à la barbe grise qui porte des anneaux d'or aux oreilles prend à son tour la parole :

« Sous cette tente, le sultan est en train de fabriquer un engin qui marquera l'histoire.

– Et que fait cet engin ?

– Grâce à lui, une petite chose pourra en détruire une plus grande. »

Un nouveau convoi arrive, apportant des plaques d'étain, des coffres remplis de fer et même des cloches d'église que l'on a charriées sur des centaines de kilomètres après le pillage de villes chrétiennes, murmurent les conducteurs. On croirait que le monde entier a payé son tribut : pièces de cuivre, dessus de cercueils en bronze où reposaient des nobles tombés dans l'oubli depuis des siècles ; le sultan, entend dire Omeir, a même fait venir toutes les richesses d'une nation qu'il a soumise à l'Est – de quoi assurer la fortune de cinq mille hommes pendant cinq mille vies –, et elles aussi seront mises à contribution : l'or et l'argent serviront à fabriquer l'engin.

Les joues en feu et le dos exposé au froid, Omeir, subjugué, contemple la scène à travers la brume de chaleur qui déforme les pans de toile. Les fondeurs, bras et mains protégés par des gants de cuir, s'approchent du brasier infernal et aveuglant, puis grimpent sur des échafaudages pour jeter dans une énorme cuve le cuivre non affiné, qu'ils débarrassent ensuite des scories. Certains surveillent constamment le métal en fusion, guettant les traces d'humidité, pendant que d'autres observent le ciel ou récitent des prières destinées à repousser les intempéries – une seule goutte de pluie, souffle un homme à côte d'Omeir, risquerait de fissurer la cuve et de déchaîner tous les feux de l'enfer.

Quand vient le moment d'ajouter de l'étain au cuivre fondu, des soldats enturbannés obligent tout le monde à sortir. Au cours de cette étape délicate, soutiennent-ils, les regards impurs ne doivent pas se poser sur le métal, et seuls les hommes de Dieu sont autorisés à entrer. On referme soigneusement les portes de la tente, et lorsque Omeir s'éveille en pleine nuit, il voit une lueur rougeoyante s'élever de l'autre extrémité du champ, on dirait même que le sol flamboie au-dessous de la tente, comme si elle tirait du centre de la Terre quelque formidable énergie.

Clair-de-Lune, allongé sur le flanc, blottit sa tête contre l'épaule d'Omeir qui se pelotonne dans l'herbe humide tandis qu'Arbre continue de brouter, tournant le dos aux humains comme s'il se désintéressait de leur fanatisme.

Grand-père, songe Omeir, j'ai déjà vu des choses que je n'aurais même pas pu inventer en rêve.

Pendant encore deux jours, l'immense tente continue de flamboyer, projetant des étincelles par ses cheminées, et le temps demeure clément ; le troisième jour, les fondeurs retirent de la cuve l'alliage liquide et le versent dans des rigoles qui l'entraînent vers les moules enterrés. Des hommes circulent le long des coulées de bronze, crevant les bulles avec des tiges de fer, d'autres poussent dans la fosse des pelletées de sable humide, puis on démonte la tente et, pendant que les moules refroidissent, des groupes de mollahs se relaient pour réciter des prières.

Dès l'aube, on déblaie le sable pour pouvoir casser les moules, et des sapeurs se glissent sous l'engin afin de le cercler de chaînes. Des cordes y sont ensuite attachées, et les chefs de convoi rassemblent cinq attelages de dix bœufs chacun pour tâcher d'extirper du sol le Destructeur de Cités.

Arbre et Clair-de-Lune sont affectés au deuxième attelage. On distribue des ordres, on aiguillonne les bêtes. Les cordes crissent, les jougs craquent et les bœufs se mettent lentement en place, piétinant la terre qui se change en une marée de boue.

« Tirez, les gars ! crie Omeir. Mettez-y toutes vos forces ! »

Les dix bêtes s'enfoncent un peu plus dans la glaise. Les conducteurs ajoutent une chaîne, une corde et un attelage de dix. Le crépuscule approche, les bœufs pantelants attendent entre leurs brancards. Un cri aigu s'élève, l'air résonne de « Ho » et de « Ha », et soixante bœufs s'élancent dans un même effort.

Mais ils ont beau forcer, la masse invraisemblable de l'engin les ramène en arrière et il ne leur reste qu'à recommencer, progressant pas à pas sous les cris de leurs maîtres qui les cinglent de leur badine, poussant des beuglements éperdus d'animal apeuré.

Leur charge colossale est une baleine qui nage vers la surface de la Terre. Ils l'ont tirée sur une cinquantaine de mètres quand on leur donne ordre de s'arrêter. Des jets de vapeur s'échappent des naseaux des bœufs, Omeir vérifie l'état du joug et des sabots d'Arbre et de Clair-de-Lune, et déjà on envoie des hommes gratter et polir l'engin encore chaud qui fume dans le froid du crépuscule.

Maher croise ses bras squelettiques et lance à la cantonade : « Il faudra qu'ils fabriquent un chariot d'un nouveau genre. »

Ils mettent trois jours à transporter la machine entre la fonderie et le terrain sur lequel le sultan a prévu d'effectuer les essais. Par trois fois, les rayons des roues du chariot se brisent, les jantes se voilent ; les charrons s'empressent de les réparer, travaillant jour et nuit ; la charge est si lourde que, pour chaque heure passée à l'arrêt, les roues s'enfoncent de deux bons centimètres dans le sol.

Dans un champ tout proche du nouveau palais du sultan, une grue soulève l'énorme tube annelé et le dépose sur une plateforme en bois. Un bazar improvisé ne tarde pas à s'installer : des marchands proposent du beurre et du boulgour, des grives rôties et du canard fumé, des sachets de dattes, des colliers en argent et des bonnets de laine. Les peaux de renard s'étalent partout, comme si l'on avait massacré tous les spécimens du pays pour les transformer en capes de fourrure, et on croise même des hommes dans des robes d'hermine d'un blanc de neige tandis que d'autres arborent de belles pèlerines en feutre sur lesquelles la pluie ricoche sans imbiber le tissu. Omeir les regarde d'un œil fasciné.

À midi, la foule est répartie des deux côtés du champ. Pour mieux y voir, Omeir et Maher se perchent dans un arbre en bordure du terrain, dominant les badauds rassemblés. Un troupeau de moutons, que l'on a tondus et teints en rouge et blanc, défilent, parés d'anneaux, vers la plateforme en bois, suivis d'une centaine de cavaliers montant à cru des chevaux noirs ; dans leur sillage, des esclaves interprètent des épisodes remarquables de la vie du sultan. Maher chuchote que le souverain en personne doit se trouver quelque part en queue de cortège, que le salut et la bénédiction de Dieu soit sur lui, mais Omeir ne voit que des suivants, des bannières, des musiciens qui jouent des cymbales et un tambour si large qu'il faut deux garçons pour le battre.

La scie de Grand-père mordant le bois, l'incessante rumination des bovins, les bêlements de la chèvre et les halètements des chiens, le babil du ruisseau, le chant des sansonnets et les trottinements des souris – un mois plus tôt, Omeir aurait affirmé que sa maison dans le ravin débordait de bruits. Pourtant, ce n'était rien en comparaison d'aujourd'hui : coups de marteaux et tintements de cloches, clameurs et sonneries de trompettes, grincements de cordes et hennissements de chevaux – le vacarme l'assaille.

En milieu d'après-midi, des sonneurs de bugle lancent six notes claires, et tous les regards se braquent sur la gigantesque pièce polie qui brille en haut de la plateforme. Un homme au couvre-chef rouge se faufile dedans et disparaît entièrement, un deuxième le suit avec une peau de mouton et quelqu'un, au pied de l'arbre, dit qu'ils doivent la charger de poudre – ce que ça signifie, Omeir n'en a pas la moindre idée. Les deux hommes émergent du tube, et l'on voit alors apparaître un énorme bloc de granit poli, taillé en forme de sphère ; une équipe de neuf hommes le poussent jusqu'à la bouche du canon incliné pour le faire basculer à l'intérieur. En roulant contre la paroi, il produit un raclement insolite, assez fort pour parvenir jusqu'à Omeir par-dessus l'attroupement. Un imam appelle à la prière, les cymbales s'entrechoquent et les trompettes retentissent, et, au sommet de l'engin, l'homme à la toque rouge tasse dans un orifice, sur l'arrière du tube, ce qui ressemble à de l'herbe séchée. Il en approche ensuite une bougie allumée et saute vivement à bas de la plateforme.

L'assistance se tait. Le soleil décline imperceptiblement, un souffle froid balaie le champ. Maher raconte que, dans son village, un étranger est apparu un jour au sommet d'une colline et s'est vanté de savoir voler. La foule a grossi tout au long de la journée, et l'homme annonçait de temps à autre : « Je vais bientôt m'envoler », désignant au loin divers points qu'il comptait atteindre ; tout en marchant, il ne cessait d'étendre et d'agiter les bras. Peu avant le coucher du soleil, alors que la foule était devenue si dense que certains ne pouvaient rien voir, l'homme, ne sachant que faire, a baissé sa culotte pour leur montrer son derrière.

L'histoire fait sourire Omeir. Là-bas, sur la plateforme, les hommes s'agitent de nouveau autour de l'engin, le ciel laisse échapper quelques cristaux de neige et la foule s'impatiente, les cymbales claquent pour la troisième fois tandis qu'à l'extrémité du champ, à l'endroit où se tient peut-être le sultan, un souffle de vent fait voler les queues de cheval suspendues aux bannières. Omeir se blottit contre le tronc de l'arbre, cherchant un peu de chaleur, pendant que les deux hommes de tout à l'heure se hissent sur le cylindre de bronze ; celui à la toque rouge scrute l'intérieur de la bouche à feu et, à cet instant précis, le canon géant lance son projectile.

On croirait que le doigt de Dieu vient de percer les nuages pour éjecter la planète de son orbite. Le boulet en pierre de cinq cents kilos file à une telle allure qu'il est impossible de le suivre des yeux : tout ce qu'on l'on perçoit, c'est le grondement de son passage qui déchire l'atmosphère au-dessus du champ – la conscience d'Omeir n'a pas le temps d'assimiler son rugissement que déjà un arbre a volé en éclats à l'autre bout du terrain.

Quatre cents mètres plus loin, un deuxième est pulvérisé sans qu'une seconde semble s'être écoulée, et Omeir se demande brièvement si le projectile va poursuivre indéfiniment sa course, fauchant arbres et murailles jusqu'à ce qu'il ait atteint les confins du monde.

À plus d'un kilomètre de distance, des gerbes de boue et de cailloux volent en tous sens, comme si un soc invisible creusait dans la terre le plus profond des sillons, et les vibrations de la détonation secouent Omeir jusqu'à la moelle. Les acclamations montant de la foule expriment moins le triomphe que la sidération.

Calé sur son affût, l'engin crache de la fumée par sa bouche. L'un des deux artilleurs, les mains plaquées sur ses oreilles, contemple au sol le peu qui subsiste de son compagnon, l'homme au couvre-chef rouge.

Le vent chasse la fumée à travers la plateforme, et Maher murmure sans vraiment s'adresser à Omeir : « La peur que provoquera cette chose sera plus puissante que la chose elle-même. »

Anna

En compagnie d'une douzaine de pénitents, Anna et Maria attendent leur tour devant l'église du monastère Sainte-Marie-de-la-Source. Sous la guimpe, les visages des religieuses ressemblent à des chardons desséchés, friables et sans couleur : toutes ont l'air de centenaires. L'une d'elles recueille dans une sébile l'argent apporté par Anna, qu'une deuxième escamote sous les plis de son habit. Une troisième leur indique un escalier qui s'enfonce sous le chœur.

Sur leur passage, plusieurs châsses éclairées par des bougies renferment des reliques de saints. Parvenues tout en bas, elles se glissent le long d'un autel rudimentaire couvert d'une épaisse croûte de cire, puis pénètrent à tâtons dans une grotte.

Une source gargouille, les semelles des deux sœurs dérapent sur la pierre humide. Une abbesse plonge dans un bassin une coupelle en plomb, l'en retire pour y verser une dose généreuse de mercure et mélange le tout.

Anna tient la coupelle pour que Maria puisse boire.

« Ça a un goût de quoi ?

– De froid. »

L'écho des prières roule dans cet espace humide.

« Tu as tout bu ?

– Oui, ma sœur. »

Lorsqu'elles remontent à la surface, le monde n'est que souffle et couleur. Le vent brasse les feuilles mortes qui crépitent devant l'église, les soubassements en calcaire des murailles flambent sous la lumière rasante.

« Est-ce que tu vois les nuages ? »

Maria lève les yeux vers le ciel.

« Oui, je crois. Il me semble que le monde est plus clair.

– Et les bannières qui claquent au-dessus de la porte, tu les vois aussi ?

– Oui, je les vois. »

Anna lance au vent des prières de gratitude. Enfin, se dit-elle, j'ai accompli quelque chose de bon.

Pendant les deux jours qui suivent l'absorption de la potion sacrée, Maria paraît sereine et concentrée, elle enfile toute seule son fil dans l'aiguille et brode du matin au soir. Mais le troisième jour, les maux de tête sont de retour et les dents de lutins invisibles recommencent à tourmenter sa vue. L'après-midi, elle a le front luisant de sueur, et il lui faut de l'aide pour se lever de son banc.

« J'ai dû en renverser une partie en buvant, chuchote-t-elle à Anna qui lui fait descendre les marches. Peut-être que je n'en ai pas pris assez ? »

Le soir, à la table du repas, les femmes sont inquiètes.

« J'ai appris, dit Eudokia, que le sultan avait fait venir un millier de maçons supplémentaires pour terminer sa forteresse en amont de la ville.

– Et moi, fait Irene, j'ai entendu dire qu'on leur tranchait la tête s'ils ne travaillaient pas assez vite.

– On connaît ça, réplique Helena, mais personne n'a envie de rire.

– Vous savez comment on appelle la forteresse, dans la langue des infidèles ? » Chryse jette un regard derrière son dos, les yeux brillants d'effroi et de jubilation mêlés. « Le Coupe-Gorge. »

La veuve Théodora déclare que ces propos ne feront aucun bien à l'ouvrage des brodeuses, que les fortifications de la ville sont inébranlables, que ses portes ont déjà repoussé des barbares à dos d'éléphant, des Perses équipés de catapultes venues de Chine, et les troupes de Krum le Bulgare, qui buvait son vin dans des crânes humains. Cinq cents ans plus tôt, poursuit-elle, une flotte barbare si immense qu'elle s'étirait jusqu'à l'horizon avait assiégé la ville cinq années durant, et ses habitants avaient dû manger le cuir de leurs chaussures jusqu'à ce que l'empereur fasse sortir la robe de la Vierge de la sainte chapelle des Blachernes et la promène le long des murailles avant de la plonger dans la mer ; alors la Mère de Dieu souleva une tempête qui disloqua les navires contre les rochers, condamnant les impies à la noyade jusqu'au dernier. Et les remparts étaient toujours debout.

« La foi, dit Théodora, sera notre armure, et la piété notre épée. » Toutes les femmes se taisent. Celles qui ont une famille partent retrouver leur foyer, les autres regagnent leurs cellules et Anna va remplir les cruches au puits. L'âne de Kalapathes grignote une maigre litière de foin. Des colombes volettent sous les avant-toits ; le froid s'installe avec la nuit. Maria a peut-être raison : il est possible qu'elle n'ait pas bu assez de la potion sacrée. Anna repense à l'intérêt qu'ont manifesté ces Italiens aux mains tachées d'encre, avec leurs pourpoints en soie et leurs manteaux de velours.

Y a-t-il d'autres manuscrits comme celui-ci ?

Comment étaient-ils disposés ?

Alignés ? Ou plutôt empilés ?

Comme si sa volonté l'avait convoqué, un ruban de brume glisse doucement sur le toit.

De nouveau, elle s'éclipse à l'insu du gardien et prend les ruelles tortueuses qui descendent vers le port. Himerius est bien là, assoupi près de sa barque, et il fronce les sourcils lorsqu'elle le réveille, comme s'il tâchait d'ajuster sa vision dédoublée. Il se frotte le visage, hoche la tête et s'en va uriner longuement sur les rochers avant de mettre son bateau à l'eau.

Anna range la corde et le sac à la poupe. Quatre mouettes les survolent avec de légers cris, Himerius les regarde passer, puis met le cap sur le prieuré du promontoire. Cette fois, Anna se sent plus résolue. À mesure qu'elle escalade le mur, la peur s'atténue, bientôt il n'y a plus de place que pour les mouvements de son corps et le souvenir de l'emplacement des prises, pour ses doigts qui la maintiennent contre la brique froide et ses jambes qui lui donnent de l'élan. Parvenue devant la gargouille, elle s'introduit dans la gueule du lion et se laisse tomber dans le vaste réfectoire. Esprits, laissez-moi passer.

Ce soir, la lune aux trois quarts pleine diffuse une lumière plus vive à travers le brouillard. Anna retrouve l'escalier, emprunte le long corridor et pénètre enfin dans la chambre ronde.

Ici, c'est le séjour des fantômes, de la poussière partout, de petites fougères poussant ici et là dans les fatras de papiers humides, la moisissure réduisant tout en charpie. Certains rayonnages contiennent des registres monastiques si encombrants qu'elle a du mal à les déplacer ; ailleurs, elle découvre des volumes que l'humidité et les moisissures ont agrégés en un seul bloc. Anna bourre le sac jusqu'à la gueule, le traîne dans l'escalier puis le fait descendre dans la barque, et, dès leur retour, elle se dirige vers la maison des Italiens, un pas derrière Himerius qui transporte le sac dans les ruelles voilées de brume.

Le domestique pied-bot les invite à entrer, bâillant à se décrocher la mâchoire. Dans un coin de l'atelier, deux des scribes – les plus petits – sont affalés dans leurs fauteuils, profondément endormis, mais le plus grand se frotte les mains comme s'il les avait attendus toute la nuit.

« Approchez, que je voie ce que m'apportent mes petits garnements. »

Il renverse le sac sur la table, entre les bougies allumées.

Himerius se réchauffe les mains devant le feu pendant qu'Anna regarde l'étranger consulter les manuscrits. Chartes, testaments, transcriptions de discours ; ordres de réquisition ; et ce qui ressemble à une liste de personnalités officielles qui, à une époque lointaine, ont été invitées au monastère : le Grand Domestique ; son Excellence le Vice-Trésorier ; l'Érudit en visite de Thessalonique ; le Grand-Chancelier de la Chambre impériale.

Tandis qu'il feuillette un par un les codices endommagés, inclinant son candélabre au fil de sa lecture, Anna remarque des détails qui lui avaient échappé la première fois : sa culotte a un accroc au genou, les coudes de son manteau sont ternis par l'usure, et les deux manches éclaboussées d'encre.

« Pas celui-ci. Ni celui-là », marmonne-t-il dans sa propre langue.

Dans la pièce se mêlent des odeurs de parchemin et d'encre métallo-gallique, de feu de bois et de vin rouge. Un miroir placé dans un angle reflète les flammes des bougies ; quelqu'un a piqué une collection de papillons sur une planche tendue de lin ; un autre, installé à la dernière table, est en train de copier une carte des routes maritimes. L'atelier déborde de curiosité et d'ardeur.

« Ils sont sans valeur », conclut l'Italien d'un ton cordial, en empilant quatre pièces d'argent sur la table. Il dévisage Anna. « Petite, tu as déjà entendu l'histoire de Noé et de ses fils ? Comment ils ont embarqué dans leur navire tout ce qui existait au monde pour fonder quelque chose de neuf ? Pendant un millier d'années, ta ville – cette capitale en déclin – a été semblable à cette arche. Mais à la place des êtres vivants, sais-tu ce que le Seigneur y a entreposé ? »

Derrière les volets fermés, on entend chanter les premiers coqs. Anna sent qu'Himerius s'agite près du foyer, son attention rivée aux pièces d'argent.

« Des livres. »

Le scribe esquisse un sourire : « Et dans notre histoire sur Noé et l'arche aux livres, sais-tu qui joue le rôle du Déluge ? »

Anna secoue la tête.

« Le temps. Jour après jour, année après année, il fait disparaître les vieux livres. Tu sais, ce manuscrit que tu nous as apporté ? C'est un texte d'Élien, un érudit qui a vécu sous l'Empire romain. Pour parvenir jusqu'à nous dans cette pièce, à ce moment précis, il a fallu qu'il traverse douze siècles. Un scribe a dû en faire une copie, puis un deuxième a reproduit cette copie des dizaines d'années plus tard, transformant le rouleau en codex, et ensuite, alors que les os du deuxième scribe reposaient depuis bien longtemps sous la terre, un troisième s'est chargé de le recopier encore. Et pendant tout ce temps, cet ouvrage était en danger. Un abbé irascible, un moine maladroit, une bougie renversée, une invasion barbare, des vers affamés – cela suffit à détruire le travail accompli au cours des siècles. »

Les flammes des bougies papillotent ; toute la lumière de la pièce semble se concentrer dans les prunelles de l'Italien.

« Tu vois, petite, les choses qui paraissent les plus solides en ce monde – les montagnes, la fortune, les empires : leur stabilité n'est qu'illusoire. Nous les croyons destinées à durer, mais cela vient seulement de la brièveté de notre propre existence. Pour le regard de Dieu, les villes comme celle-ci se bâtissent et se défont aussi vite que des fourmilières. Le jeune sultan est en train de constituer une armée, et il possède de nouveaux engins de guerre capables de démolir les murs comme s'ils avaient la consistance de l'air. »

L'estomac d'Anna fait un bond. Himerius s'approche discrètement des pièces d'argent.

« L'arche s'est brisée sur les écueils, petite. Et elle prend l'eau de toutes parts. »

Désormais, la vie d'Anna est scindée en deux parties. D'un côté, les heures monotones passées à l'atelier de Kalapathes, où la peur le dispute à la fatigue : le balai et la pelle, l'aiguille et le fil, aller chercher de l'eau du charbon du vin un rouleau d'étoffe. On a l'impression que, chaque jour, une nouvelle histoire à propos du sultan se fraie un chemin jusqu'à l'atelier de broderie : il s'est entraîné à se dispenser de sommeil ; il a envoyé aux portes de la ville des équipes d'arpenteurs ; les soldats du Coupe-Gorge ont lancé un boulet qui a pulvérisé une galère vénitienne alors qu'elle acheminait vers la ville des armes et des vivres depuis la mer Noire.

Pour la deuxième fois, Anna conduit Maria au sanctuaire de la Vierge de la Source, où elle cède onze *stavrata* en échange de la bénédiction des religieuses voûtées et flétries. Maria avale la mixture d'eau et de mercure et se sent mieux pendant une journée, puis son état empire. Ses mains tressaillent, elle est prise de crampes et, certaines nuits, il lui semble qu'un démon a refermé ses griffes sur ses membres et tente de la déchiqueter.

Et puis il y a l'autre vie d'Anna, quand elle sort dans la ville ensevelie sous le brouillard, pressant le pas dans les rues emplies d'échos, et qu'Himerius l'emmène au-delà du brise-lames pour qu'elle escalade le mur du prieuré. Si on lui posait la question, elle répondrait qu'elle le fait uniquement pour gagner de l'argent, afin de soulager les souffrances de sa sœur – mais une part d'elle-même ne désire-t-elle pas grimper là-haut, tout simplement ? Et rapporter un nouveau sac de livres abîmés aux copistes, dans leur atelier saturé d'encre ? Par deux fois, les manuscrits qu'elle leur remet ne contiennent que des inventaires couverts de moisissures. Cependant, les Italiens insistent pour qu'ils leur livrent tout ce qu'ils auront pu trouver, car il se peut qu'ils dénichent bientôt un trésor comparable au manuscrit d'Élien – ou même quelque chose de mieux. Une tragédie athénienne disparue, par exemple, ou bien les discours d'un homme d'État grec, voire un *seismobrontologion*, qui révèle les secrets du temps et des vents.

Anna apprend que les Italiens ne sont pas de Venise, qu'ils décrivent comme un repaire de mercenaires et de rapaces, pas plus que de Rome, ce nid de parasites et de catins. Eux, ils viennent d'Urbino, où les greniers sont toujours bien garnis, où l'huile déborde des pressoirs et où les rues ont l'éclat de la vertu. Ils affirment qu'entre les murs d'Urbino, même l'enfant le plus misérable étudie le calcul et la littérature, qu'il soit garçon ou fille, et que la ville ignore les ravages de la malaria qui touche Rome, ainsi que la saison des brouillards glacés qui sévit dans la cité. Le plus petit des scribes leur présente une collection de huit boîtes à opium aux couvercles ornés de miniatures : une église au dôme imposant ; une fontaine sur une place ; la Justice avec sa balance ; le Courage tenant une colonne de marbre ; la Tempérance coupant le vin avec de l'eau.

« Notre maître, le vertueux comte et seigneur d'Urbino, ne perd jamais, pas plus à la guerre que dans les autres domaines. »

Le scribe de taille moyenne ajoute alors : « Il se montre magnanime en toute circonstance, et accepte de recevoir quiconque souhaite lui parler à n'importe quelle heure du jour.

– Quand sa Magnificence prend son dîner, poursuit le plus grand, il demande à ce qu'on lui lise les textes antiques, même lorsqu'il est en campagne. »

Et le plus petit d'enchaîner : « Il rêve de créer une bibliothèque qui surpasserait celle du pape, une bibliothèque qui contiendrait tous les textes jamais écrits et durerait jusqu'à la fin des temps, et toute personne capable de les lire en disposerait gracieusement. »

Leurs prunelles luisent comme des braises ; leurs lèvres sont tachées de vin ; ils exhibent sous les yeux d'Anna les merveilles qu'ils ont déjà réunies pour le compte de leur maître, au fil de leurs voyages – un centaure en terre cuite qui date du temps d'Isaac, un encrier qui aurait appartenu à Marc Aurèle, et un livre originaire de Chine qui, à les entendre, ne serait pas l'œuvre d'un scribe muni d'encre et de plumes, mais d'un menuisier équipé d'un jeu de caractères mobiles en bambou ; grâce à ce dispositif, on peut produire dix copies dans le temps que met un scribe pour en achever une seule.

Anna est médusée. Depuis sa naissance, on tâche de la persuader qu'elle a vu le jour dans un monde qui s'achève : fin d'un empire et d'une époque, fin du règne de l'homme sur la Terre. Mais l'enthousiasme qui irradie de ce scribe lui laisse penser que, dans une ville telle qu'Urbino, bien loin d'ici, d'autres possibilités existent peut-être, et elle rêve tout éveillée, survolant la mer Égée au-dessus des navires, des îles et des tempêtes, le vent s'engouffrant entre ses doigts écartés, pour se poser enfin dans un palais pur et radieux où règnent Justice et Tempérance, et dont les salles sont garnies de livres que chacun peut consulter librement.

Un éclat comme du soleil ou de la lune rayonnait sous les hauts plafonds d'Alkinoos…

L'arche s'est brisée sur les écueils, petite.

Tu te bourres le crâne de choses inutiles.

Une nuit, les copistes secouent la tête après avoir inspecté une nouvelle livraison de manuscrits gondolés et moisis.

« Ce que nous cherchons ne ressemble à rien de cela », dit le plus petit en déformant les mots grecs. Des restes de poisson et des raisins secs sont éparpillés au milieu des taille-plumes et des feuillets de parchemin. « Notre maître convoite tout particulièrement les recueils de merveilles.

– Nous pensons que les voyageurs de l'Antiquité se sont rendus dans des contrées lointaines…

– … aux quatre coins du monde…

– … des pays qu'ils connaissaient mais dont nous ignorons tout. »

Anna, dos à la cheminée, se souvient de Licinius traçant dans la poussière le mot Ὠκεανός. Ici : ce qui est connu. Et là, l'inconnu. Du coin de l'œil, elle surprend Himerius en train de chiper des raisins secs.

« Notre maître, dit le plus grand des scribes, croit qu'il existe quelque part, peut-être dans cette vieille ville, un texte assoupi sous une ruine et qui contient la totalité du monde. »

Le scribe de taille moyenne opine du chef, les yeux brillants : « Ainsi que les mystères qui se trouvent au-delà. »

Himerius le regarde, la bouche pleine : « Et si jamais on met la main dessus ?

– Notre maître en serait enchanté. »

Anna cligne des paupières. Un ouvrage contenant la totalité du monde ainsi que les mystères qui se trouvent au-delà ? Un livre pareil est sans doute monumental. Jamais elle n'arriverait à le déplacer.

SEPT

LE MEUNIER ET LE PRÉCIPICE

La Cité des nuages et des oiseaux, d'Antoine Diogène, Folio H

… les bandits me poussèrent tout au bord du précipice, en répétant que je ne valais rien. L'un était d'avis de me jeter au fond du ravin pour que je sois éventré par les roches et serve de festin aux busards, un autre proposa de me percer le flanc d'un coup d'épée, tandis qu'un troisième, le plus cruel de tous, suggéra : « Et si nous faisions les deux ? » Me pourfendre et me jeter ensuite dans le précipice ! Je couvris mes sabots d'urine en portant le regard sur cet à-pic terrifiant.

Dans quel pétrin je m'étais fourré ! Ma place n'était pas ici, dans ces lieux escarpés hérissés de rocailles et d'épines. J'étais fait pour les hauteurs du ciel bleu, fait pour voler à travers les nuées vers la cité qui ne connaît ni le soleil cuisant ni la bise glaciale, là où les zéphyrs veillent sur chaque fleur, où les collines sont toujours revêtues de verdure et où nul ne manque de rien. Quel sot je faisais. Quelle était cette avidité qui m'incitait à désirer plus que ce que je possédais ?

À ce moment-là, un meunier et son fils, tous les deux bien ventrus, apparurent au tournant, cheminant vers le nord.

« Que comptez-vous faire de cet âne fourbu ? » demanda le meunier.

Et les bandits répondirent : « Il est faible et timoré et ne cesse jamais de se plaindre. Nous allons le jeter dans ce précipice, mais d'abord, nous hésitons à lui planter une épée dans le flanc.

– J'ai les pieds qui fourmillent, fit le meunier, et mon fils est à bout de souffle. Nous pouvons vous offrir deux sous pour cet âne, et nous verrons bien s'il lui reste un brin de force. »

Les bandits se réjouirent de se débarrasser de moi pour quelques sous, et je fus ravi d'échapper au précipice. Le meunier grimpa sur mon dos, son fils monta aussi et, malgré la douleur qui me taraudait l'échine, je me pris à rêver d'une charmante maisonnette, d'une jolie femme de meunier et d'un jardin débordant de rosiers.

CORÉE

1951

Zeno

Briquer ceci, lessiver cela, garder le sourire quand on te traite de fiotte, dormir du sommeil des morts. Pour autant qu'il s'en souvienne, c'est la première fois qu'il n'est pas le plus basané du groupe. Alors qu'ils naviguent au milieu du Pacifique Sud, quelqu'un le surnomme Z et ce nom lui plaît bien, il est le gosse maigrichon de l'Idaho qui évolue dans l'obscurité bruyante des ponts inférieurs, des corps masculins partout où se pose son regard, jeunes, les cheveux coupés en brosse, leur torse qui s'épanouit au-dessus de l'étroite ceinture, le lacis des veines sur les avant-bras, le tronc en forme de triangle renversé, des hommes dont le menton ressemble au chasse-pierres d'un train. À mesure qu'il s'éloigne de Lakeport, ses perspectives ne cessent de s'élargir.

À Pyongyang, la rivière est prise dans les glaces. L'intendant des armées lui remet une veste d'uniforme matelassée, un bonnet en laine et une paire de chaussettes légères en coton et polyester à semelle renforcée ; Zeno porte à la place deux paires superposées de chaussettes Utah Woolen Mills. L'officier responsable de la logistique l'affecte au transport du matériel entre la base aérienne et les avant-postes, et il fait équipe avec Blewitt, un deuxième classe du New Jersey au visage semé de taches de rousseur, pour conduire un camion Dodge M37. La majorité des routes sont plus que rudimentaires – une seule voie, non asphaltée et encombrée par la neige –, et en ce matin de début mars 1951, onze jours après l'arrivée de Zeno, le camion chargé d'un stock de rations militaires et de produits frais négocie un virage serré, suivant une Jeep dans une montée abrupte ; c'est Blewitt qui tient le volant, et les deux garçons sont en train de chanter en chœur :

I'm forever blowing bubbles,
Pretty bubbles in the air,
They fly so high,
Nearly reach the sky

lorsque la Jeep qui les précède éclate en deux morceaux. Des fragments sont catapultés vers le bas-côté, des canons de fusil jaillissent sur leur droite, et une silhouette se dessine devant leurs yeux, brandissant ce qui ressemble à une grenade « presse-purée ». Blewitt immobilise le véhicule. Une vive lumière les éblouit, suivie d'un étrange bruit de percussion, comme si on jouait du steeldrum sous l'eau. La seconde d'après, Zeno a l'impression qu'on lui arrache les parties les plus fragiles de l'oreille interne.

Après un tonneau, le Dodge reste couché sur le flanc au milieu d'une pente dégagée couverte de neige. Zeno s'étale contre le pare-brise, un liquide chaud coule de son avant-bras et un piaulement aigu sature ses deux oreilles.

Blewitt ne se trouve plus sur le siège conducteur. Par la vitre latérale brisée, Zeno voit des soldats débouler en masse dans la pierraille, vêtus de l'uniforme en laine verte des Chinois. Éjectés du plateau du camion, de pleins sacs d'œufs lyophilisés se sont cassés, laissant s'envoler des nuages de poudre, et les soldats qui passent au travers ont le visage et le corps rayés de jaune.

Je le savais, se dit Zeno. J'ai voyagé jusqu'au bout de la planète, et pourtant je n'ai pas pu les fuir. Les voilà, toutes mes failles, prêtes à défiler devant moi : Athéna qui me traîne loin du lac gelé, *Les Tritons de l'Atlantide* carbonisés dans la cheminée. Un jour, le contremaître de la scierie, Mr McCormack, lui avait fait remarquer que sa braguette était ouverte, et Zeno s'était reboutonné en rougissant. Pas la peine, avait ajouté McCormack, ça lui plaisait comme ça.

Pédé, disaient en parlant du contremaître les ouvriers plus âgés que Zeno. Fiotte. Tante.

Zeno s'exhorte à retrouver son fusil M1, à sortir du camion pour se battre, comme son père l'aurait fait, mais avant qu'il ait pu convaincre ses jambes de bouger, un Chinois aux petites dents brunâtres, bien plus âgé que lui, le déloge de son siège pour le traîner dans la neige. En un instant, une vingtaine de soldats l'encerclent. Leurs lèvres ont beau remuer, Zeno n'entend pas le moindre son. Certains portent des mitrailleuses russes, d'autres des fusils qui semblent vieux d'un demi-siècle ; certains ont les pieds emmaillotés dans des sacs à riz. Presque tous sont en train d'ouvrir les rations C qu'ils ont raflées à l'arrière du camion. L'un d'eux tient une boîte de conserve indiquant GÂTEAU RENVERSÉ À L'ANANAS, qu'un de ses compagnons tâche de percer avec sa baïonnette. Un troisième se bourre de crackers, un autre croque dans un chou comme s'il mordait dans une pomme gigantesque.

Où est donc passé le reste du convoi, Blewitt et ceux qui devaient les couvrir ? Curieusement, Zeno ne s'affole pas lorsqu'on le pousse sur la pente, il se sent détaché de tout. L'éclat de métal qui pointe hors de son avant-bras, traversant la manche de sa parka, a la forme d'une feuille de saule, mais il ne souffre pas, pas pour le moment, sa conscience enregistre surtout les violents battements de son cœur et le bourdonnement qui abolit les autres sons, comme si on lui enfouissait la tête sous un oreiller ; il a l'impression d'être de nouveau dans son petit lit en laiton, chez Mrs Boydstun, et que tout cela n'est qu'un mauvais rêve.

On le mène de l'autre côté de la voie, à travers des champs en terrasses gelés où l'on cultive probablement des légumes, puis on le jette dans un enclos d'élevage où est déjà enfermé Blewitt, qui saigne du nez et d'une oreille et réclame une cigarette avec force mimiques.

Ils se blottissent l'un contre l'autre sur le sol glacial. Toute la nuit, ils attendent l'exécution. À un moment, Zeno retire de son bras la petite feuille métallique et improvise un bandage en nouant sa manche de chemise, avant de remettre sa parka.

L'aube venue, on leur fait traverser un paysage accidenté où ils rejoignent plusieurs files de prisonniers envoyés vers le nord : des Français, des Turcs, deux Britanniques. Dans le ciel, les avions se font de plus en plus rares. Il y a un homme qui n'arrête pas de tousser, un qui a les deux bras fracturés, un autre qui protège de sa main son œil à moitié sorti de l'orbite. Petit à petit, Zeno retrouve l'audition du côté gauche. Blewitt souffre si cruellement du manque de tabac qu'il va fouiller dans la neige chaque fois qu'un garde jette son mégot, même s'il est toujours éteint quand il le récupère.

L'eau qu'on leur donne sent les excréments. Une fois par jour, les Chinois déposent à même la couche de neige une marmite de maïs complet bouilli. Quelques-uns rechignent à avaler la croûte noircie qui tapisse le fond, mais Zeno se force à l'ingurgiter, se rappelant les nouilles en conserve que Papa réchauffait sur le poêle, dans le chalet au bord du lac.

Il profite de chaque pause pour ôter ses bottes et retirer ses paires de chaussettes Utah Woolen Mills, qu'il fourre sous son manteau, calées sous ses aisselles, avant d'enfiler la plus sèche et la plus chaude ; c'est cela, plus que tout autre chose, qui lui sauve la vie.

Au mois d'avril, ils arrivent dans un camp sédentaire, sur la rive sud d'un fleuve couleur café au lait. Là, on répartit les prisonniers dans deux groupes, Zeno et Blewitt sont envoyés avec les plus valides. Au bout d'une rangée de huttes de paysans se trouvent les cuisines et la réserve ; au-delà : un ravin, le fleuve, la Mandchourie. De minces conifères tourmentés par les bourrasques se courbent ici ou là, toutes leurs branches tendues dans la même direction, sculptées par le souffle du vent. Chiens de garde, sirènes, clôtures en barbelés et tours de guet – ici, il n'y a rien de tout cela. « Merde, le pays entier est une prison glaciale, souffle Blewitt. On risque pas de s'échapper… »

Ils sont hébergés dans l'une des huttes à toit de chaume, qui loge vingt hommes ravagés par les poux, étendus au sol sur des paillasses. Aucun officier parmi eux, seulement des conscrits, et Zeno est le plus jeune de tous. Ils chuchotent dans l'obscurité, évoquant une épouse ou une petite amie, l'équipe des Yankees, un voyage à La Nouvelle-Orléans, des dîners de Noël ; les plus anciens racontent que, pendant l'hiver, on compte plusieurs morts chaque jour, que leur sort s'est amélioré depuis que les Chinois ont repris les camps à l'armée nord-coréenne, et Zeno apprend que celui qui se trouve une obsession et commence à ressasser un sujet ou un autre – un sandwich au jambon, une fille ou un certain souvenir du pays – est généralement le prochain à y passer.

Comme il se déplace sans difficulté, Zeno est affecté à la corvée de bois : toute la journée ou presque, il ramasse le bois destiné à faire bouillir les marmites noires suspendues au-dessus des foyers dans la cuisine des prisonniers. Les premières semaines, ils se nourrissent de germes de soja ou de maïs fourrager que la cuisson a changés en une bouillie collante. Le soir, ils ont parfois droit à du poisson et à des pommes de terre infestés de vers, jamais plus gros qu'un gland de chêne. Il arrive que Zeno, gêné par sa blessure à l'avant-bras, ait toutes les peines du monde à rassembler un seul fagot de bois et à le traîner jusqu'aux cuisines, après quoi il s'allonge dans un coin.

C'est au début de la nuit que viennent les crises de panique : elles l'asphyxient lentement sous leur étreinte, et ces moments sont si terribles qu'il craint de ne jamais s'en remettre. Le matin, des officiers du renseignement prononcent des discours dans leur mauvais anglais, soulignant qu'il est dangereux de combattre dans les rangs des va-t-en-guerre capitalistes. Vous n'êtes que les pions de l'impérialisme, disent-ils, votre système est un désastre, ignorez-vous que la moitié des habitants de New York n'ont rien à manger ?

Ils font circuler des caricatures de l'Oncle Sam affublé de crocs de vampire, des symboles du dollar à la place des yeux. L'un de vous a envie d'une douche chaude et d'une côte de bœuf ? Il vous suffit de poser pour quelques photos, de signer une ou deux pétitions, de vous mettre devant un micro pour lire des messages condamnant l'Amérique. Lorsqu'ils demandent à Zeno combien de B-29 l'armée des États-Unis a rassemblés à Okinawa, il propose le chiffre de quatre-vingt-dix mille – davantage, sans doute, que le total des appareils fabriqués au cours de l'Histoire. Quand il explique lors d'un interrogatoire qu'il habitait au bord de l'eau, le soldat lui fait dessiner la marina de Lakeport. Deux jours plus tard, le même homme annonce à Zeno qu'ils ont perdu le croquis et l'oblige à recommencer, afin de s'assurer que les deux dessins sont identiques.

Un jour, un des gardes convoque Zeno et Blewitt dans leur baraquement, puis les emmène derrière le quartier général du camp, au bord d'un ravin que les prisonniers appellent la Gorge aux Roches. De la pointe du fusil, il désigne une des quatre cellules de confinement avant de rebrousser chemin. Elle ressemble à un grand cercueil fait de boue, de cailloux et de tiges de maïs, avec un rabat en bois fixé sur le dessus. Mesurant un peu plus de deux mètres de long et un mètre trente de hauteur, elle permet à son occupant de s'allonger, voire de se mettre à genoux, mais sûrement pas de se tenir debout.

Ignoble, répugnante, abjecte : l'odeur qu'ils respirent en s'approchant défie les mots. Zeno retient son souffle au moment de déverrouiller la cellule. Des nuages de mouches s'envolent aussitôt.

« Nom de Dieu », murmure Blewitt.

À l'intérieur, collé contre la paroi du fond, gît un cadavre : petit, rachitique, des cheveux blond clair. Sa tenue, ou ce qu'il en reste, est un blouson de l'armée britannique avec deux grandes poches poitrine. Ses lunettes ont un verre fêlé, et quand il lève une main pour les remonter sur son nez, Zeno et Blewitt sursautent.

« Doucement », fait Blewitt.

Le soldat les regarde alors comme s'il contemplait des créatures venues d'une autre galaxie. Ses ongles sont noirs et cassés et, sous les mouches grouillantes, son visage et son cou sont sillonnés de crasse. Ce n'est qu'à l'instant où il soulève le couvercle pour le rabattre que Zeno remarque les mots : il y en a partout sur la face intérieure, gravés sur chaque centimètre carré disponible. De l'anglais pour moitié, alternant avec une autre langue.

Il y a une ligne qui dit : ἔνθα δὲ δένδρεα μακρὰ πεφύκασι τηλεθόωντα, avec de drôles de lettres inclinées.

C'est d'abord un verger dont les hautes ramures

ὄγχναι καὶ ῥοιαὶ καὶ μηλέαι ἀγλαόκαρποι

portent poiriers et grenadiers et pommiers aux fruits d'or.

Zeno sent son cœur palpiter. Ces vers, il les connaît déjà.

ἐν δὲ δύω κρῆναι˙ ἡ μέν τ'ἀνὰ κῆπον ἅπαντα σκίδναται˙

Il y coule deux sources ; l'une est pour le jardin qu'elle arrose en entier.

« Mec, t'es redevenu sourd, ou quoi ? »

Blewitt, entré dans la cellule, s'efforce de relever le prisonnier en le tenant sous les aisselles, fronçant le nez à cause de la puanteur, mais l'autre se borne à cligner des yeux derrière ses lunettes cassées.

« Z ? Tu comptes te curer le nez jusqu'à demain ? »

Zeno réunit autant d'informations qu'il le peut. Le soldat qu'ils viennent de trouver est le vice-caporal Rex Browning, enseignant dans un établissement secondaire d'East London ; il est là en tant qu'engagé, et il a passé deux semaines dans cette caisse, condamné à une peine de « rééducation » après une tentative d'évasion. Pendant tout ce temps, on ne le laissait sortir que vingt minutes par jour.

« Il débloque », prétend quelqu'un. « Bon pour l'asile », renchérit un autre, car il est bien connu qu'on ne s'échappe pas du Camp n° 5, c'est un rêve irréalisable. Les détenus y sont mal rasés et affaiblis par la malnutrition, et leur haute taille les désigne immédiatement comme occidentaux. Même si l'un d'eux parvenait à déjouer la vigilance des gardes, il faudrait encore qu'il parcoure sans se faire prendre une centaine de kilomètres en montagne, esquive des dizaines de postes de contrôle et franchisse gorges et rivières ; et si jamais un Coréen venait à le prendre en pitié, il serait certainement dénoncé et exécuté.

Et pourtant, découvre Zeno, Rex Browning l'enseignant a tenté sa chance. On l'a retrouvé à quelques kilomètres au sud du camp, perché dans un pin à cinq mètres du sol. Les Chinois ont abattu l'arbre, puis ont traîné Rex derrière une Jeep sur tout le trajet du retour.

Quelques semaines s'écoulent, et un jour où Zeno ramasse du bois sur un coteau, à trois cents mètres du garde le plus proche, il aperçoit Rex Browning qui marche sur le chemin en contrebas. Son corps est squelettique, mais il ne boite pas. Au contraire, il se déplace énergiquement, faisant halte de temps à autre pour cueillir des feuilles qu'il fourre dans les poches de son blouson.

Son fagot sur l'épaule, Zeno se hâte au milieu des broussailles.

« Salut. »

Plus que dix mètres, puis sept, puis trois.

« Salut. »

L'autre ne s'arrête toujours pas. Zeno arrive hors d'haleine sur le chemin et lance, priant pour que les gardes ne l'entendent pas :

« *Tels étaient dans le palais d'Alkinoos les dons éblouissants des dieux.* »

Rex se retourne et manque tomber, ses gros yeux clignant derrière ses lunettes cassées.

« Ou quelque chose comme ça », poursuit Zeno, le rouge aux joues.

L'homme se met à rire, un rire chaleureux et irrésistible. Il a nettoyé la crasse dans les plis de son cou, son pantalon a été raccommodé proprement. Il doit avoir une trentaine d'années. Des cheveux blonds comme les blés, des sourcils couleur de lin, de belles mains – Zeno se rend compte que, dans des circonstances différentes, dans un autre univers, Rex Browning serait séduisant.

« Zénodote, lui dit-il.

– Pardon ?

– Le premier bibliothécaire de la bibliothèque d'Alexandrie. Il s'appelait Zénodote. Nommé par les rois de la dynastie ptolémaïque. »

Avec son accent, « bibliothèque » devient « bibliâthèque ». Les arbres tremblent sous le vent, et Zeno dépose son fardeau qui lui entame les épaules.

« C'est juste un prénom, quoi. »

Rex consulte le ciel, comme s'il attendait un message. La peau est si tendue sur son cou que Zeno voit presque battre le sang dans ses artères. Il paraît trop inconsistant pour un endroit pareil, le vent pourrait l'emporter d'un instant à l'autre.

Brusquement, Rex tourne les talons pour repartir. La leçon est terminée. Zeno soulève sa charge et lui emboîte le pas.

« Dans la ville où je vivais, il y avait deux bibliothécaires qui me l'ont lu. L'*Odyssée*, je veux dire. Deux fois. La première quand je suis arrivé là-bas, et la deuxième après la mort de mon père. Va savoir pourquoi. »

Ils marchent encore un peu, et quand Rex fait halte pour cueillir d'autres feuilles, Zeno s'arrête genoux fléchis, attendant que le sol cesse de tanguer sous ses pieds.

« L'expression est très juste. » Haut dans le ciel, le vent déchiquette un immense banc de cirrus. « Comme quoi l'Antiquité a été inventée pour nourrir les bibliothécaires et les professeurs. »

Il regarde Zeno en souriant, Zeno lui retourne son sourire sans bien comprendre la blague ; un garde au sommet de la crête lance un appel en chinois à travers les arbres, et les deux hommes poursuivent leur route.

« C'était bien du grec, non ? Ce que tu as gravé dans le bois du couvercle ?

– Quand j'allais à l'école, ça ne m'intéressait pas. J'y voyais quelque chose de mort, de poussiéreux. Notre professeur de lettres classiques nous avait demandé de choisir quatre pages d'Homère, de les apprendre par cœur et de les traduire. Moi, j'ai choisi le septième chant. À l'époque, c'était un pensum. Tout en marchant, je mémorisais les vers, un mot après l'autre. Au moment de passer la porte : *Je pourrais même vous conter bien d'autres maux, tout ce que j'ai subi par la volonté des dieux.* En descendant l'escalier : *Mais laissez-moi souper, quels que soient mes soucis.* En allant aux toilettes : *Ce ventre odieux, qui se rappelle à vous jusque dans l'affliction.* Bref. Quand on reste enfermé quinze jours, tout seul dans le noir – il tapote sa tempe de la main – on est sidéré par ce qu'on retrouve ancré dans sa caboche. »

Pendant quelques minutes, ils marchent en silence, Rex réduisant l'allure à chaque pas, et ne tardent pas à atteindre l'entrée du Camp n° 5.

La fumée des foyers, un générateur qui bourdonne, le drapeau chinois, les latrines. Autour d'eux, les petits arbres courbés chuchotent. Zeno voit comme une ombre noire prendre possession de Rex, mais elle se dissipe rapidement.

« Je sais pourquoi les bibliothécaires t'ont lu ces vieilles histoires : si elles sont bien racontées, celui qui les écoute reste en vie aussi longtemps que dure le récit. »

LAKEPORT, IDAHO

2014

Seymour

Après l'apparition du panneau d'Eden's Gate au bout d'Arcady Lane, aucun changement ne survient pendant plusieurs mois. Le balbuzard quitte son nid à la cime du plus grand arbre de la forêt pour s'envoler vers le Mexique, les premières neiges descendent des montagnes, tassées en congères par les services de déneigement, Lakeport se remplit de skieurs venus pour le week-end, et c'est Bunny qui fait le ménage dans leurs chambres de l'Aspen Leaf Lodge.

Tous les jours en rentrant de l'école, Seymour, qui a maintenant onze ans, croise le panneau :

PROCHAINEMENT
MAISONS MITOYENNES ET PAVILLONS
PROJETS PERSONNALISÉS
TERRAINS D'EXCEPTION

puis abandonne son cartable sur la causeuse du salon et patauge dans la couche de neige pour rejoindre le vieux ponderosa ; à intervalles de quelques jours, il y trouve Ami-Fidèle qui écoute les campagnols piauler, les souris gratter la terre et le cœur de l'enfant battre dans sa poitrine.

Mais un matin d'avril, le premier jour de beau temps, deux camions bennes se garent devant la maison, en même temps qu'un troisième camion qui transporte un rouleau compresseur sur son plateau. Couinements des freins à air comprimé, piaillements des talkies-walkies, bips-bips des camions qui reculent : le vendredi après-midi, Arcady Lane a un nouveau revêtement.

À la fin d'une averse de printemps, Seymour s'accroupit sur l'asphalte flambant neuf. L'odeur du goudron frais envahit tout. Délicatement, il attrape entre deux doigts un lombric égaré, bout de ficelle détrempé et rosâtre. De toute évidence, il ne s'attendait pas à ce que la pluie le chasse de ses galeries pour le pousser là, sur cette surface étrangère et impénétrable.

Le soleil inonde la rue lorsque deux nuages se séparent, Seymour jette un coup d'œil sur sa gauche, et des corps de lombrics se révèlent à la lumière – il y en a bien cinquante mille. L'asphalte en est totalement recouvert, Seymour s'en aperçoit maintenant. Des milliers et des milliers de vers de terre. Il dépose le premier au pied d'un buisson d'airelles, en secourt un deuxième, puis un troisième. Les pins s'égouttent ; le goudron fume ; les lombrics se tortillent.

Il en sauve vingt-quatre, vingt-cinq, vingt-six. Les nuages occultent le soleil. Un camion venu de Cross Lane s'engage sur la voie – combien de vers écrase-t-il au passage ? Plus vite, dépêche-toi. Quarante-trois quarante-quatre quarante-cinq. Il croit que le poids lourd va s'arrêter, qu'un adulte va en sortir et lui faire signe pour lui donner des explications. Mais le camion poursuit sa route.

Des géomètres garent leurs pick-up blancs au bout de la route et montent entre les arbres, derrière la maison. Ils installent des trépieds, attachent des rubans en plastique autour des troncs. À la fin du mois d'avril, des tronçonneuses vrombissent dans les bois.

Quand Seymour rentre après la classe, la peur bourdonne dans ses oreilles. Il se représente le paysage vu d'en haut : la maison préfabriquée, la forêt dont l'espace ne cesse de se réduire, la clairière au milieu. Et Ami-Fidèle sur sa branche, un ovale avec deux yeux cerné par 27 027 petits points.

Bunny est assise derrière la table de la cuisine, submergée par un océan de factures.

« Mon opossum, ces terres ne nous appartiennent pas. Ils peuvent en faire ce qui leur plaît.

– Mais pourquoi ?

– C'est la loi, voilà tout. »

Il appuie son front contre la baie vitrée. Bunny détache un chèque du carnet, lèche le rabat d'une enveloppe.

« Tu sais quoi ? Ces tronçonneuses annoncent peut-être quelque chose de bon pour nous. Tu te souviens de Geoff, qui bosse avec moi ? D'après lui, ces parcelles à bâtir peuvent se vendre jusqu'à deux cent mille dollars. »

Les ténèbres s'abattent sur lui. Bunny répète la somme qu'elle vient de mentionner.

Des camions chargés de bois passent en grondant devant la maison ; des bulldozers s'enfoncent jusqu'au bout d'Arcady Lane pour prolonger la voie carrossable, qui forme un Z à flanc de colline. Chaque jour après le départ du dernier camion, Seymour prend la nouvelle route, son casque sur les oreilles.

Des conduites d'égout sont vautrées au sol devant des monceaux de gravats, pareilles à des colonnes effondrées ; d'énormes rouleaux de câbles traînent un peu partout. L'air sent le bois fracassé, la sciure et le carburant.

Les Bonshommes-Aiguilles-de-Pin ont été broyés dans la gadoue. *Nous avons les jambes cassées*, susurrent-ils de leur voix de xylophone. *Nos villes ont été ravagées.* Au milieu du versant, la clairière d'Ami-Fidèle n'est plus qu'un chaos de racines et de branchages labouré par les pneus. Pour le moment, le vieux ponderosa est toujours debout. Seymour parcourt sa ramure du regard sans oublier la moindre branche, jusqu'à en avoir mal dans la nuque.

Vide vide vide vide.

« Y a quelqu'un ? »

Pas de réponse.

« Est-ce que tu m'entends ? »

Quatre semaines s'écoulent sans qu'il revoie Ami-Fidèle. Puis cinq, et cinq et demie. Chaque jour qui passe fait pénétrer davantage de lumière dans ce qui a été une forêt.

Les pancartes du promoteur surgissent ici et là sur la route nouvellement aménagée, il y en a même deux qui portent la mention VENDU. Seymour prend un prospectus. *Lakeport, le mode de vie dont vous avez toujours rêvé.* Un plan est imprimé dessus, une vue aérienne qui s'étend jusqu'au lac.

À la bibliothèque, il apprend par Marian que les démarches d'Eden's Gate ont été validées par les services d'urbanisme, que le groupe a organisé une rencontre avec le public et distribué des cupcakes absolument délicieux, avec le logo de la société reproduit sur le glaçage. Ils ont aussi racheté la maison victorienne décatie près de la bibliothèque, et projettent de la rénover pour la transformer en showroom.

« La construction, affirme-t-elle, a toujours fait partie de l'histoire de cette ville. »

Elle exhume des fichiers, sous la rubrique Histoire locale, quelques clichés en noir et blanc vieux d'une centaine d'années. Six bûcherons se tiennent sur la souche d'un cèdre abattu, serrés les uns contre les autres. Des pêcheurs soulèvent par les ouïes des saumons gigantesques. Des centaines de peaux de castor sont accrochées au mur d'une cabane en bois.

En regardant ces images, Seymour entend le tumulte s'éveiller derrière sa nuque. Une vision lui montre cent mille Bonshommes-Aiguilles-de-Pin se relevant des ruines de la forêt pour marcher sur les camions des entrepreneurs, armée nombreuse et sans peur malgré les risques démesurés, attaquant les pneus avec des pioches miniatures, enfonçant des clous dans les bottes des ouvriers. Des camionnettes de plombiers partent en flammes.

« À Lakeport, Eden's Gate suscite beaucoup d'enthousiasme, ajoute Marian.

– Pourquoi ? »

Elle lui fait un sourire triste.

« Eh bien, tu sais comment ça marche, non ? »

Seymour suçote le col de sa chemise. Non, il ne sait pas. « “L’argent n’est pas tout, c’est juste qu’il n’y a rien d’autre”, voilà ce que pensent les gens. »

Il devrait rire, apparemment, mais il ne voit vraiment pas ce qu’il y a de drôle ; une femme qui porte des lunettes de soleil tend le pouce vers le fond de la salle. « Je crois que vos toilettes débordent », dit-elle, et Marian file aussitôt.

Non-Fiction 598.9

Chaque année aux États-Unis, le nombre d’oiseaux qui meurent en percutant une vitre se situe entre trois cent soixante-cinq millions et un milliard.

Digest de biologie aviaire

Plusieurs témoins rapportent qu’après la mort de la corneille, un grand nombre de ses congénères (plus d’une centaine d’individus, selon certains) sont descendus des arbres et ont décrit des cercles autour de l’oiseau mort pendant une quinzaine de minutes.

Non-Fiction 598.27

Après que son partenaire a percuté les fils électriques, les chercheurs ont vu la chouette regagner son nid et rester immobile pendant plusieurs jours, tournée vers le tronc, jusqu’à ce que mort s’ensuive.

Un jour de la mi-juin, alors qu’il rentre de la bibliothèque et porte le regard vers le chantier, Seymour constate que le vieux pin qui abritait Ami-Fidèle vient d’être abattu. Là où, le matin même, se découpait la silhouette de l’arbre mort, il ne reste qu’un vide.

Un homme déroule un tuyau orange ; une tractopelle creuse des tranchées pour installer des buses ; « Mike ! Mike ! » crie quelqu'un. Désormais, le rocher en forme d'œuf n'offre plus qu'une vue sur l'ellipse dénudée de la colline, dont les arbres ont été massacrés jusqu'au sommet.

Seymour s'élance en courant, abandonnant ses livres. Arcady Lane, Spring Street, puis la Route 55 en direction du sud, il fonce sur le bas-côté gravillonné, les voitures passent en grondant et c'est moins la rage que la panique qui le pousse à courir. Il faut défaire ce qui a été fait.

C'est l'heure du dîner, le Pig N'Pancake est bondé. À bout de souffle, Seymour s'arrête devant l'hôtesse d'accueil, détaillant l'assemblée. Le manager le repère ; les clients installés aux tables l'observent. Bunny pousse les portes des cuisines, les deux bras chargés d'assiettes.

« Seymour ? Tu t'es fait mal ? »

Elle réussit à s'accroupir sans faire tomber les cinq portions de poulet pané et de burgers steak-fromage-oignons, et il soulève une des coques de son casque.

Les odeurs : viande hachée, sirop d'érable, frites. Les bruits : nivelage du terrain, roulement des engins sur chenilles, alarme des camions bennes qui manœuvrent en marche arrière. Il a beau s'être éloigné de deux kilomètres, il a encore l'impression de les entendre, comme s'il s'agissait d'une prison érigée autour de lui, comme s'il était une mouche entortillée dans une toile d'araignée.

Les clients le regardent. Le manager aussi.

« Mon opossum ? »

Les mots butent contre ses dents. Un aide-serveur pousse bruyamment une chaise haute, les roulettes claquent sur le carrelage. Une femme se met à rire. Quelqu'un s'écrie : « Chaud devant ! » Les bois l'arbre la chouette – il sent à travers la plante de ses pieds la tronçonneuse qui mord le tronc, Ami-Fidèle qui s'éveille en sursaut. Pas le temps de réfléchir : tu descends comme une ombre dans la clarté du jour pendant qu'on arrache de ce monde un refuge de plus.

« Seymour, cherche dans ma poche. Tu trouves les clés ? Je suis garée tout près. Va m'attendre là-bas, au calme, et fais tes exercices de respiration. Je te rejoins dès que possible. »

Il reste assis dans la Pontiac, les ombres ruissellent entre les pins. Inspirer pendant quatre secondes, retenir son souffle quatre secondes et expirer pendant quatre secondes. Bunny finit par sortir, toujours vêtue de son tablier, et s'installe près de lui en se massant le front avec le tranchant des deux mains. Elle lui a apporté dans une boîte trois pancakes aux fraises nappés de crème fouettée.

« Tu peux manger avec les doigts, mon chéri, t'inquiète pas. »

La lumière déclinante joue mille tours ; le parking s'allonge ; les arbres semblent sortis d'un rêve. La première étoile se montre pour s'éclipser aussitôt. De vrais, vrais amis, ensemble à chaque heure.

Bunny découpe un morceau de pancake pour le lui donner.

« Tu permets que je t'enlève ton casque ? »

Seymour hoche la tête.

« Et je peux te toucher les cheveux ? »

Il tâche de ne pas broncher quand les doigts de sa mère se prennent dans les nœuds. Une famille quitte le restaurant et remonte dans son pick-up.

« C'est dur, le changement, je le sais bien. La vie est dure en général. Mais on a toujours la maison. On a le jardin. Et puis on est là l'un pour l'autre, toi et moi. D'accord ? »

Les yeux fermés, il voit Ami-Fidèle survoler une succession désolée de parkings, nulle part où chasser, nulle part où se poser, nulle part où dormir.

« Et peut-être que ce ne sera pas si mal, d'avoir des voisins. Il se peut qu'il y ait des garçons de ton âge. »

Un adolescent en tablier sort en trombe par la porte de service et balance un grand sac noir rebondi dans le container à ordures.

« Ils ont besoin de territoires de chasse étendus, dit Seymour. Ils apprécient tout spécialement les points d'observation élevés, pour pouvoir repérer les campagnols.

– C'est quoi au juste, un campagnol ?

– Un peu comme une souris. »

Bunny fait tourner le casque entre ses doigts.

« Plus au nord, il y a au moins une vingtaine d'endroits de ce genre où ta chouette a pu aller. Les forêts sont encore mieux, là-bas, plus grandes qu'ici. Elle n'aura que l'embarras du choix.

– C'est vrai ?

– Oui, je t'assure.

– Et il y a plein de campagnols ?

– Oui, des tas et des tas. Plus que de cheveux sur ta tête. »

Seymour mâchonne une bouchée de pancake, et Bunny se regarde dans le rétroviseur en soupirant.

« Tu me le jures, maman ?

– Oui, je te le jure. »

L'ARGOS

ANNÉE DE MISSION 61

Konstance

C'est le matin de son dixième anniversaire. Dans la Cabine 17, la Lumière-du-Jour dissipe l'obscurité, Konstance passe aux toilettes, se brosse les cheveux et se lave les dents avec de la poudre-dentifrice, et lorsqu'elle écarte le rideau de séparation, ses parents sont là à l'attendre.

« Ferme les yeux et approche tes mains », lui demande Mère.

Elle obéit, et avant même de rouvrir les yeux, elle sait ce que sa mère a déposé sur ses bras tendus : une combinaison neuve. Le tissu est jaune canari, les poignets et le bas du pantalon sont ornés de petites croix, et Mère a brodé sur le col un pin de Bosnie, en hommage à l'arbrisseau qui se développe dans la Ferme #4 depuis deux ans et demi.

Konstance la plaque contre ses narines, respirant son odeur rare : le neuf.

« Tu peux grandir, elle t'ira pendant un moment », lui dit Mère en remontant la fermeture jusqu'en haut.

Tout le monde s'est rassemblé dans l'Espace communautaire – Jessi Ko, Ramón, Mrs Chen, Tavyon Lee, le Dr Pori, professeur de mathématiques et quasi centenaire, tous fredonnent en chœur la chanson de la Journée-Bibliothèque, et Sara Jane sert à Konstance deux larges pancakes posés l'un sur l'autre, fabriqués avec de la véritable farine. Des ruisselets de sirop d'érable débordent sur les côtés.

Konstance attire tous les regards, en particulier ceux des adolescents, qui n'ont pas mangé de vrai pancake depuis leur dixième anniversaire. Konstance roule le premier et l'engloutit en quatre bouchées ; le deuxième, elle prend le temps de le savourer. Quand elle a terminé, elle se met à lécher le plat, et des applaudissements retentissent.

Ensuite, Père et Mère la ramènent à la Cabine 17, où elle devra patienter un moment. Une goutte de sirop a atterri sur sa manche, elle craint que sa mère ne s'inquiète, mais celle-ci est trop excitée pour remarquer quoi que ce soit, et Père lui adresse un clin d'œil en humectant le bout de son doigt pour l'aider à effacer la tache.

« Au début, ça fera beaucoup de choses à assimiler, lui explique Mère, mais tu finiras par adorer, tu verras. Il est temps que tu grandisses un peu, et ce sera peut-être bénéfique pour tes… »

Elle n'a pas le temps d'achever, Mrs Flowers est déjà là.

Ses yeux sont voilés par la cataracte, son haleine empeste le concentré de carottes, et elle semble rapetisser de jour en jour. Père l'aide à ranger le Pérambulateur qu'elle a apporté près de la table de couture de Mère.

De la poche de sa combinaison, Mrs Flowers tire une Visionneuse qui étincelle de lueurs dorées.

« Bien entendu, elle est de seconde main – elle a appartenu à Mrs Alegawa, paix à son âme. Elle a l'air un peu usagée, mais elle a passé les contrôles avec succès. »

Konstance s'installe sur le Pérambulateur qui commence à bourdonner sous ses pieds. Père lui étreint la main, l'air triste et joyeux en même temps, et Mrs Flowers lui dit : « À tout à l'heure », avant de repartir en trottinant vers sa propre cabine, à six portes de là. Mère ajuste la Visionneuse derrière la tête de Konstance, la fillette sent l'appareil lui comprimer l'occiput, recouvrir ses oreilles et se plaquer sur ses yeux. Elle redoutait d'avoir mal, mais on dirait simplement que quelqu'un s'est glissé dans son dos pour coller deux mains froides sur son visage.

« On sera avec toi tout du long », lui promet Mère. « Juste à côté », ajoute Père. Et les parois de la Cabine 17 se dissolvent.

Elle se tient maintenant dans un vaste atrium. De chaque côté, des rayonnages de livres étagés sur trois niveaux, qui semblent s'étendre sur des kilomètres. Chaque niveau, desservi par des centaines d'échelles, mesure cinq mètres de haut. Surplombant le dernier, deux arcades identiques aux colonnes de marbre soutiennent un plafond en berceau percé en son milieu d'une ouverture rectangulaire, au-dessus de quoi des nuages cotonneux flottent dans un ciel bleu cobalt.

Devant elle, des silhouettes assises à des tables ou dans des fauteuils. Au-dessus, d'autres consultent des livres dans les rayonnages, s'appuient contre les garde-corps, montent aux échelles ou en descendent. Aussi loin que porte son regard, des livres de toute sorte – de la taille de sa main ou aussi grands que son matelas – s'envolent des étagères ou reviennent s'y ranger, papillotant comme des colibris ou brassant l'air telles de lourdes cigognes disgracieuses.

Au début, elle reste sans voix et se contente d'observer. Un espace aussi immense, elle n'a jamais rien connu d'approchant. À sa droite, le Dr Pori – ses cheveux épais sont noirs au lieu d'être argentés, et ils paraissent à la fois humides et secs – descend d'une échelle en sautant un barreau sur deux, athlétique comme un jeune homme, et atterrit souplement sur ses pieds. Il lui fait un clin d'œil, et ses dents sont d'une blancheur de lait.

Le jaune de la combinaison de Konstance est encore plus vibrant qu'à l'intérieur de la Cabine 17. La tache de sirop a disparu.

Mrs Flowers s'avance à sa rencontre, un petit chien blanc trottant sur ses talons. Ou plutôt, une version plus jeune, plus vive et plus pimpante de Mrs Flowers : des yeux limpides brun noisette, des cheveux auburn au carré sévère, une jupe et un blazer du même vert que les épinards frais. Sur sa poitrine, les mots *Bibliothécaire en chef* sont brodés en lettre dorées.

Konstance se penche sur le petit chien : ses moustaches frémissent ; ses yeux noirs luisent ; et quand elle approche les doigts de son pelage, elle a vraiment l'impression de toucher une fourrure. Elle en rirait presque de contentement.

« Bienvenue à la Bibliothèque », lui dit Mrs Flowers.

Elle guide Konstance le long de l'atrium. Divers membres de l'équipage lèvent les yeux de leur bureau pour leur adresser un sourire ; quelques-uns lâchent des ballons frappés du message C'EST TA JOURNÉE-BIBLIOTHÈQUE, qu'elle regarde s'échapper par l'ouverture du plafond.

Les livres les plus proches ont le dos bleu canard, bordeaux ou pourpre impérial, certains semblent minces et délicats, alors que d'autres font penser à de grands plateaux de table empilés sur les rayonnages.

« Vas-y, l'encourage Mrs Flowers, tu ne risques pas de les abîmer. »

Konstance effleure le dos d'un petit volume, et il quitte aussitôt son emplacement pour s'ouvrir juste devant elle. Trois marguerites jaillissent de ses pages en papier pelure, les lettres M C V brillant au cœur de chaque fleur.

« Certains d'entre eux sont franchement déroutants », lui dit Mrs Flowers avant de tapoter l'ouvrage, lequel se referme pour regagner tranquillement sa place. Konstance promène le regard le long des rayonnages, aussi loin qu'elle le peut.

« Est-ce que ça continue comme ça…

– Seule Sybil pourrait le dire avec certitude. »

Trois adolescents, les frères Lee et Ramón – un Ramón plus svelte et plus soigné que le vrai –, se ruent vers une échelle pour s'y percher. « Doucement, s'il vous plaît », lance Mrs Flowers, et Konstance tâche de garder à l'esprit qu'elle est toujours dans la Cabine 17, avec sa combinaison neuve et sa Visionneuse de seconde main, qu'elle évolue sur un Pérambulateur casé entre la couchette de Père et la table de couture de Mère ; que les frères Lee et Ramón se trouvent dans les cabines de leurs familles respectives, chacun sur un Pérambulateur, que tous sont coincés à l'intérieur d'un disque filant à travers l'espace interstellaire, et que la Bibliothèque se résume à un essaim de données abritées par le luminaire clignotant qu'est Sybil.

« La section Histoire est sur la droite, explique Mrs Flowers, et à gauche tu as l'Art moderne, puis les Langues ; ces garçons se dirigent vers la section Jeux, qui, bien entendu, a énormément de succès. »

S'arrêtant près d'une table libre avec une chaise de chaque côté, elle fait signe à Konstance de s'asseoir. Deux petites boîtes sont posées dessus, l'une contenant des crayons, l'autre des feuillets de papier. Entre les deux, une mince fente encadrée de laiton, et cette phrase gravée sur le pourtour : *Les renseignements, c'est ici.*

« Pendant sa Journée-Bibliothèque, un enfant a beaucoup de choses à assimiler. C'est pourquoi je privilégie la simplicité. Quatre questions, une petite devinette. Première question : à quelle distance de la Terre se situe notre destination ? »

Konstance bat des paupières, hésitante, et l'expression de Mrs Flowers se radoucit.

« Tu n'es pas censée le savoir de mémoire, ma chérie. La Bibliothèque est là pour ça. »

Elle lui désigne les deux boîtes.

Konstance prend un crayon, et il a l'air si réel qu'elle a envie d'y planter les dents. Et le papier ! Si net, si frais ! En dehors de la Bibliothèque, on n'en trouve pas un seul feuillet de cette qualité dans tout le vaisseau. Elle écrit dessus : *Quelle est la distance entre la Terre et Beta Oph2 ?*, jette un regard à Mrs Flowers qui hoche la tête, et insère le bout de papier dans la fente.

Il disparaît à l'intérieur. Mrs Flowers se racle la gorge et pointe du doigt, derrière Konstance, un épais volume marron qui se détache d'un rayonnage tout en haut, au troisième niveau. S'envolant à travers l'atrium, il esquive au passage quelques ouvrages flottants, puis descend avant de s'ouvrir.

Sur une double page s'étale un graphique accompagné de la légende : *Liste officielle des exoplanètes de la zone habitable optimale, B-C.* Des mondes miniatures bariolés tournoient dans la première colonne : couverts de roches ou de tourbillons de gaz, cerclés d'anneaux ou traînant des queues de glace dans le sillage de leur atmosphère. Konstance parcourt la liste du bout du doigt et s'arrête enfin sur Beta Oph2.

« 42 399 années-lumière.

– Très bien. La deuxième question, maintenant. À quelle vitesse nous déplaçons-nous ? »

Konstance écrit la question, glisse le papier dans la fente, et, pendant que le premier volume s'éloigne, plusieurs rouleaux contenant des graphiques se posent sur la table et se déplient. Un nombre d'un bleu brillant s'élève dans les airs.

« 7 774 958 kilomètres-heure.

– C'est juste. » Mrs Flowers lève trois doigts. « Quelle est l'espérance de vie d'un humain doté d'une génétique optimale et placé dans les conditions de la mission ? »

La question disparaît dans la fente ; une demi-douzaine de documents aux formats variés quittent les étagères et volent dans leur direction.

114 ans, dit le premier.

116 ans, dit le deuxième.

119 ans, dit le troisième.

Sans détacher le regard de Konstance, Mrs Flowers se baisse pour gratter les oreilles de son chien.

« À présent, tu connais la vitesse de l'*Argos*, la distance qu'il doit parcourir, et l'espérance de vie raisonnable d'un passager soumis à ces conditions de vie. Dernière question. Combien de temps prendra notre voyage ? »

Konstance fixe le bureau des yeux.

« Sers-toi de la Bibliothèque, ma chérie. » De nouveau, Mrs Flowers tapote du bout de l'ongle le bord de la fente. Konstance rédige sa question, et à peine le papier a-t-il disparu qu'un feuillet de papier isolé se dessine sous le plafond, descend vers elles avec les mouvements saccadés d'une plume sous le vent et atterrit sur la table.

« 216 078 jours terrestres. »

Sous le regard attentif de Mrs Flowers, Konstance contemple les rayonnages et les échelles qui bordent l'atrium, suivant leur enfilade jusqu'au point de fuite ; une lueur de compréhension éclot dans son esprit pour s'évanouir aussitôt.

« Ça nous fait combien d'années, Konstance ? »

Elle lève les yeux. Une nuée d'oiseaux numériques survole le plafond en berceau, tandis qu'au-dessous une centaine de volumes, de rouleaux et de documents sillonnent les airs à différentes hauteurs ; Konstance sent l'attention des autres tournée vers elle. Elle écrit sur le papier *216 078 jours terrestres convertis en années ?,* et un nouveau feuillet s'envole vers elle dès qu'elle a glissé son papier dans la fente.

592.

À la surface de son bureau, on dirait que les dessins formés par le grain du bois commencent à se tordre, les dalles de marbre du carrelage se déforment aussi, et quelque chose lui chamboule les entrailles.

Peu importe le nombre,
C'est l'union qui fait tout...

Cinq cent quatre-vingt-douze ans.

« Jamais on ne va...

– C'est exact, mon enfant. Nous savons que Beta Oph2 possède une atmosphère, comme la Terre, de l'eau à l'état liquide, comme elle, et probablement des forêts d'un type ou d'un autre. Mais nous ne les verrons jamais. Aucun de nous ne les verra. Nous sommes les générations de transition, les intermédiaires, ceux qui accomplissent le travail pour que leurs descendants soient bien préparés. »

Konstance appuie les paumes de ses mains sur le bureau ; elle se sent au bord de l'évanouissement.

« La vérité est difficile à admettre, j'en suis consciente. C'est pour cette raison que nous attendons un certain temps avant d'accueillir les enfants à la Bibliothèque. Il faut qu'ils aient la maturité nécessaire. »

Mrs Flowers prend une autre feuille dans la boîte pour écrire quelque chose.

« Viens, il y a encore une chose que j'aimerais te montrer. »

Lorsqu'elle a introduit son papier dans la fente, un volume défraîchi, aussi haut et aussi large que la porte de la Cabine 17, se déloge d'une étagère du second niveau et, après quelques embardées maladroites, vient s'ouvrir devant elle. Ses pages sont d'un noir insondable, comme si une trappe venait de s'écarter pour révéler un abîme sans fond.

« L'Atlas, précise Mrs Flowers. Un peu dépassé, je le crains. Je le présente à tous les enfants lors de leur Journée-Bibliothèque, mais ensuite ils vont plutôt vers des choses plus séduisantes, plus immersives. Regarde. »

Konstance plante le bout de son doigt dans une page, puis le retire et recommence avec son pied. Mrs Flowers lui prend la main, la fillette ferme les yeux en rassemblant son courage, et elles sautent le pas toutes les deux.

Au lieu de tomber, elles demeurent suspendues dans le noir. Tout autour d'elles, des petits points lumineux percent l'obscurité. La forme de l'Atlas plane au-dessus de l'épaule de Konstance, rectangle illuminé qui laisse apercevoir les rayonnages de la Bibliothèque.

« Sybil, dit Mrs Flowers. Emmène-nous à Istanbul. »

Un point minuscule, loin en contrebas, se change en un petit cercle qui ne cesse de grossir pour devenir une sphère bleu-vert ; l'un des deux hémisphères, bleu sous des rouleaux de vapeur, est plongé dans la clarté du soleil, tandis que l'autre s'enfonce dans une obscurité outremer quadrillée de lumières électriques. « Est-ce que c'est… ? » demande Konstance, mais elles sont déjà entraînées vers la sphère, tombant à la verticale, à moins que ce soit elle qui fonce dans leur direction : elle pivote et grossit, grossit, jusqu'à occuper tout son champ de vision. Elle retient son souffle pendant qu'une péninsule grandit au-dessous d'elles – d'un vert jade pommelé de beiges et de rouges, la richesse des nuances saturant son regard ; ce qui se précipite vers elle est plus luxuriant, plus complexe et plus embrouillé que ce qu'elle a jamais pu imaginer ou concevoir, un milliard de Fermes #4 concentrées en un seul lieu, elles descendent au-dessus d'un maillage serré de routes et de toitures, et enfin leurs pieds touchent la Terre.

Un bout de terrain désert. Le ciel sans nuages est d'un bleu de pierre précieuse. D'immenses blocs de pierre blancs gisent parmi les herbes folles, molaires perdues par un peuple de géants. Sur leur gauche, serpentant à perte de vue au bord d'une voie encombrée, s'étend une muraille compacte mais délabrée, hérissée de touffes d'herbe et ponctuée tous les cinquante mètres de larges tours éprouvées par le temps.

Konstance a l'impression que tous ses neurones se sont embrasés. On lui avait raconté que la Terre n'était qu'une ruine.

« Comme tu le sais déjà, nous nous déplaçons trop vite pour pouvoir recevoir de nouvelles données ; ces images d'Istanbul montrent ce qu'elle était il y a soixante ans, peut-être soixante-dix, tout dépend de la date de collecte. En tout cas, c'était avant que nous ayons quitté l'orbite terrestre basse. »

Toutes ces herbes ! Des feuilles qui ressemblent aux lames des ciseaux de couture de Mère, d'autres qui ont la forme des yeux de Jessi Ko, et ces frêles fleurs pourpres au bout de minuscules tiges vertes ! Père a si souvent évoqué la splendeur des plantes sauvages. Tout près de son pied, une pierre mouchetée de noir – serait-ce du lichen ? Père en parle sans arrêt ! Elle tend la main pour le toucher, mais ses doigts passent au travers.

« Tu peux uniquement regarder, lui dit Mrs Flowers. Dans l'Atlas, le sol est le seul élément solide. Je le répète, les enfants y reviennent rarement une fois qu'ils ont testé des choses plus récentes. »

Elle emmène Konstance face à la muraille. Rien ne bouge alentour. « Tôt ou tard, mon enfant, tout ce qui vit finit par mourir. Toi, moi, ta mère, ton père – tout et tout le monde. Même les blocs de calcaire qui ont servi à bâtir ces murailles se composent en grande partie des restes de créatures disparues depuis bien longtemps, coraux ou escargots. Viens avec moi. »

Quelques figures humaines se tiennent dans l'ombre de la tour la plus proche : une première qui lève les yeux, une deuxième saisie au moment où elle gravissait un escalier…

Konstance voit une chemise boutonnée, un pantalon bleu, les sandales d'un homme et la veste d'une femme, mais les visages ont été floutés par le logiciel. « Respect de la vie privée », explique Mrs Flowers. Elle désigne un escalier tournant qui monte vers la tour.

« Allez, on y va.

– Mais je croyais qu'il n'y avait que le sol de ferme. »

Mrs Flowers lui sourit. « Promène-toi assez longtemps là-dedans, ma chérie, et tu découvriras quelques secrets. »

À mesure que la fillette prend de la hauteur, la ville se déploie sous ses yeux, largement étalée des deux côtés des antiques remparts : antennes, automobiles, bâches, un immeuble percé d'une multitude de fenêtres, le tout figé dans l'instant ; elle s'efforce d'embrasser la scène du regard, la respiration suspendue.

« Tout au long de l'histoire de notre espèce, nous avons essayé de vaincre la mort – grâce à la médecine et à la technologie, en accroissant notre puissance, en entreprenant des voyages ou en racontant des histoires. Mais personne n'y est parvenu. »

Depuis les hauteurs de la tour, Konstance regarde en bas, prise de vertige : la brique rouille, le calcaire qui contient des créatures mortes, le rideau ondulant de lierre vert – c'est trop pour elle.

Mrs Flowers poursuit : « Cependant, certaines de nos créations survivent bel et bien. Vers l'an 410 de notre ère, l'empereur qui régnait sur cette ville, Théodose II, a fait ériger ces fortifications, six kilomètres de maçonnerie qui devaient rejoindre les douze kilomètres de défenses maritimes déjà existantes. Les remparts de Théodose possédaient une muraille extérieure de deux mètres d'épaisseur et neuf mètres de hauteur, ainsi qu'une muraille intérieure de cinq mètres d'épaisseur et douze mètres de hauteur – va savoir combien de corps humains ont été broyés au cours de leur édification. »

Un insecte minuscule a été capté dans sa traversée de la rambarde, juste devant Konstance. La carapace luisante est d'un noir bleuté, les pattes ont des articulations incroyables : un cafard.

« Pendant plus d'un millénaire, ces murailles ont repoussé toutes les offensives, reprend Mrs Flowers. Les livres étaient réquisitionnés dans les ports, et on ne les restituait que lorsqu'ils avaient été copiés – à la main, naturellement. Certains estiment qu'à diverses époques les bibliothèques de cette ville renfermaient un plus grand nombre d'ouvrages que toutes les bibliothèques du monde réunies. Au fil des siècles, la cité a subi séismes, inondations et attaques, ses habitants ont uni leurs forces pour consolider les remparts, luttant contre les mauvaises herbes et la pluie qui ruisselait dans leurs lézardes, et le temps où ils n'existaient pas a fini par disparaître des mémoires. »

Konstance tente d'effleurer l'insecte, mais la rambarde se décompose en pixels, et, cette fois encore, ses doigts passent au travers.

« Toi et moi, nous n'atteindrons jamais Beta Oph2, ma chérie, et c'est une douloureuse réalité. Mais avec le temps, tu en viendras à comprendre combien il est noble de participer à une entreprise destinée à nous survivre. »

Les murs sont figés ; les gens ne respirent pas ; aucun arbre ne remue ; les véhicules restent immobiles ; le cafard est pétrifié pour toujours.

Une idée frappe alors Konstance – ou un souvenir revisité : les enfants de dix ans qui l'ont précédée, nés à bord de l'*Argos* comme Mère, et qui se sont réveillés le matin de leur Journée-Bibliothèque en rêvant du moment où ils se poseraient enfin sur Beta Oph2, quittant l'enceinte du vaisseau ; ils rêvaient d'abris à bâtir, de montagnes à escalader et de formes de vie à découvrir – une autre Terre à explorer ! –, et quand ils sont sortis des cabines après la Journée-Bibliothèque, ces enfants n'étaient plus les mêmes : le front creusé de sillons, les épaules affaissées, l'éclat de leurs yeux terni. Ils ont cessé de galoper dans les coursives, se sont mis à avaler des Somni-pastilles à l'heure de l'Extinction ; parfois, Konstance voit des enfants plus âgés qu'elle fixer leurs mains ou les cloisons du vaisseau, ou passer, le dos voûté et l'air accablé, devant l'Espace communautaire, comme s'ils portaient un sac en pierre invisible.

Toi, moi, ta mère, ton père, tout et tout le monde.

« Mais moi, je ne veux pas mourir », dit Konstance.

Mrs Flowers lui sourit. « Je le sais bien, ma chérie. Et tu as encore beaucoup de temps devant toi, et un voyage extraordinaire à effectuer. Viens, il faut que nous partions. Le temps s'écoule bizarrement là-dedans, c'est déjà l'heure du Troisième Repas. »

Elle prend Konstance par la main, puis elles s'élèvent ensemble au-dessus de la tour, la ville s'éloigne, un détroit apparaît, ensuite ce sont des mers et des continents, et la Terre rapetisse pour redevenir un simple point. Elles sortent de l'Atlas et réintègrent la Bibliothèque.

Dans l'atrium, le petit chien remue la queue, une patte appuyée contre la jambe de Konstance, et Mrs Flowers couve la fillette d'un regard bienveillant pendant que l'énorme Atlas défraîchi se referme et s'envole pour regagner son rayonnage. Le pan de ciel est à présent bleu lavande. Les livres qui circulent dans les airs se font moins nombreux. La salle s'est presque vidée.

Konstance a les mains moites et des douleurs dans les pieds. Quand elle songe aux plus petits, qui doivent à cet instant courir dans les couloirs pour aller manger, un sentiment de détresse la traverse comme une lame. Mrs Flowers fait un geste en direction des rayonnages sans fin.

« Mon enfant, chacun de ces livres est un portail, une ouverture qui te donne accès à un autre lieu, à une autre époque. Tu as toute la vie devant toi, et ils ne te feront jamais défaut. Cela devrait suffire, tu ne crois pas ? »

HUIT

OÙ L'ÂNE TOURNE EN ROND

La Cité des nuages et des oiseaux, d'Antoine Diogène, Folio Θ

… toujours plus loin vers le nord, ainsi cheminais-je pendant de longues semaines en compagnie du meunier et de son fils. Des crampes me tourmentaient les muscles, la corne de mes sabots s'écaillait, et je rêvais de me reposer et de manger un morceau de pain, peut-être même une ou deux tranches d'agneau, une bonne soupe de poisson avec une coupe de vin ; cependant, je n'étais pas arrivé sur ses terres rocailleuses et gelées que le meunier me conduisait au moulin et me passait le harnais pour m'attacher à la roue.

Je ne cessais de tourner en rond, broyant sous la meule une telle quantité de blé et d'orge qu'il me semblait peiner pour tous les paysans de ces régions glaciales et misérables ; et si mon pas faiblissait un seul instant, le fils du meunier ne manquait jamais de brandir son bâton et d'en frapper mes pattes arrière. Lorsqu'ils finirent par m'amener à la pâture, le ciel crachait son grésil et la bise mordait avec rage, et les chevaux rechignèrent à partager avec moi les chétives touffes d'herbe. Pire encore, ils me soupçonnèrent de vouloir séduire leurs femmes, chose qui ne m'intéressait pas le moins du monde. Ici, je n'avais aucune chance de trouver des roses avant de longs mois.

Alors que je regardais les oiseaux s'envoler vers des lieux plus cléments, un sentiment de mélancolie flamba dans ma poitrine. Pourquoi les dieux se montraient-ils si cruels ? N'avais-je pas payé ma curiosité de souffrances assez vives ? Dans cette vallée sauvage, je ne faisais rien d'autre que tourner et tourner en rond pour entraîner la meule, tourner à en avoir la nausée et le vertige, jusqu'à ce que j'aie l'impression de m'enfoncer dans les Enfers, près de plonger jusqu'au ventre dans les eaux bouillonnantes de l'Achéron, le fleuve des douleurs, et d'affronter Hadès en personne…

SUR LA ROUTE DE CONSTANTINOPLE

JANVIER-AVRIL 1453

Omeir

On transporte le canon entre Edirne et la Reine des Villes, à deux cents kilomètres de distance, et un homme rampant à quatre pattes n'irait pas moins vite que le convoi. L'attelage qui traîne l'engin réunit trente paires de bœufs, chacune harnachée à un axe médian articulé, et il est tellement long, tellement vulnérable aux accidents qu'il doit faire halte des dizaines de fois par jour. Les bestiaux qui le suivent et le précèdent portent couleuvrines, catapultes et arquebuses, une trentaine de pièces d'artillerie au total, tandis que d'autres tirent des caissons de poudre ou de boulets, certains de si gros calibre que les deux bras d'Omeir n'en feraient pas le tour.

De chaque côté de la route, hommes et bêtes se hâtent, louvoyant au milieu des attelages tels les flots d'une rivière contournant un rocher : des mules aux sacoches lourdement chargées, des chameaux avec des montagnes de cruches en terre arrimées sur le dos, des chariots garnis de provisions, de planches, de corde et d'étoffe. Quelle variété dans ce monde ! Omeir croise des diseuses de bonne aventure, des derviches, des astrologues, des érudits, des boulangers, des artificiers, des forgerons, des mystiques vêtus de tuniques en lambeaux, des chroniqueurs et des guérisseurs, des porte-étendards aux enseignes bigarrées. Certains ont des armures en cuir ou arborent des plumes à leur toque, il y en a qui vont nu-pieds alors que d'autres sont chaussés de bottes lustrées en cuir damasquiné qui leur montent jusqu'aux genoux.

Il rencontre un groupe d'esclaves dont le front est barré de trois cicatrices horizontales (une pour chacun de leurs maîtres morts, lui explique Maher) ; il voit un homme qui s'est prosterné si souvent en prière qu'une callosité s'est formée sur son front, pareille à un gros ongle cireux.

Un après-midi, passe un muletier couvert d'une peau d'ours, dont la lèvre fendue n'est pas sans rappeler celle d'Omeir. Il marche tête baissée, mais leurs regards se croisent brièvement et il détourne les yeux. Omeir ne le reverra plus jamais.

Il balance entre l'éblouissement et le désespoir. S'endormir près d'un feu qui n'est plus que braises lorsqu'il s'éveille, les vêtements scintillant de givre, s'asseoir avec les autres conducteurs pendant qu'on ranime les flammes, partager l'orge concassée, les herbes et la viande de cheval que tous piochent dans la même marmite en cuivre : Omeir se sent accepté comme jamais auparavant, intégré à une entreprise collective et légitime, un projet si noble qu'il ménage même une place à un garçon disgracié – tous progressent vers l'est, en route vers la fabuleuse cité comme s'ils répondaient à l'appel d'un joueur de flûte magicien sorti d'un conte de Grand-père. Chaque jour, l'aube se lève un peu plus tôt, les journées rallongent et des bandes de grues migratrices, puis des canards et enfin les oiseaux chanteurs affluent dans le ciel, comme si les ténèbres abdiquaient et que la victoire était déjà acquise.

Mais il y a des moments où son enthousiasme s'effondre. Des mottes de boue s'accrochent aux sabots d'Arbre et de Clair-de-Lune, les chaînes grincent et les cordes crissent, des coups de sifflet retentissent sur toute la longueur de la colonne, et le désarroi des bêtes emplit l'atmosphère de sa rumeur. Bon nombre de bœufs portent des jougs fixes au lieu de jougs mobiles tels qu'en fabriquait Grand-père, la plupart ne sont pas rompus à traîner des charges aussi lourdes, et il ne s'écoule pas une heure sans que l'un d'eux se blesse.

Chaque journée offre à Omeir un nouvel enseignement sur la négligence des hommes. Certains ne se soucient pas de poser des fers à languette sur les sabots de leurs bœufs ; d'autres ne vérifient même pas l'état des jougs, dont les craquelures écorchent les épaules des bêtes. Il y a ceux qui ne pensent pas à les déharnacher une fois à l'arrêt pour garantir leur repos, et ceux qui ne daignent pas protéger leurs cornes pour éviter qu'ils ne se blessent mutuellement. Sang, souffrances, gémissements – c'est ainsi en permanence.

Des équipes de terrassiers devancent le convoi afin d'étayer les points de passage et de poser des planches sur le sol bourbeux, mais au bout de huit jours de voyage la troupe rencontre un cours d'eau dépourvu de pont ; les flots sont troubles et gonflés et, au point le plus profond, le courant forme un mascaret sombre et fangeux. Les conducteurs placés en tête mettent les autres en garde contre les pierres glissantes qui tapissent le lit, pourtant le chef de convoi donne ordre d'avancer.

Au mitan de la traversée, le bestiau qui précède Arbre dérape. Le joug qui le relie à son compagnon l'empêche un moment de basculer, puis on entend se briser l'une de ses pattes, un craquement si fort qu'Omeir le ressent jusque dans sa poitrine. L'animal estropié penche de côté, son voisin beugle, l'attelage entier est dévié vers la gauche, et Omeir sent Arbre et Clair-de-Lune bander leurs muscles pour supporter la charge supplémentaire tandis que les deux bêtes renversées luttent contre le courant. Un conducteur accourt avec une lance, transperçant l'un après l'autre les bœufs qui se débattent, les flots se teintent de sang pendant que les forgerons coupent les chaînes qui retiennent les corps à l'attelage, et les autres conducteurs parcourent la file afin de calmer leurs propres bœufs. Ensuite des cavaliers attachent des chevaux aux cadavres, pour qu'on les tire de l'eau et que leur chair soit débitée ; les forgerons réparent la chaîne à même le rivage, où ils ont installé l'enclume et les soufflets, et Omeir, amenant dans l'herbe Arbre et Clair-de-Lune, se demande s'ils ont conscience de ce qui s'est produit.

À la tombée de la nuit, il panse d'abord Arbre, puis son jumeau, et se dit en grattant leurs sabots qu'il refusera de goûter à la viande, par respect pour les animaux ; mais plus tard, quand son fumet s'élève dans l'air froid de la nuit et qu'on distribue les portions, il est incapable de résister. Tout en mangeant, il sent sur lui le poids du ciel en même temps qu'un trouble obscur.

Ses bœufs semblent chaque soir un peu plus éteints que la veille. De temps à autre, Arbre le regarde en clignant ses gros yeux humides comme s'il lui accordait son pardon, et le matin, avant qu'on les harnache, Clair-de-Lune conserve sa curiosité habituelle, observant un lapin ou un vol de papillons, fronçant les naseaux pour identifier les odeurs mêlées que porte le vent. Mais quand on leur retire le joug, ils baissent la tête et broutent l'herbe comme s'ils n'avaient pas la force de faire autre chose.

Le garçon reste auprès d'eux, enfoncé dans la boue jusqu'aux chevilles, et contemple, enfoui sous son capuchon, Clair-de-Lune qui bat des paupières, plein de douceur et de patience. Sa robe, qui, les premiers temps, avait des nuances d'argent irisé, moirée de petits arcs-en-ciel par la clarté du soleil, est maintenant d'un gris terne. Un nuage de mouches plane au-dessus d'une plaie infectée à son épaule – les premières de la saison, songe Omeir.

CONSTANTINOPLE

MÊME ÉPOQUE

Anna

La coupelle en plomb s'élève de l'obscurité humide, on ajoute du mercure à l'eau et Maria absorbe la potion. Sur le chemin du retour, des voiles de flocons balaient les murailles et masquent la rue. Maria redresse les épaules. « Je peux marcher sans que tu m'aides. Je me sens parfaitement bien. » Pourtant, elle se met en travers du passage d'un charretier et manque se faire faucher.

Le soir, elle grelotte dans sa cellule.

« Je les entends se flageller dans la rue. »

Anna tend l'oreille. Pas un mouvement dans toute la cité. On n'entend que la neige tomber sur les avant-toits.

« Qui donc, ma sœur ?

– Leurs cris sont tellement beaux. »

Ensuite viennent les tremblements. Anna réunit tout ce qu'elles possèdent pour en envelopper Maria : chemisette en lin, jupe de laine, cape, écharpe, couverture. Elle apporte des braises dans des chauffe-mains en métal, mais sa sœur continue de trembler. Depuis le jour de sa naissance, elle a son aînée auprès d'elle. Jusqu'à quand cela va-t-il durer ?

Au-dessus de la ville, le ciel évolue d'heure en heure : pourpre, argent, doré, noir. Le grésil se met à tomber, suivi par la grêle. La veuve Théodora, postée à la fenêtre, récite un verset de l'Évangile de Matthieu : *Alors le signe du Fils de l'Homme paraîtra dans le ciel, toutes les tribus de la Terre se lamenteront.* Et Chryse, dans l'arrière-cuisine, déclare que, si la fin des temps est proche, autant terminer les réserves de vin.

Les propos échangés dans la rue alternent entre les bizarreries du temps et les estimations chiffrées. Certains prétendent que le sultan a levé à Edirne une armée forte de vingt mille hommes. D'autres pensent qu'elle en compte plutôt une centaine de milliers. Combien de soldats la cité moribonde peut-elle rassembler pour sa défense ? Huit mille ? On entend parler de quatre mille seulement, dont trois cents à peine savent se servir d'une arbalète.

Douze kilomètres de remparts maritimes, six kilomètres de murailles terrestres, cent quatre-vingt-douze tours : comment quatre mille hommes suffiraient-ils à les tenir ?

La garde impériale réquisitionne les armes afin de les redistribuer, mais le soldat qu'aperçoit Anna dans la cour du couvent n'a réuni qu'un amas pitoyable de lames rouillées. Ce qu'on lui raconte varie d'une heure à l'autre : le jeune sultan est un prodige infatigable qui parle sept langues et récite des poèmes de l'Antiquité, il étudie avec ardeur l'astronomie et la géométrie, et il règne en monarque mesuré et clément, tolérant toutes les religions. Puis il devient un démon sanguinaire qui a ordonné qu'on noie son petit frère dans son bain, avant de faire décapiter l'assassin.

À l'atelier, la veuve Théodora interdit aux brodeuses d'évoquer la menace qui se rapproche : elles ne doivent parler que d'aiguilles et de points de broderie, et de la gloire de Dieu. Entourer la lame d'argent de fil coloré, prendre trois fils ainsi préparés, exécuter un point, retourner le métier. Un matin, Théodora félicite solennellement Maria pour la diligence qu'elle a déjà mise à broder cinq des douze oiseaux – un pour chaque apôtre – sur un capuchon de samite qui sera cousu à une chape d'évêque. Maria, dont les doigts tremblent, se penche aussitôt sur son ouvrage, murmurant une prière tandis qu'elle fixe au métier la soie d'un vert éclatant et introduit le fil dans le chas de son aiguille. Anna la regarde, perplexe : si le temps des hommes doit bientôt s'achever, les évêques ont-ils encore besoin de chapes de cérémonie ?

La couche de neige durcit sous le gel, puis elle se met à fondre et un brouillard glacial ensevelit la cité. Anna traverse la cour et se précipite jusqu'au port, où elle trouve Himerius qui grelotte près de sa barque. Tout est vernissé de givre : le plat-bord et les rames, les plis des manches du garçon, les chaînes des quelques navires marchands toujours ancrés là. Himerius pose un brasero au fond du bateau et enflamme un morceau de charbon avant de lancer les lignes de pêche, et Anna, partagée entre joie et mélancolie, contemple les étincelles qui voltigent dans le brouillard pour s'évanouir aussitôt. Himerius sort de sous son manteau un chapelet de figues sèches, et le brasero rougeoie à leurs pieds tel un secret doux et réconfortant, un pot de miel gardé en réserve pour une soirée particulière. Ils mangent les figues, les rames égrènent leurs gouttes d'eau, le garçon fredonne une chanson de marin sur une sirène aux seins amples comme deux agneaux, les vagues battent la coque, et Himerius retrouve son sérieux pour rapporter ce qu'il a entendu : des capitaines génois seraient prêts à embarquer clandestinement toute personne possédant la somme requise afin de la conduire à Gênes avant l'assaut des Sarrasins.

« Tu voudrais t'enfuir ? lui demande Anna.

– Sinon, je suis bon pour la galère. Souquer du matin au soir en baignant dans sa propre pisse jusqu'à la ceinture, pendant que vingt navires sarrasins cherchent à aborder ou à mettre le feu ?

– Mais il y a les murailles. Elles ont déjà résisté à de nombreux sièges. »

Himerius reprend les rames qui grincent dans leurs tolets, ils dépassent le brise-lames.

« D'après mon oncle, un fondeur hongrois est venu voir l'empereur l'été dernier. Il a la réputation de pouvoir construire des engins de guerre qui réduisent les murs de pierre en poussière. Mais ce Hongrois a réclamé plus de bronze que la cité n'en possède au total. Mon oncle dit aussi que notre souverain n'a pas les moyens d'enrôler cent arbalétriers venus de Thrace. C'est tout juste s'il a de quoi mettre un abri sur sa tête. »

La mer clapote contre le brise-lames. Himérius lève ses rames, un panache de vapeur s'échappe de ses lèvres.

« Et alors ?

– Comme notre empereur ne pouvait pas payer, le Hongrois a cherché quelqu'un d'autre. »

Anna détaille la physionomie du garçon : ses yeux proéminents, ses genoux cagneux, ses pieds en canard ; on dirait un amalgame de plusieurs espèces. Elle se rappelle la voix du grand scribe italien : *Le sultan possède de nouveaux engins de guerre capables de démolir les murs comme s'ils avaient la consistance de l'air.*

« Tu veux dire que le Hongrois se moque de savoir à quelle fin seront utilisées ses machines ?

– Dans ce monde, la plupart des gens s'en moquent. Du moment qu'ils sont payés. »

Les voilà face au mur du prieuré, Anna l'escalade avec des mouvements de danseuse ; ce qui l'entoure s'évanouit, seuls importent les déplacements de son corps et le souvenir des saillies auxquelles s'accrocher. Et au bout, la gueule du lion qu'elle traverse en rampant, le soulagement de sentir un appui ferme sous ses pieds.

Dans la bibliothèque délabrée, Anna s'attarde plus longuement que les autres fois à fouiller les rayonnages, où elle a déjà raflé presque tout ce qu'elle jugeait prometteur. Elle rassemble des rouleaux rongés par les vers – des actes de vente, probablement –, explore la pénombre sans trop y croire. Tout au fond, derrière plusieurs liasses de parchemins détrempés, elle déniche un petit codex brun relié en cuir de chèvre et semé de taches, qu'elle emporte dans son sac.

Le brouillard s'épaissit, les rayons de lune pâlissent. Des pigeons roucoulent quelque part, au-dessus de la toiture effondrée. Une prière à sainte Koralia, et elle ferme le sac pour le traîner dans l'escalier, ressort par la gargouille et descend le long du mur pour retomber dans la barque sans un mot. Son corps efflanqué saisi de frissons, Himerius les ramène au port, les braises s'éteignent dans le brasero et le brouillard glacé les cerne comme un piège. À leur arrivée, aucune sentinelle ne garde les portes du quartier vénitien, la demeure des Italiens est plongée dans l'obscurité. Le figuier planté dans la cour est figé sous un glacis de givre, et les oies sont parties. Ils s'appuient tout tremblants contre le mur, Anna appelant le soleil de ses vœux.

Himerius se décide à secouer la poignée et s'aperçoit que la porte n'est pas verrouillée. Personne aux tables de travail. L'âtre est refroidi. Lorsque le garçon ouvre les volets, une lumière terne et glacée pénètre dans l'atelier. Plus aucune trace du miroir, du centaure en terre cuite, des papillons épinglés et des rouleaux de parchemin. Disparus aussi grattoirs, poinçons, taille-plumes. Les domestiques congédiés, les oies enfuies ou mangées. Quelques plumes taillées sont dispersées sur le carrelage éclaboussé d'encre. La salle ressemble à une cave dépouillée.

Himerius laisse tomber le sac. L'espace d'un instant, il paraît gris et voûté dans la clarté de l'aube, image du vieil homme qu'il n'aura pas le temps de devenir.

Quelqu'un hurle depuis l'une des rues du quartier : « Tu sais ce que je déteste le plus ? », puis un coq chante et une femme se met à pleurer. Le monde dans ses derniers moments. Anna se souvient d'une phrase de Chryse : les maisons des riches brûlent aussi bien que les autres.

Malgré leurs prétentions à sauver les voix de l'Antiquité, à utiliser la sagesse des anciens pour féconder l'avenir, les scribes d'Urbino valaient-ils mieux que des pilleurs de tombes ? Ils sont venus ici, attendant de voir craquer les vestiges de la cité pour fouiner dans ses derniers trésors et les accaparer. Et ensuite ils sont partis se mettre à l'abri.

Au bas d'un rayonnage vide, quelque chose attire son regard : une petite boîte à opium émaillée, qui appartenait à la collection du scribe. Sur son couvercle craquelé, la voûte d'un ciel rosé prend appui sur un palais flanqué de tours jumelles, avec trois rangées de balcons superposés.

Tout à sa déception, Himerius laisse son regard errer au-dehors, tandis qu'Anna glisse la boîte sous sa robe. Un soleil blême et lointain monte au-dessus du brouillard. Elle a beau lui présenter son visage, elle ne ressent pas la moindre chaleur.

Emportant chez Kalapathes le sac de livres imprégnés d'humidité, elle le cache dans la cellule qu'elle partage avec Maria ; personne ne prend la peine de lui demander où elle est allée ni ce qu'elle a fait. Les brodeuses, penchées comme des herbes au vent d'hiver, travaillent toute la journée en silence, soufflant sur leurs mains pour se réchauffer ou les protégeant avec des mitaines, et sur les pièces de soie les silhouettes ébauchées des saints de l'Église prennent forme peu à peu.

« La foi, dit Théodora en circulant entre les tables, nous aide toujours à traverser les épreuves. » Concentrée sur le capuchon de samite, Maria pousse son aiguille, le bout de la langue entre les dents, mariant ses fils à sa patience pour faire apparaître un rossignol. Dans l'après-midi, lorsqu'un vent venu du large se met à hurler, rabattant la neige contre le dôme de la basilique Hagia Sophia – la Sagesse de Dieu –, les brodeuses déclarent qu'il s'agit d'un signe, et, à la tombée de la nuit, quand les arbres se pétrifient de nouveau sous un fourreau de givre, elles y voient encore un présage.

Pour le dîner, elles mangent du bouillon avec du pain noir. Certaines pensent que les nations chrétiennes d'Occident pourraient les sauver si elles le désiraient, que Venise, Pise ou Gênes auraient les moyens d'envoyer une flotte de guerre et des troupes de cavalerie pour écraser le sultan, et d'autres soulignent que les républiques italiennes se soucient uniquement des routes commerciales terrestres et maritimes, qu'elles ont déjà conclu des accords avec le sultan, et qu'il vaut mieux périr sous les flèches sarrasines que laisser le pape arriver jusqu'ici et s'attribuer le mérite de la victoire.

La parousie, la seconde venue du Christ, la fin des temps. Agata raconte qu'au monastère de Saint-Georges les supérieurs conservent un damier carré composé de cent quarante-quatre dalles, et qu'au décès d'un empereur ils gravent son nom dans la case appropriée. « Et il ne reste plus qu'une seule dalle libre. Dès que le nom de notre empereur y aura été inscrit, le damier sera rempli, et le cercle de l'Histoire refermé. »

Dans les flammes du foyer, Anna voit défiler des silhouettes pressées de soldats. Une main sur la boîte à opium camouflée sous sa robe, elle aide sa sœur à mettre la cuillère dans son bol, mais Maria renverse le bouillon avant d'avoir pu le porter à sa bouche.

Le lendemain matin, alors que les vingt brodeuses sont devant leur ouvrage, le domestique de Maître Kalapathes surgit dans l'escalier, cramoisi et hors d'haleine, avant de se ruer sur l'armoire des réserves ; il fourre dans une malle en cuir les fils d'or et d'argent, les perles et la soie, puis redescend précipitamment, sans prononcer un seul mot.

La veuve Théodora sort après lui, et les brodeuses observent la scène depuis les fenêtres : dans la cour, le portier charge un âne des rouleaux de soie emballés, ses bottes glissant dans la boue, tandis que la contremaîtresse adresse au domestique des paroles qu'elles n'entendent pas. Celui-ci s'éloigne en hâte, et Théodora remonte alors dans l'atelier, le visage trempé de pluie et la robe crottée, en donnant ordre de poursuivre le travail. Elle commande à Anna de ramasser les épingles que le domestique a éparpillées au sol, mais toutes ont bien compris que leur maître est en train de les abandonner.

À midi, des crieurs à cheval parcourent les rues, annonçant que les portes de la ville seront fermées dès le coucher du soleil. Une chaîne défensive est tendue en travers du port et fixée au mur de Galata, à l'embouchure du Bosphore. Large comme la taille d'un homme et équipée de flotteurs, elle est censée prévenir une attaque navale par la Corne d'or, du côté nord. Anna imagine Kalapathes penché sur le pont d'un navire génois, inventoriant fébrilement le contenu de ses malles tandis que la ville s'éloigne derrière lui. Elle voit Himerius se tenir pieds nus au milieu des pêcheurs tandis que les amiraux les passent en revue. Sa manière de se coiffer, le couteau à manche de cuir calé sous sa ceinture – il fait tout son possible pour simuler l'expérience et l'audace, mais dans le fond ce n'est qu'un gamin dégingandé aux gros yeux globuleux qui n'a qu'un manteau rapiécé pour se protéger de la pluie.

Au milieu de l'après-midi, les brodeuses qui ont mari et enfants ont déjà fui l'atelier. Venus de la rue : martèlement de sabots, clapot des flaques sous les roues, cris des charretiers. Anna regarde sa sœur s'appliquer sur son capuchon en soie, les yeux plissés. La voix du grand scribe résonne dans sa mémoire : *L'arche s'est brisée sur les écueils, petite. Et elle prend l'eau de toutes parts.*

Omeir

Tous observent les cieux chamboulés, et l'inquiétude ne cesse de croître. Quand ils s'expriment tout haut, les conducteurs soutiennent que le sultan est patient et généreux, qu'il a conscience de ce qu'il a exigé d'eux et comprend, dans sa grande sagesse, que la bombarde arrivera sur le champ de bataille au moment le plus opportun. Cependant, Omeir devine qu'après ces efforts démesurés une agitation silencieuse parcourt les rangs. Un orage chasse l'autre ; les fouets claquent ; les rancœurs couvent. Parfois, il sent les regards posés sur lui ouvertement soupçonneux, si bien qu'il a pris l'habitude de s'éloigner du feu pour se réfugier dans l'ombre.

Franchir une pente peut prendre la journée entière, mais ce sont les descentes qui causent le plus d'ennuis. Freins cassés, essieux tordus, beuglements terrifiés des bêtes en détresse ; à plusieurs reprises, la rupture d'une section de l'axe articulé jette un bœuf à genoux, et, à intervalles de quelques jours, un nouvel animal est abattu et débité. Omeir se répète que ce qu'ils font est juste – le labeur épuisant, toutes ces vies mises à contribution pour le transport du canon. Une campagne nécessaire, l'accomplissement de la volonté divine. Mais à certains moments, la nostalgie le submerge sans prévenir : une bouffée de fumée âcre, le hennissement d'un cheval dans la nuit, et il est transporté là-bas : les arbres qui s'égouttent, le babil de la rivière. Mère en train de clarifier la cire au-dessus du foyer. Le chant de Nida au milieu des fougères. Grand-père avec son arthrite et ses deux orteils en moins, qui clopine vers l'étable dans ses socques de bois.

Nida avait demandé un jour : « Comment va-t-il faire pour se trouver une femme ? Avec une tête pareille ? » Et Grand-père de répliquer : « Ce n'est pas sa tête qui les arrêtera. C'est plutôt l'odeur de ses pieds. » Empoignant un des pieds d'Omeir, il l'avait approché de son nez pour le renifler longuement, tous avaient éclaté de rire, et Grand-père avait étreint très fort le garçon.

Au bout de dix-huit jours de marche, les cerclages de fer qui maintenaient le monstrueux canon sur le chariot se brisent en partie, et l'engin dégringole. Une rumeur de mécontentement s'élève. Le tube de vingt tonnes brille dans la terre argileuse, outil abandonné par les dieux.

Et pour ne rien arranger, la pluie commence à tomber. Durant tout l'après-midi, les hommes travaillent à hisser le canon sur le plateau et à ramener le chariot sur la route, et, ce soir-là, les hommes de Dieu circulent entre les foyers pour tenter de regonfler le moral des troupes. Cette ville, disent-ils, n'est même pas capable d'élever des chevaux, elle est obligée de nous en acheter. Ses habitants se prélassent la journée entière sur des divans de velours ; tout ce qu'ils apprennent à leurs chiens minuscules, c'est à folâtrer en se léchant mutuellement les parties génitales. Le siège, ajoutent-ils, va bientôt débuter, et l'arme qu'ils transportent leur assurera la victoire, fera jouer en leur faveur les rouages du destin. Grâce à leurs efforts, prendre cette ville sera plus simple qu'écaler un œuf. Plus simple que retirer un cheveu d'une écuelle de lait.

La fumée monte vers le ciel. Alors que les hommes s'assoupissent, Omeir ressent une pointe d'appréhension. Il découvre Clair-de-Lune à la lisière des flammes, en train de tirer sur son licol.

« Qu'est-ce qui ne va pas ? »

L'animal le guide vers son jumeau qui paraît tout bancal sur ses pattes arrière, seul sous un arbre.

Le sultan l'a peut-être voulu, Dieu l'a peut-être décrété, mais acheminer un objet aussi lourd sur une distance pareille relève quasiment de l'impossible. Au cours des derniers kilomètres, les bœufs de l'attelage semblent s'enfoncer un peu plus sous terre à chaque pas – on croirait que leur voyage, au lieu de les mener à la Reine des Villes, les entraîne sur une pente qui plonge vers l'autre monde.

Malgré le soin qu'Omeir prend de ses bêtes, Arbre, au terme du périple, rechigne à forcer sur sa patte arrière gauche, tandis que Clair-de-Lune peine à lever la tête : les deux frères ne semblent persévérer que pour contenter Omeir, comme s'ils ne se souciaient plus que de satisfaire cette unique requête, si obscure fût-elle, parce que le garçon en a décidé ainsi.

Il marche à leurs côtés, les yeux pleins de larmes.

La deuxième semaine d'avril, ils atteignent les campagnes qui bordent les murailles terrestres de Constantinople. Les trompettes retentissent, des acclamations fusent, la foule se presse pour tâcher d'apercevoir le canon faramineux. Au fil de ses rêveries, Omeir a imaginé différentes versions de la ville : en haut, des démons aux pattes griffues arpentant les courtines, en bas, des créatures infernales traînant leurs chaînes ; mais lorsqu'il la contemple pour la première fois, au débouché d'un ultime virage, il en a le souffle coupé. Devant lui s'étend une vaste friche encombrée de tentes, de matériel, de bêtes, de foyers et de soldats arrêtés par une douve aussi large qu'une rivière. De l'autre côté du fossé, au-delà d'un léger escarpement, les murailles s'étirent dans les deux sens, pareilles à une succession de falaises muettes et inattaquables.

Dans cette étrange clarté nébuleuse, sous le ciel gris et bas, les remparts paraissent sans fin et sans couleur, comme s'ils protégeaient une cité faite d'ossements. Même avec leur canon, comment pourraient-ils percer un tel obstacle ? Ils ne seront que des puces sautant dans l'œil d'un éléphant. Des fourmis au pied d'une montagne.

Anna

En même temps que des centaines d'autres enfants, Anna est réquisitionnée pour consolider les pans de muraille endommagés. Charriant des dalles, des pavés, et même des pierres tombales, ils vont les remettre aux maçons qui les fixent avec du mortier. On dirait qu'on démantèle la ville pour bâtir une enceinte infinie.

Elle passe ses journées à soulever des pierres et à transporter des seaux ; parmi les maçons perchés sur les échafaudages, elle reconnaît un boulanger et deux pêcheurs. Nul ne prononce à voix haute le nom du sultan, comme si parler de lui pouvait suffire à faire apparaître son armée dans la ville. Un après-midi, un vent aigre se lève, un moutonnement de nuages engloutit le soleil, et cette journée de printemps devient aussi âpre qu'une nuit d'hiver. Au-dessus d'eux, le long des remparts, des moines pieds nus promènent une châsse derrière un porteur de croix, psalmodiant sourdement une lugubre mélopée. Lequel des deux, songe Anna, contribuera le mieux à repousser l'envahisseur : le mortier ou la prière ?

Le soir du 2 avril, alors que les enfants rentrent chez eux, affamés et transis de froid, Anna décide de se rendre à la vieille tour de guet en passant par les vergers de la Cinquième Porte militaire.

La poterne est bien là, à demi obstruée de débris. L'escalier tourne six fois, et elle parvient au sommet. Elle écarte quelques rameaux de lierre flottant : la fresque de la cité d'argent et de bronze est toujours suspendue dans les nuages, s'écaillant petit à petit. Anna, sur la pointe des pieds, tend la main pour toucher l'âne éternellement bloqué du mauvais côté de la mer, puis elle sort en se faufilant par la meurtrière placée à l'ouest.

Et ce qu'elle découvre derrière la muraille extérieure, au-delà des douves, lui glace le sang. Les bosquets et les vergers qu'elle a traversés avec Maria pour se rendre à Sainte-Marie-de-la-Source à peine un mois auparavant ont été abattus pour laisser place à une immense friche, délimitée par des pieux en bois que l'on a taillés et fichés en terre comme les dents de peignes géants. Après les rangées de pointes et les palissades, qui s'étendent à perte de vue dans les deux sens, une seconde ville se déploie, entourant la première comme un halo.

Les tentes des Sarrasins claquent au vent par milliers. Des feux de camp et des chameaux, des chevaux et des chariots, un maelstrom indistinct de poussière et d'hommes au loin, en telles quantités qu'elle ne serait même pas capable de les compter. Quels étaient les mots de Licinius quand il décrivait les armées grecques rassemblées devant Troie ?

> *Jamais on n'a vu attaquer armée aussi nombreuse :*
> *Tels les feuilles d'automne et le sable des tempêtes,*
> *Les sombres bataillons déferlaient sur la grève.*

Le vent tourne, ravivant les flammes de mille foyers, d'innombrables bannières s'agitent au bout de leurs hampes, et Anna a la bouche sèche. À supposer que quelqu'un parvienne à s'éclipser par une des portes et tente de s'enfuir, comment pourrait-il se frayer un chemin là-dedans ?

Les paroles de Théodora s'échappent d'un recoin de sa mémoire : *Nous avons provoqué le Seigneur, mon enfant, et maintenant il va ouvrir la terre sous nos pieds.* Anna prie sainte Koralia de lui adresser un signe s'il demeure le moindre espoir, elle regarde la scène en tremblant, le vent souffle, les étoiles sont absentes, et aucun signe ne se manifeste à elle.

Le maître a pris la fuite, le gardien est parti. La barre est mise sur la porte de Théodora. Anna prend une chandelle dans la réserve de l'arrière-cuisine – à qui appartiennent-elles, désormais ? – et l'allume au feu de la cheminée avant de rejoindre la cellule où Maria est allongée contre le mur, aussi mince qu'une aiguille. Toute sa vie, elle a été incitée à croire – et elle s'y est efforcée, elle en a eu la volonté – que si quelqu'un souffrait suffisamment et travaillait assez longtemps, il s'en irait à la fin vers un monde meilleur, tel Ulysse s'échouant sur la côte du royaume d'Alkinoos le généreux. À croire que nous étions rachetés par nos peines, que la mort nous faisait entrer dans une vie nouvelle. Et que c'était peut-être la chose la plus facile, finalement. Mais Anna est fatiguée de souffrir. Et puis elle n'est pas prête à mourir.

La statuette en bois de sainte Koralia la regarde depuis sa niche, deux doigts levés. Son foulard sur la tête, elle cherche à la lumière vacillante de la flamme le sac caché sous la paillasse et en tire les liasses de feuillets gondolés qu'elle a rapportées quelques jours plus tôt avec Himerius. Registres de récoltes, registres de taxes… et enfin le petit codex brun tout taché, relié en cuir de chèvre.

La couverture porte des auréoles d'humidité ; les bordures des folios sont mouchetées de noir. Cependant, le cœur d'Anna fait un bond quand elle découvre l'écriture dont ils sont remplis : soignée, inclinée vers la gauche comme si elle penchait sous le vent. Une histoire de nièce malade et d'hommes courant le monde sous l'apparence de bêtes.

Sur le folio suivant :

… un palais aux tours dorées s'étageant au milieu des nuées, entouré de faucons, de chevaliers gambettes, de

cailles, de gélinottes et de coucous, où des rivières de soupe jaillissaient du bec des fontaines…

Elle continue de feuilleter le livre.

… ce poil qui pousse sur mes jambes – ce ne sont pas des plumes ! Et ma bouche – je n'y reconnais pas un bec ! Et là, ce ne sont pas des ailes, mais des sabots !

Une douzaine de pages plus loin :

… je franchis des cols de montagne, rencontrai des forêts pleines de gisements d'ambre et titubai sur des pentes verglacées, jusqu'à atteindre les confins glacés du monde, où le soir du solstice, les hommes perdirent le soleil pour quarante jours, et se lamentèrent jusqu'à ce que des messagers envoyés sur les crêtes aperçoivent la lumière qui revenait…

Maria gémit dans son sommeil. Anna est parcourue de frissons, sidérée par la familiarité de ce qu'elle vient de lire. Une cité dans les nuages. Un âne devant la mer. Un récit qui contient la totalité du monde. Et même les mystères qui se trouvent au-delà.

NEUF

LES CONFINS GLACÉS DU MONDE

La Cité des nuages et des oiseaux, d'Antoine Diogène, Folio I

Plusieurs feuillets ayant été perdus, on ne sait pas précisément comment Aethon parvient à échapper à la roue du meunier. Dans certaines des versions qui circulent, l'âne est vendu à une secte de moines itinérants. Traduction de Zeno Ninis.

… ces brutes m'entraînèrent toujours plus loin vers le nord, jusqu'à ce que le paysage soit tout recouvert de blanc. Les maisons avaient été bâties avec des ossements de griffons, et le froid était si vif que, lorsque les sauvageons velus prenaient la parole, les mots se pétrifiaient dans l'air, et leurs compagnons devaient attendre le printemps pour comprendre ce qu'ils avaient voulu dire.

Le froid mordait mes sabots, ma carcasse et même la moelle de mes os, et j'évoquais bien souvent les souvenirs de mon pays, qui n'était plus un trou boueux mais un vrai paradis tout bourdonnant d'abeilles où le bétail trottinait joyeusement dans les prés, et où je partageais le vin avec mes amis bergers sous l'œil de l'étoile du soir.

Une nuit – dans ces contrées, les nuits duraient quarante jours –, les hommes allumèrent un grand feu et se mirent à danser, et tandis qu'ils entraient en transe, je grignotai ma corde pour me libérer. J'errai ensuite des semaines entières, seul dans l'obscurité piquetée d'étoiles, pour atteindre finalement les confins du monde.

Le ciel était aussi noir que les ténèbres d'une crypte, des vaisseaux de glace bleutés allaient et venaient sur l'Océan, et je crus voir nager sous les eaux paresseuses des créatures visqueuses aux yeux énormes. Je priai pour être changé en oiseau, un aigle vaillant ou une chouette splendide, mais les dieux restèrent muets. Alors que j'arpentais le rivage à petits pas, exposé aux rayons livides de la lune, je persistais à espérer…

CORÉE

1952-1953

Zeno

L'hiver, des stalagmites d'urine solidifiée s'échappent des latrines. La rivière est couverte de glace, les Chinois cessent de chauffer certains baraquements, et on regroupe les Américains avec les Anglais. Si Blewitt s'en plaint, soulignant qu'ils sont déjà serrés comme des sardines, Zeno regarde entrer, tout excité, la file des prisonniers britanniques. Ses yeux croisent ceux de Rex, bientôt leurs deux paillasses se retrouvent côte à côte, poussées contre le mur, et il s'éveille chaque matin avec la perspective de sentir Rex à portée de sa main, et la certitude qu'ils n'ont nulle part où aller.

Tous les jours, alors qu'ils montent dans les collines gelées pour couper le bois qu'ils rapporteront au camp, Rex lui offre le cadeau d'une nouvelle leçon.

Γράφω, *graphô*, gratter, dessiner, écrire : la racine qu'on retrouve dans calligraphie, géographie, photographie.

Φωνή, *phônê*, son, voix, langue : la racine qui a donné symphonie, saxophone, microphone, mégaphone, téléphone.

Θεός, *theós* : un dieu.

« Gratte jusqu'à l'os les mots que tu connais déjà, lui conseille Rex, et tu verras que, bien souvent, le grec ancien te fait signe depuis le fond du creuset. »

Ce n'est pas tout le monde qui s'exprime ainsi. Zeno continue à le lorgner en douce : sa bouche, ses cheveux, ses mains. Regarder cet homme donne le même plaisir que contempler un feu.

La dysenterie frappe Zeno et tous les autres. À peine revenu des latrines, il lui faut demander la permission d'y retourner. Blewitt est prêt à le transporter à l'hôpital militaire, mais celui-ci n'est qu'une vulgaire remise où de prétendus médecins charcutent les prisonniers pour glisser sous leurs côtes des foies de poulet censés les « guérir » ; Zeno aime autant mourir sur place, comme ça Blewitt pourra récupérer ses chaussettes.

Il devient si faible qu'il n'arrive même plus à se rendre aux toilettes. Dans les pires moments, il se recroqueville sur sa paillasse, paralysé par le béribéri, et se croit toujours à Lakeport, enfant de huit ans qui grelotte sur le lac gelé dans ses souliers de cérémonie, s'enfonçant pas à pas dans le cyclone blanc. Un peu plus loin, il aperçoit une cité festonnée de tours qui frémit et vacille devant ses yeux. Il lui suffit d'avancer, et il atteindra ses portes. Mais chaque fois qu'il s'y efforce, Athéna le tire en arrière.

Parfois, il recouvre sa lucidité assez longtemps pour constater que Blewitt est près de lui, en train de lui fourrer de la bouillie dans la bouche. « N'y pense même pas, mec. Tu vas pas claquer en me laissant ici. » D'autres fois, c'est Rex qui s'assied à ses côtés et lui éponge le front. Ses lunettes ont été rafistolées avec du fil de fer rouillé ; du bout de l'ongle, il inscrit sur la surface givrée du mur un vers en grec ancien, comme s'il traçait des glyphes mystérieux pour mettre les voleurs en fuite.

Dès qu'il est en état de marcher, Zeno est de nouveau affecté au ramassage du bois. Certains jours, il a tout juste la force de charrier son fardeau sur quelques mètres avant de devoir le reposer au sol. Rex s'accroupit près de lui et écrit sur un tronc d'arbre, à l'aide d'un morceau de charbon : Ἀλφάβητος.

A égale ἄλφα égale alpha : une tête de bœuf à l'envers. B égale βῆτα égale bêta : il ressemble au plan de niveau d'une maison. Ω égale ὦ μέγα égale oméga, le O majuscule : la bouche immense d'une baleine avalant toutes les lettres qui la précèdent.

« Alphabet, dit Zeno.

– Très bien. Et ceci ? »

Rex écrit : ὁ νόστος.

Zeno fouille dans les tiroirs de son esprit.

« *Nostos.*

– *Nostos*, c'est bien ça. Le fait de retrouver son foyer, de rentrer chez soi sain et sauf. Évidemment, il est toujours risqué de chercher une équivalence entre un mot grec et un mot anglais. *Nostos* désigne aussi un chant qui parle du retour au foyer. »

Zeno se lève pour reprendre sa charge, la tête lui tourne. Rex range dans sa poche le morceau de charbon.

« À une époque où la maladie, la guerre et la famine étaient un tourment quasi permanent, et où beaucoup connaissaient une fin précoce, engloutis par la terre ou la mer, ou simplement effacés, disparus pour toujours sans qu'on sache ce qu'il était advenu d'eux… » Son regard balaie les champs gelés à l'horizon et s'arrête sur les constructions basses du Camp n° 5. « Imagine ce qu'on pouvait éprouver en entendant ces chants anciens sur le retour des héros. En se disant que c'était possible. »

Plus bas, sur la couche de glace de la rivière Yalu, le vent remue d'amples tourbillons de neige. Rex se blottit sous sa veste.

« Le principal, ce n'est pas le contenu du chant, mais le fait que le chant ait perduré. »

Singulier et pluriel, racines des substantifs et conjugaisons. La passion de Rex pour le grec ancien les aide à traverser les heures les plus sombres. Un soir de février après la tombée de la nuit, alors qu'ils se serrent près du feu, Rex trace deux vers d'Homère avec son morceau de charbon et fait passer la planchette à Zeno :

τὸν δὲ θεοὶ μὲν τεῦξαν, ἐπεκλώσαντο δ'ὄλεθρον
ἀνθρώποις, ἵνα ᾖσι καὶ ἐσσομένοισιν ἀοιδή

Par les interstices des murs, on voit les étoiles suspendues au-dessus des monts. Zeno sent le courant d'air froid dans son dos, la légère pression du corps de Rex contre le sien : ils sont presque réduits à l'état de squelettes.

θεοὶ signifie les dieux, nominatif pluriel.

ἐπεκλώσαντο veut dire tisser, aoriste de l'indicatif.

ἀνθρώποις veut dire hommes, datif pluriel.

Zeno reprend son souffle, le feu crachote, les murs du baraquement se dissolvent, et dans un recoin de son esprit inaccessible à la douleur, à la faim et aux gardiens du camp, le sens du vers grec se dessine, franchissant les siècles.

Ainsi font les dieux, dit-il, *ils tissent les fils du désastre à l'étoffe de nos vies, afin d'inspirer un chant pour les générations à venir.*

Rex consulte sa planchette, puis dévisage Zeno avant de revenir à la phrase grecque.

« C'est excellent. Merde, c'est carrément excellent. »

LAKEPORT, IDAHO

2014

Seymour

Seymour a onze ans, c'est le dernier lundi du mois d'août, et au moment où il rentre de la bibliothèque, il aperçoit une forme brune sur le bas-côté de Cross Road, juste avant qu'elle coupe Arcady Lane. Au même endroit, il a déjà trouvé à deux reprises des ratons laveurs écrasés. Et même un coyote, une fois.

Une aile. L'aile sectionnée d'une chouette cendrée, avec ses rectrices duveteuses et ses pennes brun et blanc. Un fragment de clavicule est resté attaché à l'articulation, d'où pendillent quelques tendons.

Une Honda passe en trombe. Seymour inspecte la voie du regard et fouille dans les herbes du bas-côté, cherchant le reste du corps de l'oiseau. Dans le fossé, il découvre une canette sur laquelle on peut lire : *Übermonster Energy Brew*. Et c'est tout.

De retour chez lui, il se plante dans l'allée, son sac sur le dos, l'aile serrée contre sa poitrine. Le pavillon témoin est quasiment achevé dans le lotissement d'Eden's Gate, et quatre autres maisons sont déjà en construction. Une ferme de toit se balance en haut d'une grue pendant que deux charpentiers s'affairent au-dessous. Le ciel se couvre, un éclair illumine le ciel et, l'espace d'un instant, Seymour voit la Terre comme s'il se trouvait à un million de kilomètres, simple particule filant à toute allure dans un vide écrasant et stérile, et quand il atterrit de nouveau dans l'allée, il n'y a ni éclairs ni nuages : le ciel est tout bleu, les artisans sont en train de poser la ferme, et leurs pistolets à clous claquent en rythme.

Bunny est partie travailler, mais elle a laissé la télévision allumée. À l'écran, un couple de personnes âgées se dirige vers un bateau de croisière en tirant ses valises à roulettes. Ils boivent du champagne en trinquant, jouent aux machines à sous. *Ha ha ha,* font-ils, *ha ha ha.* Leurs dents sont d'une blancheur excessive.

L'aile coupée a une odeur de vieil oreiller. Sur ses pennes, les nuances de marron, de beige et de crème sont d'une complexité renversante. Pour 27 027 Américains, une seule chouette cendrée. Pour 27 027 Seymour, un seul Ami-Fidèle.

L'oiseau était sans doute en quête d'une proie, perché dans un des pins de Douglas qui bordent Cross Road. Une souris, probablement, qui a dû se faufiler jusqu'au bord de la voie, le museau frémissant, les battements de son cœur se signalant à l'oreille extraordinaire du rapace comme une bouée lumineuse.

La souris s'est engagée dans la rivière d'asphalte ; la chouette a déployé ses ailes pour descendre en piqué. Pendant ce temps, un véhicule fonçait sur la route, roulant vers l'ouest et trouant l'obscurité de ses phares, à une vitesse défiant les lois de la nature.

Ami-Fidèle qui savait écouter et dont la voix était si claire, d'une beauté si pure. Ami-Fidèle qui finissait toujours par revenir.

Sur l'écran de télévision, le bateau de croisière explose.

La nuit est tombée depuis longtemps quand il entend la Grand Am de sa mère, la clé qui tourne dans la serrure. Elle vient le rejoindre dans sa chambre, entourée d'odeurs d'eau de javel et de sirop d'érable. Il la regarde ramasser l'aile de la chouette.

« Oh, mon opossum. Je suis vraiment désolée.

– Il faudra que quelqu'un paie », dit Seymour.

Elle fait un geste pour toucher son front, mais il se roule en boule contre le mur.

« Quelqu'un doit aller en prison. »

Tout son corps se raidit lorsqu'elle pose la main dans son dos. À travers les murs, à travers les fenêtres fermées, il entend la circulation sur Cross Road, l'infatigable, la terrible machinerie humaine qui continue de tourner bruyamment.

« Tu veux que je reste à la maison demain ? Je peux leur dire que je suis malade. On se ferait des gaufres, qu'est-ce que tu en dis ? »

Il enfouit son visage dans l'oreiller. Cinq mois auparavant, le coteau derrière le fil de fer abritait des écureuils roux des moissons pied-blanc des musaraignes pygmées des couleuvres rayées des pics mineurs des machaons des lichens tue-loup des fleurs de mimule bleue dix mille campagnols cinq millions de fourmis. Et maintenant, que reste-t-il ?

« Seymour ? »

Elle lui a dit un jour qu'Ami-Fidèle pouvait se réfugier plus au nord, qu'il existait au moins vingt lieux à même de l'accueillir. Des forêts plus vastes où il serait encore mieux. Avec des tonnes de campagnols, d'après elle. Davantage de campagnols que de cheveux sur la tête de Seymour. Mais elle lui a raconté des histoires. Sans même lever la tête, il attrape son casque et le met sur ses oreilles.

Le lendemain matin, Bunny va travailler. Seymour enterre l'aile de la chouette près du rocher en forme d'œuf, puis décore la tombe de petits cailloux.

Sous l'établi de Pawpaw dans la remise à outils, dissimulée par trois caisses d'huile pour moteur et un panneau de contreplaqué, se trouve une cache protégée par de la toile imperméable, que Seymour a découverte quelques années plus tôt. Elle renferme une trentaine de prospectus jaunis sur lesquels on peut lire MILICE POUR LA LIBERTÉ DE L'IDAHO, deux boîtes de munitions, un pistolet Beretta noir et une caisse à poignées de corde qui porte une inscription au pochoir : GRENADES À FRAGMENTATION M67 25.

Un pied planté de chaque côté de l'ouverture, Seymour se penche pour saisir une des poignées et remonte la caisse. Avec la pointe d'un tournevis, il fait sauter le couvercle. À l'intérieur, un plateau à vingt-cinq alvéoles et, nichée dans chaque emplacement, une grenade à main goupillée, peinte en vert kaki.

Sur l'écran d'un des ordinateurs de la bibliothèque, un vieux briscard grisonnant, affligé d'un nez affreusement rouge, expose le mode de fonctionnement d'une grenade M67. Deux cents grammes de charge hautement explosive. Un délai de quatre à cinq secondes entre l'amorçage et la détonation. Un rayon d'action de cinq mètres. « Une fois qu'elle est dégoupillée, précise l'homme, le ressort intérieur pousse la cuillère, activant le percuteur qui vient frapper l'amorce. Celle-ci déclenche alors le détonateur… »

Marian passe devant lui en souriant ; Seymour cache l'intitulé de sa recherche jusqu'à ce qu'elle se soit éloignée.

L'homme se tient derrière une palissade, il dégoupille la grenade avant de la lancer. De l'autre côté de la barrière, une gerbe de terre pulvérisée monte vers le ciel.

Seymour visionne la vidéo une seconde fois.

Comme tous les mercredis, Bunny enchaîne deux services au Pig N'Pancake et ne rentre pas avant onze heures du soir. Elle a laissé une barquette de macaronis au réfrigérateur, accompagnée du message habituel : *Tout va bien se passer.* Seymour reste assis tout l'après-midi à la table de la cuisine, tenant sur les genoux une grenade à fragmentation vieille de quarante ans.

Le dernier camion quitte Eden's Gate vers dix-neuf heures. Son casque sur les oreilles, Seymour sort par le jardin, se glisse à travers la clôture en bois toute neuve et traverse les terrains encore inoccupés, la grenade au fond de sa poche. Le gazon que l'on vient d'étendre derrière le pavillon témoin émet une lueur verdâtre, maléfique. Deux maisons en construction encadrent la parcelle, leur porte d'entrée est déjà installée mais il y manque la poignée et la serrure.

Devant chacune, un panneau du promoteur avec sa pile de prospectus dans une boîte transparente. *Lakeport, le mode de vie dont vous avez toujours rêvé.* Seymour porte son choix sur la maison de gauche.

Dans la future cuisine, il n'y a pour l'instant que les emplacements des placards. Depuis une fenêtre de l'étage dont la vitre est toujours couverte d'étiquettes et de film plastique, il regarde au-dehors à travers les branches des rares pins qui demeurent dans la clairière d'Ami-Fidèle, là où se dressait autrefois son arbre.

Pas de camions en vue. Pas de musique ni d'éclats de voix. Dans le ciel qui vire au noir, le sillage d'un avion solitaire traverse un quartier de lune.

Seymour redescend au rez-de-chaussée, force la porte d'entrée avec le bout d'une planche puis sort sur le trottoir nouvellement aménagé ; il porte un short et un sweat-shirt, son casque est plaqué sur ses oreilles et il tient une grenade dans sa main.

Ces terres ne nous appartiennent pas. Ils peuvent en faire ce qui leur plaît.

Les forêts sont encore mieux, là-bas, plus grandes qu'ici. Ta chouette n'aura que l'embarras du choix.

Retenant son souffle, il glisse l'index dans l'anneau de sécurité ; il lui suffirait de tirer dessus pour dégoupiller l'engin. Il se voit lancer la grenade dans la maison : la façade fracassée, la porte arrachée de ses gonds, les vitres qui explosent, l'onde de choc qui ébranle Lakeport pour se propager dans les montagnes et parvenir finalement aux oreilles d'Ami-Fidèle, dans l'arbre mort mystique où se perchent les chouettes fantômes privées d'une aile, clignant des yeux face à l'éternité.

Il n'y a plus qu'à dégoupiller la grenade.

Ses genoux tremblent, son cœur s'emballe, mais son doigt refuse de bouger. Il se remémore la vidéo : le bruit sourd de l'impact, la gerbe de terre qui jaillit. Cinq six sept huit. Tu dégoupilles.

Mais il n'y arrive pas. Il tient à peine sur ses jambes. Son doigt se retire de l'anneau. La lune est toujours dans le ciel, mais elle peut tomber d'une seconde à l'autre.

L'ARGOS

ANNÉE DE MISSION 64

Konstance

Le groupe des douze-treize ans a préparé des exposés. Ramón décrit les biosignatures gazeuses identifiées dans l'atmosphère de Beta Oph2, Jessi Ko présente des hypothèses sur l'existence de microclimats dans les prairies de ses zones tempérées. C'est Konstance qui intervient en dernier. Un livre sorti du deuxième niveau de la Bibliothèque vole dans sa direction et s'ouvre en se posant au sol, révélant entre ses pages une tige de deux mètres de long dont la fleur s'incline vers la terre.

Ses compagnons semblent déçus.

« Ceci est un perce-neige, annonce Konstance. De toutes petites fleurs qui s'épanouissent sur Terre par temps froid. J'ai découvert dans l'Atlas deux endroits où elles sont si nombreuses qu'elles peuvent recouvrir de blanc toute la surface d'un champ. » Elle agite les bras, comme pour faire apparaître des tapis de perce-neiges venus des coins de la Bibliothèque. « Sur Terre, chaque perce-neige pouvait produire des centaines de graines minuscules, qui possédaient chacune une petite excroissance charnue nommée élaïosome. Les fourmis en raffolaient et…

– Konstance, coupe Mrs Chen, ton exposé était censé porter sur les marqueurs biogéographiques de Beta Oph2.

– Et pas sur des fleurs mortes à des millions et des millions de kilomètres de nous », complète Ramón.

Les autres éclatent de rire, mais Konstance poursuit : « Les fourmis emportaient les graines dans leurs fourmilières et les débarrassaient de l'élaïosome, dont elles se nourrissaient. Ainsi, le perce-neige procurait un festin aux fourmis pendant la saison la plus difficile, et les fourmis aidaient à la germination de nouvelles graines ; on appelle cela le mutualisme, un processus… »

Mrs Chen avance d'un pas en tapant dans ses mains, la fleur disparaît et le livre s'envole.

« On s'arrête là, Konstance, je te remercie. »

Le Deuxième Repas se compose de steak reconstitué et de ciboulette issue de la Ferme #2. Le visage de Mère est plissé par l'inquiétude. « Tu passes ton temps dans cet Atlas poussiéreux, et en plus tu recommences à parler de fourmis ? Je n'aime pas ça, Konstance, nous avons pour consigne d'aller de l'avant, tu ne veux quand même pas finir comme… »

Konstance soupire, se préparant à entendre encore une fois son récit édifiant sur Elliot Fischenbacher le Dingue, qui, après sa Journée-Bibliothèque, n'avait plus voulu quitter son Pérambulateur, ni le jour ni la nuit, délaissant ses études et violant tous les protocoles en vigueur pour déambuler seul dans l'Atlas, jusqu'à détruire d'abord ses pieds, et ensuite sa santé mentale – selon la version de Mère. Sybil limita son accès à la Bibliothèque, les adultes lui confisquèrent sa Visionneuse, mais Elliot réussit à dévisser une équerre d'une des étagères de la cuisine et passa plusieurs nuits à essayer de fendre une des parois du vaisseau, lacérant la peau de l'*Argos* et mettant en péril l'ensemble de la mission. Heureusement, précise toujours Mère, Elliot Fischenbacher a été maîtrisé avant d'avoir pu atteindre la dernière strate de la paroi, et confiné dans la cabine familiale ; cependant, il s'est arrangé pour réunir petit à petit une dose mortelle de Somni-pastilles, et, après sa mort, son corps a été éjecté sans cérémonie à travers le sas. Plus d'une fois, Mère lui a montré la réparation au titane dans la coursive, entre les Sanitaires #2 et #3, à l'endroit où Elliot Fischenbacher le Dingue avait tenté de s'ouvrir un passage, manquant tuer la totalité des passagers.

Mais Konstance ne l'écoute plus. À l'autre bout de la table, un adolescent nommé Ezekiel Lee, un garçon paisible à peine plus âgé qu'elle, est en train de gémir, les poings pressés sur ses paupières. Il n'a pas touché à son assiette. Son visage est d'une pâleur anormale.

Assis à sa gauche, le Dr Pori, leur professeur de mathématiques, lui tapote l'épaule.

« Zeke ?

– Son travail scolaire l'a fatigué, c'est tout », répond sa mère.

Mais Konstance a l'impression qu'il est bien au-delà de la fatigue.

Père fait son entrée dans l'Espace communautaire, des fragments de compost collés à ses sourcils.

« Tu as raté la réunion avec Mrs Chen, lui dit Mère. Et tu as de la terre sur le visage.

– J'en suis bien désolé », fait Père en détachant de sa barbe une feuille qu'il fourre dans sa bouche. Il adresse un clin d'œil à Konstance, qui lui demande alors :

« Dis-moi, Père, comment se porte notre petit pin, aujourd'hui ?

– Il est bien parti pour crever le plafond avant tes vingt ans. »

Pendant qu'ils mangent leurs steaks, Mère oriente la discussion sur une voie plus constructive : sa fille pourrait éprouver davantage de fierté à se savoir intégrée à un projet de cette envergure ; les passagers de l'*Argos* représentent l'avenir de l'espèce humaine, ils incarnent l'espoir, la découverte, le courage et la résistance, élargissent le champ des possibles, conduisent vers une nouvelle aurore les savoirs accumulés par l'humanité, et, en attendant, pourquoi ne passe-t-elle pas plus de temps en sa compagnie dans la section Jeux ? Rainforest Run, par exemple, dans lequel on frappe des pièces flottantes avec une baguette incandescente, ou bien Corvi's

Paradox, excellent pour les réflexes – mais voilà qu'Ezekiel Lee se cogne le front contre la table.

« Sybil, demande Mrs Lee en se levant, quel est le problème d'Ezekiel ? »

Le garçon se redresse en gémissant et tombe de son tabouret.

Il y a des hoquets de surprise, puis quelqu'un demande ce qui se passe. Mère interpelle à son tour Sybil pendant que Mrs Lee cale la tête de son fils sur ses genoux, Père appelle le Dr Cha, et Ezekiel expulse un violent jet noir qui éclabousse sa mère.

Mère pousse un grand cri, Père écarte Konstance de la table. Mrs Lee a du vomi sur le cou et dans les cheveux, le Dr Pori en a sur les jambes de sa combinaison, tous abandonnent leur repas pour battre en retraite, l'air stupéfait, et au moment où Père entraîne Konstance dans le couloir, Sybil déclare : *Mise en place de la Quarantaine de niveau 1, tous les personnels non essentiels doivent immédiatement regagner leurs cabines.*

Dans la Cabine 17, Mère oblige Konstance à se désinfecter les bras jusqu'aux aisselles. À quatre reprises, elle sollicite Sybil pour qu'elle contrôle leurs paramètres vitaux.

Pouls et respiration réguliers. Tension artérielle normale.

Mère monte sur son Pérambulateur en allumant sa Visionneuse, et trois secondes plus tard elle parcourt la Bibliothèque pour un sondage express. Elle chuchote à l'oreille des gens : « … comment être sûr que ce n'est pas contagieux… ? » ; « … Sara Jane a tout stérilisé, au moins… ? » et « … que connaît le Dr Cha en dehors des naissances, d'un bras cassé, de quelques brûlures et de décès dus à l'âge ? »

Père étreint l'épaule de Konstance. « Tout va bien se passer. Retourne à la Bibliothèque finir ta journée de classe. »

Il sort discrètement de la cabine, et Konstance reste assise dos au mur pendant que Mère s'agite, le menton en avant et les sourcils froncés. La fillette s'approche de la porte et appuie sur le bouton.

« Sybil, pourquoi est-ce que la porte refuse de s'ouvrir ? »

Seuls les personnels essentiels sont autorisés à se déplacer dans l'immédiat.

Elle revoit Ezekiel grimacer face à la lumière et tomber de son tabouret. Père est-il en sécurité à l'extérieur ? Et ici même, est-elle en sûreté ?

Elle monte sur son propre Pérambulateur, près de celui de Mère, et allume sa Visionneuse.

Dans la Bibliothèque, des adultes gesticulent autour des tables tandis qu'une foule de documents remuent dans les airs comme un ouragan. Mrs Chen guide les adolescents vers une échelle qui les mène à une table du deuxième niveau et dépose au milieu un volume orange. Ramón, Jessi Ko, Omicron Philips et le jeune frère d'Ezekiel, Tayvon, regardent émerger de ses pages une femme de trente centimètres de haut, dont la combinaison bleue porte le mot ILIUM brodé sur la poitrine. *S'il vous arrive, à un moment de votre voyage, de devoir rester confinés dans vos cabines, n'oubliez pas de respecter votre programme habituel. Faites quotidiennement de l'exercice, prenez contact avec vos compagnons dans la Bibliothèque, et…*

« On a beau savoir que les gens peuvent vomir, dit Ramón, c'est autre chose de le voir pour de vrai. » Et Jessi Ko d'ajouter : « Il paraît que la Quarantaine de niveau 1 dure sept jours quoi qu'il advienne. » « La Quarantaine de niveau 2 dure deux mois », précise Omicron, et Konstance dit à Tayvon : « J'espère que ton frère va vite se remettre. » Tayvon fronce les sourcils comme s'il se concentrait sur un devoir de mathématiques.

Plus bas, Mrs Chen traverse l'atrium pour aller s'asseoir avec un groupe d'adultes entourés d'images en rotation : cellules, bactéries, virus.

« On va jouer à Ninefold Darkness », propose Ramón.

Ils gravissent tous les quatre l'échelle qui dessert la section Jeux, tandis que Konstance, après avoir contemplé une minute les voltiges des livres, prend un bout de papier dans la boîte au milieu de la table, écrit dessus le mot *Atlas* et l'insère dans la fente.

« La Thessalie », dit-elle.

Elle traverse l'atmosphère terrestre avant de se mettre à flotter au-dessus des montagnes rouille et vert olive du centre de la Grèce. Des routes se dessinent, le paysage est divisé en polygones par les murs, clôtures et haies, et un village familier commence à se préciser sous ses yeux : des murs de séparation en parpaings, des toitures en ardoise surplombées de parois rocheuses ; elle marche sur le revêtement craquelé d'une route de campagne du Pinde.

Des voies secondaires partent à droite et à gauche, se ramifiant en étroites pistes de terre battue qui dessinent un maillage complexe sur les hauteurs des collines. Elle croise une rangée de maisons bâties en bord de route – ici, les restes d'une voiture désossée ; là, un homme au visage flouté assis sur une chaise en plastique. Une plante d'intérieur s'étiole derrière une vitre ; un panneau est planté devant, frappé d'une tête de mort.

Konstance tourne à droite, suivant un itinéraire familier. Mrs Flowers avait raison, les autres enfants trouvent l'Atlas ridiculement obsolète. Ici, pas de sauts ou de tunnels comme dans les programmes plus élaborés de la section Jeux : on se contente de marcher. Voler, construire, se battre ou coopérer – rien de cela n'est possible ; on ne sent pas la boue adhérer à ses semelles, ni la pluie piqueter son visage ; on n'entend ni explosions ni cataractes ; et on s'écarte à peine des voies toutes tracées. À l'intérieur de l'Atlas, tout, à l'exception des routes, se révèle aussi inconsistant que l'air : les murs, les arbres, les gens. Le sol est le seul élément solide.

Et pourtant l'Atlas fascine Konstance ; elle ne s'en lasse pas. Se laisser tomber à la verticale pour atterrir à Taipei, dans les ruines du Bangladesh ou sur un chemin sableux d'une petite île cubaine, voir les images de ces humains au visage flouté, figés dans leurs vêtements démodés, le ballet des véhicules autour des ronds-points, les places et les bidonvilles, les pigeons, les gouttes de pluie, les bus, les soldats casqués saisis en plein mouvement, les fresques bombées sur les murs, les carcasses des sites de stockage de carbone, les camions militaires mangés par la rouille, les réservoirs à eau – tout est là, une planète entière contenue dans un serveur. Elle a une préférence pour les jardins : des manguiers qui se dressent vers le soleil ; une profusion de glycines sur la pergola d'un café en Serbie ; un lierre touffu qui s'agrippe au mur d'un verger de Syracuse.

Devant elle, une vieille femme en robe grise et bas noirs, immobilisée par l'objectif au milieu d'une pente raide, le dos courbé sous la chaleur et un masque respiratoire blanc sur le visage ; ce qu'elle transporte dans sa poussette pour bébé ressemble à des bouteilles d'eau. Konstance la traverse en fermant les yeux.

Une haute clôture, un muret, puis la route se réduit à un chemin tortueux qui se coule au milieu d'une végétation variée. Un ciel argenté chatoie au-dessus. Aux endroits où l'image est mal définie, des ombres et des formes inquiétantes se devinent derrière les arbres, et la piste devient toujours plus étroite en se rapprochant du sommet désolé et battu par le vent ; Konstance finit par atteindre le point limite de l'Atlas, les données s'arrêtent là et le chemin s'interrompt devant un pin de Bosnie massif qui mesure au moins vingt-cinq mètres de haut et tord ses branches vers le ciel, ancêtre de son arbrisseau planté dans la Ferme #4.

Elle s'arrête et reprend sa respiration ; elle est venue près de cet arbre une bonne douzaine de fois, à la recherche de quelque chose. À travers les branchages noueux, l'objectif a saisi une longue cavalcade de nuages, et le conifère s'accroche au versant comme s'il était là depuis le commencement des temps.

Hors d'haleine, elle transpire sur son Pérambulateur dans la Cabine 17 et se penche autant que possible pour toucher le tronc, mais le bout de ses doigts passe au travers et l'image se décompose en un flou granuleux. Une fille seule avec un pin vieux de plusieurs siècles dans les montagnes torrides de Thessalie, le Pays de la Magie.

Père entre dans la Cabine 17 juste avant l'Extinction, le visage couvert d'un masque respiratoire intégral à visière transparente ; sa lampe frontale lui donne l'air d'un cyclope. « Simple précaution », souffle-t-il d'une voix assourdie.

Alors que la porte se verrouille automatiquement derrière lui, il pose trois plateaux emballés sur la table de couture de Mère et retire son masque après s'être désinfecté les mains.

« Brocolis à la *cacciatore*. Sybil a décidé que toutes les cabines passaient au reconstitué, afin d'éviter les rassemblements à l'heure des repas. C'est peut-être notre dernier produit frais avant un bon moment. »

Mère se mordille les lèvres. Son visage est aussi blanc que les cloisons.

« Comment va Ezekiel ? »

Père secoue la tête.

« Est-ce que c'est contagieux ?

– Personne n'en sait rien pour l'instant. Le Dr Cha est avec lui.

– Pourquoi Sybil n'a-t-elle pas résolu le problème ? »

Je suis en train d'y travailler, dit Sybil.

« Travaille plus vite, alors. »

Père et Konstance mangent. Mère, assise sur sa couchette, ne touche pas à son plat. De nouveau, elle demande à Sybil de contrôler ses paramètres vitaux.

Pouls et respiration réguliers. Tension artérielle impeccable.

Père empile les plateaux près de la porte pendant que Konstance se met au lit, puis il pose le menton au bord du matelas de sa fille et écarte les boucles qui lui cachent les yeux.

« Quand j'étais petit, sur Terre, c'était presque tout le monde qui tombait malade. Des éruptions cutanées, des poussées de fièvre un peu bizarres. Toutes les personnes non modifiées attrapaient quelque chose de temps à autre. Cela faisait partie de notre condition d'humains. Nous pensons que les virus sont mauvais, mais ce n'est vrai que pour une minorité d'entre eux. En général, le vivant favorise la coopération, pas l'affrontement. »

La lumière des diodes s'atténue au plafond, et lorsque Père pose la main sur son front, Konstance se sent transportée dans un élan vertigineux sur les murailles de Théodose, à l'intérieur de l'Atlas, au milieu du calcaire blanc qui s'effrite sous le soleil. *Tout au long de l'histoire de notre espèce*, lui a dit Mrs Flowers, *nous avons essayé de vaincre la mort. Mais personne n'a jamais réussi.*

Le lendemain matin dans la Bibliothèque, Konstance, Jessi Ko, Omicron et Ramón attendent devant le garde-corps du deuxième niveau que le Dr Pori vienne leur enseigner les mathématiques élémentaires. « Tayvon aussi est en retard », observe Jessi. Et Omicron ajoute : « Je ne vois pas non plus Mrs Lee, et c'est sur elle que Zeke a dégobillé. » Les quatre enfants se taisent.

Jessi Ko finit par dire qu'à sa connaissance quelqu'un qui se sent mal est censé prévenir Sybil, et si jamais elle repère un problème, elle envoie dans sa cabine le Dr Cha et l'ingénieur Goldberg dans leur tenue étanche anticontamination, puis elle déverrouille la porte pour qu'ils puissent isoler la personne à l'Infirmerie.

« Ça fait peur », dit Ramón. « Regardez », chuchote Omicron. En bas, dans la salle principale de la Bibliothèque, Mrs Chen pilote dans l'atrium les six plus jeunes de l'équipage, qui n'ont pas encore dix ans.

Au pied des immenses rayonnages, ils paraissent minuscules. Une poignée d'adultes lâchent sans conviction des ballons C'EST TA JOURNÉE-BIBLIOTHÈQUE, qui s'envolent vers le plafond en berceau. « Ils n'ont même pas eu de pancakes, souligne Ramón.

– Vous croyez que ça fait quelle impression, d'être malade ? demande Jessie Ko.

– J'ai horreur des polynômes, dit Omicron, mais j'aimerais vraiment que le Dr Pori nous fasse signe. »

Dans l'atrium, les petits joignent leurs mains virtuelles, un chœur de voix claires emplit l'espace :

Nous allons main dans la main
C'est l'union qui fait tout…

et Sybil les interrompt pour annoncer :

Tout le monde dans sa cabine, à l'exception des personnels soignants. Mise en place de la Quarantaine de niveau 2.

Zeno

Lorsque le temps se radoucit, Rex commence à observer les collines qui cernent le Camp nº 5, l'air de contempler dans les lointains une image que Zeno ne perçoit pas. Un après-midi, il lui fait signe d'approcher, et même s'il n'y a personne à quinze mètres à la ronde, il baisse la voix pour s'adresser à lui.

« Tu as remarqué les barils d'essence, chaque vendredi ?

– Ils emportent ceux qui sont vides à Pyongyang.

– Et qui s'occupe du chargement ?

– Bristol et Fortier. »

Rex ne le quitte pas des yeux, comme s'il cherchait à savoir ce qu'il peut lui transmettre sans recourir à la parole.

« Les deux barils derrière le bâtiment des cuisines, tu les as vus ? »

Zeno les inspecte quand il passe devant, juste après l'appel, avec un sentiment de terreur qui se répand dans ses entrailles. Ces deux barils, que l'on utilisait à une époque pour stocker l'huile de cuisson, ressemblent beaucoup à ceux qui contiennent du carburant, à ceci près qu'on peut retirer leur couvercle. Apparemment, ils sont assez grands pour qu'un homme se camoufle à l'intérieur. Mais à supposer qu'ils arrivent tous les deux à s'y caser, comme Rex semble le suggérer, et à convaincre Bristol et Fortier de les enfermer dedans et de les transporter dans leur camion au milieu des fûts à essence vides, il faudrait encore qu'ils y restent cachés

Dieu sait combien de temps, pendant que le véhicule roulerait vers Pyongyang phares éteints, sur des routes notoirement dangereuses, en esquivant les bombardiers américains qui patrouillent dans le secteur. Enfin, ils devraient se débrouiller pour sortir des barils sans se faire remarquer, malgré la cécité nocturne causée par la carence en vitamines, puis franchir des kilomètres de montagnes et traverser des villages dans leurs vêtements crasseux et leurs bottes en lambeaux, sans pouvoir se raser ni se restaurer.

Plus tard, la nuit venue, une inquiétude supplémentaire s'insinue en lui : et si, par miracle, ils venaient à réussir ? S'ils échappaient aux gardes, aux villageois et au zèle des B-26, et parvenaient à atteindre les lignes américaines ? Rex, alors, rentrerait à Londres pour rejoindre ses élèves et ses amis, peut-être même un autre homme qui l'aurait attendu pendant tous ces mois, une personne qu'il a eu la bonté de ne jamais mentionner, infiniment plus raffinée que Zeno et bien plus digne de son affection. *Nostos* : le fait de retrouver son foyer, de rentrer chez soi sain et sauf ; le chant que l'on entonne autour de la table du banquet pour fêter le marin naufragé qui a fini par trouver le chemin du retour.

Et lui, où irait-il ? À Lakeport. Chez Mrs Boydstun.

Il tâche de persuader Rex que les histoires d'évasion n'existent qu'au cinéma, liées à une guerre plus ancienne, plus chevaleresque. Et puis leurs épreuves sont censées s'achever bientôt, non ? Mais Rex élabore des plans de plus en plus précis, il fait des étirements pour assouplir ses articulations, observe la régularité des tours de garde et fabrique un miroir en polissant un morceau de fer-blanc, pour pouvoir « communiquer par signes » ; il projette de cacher des petits morceaux de nourriture sous la doublure de leurs chapeaux, réfléchit à un endroit où se dissimuler pendant l'appel du soir, à un stratagème pour pouvoir uriner dans le fût sans tremper ses vêtements, et se demande s'il vaut mieux aborder Bristol et Fortier tout de suite ou seulement au dernier moment. Ils emprunteront leurs noms de code aux *Oiseaux* d'Aristophane ; Rex sera Pisthétaeros, qui signifie Ami-Fidèle, et Zeno sera

Évelpidès, Bon-Espoir. Ils crieront *Herakles !* quand la voie sera libre. Comme si tout cela n'était qu'une escapade amusante, une partie de franche rigolade.

La nuit, Zeno sent le cerveau de Rex s'activer près de lui, aussi intense que le rayon d'un projecteur – il lui semble même que tout le camp risque de le voir. Et chaque fois qu'il envisage de s'introduire dans un baril et de gagner Pyongyang à l'arrière d'un camion, la panique resserre ses filets autour de sa gorge.

Trois vendredis se succèdent, les grues qui migrent vers le nord survolent le camp, suivies par les bruants du Japon, et Rex se borne à lui confier ses plans à voix basse. Zeno se sent soulagé. Pourvu que Rex n'aille pas au-delà des répétitions, qu'il ne passe pas à l'acte…

Mais arrive un jeudi de mai où Rex, avant de partir pour une séance de « rééducation », croise Zeno dans la cuisine emplie d'une sourde lumière gris argenté.

« On y va. Ce soir », lui glisse-t-il au passage.

Zeno verse dans son bol quelques louchées de germes de soja. Il reste assis sans bouger, la seule idée de manger lui soulève le cœur ; il a peur que les autres n'entendent le sang cogner à ses tempes. Il n'ose plus faire un geste, comme si Rex, en prononçant ces quelques mots, avait rendu le monde aussi fragile que le verre.

Dehors, de minuscules grains de pollen virevoltent en tous sens. Moins d'une heure plus tard, le gros camion soviétique ronflant, au capot grêlé par les impacts de balles, pénètre dans le Camp n° 5, son plateau chargé de barils d'essence.

En fin de journée, la pluie commence à tomber. Zeno réussit à apporter aux cuisines une dernière réserve de bois, puis il se blottit sur sa paillasse dans ses vêtements mouillés ; la lumière du jour s'étiole.

Ses compagnons rentrent par petits groupes ; la pluie crépite sur la toiture. La couche de Rex est toujours vide. Se peut-il vraiment qu'il soit tapi derrière le bâtiment des cuisines ? Rex au visage pâle et semé de taches de rousseur, Rex si déterminé, repliant son corps efflanqué à l'intérieur d'un baril couvert de rouille ?

L'obscurité envahit le baraquement, et Zeno se répète qu'il devrait se lever. D'une minute à l'autre, Bristol et Fortier vont se mettre à charger le camion. Dès qu'il sera parti, les gardes viendront faire l'appel, et Zeno aura laissé filer sa chance. Son cerveau envoie des messages à ses jambes, qui refusent de se mouvoir. À moins que ce ne soient ses jambes qui fassent remonter la requête – *fais-nous bouger* – et que le cerveau ne réponde pas.

Quelques retardataires viennent se coucher, ils chuchotent, toussent ou se plaignent tandis que Zeno s'imagine en train de se lever et de se couler dans la nuit. Le moment est venu, ou peut-être est-il déjà passé. Pisthétaeros attend dans son baril, mais où est Évelpidès ?

Ce bruit qu'il entend, est-ce le grondement du camion qui démarre ?

Il veut se convaincre que Rex n'ira jamais au bout, qu'il comprendra à quel point son entreprise est délirante, suicidaire, même, mais Bristol et Fortier sont de retour, et Rex n'est pas avec eux. Zeno guette un indice dans leur attitude, mais rien ne transparaît. La pluie se calme, des gouttes tombent de l'avant-toit, Zeno entend dans l'obscurité les hommes qui écrasent les poux entre leurs ongles. Il revoit les enfants en céramique de Mrs Boydstun, leurs joues rosées, leurs yeux fixes d'un bleu de cobalt, la moue accusatrice de leurs lèvres rouges. Baiseur de Moutons, Métèque, Fiotte. Tapette. Zéro.

Vers minuit, les gardes les réveillent en braquant dans leurs yeux leurs lampes sur batterie. Ils lancent des menaces d'interrogatoires, de torture et de mort, mais leur ton manque de conviction. Au matin, Rex n'est toujours pas là, et il ne reparaît ni dans la journée ni le lendemain. Au cours des jours suivants, Zeno est interrogé à cinq reprises. Vous êtes toujours ensemble, vous vous faites des confidences, il paraît que vous n'arrêtez pas de tracer des messages codés au sol. Cependant, les gardes ont l'air vaguement ennuyés, comme s'ils participaient à un spectacle dont le public tarde à venir. Zeno s'attend à apprendre qu'on a capturé Rex à quelques kilomètres du camp, ou qu'il a été déplacé dans un autre ; il s'attend à voir surgir sa petite silhouette énergique, et Rex lui sourira en rajustant ses lunettes sur son nez.

Les détenus ne font aucune allusion à lui, en tout cas ils ne parlent pas en présence de Zeno : on pourrait croire que Rex n'a jamais existé. Ils savent peut-être qu'il est mort et cherchent à ménager son ami, ou bien ils soupçonnent Rex de collaborer avec les officiers de propagande et de travailler à compromettre les autres ; à moins qu'ils s'en moquent, tout simplement, trop affamés et trop éreintés pour s'en préoccuper.

Finalement, les Chinois renoncent à poser des questions et Zeno ne sait qu'en penser : Rex s'est évadé et ils sont bien embêtés, ou alors ils l'ont déjà abattu et enterré quelque part, si bien qu'ils n'ont plus besoin de réponses.

Blewitt est assis près de lui dans la cour.

« Courage, mec. Tant qu'on est du côté des vivants, c'est que du bon. »

Mais Zeno, la plupart du temps, n'a pas l'impression d'être vivant. La blancheur des bras de Rex, criblés de taches de rousseur. Le dessin complexe des tendons qui bougeaient sur le dos de ses mains chaque fois qu'il traçait des mots. Il l'imagine rentré sain et sauf à Londres, à cinq mille kilomètres de lui, il prend un bain et se rase, enfile des vêtements civils et s'en va, une pile de livres sous le bras, vers son lycée aux murs de brique habillés de lierre.

Il lui manque tellement que son absence devient une forme de présence, comme un scalpel que l'on aurait oublié dans son ventre. La lumière de l'aube fait briller les eaux du fleuve Yalu et rampe au flanc des collines, embrasant les épines des ronciers ; les hommes chuchotent : *Nos troupes ne sont plus qu'à quinze kilomètres, à dix kilomètres, sur la crête de cette colline. Elles seront ici demain matin.*

Si Rex a été exécuté, est-ce qu'il est mort tout seul ? A-t-il murmuré dans le noir quelques mots à l'intention de Zeno pendant que le camion démarrait, supposant qu'il était caché dans le baril voisin ? Ou pensait-il depuis le début qu'il le laisserait tomber ?

Au mois de juin, trois semaines après la disparition de Rex, des gardes emmènent dans la cour Zeno, Blewitt ainsi que dix-huit autres prisonniers parmi les plus jeunes, et un interprète leur annonce qu'ils sont libérés. À un poste de contrôle, deux soldats américains au teint rubicond vérifient le nom de Zeno sur une liste ; l'un des deux lui remet un bon de circulation sur papier kraft. Une ambulance lui fait franchir la ligne de démarcation, puis on le conduit sous une tente réservée à la désinfection, où un sergent l'asperge de DDT de la tête aux pieds.

La Croix-Rouge lui fournit un rasoir de sûreté, une bombe de mousse à raser, un verre de lait et un hamburger. Le pain est d'un blanc incroyable, l'aspect luisant de la viande paraît irréel. L'odeur est bien imitée, mais Zeno est certain qu'il s'agit d'un leurre.

Il regagne les États-Unis à bord du bateau qui l'a acheminé vers la Corée deux ans et demi plus tôt. Il a dix-neuf ans maintenant et pèse cinquante-quatre kilos. Au cours des onze jours que dure la traversée, on l'interroge quotidiennement. « Donnez-nous six exemples de vos tentatives de sabotage contre les forces chinoises. » « Qui de vous a reçu un traitement de faveur ? » « Pourquoi a-t-on donné des cigarettes à Untel ? » « Vous êtes-vous senti attiré par l'idéologie communiste ? » Il entend raconter que les soldats noirs sont les plus malmenés de tous.

À un moment, un psychiatre militaire lui tend un numéro de *Life*, qui montre une femme en soutien-gorge et petite culotte.

« Qu'est-ce que la photo provoque chez vous ?

– C'est agréable », répond Zeno avant de lui rendre le magazine.

Une vague d'épuisement le submerge.

Dès qu'il croise un officier du renseignement, il demande des informations sur un vice-caporal anglais du nom de Rex Browning, vu pour la dernière fois en mai au Camp nº 5, mais ils répliquent qu'ils sont l'US Army et pas la Royal Navy, qu'ils ont déjà suffisamment d'hommes à localiser. Lorsqu'ils débarquent à New York, il n'y a ni fanfare, ni appareils photo, ni familles en pleurs pour les accueillir. Aux abords de Buffalo, Zeno fond en larmes dans le bus qui le ramène chez lui. Les villes défilent à toute allure, suivies par de longs intervalles d'obscurité. Il aperçoit dans un éclair six grands panneaux lumineux espacés de six ou sept mètres.

LE LOUP
EST RASÉ DE PRÈS
RASÉ DE FRAIS
C'EST LE CHAPERON ROUGE
QUI VEUT L'ATTRAPER
MOUSSE À RASER BURMA

Seymour

L'enseignant des CM2 se teint la moustache, manifeste un tempérament explosif de divinité coléreuse et n'est pas du tout réceptif aux besoins d'un élève qui réclame un casque antibruit pendant les cours. Chaque matin, Mr Bates commence la journée en branchant son projecteur ViewSonic N'y-touchez-pas-les-enfants-il-coûte-très-très-cher afin de leur montrer des vidéos sur des sujets d'actualité. Les écoliers bâillent sur leur chaise, les cheveux ébouriffés, pendant que, sur l'écran, des glissements de terrain détruisent des villages au Cachemire.

Tous les jours, Patti Goss-Simpson apporte pour son déjeuner quatre bâtonnets de poisson pané dans sa boîte isotherme et, comme la cafétéria est en travaux, elle met ses horribles bâtonnets dans l'horrible micro-ondes au fond de la salle, tous les jours à 11 h 52, puis elle appuie sur les boutons du four qui émettent d'horribles bips-bips-bips et Seymour, en respirant l'odeur qui s'en échappe, a l'impression qu'on lui enfonce la tête dans l'eau d'un marécage.

Il s'éloigne autant que possible de Patti, se bouche le nez et les oreilles, essayant de ressusciter en imagination la forêt d'Ami-Fidèle : les lichens qui pendent des ramures, la neige glissant de branche en branche, les colonies fourmillantes de Bonshommes-Aiguilles-de-Pin. Mais un matin de la fin septembre, Patti se plaint à Mr Bates de l'attitude blessante de Seymour au moment des repas ; l'enseignant exige alors qu'il déjeune près d'elle à la table du milieu, à côté du projecteur.

11 h 52. Les bâtonnets enfournés. Bip-bip-bip.

Seymour a beau fermer les yeux, cela ne l'empêche pas d'entendre : les bâtonnets de poisson tournant sur leur plateau, Patti qui ouvre brusquement la porte du four, la chair qui grésille dans la petite assiette quand elle vient se rasseoir. Mr Bates, installé à son bureau, découpe des minicarottes en regardant sur son portable des morceaux choisis de combats de MMA. Penché sur sa boîte à déjeuner, Seymour fait en sorte de se boucher en même temps les narines et les oreilles. Il n'a plus envie de manger son repas.

Paupières baissées, il est en train de compter mentalement jusqu'à cent lorsque Patti Goss-Simpson lui tapote l'oreille gauche avec un morceau de poisson. Seymour recule vivement, Patti a un sourire mauvais ; Mr Bates n'a rien vu de la scène. Fermant l'œil gauche, elle vise Seymour avec son bâtonnet comme si elle braquait sur lui une arme à feu.

« Pan, pan, pan. »

À l'intérieur de Seymour, les dernières défenses s'écroulent. Le tumulte, qui ne lui laisse aucun répit depuis qu'il a découvert l'aile d'Ami-Fidèle, prend l'école d'assaut. Déboulant de la crête qui surplombe le terrain de football, il écrase tout sur son passage.

Mr Bates trempe un morceau de carotte dans son houmous. David Best lâche un rot, Wesley Ohman éclate de rire ; le tumulte est en train de se déchaîner sur le parking. Criquets frelons tronçonneuses grenades avions de guerre cris hurlements fureur rage. À l'instant où Patti mord dans le canon de son poisson-pistolet, les murs de l'école volent en éclats. La porte de la classe est arrachée de ses gonds. Seymour empoigne à deux mains le chariot du projecteur et pousse.

Dans la salle d'attente, la radio annonce : *Rien ne vaut les pommes fraîches de l'Idaho*. Le bruissement du papier qui protège la table d'examen confine à l'insupportable.

Le médecin pianote sur son clavier d'ordinateur. Bunny porte sa blouse de l'Aspen Leaf, celle qui a des poches sur le devant. Elle chuchote dans son portable : « Je ferai double service samedi, c'est promis, Suzette. »

Le docteur promène une lampe-stylo devant les yeux de Seymour, avant de lui demander :

« Ta mère raconte que tu parlais à une chouette dans les bois ? »

Au mur, une couverture de magazine qui dit : *Boostez vos performances en quinze minutes par jour.*

« Et de quoi tu parlais à cette chouette, Seymour ? »

Ne réponds pas. C'est un piège.

« Seymour, pour quelle raison as-tu cassé le projecteur de l'école ? »

Pas un mot.

Au guichet des sorties, Bunny explore la caverne de son sac à main.

« Ça vous ennuierait de m'envoyer la facture ? »

Dans le hall, il y a une corbeille avec des albums de coloriage remplis de bateaux à voile. Seymour en emporte six. Une fois dans sa chambre, il trace des spirales autour de chaque navire. Spirales de cornu et de Fibonacci, spirale logarithmique. Soixante vortex différents avalant soixante bateaux différents.

C'est la nuit. Derrière la vitre de la baie coulissante, il regarde, au-delà du jardin, le clair de lune qui se déverse sur les parcelles inoccupées d'Eden's Gate. Une lampe de chantier fait une tache de lumière à l'étage d'une maison en construction, éclairant vivement une fenêtre. Le spectre d'Ami-Fidèle plane dans le ciel.

Bunny pose sur la table un paquet standard de M&M's tout chocolat. Elle met à côté un flacon orange à bouchon blanc.

« Le docteur a bien dit que ça n'allait pas t'abrutir. Ça devrait juste rendre les choses plus simples. Plus paisibles. »

Seymour se frotte les yeux de la main. Le fantôme d'Ami-Fidèle sautille vers la baie coulissante. Ses rectrices ont disparu ; il lui manque une aile ; son œil gauche est abîmé. Son bec ponctue de jaune la parabole de ses plumes couleur de cendre. Il parle à l'intérieur de la tête de Seymour. *Je croyais qu'on était unis, toi et moi. Qu'on formait une équipe.*

« Une dose le matin et une le soir, dit Bunny. Tu sais, mon grand, on a parfois besoin d'un peu d'aide pour ranger le bordel. »

Konstance

Elle marche dans une rue de Lagos, au Nigéria, et traverse un ensemble commercial proche du front de mer, entouré de toutes parts par les hautes façades blanches des hôtels qui brillent au soleil – une fontaine au jet pétrifié, quarante cocotiers plantés dans des bacs à damier noir et blanc. Elle s'arrête brusquement, un léger fourmillement picote sa nuque : il y a quelque chose d'anormal.

Dans la Ferme #4, Père conserve un seul cocotier dans un tiroir frigorifique. Toutes les graines, lui avait-il dit, sont voyageuses, mais il n'en existe pas de plus intrépide que celle du cocotier. Déposée sur une plage à portée de la marée qui l'entraînait dans l'eau, la graine du cocotier traversait facilement les océans, l'embryon de l'arbre à venir bien protégé par son enveloppe fibreuse, pourvu de réserves nutritives pour toute une année. Père avait tendu à Konstance la graine nimbée de buée, pour lui montrer à sa base les pores de germination : deux yeux et une bouche, selon lui, comme la figure d'un petit marin qui s'ouvre un chemin vers la vie en sifflotant.

Sur sa gauche, un panneau indique : *Bienvenue au New Intercontinental.* Réfugiée à l'ombre des palmiers, elle regarde en l'air en plissant les yeux, lorsque les arbres s'effilochent ; la Visionneuse s'écarte de son visage, Père se tient devant elle.

Elle descend de son Pérambulateur, chamboulée par une sensation de nausée familière. L'heure de l'Extinction est déjà passée. Mère, assise au bord de sa couchette, est en train de se passer les mains au désinfectant en poudre.

« Désolée de m'être absentée aussi longtemps », dit Konstance.

Père lui prend la main, sourcils froncés.

« Non, non, ça n'a aucun rapport avec ça. »

La seule source de lumière est la lampe des toilettes. Derrière Père, elle voit dans la pénombre que la pile de combinaisons et d'empiècements de Mère, d'habitude si bien ordonnée, a été renversée, et que son sac de boutons s'est éparpillé en tous sens – sous son lit, sous son tabouret, à la base du rideau qui délimite son espace de travail.

Lorsqu'elle lève de nouveau les yeux vers son père, une partie d'elle-même sait déjà ce qu'il va lui annoncer, et elle comprend avec une terrible acuité qu'ils ont laissé derrière eux leur planète, leur étoile, qu'ils se déplacent à une vitesse invraisemblable dans un vide froid et silencieux, et que tout retour en arrière est impossible.

« Zeke Lee est mort », dit Père.

Le Dr Pori s'éteint un jour après Zeke, et on apprend que la mère du garçon a perdu connaissance. Vingt et une personnes – soit le tiers des passagers – manifestent déjà des symptômes. Le Dr Cha consacre tout son temps à les soigner ; l'ingénieur Goldberg travaille jour et nuit dans le Labo de Biologie pour trouver une solution.

Comment une épidémie peut-elle se déclarer à l'intérieur d'une soucoupe hermétique, qui n'a pas subi d'interactions avec des organismes étrangers depuis plus de six décennies ?

Est-ce que la maladie se propage par contact, par la salive, par le biais de la nourriture ? Circule-t-elle dans l'eau, dans l'air ? Se peut-il que les rayonnements de l'espace lointain aient franchi le revêtement du vaisseau et s'attaquent maintenant au noyau de leurs cellules ? L'un d'entre eux portait-il dans son génome quelque chose qui a fini par se réveiller après toutes ces années de sommeil ? Et pourquoi Sybil, qui sait tout, n'est-elle pas capable de résoudre le problème ?

Jusque-là, Konstance ne voyait presque jamais son père sur son Pérambulateur, mais désormais il ne le quitte quasiment plus, la Visionneuse ajustée sur ses yeux, consultant des documents à une table de la Bibliothèque. Mère s'efforce de reconstituer les minutes qui ont précédé la mise en quarantaine. A-t-elle croisé Mrs Lee dans un couloir ? Une infime goutte des vomissures d'Ezekiel aurait-elle touché sa combinaison, ou atterri dans leurs bouches ?

Il y a à peine une semaine, tout semblait tellement sûr, tellement stable. Les gens se déplaçaient dans les coursives en chuchotant, vêtus de leurs combinaisons rapiécées et de leurs chaussettes reprisées. *Peu importe le nombre*... Laitue fraîche le mardi, haricots de la Ferme #3 le mercredi, coiffeur le vendredi, soins dentaires dans la Cabine 6, couture dans la Cabine 17, mathématiques élémentaires avec le Dr Pori trois matinées par semaine, et l'œil rassurant de Sybil qui veillait sur eux tous. Et pourtant, Konstance ne sentait-elle pas déjà, dans les strates les plus profondes de son esprit, l'effroyable précarité de tout cela ? L'immensité glaciale dont la force menaçait les parois de l'*Argos* ?

La Visionneuse sur les yeux, elle gravit l'échelle qui mène au deuxième niveau de la Bibliothèque. Jessi Ko lève les yeux d'un ouvrage qui montre un millier d'animaux morts, des antilopes blanches aux naseaux surdéveloppés, couchées dans la neige.

« Je me renseigne sur les antilopes saïgas. Elles ont été victimes d'une bactérie qui a provoqué des hécatombes. »

Omicron est allongé sur le dos, les yeux au plafond.

« Où est Ramón ? » demande Konstance.

Dans la salle du bas, des images de pandémies très anciennes s'affichent au-dessus des adultes installés aux tables. Soldats alités, médecins vêtus de combinaisons étanches. Bien malgré elle, Konstance se représente le corps de Zeke expulsé par le sas du vaisseau, et celui du Dr Pori, éjecté quelques centaines de kilomètres plus loin : un sillage de cadavres abandonnés dans le vide, comme les miettes de pain d'un conte de fées sinistre.

« Je lis qu'il y a eu deux cent mille décès en douze heures, explique Jessi Ko, et que personne n'a jamais compris ce qui s'était passé. »

Konstance aperçoit dans l'atrium, si loin qu'elle le distingue à peine, son père assis à une table, auréolé d'une nuée de schémas techniques.

« D'après ce que j'ai entendu, fait Omicron, le regard braqué sur le plafond, la Quarantaine de niveau 3 dure une année.

– Et moi, complète Jessi, j'ai entendu dire que celle de niveau 4 durait pour toujours. »

Les horaires d'accès à la Bibliothèque sont étendus ; Père et Mère s'éloignent très rarement de leur Pérambulateur. Nouveauté plus étonnante encore : dans la Cabine 17, Père a décroché le rideau en bioplastique qui isolait l'espace de travail de Mère, puis il l'a découpé en morceaux dont il se sert maintenant pour fabriquer quelque chose avec la machine à coudre – elle n'a pas osé lui demander de quoi il s'agissait. Confinée entre les murs de la Cabine 17, dans les odeurs fétides de la pâte alimentaire crachée par l'imprimante, Konstance a l'impression de sentir la peur collective qui se diffuse à travers le vaisseau : insidieuse, méphitique, sourdant à travers les parois.

Plus tard, dans l'Atlas, elle emprunte, à la périphérie de Mumbai, une piste de jogging qui serpente au pied de tours colossales aux façades crème, hautes de quarante ou cinquante étages. Elle croise des femmes en sari ou en tenue de sport, des hommes en short – tous immobiles. À sa droite, une muraille verte de palétuviers borde le chemin sur huit cents mètres, et là, alors qu'elle traverse les formes figées des joggeurs, un détail la trouble, une plissure perturbante dans la texture des images numériques – celles des gens, des arbres ou de l'atmosphère. Mal à l'aise, elle presse l'allure, passant au travers des silhouettes comme si c'étaient des fantômes. À chaque pas, elle sent la peur qui envahit l'*Argos*, prête à refermer la main sur sa nuque.

Il fait déjà noir quand elle sort de l'Atlas. De petites appliques brillent au bas des colonnes de la Bibliothèque, des nuages voguent au-dessus de l'ouverture au plafond, baignés de clair de lune.

Quelques documents continuent de circuler, il reste une poignée de lecteurs penchés sur leurs tables. Le chien blanc de Mrs Flowers s'approche en trottinant et en remuant la queue, mais il n'y a aucune trace de la bibliothécaire.

« Sybil, quelle heure est-il ? »

Quatre heures dix, période d'Extinction, Konstance.

Elle éteint sa Visionneuse et descend du Pérambulateur. Père est encore installé devant la machine à coudre, ses lunettes baissées sur son nez, éclairé par la lampe de Mère. Le masque de sa combinaison étanche repose sur ses genoux, pareil à la tête tranchée d'un insecte géant. Konstance redoute une réprimande à cause de son retard, mais il se contente de marmonner, absorbé dans ses réflexions, et elle se rend compte alors qu'elle préférerait qu'il la gronde.

Passage aux toilettes, lavage des dents, brossage des cheveux. Au moment où elle monte dans sa couchette, son cœur bondit de frayeur. Mère n'est pas dans son lit. Ni dans celui de Père, ni à la table de couture. Elle n'est nulle part dans la Cabine 17.

« Père ? »

Son père grimace. La couverture de Mère est chiffonnée. D'habitude, elle la plie soigneusement dès qu'elle est levée.

« Où est Mère ?

– Mmm ? Elle avait quelqu'un à voir. »

La machine à coudre se rallume en cliquetant, le fil se déroule et Konstance attend qu'elle s'arrête.

Père soulève les bords du rideau pour bien les aligner, puis il les positionne sous l'aiguille et la machine recommence à bourdonner.

Konstance répète sa question. Au lieu de répondre, il coupe quelques fils avec les ciseaux de Mère avant de lui demander :

« Où es-tu allée cette fois, ma Courgette ? Tu as dû parcourir des kilomètres.

– Sybil a vraiment autorisé Mère à sortir ? »

Son père se lève et s'approche de sa couchette.

« Tiens, prends ça. »

Il parle calmement, mais ses yeux ont du mal à se fixer. Il lui présente au creux de sa main trois des Somni-pastilles de sa mère.

« Mais pourquoi ?

– Elles vont t'aider à dormir.

– Trois, c'est beaucoup, non ?

– Prends-les, Konstance, tu ne risques rien. Je vais t'envelopper dans ta couverture comme une pupe dans son cocon. Tu te souviens qu'on faisait ça, dans le temps ? Et je te promets que demain matin tu auras des explications. »

Les cachets fondent sur sa langue. Père enserre ses jambes dans la couverture avant de retourner à la machine à coudre, et l'aiguille se remet en mouvement.

Par-dessus le garde-corps, Konstance regarde la couchette de Mère. Sa couverture froissée.

« Père, j'ai peur.

– Tu veux entendre un bout de l'histoire d'Aethon ? »

La machine vrombit puis s'arrête.

« Après avoir échappé au meunier, il a cheminé jusqu'aux confins du monde, rappelle-toi. La Terre plongeait vers une mer de glace, la neige tombait, il n'y avait là que sable noir et algues gelées, et pas le moindre parfum de rose à cinq cents kilomètres à la ronde. »

La lumière tremblote. Assise dos à la cloison, Konstance lutte pour garder les yeux ouverts. Des gens sont en train de mourir. Et puisque Sybil a permis à Mère de sortir, c'est forcément…

« Mais Aethon ne perdait pas espoir. Il était là, prisonnier d'un corps qui ne lui appartenait pas, loin de chez lui, à l'extrémité du monde connu. Tout en arpentant le rivage, il contemplait la lune, et il lui sembla voir une déesse descendre du ciel noir pour lui porter secours. »

Dans l'espace vide au-dessus de sa couchette, Konstance voit des plaques de glace miroiter au clair de lune, et Aethon-devenu-âne imprimer dans le sable froid les traces de ses sabots. Elle voudrait s'asseoir, mais son cou n'a plus la force de soutenir le poids de sa tête. La neige balaie sa couverture. Lorsqu'elle tend la main pour toucher les flocons, ses doigts disparaissent dans l'obscurité.

Deux heures plus tard, dans le noir d'après l'Extinction, Père se penche au-dessus du garde-corps pour l'aider à sortir de son lit. Les Somni-pastilles l'ont assommée et lui ont embrouillé l'esprit, et il lui semble que son père insère ses bras et ses jambes à l'intérieur d'une forme humaine aplatie – c'est la combinaison qu'il a fabriquée à partir du rideau en bioplastique. Elle est trop ample au niveau de la taille et n'a pas de gants intégrés, le bout des manches a simplement été cousu. Père remonte la fermeture, et Konstance a tellement sommeil qu'elle arrive tout juste à lever le menton.

« Père ? »

Il est en train d'ajuster le masque respiratoire intégral, qu'il enfonce sur sa tête et fixe au col de la combinaison avec du ruban adhésif – celui qu'il utilise pour les systèmes de goutte-à-goutte de la ferme. Elle sent le plastique se gonfler autour de son corps.

Oxygène, trente pour cent, annonce une voix numérique sous le masque, directement dans son oreille, et la lampe frontale s'allume, son faisceau ricochant sur tous les objets de la cabine.

« Tu arrives à marcher ?

– Je meurs de chaud, là-dedans.

– Je sais, ma Courgette, tu te débrouilles très bien. Je veux voir comment tu marches. »

Sur le front de Père, des gouttes de sueur captent la lumière de la frontale, sa peau paraît aussi blanche que sa barbe. Malgré l'angoisse et la fatigue, elle réussit à avancer de quelques pas, les manches gonflées de la combinaison bruissant étrangement. Père s'accroupit pour soulever l'Ambulateur de Konstance et s'arrange pour emporter aussi le tabouret de couture de Mère.

« Sybil, l'un de nous deux ne se sent pas bien. »

Effrayée et en sueur, Konstance s'appuie contre la hanche de son père, s'attendant à ce que Sybil le contredise et argumente, et sa réponse la surprend :

Quelqu'un va venir dans une minute.

Elle sent l'effet des Somni-pastilles qui alourdissent ses paupières, ses pensées et son sang. Le visage livide de Père. Mère qui n'a pas replié sa couverture. Et les paroles de Jessi Ko : *Si jamais Sybil repère un problème*…

Oxygène, vingt-neuf pour cent, dit la voix sous le masque.

La porte s'ouvre, et deux silhouettes protégées par des tenues anticontamination s'approchent lourdement dans le couloir. Des lampes sont fixées à leurs poignets, leurs combinaisons gonflées de l'intérieur leur donnent un volume effrayant, et leurs figures sont cachées par des visières-miroirs couleur bronze. De longs tuyaux traînent derrière elles, enveloppés de papier d'aluminium.

Père se rue sur eux et les fait chanceler, le Pérambulateur toujours serré contre sa poitrine.

« Restez où vous êtes, s'il vous plaît. Elle ne va pas à l'Infirmerie. »

Il l'entraîne précipitamment dans le couloir obscur, guidé par le rayon tressautant de la frontale, les pieds de Konstance glissant dans ses chaussons en bioplastique.

Toutes sortes d'objets sont empilés contre les cloisons : plateaux, couvertures, et ce qui ressemble à des pansements. Au passage, elle jette un coup d'œil à l'Espace communautaire, mais tout a changé à l'intérieur. À la place des tables et des bancs disposés sur trois rangées se dressent une vingtaine de tentes blanches d'où s'échappent des tuyaux en plastique et des câbles, éclairées par les lueurs clignotantes des appareils médicaux. Elle a le temps d'apercevoir dans une tente ouverte un pied nu dépassant d'une couverture, avant qu'un tournant le dérobe à sa vue.

Oxygène, vingt-six pour cent, signale la voix sous le masque.

S'agissait-il de passagers malades ? Sa mère se trouvait-elle sous une de ces tentes ?

Les Sanitaires #2 et #3, la porte verrouillée de la Ferme #4 – son petit pin de Bosnie est là, six ans et aussi grand qu'elle ; ils enfilent les coursives pour s'enfoncer au cœur de l'*Argos*, Père à bout de souffle la presse d'avancer, ils dérapent sur le sol et le rayon de la lampe ne cesse de tanguer. Une succession de portes : *Recyclage des eaux usées*, *Compartiment 8*, *Compartiment 7* – c'est comme si une spirale l'aspirait vers le centre d'un tourbillon.

Ils finissent par s'arrêter devant une porte qui indique *Capsule n° 1.* Blême et essoufflé, le visage luisant de transpiration, Père jette un regard derrière lui avant de coller la paume de sa main au panneau. Un bruit de déverrouillage, et le sas est ouvert.

Vous pénétrez dans la Zone de décontamination, annonce Sybil.

Père fait entrer Konstance, dépose le Pérambulateur à côté d'elle et bloque la porte à l'aide du tabouret.

« Ne bouge pas. »

Elle reste assise dans le sas, les bras autour des genoux, enveloppée de plastique crissant. *Oxygène, vingt-cinq pour cent,* dit la voix sous le masque, et Sybil : *Le processus de décontamination va commencer.*

« Père ! » s'écrie Konstance à travers son masque, et la fermeture de la première porte se déclenche, arrêtée dans son mouvement par le tabouret.

Les pieds tordus grincent sous la pression, la porte se bloque.

Veuillez débloquer la première porte.

Père revient avec quatre sacs de Nutri-poudre qu'il lance dans le sas par-dessus le tabouret écrasé, puis repart en courant.

Il apporte ensuite des toilettes en circuit fermé, des lingettes, une imprimante alimentaire encore enveloppée, un lit à matelas gonflable, une couverture sous emballage stérile, et d'autres sacs de Nutri-poudre – il enchaîne les allers-retours à toute vitesse. *Veuillez débloquer la première porte*, répète Sybil. La pression continue de broyer le tabouret, et Konstance a du mal à maîtriser sa respiration.

Père introduit encore deux sacs de nourriture dans le sas – pourquoi un si grand nombre ? – et s'engouffre dans l'entrebâillement de la porte avant de se laisser tomber contre la paroi. *Pour que le processus de décontamination puisse commencer, vous devez débloquer la première porte.*

Oxygène, vingt-trois pour cent, dit la voix sous le masque.

« Tu sais la faire fonctionner ? demande Père en désignant l'imprimante. Tu te rappelles comment on se branche sur le réseau basse tension ? »

Haletant, la sueur gouttant de sa barbe, il pose ses mains sur ses genoux, et le tabouret coincé se remet à grincer. Konstance réussit à hocher la tête.

« Dès que la première porte sera verrouillée, ferme les yeux. Sybil va tout stériliser, et ensuite elle ouvrira la seconde porte. N'oublie pas : quand tu entreras, emporte tout le matériel avec toi. Lorsque ce sera fait, et que la première porte sera verrouillée, compte jusqu'à cent. À ce moment-là, tu pourras retirer ton masque sans risques. »

La peur fait vibrer chaque cellule de son corps. La couchette vide de Mère. Les tentes dressées dans l'Espace communautaire.

« Non », dit-elle alors.

Oxygène, vingt-deux pour cent. Tâchez de respirer plus lentement.

« Après la fermeture de la première porte, compte jusqu'à cent, lui répète Père, appuyant de tout son poids contre le montant de la porte. Là, tu pourras enlever ton masque. »

La première porte est bloquée, veuillez retirer l'obstacle.

Père jette un coup d'œil dans le couloir obscur.

« J'avais douze ans quand j'ai postulé pour partir. Dans mon enfance, je n'avais vu que des choses qui mouraient. Et moi j'avais un rêve, une vision de ce que pouvait être la vie. "Pourquoi rester ici alors que je pourrais être là-bas ?" Tu te rappelles ? »

Un millier de démons se coulent hors de l'ombre, Konstance les chasse en brandissant sa lampe, mais ils ressurgissent dès que le faisceau s'est écarté. Le tabouret craque. La porte gagne encore un centimètre.

« J'étais bien naïf. »

La main que Père passe sur son front est décharnée ; la peau s'affaisse sur son cou ; ses cheveux argent virent au gris. Pour la première fois, elle trouve que son père fait son âge, ou même plus vieux, comme si à chaque inspiration ses dernières années de vie étaient en train de s'échapper.

Elle lui répond à travers son masque :

« Tu as dit que ce qui est admirable, chez le naïf, c'est qu'il ne sait jamais quand il faut renoncer. »

Il incline la tête vers elle en battant très vite des paupières, comme si une pensée filait devant lui sans qu'il puisse la rattraper.

« C'était ma grand-mère qui disait ça », murmure-t-il.

Oxygène, vingt pour cent.

Une perle de sueur s'accroche au bout du nez de Père et tremblote un instant avant de tomber.

« Chez moi, en Schérie, il y avait un fossé d'irrigation derrière la maison. Même quand il a été asséché, même les jours de très grosse chaleur, il réservait toujours une surprise si on restait assez longtemps agenouillé au bord. Une graine portée par le vent, un asticot ou une courageuse petite primevère qui avait poussé là toute seule. »

Le sommeil s'abat sur Konstance par vagues successives. Que fait Père en ce moment ? Qu'essaie-t-il de lui dire ? Il se lève et se glisse hors du sas en butant contre le tabouret.

« Père, s'il te plaît. »

Mais son visage a déjà disparu. Un pied calé contre le montant de la porte, il force pour dégager le tabouret, et la fermeture s'achève.

« Non, ne fais… »

Première porte verrouillée. Début du processus de décontamination.

Le bruit de pales s'intensifie. Elle sent des souffles froids balayer le bioplastique de sa combinaison, ferme les yeux pour se protéger des trois impulsions lumineuses. La deuxième porte s'ouvre. Terrifiée, à bout de forces, Konstance ravale sa panique pour traîner à l'intérieur le module des toilettes, les sacs de Nutri-poudre, le lit et l'imprimante encore emballée.

La deuxième porte est verrouillée. L'unique éclairage provient de Sybil dans sa tour, orange, puis jaune, puis rosé.

Bonjour, Konstance.

Oxygène, dix-huit pour cent, dit la voix sous le masque.

J'adore les visites.

Un deux trois quatre cinq.

Cinquante-six cinquante-sept cinquante-huit.

Oxygène, dix-sept pour cent.

Quatre-vingt-huit quatre-vingt-neuf quatre-vingt-dix. La couverture de Mère qui n'a pas été pliée. Les cheveux de Père humides de sueur. Un pied nu dépassant d'une tente. À cent, elle débranche le masque avant de le retirer. Assommée par les Somni-pastilles, elle s'allonge sur le sol.

DIX

LA MOUETTE

La Cité des nuages et des oiseaux, d'Antoine Diogène, Folio K

... la déesse descendit de la nuit dans un mouvement tournoyant. Elle avait un corps blanc et des ailes grises, sa bouche orange vif ressemblait à un bec, et même si elle était moins grande que ce que j'attendais, je fus saisi d'effroi. Elle se posa au sol sur ses pattes jaunes, esquissa quelques pas et picora un paquet d'algues.

« Noble fille de Zeus, lui dis-je. Je t'en conjure, prononce la formule magique qui me délivrera et me prêtera une forme nouvelle, afin que je m'envole vers la cité dans les nuages où tous les besoins sont comblés, où nul ne connaît la souffrance, et où chaque journée resplendit comme le premier matin du monde.

– Que signifient ces braiements ? » répliqua la déesse. Son haleine aux relents de poisson manqua me faire défaillir. « J'ai voyagé un peu partout, et je n'ai jamais rien rencontré de semblable, ni dans les nuages ni ailleurs. »

J'avais sans nul doute affaire à une divinité insensible, qui prenait plaisir à se jouer de moi.

« Vous qui avez des ailes, pourriez-vous tout au moins vous rendre sous des climats plus doux et plus radieux, afin de me rapporter une rose ? Ainsi, je retrouverais ma forme originelle et serais en mesure de reprendre mon voyage. »

La déesse me désigna de la pointe de l'aile un autre paquet d'algues, collé aux cailloux par le gel.

« Ceci est la rose de la mer du nord, et j'ai appris que si on en avalait suffisamment, on ressentait de drôles d'effets. Cependant, je préfère t'avertir : un crétin comme toi n'aura jamais d'ailes. »

Puis elle poussa des *ah ah ah* qui tenaient moins de l'incantation que de l'éclat de rire. J'enfournai toutefois la bouillie visqueuse et entrepris de la mastiquer.

Elle avait un goût de navet pourri, mais je sentis bel et bien une transformation s'amorcer. Mes jambes se rabougrirent, mes oreilles firent de même, et des ouïes s'ouvrirent au-dessous de ma mâchoire. Des écailles se posèrent sur mon dos, une membrane voila mes yeux…

BIBLIOTHÈQUE MUNICIPALE DE LAKEPORT

20 FÉVRIER 2020

17 H 27

Seymour

Accroupi près de l'étagère renversée des livres audio, il tourne la tête vers le coin visible de la fenêtre et distingue deux nouvelles voitures de police qui prennent place à côté des autres, comme pour dresser un rempart autour du bâtiment. Sur Park Street, des silhouettes courbées se hâtent sous la neige, accompagnées de petits points rouges. Des capteurs thermiques ? Des viseurs lasers ? Trois lueurs bleues sont suspendues au-dessus des genévriers : une espèce de drone télécommandé. L'une des créatures qu'on a choisies pour repeupler la Terre.

Alors qu'il se dirige en rampant vers le rayon des dictionnaires, luttant contre la panique qui lui étreint la gorge, le téléphone de l'accueil se met à sonner. Seymour plaque ses mains sur les coques de son casque. Six sonneries, sept, huit, et c'est fini. Une minute plus tard, une sonnerie retentit dans le bureau de Marian, qui est à peine moins exigu qu'un placard à balais. Sept coups, huit, et de nouveau le silence.

« Tu devrais décrocher », lui conseille le blessé couché au pied de l'escalier. Le casque antibruit étouffe sa voix. « Ils cherchent sûrement un moyen pacifique de régler tout ça.

– S'il vous plaît, taisez-vous. »

L'appareil de l'accueil recommence à sonner. Le blessé lui a déjà causé suffisamment d'ennuis, à vrai dire il a tout gâché. Tout serait bien plus simple s'il cessait de parler. Seymour l'a obligé à retirer ses oreillettes, qu'il a jetées quelque part dans la section Fiction, et l'homme continue de saigner sur la moquette miteuse, s'obstinant à lui compliquer les choses.

Seymour se met de nouveau à quatre pattes pour s'approcher du comptoir et arracher du mur le fil du téléphone. Il s'introduit ensuite dans le bureau étriqué de Marian, où l'appareil s'est remis à sonner, et tire sur le fil.

« Tu as eu tort », lui crie le blessé.

La bibliothèque : le pays du silence, dit un autocollant sur la porte de Marian. Il bat des paupières pour éloigner le souvenir de son visage piqueté de taches de rousseur.

La chouette cendrée. Le plus grand spécimen de la famille des strigidés.

Il reste assis sur le seuil du bureau, son arme sur les genoux. Les gyrophares de la police éclaboussent de rouge et de bleu les dos alignés des romans pour jeunes adultes. Il sent le tumulte enfler à l'extérieur, juste derrière les vitres. Y a-t-il des snipers qui cherchent à le localiser ? Possèdent-ils des appareils capables de voir à travers les murs ? D'ici combien de temps vont-ils prendre le bâtiment d'assaut et l'abattre sur place ?

Seymour tire de sa poche le téléphone sur lequel trois numéros sont inscrits. Le premier doit déclencher l'explosion de la bombe numéro un, le suivant celle de la bombe numéro deux ; le dernier, il est censé y avoir recours en cas de problème.

Il compose le numéro, écartant une des coques de son casque. Une succession de sonneries, un bip, et la communication est coupée.

Doit-il en conclure qu'ils ont bien reçu le message ? Fallait-il qu'il parle après le signal sonore ?

« J'ai besoin d'un médecin », dit le blessé.

Seymour relance l'appel. Ça sonne, ça sonne, ça sonne – et de nouveau un bip.

« Allô ? »

Mais la connexion a été interrompue. On va lui envoyer de l'aide, probablement. Sa requête a bien été enregistrée, ils vont activer leur réseau de renforts. Il n'a plus qu'à patienter sans bouger, et alors la bande de Bishop le rappellera ou accourra sur les lieux, et tout sera réglé.

« J'ai soif », dit le blessé.

Seymour perçoit un léger brouhaha de voix enfantines, le sifflement d'un vent déchaîné et un murmure de ressac marin. Certainement un tour que lui joue son esprit. Il remet son casque, prend sur le bureau de Marian un mug décoré de chats et se glisse jusqu'à la fontaine à eau. Il dépose la tasse pleine à portée de l'homme couché au sol.

La poubelle que l'on a placée sous la fuite, près des fauteuils, est remplie aux trois quarts. Pile au-dessous de ses pieds, il entend la chaudière pousser des gémissements de fatigue. *Nous devrons tous nous montrer forts*, a dit Bishop. *Les événements à venir nous mettront à l'épreuve d'une manière que nous ne pouvons même pas imaginer.*

Zeno

Les questions se bousculent sur le carrousel de son esprit. Qui a tiré sur Sharif ? Est-il grièvement blessé ? Pourquoi lui a-t-il fait signe de reculer ? Si les lumières qu'il voit au-dehors appartiennent à des ambulances ou à des voitures de police, comment expliquer que personne ne s'engouffre à l'intérieur ? Parce que l'assaillant est toujours sur les lieux ? Est-ce qu'il est venu seul ? Les parents ont-ils été prévenus ? Et lui, qu'est-il censé faire maintenant ?

Sur la scène, l'âne Aethon va et vient le long des confins glacés du monde. Un fracas de vagues déferlant sur des cailloux s'échappe de l'enceinte de Natalie. Olivia dans ses collants jaunes, cachée sous son grand masque de mouette, tend vers un tas de papier de soie vert l'une des ailes de son costume. « J'ai appris que, si on en avalait suffisamment, on ressentait de drôles d'effets. Cependant, je préfère t'avertir : un crétin comme toi n'aura jamais d'ailes. »

Alex-dans-le-rôle-d'Aethon attrape une partie des fausses algues, qu'il fourre dans sa bouche d'âne en papier mâché. Alors qu'il sort de scène, Olivia-la-mouette se tourne vers le public.

« Un âne comme lui ne gagne rien à avoir la tête dans les nuages. On dit à juste titre des gens raisonnables qu'ils sont "terre à terre". »

Alex s'exclame depuis les coulisses : « Et pourtant, quelque chose est en train de se produire ! Je le sens. »

Christopher fait passer du blanc au bleu la lumière du projecteur, les tours de la Cité des nuages et des oiseaux se mettent à chatoyer sur le décor peint, et Natalie remplace la rumeur des vagues par de doux gargouillis aquatiques.

Alex remonte sur scène, tenant à la main une tête de poisson en papier mâché. La sueur a collé des mèches de cheveux à son front.

« On peut faire une pause, Mr Ninis ? La mi-temps, quoi.

– Il veut dire un entracte », corrige Rachel.

Zeno quitte des yeux ses mains tremblantes.

« D'accord pour l'entracte, mais dans le calme. C'est une bonne idée. Et vous êtes tous formidables, sincèrement. »

Olivia retire son masque.

« Mr Ninis, vous pensez vraiment que je peux dire "crétin" ? Il paraît que des gens de notre église viendront voir le spectacle. »

Zeno arrête Christopher qui allait rallumer la lumière.

« Non, non, il vaut mieux rester dans le noir. Demain, vous n'aurez qu'un éclairage minimum en coulisses. D'ailleurs, on va aller s'installer derrière les rayonnages que Sharif a installés, à l'écart du public. Comme demain soir. On pourra discuter de ta question, Olivia. »

Il les conduit à l'abri des trois rayonnages, Rachel rassemble les pages de son texte avant de s'asseoir sur une chaise pliante, Olivia range dans un sac le papier de soie froissé, et Alex se faufile en soupirant derrière le portant des costumes. Zeno se tient au centre du groupe, avec sa cravate et ses bottes à bandes Velcro. L'espace d'un instant, le carton du four transformé en sarcophage se change en une cellule d'isolement du Camp n° 5 – il s'attend presque à voir Rex en surgir, crasseux et décharné, et remonter sur son nez ses lunettes fêlées –, puis il retrouve sa forme initiale.

« Est-ce que l'un de vous, chuchote-t-il, aurait un portable ? »

Natalie et Rachel font signe que non, et Alex répond : « Mamie a dit "Pas avant le collège".

– Olivia en a un, ajoute Christopher.
– Mais ma mère me l'a confisqué », réplique la fillette.
Natalie lève la main. Sur scène, derrière les rayonnages, l'enceinte continue d'émettre ses gargouillis sous-marins, et Zeno se sent désorienté.
« Mr Ninis, qu'est-ce que ça veut dire “dare-dare” ?
– Pardon ?
– Miss Marian, elle a dit qu'elle revenait dare-dare avec les pizzas.
– Dare-dare, ça veut dire “cruel”, propose Alex.
– Mais non, rectifie Olivia, tu confonds avec “barbare”.
– Ça a un rapport avec le dard de la guêpe ? demande Christopher.
– Non, dit Zeno, ça signifie “rapidement”, ou “je me dépêche”. »
Quelque part dans Lakeport, des sirènes mugissent par intermittence.
« Mais elle ne s'est pas dépêchée, hein, Mr Ninis ?
– Tu as faim, Natalie ? »
La petite fille hoche la tête.
« Et moi, j'ai soif, dit Christopher.
– C'est sûrement la neige qui a retardé l'arrivée des pizzas, allègue Zeno. Marian ne devrait plus tarder.
– On pourrait boire une partie des sodas de la Cité des nuages et des oiseaux, non ? suggère Alex en se redressant.
– Il faut les garder pour demain soir, fait Olivia.
– Vous pouvez en avoir un chacun, je pense que ce n'est pas bien grave. Mais faites doucement, d'accord ? »
Alex se lève d'un bond, et Zeno, dressé sur la pointe des pieds pour voir par-dessus les étagères, le regarde traverser la scène et disparaître dans l'espace qui sépare le mur de la toile de fond.
« Pourquoi il faut faire doucement ? »
Rachel relit ses répliques en suivant les lignes du doigt, et Natalie repose sa question : « Mr Ninis, qu'est-ce qu'on décide pour le gros mot ? »

Sharif est-il en train de se vider de son sang ? Zeno devrait-il réagir plus vite ? Alex émerge de derrière le décor dans son short et son peignoir, chargé d'un carton de vingt-quatre sodas.

« Fais gaffe, Alex.

– Christopher, murmure ce dernier en contournant la structure en contreplaqué qui soutient la scène. En voilà déjà une pour… » Il veut piocher une canette sur le dessus du carton, toute son attention fixée là-dessus, et le bout de son pied heurte le coin de la marche. Il perd l'équilibre, et une douzaine de canettes de soda valdinguent sur la scène.

Seymour

Sonne, sonne, sonne immédiatement, pense-t-il en fixant le téléphone des yeux. Mais l'appareil ne réagit pas.

17 h 38.

Bunny doit avoir terminé son service au Sachse Inn. Le dos courbaturé et les pieds meurtris, elle attend sans doute qu'il vienne la chercher pour la déposer au Pig N'Pancake. Voit-elle des véhicules de police défiler depuis la fenêtre ? Ses collègues lui ont-ils dit qu'il se passait quelque chose à la bibliothèque ?

Seymour essaie d'imaginer les guerriers de Bishop rassemblés dans les environs, ils communiquent par radio en utilisant des noms de code et coordonnent leurs efforts pour lui porter secours. À moins – un doute s'insinue en lui – que la police ne se soit arrangée pour brouiller les appels sortants de son portable. Il se peut que le groupe de Bishop ne les ait pas reçus. Il réfléchit aux points rouges qui se déplaçaient dans la neige, au drone planant au-dessus des buissons. La police de Lakeport dispose-t-elle de moyens pareils ?

Le blessé est étendu en travers de l'escalier, la main droite plaquée sur son épaule ensanglantée. Ses yeux se sont fermés, et son sang est en train de sécher sur la moquette, passant du rouge sombre au presque noir. Mieux vaut éviter de le regarder. Seymour préfère reporter son attention sur l'ombre qui s'allonge dans l'allée séparant Fiction et Non-Fiction. Il a vraiment tout raté.

Est-il décidé à mourir pour ça ? Pour donner une voix aux innombrables créatures que les humains ont effacées de la surface de la Terre – pour défendre les sans-voix ? N'est-ce pas ainsi qu'agissent les héros ? Un héros se bat pour ceux qui ne peuvent pas lutter seuls.

Peur et confusion, aisselles moites et corps qui démange, froid aux pieds et vessie près de déborder. Le Beretta dans une poche et le téléphone dans l'autre. Baissant son casque, Seymour s'essuie le visage avec la manche de son blouson et, au moment où il porte le regard vers les toilettes au fond de la salle, une série de chocs retentissent à l'étage.

ONZE

DANS LE VENTRE DE LA BALEINE

La Cité des nuages et des oiseaux, d'Antoine Diogène, Folio Λ

… Je suivis mes frères écailleux dans les profondeurs infinies, fuyant les dauphins rapides et redoutables. Sans prévenir, un léviathan fondit sur nous, le plus grand de tous les êtres vivants, une gueule aussi large que les portes de Troie, des dents longues comme les piliers d'Hercule et pointues comme l'épée de Persée.

Il écartait les mâchoires pour nous dévorer, et je n'attendais plus que la mort. Jamais je n'atteindrais la cité dans les nuages. Je ne verrais pas la tortue, je ne goûterais pas aux gâteaux au miel empilés sur sa carapace. J'allais mourir dans la mer glacée, mon squelette de poisson perdu dans les entrailles d'un monstre. Le gouffre de sa gueule aspira le banc entier, mais comme ses dents n'étaient pas assez effilées pour nous transpercer, nous fûmes happés dans son gosier sans subir de dommages.

Piégés et ballottés dans le ventre de la bête comme dans une deuxième mer, nous eûmes un aperçu de toute la variété du monde : chaque fois que ses mâchoires s'ouvraient, je remontais à la surface et voyais quelque chose de nouveau. Les crocodiles d'Éthiopie, les palais de Carthage, la couche de neige sur les maisons troglodytes des confins du monde.

La lassitude finit par me gagner : j'avais effectué un bien long voyage, sans me rapprocher pour autant de ma destination. Je n'étais qu'un poisson dans la mer, à l'intérieur d'un autre poisson plongé dans une mer plus vaste, et j'en vins à me demander si le monde lui-même ne flottait pas dans le ventre d'un poisson plus volumineux encore – un emboîtement sans fin de spécimens de plus en plus gros. Fatigué par ces réflexions, j'abaissai les membranes de mes yeux…

CONSTANTINOPLE

AVRIL-MAI 1453

Omeir

Dans un rayon de plus d'un kilomètre, des marteaux claquent, des haches s'abattent, des chameaux blatèrent sur tous les tons. Il croise des groupes de facteurs d'arcs, de bourreliers, de cordonniers et de forgerons ; des tailleurs fabriquent des tentes à l'intérieur de tentes encore plus vastes ; des garçons se dépêchent de transporter des corbeilles de riz ; une cinquantaine de charpentiers sont en train de construire des échelles de siège à partir de rondins écorcés. On a creusé des fossés pour évacuer les déchets humains et animaux ; l'eau potable est conservée dans des pyramides de tonneaux ; à l'arrière du camp, une immense fonderie mobile a été aménagée.

Venus de tous les coins du campement, des hommes s'approchent pour lorgner le canon géant qui reluit sur le plateau du chariot. Les bœufs, épuisés par ce tumulte, se serrent l'un contre l'autre : Clair-de-Lune rumine tout en semblant somnoler, incapable de lever franchement la tête, tandis que son frère se couche sur le flanc près de lui, une oreille parcourue de tremblements. Inquiet, Omeir enduit sa patte arrière gauche d'un mélange de salive et de feuilles de calendula broyées, comme l'aurait fait Grand-père.

Au crépuscule, les hommes qui ont convoyé le canon depuis Edirne se réunissent autour des chaudrons fumants. Un capitaine monte sur une estrade pour les assurer de l'infinie reconnaissance du sultan. Celui-ci leur fait savoir que, sitôt la ville conquise, chacun pourra choisir une maison et un jardin à son goût, ainsi qu'une épouse parmi les femmes.

Toute la nuit, le sommeil d'Omeir est haché par le vacarme des charpentiers, qui bâtissent un support pour y déposer le canon et une palissade pour le dissimuler aux regards ; le lendemain, les attelages et leurs conducteurs passent la journée à le hisser à sa place. De temps à autre, un carreau d'arbalète descend en sifflant du parapet crénelé de la muraille extérieure pour venir se ficher dans une planche ou dans la boue. Maher brandit le poing face aux remparts.

« On a quelque chose d'un peu plus consistant à vous renvoyer », s'écrie-t-il, faisant rire tous ceux qui se trouvent à portée d'oreille.

Ce soir-là, dans le pré où ils emmènent brouter les bêtes, Maher trouve Omeir assis sur un bloc de calcaire effondré ; il s'installe près de lui et gratte une croûte sur son genou. Leur regard traverse le camp pour embrasser la douve et les tours d'un blanc crayeux, zébrées de rouge par les strates de briques. Au-delà des murs, le chaos des toitures flamboie dans la lumière du soleil couchant.

« Tu crois que demain à la même heure, tout ça nous appartiendra ? »

Omeir ne répond pas. Il aurait honte d'avouer que les dimensions de cette ville le remplissent de terreur. Comment des êtres humains ont-ils pu construire une chose de cette taille ?

Maher s'enthousiasme sur sa future maison, qui aura deux niveaux et un jardin irrigué par des canaux et planté de poiriers et de jasmin, sur la femme aux yeux noirs qu'il épousera et sur ses cinq fils, sur la douzaine de trépieds qu'il possédera – les trépieds, Maher en parle sans cesse. Omeir, lui, pense à la maisonnette en pierre au fond du ravin, aux fromages frais de sa mère, à Grand-père faisant griller des pignons de pin, et la nostalgie le chavire.

Au sommet d'une petite colline sur leur gauche, les pavillons du quartier du sultan ondulent sous le vent, protégés par plusieurs fossés et par un rempart de toile. Il y a des tentes pour toute sa suite : ses conseillers et ses argentiers, ses reliques sacrées et ses fauconniers, ses astrologues, ses savants et ses goûteurs ; des tentes pour les cuisines et pour les toilettes, des tentes pour le recueillement. Près d'une tour de guet, on voit ondoyer le pavillon personnel du souverain, rouge et or, aussi grand qu'un bosquet. Omeir a entendu dire que l'intérieur était peint aux couleurs du paradis, et il brûle d'envie de le contempler.

« Notre prince, dans son infinie sagesse, a découvert une faiblesse, dit Maher. Une faille. Tu vois l'endroit où le fleuve entre dans la ville ? Là où les murs s'enfoncent à côté d'une des portes ? L'eau s'y écoule depuis la naissance du Prophète, que la paix soit avec Lui, elle s'accumule, elle s'infiltre et ronge la pierre. Sur cette portion, les fondations sont déjà fragilisées. C'est par là qu'on va attaquer. »

Sur toute la longueur des murailles, des sentinelles allument des feux. Omeir s'imagine en train de franchir la douve à la nage, puis de gravir l'escarpement et d'escalader comme il peut le mur extérieur avec sa rangée de créneaux, avant de se laisser tomber sur le terrain nu au pied de la masse colossale du mur intérieur, dont les tours font la taille de douze hommes. Pour cela, il faudrait avoir des ailes ; il faudrait être un dieu.

« Demain soir, dit Maher. Demain soir, deux de ces maisons nous reviendront. »

Le lendemain matin, on se livre aux ablutions et on récite des prières. Ensuite les porte-étendards se fraient un chemin au milieu des tentes pour gagner les premières lignes, levant leurs drapeaux éclatants dans la lumière de l'aube. On entend claquer tambours, tambourins et castagnettes, un charivari fait pour effrayer l'ennemi autant pour que pour motiver les troupes. Omeir et Maher regardent les artificiers – beaucoup ont perdu plusieurs doigts ou portent des traces de brûlure à la gorge et au visage – préparer le canon géant. Leurs traits sont tendus par la peur qu'ils éprouvent sans cesse à manipuler des explosifs instables, ils dégagent une odeur piquante de soufre et conversent à voix basse dans leur curieux dialecte, telle une assemblée de nécromants. Omeir prie pour que leur regard ne rencontre pas le sien, pour qu'ils n'attribuent pas un éventuel échec à la tare de son visage.

On a positionné les canons le long des six kilomètres de la muraille terrestre, répartis en quatorze batteries dont aucune n'atteint la taille de la bombarde qu'Omeir et Maher ont aidé à transporter. On apprête également des engins de siège plus classiques, trébuchets, pierrières et catapultes, mais tous paraissent rudimentaires face aux canons polis et au noir des chevaux, des caissons et des tuniques tachées de poudre des artilleurs. Les nuages nacrés du printemps voguent dans le ciel, pareils aux vaisseaux d'une guerre parallèle, le soleil qui monte au-dessus des toits de la ville aveugle momentanément les troupes, puis, sur un ordre du sultan qu'un pan de voile dissimule, tambours et cymbales se taisent et les porte-enseignes lâchent leurs drapeaux.

Les canonniers enflamment la poudre d'une soixantaine de bouches à feu. L'armée entière regarde – des bergers pieds nus qu'on a enrôlés de force, munis de faux et de gourdins, aux imams et aux vizirs, en passant par les suivants, les cuisiniers et les palefreniers, les fléchiers, les corps d'élite et les janissaires aux turbans immaculés. Les habitants de la ville regardent aussi, réunis par groupes espacés le long des murs intérieurs et extérieurs : archers, cavaliers, moines, maçons, la foule des curieux et des imprudents. Les yeux fermés, Omeir plaque ses avant-bras sur ses oreilles, il sent la pression qui monte, le canon géant qui rassemble son épouvantable puissance, et pendant un instant il prie pour que tout cela ne soit qu'un très long rêve dont il s'éveillera chez lui, adossé au tronc de l'arbre creux.

Les canons tirent les uns après les autres en crachant une fumée blanche, secoués par la force de recul qui ébranle le sol, et une bonne soixantaine de boulets s'envolent vers la cité, si rapides que l'œil ne peut en suivre la trajectoire.

Des nuages de poussière et de pierre pulvérisée s'élèvent le long des remparts. Des fragments de brique et de calcaire tombent en pluie sur les hommes à quatre cents mètres de distance, et un grondement se propage parmi les troupes rassemblées.

Lorsque la fumée se dissipe, Omeir constate qu'une des tours du mur extérieur s'est en partie écroulée. En dehors de cela, les fortifications semblent intactes. Les canonniers versent de l'huile d'olive sur le canon géant pour le refroidir, tandis qu'un officier commande le chargement d'un second boulet de cinq cents kilos. Maher cligne des yeux, interloqué, et il se passe un bon moment avant que les clameurs s'atténuent assez pour qu'Omeir entende le hurlement.

Anna

Alors qu'elle coupe du bois de récupération dans la cour, elle entend une nouvelle salve de coups de canon, douze tirs d'affilée suivis par un grondement lointain de maçonnerie abattue. Il y a quelques jours, le tonnerre des engins de guerre du sultan pouvait faire fondre en larmes la moitié des brodeuses de l'atelier. Ce matin, elles se bornent à esquisser un signe de croix au-dessus de leurs œufs durs. Une cruche oscille sur une étagère et Chryse tend la main pour la stabiliser.

Anna charrie le bois dans l'arrière-cuisine pour nourrir le feu, puis les huit brodeuses qui sont toujours là prennent leur repas et remontent à l'atelier. Il fait froid, et aucune ne travaille avec beaucoup d'ardeur. Kalapathes s'est enfui en emportant les fils d'or et d'argent ainsi que les perles de culture, il leur reste peu de soie en réserve, et, de toute manière, il n'y a plus guère d'ecclésiastiques susceptibles de commander des vêtements brodés. Tout le monde semble s'accorder à penser que le monde marche vers sa fin et que rien n'importe sinon laver son âme de ses souillures avant que tout s'achève.

La veuve Théodora se tient devant la fenêtre de l'atelier, appuyée sur sa canne. Maria se penche tout près de son métier, brodant la capuche de samite.

Tous les soirs, une fois qu'elle a raccompagné sa sœur dans leur cellule, Anna parcourt plus d'un kilomètre pour rejoindre les femmes et les filles réunies sur la terrasse entre les remparts extérieurs et le mur intérieur. Réparties en équipes, elles remplissent des tonneaux d'herbe, de terre et de gravats. Des nonnes qui portent encore l'habit de leur ordre les aident à accrocher les tonneaux à des poulies ; il y a aussi des mères qui participent à l'ouvrage, se relayant pour garder les nouveau-nés.

Grâce à un système de grues entraînées par des ânes, les fûts sont hissés sur les créneaux des murailles extérieures. À la nuit tombée, des soldats d'une incroyable bravoure, exposés aux regards des forces ennemies, escaladent des barricades dressées à la hâte pour faire descendre les tonneaux, comblant les espaces vides avec des branchages et de la paille. Anna voit des arbrisseaux et des buissons entiers rejoindre le barrage, et même des tapis et des tentures. Tout est mis à contribution pour amortir l'impact des redoutables boulets de pierre.

Toute proche de la muraille extérieure, elle sent, à chaque rugissement des canons du sultan, les détonations ébranler son ossature et bousculer son cœur sous ses côtes. De temps à autre, un projectile manque sa cible et s'enfonce en hurlant dans la ville, et elle l'entend alors se planter dans un verger, une ruine ou une maison. Certains frappent directement les barricades, qui, au lieu de voler en éclats, absorbent le boulet, provoquant des hourras parmi les défenseurs de la cité.

Ce sont les périodes d'accalmie qui effraient le plus Anna : dans les moments de repos, elle entend les chants des Sarrasins au-delà de l'enceinte, les grincements de leurs engins de siège, les hennissements des chevaux et les blatèrements des chameaux. Et si le vent souffle du bon côté, elle flaire leurs odeurs de cuisine. Être si près de ces hommes qui souhaitent sa mort. Savoir que seule une paroi maçonnée les empêche d'accomplir leur dessein.

Elle s'échine jusqu'à ce que sa vue se brouille, puis rentre péniblement chez Kalapathes et allume une chandelle avant de s'allonger près de Maria, les mains maculées de terre et les ongles cassés ; la couverture bien tirée sur elles deux, Anna ouvre le petit codex relié en peau de chèvre.

Elle progresse lentement dans sa lecture. Les moisissures recouvrent partiellement certains des feuillets, le scribe qui a copié le texte n'a pas laissé d'espaces pour séparer les mots, la chandelle de suif crachote en diffusant une avare lumière, et surtout, Anna est la plupart du temps tellement épuisée que les phrases semblent danser et se gondoler devant ses yeux.

Le berger de l'histoire s'est transformé en âne par accident, puis en poisson, et le voilà qui nage dans le ventre d'un léviathan, voyageant d'un continent à l'autre tout en fuyant les monstres qui cherchent à le dévorer : c'est stupide et absurde à la fois ; vraiment, il ne peut pas s'agir du recueil de merveilles dont les Italiens s'étaient mis en quête.

Et pourtant. Lorsque les cadences du grec ancien se réveillent et qu'Anna entre dans l'histoire de la même manière qu'elle entrait dans le prieuré sur le promontoire – un appui pour le pied, une prise pour la main –, le froid humide de la cellule s'évanouit pour céder la place au monde grotesque et bigarré d'Aethon.

> *Notre monstre marin affronta un de ses semblables encore plus phénoménal que lui, remuant les flots tout autour de nous, et je vis sombrer des navires avec cent marins à leur bord, tandis que des îles déracinées s'en allaient à la dérive. Terrifié, je fermai les yeux pour diriger mes pensées vers la cité dorée dans les nuages…*

Tourner la page, se frayer un chemin sur les lignes : le barde se lance et fait apparaître dans votre tête un univers débordant de bruits et de couleurs.

Un soir, Chryse leur annonce que le sultan ne s'est pas contenté d'étrangler la ville avec son château « Coupe-Gorge », d'établir un blocus maritime en stationnant sa flotte à l'ouest et de lever une armée innombrable équipée de terrifiantes pièces d'artillerie : il a aussi recruté des Serbes venus des mines d'argent, les meilleurs mineurs au monde, chargés de creuser des passages sous les murailles.

Dès que Maria apprend la nouvelle, ces hommes la remplissent d'épouvante. Elle dispose autour de leur cellule des coupelles remplies d'eau, guettant à la surface les répercussions d'un travail souterrain. La nuit, elle réveille Anna et lui demande d'écouter le raclement des pelles et des pioches sous la maison.

« Le bruit est de plus en plus fort, lui dit-elle.

– Je n'entends rien, Maria.

– Est-ce que le sol est en train de bouger ?

– Essaie de dormir, ma sœur, répond Anna en lui passant un bras autour des épaules.

– Je les entends parler. Ils sont là, juste au-dessous de nous.

– C'est seulement le vent dans la cheminée. »

La peur s'insinue cependant en elle, au mépris de toute logique. Elle imagine un bataillon d'hommes en caftan tapis dans un trou sous sa paillasse, la figure brunie par la terre, leurs yeux immenses se détachant dans l'obscurité. Anna n'ose plus respirer ; elle entend la pointe de leurs couteaux gratter l'envers des dalles de leur cellule.

Un soir, vers la fin du mois, Anna s'aventure dans les quartiers est de la ville, en quête de nourriture, et longe les grands murs érodés de Sainte-Sophie. Elle s'arrête brusquement : elle aperçoit entre les maisons le prieuré sur le promontoire face au port, dont la silhouette se découpe au-dessus de la mer. Le bâtiment est en feu. Les flammes bondissent dans les embrasures croulantes, une torsade de fumée noire s'étire dans le ciel.

Des cloches retentissent – elle ne saurait dire si elles appellent à combattre l'incendie ou si elles sonnent pour d'autres raisons. Peut-être encouragent-elles simplement la population à ne pas abandonner. Anna croise un abbé qui promène une icône, les yeux clos, escorté de deux moines qui brandissent des encensoirs, et la fumée du prieuré s'attarde dans le ciel du crépuscule. Elle pense aux salles humides et vermoulues, à la bibliothèque aux voûtes effondrées, rongée par les moisissures. Au codex qui est resté dans sa cellule.

Jour après jour, année après année, le temps fait disparaître les vieux livres. C'est ce que lui a dit le scribe italien.

Une domestique s'arrête pour l'aborder.

« Rentre chez toi, petite. Les cloches appellent les moines à enterrer les morts, et ce n'est pas une heure pour courir les rues. »

En arrivant chez Kalapathes, Anna trouve Maria assise dans la cellule obscure, le corps raidi.

« Il y a de la fumée ? Je sens une odeur de fumée.

– Ce n'est qu'une chandelle.

– Je suis toute faible.

– La faim, certainement, ma sœur. »

Anna s'installe près d'elle, les enveloppant toutes les deux dans la couverture, et retire le capuchon de samite des genoux de Maria. Cinq des douze oiseaux sont achevés, la colombe de l'Esprit saint, le paon de la Résurrection, le bec-croisé qui tenta d'arracher les clous de la croix de Jésus… Elle enroule dans le capuchon le dé et les ciseaux de couture, puis sort de sa cachette le livret défraîchi pour l'ouvrir à la première page. À MA TRÈS CHÈRE NIÈCE, EN ESPÉRANT QUE CECI T'APPORTERA SANTÉ ET LUMIÈRE.

« Écoute, Maria. »

Anna commence par le tout début.

Ivre, ce benêt d'Aethon prend pour un lieu réel la cité prodigieuse qu'il a vue lors d'une représentation théâtrale. Il se met donc en route pour la Thessalie, Pays de la Magie, et se transforme en âne par accident. Cette fois, Anna progresse plus rapidement dans sa lecture, et le fait de lire à voix haute provoque un étrange phénomène : pendant qu'elle livre à ses oreilles un flux continu de phrases, Maria semble souffrir un peu moins. Ses muscles se relâchent ; sa tête vient reposer sur l'épaule d'Anna. Aethon-devenu-âne est enlevé par des bandits, attaché à la roue d'un moulin par le fils d'un meunier, puis s'achemine vers une contrée où la nature s'est éteinte, forçant sur ses sabots écaillés et fatigués. Maria a cessé de se plaindre, elle ne parle plus des mineurs invisibles qui grattent le dessous des dalles. Assise près de sa sœur, elle bat des paupières à la clarté de la flamme, l'air amusé.

« Tu crois que tout ça est vrai, Anna ? Un poisson assez grand pour avaler des bateaux entiers ? »

Une souris trottine sur le carrelage et se dresse face à elle en remuant son museau, la tête penchée de côté comme si elle attendait une réponse. Anna se remémore sa dernière entrevue avec Licinius. *Mythos*. Une conversation, une fable, une légende venue des âges obscurs précédant la naissance du Christ.

« Certaines histoires, dit-elle, peuvent être vraies et fausses en même temps. »

Au bout du couloir, la veuve Théodora égrène au clair de lune son chapelet usé. Dans la cellule voisine, Chryse la cuisinière, qui a perdu la moitié de ses dents, boit du vin à même la cruche et se met à rêver, ses mains gercées posées sur ses genoux, d'une journée d'été à l'extérieur des murs – elle marche sous les cerisiers et le ciel est plein de corneilles. Un kilomètre et demi plus à l'est, dans les entrailles d'une caraque à l'ancre, le jeune Himerius, enrôlé de force dans la défense navale, se trouve parmi une trentaine de rameurs, appuyé sur la barre d'une rame gigantesque, le dos palpitant de douleur et les mains en sang. Il ne lui reste que huit jours à vivre. Au fond des souterrains d'Hagia Sophia, trois petits bateaux flottent sur le sombre miroir des citernes, chargés de roses printanières, tandis qu'un prêtre entonne un cantique dans l'obscurité emplie d'échos.

Omeir

La première fois qu'il longe par le nord les remparts de la ville et voit l'estuaire de la Corne d'or – une nappe d'eau argentée large de huit cents mètres, qui se pousse mollement vers la mer –, Omeir reste sidéré. Des mouettes tournoient dans le ciel ; des échassiers aussi grands que des dieux se dressent au milieu des touffes de roseaux ; deux des barges du sultan passent en glissant devant lui, comme par un tour de magie. Grand-père lui avait bien dit que l'océan était assez vaste pour contenir tous les rêves jamais formés par l'esprit des hommes, mais ce n'est qu'aujourd'hui qu'il comprend réellement le sens de ces mots.

Le long du rivage, côté ouest, les ports ottomans fourmillent d'activité. Alors que le convoi descend vers les quais, Omeir découvre des treuils et des grues, des débardeurs en train de déplacer fûts et munitions, des chevaux de trait attachés à leurs chariots, et il a la certitude qu'il ne contemplera jamais plus une telle splendeur.

Mais les jours se succèdent pour se changer en semaines, dissipant l'émerveillement initial. Le garçon et ses bêtes, affectés à un attelage de huit paires de bœufs, transportent des caissons de boulets en granit issus des carrières du littoral nord de la mer Noire, entre un débarcadère de la Corne d'or et la fonderie improvisée derrière les fortifications, où des tailleurs de pierre cisèlent et polissent les pièces en fonction du calibre des bouches à feu. Il leur faut parcourir six kilomètres, essentiellement en montée, et les canons font preuve d'un appétit insatiable. Les attelages peinent de l'aube au crépuscule, et la plupart des bœufs, encore éprouvés par leur interminable périple, manifestent des signes de faiblesse.

Pour ménager son jumeau boiteux, Clair-de-Lune assume une part toujours plus grande de l'effort, et quand on leur retire le joug, le soir venu, Arbre ne fait que quelques pas avant de s'allonger. Omeir passe la majeure partie de ses nuits à lui apporter de l'eau et du fourrage. L'encolure ployée et le museau contre le sol, ses côtes qui s'abaissent et se soulèvent à une cadence folle : un animal en bonne santé ne se coucherait jamais de cette façon-là. Les hommes le lorgnent, salivant à l'idée du repas qui s'annonce.

Pluie, brouillard, et enfin un soleil si brûlant qu'il fait lever des nuées turbulentes de mouches. Au milieu des projectiles qui passent en sifflant, les fantassins du sultan comblent les portions de la douve proches du Lycus avec des arbres abattus, des engins de siège démolis, de la toile à tente et tout ce qui leur tombe sous la main ; en quelques jours, le commandement galvanise énergiquement les troupes, et un nouveau contingent franchit l'obstacle.

Les hommes succombent par centaines. Beaucoup sont prêts à tout risquer pour récupérer leurs morts et se font tuer en rassemblant les cadavres, laissant un supplément de corps à emporter. Presque tous les matins, lorsque Omeir harnache ses bêtes, la fumée des bûchers funéraires monte vers le ciel.

La route menant aux débarcadères de la Corne d'or coupe un cimetière chrétien qui fait office d'hôpital de campagne en plein air. Blessés et agonisants gisent parmi les vieilles pierres tombales : Macédoniens, Albanais, Valaques, Serbes, certains en proie à de si vives souffrances qu'ils perdent quelque chose de leur humanité, comme si la douleur effaçait leur identité même, aplanissant les différences telle une couche de mortier. Des guérisseurs circulent dans les rangées avec des feuilles de saule enflammées tandis que les médecins conduisent des ânes chargés de cruches en terre cuite, d'où ils tirent de pleines poignées d'asticots pour nettoyer les plaies ; devant ces hommes qui hurlent, se contorsionnent ou s'évanouissent, Omeir imagine avec consternation les morts enfouis au-dessous des mourants, les chairs verdies par la putréfaction, les dents qui grincent encore dans les crânes décharnés.

Des chariots tirés par des ânes se pressent dans les deux sens sur la route des attelages, le visage des conducteurs crispé par l'impatience, la peur ou la colère – ou par un mélange de tout cela. Omeir s'aperçoit que la haine progresse dans les rangs, pareille à une maladie contagieuse. Trois semaines après le début du siège, il y a déjà des hommes qui ne combattent plus au nom de Dieu ou du sultan, ni même pour la satisfaction du pillage, mais seulement pour assouvir une rage mêlée d'effroi. Tuer tout le monde. En finir. À certains moments, Omeir lui-même sent la fureur flamber en lui, et il n'a pas d'autre désir que voir le poing ardent de Dieu déchirer le ciel pour broyer un à un les bâtiments de la ville, jusqu'à ce que tous les Grecs soient morts et que lui puisse regagner son village.

Le premier jour de mai, les nuages bouchent le ciel. Des myriades de gouttes de pluie grêlent les eaux noires et paresseuses de la Corne d'or. L'attelage attend que les débardeurs aient fait rouler à bas de la rampe les boulets de granit veinés de quartz blanc, qu'ils chargent ensuite à bord des chariots.

Au loin, des trébuchets propulsent vers la ville des blocs de pierre qui dessinent des arcs rapides avant de disparaître derrière les remparts. Au bout de huit cents mètres de route en direction de la fonderie, alors que les bœufs pantelants s'enfoncent, l'écume aux lèvres et la langue pendante, dans de profondes ornières, Arbre se met à tituber. Il parvient à se ressaisir, mais recommence à chanceler après quelques pas. L'attelage s'arrête, et des hommes s'empressent d'immobiliser le chariot pendant que le reste de la cohorte continue de s'écouler.

Omeir se penche pour se faufiler entre les bêtes. Dès qu'il touche sa patte arrière, Arbre tressaille. Deux filets de morve s'échappent de ses naseaux, sa langue ne cesse de lécher son palais, ses yeux papillotent doucement, leurs globes ternis voilés d'une taie qui lui donne l'air lointain et rêveur. Comme si les cinq derniers mois l'avaient fait vieillir de dix ans.

L'aiguillon à la main, Omeir, dans ses chaussures en lambeaux, va trouver en queue de train le chef de convoi mécontent, qui voyage perché au sommet du chargement.

« Les bêtes ont besoin de repos. »

Le chef lui jette un regard mi-perplexe, mi-dégoûté, la main tendue vers son fouet. Omeir sent son cœur basculer au-dessus d'un gouffre noir. Un souvenir remonte à sa mémoire : un jour, il y a de cela des années, Grand-père l'a emmené un jour dans les montagnes pour qu'il regarde les bûcherons abattre un très vieux pin argenté aussi haut que vingt-cinq hommes, véritable royaume à lui tout seul. D'une voix sourde mais résolue, les forestiers chantaient en travaillant, plantant leurs coins en rythme dans le tronc comme s'ils fichaient des aiguilles dans la cheville d'un géant, et Grand-père lui a appris les noms de leurs outils – hache, cognée, scie, serpe. Mais ce qu'Omeir se rappelle à cet instant, face au chef de convoi armé de son fouet, c'est le chagrin qu'il a éprouvé lorsque l'arbre a basculé, le tronc fracassé, au milieu des clameurs des bûcherons, et que l'air s'est soudain empli d'un parfum riche et piquant de bois éclaté. Tous semblaient exulter au spectacle de leur puissance collective, regardant s'écraser dans la broussaille ces ramures qui, des générations durant, n'avaient connu que la clarté des étoiles, la neige et les corbeaux. Omeir, lui, se sentait au bord du désespoir, mais il avait deviné que, même à son âge, cette émotion ne serait pas bien reçue, et qu'il devait la cacher à tous, y compris à son propre grand-père. Pourquoi se lamenter devant ce dont les hommes sont capables ? lui aurait-il répondu. Ce n'est pas normal qu'un enfant ait moins de sympathie pour les humains que pour le reste des créatures.

La mèche du fouet claque à deux doigts de son oreille.

Un conducteur à la barbe blanche, qui les accompagne depuis Edirne, lance alors : « Laisse ce gamin tranquille. Il a de la bonté pour ses bêtes, et après ? Le Prophète lui-même, que la paix soit avec Lui, a préféré un jour couper un pan de sa tunique plutôt que réveiller le chat qui dormait dessus.

– Si on ne livre pas cette cargaison à temps, réplique le chef, on se fera fouetter, moi comme les autres. Et je veillerai à ce que toi et ta sale tête en preniez pour votre grade. Fais avancer tes bêtes, ou on servira de pâture aux corbeaux. »

Tandis que les hommes rejoignent leurs bœufs, Omeir longe la route dévastée et creusée d'ornières pour aller s'accroupir à côté d'Arbre. Il chuchote son nom, et l'animal se redresse. Il touche de son aiguillon le garrot de Clair-de-Lune, et les bœufs se remettent à tirer, courbés sous le joug.

DOUZE

LE MAGICIEN DANS LE VENTRE DE LA BALEINE

La Cité des nuages et des oiseaux, d'Antoine Diogène, Folio M

… alors que les remous s'apaisaient dans le ventre du monstre, je me sentis soudain affamé. Levant les yeux, je vis un morceau de choix venir flotter à la surface, un petit anchois tout luisant qui gigotait de la plus alléchante des manières. D'un coup de queue, je fondis sur lui en ouvrant bien grand les mâchoires et…

« Aïe, aïe, ma bouche ! »

Les pêcheurs avaient des yeux pareils à des lampes, des nageoires à la place des mains et des pénis longs comme des troncs d'arbre, et ils vivaient sur une île à l'intérieur de la baleine, avec une montagne d'arêtes en son milieu.

« Décrochez-moi, je ne suffirai pas à nourrir des hommes aussi robustes que vous. Et puis, je ne suis même pas un poisson ! »

Ils échangèrent des regards avant de demander : « Qui a parlé ainsi ? Le poisson, ou l'un de vous ? »

Alors ils m'emportèrent dans une grotte en haut de la montagne, où demeurait depuis quatre siècles un magicien hirsute victime d'un naufrage, qui avait appris tout seul le langage des poissons.

« Noble magicien », haletai-je. Parler m'était de plus en plus difficile. « Je vous en prie, changez-moi en oiseau. Un aigle vaillant, de préférence, ou une chouette splendide, afin que je puisse m'envoler vers la cité dans les nuages où la souffrance est absente et où le vent d'ouest souffle en permanence. »

Il éclata de rire.

« Même s'il te poussait des ailes, idiot de poisson, tu ne pourrais pas voler vers des lieux qui n'existent pas.

– C'est faux, ils existent bel et bien. Vous n'y croyez peut-être pas, mais moi, si. Sinon, à quoi rimerait tout cela ?

– Comme tu voudras. Indique à ces pêcheurs l'endroit où vivent les plus gros poissons, et ensuite je t'offrirai des ailes. »

Je fis palpiter mes ouïes pour lui signifier mon accord, et il marmonna une formule magique avant de me jeter en l'air au-dessus de la montagne, tout au bord des gencives du léviathan, dont les dents sanglantes hachuraient la lune comme des colonnes.

L'ARGOS

ANNÉE DE MISSION 64

JOURS 1-20 À L'INTÉRIEUR DE LA CAPSULE N° 1

Konstance

Elle se réveille allongée au sol, dans la combinaison en bioplastique que son père lui a fabriquée. La machine clignote à l'intérieur de sa tour.

Bonjour, Konstance.

Le matériel que Père a apporté est éparpillé autour d'elle : le Pérambulateur, le lit à matelas gonflable, les toilettes en circuit fermé, les lingettes et les sacs de Nutri-poudre, l'imprimante encore emballée. Le masque respiratoire est posé à côté d'elle, sa frontale éteinte.

Un sentiment d'épouvante s'infiltre peu à peu dans sa conscience. Les deux silhouettes enfouies sous leurs tenues anticontamination, le miroir couleur bronze des visières qui renvoyait une image déformée de l'entrée de la Cabine 17. Les tentes dans l'Espace communautaire. Le visage émacié de Père, ses yeux bordés de rouge. Sa façon de grimacer dès que le rayon de la lampe le touchait.

Mère qui n'était pas dans son lit.

Utiliser les toilettes dans ces conditions lui semble impudique. Les jambes de sa combinaison sont imprégnées de sueur.

« Sybil, j'ai dormi pendant combien de temps ? »

Tu as dormi dix-huit heures, Konstance.

Dix-huit heures ? Elle compte les sacs de Nutri-poudre : il y en a treize.

« Et mes paramètres vitaux ? »

Température idéale ; pouls et fréquence respiratoire parfaits.

Konstance fait le tour de la capsule, cherchant une issue. « S'il te plaît, Sybil, laisse-moi sortir. »

Je ne peux pas.

« Comment ça, tu ne peux pas ? »

Je ne peux pas ouvrir la capsule.

« Bien sûr que si, voyons. »

J'ai pour consigne principale d'assurer le bien-être de l'équipage, et j'estime que c'est ici que tu es le plus en sécurité.

« Demande à Père de venir me chercher. »

Oui, Konstance.

« Dis-lui que je veux le voir tout de suite. » Le lit, le masque respiratoire, les réserves de nourriture. La terreur pulse en elle. « Sybil, combien de repas peut imprimer une personne à partir de treize sacs de Nutri-poudre ? »

Sur la base d'un apport calorique moyen, le dispositif peut reconstituer 6 526 repas complets. Est-ce que tu as faim après ce long repos ? Souhaites-tu que je t'aide à préparer un repas nutritif ?

Père en train d'étudier des schémas techniques à la Bibliothèque. Le tabouret de couture craquant sous la pression de la première porte. *L'un de nous deux ne se sent pas bien.* D'après Jessi Ko, annoncer à Sybil qu'on ne se sentait pas bien était le seul moyen de sortir de sa cabine. Et si elle détectait un problème, elle envoyait le Dr Cha et l'ingénieur Goldberg pour qu'ils vous accompagnent à l'Infirmerie.

Père ne se sentait pas bien. Quand il en a informé Sybil, elle a déverrouillé la porte de la Cabine 17 pour qu'on le transfère parmi les autres malades isolés, mais il a d'abord veillé à emmener Konstance dans la capsule. Et il lui a fourni assez de provisions pour six mille cinq cents repas.

D'une main tremblante, elle allume sa Visionneuse, et l'Ambulateur se met en marche en bourdonnant.

Tu veux aller à la Bibliothèque ? Mais bien sûr, Konstance. Tu peux manger plus…

Les tables sont toutes inoccupées, les échelles aussi. Aucun livre ne se déplace dans les airs. Personne en vue. Encadré par l'ouverture au plafond, un joli pan de ciel bleu. « Il y a quelqu'un ? » demande Konstance. Le chien de Mrs Flowers surgit de sous un bureau, les yeux brillants et la queue dressée.

Pas de professeurs en plein cours, ni d'adolescents perchés sur les échelles qui mènent à la section Jeux.

« Sybil, où sont passés les autres ? »

Ils sont ailleurs, Konstance.

Les ouvrages sans nombre ne bougent pas de leur emplacement. Les feuillets et les crayons impeccables sont rangés dans leurs boîtes. Quelques jours plus tôt, Mère, assise à l'une des tables, a lu ceci à voix haute : *Les virus les plus résistants peuvent survivre pendant des mois sur certaines surfaces : dessus de table, poignées de porte, équipements sanitaires.*

Une chape glacée s'abat sur Konstance. Elle écrit sur un bout de papier : *Combien de temps faut-il à quelqu'un pour manger 6 526 repas ?*

Un chiffre descend jusqu'à elle : *5,9598*

Six ans ?

« S'il te plaît, Sybil, demande à Père de me rejoindre à la Bibliothèque. »

Oui, Konstance.

Elle s'assied sur le sol en marbre, et le petit chien saute sur ses genoux. Son pelage a l'air bien réel sous ses doigts. Les coussinets sous ses pattes sont tièdes. Tout là-haut, un nuage solitaire gris argent traverse le ciel, pareil à un dessin d'enfant.

« Alors, qu'est-ce qu'il a dit ? »

Il n'a pas encore donné de réponse.

« Quelle heure est-il ? »

Treize heures et six minutes, période Lumière du Jour.

« Ils sont tous en train de prendre le Troisième Repas ? »

Non, ce n'est pas cela. Ça te plairait de jouer à quelque chose, Konstance ? Un puzzle, peut-être ? Et il y a toujours l'Atlas, je sais que tu aimes le visiter.

Le chien virtuel cligne ses yeux numériques. Le nuage virtuel poursuit sa route en silence dans le crépuscule numérique.

Au moment où elle descend de son Pérambulateur, l'éclairage s'est tamisé dans la Capsule n° 1. C'est bientôt l'heure de l'Extinction. « Il y a quelqu'un ? » s'écrie Konstance, le front collé à la paroi.

Elle répète en élevant la voix : « Il y a quelqu'un ? »

Les sons passent difficilement à travers les cloisons de l'*Argos*, mais ce n'est pas tout à fait impossible : depuis sa couchette de la Cabine 17, elle a déjà entendu les gargouillis de l'eau dans les canalisations, ainsi que plusieurs disputes entre Mr et Mrs Marri, les occupants de la Cabine 16.

Du tranchant de la main, elle cogne contre les parois, puis s'empare du lit gonflable encore emballé pour le lancer contre la cloison. Le choc rend un écho effroyable. Elle patiente un peu avant de recommencer. La terreur la frappe encore et encore, au rythme des battements de son cœur. Elle revoit une fois de plus Père plongé dans ses schémas techniques à la Bibliothèque. Lui reviennent les paroles de Mrs Chen, des années plus tôt : *Cette capsule dispose de son propre système de régulation thermique, d'entretien mécanique et de purification de l'air, indépendant du reste de…* En étudiant ces documents, son père s'assurait sans doute de l'autonomie de la capsule. Il l'a conduite ici dans le but de la protéger. Mais pour quelle raison ne l'a-t-il pas rejointe ? Pourquoi ne pas avoir amené d'autres personnes avec elle ?

Parce qu'il se savait contaminé. Parce que les autres étaient peut-être porteurs d'une maladie contagieuse et mortelle.

L'obscurité totale envahit la capsule.

« Sybil, que dit ma température ? »

Elle est parfaite.

« Pas trop élevée ? »

Tous les paramètres sont au mieux.

« S'il te plaît, tu veux bien ouvrir la porte ? »

La capsule va rester verrouillée, Konstance. Pour toi, c'est l'endroit le plus sûr. Je te conseille de prendre un bon repas. Ensuite, tu pourras monter ton lit. Aimerais-tu avoir un peu plus de lumière ?

« Demande à mon père s'il serait prêt à changer d'avis. Je veux bien monter mon lit et faire tout ce que tu demanderas. »

Elle retire les sangles pour déplier le lit, fixe les pieds en aluminium et commence à gonfler le matelas. Tout est silencieux à l'intérieur de la capsule. Depuis les profondeurs de ses plis et replis, Sybil émet une douce lueur.

Il se peut que les autres soient à l'abri dans les caissons à réserves, où l'on entrepose la farine, les combinaisons neuves et les pièces de rechange. Ces espaces sont peut-être équipés de leur propre système de régulation thermique et de purification de l'eau. Mais dans ce cas, comment expliquer que personne n'apparaisse à la Bibliothèque ? Ils n'auraient pas d'Ambulateurs à leur disposition ? À moins qu'ils soient tous endormis. Elle s'assied sur le lit et déchire l'emballage de la couverture, qu'elle place devant ses yeux. Puis elle compte jusqu'à trente.

« Tu lui as posé la question ? Il a changé d'avis ? »

Ton père n'a pas changé d'avis.

Au cours des heures qui suivent, elle se touche le front une bonne vingtaine de fois, guettant un signe de fièvre. Elle est à l'affût d'une aura de migraine, d'un vertige de nausées. *Température satisfaisante*, dit Sybil, *fréquence respiratoire et rythme cardiaque parfaits.*

Konstance déambule dans la Bibliothèque, appelle Jessi Ko dans les galeries et joue à Swords of Silverman, puis elle se roule en boule sous une table et se met à sangloter. Le petit chien blanc lui lèche le visage. Elle ne voit personne.

Dans la capsule, l'entrelacs des fils brillants de Sybil surplombe le lit de camp.

Es-tu prête à reprendre tes études, Konstance ? Notre voyage continue, et il est fondamental de respecter quotidiennement…

Les gens sont-ils en train de mourir à dix mètres d'elle, dans les cabines ? Est-ce que les cadavres de tous ceux qu'elle a connus attendent d'être éjectés par le sas du vaisseau ?

« Laisse-moi sortir, Sybil. »

Je regrette, mais la porte va rester verrouillée.

« Mais rien ne t'empêche de l'ouvrir, c'est toi qui as le contrôle. »

N'étant pas en mesure de savoir si tu serais en sécurité à l'extérieur, je n'ai pas la possibilité de déverrouiller la porte. J'ai pour consigne principale d'assurer le bien-être…

« Pourtant, tu ne l'as pas fait. Tu n'as pas assuré le bien-être de l'équipage, Sybil. »

Plus le temps passe, plus je suis convaincue que tu es en sécurité ici.

« Imagine, murmure Konstance, que je n'aie plus envie d'être en sécurité. »

Ensuite vient la rage. Elle dévisse un des pieds en aluminium de son lit pour en frapper les parois, éraflant et cabossant le revêtement métallique. Quand ça ne lui suffit plus, elle s'en prend au cylindre transparent qui abrite Sybil et cogne dessus jusqu'à ce que l'aluminium se déchire et que ses mains lui fassent horriblement mal.

Où sont passés tous les autres, et pourquoi faut-il qu'elle soit l'unique survivante ? Y a-t-il une seule raison au monde qui justifie que son père ait quitté sa planète et condamné sa fille à un sort aussi affreux ? Les diodes du plafond brillent intensément. Une goutte de sang qui perle au bout de son doigt atterrit sur le sol. Le cylindre protégeant Sybil n'a pas reçu la moindre égratignure.

Tu te sens mieux ? demande Sybil. *C'est normal d'exprimer sa colère de temps en temps.*

Si seulement on pouvait guérir aussi facilement qu'on se blesse. Une cheville foulée, un os fracturé – il suffit d'une seconde pour se faire mal. Au fil des heures, des semaines et des années, les cellules du corps travaillent à se reconstituer telles qu'elles étaient juste avant la lésion. Et malgré tout on ne redevient jamais la même personne – pas exactement.

Huit jours de solitude, dix onze treize : elle perd le fil. La porte ne s'ouvre pas. Personne ne tape du poing de l'autre côté des parois. Personne ne se rend à la Bibliothèque. Un seul tuyau alimente la capsule en eau s'écoulant en un mince filet qu'elle relie tour à tour à l'imprimante et aux toilettes. Il lui faut plusieurs minutes pour remplir un gobelet ; elle souffre constamment de la soif. Il lui arrive de coller ses mains à la cloison, de se sentir prisonnière comme l'embryon en dormance dans l'enveloppe d'une graine, attendant de se réveiller. À d'autres moments, elle rêve que l'*Argos* se pose dans un delta de Beta Oph2, le vaisseau ouvre ses portes et tout le monde sort sous une pluie pure et limpide qui tombe en nappes d'un ciel extraterrestre, une pluie dont émane un subtil parfum de fleurs. Le vent leur cingle le visage ; des bandes d'oiseaux inconnus s'envolent et se mettent à tournoyer ; Père étale de la boue sur son visage et tourne vers elle un regard plein de joie, tandis que Mère lève la tête, la bouche ouverte, pour s'abreuver au ciel – s'éveiller d'un rêve pareil est la pire des solitudes.

Lumière-du-Jour Extinction, Lumière-du-Jour Extinction : à l'intérieur de l'Atlas elle explore des déserts, des autoroutes et des chemins de campagne, Prague, Le Caire, Mascate et Tokyo, cherchant quelque chose qu'elle ne saurait définir. Au Kenya, un homme qui porte un fusil en bandoulière a été saisi par l'objectif un rasoir à la main. À Bangkok, elle croise une échoppe où une fille se tient penchée derrière un comptoir ; dans son dos, un bon millier de pendules sont accrochées au mur : cadrans à tête de chat, chiffres en forme de tête de panda, pendules en bois avec des aiguilles en laiton, tous les balanciers figés. Les arbres l'attirent invariablement, un caoutchouc en Inde, des ifs moussus en Angleterre, un chêne dans l'Alberta, et pourtant, aucune des images de l'Atlas – pas même le vieux pin de Bosnie des montagnes de Thessalie – ne possède les détails complexes et stupéfiants d'une simple laitue de la ferme de Père, ou de son jeune pin planté dans son bac, aucune ne peut rivaliser avec sa texture et les surprises qu'il réserve : le vert si riche et si vivant de ses longues aiguilles aux pointes jaunes ; le bleu-violet de ses fruits ; le xylème qui fait remonter des racines l'eau et les sels minéraux, le phloème qui transporte les sucres contenus dans les aiguilles afin qu'ils soient stockés, le tout assez lentement pour qu'on n'en distingue rien à l'œil nu.

Épuisée, frissonnante, elle reste assise sur le lit tandis que la lumière des diodes s'atténue. À entendre Mrs Chen, Sybil est un livre qui contient le monde entier : mille variantes de la recette des macaronis au fromage, les courbes de température de l'Arctique sur quatre millénaires, la littérature confucéenne, les symphonies de Beethoven et le génome des trilobites – le patrimoine complet de l'humanité, la citadelle, l'arche, la matrice, tout ce que nous pouvons imaginer et tout ce dont nous sommes susceptibles d'avoir besoin. Mrs Flowers lui a affirmé un jour que cela devait suffire.

Toutes les deux ou trois heures, la même question lui vient aux lèvres : Sybil, est-ce qu'il ne reste que moi ? Es-tu le pilote d'un cimetière volant avec une seule survivante à bord ? Mais elle ne se résout pas à la poser.

Son père attend, voilà tout. Il patiente jusqu'à ce qu'il n'y ait plus aucun risque. Et alors il ouvrira la porte.

LAKEPORT, IDAHO

1953-1970

Zeno

Le bus le dépose devant la station Texaco. Mrs Boydstun l'attend en fumant une cigarette, appuyée contre le flanc de sa Buick.

« Tu es maigre comme un clou. Au fait, tu as reçu mes lettres ?

– Vous m'avez écrit ?

– Tous les premiers du mois, sans exception.

– Et qu'est-ce qu'elles racontaient, ces lettres ?

– Oh, l'installation d'un nouveau feu de signalisation, la fermeture de la mine de stibnite... »

Ses yeux sont brillants et ses cheveux bien coiffés, mais il remarque une anomalie en la regardant marcher vers le *diner* : l'une de ses jambes accuse un infime retard par rapport à l'autre.

« Ce n'est rien, lui dit-elle. Mon père a eu la même chose. Tu sais, ta chienne est morte. Je l'ai donnée à Charlie Goss de New Meadows, il m'a assuré qu'elle était partie sans souffrir. »

Athéna assoupie devant la cheminée de la bibliothèque. Il est trop épuisé pour pleurer.

« Elle se faisait vieille.

– Oui, c'est vrai. »

Ils s'installent dans un box, commandent des œufs, et Mrs Boydstun allume une nouvelle cigarette. La serveuse porte des lunettes attachées à une chaînette autour de son cou. Son tablier est d'une blancheur déstabilisante.

« Alors, ils t'ont fait un lavage de cerveau ? Il paraît que certains, parmi les petits nouveaux, ont tourné casaque. »

Elle tapote sa cigarette au-dessus du cendrier.

« Apportez-nous le café, Helen. »

Les eaux du lac renvoient des lames de lumière. Des bateaux à moteur vont et viennent en déchirant la surface. À la station essence, un homme torse nu à la peau très bronzée regarde l'employé remplir le réservoir de sa Cadillac. Zeno ne peut pas croire que des choses comme celle-ci aient continué à se produire pendant tous ces mois.

Mrs Boydstun l'observe. Il comprend que les gens attendent quelque chose, mais sûrement pas la vérité : ce qu'ils souhaitent, c'est une histoire qui parle de courage et de persévérance, le bien qui triomphe du mal, un chant du retour célébrant le héros qui a apporté la lumière au cœur des ténèbres. La serveuse débarrasse une table proche de la leur : trois des assiettes n'ont pas été terminées.

« Tu as tué quelqu'un, là-bas ? demande Mrs Boydstun.

– Non.

– Vraiment personne ? »

On leur sert des œufs au plat. Zeno en crève un avec sa fourchette, faisant couler le jaune dont la viscosité luisante a quelque chose de répugnant.

« C'est bien comme ça, dit Mrs Boydstun. Tant mieux. »

La maison n'a pas changé : la collection d'enfants en céramique, un Christ supplicié exposé sur chaque mur. Les mêmes rideaux en soie, les genévriers sous lesquels Athéna se terrait par les nuits de grand froid. Mrs Boydstun remplit leurs verres.

« Une partie de *cribbage*, mon chéri ?

– Je vais plutôt aller m'allonger.

– Mais bien sûr, prends tout ton temps. »

Dans le tiroir de la commode, les soldats en plastique reposent au fond de leur caisse en fer-blanc. Le numéro 401 gravit une pente avec son fusil. Le 410 est agenouillé derrière son canon antitank. Zeno se couche dans le lit en laiton qu'il occupait enfant, mais le matelas est trop mou, et la clarté du jour de plus en plus vive. Lorsqu'il entend enfin sortir

Mrs Boydstun, il descend doucement l'escalier et va déverrouiller toutes les portes de la maison. Zeno ne supporte pas qu'elles soient fermées à clé, il voudrait même qu'elles restent ouvertes en grand. Il entre dans la cuisine sur la pointe des pieds, trouve une miche qu'il rompt en deux morceaux ; il en cache un sous son oreiller et répartit l'autre moitié entre ses poches. On ne sait jamais.

Il s'endort à même le plancher, près de son lit. Il n'a pas encore vingt ans.

Le pasteur White lui obtient un emploi dans les services de la voirie du comté. Pendant les journées dorées de l'automne, alors que les mélèzes flamboient sur les versants, Zeno et son équipe – des hommes plus âgés que lui – pilotent une niveleuse à chenilles Caterpillar pour combler des bourbiers et des ravinements, réparant les chaussées jusque dans les petites bourgades nichées au cœur des montagnes. Au début de l'hiver, il choisit parmi les postes disponibles celui qui implique le moins de contacts avec les autres : conduire une antique déneigeuse de l'armée. Ses trois lames rotatives renvoient la neige vers le pare-brise dans une sorte d'avalanche inversée, une gerbe ascendante éclairée par les phares du véhicule, qui, au fil des heures nocturnes, produit un effet de plus en plus hypnotique. C'est une occupation étrange et solitaire. En général, les essuie-glaces ne réussissent qu'à étaler le givre sur la vitre, le chauffage fonctionne rarement et le système de dégivrage intégré au tableau de bord est plus que rudimentaire, si bien que Zeno doit tenir son volant d'une seule main pendant que l'autre frotte le pare-brise avec un chiffon imbibé d'alcool pour garantir la visibilité.

Tous les dimanches, il adresse un courrier à une association d'anciens combattants britanniques, demandant des informations sur un vice-caporal du nom de Rex Browning.

Le temps passe. La neige fond puis se remet à tomber, une scierie brûle, les employés de la voirie réparent les chaussées dévastées par les intempéries et consolident les ponts, de nouvelles pluies et de nouvelles chutes de roches détruisent leur ouvrage et ils n'ont plus qu'à recommencer. L'hiver est de retour, et les lames de la déneigeuse projettent leur envoûtante nappe blanche sur le pare-brise. Il y a constamment des voitures dont le moteur gèle, ou qui dérapent dans la boue et la neige fondue, et c'est Zeno qui est chargé du dépannage et du remorquage.

De temps à autre, quelque chose semble se détraquer chez Mrs Boydstun. Son humeur est capricieuse. Elle part faire ses courses et ne se rappelle pas ce qu'elle devait acheter. Trébuche là où il n'y a pas d'obstacle, trace une ligne sur sa joue quand elle veut appliquer du rouge sur ses lèvres. Au cours de l'été 1955, Zeno l'emmène consulter un médecin de Boise, qui diagnostique une chorée de Huntington. Le docteur lui conseille de surveiller chez Mrs Boydstun les lapsus et les mouvements saccadés. Elle allume une cigarette et lui dit : « Fais gaffe à ce que tu racontes. »

Zeno envoie des courriers partout : à l'administration des armées du Commonwealth, à un service spécialisé dans la localisation des anciens combattants britanniques, à toutes les personnes du nom de Rex Browning domiciliées en Angleterre. On lui envoie des réponses consciencieuses, mais qui ne mènent à rien. Prisonnier de guerre, situation inconnue, nous regrettons de ne pouvoir vous fournir d'autre information. L'unité de Rex ? Zeno ne la connaît pas. L'identité de son commandant ? Il ne sait pas non plus. Tout ce qu'il a, c'est un nom et le secteur d'East London. Il aimerait leur dire : Il agitait la main devant sa bouche quand il bâillait ; J'avais envie de planter les dents au creux de sa clavicule ; Il m'a raconté que les archéologues avaient découvert l'inscription ΚΑΛΟΣΟΠΑΙΣ sur des milliers de poteries grecques, offertes par des hommes adultes à des jeunes gens qu'ils trouvaient séduisants. ΚΑΛΟΣΟΠΑΙΣ, καλός ὁ παῖς, « le garçon est beau ».

Est-il possible qu'un homme si riche de connaissances, si lumineux et plein d'énergie, ait disparu sans laisser de trace ?

Pendant les hivers suivants, au moment où Zeno inspecte un moteur gelé sur Long Valley Road, ou décroche une chaîne de remorquage, il arrive cinq ou six fois qu'un homme lui effleure le bras ou glisse une main juste au-dessus de son pelvis : ils se réfugient alors dans un garage ou dans la pénombre embuée de la cabine de la déneigeuse, et une rapide étreinte s'ensuit. Un employé de ranch, en particulier, s'arrange pour répéter plusieurs fois l'opération, comme s'il faisait exprès d'envoyer sa voiture buter dans une congère. Mais il se volatilise au printemps, et Zeno ne le revoit jamais.

Amanda Corddry, la responsable du service de voirie, lui suggère diverses filles de Lakeport qu'il pourrait rencontrer – pourquoi pas Jessica de la station Shell, ou bien Lizzie qui travaille au *diner* – et il se sent obligé d'accepter des rendez-vous. Il porte une cravate pour l'occasion ; les jeunes femmes sont d'une irréprochable gentillesse ; certaines ont été mises en garde contre la déloyauté supposée des prisonniers de guerre endoctrinés en Corée ; aucune ne comprend les silences prolongés de Zeno. Il s'efforce d'adopter une attitude virile pour manier ses couverts, pour croiser les jambes ; il discute base-ball et moteurs de bateau ; et malgré cela, il a l'impression de tout faire de travers.

Un soir, submergé par un chaos d'émotions, il est à deux doigts d'avouer la vérité à Mrs Boydstun. Elle est dans une de ses bonnes journées, le regard vif et les cheveux bien coiffés, deux gros pains aux raisins cuisent dans le four, c'est le moment des annonces publicitaires à la télévision, d'abord les flocons d'avoine Quaker, puis un médicament contre les migraines. Zeno s'éclaircit la voix.

« Vous savez, après la mort de Papa, quand je… »

Mrs Boydstun se lève pour baisser le son du téléviseur. Le silence mugit dans la pièce, aussi éclatant que le soleil.

« Je ne suis pas… », tente-t-il encore, et elle ferme les yeux comme si elle se préparait à encaisser un coup. Il voit la Jeep exploser en deux morceaux. L'éclair des canons de fusil. Blewitt tue des mouches qu'il garde dans une boîte de conserve. Des hommes raclent de la bouillie de maïs brûlée au fond d'une marmite.

« Allons, Zeno, crache le morceau.

– Oh, c'est sans importance. Votre émission vient de reprendre. »

Le médecin ayant conseillé les puzzles pour entretenir la motricité fine de Mrs Boydstun, Zeno en commande un chaque semaine au drugstore de Lakeport. Bientôt, il retrouve régulièrement des pièces égarées un peu partout dans la maison, dans le bac de l'évier ou dans celui du lavabo, collées à la semelle de ses chaussures, au fond de la pelle à ordures quand il balaie la cuisine. Un bout de nuage, un segment d'une cheminée du *Titanic*, un morceau du foulard d'un cow-boy. Un sentiment de terreur s'insinue en lui : la peur que les choses demeurent ainsi pour toujours, qu'il n'y ait rien d'autre à attendre de l'existence. Petit-déjeuner, travail, dîner, vaisselle, un puzzle en cours étalé sur la table, représentant une colline barrée du nom HOLLYWOOD, avec une quarantaine de pièces éparpillées au sol. La vie. Et après, rien que le froid et l'obscurité.

La circulation devient plus intense sur la route de Boise, si bien que la déneigeuse intervient surtout la nuit. Il avance dans le noir en repoussant la neige, guidé par le rayon de ses phares, et, certains matins à la fin de son service, il s'arrête à la bibliothèque au lieu de rentrer chez lui et déambule longuement dans les allées.

La nouvelle bibliothécaire s'appelle Mrs Raney, et elle le laisse à peu près faire à sa guise. Au début, il se cantonne aux numéros du *National Geographic* : aras, Inuits, caravanes de chameaux, des photographies qui viennent aiguillonner en lui une agitation latente. Plus tard, il s'aventure pas à pas dans la section Histoire : Phéniciens, Sumériens, la période Jōmon au Japon. Il passe lentement devant le modeste fonds

Lettres classiques – l'*Iliade*, quelques pièces de Sophocle, et aucune trace de l'exemplaire de l'*Odyssée* à la couverture jaune citron – mais il est incapable de se résoudre à emprunter un des livres du rayonnage.

Une fois de temps en temps, il trouve le courage de partager avec Mrs Boydstun quelques bribes de ce qu'il a appris : la chasse à l'autruche en Libye dans l'Antiquité, les peintures des tombeaux de Tarquinia.

« Les Mycéniens vénéraient la spirale, lui dit-il un soir. Ils en peignaient sur des coupes à vin, sur les bâtiments et sur les sépultures, sur les plastrons des cuirasses de leurs rois. Mais personne n'en connaît la raison. »

Deux jets de fumée identiques s'échappent des narines de Mrs Boydstun. Elle repose son verre d'Old Forester pour farfouiller dans les pièces de son puzzle.

« J'ai du mal à croire que ça pourrait intéresser qui que ce soit », répond-elle à Zeno.

Derrière la vitre de la cuisine, des voiles de flocons planent dans l'obscurité.

21 décembre 1970

Cher Zeno,

Recevoir trois lettres de toi à la fois, ça relève du pur miracle. L'administration les avait sûrement égarées pendant tout ce temps. Tu n'imagines pas à quel point je suis heureux d'apprendre que tu t'en es sorti. J'ai tâché de me renseigner sur les prisonniers libérés des camps, mais beaucoup de documents ont été enterrés, tu le sais comme moi, et j'avoue que j'étais très occupé à me refaire une place parmi les vivants. Je suis ravi que tu sois parvenu à me retrouver.

Je continue de me colleter les manuscrits de l'Antiquité – je fouille dans les ossements poussiéreux des langues mortes, pareil à ces vieux profs de lettres classiques à qui je ne voulais pas ressembler. Crois-le si tu peux, c'est encore pire aujourd'hui. Je suis un spécialiste des textes perdus, et j'étudie les papyrus exhumés d'un dépotoir d'Oxyrhynque. Je suis même allé en Égypte – coup de soleil carabiné.

Désormais, les années filent à toute allure. Mon anniversaire tombe au mois de mai, et nous avons prévu une petite fête, Hillary et moi. Je suis bien conscient des distances, mais tu pourrais peut-être faire le déplacement ? Ce serait l'occasion de prendre des vacances. On écrirait en grec avec un papier et un crayon, au lieu de gratter la terre avec un bâton. Quelle que soit ta décision, je reste

Ton ami fidèle,

Rex

LAKEPORT, IDAHO

2016-2018

Seymour

Devoir de civilisation, classe de quatrième :

Exposez trois choses que vous avez apprises au sujet des Aztèques.

J'ai appris à la bibliothèque que, tous les 52 ans, les prêtres aztèques devaient empêcher la fin du monde. Ils éteignaient toutes les torches de la ville, enfermaient les femmes enceintes dans des greniers en pierre pour que leurs bébés ne se changent pas en démons, et maintenaient les enfants éveillés pour qu'ils ne soient pas transformés en souris. Ensuite ils emmenaient une victime (il fallait qu'elle soit sans péché) au sommet d'une montagne sacrée appelée la Colline de l'Étoile, et au moment où certaines étoiles étaient présentes dans le ciel (un livre que j'ai lu parie sur Véga, la cinquième étoile la plus brillante – Non-Fiction F1219.73), l'un des prêtres ouvrait la poitrine de la prisonnière pour arracher son cœur encore chaud, pendant qu'un autre allumait un feu à l'emplacement du cœur. Puis ils emportaient dans une coupe le cœur enflammé et s'en servaient pour rallumer les torches de la ville, et les gens voulaient se brûler à leur flamme parce qu'ils croyaient que ça portait bonheur. Des milliers de torches se mettaient à briller, la ville s'illuminait de nouveau et le monde était sauvé pour les 52 ans à venir.

Devoir d'histoire américaine, classe de troisième :

Sans vouloir vous offenser, c'était quand même un peu fort, le chapitre que vous nous avez donné à lire. « Christophe Colomb était un grand homme », « Les Indiens adoraient Thanksgiving » – un vrai lavage de cerveau. J'ai trouvé des infos bien plus intéressantes à la bibliothèque. Exemple : Saviez-vous que les Anglais, avant de quitter l'Angleterre pour récupérer le tabac cultivé par les esclaves, lestaient les bateaux avec de la terre pour qu'ils résistent mieux aux tempêtes ? Quand ils débarquaient dans le Nouveau Monde (qui n'était ni « nouveau » ni appelé « Amérique », le pays porte ce nom à cause d'un marchand de cornichons devenu célèbre pour avoir fait croire qu'il avait couché avec des autochtones), les Anglais déversaient la terre sur le rivage pour laisser la place au tabac. Et devinez ce qu'elle contenait ? Des lombrics. L'espèce s'était éteinte en Amérique à l'âge de glace, au moins dix mille ans plus tôt, et les lombrics anglais ont TOUT envahi en modifiant les sols, et les Anglais ont aussi apporté des tas de choses qui n'avaient JAMAIS existé à cet endroit : vers à soie, porcs, pissenlits, vigne, chèvres, rats, rougeole, variole, et l'idée selon laquelle les plantes et les animaux étaient faits pour être tués et mangés par les humains. Avant ça, il n'y avait pas non plus d'abeilles en « Amérique », si bien que les abeilles importées se sont développées sans prédateurs. J'ai lu dans un livre que les familles des tribus indigènes se mettaient à pleurer quand elles en voyaient car c'était une annonce de mort.

Devoir d'anglais, seconde :

Vous nous avez demandé de raconter un truc « amusant » qui nous serait arrivé pendant l'été, histoire de « reprendre notre gymnastique grammaticale ». Alors, voilà, Mrs Tweedy : cet été, des chercheurs ont annoncé qu'au cours des quarante dernières années, les humains ont éliminé 60 % des poissons, des oiseaux et des mammifères sauvages de la planète. C'est amusant, ça ? Et au cours des trente dernières années, on a fait fondre à 95 % les couches de glace les plus épaisses de l'Arctique. Quand on aura fait fondre toutes les glaces du Groenland – je ne parle même pas du pôle Nord et de l'Alaska, juste du Groenland, Mrs Tweedy – vous savez ce qui se passera ? Le niveau des océans s'élèvera de huit mètres. Assez pour noyer Miami, New York, Londres, Shanghai ; imaginez que vous sautiez dans un bateau avec vos petits-enfants, Mrs Tweedy, vous leur proposez un casse-croûte, et là, ils vous disent : « Regarde sous l'eau, mamie, c'est la statue de la Liberté, c'est Big Ben, c'est un tas de cadavres. » Alors, c'est amusant ? Est-ce que j'ai bien repris ma gymnastique grammaticale ?

Sur le bureau de Mrs Tweedy, un autocollant avec une blague : *Passé, présent et futur se retrouvent dans un bar : il était temps !* Sa chevelure paraît si douce que l'on pourrait dormir dessus. Seymour s'attend à une sanction, mais au lieu de cela elle lui explique qu'il existait avant un club de Sensibilisation à l'environnement au sein de l'établissement – cela fait deux ans qu'il n'est plus en activité, mais Seymour peut le reprendre en main s'il le souhaite.

Derrière les vitrages, le soleil de septembre incline ses rayons sur le terrain de football. À quinze ans, Seymour est en âge de comprendre que le problème ne se résume pas à l'absence de son père et à ses jeans de seconde main, ni même aux soixante milligrammes d'anxiolytiques qu'il prend tous les matins pour tenir le tumulte en respect : sa différence est beaucoup plus profonde que cela. Les autres garçons de seconde vont chasser le wapiti, fauchent des canettes de Red Bull à la supérette, fument de l'herbe en haut des pistes de ski ou forment des équipes pour participer à des jeux de combat en ligne. Lui, il se renseigne sur les quantités de méthane stockées dans le permafrost sibérien en train de fondre. Ses lectures sur le déclin des strigidés l'ont orienté vers la déforestation, et, de fil en aiguille, il a découvert l'érosion des sols, la pollution des océans, le blanchissement corallien, le réchauffement de la planète, la fonte des glaces et la disparition des espèces ; tout se passe beaucoup plus rapidement que ce qu'avaient prévu les scientifiques, chaque système de la planète étant relié à l'ensemble par un réseau de fils invisibles : la pollution en Chine fait vomir les joueurs de cricket de Delhi, les feux de tourbe indonésiens envoient des milliards de tonnes de particules de carbone dans l'atmosphère de la Californie, les méga-feux qui ravagent le bush australien teintent de rose ce qui subsiste des glaciers de Nouvelle-Zélande. Réchauffement de la planète = plus de vapeur d'eau dans l'atmosphère = hausse des températures = encore plus de vapeur d'eau = aggravation du réchauffement = fonte du permafrost = davantage de carbone et de méthane séquestrés par le permafrost libérés dans l'atmosphère = hausse des températures = permafrost réduit = moins de glace aux pôles pour absorber l'énergie solaire. Toutes ces études et tous ces arguments sont disponibles à la bibliothèque, mais, pour autant qu'il puisse en juger, Seymour est le seul à s'y intéresser.

Certaines nuits, alors que l'éclairage d'Eden's Gate brille derrière le rideau de sa chambre, il lui semble presque entendre de gigantesques boucles de rétroaction travailler la planète, telles les roues grinçantes de moulins invisibles dans le ciel.

Mrs Tweedy tape sur le bureau avec la gomme de son crayon.

« Allô Seymour ? Ici la Terre. »

Il dessine un tsunami prenant une ville d'assaut. Des bonshommes en bâtons s'échappent des maisons ou sautent par les fenêtres. Au-dessus, il écrit : CLUB DE SENSIBILISATION À L'ENVIRONNEMENT, LE MARDI ENTRE MIDI ET DEUX, SALLE 114. Et il ajoute sous le dessin : TROP TARD POUR RÉAGIR, BANDE DE CONS ? Mrs Tweedy l'oblige à supprimer « BANDE DE CONS » avant d'imprimer des copies sur la machine du personnel enseignant.

Le mardi suivant, huit élèves sont présents. Debout face au groupe, Seymour lit à haute voix le texte qu'il a rédigé sur une feuille arraché à son cahier.

« Le cinéma nous fait croire que la civilisation disparaîtra du jour au lendemain, dans une explosion ou une attaque d'extraterrestres, mais c'est faux – sa fin sera lente. Notre monde est déjà en train de s'achever, mais si lentement que personne ne le remarque. Nous avons déjà tué la plupart des animaux et provoqué le réchauffement des océans, et en huit cent mille ans le taux de CO_2 dans l'atmosphère n'avait jamais été aussi élevé. Même si on arrêtait tout immédiatement – supposons qu'on meure tous pendant le déjeuner – et qu'il n'y ait plus ni voitures, ni armées, ni fast-foods, les températures continueraient à grimper pendant plusieurs siècles. D'ici à nos vingt-cinq ans, le taux de carbone dans l'atmosphère aura encore doublé, ce qui entraînera des incendies plus violents, des tempêtes plus puissantes, de plus fortes inondations. Dans dix ans, le maïs ne poussera plus aussi bien. Et de quoi se nourrissent à quatre-vingt-quinze pour cent les vaches et les poulets ? De maïs, justement. Du coup, le prix de la viande augmentera. Et qu'est-ce qui arrive quand il y a trop de carbone dans l'air ? Les humains ne peuvent plus réfléchir clairement. Quand on aura vingt-cinq ans, on verra beaucoup plus de gens affamés, paniqués et perturbés bloqués dans les embouteillages, essayant de fuir les villes inondées ou en flammes. Vous imaginez peut-être qu'on va gentiment rester dans nos voitures pour tâcher de résoudre le problème du climat ? Ou vous pensez plutôt qu'on va se cogner dessus, s'entre-dévorer et commettre des viols ? »

Une fille de seconde l'interpelle : « Tu as bien dit "s'entredévorer et commettre des viols" ? »

Un garçon de terminale lève une feuille de papier sur laquelle est écrit : *See-More Stool-Guy* – le mec qui voit tout et qui aime remuer la merde. Ha ha ha, c'est désopilant.

Mrs Tweedy intervient depuis la rangée du fond : « Ces prédictions sont tout à fait alarmantes, Seymour, mais peut-être pourrions-nous réfléchir à des pratiques écoresponsables ? À quelques initiatives concrètes qui seraient à la portée d'une association de lycéens. »

Une élève de première nommée Janet suggère que la cafétéria supprime les pailles en plastique, et que l'on distribue des bouteilles réutilisables à l'emblème du Lion de Lakeport. Et si on mettait aussi des affiches plus convaincantes au-dessus des containers de tri sélectif ? Janet a une veste en jean ornée de grenouilles en tissu, des yeux noir corbeau tout brillants et une ombre de moustache au-dessus de la lèvre ; Seymour se tient devant le tableau, sa feuille roulée en boule dans la main, la cloche sonne, Mrs Tweedy lance : « On se retrouve mardi prochain pour un nouveau brainstorming », et il se dirige vers la salle de biologie.

Plus tard ce jour-là, alors qu'il rentre chez lui, une Audi verte s'immobilise à sa hauteur et Janet baisse la vitre. Son appareil dentaire est rose, il y a du noir et du bleu dans ses yeux et elle a voyagé à Seattle, à Sacramento et à Park City dans l'Utah, c'était génial, ils ont fait du rafting et de l'escalade et ils ont vu un porc-épic grimper dans un arbre, est-ce que Seymour a en déjà vu un ?

Elle propose de le déposer chez lui. À présent, le lotissement d'Eden's Gate compte trente-trois logements répartis des deux côtés d'Arcady Lane et zigzaguant à flanc de coteau derrière la maison préfabriquée. La plupart des propriétaires, des gens de Boise, de Portland et de l'est de l'Oregon, les utilisent comme résidences secondaires : ils garent leurs remorques à bateau dans les impasses, circulent en ville au volant de leurs 4×4 à vingt mille dollars et accrochent aux balcons des drapeaux d'équipes de football universitaire ; durant le week-end, ils chahutent autour du feu qu'ils allument dans le jardin le soir venu, et urinent dans les buissons d'airelles pendant que leurs gamins envoient des chandelles romaines vers les étoiles.

« Waouh, fait Janet. Ton jardin est plein d'herbes folles.

– Les voisins s'en plaignent.

– À moi, ça me plaît. C'est la nature, quoi. »

Assis sur les marches du perron, ils boivent du soda Shasta Twist en observant le vol nonchalant des bourdons au milieu des chardons. Janet a une odeur d'assouplissant pour le linge et sent aussi les tacos de la cantine, et elle parle à peu près cinquante fois plus que Seymour – le Key Club et le camp d'été, son envie de partir à la fac loin de ses parents mais pas trop loin quand même, tu vois ce que je veux dire, comme si son avenir était une courbe exponentielle prédéfinie et en ascension continue ; un retraité aux cheveux blancs, qui habite la maison voisine, fait rouler sa grande poubelle jusqu'au bout de son allée et, quand il regarde vers eux, Janet le salue de la main ; le vieil homme rentre chez lui sans répondre, et Seymour explique : « Il nous déteste. Tout le monde espère que ma mère va vendre son terrain pour qu'ils puissent bâtir plus de maisons.

– Il avait l'air assez sympa, pourtant. »

Un gazouillis de son portable détourne son attention.

Seymour fixe le bout de ses chaussures.

« Tu savais que le stockage des données d'Internet produit chaque jour autant de carbone que tous les avions du monde réunis ?

– T'es trop bizarre, toi », répond Janet, mais elle sourit en disant ces mots.

Juste avant la nuit, un ours noir surgit du crépuscule et Janet s'agrippe au bras de Seymour, puis filme l'animal qui se dandine entre les flaques de lumière des réverbères. Il se déplace parmi la demi-douzaine de containers à roulettes posés au bout des allées du lotissement, en les flairant longuement. Ayant enfin trouvé quelque chose à son goût, il renverse la poubelle d'un coup de patte. Tout doucement, il utilise une de ses griffes pour en extraire un gros sac blanc dont il éparpille le contenu sur la voie bitumée.

L'ARGOS

ANNÉE DE MISSION 64

JOURS 21-45
À L'INTÉRIEUR DE LA CAPSULE N° 1

Konstance

Elle allume sa Visionneuse et monte sur le Pérambulateur. Aucune réaction.

« Sybil, il y a un problème avec la Bibliothèque. »

Non, Konstance, il n'y a aucun problème. J'ai simplement réduit ton temps d'accès. C'est le moment de reprendre tes études. Tu dois te laver, manger un vrai repas et te tenir prête dans l'atrium d'ici trente minutes. Il y a du savon solide dans le kit de toilette que ton père t'a fourni.

Konstance est assise au bord de son lit, la tête entre les mains. En gardant les yeux fermés, elle arrivera peut-être à métamorphoser la Capsule n° 1 en Cabine 17. Au-dessous de sa propre couchette, celle de Mère avec sa couverture soigneusement pliée. Un peu plus loin, le lit de Père. Et là, la table de couture, le tabouret et le sac de boutons. Le temps est toujours une notion relative, lui a expliqué Père : à cause de la vitesse de l'*Argos*, le temps mesuré par Sybil à bord du vaisseau s'écoule plus rapidement que sur les pendules terrestres. Les chronomètres qui tournent dans chaque cellule du corps humain nous indiquent qu'il est temps de penser à dormir ou à faire un enfant, ou que la vieillesse est là – toutes ces horloges peuvent être perturbées par la vitesse, un logiciel ou les circonstances. Certaines graines en dormance, comme celles qui sont stockées dans les tiroirs de la Ferme #4, sont capables de suspendre le temps pendant plusieurs siècles, ralentissant au maximum leur métabolisme et traversant ainsi les saisons jusqu'à ce qu'apparaissent les bons paramètres d'humidité et de température, et qu'un rayonnement solaire propice touche le sol. Là, elles finissent par s'ouvrir comme si on prononçait la formule magique.

Gobelune, craquedingue, virevague.

« Très bien. Je vais me laver et manger. Et reprendre mes cours. Mais ensuite, tu m'autoriseras à visiter l'Atlas. »

Konstance met de la poudre dans l'imprimante, avale un bol de pâtes aux couleurs de l'arc-en-ciel, puis elle se débarbouille et démêle vigoureusement ses cheveux avant de rejoindre la Bibliothèque, où elle exécute docilement toutes les consignes de Sybil.

Qu'est-ce que la constante cosmologique ? Rechercher l'étymologie du mot « trivial ». Simplifier la formule trigonométrique suivante :

$$\frac{1}{2}[\sin(A+B) + \sin(A-B)]$$

Après quoi elle fait sortir l'Atlas de son rayonnage, la colère et le chagrin tendus comme deux ressorts dans sa poitrine, et explore les routes de la Terre. Des tours de bureaux défilent dans une lumière de fin d'hiver ; un camion-poubelle à la carrosserie crasseuse est arrêté à un feu rouge ; à moins de deux kilomètres de là, elle contourne une colline et passe devant un complexe moderne gardé par des vigiles que les objectifs numériques n'ont pas réussi à approcher. Konstance se met à courir, comme si elle voulait saisir devant elle les notes d'une mélodie fuyante qui lui échappera toujours.

Une nuit, alors qu'elle vit seule dans la capsule depuis presque six semaines, elle rêve qu'elle se trouve dans l'Espace communautaire. Les tables et les bancs ont disparu, de hauts tourbillons de sable rouille se déplacent au sol. Elle recule en titubant, passe devant les portes fermées de cinq ou six cabines avant d'atteindre la Ferme #4.

À l'intérieur, les cloisons ont disparu, laissant place à un horizon de collines brunes recuites par le soleil. Du sable vole en tous sens. Le plafond est réduit à une brume rougeâtre et mouvante, et des milliers de bacs de culture, s'étendant sur des kilomètres, sont à demi enfouis sous les dunes. Père est là, agenouillé devant l'un d'eux, il lui tourne le dos et des grains de sable ruissellent entre ses doigts. Il se retourne à l'instant précis où elle va lui taper sur l'épaule. Son visage est sillonné de traces de sel, ses cils sont poudrés de sable.

Chez moi, en Schérie, dit-il, *il y avait un fossé d'irrigation derrière la maison. Même quand il a été asséché…*

Elle se réveille en sursaut. La Schérie : un mot qu'il prononçait quand il évoquait les souvenirs de chez lui. *La Schérie sur Backline Road.* Le nom de la ferme de son enfance, à ce qu'elle a compris, mais comme il répétait que la vie là-bas ne valait pas celle d'ici, elle n'a jamais pris la peine d'utiliser l'Atlas pour visiter les lieux.

Elle se nourrit, coiffe l'épais nuage de ses cheveux, suit poliment ses cours en disant s'il te plaît Sybil, d'accord, Sybil.

Aujourd'hui, Konstance, tu t'es admirablement bien comportée.

« Merci, Sybil. Je peux accéder à la Bibliothèque, maintenant ? »

Mais bien sûr.

Elle se précipite sur la boîte à bloc-notes et écrit sur un feuillet : *Où est la Schérie ?*

> *La Schérie, Σχερία : l'île des Phéaciens, terre d'abondance mythique dans l'*Odyssée *d'Homère.*

Cette réponse la déroute.

Elle écrit sur un autre feuillet : *Montre-moi tous les documents de la Bibliothèque qui concernent mon père.*

Une mince liasse de documents reliés décolle d'un rayonnage du troisième niveau. Un acte de naissance, un livret scolaire du lycée, une lettre de recommandation d'un enseignant, une adresse postale dans le sud-ouest de l'Australie. De la cinquième page émerge un garçon en 3D, haut de trente centimètres – un peu plus jeune que Konstance aujourd'hui –, qui commence à se promener sur la table. *Salut !* Un casque de boucles rousses couronne sa tête ; il porte une salopette en jean cousue main. *Je m'appelle Ethan, j'habite Nannup en Australie, et je suis un passionné de botanique. Venez, je vais vous faire visiter ma serre.*

Un bâtiment à ossature de bois se dessine derrière lui, revêtu d'un patchwork de bouteilles en plastique que l'on a étirées et aplaties. À l'intérieur, une foule de légumes poussent dans des bacs de culture hors-sol assez semblables à ceux de la Ferme #4.

> *Ici, dans la cambrousse – comme dit ma grand-mère –, on a eu des tas d'ennuis, et seulement une année de bonne sur les treize écoulées. Il y a trois ans, le dépérissement a gâché les récoltes pendant l'été, puis le bétail a été infesté par des tiques, vous en avez sûrement eu des échos, et l'année dernière on n'a pas eu un seul jour de pluie. Toutes les plantes que vous voyez ici, je les ai fait pousser avec moins de quatre cents millimètres d'eau par jour et par bac – même pas l'équivalent de la transpiration d'une personne…*

Son sourire découvre ses incisives. Ce visage, ces sourcils, cette manière de s'exprimer sont familiers à Konstance.

> *… vous cherchez des volontaires de tous âges sur l'ensemble de la planète, alors, pourquoi pas moi ? À entendre ma grand-mère, ma plus grande qualité est de ne jamais me décourager. J'adore les choses nouvelles et les endroits inconnus, et j'aime par-dessus tout explorer les mystères des plantes et des graines. Ce serait vraiment fabuleux de participer à une mission de ce type. Un monde nouveau ! Laissez-moi ma chance et je ne vous décevrai pas.*

Konstance s'empare d'un feuillet avant de rappeler l'Atlas, et quand elle y pénètre, un sentiment de solitude la transperce comme une longue aiguille. Les jours où son père se montrait enthousiaste, le garçon d'autrefois apparaissait en filigrane.

Entre lui et la photosynthèse, c'était une histoire d'amour. Il pouvait passer une heure à vous parler des mousses. À l'en croire, les végétaux étaient porteurs d'une sagesse que l'humanité ne comprendrait jamais, faute de vivre suffisamment longtemps.

« Nannup, lance Konstance dans le vide. Australie. »

La Terre se rapproche d'elle de plus en plus vite, pivote pour présenter son hémisphère Sud, et elle tombe du ciel pour atterrir sur une route bordée d'eucalyptus. Au loin, le soleil brûle les collines mordorées ; des barrières blanches se dressent de chaque côté de la voie. Accrochés en hauteur, trois drapeaux aux couleurs fanées proclament :

LUTTEZ POUR LA VIE
APPORTEZ VOTRE CONTRIBUTION
VOUS POUVEZ VOUS EN SORTIR
AVEC 10 LITRES D'EAU PAR JOUR

Des remises en tôle ondulée tachetées de rouille. Une poignée de maisons sans fenêtres. Des pins casuarinas morts, grillés par la chaleur. Alors qu'elle se dirige vers le centre-ville, elle passe devant un drôle de bâtiment municipal à la façade rouge, coiffé d'un toit blanc et ombragé par des dragonniers : l'herbe devient plus verte, d'une teinte beaucoup plus intense que tout ce qu'elle a vu jusque-là. Des bégonias resplendissants débordent des bacs accrochés aux rambardes ; tout semble revêtu d'une couche de peinture fraîche. Trois arbres étranges et superbes, chargés de fleurs éclatantes d'un orange doré, répandent leur ombre sur une pelouse au centre de laquelle miroite un bassin circulaire.

Une onde d'inquiétude parcourt de nouveau Konstance, il y a là quelque chose d'anormal. Où sont passés les gens ?

« Sybil, emmène-moi sur une ferme des environs qui s'appelle "Schérie". »

Je ne trouve aucune trace d'une propriété ou d'un élevage du secteur correspondant à ce nom.

« Disons Backline Road, alors. »

La route monte sur plusieurs kilomètres, longeant des propriétés agricoles. Ni voitures ni tracteurs en vue, pas même une bicyclette. Elle découvre des champs brûlés par la chaleur, où l'on cultivait peut-être des pois chiches à une époque. Ici et là se profilent des centrales électriques dont on voit pendiller les câbles sectionnés. Des séries de haies aussi sèches que des ossements ; des étendues de forêts calcinées ; des portails défendus par des cadenas. La route est poussiéreuse, les prés d'un beige ocré. Konstance remarque un panneau *À vendre*, puis un autre et encore un autre.

Pendant les heures qu'elle passe à explorer Backline Road, elle ne croise qu'une personne, un homme seul vêtu d'un manteau, un masque filtrant sur le visage, l'avant-bras plaqué sur les yeux pour se défendre de la poussière ou de la lumière crue – voire des deux à la fois. Konstance s'accroupit face à lui. « Bonjour ? » Elle ne s'adresse qu'à un agrégat de pixels, à un simulacre. « Vous avez connu mon père ? » L'homme est courbé en avant, comme s'il avait besoin d'un vent contraire pour se tenir droit. Quand elle tend la main pour l'aider à garder l'équilibre, ses doigts lui traversent la poitrine.

Après avoir déambulé trois jours durant sur les collines arides aux alentours de Nannup, arpentant inlassablement Backline Road, elle trouve enfin ce qu'elle cherchait, dans un bosquet d'eucalyptus qu'elle croise pour la troisième ou quatrième fois : une pancarte écrite à la main, attachée à un portail par du fil de fer.

Σχερία

Derrière : une double rangée de gommiers desséchés, au tronc pelé et blanc. Des touffes d'herbes folles croissent au bord d'un chemin de terre qui mène à une maison jaune de plain-pied, la façade et la rambarde de la terrasse sont habillées de chèvrefeuille – de chèvrefeuille mort.

Des volets noirs encadrent les fenêtres. Un panneau solaire penche sur le toit. Près de la maison, à l'ombre des gommiers rabougris, elle reconnaît la serre de la vidéo, laissée inachevée, la structure en bois partiellement recouverte de plastique trouble. Des bouteilles crasseuses s'empilent à côté.

La clarté voilée de poussière, le champ grillé, le panneau solaire cassé, la pellicule beige qui a tout recouvert comme une neige sale, partout le silence et l'immobilité de la tombe.

On a eu des tas d'ennuis.

Une seule année de bonne sur les treize écoulées.

Son père avait douze ans quand il a postulé pour faire partie de la mission, et la procédure d'admission s'est prolongée pendant un an. À treize ans – l'âge de Konstance aujourd'hui –, il a probablement été sélectionné. De toute évidence, il savait dès le départ qu'il ne vivrait pas assez longtemps pour atteindre Beta Oph2. Qu'il passerait le reste de sa vie enfermé dans une machine. Mais ça ne l'a pas dissuadé de partir.

Konstance bat des bras pour agrandir l'image qui se déforme sous ses yeux, et la maison finit par se pixelliser. Elle remarque toutefois, en poussant à leurs limites les capacités du logiciel, que les hasards de l'éclairage et de l'angle de vue lui permettent de distinguer en partie l'intérieur d'une pièce, sur le côté droit du bâtiment.

Un pan de rideau décoloré par le soleil, orné de petits avions. Suspendues au plafond, deux planètes miniatures fabriquées à la main – l'une des deux entourée d'anneaux. La tête écaillée d'un lit à une place, une table de chevet, une lampe : une chambre de jeune garçon.

Ce serait vraiment fabuleux de participer à une mission de ce type.

Un monde nouveau !

Était-il dans cette chambre quand les images ont été prises ? Le fantôme du garçon que son père a été se trouve-t-il juste là, invisible à ses yeux ?

Près de la fenêtre, un livre bleu au dos usé repose sur la table de nuit. L'illustration de couverture montre un ballet d'oiseaux parmi les tours serrées d'une ville. Une cité en lévitation sur un banc de nuages.

Konstance se dévisse le cou afin de mieux se coller à l'image, plissant les yeux pour atténuer l'effet de distorsion. Au bas de la couverture : *Antoine Diogène*. Au-dessus de l'illustration : *La Cité des nuages et des oiseaux*.

TREIZE

APRÈS LE VENTRE DE LA BALEINE,
LA TEMPÊTE

La Cité des nuages et des oiseaux, d'Antoine Diogène, Folio N

… j'étais un oiseau, j'avais des ailes et je pouvais voler ! Un équipage entier s'était embroché sur les dents du léviathan, les marins me lancèrent des appels lorsque je passai à leur hauteur, et enfin je fus libre ! Pendant un jour et une nuit, je survolai l'infini de l'océan : le ciel demeurait aussi bleu que les flots et je n'avisai ni terres ni navires, nul endroit où j'aurais pu me poser pour délasser mes ailes. Le deuxième jour, la fatigue me gagna, et la surface de la mer s'assombrit tandis que le vent modulait une lugubre chanson d'âme en peine. Des boules de feu argenté fulguraient de-ci, de-là, le tonnerre déchirait les cieux, et mes plumes grésillaient en devenant toutes blanches.

Mes souffrances n'avaient donc point assez duré ? Jaillie de la mer en rugissant, une trombe emporta avec elle îles, bateaux, bétail et maisons, et lorsqu'elle atteignit mes pauvres ailes de corbeau, elle m'arracha à ma route et me fit tournoyer de plus en plus haut dans le ciel, jusqu'à ce que mon bec, effleurant la lune, soit brûlé par sa lueur blême, si proche de moi que je voyais les créatures lunaires galoper à travers les plaines spectrales et se désaltérer aux grands lacs de lait, aussi effrayées par moi que je l'étais par elles ; et alors je me repris à rêver des soirées d'été en Arcadie, quand le trèfle tapissait généreusement les collines, que l'air résonnait des joyeuses sonnailles de mes brebis et des airs de flûte des bergers. Je regrettais amèrement de m'être engagé dans cette…

CONSTANTINOPLE

MAI 1453

Anna

Le siège dure depuis cinq jours, ou peut-être six, les journées semblent se confondre. Anna est assise dos au mur, la tête de Maria reposant sur ses genoux, et une chandelle neuve brûle au sol près des restes de bougies consumées. Un grand bruit retentit dans la rue, un cheval hennit, un homme lance des jurons et l'agitation met un moment à se dissiper.

« Anna ?

– Oui, je suis là. »

Désormais, le monde de Maria est plongé dans un noir complet. Si elle veut parler, sa langue refuse de coopérer, et les muscles de son dos et de sa nuque se contractent toutes les heures ou presque. Entre deux séances de prières, les huit brodeuses qui logent toujours chez Kalapathes regardent fixement dans le vide comme si elles entraient en transe, les nerfs épuisés. Anna aide Chryse dans le potager recroquevillé sous le gel, ou écume les quelques marchés encore existants pour se procurer de la farine, des fruits et des haricots. Dès qu'elle le peut, elle tient compagnie à Maria.

Avec le temps, elle déchiffre plus vite l'écriture soignée, inclinée vers la gauche, qui couvre les feuillets du vieux codex, et les phrases ont désormais cessé de lui résister. Si elle tombe sur un mot qu'elle ne connaît pas, ou sur un passage effacé par les moisissures, elle invente quelque chose pour les remplacer.

Aethon a enfin réussi à devenir oiseau : non pas la chouette splendide qu'il avait espérée, mais un corbeau dépenaillé. Il survole la mer sans limites, cherchant les confins de la Terre, mais se fait emporter par une trombe. Tant qu'Anna poursuit sa lecture, Maria semble apaisée, le visage serein, comme si, au lieu d'écouter un conte absurde dans une cellule humide au cœur d'une ville assiégée, elle se trouvait déjà dans les jardins de l'au-delà, bercée par les cantiques des anges ; Anna se rappelle alors ce que lui disait Licinius : raconter une histoire est une façon d'étirer le temps.

À l'époque où les bardes voyageaient de ville en ville pour réciter à qui voulait les entendre les chants anciens ancrés dans leur mémoire, ils différaient le dénouement du récit aussi longtemps que possible, improvisant un dernier vers, un ultime obstacle sur le chemin du héros : comme l'expliquait Licinius, capter une heure de plus l'attention du public, c'était l'espoir d'obtenir encore une coupe de vin, un morceau de pain, une nuit à l'abri des intempéries. Anna ignore qui était Antoine Diogène, mais elle l'imagine tailler sa plume, la tremper dans l'encre et tracer les mots sur le parchemin, dressant une nouvelle embûche sur la route d'Aethon et étirant le temps pour une autre raison : maintenir sa nièce un peu plus longtemps dans le monde des vivants.

« Il souffre terriblement, chuchote Maria. Et pourtant, il continue à avancer. »

Kalapathes avait peut-être raison, dans le fond : il se peut bien qu'une obscure magie vive entre les pages des vieux livres. Tant qu'il lui restera des phrases à lire à sa sœur, tant qu'Aethon s'obstinera dans son périple insensé, poursuivant à tire-d'aile son rêve dans les nuages, les remparts de la ville résisteront peut-être ; il est possible que la mort demeure un jour de plus à la porte.

Par un matin de mai lumineux et odorant, alors que le froid anormal semble avoir enfin desserré sa prise, l'icône la plus vénérée de la ville est transportée hors de l'église que l'on avait bâtie pour l'abriter. On raconte que l'Hodigitria, qui représente d'un côté la Vierge à l'Enfant et de l'autre la Crucifixion, a été peinte par Luc l'évangéliste sur une plaque d'ardoise de cent cinquante kilos, et acheminée depuis la Terre sainte sur ordre de l'impératrice d'alors, mille ans avant la naissance d'Anna.

Si quelque chose est susceptible de sauver la ville, c'est bien elle : un objet chargé d'une puissance démesurée, icône entre les icônes, qui aurait protégé la cité face aux multiples assiégeants de son histoire. Chryse hisse Maria sur son dos, puis les brodeuses se rendent sur la place afin de se joindre à la procession. Lorsque l'icône franchit les portes de l'église pour entrer dans la lumière du soleil, elle rayonne d'un feu si éblouissant que des arabesques d'or mouvant s'impriment sur la rétine d'Anna.

Les six prêtres qui soutiennent la peinture la déposent sur les épaules d'un moine colossal, dont l'habit de velours cramoisi est barré d'une lourde étole brodée. Titubant sous la charge, le porteur de l'icône parcourt la ville pieds nus, d'église en église, en se laissant guider par l'Hodigitria. Deux diacres attachés à ses pas protègent l'icône sous un dais scintillant d'or, suivis des dignitaires avec leurs crosses et d'un cortège formé de nonnes et de novices, de citoyens, d'esclaves et de soldats ; beaucoup ont allumé des bougies, et ensemble ils chantent une mélopée d'une beauté presque surnaturelle. Des enfants gambadent le long de la file, tenant des guirlandes de roses ou des bandes de coton avec lesquelles ils espèrent toucher l'effigie de la Vierge.

Anna et Chryse, qui porte toujours Maria sur son dos, marchent en queue de la procession et voient l'Hodigitria bifurquer vers la Troisième Colline. La ville resplendit pendant toute la matinée. Les fleurs sauvages étendent un tapis sur les ruines ; la brise éparpille sur les pavés les menus pétales blancs ; les châtaigniers fleuris balancent leurs chandelles ivoirines. Mais au moment où le cortège monte vers le nymphée, le ciel s'assombrit brusquement. Le froid saisit l'atmosphère, des nuages plombés semblent surgir de nulle part, les colombes cessent de roucouler et les chiens d'aboyer. Anna lève les yeux.

Pas un seul oiseau dans le ciel. Le tonnerre roule au-dessus des toits. Une rafale de vent souffle la moitié des flammes, la mélopée faiblit. Dans l'accalmie qui suit, Anna entend un soldat taper sur son tambour dans le camp des Sarrasins.

« Ma sœur ? demande Maria, la joue appuyée contre le dos de Chryse. Que se passe-t-il ?

– Il y a de l'orage. »

Des éclairs fourchus frappent les dômes de Sainte-Sophie. Les arbres secouent leurs ramures, une averse de grêle assaille les toits et la procession se disperse. En tête de cortège, une bourrasque arrache de son cadre le précieux dais qui couvrait l'icône et le fait s'envoler entre les bâtiments.

Alors que Chryse court se mettre à l'abri, Anna s'attarde une minute, observant le moine qui s'efforce de transporter l'Hodigitria jusqu'au sommet de la colline. Le vent le repousse en arrière en chassant des débris à ses pieds. Il résiste cependant, près d'atteindre la crête. Mais alors il titube, puis il glisse, et la peinture vieille de treize siècles tombe dans la rue détrempée, côté Crucifixion.

Assise à la table, Agata se balance en se tenant la tête entre les mains ; la veuve Théodora marmonne on ne sait quoi face à l'âtre refroidi ; Chryse ne cesse de jurer à cause de son potager dévasté. L'Hodigitria sacrée a failli à sa mission ; la Mère de Dieu les a abandonnés ; la Bête de l'Apocalypse émerge des flots. L'Antéchrist gratte à la porte. Le temps est comme un cercle, disait Licinius, et tous les cercles finissent par se refermer.

Quand vient la nuit, Anna va s'asseoir sur sa paillasse, Maria pelotonnée sur son giron et le vieux manuscrit ouvert devant elles. La tempête catapulte Aethon-le-corbeau au-dessus de la lune et le projette dans le noir entre les étoiles. L'histoire touche à sa fin.

Omeir

Ce même après-midi, l'attelage de bœufs se dirige vers la Corne d'or pour récupérer une nouvelle livraison de boulets de canon ; il se trouve à cent mètres du débarcadère, l'orage du matin a lavé le ciel, les eaux vert bleuté de l'estuaire sont pailletées de soleil, et Clair-de-Lune – pas Arbre – pile brusquement, ses pattes antérieures se dérobent et il se laisse tomber à terre. Mort.

Il est entraîné sur quelques mètres, puis le convoi s'immobilise.

Arbre tient bon, bien campé sur ses trois pattes valides, tâchant de redresser le joug qui penche sous le poids de son frère. Une écume rouge s'écoule des naseaux de Clair-de-Lune ; un pétale de fleur blanc, soulevé par la brise, se colle à son œil ouvert. Omeir se place sous le harnais, essayant de prêter ses modestes forces à la bête puissante, mais son cœur a cessé de battre.

Les autres conducteurs attendent sur le bord de la route, assis ou accroupis, habitués à voir des bœufs s'effondrer sous le joug. Le chef de convoi lance un appel vers le quai, et un groupe de quatre débardeurs s'approche aussitôt.

Arbre courbe l'échine pour qu'Omeir puisse retirer le joug plus facilement. Les débardeurs et quatre des conducteurs déplacent Clair-de-Lune sur le bas-côté, chacune de ses pattes empoignée par deux hommes, et le plus âgé de tous, après avoir rendu grâce à Dieu, dégaine son couteau pour trancher la gorge de l'animal.

Tirant Arbre par son licol, Omeir s'engage sur un chemin de terre au milieu des joncs, qui descend vers le Bosphore. Des images de Clair-de-Lune flottent dans la lumière éblouissante, du temps où il n'était qu'un jeune veau. Il aimait frotter ses côtes contre un certain pin qui poussait près de l'étable. Il adorait patauger dans la rivière, de l'eau jusqu'au ventre, appelant son jumeau d'un beuglement ravi. Il n'était pas très fort pour jouer à cache-cache. Les abeilles lui faisaient peur.

La peau d'Arbre tressaille sur son dos, une nuée de mouches se soulève et se repose comme un drap. Vues d'ici, la ville et les murailles qui la ceinturent paraissent bien petites, bloc de pierre pâle sous le ciel.

Quelques centaines de mètres plus loin, deux débardeurs allument un feu pendant que les deux autres découpent Clair-de-Lune, tranchant la tête et la langue, détachant le cœur, le foie et les reins. Après avoir enrobé les cuisses de graisse, ils les fixent à des pieux pour les faire rôtir, puis vont attendre sur la route auprès des mariniers et des conducteurs. Aux pieds d'Omeir, des myriades de petits papillons bleus absorbent les nutriments contenus dans la vasière.

Clair-de-Lune : sa queue nerveuse, le poil ébouriffé au-dessus de ses sabots fendus. Dieu l'a assemblé point par point dans le ventre de Belle, il a connu trois hivers et puis il est mort à des centaines de kilomètres de chez lui. Et tout cela pour quoi ? Arbre, couché dans les roseaux, répand une odeur fétide autour de lui, et Omeir se demande ce qu'il est capable de comprendre, et ce qu'il adviendra des deux belles cornes de Clair-de-Lune ; à chaque inspiration, une nouvelle fissure s'ouvre dans son cœur.

Le soir, les tirs d'artillerie se succèdent sans répit, ébranlant tours et remparts, et on ordonne aux hommes d'allumer le plus grand nombre possible de bougies, de torches et de foyers. Omeir aide deux conducteurs à abattre des oliviers qu'ils charrient ensuite jusqu'à un immense feu de camp. Les oulémas du sultan se déplacent entre les brasiers en distribuant des encouragements. « Les chrétiens, déclarent-ils, sont perfides et arrogants. Ils vénèrent des ossements et donnent leur vie pour des momies. Ils ne peuvent dormir que sur des matelas rembourrés de plumes et ne passent pas une heure sans boire de vin. Ils pensent que cette ville est à eux, mais elle nous appartient déjà. »

La nuit est aussi lumineuse que le jour. La chair de Clair-de-Lune circule dans les intestins de cinquante hommes. Grand-père aurait su comment s'y prendre, songe Omeir. Il aurait repéré les premiers signes de la boiterie et davantage pris soin de ses sabots, il aurait eu connaissance d'un quelconque remède à base d'herbes, d'onguent et de cire d'abeille. Grand-père qui savait détecter la présence du gibier à plumes là où lui ne voyait rien, et diriger Aiguille et Feuille d'un simple claquement de langue.

Les yeux clos pour se protéger de la fumée, il se remémore l'histoire que lui a racontée l'un des conducteurs dans la campagne autour d'Edirne, à propos d'un homme envoyé en enfer. Chaque matin, les démons lui infligeaient des milliers et des milliers de coupures, mais les entailles n'étaient jamais assez profondes pour le conduire à la mort. Elles se refermaient pendant la journée, des croûtes se formaient, et quand elles commençaient à cicatriser, on l'incisait de nouveau.

Après la prière du matin, alors qu'il rejoint Arbre dans la pâture où il l'a laissé, Omeir s'aperçoit que le bœuf ne peut plus se lever. Il gît sur le côté, une corne pointée vers le ciel. Le monde a dévoré son frère, et il est prêt à l'accompagner. À genoux, Omeir lui caresse le flanc en regardant le reflet du ciel vaciller dans son œil papillotant.

Est-ce que Grand-père observe ce même nuage en ce moment ? Nida, sa mère, Grand-père, Arbre et lui-même regardent-ils tous les cinq cette forme blanche voguer au-dessus d'eux ?

Anna

Les cloches ont arrêté de sonner les heures. Elle passe par l'arrière-cuisine, la faim se déroulant dans son ventre comme un serpent, puis va inspecter le ciel depuis le seuil de la porte ouverte. Himerius prétendait que, tant que la lune s'arrondissait, la fin du monde ne pouvait pas advenir. Mais la lune est à présent sur son déclin.

« D'abord, marmonne Théodora face à la cheminée, la guerre fait rage parmi les peuples de la Terre. Ensuite se manifeste le faux prophète. Bientôt les planètes tomberont du ciel, suivies par le soleil, et nous serons tous réduits en cendres. »

Les jambes de Maria se sont décolorées, et il faut la porter lorsqu'elle a besoin de se rendre aux cabinets. Elles sont arrivées aux derniers chapitres du codex, et certains feuillets sont tellement endommagés qu'Anna ne peut y déchiffrer qu'une ligne sur trois. Mais, pour le bien de sa sœur, elle ne renonce pas à avancer dans le voyage d'Aethon. Le corbeau brasse le vide de ses ailes, précipité vers le Zodiaque.

> *Depuis ces hauteurs icariennes, les ailes poudrées de poussière d'étoiles, je voyais, très loin au-dessous de moi, la Terre sous son jour véritable : un petit monticule de boue perdu dans l'immensité, ses royaumes pas plus grands que des toiles d'araignée, ses armées pareilles à des miettes de pain. Fourbu, brisé et brûlé par la tempête, dépouillé par le vent de la moitié de mes plumes, j'allais à la dérive parmi*

les constellations, n'espérant plus rien, lorsque j'aperçus une lueur dans le lointain, les silhouettes de tours dorées, des nuages moelleux...

Le texte s'interrompt, ses phrases noyées dans une auréole d'humidité, mais Anna le tire du néant pour sa sœur : une cité aux tours de bronze et d'argent, des fenêtres illuminées, des bannières qui flottent sur les toits, un tumulte d'oiseaux de tous gabarits et de tous plumages. Dans un mouvement tourbillonnant, le corbeau éreinté descend des étoiles.

Les coups sourds de la canonnade résonnent au loin. La flamme de la chandelle vacille.

« Il ne cesse jamais d'y croire, chuchote Maria. Même quand il est épuisé. »

Anna souffle la bougie et referme le livret. Elle pense à Ulysse, échoué sur le rivage de l'île des Phéaciens.

« Il sentait l'odeur du jasmin sous les étoiles, la violette, le laurier et la rose, et aussi le raisin et la poire. La pomme poussant sur la pomme, la figue sur la figue.

– Moi aussi, je les sens. »

Près de l'icône de sainte Koralia repose la boîte à opium qu'elle a trouvée dans l'atelier déserté des Italiens, avec son couvercle décoré d'un palais à tourelles.

À Urbino, disaient les scribes, des gens fabriquent des lentilles qui permettent de voir un objet à quarante-cinq kilomètres de distance. D'autres dessinent des lions si ressemblants qu'on croirait qu'ils vont bondir hors de la feuille pour nous dévorer. Notre maître rêve de créer une bibliothèque qui surpasserait celle du pape, disaient-ils, et contiendrait tous les textes jamais écrits. Une bibliothèque qui durerait jusqu'à la fin des temps.

Maria s'éteint le vingt-septième jour de mai, entourée des femmes de la maisonnée qui la veillent en priant. Posant la main sur son front, Anna sent la chaleur la quitter. « Lorsque tu la reverras, lui dit la veuve Théodora, elle sera revêtue de lumière. » Chryse soulève son corps sans peine, comme s'il s'agissait d'une pièce de lin raidie par le soleil, et traverse la cour pour l'emmener au couvent.

Anna replie le capuchon de samite – cinq oiseaux sont achevés, entrelacés à des branches de vigne épanouies. Il se peut que, dans un autre monde, une vaste assemblée radieuse soit en train de pleurer : leur père et leur mère, leurs tantes et leurs cousins, une petite chapelle garnie de roses printanières, la musique d'un millier d'orgues, et l'âme de Maria flottant parmi les chérubins, les paons et les grappes de raisin – une scène qui évoque l'une de ses broderies.

Dans le *katholikon* de Sainte-Théophania, les religieuses veillent sans relâche pour diriger leurs prières vers le trône de Dieu. L'une d'elles montre à Chryse l'endroit où elle doit déposer le corps, une autre recouvre Maria d'un linceul, et Anna s'assied sur les dalles auprès de sa sœur pendant qu'on envoie chercher un prêtre.

Omeir

Après la mort de ses bœufs, le temps se désintègre. On l'envoie travailler derrière les latrines avec des garçons enrôlés de force, jeunes chrétiens et esclaves orientaux chargés de brûler les excréments des soldats. Ils jettent les immondices dans des fosses avant de les recouvrir de poix bouillante, puis Omeir, aidé des plus âgés du groupe, brasse avec des perches l'immonde bouillasse fumante ; les bâtons, calcinés à leur extrémité, deviennent de plus en plus courts. Cette puanteur imprègne les vêtements d'Omeir, ses cheveux, sa peau, et ce n'est plus seulement à cause de son visage que les hommes grimacent sur son passage.

Des oiseaux de proie tournoient dans le ciel ; de grosses mouches les assaillent, implacables ; alors que mai touche à sa fin, il n'y a plus un seul coin d'ombre en dehors des tentes. Le canon géant qu'ils ont tant peiné à transporter jusqu'ici finit par se fendre, les défenseurs de la cité renoncent à réparer leurs barricades démolies, et tout le monde sent que le conflit a atteint son point critique. Soit la ville affamée capitulera, soit les Ottomans battront en retraite avant que le découragement et les épidémies ne dévastent leurs rangs.

À entendre les compagnons d'Omeir, le sultan – que Dieu le bénisse et préserve son royaume – estime que le moment décisif est arrivé. Plusieurs portions des murailles sont déjà fragilisées, l'ennemi est à bout de forces, et une ultime offensive suffira à faire pencher la balance. L'élite des combattants restera à l'arrière, tandis que d'autres troupes, moins bien équipées et peu expérimentées, partiront en avant de l'autre côté des douves afin d'affaiblir les défenses de la ville. « Nous serons pris en étau, murmure l'un des garçons, entre une avalanche de pierres venue des remparts et les coups de fouet des sbires du sultan. » Un deuxième soutient que Dieu les aidera à s'en tirer, et que, s'ils viennent à succomber, ils recevront dans l'autre monde des récompenses infinies.

Omeir ferme les yeux. Comme tout cela semblait grandiose à l'époque où les curieux s'extasiaient sur la taille de ses bœufs ; quand les hommes accouraient en masse pour avoir une chance d'effleurer le canon reluisant. *Une petite chose pourra en détruire une plus grande.* Mais qu'auront-ils détruit, finalement ?

Assis près de lui, Maher dégaine son couteau et gratte du bout de l'ongle les traces de rouille sur sa lame.

« Il paraît qu'on nous enverra là-bas dès demain. Au coucher du soleil. »

Lui aussi a perdu ses bœufs depuis longtemps, et ses yeux caves ont une expression tourmentée.

« Ce sera formidable, dit-il sans réelle conviction. Nous allons frapper leurs cœurs d'épouvante. »

Tout autour d'eux, des fils de paysans munis de boucliers, de gourdins, de javelines, de haches, de marteaux d'armes ou même de simples pierres. Omeir n'en peut plus. La mort sera un soulagement. Songeant aux chrétiens assis sur les murailles, à tous ces gens qui prient dans les maisons et les églises de la ville, il s'étonne qu'un dieu unique puisse maîtriser les pensées et les terreurs d'une telle multitude.

Anna

Le soir venu, elle va rejoindre, sur la terrasse entre les murailles, les groupes de femmes et de filles qui aident à hisser sur les parapets les pierres que l'on fera pleuvoir sur les assaillants sarrasins. Tout le monde souffre de la faim et de la fatigue ; on n'entonne plus de cantiques, on n'échange plus d'encouragements à voix basse. Juste avant minuit, des prêtres font monter sur le faîte de la muraille extérieure un orgue hydraulique auquel ils arrachent d'atroces miaulements stridents, les plaintes d'une bête colossale agonisant dans l'obscurité.

Comment font les hommes pour se convaincre que d'autres doivent mourir afin qu'eux-mêmes puissent vivre ? Anna pense à Maria, qui possédait si peu et s'est éteinte si paisiblement ; elle pense à Licinius, qui lui parlait des armées grecques faisant pendant dix ans le siège de Troie tandis que les Troyennes, piégées derrière les murs, continuaient à tisser dans l'inquiétude tout en se demandant si elles se promèneraient de nouveau dans les champs et nageraient dans la mer, ou si leurs défenses finiraient par céder, les condamnant à voir leurs nourrissons projetés par-dessus les remparts.

Anna travaille jusqu'à l'aube et, à son retour, Chryse la prie de patienter dans la cour, puis ressort de l'arrière-cuisine avec une chaise en bois et les ciseaux à manche d'os qui appartiennent à Théodora. Lorsqu'elle est bien assise, Chryse tire ses cheveux en arrière en ouvrant les ciseaux, et Anna, l'espace d'un instant, redoute que la vieille cuisinière ne lui tranche la gorge.

« Ce soir ou demain, la ville va tomber », lui dit Chryse.

Les lames crissent, Anna sent les mèches se répandre sur ses pieds.

« Tu en es certaine ?

– Je l'ai vu en rêve, ma petite. Et quand ça se produira, les soldats s'empareront de tout ce qui sera à leur portée. Les vivres, l'argent, la soie. Mais rien ne sera plus précieux que les filles. »

Anna a une vision du jeune sultan dans son campement, au milieu de ses hommes, assis sur un tapis avec un modèle réduit de la ville sur les genoux ; du bout du doigt, il sonde chaque tour, chaque créneau, chaque portion fragilisée des remparts, cherchant la brèche qui lui permettra d'entrer.

« Ils te laisseront toute nue, et s'ils ne veulent pas te garder pour eux, ils iront te vendre sur un marché. Quel que soit le camp vainqueur, une guerre finit toujours ainsi. Tu sais comment je l'ai appris ? »

Les ciseaux passent si près de ses yeux qu'Anna n'ose pas bouger la tête.

« Parce que je suis passée par là. »

Une fois ses cheveux rasés, Anna mange six abricots encore verts qui lui donnent des maux de ventre, puis finit par sombrer dans le sommeil. Un cauchemar l'envoie dans un vaste atrium dont le plafond en berceau est si élevé qu'il semble soutenir les cieux. Elle longe des rayonnages étagés sur plusieurs niveaux et bourrés de textes innombrables, comme dans une bibliothèque divine, mais tous les livres qu'elle ouvre sont écrits dans des langues qu'elle ne connaît pas – des étagères entières garnies d'ouvrages dont elle ne saisit pas un seul mot. Elle a beau avancer, c'est toujours la même chose, une bibliothèque infinie et indéchiffrable, et l'écho dérisoire de ses propres pas dans cette immensité.

C'est l'heure du crépuscule, le siège dure maintenant depuis cinquante-cinq jours. Dans le palais des Blachernes, tout près de la Corne d'or, l'empereur convoque ses capitaines pour une prière en commun. Le long des murailles extérieures, des sentinelles comptent les flèches et alimentent les feux sous les volumineux pots de goudron. Au-delà du fossé, dans le pavillon privé du sultan, un serviteur allume sept bougies, une pour chacun des sept cieux, et quand il s'est retiré, le jeune souverain se prosterne pour prier.

Sur la Quatrième Colline, au-dessus de l'atelier jadis réputé de Kalapathes, une bande de mouettes prend son essor dans les derniers rayons du soleil. Anna se réveille sur sa paillasse et constate avec surprise qu'elle a dormi toute la journée.

Dans l'arrière-cuisine, les brodeuses qui sont restées – aucune n'a moins de cinquante ans – s'écartent de la cheminée pour que Chryse puisse nourrir la flambée avec les morceaux d'une des tables de travail.

La veuve Théodora fait son entrée, apportant une brassée de plantes qui ressemblent à de la belladone. Après avoir détaché les feuilles, elle met les baies noires dans une jatte et les racines dans un mortier. Tout en broyant les racines, elle dit aux femmes que leurs corps ne sont que poussière et que, depuis leur naissance, leurs âmes se languissent d'un séjour plus lointain. Maintenant qu'elles en sont proches, leurs âmes frissonnent d'allégresse à l'idée de se défaire de leur enveloppe charnelle pour rejoindre la maison de Dieu.

La nuit aspire les ultimes lueurs bleutées du jour. Nimbés par les flammes, les visages des brodeuses expriment une souffrance immémoriale qui confine au sublime : on croirait qu'elles soupçonnaient depuis le début que les choses s'achèveraient ainsi, et qu'elles s'y sont résignées. Chryse fait venir Anna dans la réserve à provisions et allume une bougie avant de lui remettre quelques lamelles d'esturgeon salé et une miche de pain bis emballées dans un linge.

« S'il existe une seule enfant au monde capable de les leurrer, de leur survivre ou de leur échapper, c'est bien toi.

La vie reste possible pour toi. Pars dès ce soir, et j'enverrai des prières à ta suite. »

Elle entend parler Théodora dans la pièce voisine : « Nous abandonnons nos corps dans ce monde pour pouvoir prendre notre envol vers l'autre. »

Omeir

À la tombée de la nuit, les garçons qui l'entourent, encore étrangers à leur propre corps, récitent des prières ou se tourmentent, affûtent leurs couteaux ou sommeillent. Des jeunes gens amenés ici par la colère, la curiosité, la légende ou la foi, la rapacité ou la contrainte, certains rêvant de gloire dans cette vie ou dans la suivante, d'autres brûlant seulement de commettre des violences, de rendre les coups à ceux qui leur ont fait du mal. Les adultes aussi nourrissent des rêves : se couvrir d'honneur aux yeux de leur dieu, gagner l'affection de leurs compagnons d'armes, retrouver la campagne d'où ils sont venus. Ou simplement un bain, une amante, une cruche d'eau pure et fraîche à laquelle s'abreuver.

Assis devant les tentes des artilleurs, Omeir distingue les dômes étagés d'Hagia Sophia sous les rayons de la lune : il ne s'en approchera jamais davantage. Les feux des sentinelles rougeoient dans les tours ; un panache blanc s'élève au-dessus des limites orientales de la cité. Derrière lui, l'étoile du soir brille plus vivement. Il se remémore la voix de Grand-père évoquant les vertus des bêtes, le temps et les qualités de l'herbe, Grand-père doté d'une patience égale à celle des arbres. Ils sont séparés depuis moins de six mois, mais ces soirées auprès de lui semblent infiniment lointaines.

Il voit la silhouette de sa mère flotter entre les tentes et venir à lui pour poser une main sur sa joue. *Que m'importent les villes, les princes et l'Histoire ?* murmure-t-elle.

Ce n'est qu'un jeune garçon, avait dit Grand-père à leur visiteur et à son domestique.

C'est ce que vous pensez aujourd'hui, mais sa véritable nature se révélera un jour.

Le serviteur avait peut-être raison, qui sait ? Il se peut qu'Omeir abrite réellement un démon, une goule ou un magicien. Quelque chose de formidablement puissant. Il le sent remuer et s'éveiller en lui. Se déplier et se frotter les yeux en bâillant.

Mets-toi debout, lui dit-il. *Rentre chez toi.*

Le licol et la longe de Clair-de-Lune enroulés à son épaule, Omeir se lève et enjambe Maher assoupi à même le sol. Puis il se fraie un chemin au milieu des garçons apeurés.

Reviens-nous, chuchote sa mère, auréolée d'un essaim d'abeilles.

Il contourne une compagnie de joueurs de rhombe qui se faufilent entre les rangs pour rejoindre les premières lignes. Il passe ensuite devant le campement des forgerons vêtus de tabliers en cuir, devant les facteurs d'arcs et les fléchiers. On dirait qu'Omeir est longtemps resté prisonnier du joug, attelé à un chariot rempli de boulets de pierre, et que sa charge dégringole derrière lui à mesure qu'il s'éloigne de la ville.

Des formes émergent de l'obscurité, chevaux, caissons, engins de siège disloqués. Ne regarde personne. Tu t'y entends pour dissimuler ton visage.

Il bute contre la corde d'un piquet de tente, tombe et se relève aussitôt, louvoyant pour esquiver la clarté des flammes. D'ici peu, pense-t-il, quelqu'un va me demander où j'ai affaire, à quelle unité j'appartiens et pourquoi je pars dans la mauvaise direction. D'ici peu, un cavalier de la police militaire du sultan s'arrêtera devant moi en brandissant son sabre recourbé et me traitera de déserteur. Mais l'attention des hommes est ailleurs, ils se reposent ou font leurs prières, parlent à voix basse ou méditent sur l'attaque imminente. Peut-être supposent-ils qu'il va s'occuper d'une bête dans l'enclos. À moins que je ne sois déjà mort, songe Omeir.

Il reste à proximité de la route d'Edirne, sur sa droite. En lisière du camp, les herbes du printemps montent déjà jusqu'à sa poitrine, et les fleurs jaunes des hautes touffes de genêts camouflent aisément son passage. Derrière lui, les tambours qui ont atteint les premières lignes font tournoyer leurs bâtons en l'air, puis tapent sur leurs instruments à un rythme frénétique qui produit un grondement continu.

Tout le camp des Ottomans retentit du fracas des armes contre les boucliers. Omeir s'attend à ce que Dieu, fendant les nuages d'un faisceau de lumière, dénonce sa vraie nature : lâche, traître, renégat. Le garçon à la figure de goule et au cœur de démon. L'assassin de son propre père. Celui qui, la nuit où on a voulu l'abandonner à la mort dans la montagne, a envoûté son grand-père pour qu'il le ramène au foyer. Tout ce que les villageois avaient pressenti de lui est en train de se réaliser.

Dans l'obscurité, personne ne le remarque. Le vacarme des tambours et des cymbales enfle dans son dos. D'une minute à l'autre, la première vague d'assaillants franchira les douves.

Anna

Le tapage des percussions résonne jusque dans la maison de Kalapathes, à plus d'un kilomètre de distance : une arme à lui tout seul, le doigt inquisiteur du sultan explorant chaque ruelle. Anna coule un regard vers l'arrière-cuisine, où la veuve Théodora tient entre ses mains le mortier plein de racines pilées. Des images s'esquissent parmi les ombres, Kalapathes traînant Maria par les cheveux dans le couloir, les cahiers tachés de Licinius consumés par les flammes.

Un abbé irascible, un moine maladroit, une bougie renversée, une invasion barbare, des vers affamés – cela suffit à détruire le travail accompli au cours des siècles. On a beau s'être accroché à ce monde pendant un millénaire, on peut en être arraché en l'espace d'une seconde.

Après avoir emballé dans le capuchon de samite le codex et la boîte à opium, Anna les range dans le sac en toile d'Himerius. Elle y ajoute le pain et le poisson salé, puis le ferme par un nœud. Il y a là tout ce qu'elle possède au monde.

Dans les rues, le martèlement des tambours se mêle à de lointaines clameurs : l'ultime offensive vient de se déclencher. Anna presse le pas pour gagner le port. Bon nombre de maisons ne montrent aucun signe de vie, mais certaines ont allumé toutes leurs lampes, comme si les habitants avaient décidé d'épuiser leurs dernières réserves pour ne rien laisser à l'envahisseur. Quelques détails lui sautent aux yeux, clairs et précis : les sillons que les roues des chariots ont creusés au fil des siècles sur les pavés devant le Philadelphion. La peinture verte qui s'écaille sur la porte d'un atelier de charpentier. Les fleurs d'un cerisier emportées par le vent, ballottées dans le clair de lune. Autant de choses qu'elle ne reverra peut-être jamais.

Une flèche isolée, enduite de poix, ricoche contre un toit et atterrit, fumante, sur les pavés. Sorti d'une maison, un enfant qui n'a guère plus de six ans la prend dans sa main comme s'il envisageait de la manger.

Les canons du sultan commencent à tonner, trois coups, cinq, sept, puis on entend des vociférations au loin. L'heure est-elle venue ? Sont-ils en train de briser leurs défenses ? La tour du palais de Bélisaire, au pied de laquelle Himerius lui donnait rendez-vous, est à présent toute noire, et personne ne surveille la porte des pêcheurs, car les sentinelles sont allées étayer les parties endommagées des murailles terrestres.

Anna serre bien fort son sac. Aller vers l'ouest, c'est tout ce qu'elle sait, l'ouest où le soleil se couche, l'ouest de l'autre côté de la Propontide, et elle voit apparaître en imagination l'île bienheureuse de Schérie, l'huile dorée et le pain tendre d'Urbino, la cité dans les nuages d'Aethon, chaque vision du paradis se brouillant pour céder la place à la suivante. *Elle existe bel et bien*, a dit Aethon-le-poisson au magicien dans le ventre de la baleine. *Sinon, à quoi rimerait tout cela ?*

Anna trouve la barque d'Himerius à l'endroit habituel sur la plage, à l'abri des vagues. L'embarcation la moins fiable pour s'aventurer en mer. Un bref accès de panique – et si les rames n'y étaient pas ? Mais si, elles sont bien à leur place, rangées sous le bateau.

Tandis qu'elle traîne la barque vers la mer, la coque racle les galets avec un bruit alarmant. Les formes qu'elle devine à proximité du rivage pourraient bien être des cadavres – surtout, ne pas les regarder. Anna met le bateau à flot, puis monte à bord et s'agenouille devant le banc sur lequel repose son sac ; elle empoigne les rames l'une après l'autre, oblique par brèves saccades pour se rapprocher du brise-lames. Par chance, la nuit reste totalement noire.

Trois mouettes bercées par les vagues la suivent des yeux. Trois est un chiffre porte-bonheur, Chryse disait toujours : le Père, le Fils et le Saint-Esprit. La naissance, la vie, la mort. Le passé, le présent, l'avenir.

Elle n'arrive pas à maintenir le cap, et les rames claquent beaucoup trop fort contre les tolets ; jusqu'à présent, elle n'avait jamais mesuré l'habileté d'Himerius. Mais la côte recule de minute en minute et elle continue à ramer, tournée face aux remparts, contemplant ce qu'elle a déjà laissé derrière elle.

À l'approche du brise-lames, elle s'accorde une pause pour écoper à l'aide de la cruche en terre cuite, comme le faisait Himerius. Quelque part dans la ville, un rougeoiement éclot : un soleil qui se lève au mauvais endroit et au mauvais moment. C'est étrange, comme la souffrance peut paraître belle quand on la regarde d'assez loin.

Elle ne cesse de penser aux paroles d'Himerius. *Quand la mer est mauvaise, il vient un courant par ici qui peut nous entraîner vers le large.* Aujourd'hui, elle souhaite qu'il en soit ainsi.

Juste au-delà du brise-lames, elle distingue sur la houle une longue silhouette noire. Un navire. Grec ou sarrasin ? Le capitaine exhorte-t-il les rameurs, les canonniers se tiennent-ils prêts à tirer ? Anna se tasse tout au fond de la barque, le sac contre sa poitrine, l'eau qui s'infiltre à travers la coque lui mouille le dos et le courage commence à lui manquer. Des fêlures sans nombre laissent la peur s'insinuer en elle : des tentacules jaillissent de l'obscurité à bâbord et à tribord, Kalapathes cligne ses yeux de vautour dans le ciel sans étoiles.

Les filles ne prennent pas de leçons.

C'était donc toi depuis le début ?

Le courant soulève la petite embarcation et la propulse en avant. Elle imagine ce qu'a dû éprouver Aethon piégé à l'intérieur de tous ces corps différents, incapable de parler sa propre langue, malmené et tourné en dérision – il a connu un sort affreux et elle a été cruelle d'en rire.

Personne ne lance de cris, aucune flèche ne s'envole en sifflant. La barque pivote et tangue, puis dépasse le brise-lames pour s'enfoncer dans le noir.

QUATORZE

AUX PORTES DE LA CITÉ DES NUAGES ET DES OISEAUX

La Cité des nuages et des oiseaux, d'Antoine Diogène, Folio Ξ

Les feuillets de la seconde moitié du codex sont nettement plus dégradés que ceux de la première, et les lacunes du manuscrit posent un défi de taille au lecteur et au traducteur. Le folio Ξ était effacé à soixante pour cent. Les passages illisibles sont signalés par des points de suspension, et les compléments hypothétiques ont été placés entre crochets. Traduction de Zeno Ninis.

… je vis dans les Pléiades un peuple de cygnes se nourrir de fruits lumineux, et sur les rivages lointains du soleil, je m'abreuvai [à une rivière de vin bouillant] qui me brûla le bec. Mais j'eus beau visiter des milliers de contrées inconnues, je n'en découvris jamais aucune où les tortues portaient des gâteaux au miel sur leur dos, et où l'on ignorait tout de la guerre et de la souffrance.

… depuis ces hauteurs icariennes, les ailes poudrées de poussière d'étoiles, je voyais, très loin au-dessous de moi, la Terre sous son jour véritable : un petit monticule de boue perdu dans l'immensité, ses royaumes pas plus grands que des toiles d'araignée, ses armées pareilles à des miettes de pain.

[J'aperçus] une lueur dans le lointain, les silhouettes de tours dorées, des nuages moelleux, tels qu'ils m'étaient apparus sur cette place en Arcadie… et même plus grandioses, plus sublimes et plus envoûtants…

… entourées de faucons, de chevaliers gambettes, de cailles, de gélinottes et de coucous…

… l'hyacinthe et le laurier, le phlox et la pomme, le gardénia et la corbeille d'argent…

… délirant de joie et rompu de fatigue, je me laissai descendre…

L'ARGOS

ANNÉE DE MISSION 64

JOURS 45-46
À L'INTÉRIEUR DE LA CAPSULE N° 1

Konstance

Elle est seule dans la Bibliothèque. Sur la table la plus proche, elle prend un bout de papier sur lequel elle écrit : *La Cité des nuages et des oiseaux d'Antoine Diogène*. Dès qu'elle l'a inséré dans la fente, une foule de documents décollent de différentes sections pour se disposer en une douzaine de piles. Parmi eux, beaucoup d'articles universitaires rédigés en allemand, en chinois, en français ou en japonais, publiés, pour la majorité, au cours de la deuxième décennie du XXIe siècle. Elle consulte le premier livre en anglais qu'elle trouve dans le lot : *Introduction au roman grec de l'Antiquité*.

> *La découverte, en 2019, d'un récit grec en prose datant de l'Antiquité tardive, dans un codex très endommagé conservé à la bibliothèque du Vatican, a suscité une brève effervescence parmi les spécialistes de la civilisation gréco-romaine. Hélas, ce que les archivistes ont pu sauver du texte s'est révélé insuffisant : vingt-quatre folios en piteux état, certains particulièrement dégradés. La chronologie du récit n'est pas claire, les lacunes sont nombreuses.*

Du volume suivant émergent deux avatars de trente centimètres de haut qui se dirigent chacun vers une estrade. Le premier, un homme cravaté à la barbe poivre et sel, déclare : *Ce texte était destiné à une lectrice unique, une jeune fille à l'agonie, et il s'agit donc d'un récit sur l'angoisse de la mort…*

L'autre, qui arbore également une barbe poivre et sel, réplique : *C'est faux. Il est évident que Diogène a joué délibérément avec les codes de la fiction, prétendant avoir transcrit mot pour mot l'histoire découverte dans un tombeau sans pour autant maintenir le lecteur dans l'illusion.*

Konstance referme le livre et les deux hommes disparaissent. Apparemment, l'ouvrage suivant analyse sur trois cents pages la provenance et la composition de l'encre utilisée dans le codex. Un autre propose un compte rendu fastidieux des différentes tentatives pour reconstituer l'ordre originel des feuillets.

Konstance prend sa tête entre ses mains. Les diverses traductions en anglais qu'elle trouve dans les piles ont de quoi dérouter : soit elles sont assommantes et émaillées de notes explicatives, soit tellement incomplètes que l'on n'y comprend pas grand-chose. Certes, elle reconnaît les grandes lignes des histoires de son père – Aethon épie une sorcière par le trou de la serrure, il prend la forme d'un âne, l'âne est volé par les bandits venus dévaliser l'auberge –, mais où sont donc passées les absurdes formules magiques, les bêtes de la lune s'abreuvant de lait et la rivière de vin bouillante à la surface du soleil ? Où est le cri que poussait Père au moment où Aethon prend une mouette pour une déesse, son grondement quand il imitait le magicien dans le ventre de la baleine ?

L'espoir qu'elle avait ressenti quelques instants plus tôt s'effondre. Tant de livres et une telle somme de connaissances, mais quel intérêt ? Rien de tout cela ne lui apprendra pourquoi son père a décidé de partir de chez lui, ni pourquoi elle a été condamnée à un destin pareil.

Elle écrit sur un bout de papier : *Montre-moi le livre bleu avec une cité dans les nuages dessinée sur la couverture.*

Une feuille descend doucement vers elle. *Il n'y a aucune référence correspondant à cet ouvrage dans la Bibliothèque.*

Konstance promène le regard le long des rayonnages sans fin.

« Je croyais pourtant que tu avais tout en mémoire. »

De nouveau l'Extinction, puis encore un Premier Repas reconstitué et les leçons de Sybil. Après quoi elle retourne dans l'Atlas et atterrit parmi les collines brunies des alentours de Nannup, remontant Backline Road en direction de la maison de son père. Σχερία, annonce le panneau écrit à la main.

Elle s'accroupit et se contorsionne, se rapprochant de la fenêtre jusqu'à ce que l'intérieur de la chambre se réduise à un rectangle de couleur tremblotant. Le livre posé sur la table de chevet est bleu roi. La cité dans les nuages qui illustre la couverture semble fanée par le soleil. Plissant les yeux, elle se hausse sur la pointe des pieds. Sous le nom de Diogène, elle distingue quatre mots en petits caractères qu'elle n'avait pas remarqués la fois précédente.

Traduction de Zeno Ninis.

Elle remonte dans le ciel et sort de l'Atlas pour retrouver l'atrium. Attrapant le premier feuillet qui lui tombe sous la main, elle écrit cette question : *Qui était Zeno Ninis ?*

LONDRES

1971

Zeno

Londres ! Le mois de mai ! Rex ! Vivant ! Cent fois, il examine le papier à lettres de son ami et en respire l'odeur. Il connaît bien cette écriture, ces lettres qui semblent écrasées au sommet comme si on avait piétiné les lignes : combien de fois les a-t-il vues tracées dans la boue ou le gel en Corée ?

Recevoir trois lettres de toi à la fois, ça relève du pur miracle.

Tu pourrais peut-être faire le déplacement ?

Toutes les quelques minutes, un nouvel accès de vertige le secoue telle une bourrasque. Rex a mentionné une certaine Hillary, et après ? S'il a rencontré cette Hillary, tant mieux pour lui. L'important, c'est qu'il s'en soit tiré. Il est vivant. Et il l'a convié à une « petite fête ».

Il l'imagine en costume de flanelle dans un jardin paisible, s'asseyant pour rédiger ce courrier. Les pigeons roucoulent ; les feuillages bruissent dans les haies ; au-dessus des chênes, des clochers d'église s'élancent vers un ciel brouillé. Hillary, élégante et imposante, apporte le thé dans un service en porcelaine.

Non, c'est mieux si elle ne fait pas partie du tableau.

Tu n'imagines pas à quel point je suis heureux d'apprendre que tu t'en es sorti.

Ce serait l'occasion de prendre des vacances.

Lorsque Mrs Boydstun sort faire quelques courses, il en profite pour contacter une agence de voyages à Boise, chuchotant dans l'appareil comme s'il fomentait un crime. Quand il annonce à Amanda Corddry, la responsable du service de la voirie, qu'il souhaite prendre ses congés en mai, elle le regarde d'un œil éberlué.

« Ça alors, les bras m'en tombent, Zeno Ninis. Si je ne connaissais pas la situation, je penserais que vous êtes tombé amoureux. »

Les choses se révèlent plus compliquées avec Mrs Boydstun. Tous les deux ou trois jours, il glisse au fil de la conversation une allusion à ses projets, comme s'il sucrait son café par petites cuillerées. Londres, le mois de mai, un ami qu'il a côtoyé pendant la guerre. Et Mrs Boydstun se débrouille avec la même régularité pour répandre de la nourriture au sol, se plaindre d'une migraine ou repérer une nouvelle trémulation dans sa jambe gauche, abrégeant ainsi la discussion.

Rex répond à sa lettre. *Je suis enchanté. Apparemment, ton arrivée tombera pendant mes heures de cours, c'est donc Hillary qui viendra t'accueillir.* Mars s'achève, puis avril. Enfin Zeno prépare son unique costume et sa cravate à rayures vertes. Mrs Boydstun tremble au pied de l'escalier, vêtue de son peignoir.

« Tu ne vas quand même pas laisser une malade toute seule ? Quel genre d'homme peut faire une chose pareille ? »

Derrière la vitre de sa chambre, le ciel bleu repose comme un casque sur les cimes des pins. *Désormais, les années filent à toute allure*, lui a écrit Rex. Que doit-il lire entre les lignes ? Décide-toi maintenant ou tais-toi à jamais.

« Je ne pars que huit jours, allègue Zeno en bouclant sa valise. J'ai rempli les placards, acheté une réserve de cigarettes. Et Trish a promis de venir chaque jour prendre des nouvelles. »

Le voyage en avion provoque en lui une telle montée d'adrénaline qu'il a quasiment des visions au moment où il atterrit à Heathrow. Une fois passée la douane, il cherche une Anglaise des yeux, mais c'est un homme d'un mètre quatre-vingt-quinze qui l'aborde et lui saisit le bras ; des cheveux prématurément gris, un pantalon à pattes d'éléphant couleur abricot, le géant fait claquer deux baisers sur ses joues sans y poser les lèvres.

« Tu es mignon comme tout. Moi, c'est Hillary. »

Zeno essaie de comprendre, cramponné à sa valise.

« Comment vous m'avez reconnu ?

– Coup de bol », répond Hillary avec un sourire qui découvre ses canines.

Débarrassant Zeno de son bagage, il leur ouvre un chemin dans la foule. Sous son veston bleu, Hillary porte une espèce de blouse paysanne dont les manches sont parsemées de sequins. Et ses ongles sont vernis en vert ? Un homme a le droit de s'habiller ainsi dans ce pays ? En tout cas, il traverse le terminal dans un martèlement de talons et se faufile à travers la cohue des bus et des taxis sans susciter de réactions particulières. Ils montent dans une minuscule voiture bordeaux qu'on appelle « Austin 1100 », Hillary insiste pour tenir la portière à Zeno avant de caser son corps dégingandé derrière le volant, du côté droit, ses cheveux effleurent le plafond de l'habitacle et ses genoux sont près de heurter ses dents quand il appuie sur les pédales. Zeno s'efforce de maîtriser sa respiration.

Londres est une ville sans fin, d'un gris de fumée. Hillary ne cesse de bavarder.

« Là, sur ta droite, c'est Brentford, je suis sorti avec un connard qui habitait dans le coin, le genre de sale gosse qui n'en fait qu'à sa tête. Rex termine ses cours dans une heure, on va lui faire une surprise à la maison. Tiens, là, c'est Gunnersbury Park. »

Parcmètres, embouteillages monstres, façades noires de suie. Wrigley's, cigarettes Gold Leaf le meilleur des tabacs, bières, vins et spiritueux. Ils s'arrêtent devant une maison en brique du quartier de Camden, que les rayons du soleil ne doivent jamais toucher. Haies, jardins, gazouillis d'oiseaux et digne épouse buveuse de thé – il n'y a rien de tout cela ici. Un prospectus collé au trottoir par la pluie dit : *Le moyen de paiement le plus simple.*

« C'est tout en haut », signale Hillary en se courbant pour passer la porte, pareil à un arbre ambulant. Portant la valise de Zeno, il monte les marches deux à deux pour gravir les quatre étages.

Le logement est séparé en deux zones. D'un côté, des rayonnages de livres bien rangés ; de l'autre, des tapisseries, des cadres de bicyclettes, des bougies, des cendriers, des éléphants en laiton, des peintures abstraites au glacis épais et des plantes en pot desséchées qu'un cyclone semble avoir éparpillées là.

« Mets-toi à l'aise, je nous prépare un petit thé », lui dit Hillary.

Il allume une cigarette à un brûleur de la cuisinière et pousse un énorme soupir. Il a le front bien lisse et le visage rasé de frais ; à l'époque où Rex et Zeno faisaient la guerre en Corée, Hillary ne devait pas avoir plus de cinq ans.

Des voix énergiques s'échappent de l'électrophone. « Love Grows Where My Rosemary Goes », et c'est à cet instant que Zeno comprend tout : Rex et Hillary vivent ensemble. Et il n'y a qu'une chambre dans leur appartement.

« Installe-toi donc. »

Zeno reste assis devant la table pendant que le disque tourne sur la platine, terrassé par la fatigue et la confusion. Hillary change le disque de face, pliant l'échine pour éviter les lustres, puis disperse les cendres de sa cigarette dans le pot d'une des plantes d'intérieur.

« C'est chouette d'avoir la visite d'un ami de Rex. D'habitude, il ne reçoit personne. Par moments, je me dis qu'il n'avait pas d'amis avant qu'on se rencontre. »

Un cliquetis de clés dans la serrure, Hillary regarde Zeno en haussant les sourcils et un homme passe la porte : imperméable et caoutchoucs, un teint de lait caillé, une petite bedaine qui fait saillie au-dessus de la ceinture, la poitrine creuse, des lunettes embuées ; les taches de rousseur ont pâli mais elles sont toujours incroyablement nombreuses – c'est bien Rex qui vient d'entrer.

Zeno lui tend la main, mais Rex le serre dans ses bras. Les larmes lui montent aux yeux sans qu'il puisse rien y faire.

« C'est le décalage horaire, dit-il en s'essuyant les joues.

– Mais oui, je comprends. »

Hillary, qui les domine de toute sa hauteur, approche de son œil un ongle vert et fendu pour chasser une larme. Il remplit deux tasses de thé noir, apporte une assiette de biscuits et éteint l'électrophone avant de s'emmitoufler dans un large ciré violet.

« Bon, je laisse les deux vieux copains à leurs retrouvailles. »

Zeno l'écoute dévaler les marches telle une gigantesque araignée multicolore.

Rex retire ses chaussures et son imperméable.

« Alors comme ça, tu conduis la déneigeuse ? » L'appartement semble vaciller au bord d'une falaise. « De mon côté, je continue à lire des poèmes de l'âge de fer à des gamins qui s'en contrefichent. »

Zeno grignote un gâteau sec. Il aimerait demander à Rex s'il lui arrive de regretter le Camp n° 5 et les longues heures qu'ils ont passées ensemble dans l'ombre hachurée de lumière derrière le bâtiment des cuisines, à tracer des signes dans la poussière – une forme perverse de nostalgie. Mais c'est pure folie de souhaiter retourner dans un camp de prisonniers, et Rex est en train de lui décrire ses voyages dans le nord de l'Égypte, où il a écumé les dépotoirs des anciennes civilisations. Tant d'années et tant de kilomètres, tant d'espérance et d'appréhension, et maintenant qu'il a Rex pour lui tout seul, il se sent perdu au bout de quelques minutes seulement.

« Tu écris un livre ?

– J'en ai déjà fait paraître un. » Rex tire d'un rayonnage un volume relié beige, dont le titre est imprimé en sobres majuscules bleues. *Compendium de manuscrits disparus.* « On a dû en vendre dans les quarante-deux exemplaires, dont seize à Hillary, avoue Rex en riant. Manifestement, ça n'intéresse personne de lire un bouquin sur des livres qui n'existent plus. »

Zeno suit du doigt le nom de Rex écrit sur la couverture. Les livres se sont toujours apparentés pour lui aux nuages et aux arbres, ils étaient simplement là, alignés sur les étagères de la bibliothèque de Lakeport. Jamais une personne de sa connaissance n'en avait publié un.

« Sans aller plus loin que les tragédies – on sait qu'un millier au moins ont été écrites et jouées dans les théâtres grecs au Ve siècle avant notre ère. Et savez-vous combien sont arrivées jusqu'à nous ? Trente-deux. Sept des quatre-vingt-une pièces d'Eschyle ; sept des cent vingt-trois de Sophocle. Aristophane aurait écrit quarante comédies et il nous en reste onze, dont certaines sont incomplètes. »

En feuilletant l'ouvrage, Zeno tombe sur les noms d'Agathon, Aristarque, Callimaque, Ménandre, Diogène, Chérémon d'Alexandrie.

« Quand on ne tient qu'un fragment de papyrus avec quelques mots dessus, ou une seule phrase citée dans un texte d'un autre auteur, on devient obsédé par le potentiel de ce qui s'est perdu. Comme pour les garçons qui sont morts en Corée. Si leur disparition nous désole autant, c'est parce que nous n'avons pas pu voir les hommes qu'ils seraient devenus. »

Zeno a une pensée pour son père : c'est tellement plus facile d'avoir le statut de héros quand on a quitté ce monde.

La sensation d'épuisement redouble les effets de la pesanteur, menaçant de le faire tomber de sa chaise. Rex range le livre et lui fait un sourire.

« Tu es à bout de forces. Viens, Hillary t'a préparé un couchage. »

Il s'éveille en pleine nuit sur le canapé-lit du salon, pleinement conscient d'avoir tout près de lui deux hommes qui dorment côte à côte derrière une porte fermée. Lorsqu'il se réveille à nouveau, le dos noué à cause de la fatigue du décalage horaire, ou d'une peine beaucoup plus profonde, c'est déjà l'après-midi, et Rex est parti travailler depuis longtemps. Drapé dans un kimono de soie, Hillary se tient devant une planche à repasser, penché sur un livre qui semble être écrit en chinois. Sans lever les yeux de sa page, il tend une tasse de thé à Zeno, qui l'emporte pour aller se poster à la fenêtre, toujours vêtu des habits chiffonnés qu'il portait dans l'avion, et contempler la trame des murs de brique et des escaliers de secours.

Il se lave à l'eau tiède en tenant le jet au-dessus de sa tête, debout dans la baignoire, et quand il sort de la salle de bains, il trouve Rex dans la partie bien ordonnée de l'appartement, en train d'inspecter dans un miroir de poche ses cheveux clairsemés. Il adresse un sourire à Zeno et se met à bâiller.

« À son âge, c'est épuisant de se taper tous ces beaux gosses », chuchote Hillary en clignant de l'œil, et Zeno, horrifié, ne comprend pas tout de suite qu'il s'agit d'une blague.

Ils vont voir un squelette de dinosaure et se promènent à bord d'un autobus à impériale, Hillary fait une incursion au rayon cosmétiques d'un grand magasin et les rejoint avec deux arabesques de fard bleu sur les paupières, Rex énumère à Zeno diverses marques de gin, et Hillary ne les lâche jamais, il roule des petites cigarettes bien serrées et s'accoutre de chaussures à semelles compensées, de blazers et même d'une calamiteuse robe de bal. Zeno est là depuis quatre jours, ils mangent des tourtes à la viande dans un restaurant en sous-sol, il est minuit passé et Hillary lui demande s'il est déjà arrivé au chapitre où Rex observe que chaque livre perdu, avant de disparaître tout à fait, n'a plus existé pendant un moment qu'en un seul exemplaire : en lisant cela, il s'est souvenu d'un rhinocéros qu'il avait vu dans un zoo en Tchécoslovaquie, et de la pancarte expliquant qu'il s'agissait d'un des vingt derniers rhinocéros blancs de la planète et du seul spécimen en Europe ; il s'est rappelé les gémissements de l'animal qui regardait fixement à travers les barreaux de sa cage, des mouches plein les yeux. Hillary se tourne alors vers Rex en essuyant ses larmes et lui dit que, chaque fois qu'il lit ce passage, il pleure en repensant au rhinocéros. Rex lui tapote gentiment le bras.

Le samedi, Hillary s'en va à la « galerie » ; galerie d'art ou galerie marchande, Zeno ne sait que penser. Rex et lui s'installent dans un salon de thé au milieu des mères de famille et des landaus d'enfants, Rex porte un veston en tweed sombre qui garde les traces de craie de ses journées de cours, un détail qui fait battre le cœur de Zeno. Un serveur tout frêle et parfaitement silencieux leur apporte une théière ornée d'un motif de framboises.

Zeno aimerait qu'ils évoquent cette soirée où Fortier et Bristol, au Camp n° 5, ont embarqué Rex à l'arrière de leur camion, dissimulé dans un baril à essence, il voudrait entendre le récit de son évasion et savoir s'il lui a pardonné sa défection, mais Rex lui raconte avec enthousiasme son voyage à Rome et sa visite à la bibliothèque du Vatican, où il a passé au crible des tas de papyrus antiques exhumés des fouilles d'Oxyrhynque, des fragments de textes grecs qui avaient passé deux millénaires enfouis sous le sable.

« Bien entendu, ils sont sans intérêt à quatre-vingt-dix-neuf pour cent – actes officiels, transactions agricoles, registres d'imposition. Mais découvrir une seule phrase, ou même quelques mots d'une œuvre littéraire dont on avait perdu la trace… Tu imagines, Zeno ? Sauver de l'oubli ne serait-ce qu'une ligne. Je ne connais rien de plus passionnant, comment t'expliquer ? Tu as l'impression d'arracher de terre l'extrémité d'un fil, et de te rendre compte qu'il est relié à une chose disparue depuis dix-huit siècles. Ça me rappelle le *nostos*, tu te souviens ? »

Il fait bouger ses mains souples en clignant des paupières, son visage exprime la même douceur qu'autrefois en Corée, et Zeno a envie de bondir par-dessus la table pour plaquer les lèvres sur son cou.

« Un jour ou l'autre, on réussira à reconstituer un manuscrit de valeur – une tragédie d'Euripide ou une chronique politique perdue, ou mieux encore : l'une de ces comédies antiques qui parlent d'une quête insensée jusqu'au bout du monde. Ce sont mes préférées, tu vois de quoi il s'agit ? »

Lorsqu'il lève les yeux, un incendie flambe à l'intérieur de Zeno. Pendant quelques instants, il envisage le scénario d'un avenir commun, une dispute survenant dans l'après-midi entre Hillary et Rex : Hillary fait la tête, Rex le prie de quitter les lieux, Zeno aide Rex à débarrasser l'appartement du capharnaüm d'Hillary, il emporte les cartons et déballe ses propres affaires dans la chambre de Rex, s'assied au bord de son lit ; ils se promènent ensemble, voyagent en Égypte, lisent en silence à la même table, une théière posée entre eux. À un moment, il lui semble que la puissance des mots suffirait peut-être à faire advenir la chose : s'il prononce exactement les paroles adéquates, pile maintenant, elles agiront comme une formule magique qui transformera la réalité. Je n'arrête pas de penser à toi, aux veines de ton cou, aux poils frisés sur tes bras, à tes yeux, à ta bouche, je t'aimais à l'époque et je t'aime toujours.

« Je crois que je t'ennuie, lui dit Rex.

– Mais non, bien sûr que non. » Tout chavire autour de lui. « C'est juste… » Il visualise la route dans la vallée, les lames de la déneigeuse, le tourbillon spectral de la neige. Un millier d'arbres noirs défilent en un éclair. « Tu comprends, tout est nouveau pour moi, les soirées en ville, les gin-tonics, le métro et ton… Hillary. Il lit des livres en chinois, et toi tu exhumes de vieux manuscrits grecs. Je me sens intimidé.

– Ah… » Rex fait un geste de la main. « Hillary déborde de projets qui n'aboutissent jamais. Il n'en mène aucun à son terme. Et moi, je ne suis qu'un professeur de collège. À Rome, j'ai réussi à attraper un coup de soleil rien qu'en allant de l'hôtel à la station de taxis. »

Le salon de thé s'anime, un bébé pleurniche, le serveur se déplace d'un pas léger. La pluie s'écoule doucement de l'auvent. Zeno sent s'échapper l'occasion propice.

« Mais l'amour a ses propres lois, non ? » conclut Rex.

Il se frotte une tempe, puis boit son thé et consulte sa montre, et Zeno, à cet instant, a l'impression d'être arrivé au centre du lac gelé et de chuter à travers la plaque de glace.

La fête d'anniversaire tombe le dernier soir du séjour de Zeno. Ils grimpent dans un taxi noir pour rejoindre un club appelé The Crash. Hillary est pendu au bras de Rex, il lui dit en battant des cils : « Ce soir, on évite les excès, d'accord ? », puis ils descendent au sous-sol où plusieurs salles communiquent entre elles, de plus en plus bizarres et toujours plus semblables à des oubliettes, bondées d'hommes et de garçons qui portent des bottes argentées, des collants zébrés ou des chapeaux hauts-de-forme. Parmi les hommes, beaucoup ont l'air de connaître Rex, ils lui étreignent le bras, l'embrassent sur les joues ou soufflent dans des langues de belle-mère, plusieurs tentent d'engager la conversation avec Zeno mais la musique est trop bruyante et il se borne à hocher la tête, en nage dans son costume en polyester.

Tout en bas, dans la dernière salle, Hillary reparaît avec trois verres de gin, arbre ambulant qui domine la foule dans son manteau vert émeraude, chancelant sur ses bottes à talons hauts, et l'alcool embrase tous les canaux de la chair de Zeno. Il cherche à attirer l'attention de Rex, mais le volume de la musique s'amplifie et tous les hommes dans la salle, comme sur un signal convenu, se mettent à chanter « Hey hey hey hey » tandis que des lampes stroboscopiques s'allument sur les murs, transformant la scène en flip-book, des bras et des jambes qui s'agitent, des lèvres aguicheuses, des coudes et des genoux fusant de-ci de-là, Hillary jette en l'air le contenu de son verre et enveloppe Rex de ses membres puissants, tout le monde exécute les mêmes mouvements de danse, on lève d'abord un bras et ensuite l'autre comme pour échanger des messages sémaphoriques, le vacarme échauffe l'atmosphère, et Zeno, au lieu de lâcher prise et de se joindre aux autres, se sent terriblement malheureux et insuffisant, accablé par sa propre naïveté – sa valise en carton, ses frusques ringardes, ses bottes de bûcheron, ses façons de gars de l'Idaho, son espoir infondé d'avoir été invité par Rex pour des raisons sentimentales. *On pourrait écrire en grec avec un papier et un crayon, au lieu de gratter la boue avec un bâton.* Il se rend compte à présent qu'il n'est qu'un plouc, une sorte de créature barbare. Pris entre les pulsations de la musique et les mouvements saccadés de tous ces corps, il s'étonne d'éprouver de la nostalgie pour Lakeport, si monotone et si prévisible : Mrs Boydstun buvant son whisky chaque après-midi, les regards fixes des enfants en porcelaine, le ciel strié de fumée, le silence au-dessus du lac.

Il se fraie péniblement un chemin jusqu'à la sortie, traversant la succession de salles, et erre pendant deux heures dans les rues de Vauxhall, complètement désorienté, envahi par l'angoisse et la honte. Lorsqu'il trouve enfin le courage de héler un taxi, demandant à être déposé devant une maison de Camden proche d'une enseigne Gold Leaf, le chauffeur hoche la tête et le conduit directement devant l'immeuble de Rex. Zeno monte au quatrième étage et trouve la porte ouverte. On a laissé une tasse de thé sur la table. Hillary le réveille quelques heures plus tard pour qu'il ne rate pas son avion, lui effleurant le front avec tant de douceur que Zeno doit détourner les yeux.

Rex gare l'Austin devant le hall des départs et attrape sur la banquette arrière un paquet emballé qu'il pose sur les genoux de Zeno.

Il contient un exemplaire de son *Compendium*, ainsi qu'un épais volume en grand format.

« Le Liddell et Scott, un lexique grec-anglais. Indispensable. Au cas où tu voudrais t'essayer de nouveau à la traduction. »

Une cohue de voyageurs surgit près de la voiture et, l'espace d'un instant, la terre s'ouvre sous le siège de Zeno pour l'avaler.

« Tu avais du talent, tu sais. Plus que ça, même. »

Zeno secoue la tête.

Des coups de klaxon retentissent, Rex jette un coup d'œil derrière lui.

« Évite de te dénigrer aussi facilement. Parfois, les choses que nous croyons perdues sont seulement cachées, attendant d'être redécouvertes. »

Alors que Zeno sort de la voiture, sa valise dans la main droite et les livres calés sous son bras gauche, quelque chose remue en lui (les regrets) comme une lance qui se plante encore et encore, broyant les os et dévastant les tissus organiques. Rex se penche en lui tendant la main droite, Zeno la serre avec sa main gauche – on n'imagine pas échange plus maladroit. Bientôt, la petite voiture est noyée dans la circulation.

LAKEPORT, IDAHO

FÉVRIER 2019

Seymour

On est au mois de février, et Janet et Seymour, serrés l'un contre l'autre dans un coin de la cafétéria, se penchent sur le smartphone de la jeune fille. « Je te préviens, dit-elle, ça fout la trouille. » Sur l'écran, on voit un petit homme vêtu de denim noir arpenter l'estrade d'un auditorium, un masque de bouc sur le visage. Il se fait appeler « Bishop » et porte un fusil d'assaut en bandoulière.

> *Commençons par le Livre de la Genèse. « Croissez et multipliez, et remplissez la Terre, et l'assujettissez, et dominez sur les poissons de la mer et sur les oiseaux des cieux, et sur tout animal qui se meut sur la Terre. »*

La caméra se déplace vers une marée de visages indistincts, puis l'homme poursuit :

> *La culture occidentale a transmis l'idée selon laquelle l'humanité était là pour soumettre la Terre. Que l'ensemble de la création existait seulement pour que nous en tirions profit. Et pendant deux mille six cents ans, nous nous en sommes à peu près sortis. Les températures sont restées stables et les saisons prévisibles, nous avons abattu des forêts, pillé les océans et donné la préséance à un dieu unique : la Croissance. Accumulez des biens, augmentez vos richesses, étendez vos murs. Et si tous les trésors que vous serrez entre vos murs ne suffisent pas*

à soulager votre souffrance ? Cherchez-en de nouveaux. Mais où en sommes-nous arrivés ? Aujourd'hui, l'espèce humaine commence à récolter ce qu'elle a...

La cloche sonne, et quand Janet pose le doigt sur l'écran, Bishop se fige au milieu d'une phrase, bras écartés. Un lien clignote tout en bas : Rejoignez-nous.

« Seymour, rends-moi mon portable, je dois aller en cours d'espagnol. »

À partir du nouveau terminal Ilium installé à la bibliothèque, Seymour se met en quête de vidéos similaires, son casque sur les oreilles. Bishop porte un masque de Donald, un masque de raton laveur, un masque de castor des Indiens Kwakiutls ; on le voit dans une zone en coupe rase de l'Oregon, dans un village du Mozambique.

Flora s'est mariée à l'âge de quatorze ans. Elle a aujourd'hui trois enfants, les puits de son village se sont asséchés, et la source d'eau potable la plus proche se trouve à deux heures de marche. Ici, dans le district de Funhalouro, les mères adolescentes comme Flora passent environ six heures par jour à chercher et à transporter de l'eau. Hier, elle a dû marcher trois heures pour aller ramasser des nénuphars à la surface d'un lac afin de pouvoir nourrir ses enfants. Et que proposent pendant ce temps nos élites éclairées ? Choisissez le paiement en ligne. Achetez trois lampes LED et recevez un sac en toile gratuit. La Terre a huit milliards d'humains à nourrir, et les taux d'extinction sont mille fois plus élevés qu'ils ne l'étaient avant l'apparition de notre espèce. On ne risque pas d'arranger ça en distribuant des sacs gratuits.

Bishop annonce qu'il est en train de recruter des guerriers dans le but de démanteler l'économie industrielle globale avant qu'il ne soit trop tard. Selon lui, ils rebâtiront des sociétés fondées sur de nouveaux systèmes de pensée, au sein desquelles les ressources seront équitablement partagées ; ils se réapproprieront la sagesse des anciens, chercheront des réponses aux questions que le commerce est incapable de traiter, satisferont les besoins que l'argent ne peut pas combler.

Dans le public, les visages les plus nets rayonnent de détermination ; Seymour se rappelle alors ce qu'il a éprouvé, cette tension dans tout son corps le jour où il a fait sauter le couvercle de la caisse de grenades dans la remise de Pawpaw. Cette puissance latente. C'est la première fois qu'il entend un discours qui exprime aussi bien sa colère et sa confusion.

> *« Attendez, nous disent-ils, soyez patients. La technologie saura résoudre le problème du CO_2. » À Kyoto et à Copenhague, à Doha et à Paris, ils n'ont fait que nous répéter : « Nous réduirons les émissions, nous apprendrons à nous passer des hydrocarbures. » Et là-dessus, ils sont retournés à l'aéroport dans leurs limousines blindées pour monter dans des jumbo-jets, et ils ont mangé des sushis à dix mille mètres d'altitude pendant que les plus pauvres étouffaient dans leurs quartiers pollués. Nous avons suffisamment attendu. Notre patience a atteint ses limites. Nous devons nous soulever immédiatement, avant que le monde entier ne parte en flammes. Nous devons…*

Lorsque Marian agite une main devant ses yeux, Seymour met quelques secondes à atterrir.

« Hé ! Y a quelqu'un ? »

Le lien clignote toujours – Rejoignez-nous Rejoignez-nous Rejoignez-nous. Il retire son casque.

« C'est l'heure, mon grand. Tu voudras bien retourner la pancarte côté "Fermé" en partant ? reprend Marian en faisant tourner autour de son doigt l'anneau de son porte-clés. Ah, au fait… tu es libre samedi prochain ? À midi ? »

Seymour acquiesce et attrape son sac à dos. Dehors, la pluie dégouline sur la couche de neige et les rues sont pleines de gadoue.

« À samedi, lui crie Marian. Midi, n'oublie pas. Je te prépare une surprise. »

En rentrant chez lui, Seymour trouve Bunny penchée sur son chéquier, l'air préoccupé. Quand elle lève les yeux sur lui, elle semble revenir de très loin.

« Ta journée s'est bien passée ? Tu as fait tout le chemin sous la pluie ? Tu as déjeuné avec Janet ? »

Il inspecte le contenu du réfrigérateur. De la moutarde. Du soda Shasta Twist. Un reste de sauce pour salade. Autant dire rien du tout.

« Seymour, ça te dérangerait de me regarder ? »

Sous l'éclairage cru de l'ampoule de la cuisine, les joues de Bunny ont un aspect crayeux. La peau de son cou devient flasque ; on voit les racines blanches de ses cheveux ; son dos a commencé à se voûter. Combien de toilettes a-t-elle récurées aujourd'hui ? Combien de draps a-t-elle changés ? Regarder les années emporter la jeunesse de Bunny, c'est comme assister une deuxième fois à l'anéantissement de la forêt.

« Écoute, mon chéri. L'Aspen Leaf va mettre la clé sous la porte. Geoff prétend que la concurrence des grosses chaînes est trop forte. Il n'a plus besoin de moi. »

La table est encombrée d'enveloppes. Les factures d'essence et de propane, l'électricité, la banque Blue River… Il sait que son traitement médical coûte à lui seul cent dix-neuf dollars par semaine.

« Je ne veux surtout pas que tu t'inquiètes, mon chéri. On va trouver une solution. Comme toujours. »

Il saute le cours de maths et se cache sur le parking avec le portable de Janet.

> *Dans un monde où les températures auront augmenté de deux degrés centigrades, cent cinquante millions de personnes – pauvres en majorité – mourront à cause de la pollution de l'atmosphère. Là, on ne parle pas de violence ou d'inondations, seulement d'un air de moindre qualité. Cent cinquante millions : soit cent cinquante fois plus de victimes que pendant la guerre de Sécession. Quinze fois l'Holocauste. Deux fois la Seconde Guerre mondiale. Nous*

espérons que, au cours de nos actions, de nos tentatives pour gripper l'économie de marché, personne ne mourra. Au pire, la perte de quelques vies humaines ne serait-elle pas justifiée ? Si cela nous permet d'éviter quinze Holocaustes ?

Une tape sur l'épaule de Seymour. Janet se tient sur le trottoir, toute frissonnante.

« C'est énervant, à la fin. Je suis obligée de te réclamer mon téléphone cinq fois par jour. »

Le vendredi, quand il rentre du lycée, Bunny est en train de boire du vin dans un gobelet en plastique, installée sur la causeuse. Rayonnante, elle lui retire son sac des épaules et esquisse une courbette en lui annonçant que, grâce à un emprunt sur salaire, elle s'est procuré de quoi tenir jusqu'à ce qu'elle trouve un nouvel emploi. Et sur le chemin du retour, elle n'a pas pu s'empêcher de faire un saut à Computer Shack, le magasin d'électronique qui se trouve près de la scierie.

De derrière un coussin, elle tire une tablette Ilium toute neuve, encore dans son emballage.

« Et voilà ! »

Elle fait un grand sourire, et ses dents rougies par le bordeaux donnent l'impression qu'elle a bu de l'encre.

« Tu te souviens de Dodds Hayden, qui travaille au magasin ? Il m'a donné ça en cadeau ! » Cette fois, elle sort de derrière le même coussin un assistant vocal Ilium. « Il te donne la météo et enregistre ta liste de courses, et en plus on peut jouer à des quizz. Et même commander une pizza juste en lui parlant !

– Maman…

– Je suis heureuse que tu te débrouilles aussi bien, mon opossum, que tu te sois autant rapproché de Janet… et je sais que c'est compliqué pour toi d'être le gamin qui n'a jamais les bons produits high-tech. Alors je me suis dit que tu méritais bien ça. Qu'on le méritait tous les deux. T'es pas d'accord ?

– Maman… »

Derrière la baie coulissante, les lumières d'Eden's Gate semblent portées par un courant sous-marin.

« Maman, il faut une connexion Wifi pour faire marcher tout ça.

– Hein ? » Bunny boit quelques gorgées de vin. Ses épaules s'affaissent. « Une connexion Wifi ? »

Le lendemain, il se rend à la patinoire et s'assied en haut des gradins, surplombant les patineurs qui virevoltent sur la glace ; là, il allume la tablette neuve et se connecte au réseau sans fil. Le téléchargement des mises à jour lui prend trente minutes. Ensuite, il regarde une douzaine de vidéos de Bishop, autant qu'il peut en dénicher, et il est déjà quinze heures quand il se souvient de l'invitation de Marian. Il remonte le pâté de maisons en courant. À l'angle de Lake et Park Street, un nouveau dépose-livres a été fixé au sol : une boîte déguisée en chouette.

Le corps est un large cylindre peint dans des tons de gris, blanc et beige, qui semble avoir des ailes plaquées contre ses flancs et des serres au bout de ses pieds. De gros yeux jaunes brillent au milieu de sa tête, et un nœud papillon orne sa gorge : c'est une chouette cendrée.

Sur la petite porte de la boîte, il est écrit : VEUILLEZ DÉPOSER LES LIVRES ICI, et un message barre la poitrine de l'oiseau : BIBLIOTHÈQUE MUNICIPALE DE LAKEPORT. LES LIVRES, C'EST CHOUETTE !

La porte de la bibliothèque s'ouvre à la volée, et Marian sort en trombe avec son sac ; ses clés et sur son dos sa parka rouge cerise boutonnée de travers. Il ne sait pas trop si elle est blessée, furieuse ou agacée – peut-être tout cela à la fois.

« Tu as manqué l'inauguration. J'ai fait attendre tout le monde à cause de toi.

– Mais je…

– Seymour, je te l'avais pourtant rappelé deux fois. »

Alors que Marian relève le col de sa veste, la chouette peinte semble le fixer d'un œil accusateur.

« Dis-toi bien que tu n'es pas le centre du monde. »

Sur ces mots, Marian le laisse là pour monter dans sa Subaru.

Il fait une chaleur anormale pour un mois d'avril. Seymour ne fréquente plus la bibliothèque, manque les séances du club de Sensibilisation à l'environnement et esquive Mrs Tweedy dans les couloirs du lycée. Après l'école, il va s'asseoir sur un muret derrière la patinoire afin de profiter du réseau Wifi, traquant les vidéos de Bishop jusque dans les recoins les plus louches du Net. *L'être humain peut essentiellement se définir comme un exterminateur. Nous saccageons tous les milieux que nous investissons, et désormais c'est la planète tout entière que nous avons épuisée. Notre prochaine victime sera notre propre espèce.*

Un dans les toilettes et l'autre dans l'évier – Seymour arrête de prendre ses anxiolytiques. Pendant plusieurs jours, son corps s'effondre, puis il se réveille. Les sensations reviennent en force ; son esprit est pareil à un radiotélescope dont l'énorme miroir incurvé capte les lueurs venues du plus loin de l'univers. Chaque fois qu'il sort, il entend le bruit des nuages qui se poussent dans le ciel.

Janet lui demande, un jour où elle le raccompagne en voiture :

« Pourquoi tu refuses de rencontrer mes parents ? »

Un camion-poubelle passe en grondant. Au même moment, les soldats de Bishop se rassemblent. Seymour a l'impression de se préparer à une métamorphose ; il est en train de se décomposer à l'échelle moléculaire pour se reconstruire sous une forme entièrement nouvelle, et le processus est quasiment perceptible.

Janet se gare devant chez lui. Seymour contracte violemment les poings.

« Je te parle et tu n'écoutes rien, lui dit-elle. C'est quoi, ton problème ?

– Rien. Rien du tout.

– C'est bon, Seymour, sors de ma voiture. »

Ils nous traitent d'activistes et de terroristes. Ils prétendent que le changement prend du temps. Mais du temps, nous n'en avons plus. Nous ne pouvons plus vivre au sein d'une culture mondialisée où on laisse croire aux plus riches que leur mode de vie est dépourvu de conséquences, qu'ils ont le droit d'utiliser ce qui leur plaît avant de le mettre au rebut et qu'ils sont à l'abri de la catastrophe. Je sais combien il est difficile d'accepter d'ouvrir les yeux. Ce n'est pas une partie de plaisir. Nous devrons nous montrer forts. Les événements à venir nous mettront à l'épreuve d'une manière que nous ne pouvons même pas imaginer.

Rejoignez-nous Rejoignez-nous Rejoignez-nous – le lien clignote au bas de l'écran.

Il guette les signes d'activité dans les maisons du lotissement les plus proches de la sienne, afin de repérer celles dont les occupants sont absents ; le 15 mai, pendant que Bunny assure son service du soir au Pig N'Pancake, il traverse le jardin en passant devant le rocher en forme d'œuf, enjambe la clôture et file parmi les ombres en testant les fenêtres. Quand il en trouve une qui n'est pas verrouillée, il se hisse à l'intérieur de la maison et atterrit dans une pièce sombre.

Une cuisine qu'éclaire vaguement la lueur verte de l'horloge du four.

Le modem se trouve dans le placard de l'entrée. Le code d'accès et le mot de passe sont écrits sur une feuille scotchée au mur. L'espace de quelques instants, il est plongé dans la vie d'une autre personne – un aimant de réfrigérateur qui proclame : *La bière, une bonne raison pour sortir du lit l'après-midi* ; une photo de famille encadrée posée sur le buffet ; les odeurs tenaces du café et du ragoût cuisiné le week-end précédent ; une gamelle pour chien à côté de la réserve à provisions. Quatre casques de ski pendus à des crochets près de la porte principale.

À la supérette, les clients poussent des chariots garnis de nourriture dans des emballages bariolés, et aucun ne comprend qu'il se tient devant un barrage sur le point de céder. Dans sa boîte transparente, un gâteau parsemé d'étoiles en sucre bleues et jaunes dit : *Félicitations, Sue*. Il est bradé à soixante-quinze pour cent. Seymour garde son casque antibruit pour attendre son tour à la caisse.

Bunny rentre à la maison et s'empresse de retirer ses chaussures.

« C'est quoi, ça ? » demande-t-elle.

Seymour sert deux parts de gâteau dans des assiettes et apporte l'assistant vocal Ilium. Bunny l'interroge du regard.

« Je croyais que…

– Essaie. »

Elle se penche au-dessus de l'appareil.

« Bonjour ? »

Une petite lumière verte s'allume sur le pourtour de l'appareil. *Bonjour.* L'accent est vaguement britannique. *Je m'appelle Maxwell. Et vous ?*

Bunny se donne des petites claques sur les joues.

« Moi, c'est Bunny. »

Ravi de faire votre connaissance, Bunny. Joyeux anniversaire. Que puis-je faire pour vous ce soir ?

Elle dévisage Seymour, bouche bée.

« Maxwell, j'aimerais commander une pizza. »

Mais certainement, Bunny. Quelle taille ?

« Une grande. Avec des champignons. Et de la saucisse. »

Un instant, répond l'assistant vocal, puis le voyant vert mouline, Bunny sourit de son beau sourire perdu, et Seymour sent le monde autour de lui s'effriter encore un peu plus.

Une semaine plus tard, Janet gare son Audi dans le centre-ville, ils s'achètent des glaces et Janet conseille à la vendeuse de remplacer les cuillères en plastique par des cuillères recyclables. « Vous voulez des vermicelles en sucre ? » réplique la fille.

Ils vont manger leurs glaces au bord du lac, assis sur des rochers, et Janet sort son téléphone. À leur gauche, un camping-car stationné sur le parking de la marina laisse tourner son moteur au ralenti – dix mètres de long, des extensions de chaque côté et un module de climatisation sur le toit. Un homme en descend avec un petit caniche tenu en laisse et disparaît au bout de la route.

« Quand tout s'effondrera, dit Seymour, les types comme lui seront les premiers à partir. »

Janet appuie sur l'écran tactile de son smartphone. Seymour ne tient pas en place. Aujourd'hui, le tumulte est tout proche, il l'entend crépiter comme un feu grégeois. De l'endroit où ils se tiennent, il a vue sur le cœur de Lakeport, jusqu'aux bureaux nouvellement aménagés d'Eden's Gate à côté de la bibliothèque.

Le camping-car affiche une plaque d'immatriculation du Montana. Il est équipé de crics hydrauliques et d'une antenne parabolique.

« Il est allé promener son chien sans couper le moteur », observe Seymour.

Janet se photographie avec son portable puis supprime la photo. Les yeux d'Ami-Fidèle s'ouvrent au-dessus du lac : deux lunes jaunes.

Dans l'herbe, au bord du parking de la marina, Seymour aperçoit un morceau de granit arrondi, gros comme la tête d'un bébé. Il s'en approche. La pierre est plus lourde qu'il n'y paraissait.

Janet a les yeux rivés à son écran. *Un guerrier, s'il s'engage sincèrement, n'éprouve ni culpabilité, ni peur, ni remords. Un guerrier, s'il s'engage sincèrement, peut devenir quelque chose qui dépasse l'humain.* C'est ce qu'a dit Bishop.

Seymour se remémore le poids de la grenade dans sa poche, quand il a traversé les terrains à bâtir du lotissement. Il se rappelle avoir glissé un doigt dans l'anneau de sécurité. Dégoupille, dégoupille, dégoupille.

Il charrie la pierre jusqu'au camping-car. La voix de Janet lui parvient à travers le bourdonnement du tumulte.

« Seymour ? »

Ni culpabilité ni peur ni remords. La différence entre eux et nous, c'est l'action.

« Mais qu'est-ce que tu fabriques ? »

Il lève la pierre au-dessus de sa tête.

« Seymour, si tu fais ça, jamais plus… »

Son regard passe de Janet au véhicule. *Notre patience*, a dit Bishop, *a atteint ses limites*.

L'ARGOS

ANNÉE DE MISSION 64

JOURS 46-276
À L'INTÉRIEUR DE LA CAPSULE N° 1

Konstance

Des documents d'archives s'envolent des rayonnages pour venir s'empiler sur le bureau par ordre chronologique. Un acte de naissance enregistré dans l'État de l'Oregon. Un billet décoloré qui s'appelle « télégramme de la Western Union ».

WUX WASHINGTON 20 AVRIL 17 H 51
ALMA BOYDSTUN
431 FOREST ST LAKEPORT
SOMMES AU REGRET DE VOUS ANNONCER QUE LE SOLDAT DE 2e CLASSE DE L'ARMÉE DES ÉTATS-UNIS ZENO NINIS EST PORTÉ DISPARU AU COMBAT SUR LE TERRITOIRE CORÉEN DEPUIS LE 1er AVRIL 1951. PAS D'AUTRE INFORMATION CONNUE.

Suivent des transcriptions d'entretiens réalisés après la libération du prisonnier, datés de juin et août 1953. Un passeport tamponné à Londres. Un titre de propriété pour une maison dans l'Idaho. Un éloge officiel pour ses quatre décennies au service de la voirie de Valley County. Mais le plus gros de la pile est constitué de notices nécrologiques et d'articles de presse qui expliquent comment Zeno Ninis, alors âgé de quatre-vingt-six ans, a trouvé la mort le 12 février 2020 en protégeant cinq enfants retenus par un terroriste dans la bibliothèque municipale d'une petite bourgade.

UN COURAGEUX VÉTÉRAN DE CORÉE SAUVE LES ENFANTS ET LA BIBLIOTHÈQUE, HOMMAGE AU HÉROS DE L'IDAHO, disent les titres des journaux.

Cependant, elle ne découvre aucun lien entre cet homme et les fragments d'un récit de l'Antiquité intitulé *La Cité des nuages et des oiseaux.* Pas de bibliographie, ni la moindre preuve que Zeno Ninis ait traduit, adapté ou publié un quelconque texte.

Un prisonnier de guerre, un employé territorial de l'Idaho, un vieil homme qui a déjoué une tentative d'attentat dans une bibliothèque municipale. Que pouvait bien faire un livre portant son nom sur la table de chevet de Père, à Nannup ? Elle écrit alors : *Est-ce qu'il a existé un autre Zeno Ninis ?* et glisse le papier dans la fente. La réponse lui parvient une minute plus tard : *La Bibliothèque ne contient aucune mention d'un autre individu de ce nom.*

Au moment de l'Extinction, Konstance s'allonge sur son lit et regarde Sybil clignoter dans son caisson. Au cours de son enfance, combien de fois lui a-t-on répété que Sybil renfermait tout ce qu'elle pouvait imaginer, tout ce dont elle était susceptible d'avoir besoin un jour ? Les Mémoires des rois ; dix mille symphonies ; dix millions d'émissions télévisées ; des saisons entières de tournois de base-ball ; des reconstitutions en 3D de la grotte de Lascaux ; les archives complètes du Grand Projet pluridisciplinaire qui a abouti au lancement de l'*Argos* : propulsion, hydrogénation, gravité, oxygénation – tout est là, la somme des productions culturelles et scientifiques de la civilisation humaine nichée dans les étranges filaments qui composent Sybil, au cœur de l'aéronef. L'apothéose de l'histoire de l'humanité, à les entendre, le triomphe de la mémoire sur les forces négatives de la destruction et de l'effacement. Et n'y a-t-elle pas cru elle-même, quand elle a découvert l'atrium à l'occasion de sa Journée-Bibliothèque, et que son regard s'est perdu sur ces rayonnages potentiellement infinis ?

Pourtant, la vérité était tout autre. Sybil n'a pas su empêcher l'épidémie de se répandre parmi l'équipage. Elle n'a pas été capable de sauver Zeke, le Dr Pori et Mrs Lee, ni même le reste des passagers, manifestement. Sybil ne sait toujours pas si Konstance serait en sécurité à l'extérieur de la Capsule Numéro 1.

Et ce n'est pas la seule chose qu'elle ignore. Sybil ne sait pas ce qu'elle éprouvait dans la pénombre verte et feuillue de la Ferme #4, lorsque son père la tenait dans ses bras, ou quand elle fouillait dans la collection de boutons de Mère en s'interrogeant sur la provenance de chacun d'eux. La Bibliothèque ne conserve aucune trace d'un exemplaire bleu roi de *La Cité des nuages et des oiseaux* traduite par Zeno Ninis, mais Konstance a bien vu sa couverture sur la table de chevet de Père, à l'intérieur de l'Atlas.

Konstance se redresse. L'image d'une autre bibliothèque s'ébauche dans sa tête, un lieu plus modeste caché sous les parois de son crâne, qui ne comprend qu'une douzaine de rayonnages – sa bibliothèque des secrets : toutes les choses qu'elle connaît mais que Sybil ignore.

Elle se nourrit, se lave les cheveux au shampoing sec, enchaîne fentes, abdos et exercices d'algèbre selon les consignes de Sybil. Ensuite, elle se met à l'ouvrage. Après avoir déchiré le sac de Nutri-poudre qu'elle a déjà terminé, elle le découpe en rectangles : ils feront office de papier. Parmi les pièces de rechange de l'imprimante, elle choisit un tube de polyéthylène qu'elle mordille pour le tailler en pointe : ce sera son stylo.

Ses premières expériences pour se procurer de l'encre sont désastreuses. Sauce, jus de raisin ou pâte de café synthétiques, ils se révèlent tous trop liquides, trop inconsistants, trop lents à sécher.

Konstance, qu'es-tu en train de faire ?

« Je m'amuse, Sybil, laisse-moi tranquille. »

Au bout d'une dizaine de tentatives, elle parvient à tracer son prénom sans bavures. Quand elle accède à la Bibliothèque, elle prend soin de lire plusieurs fois le même passage, afin de le graver dans son esprit. Dès qu'elle descend de son Pérambulateur, elle se hâte de le transcrire.

Un courageux vétéran de Corée sauve les enfants et la bibliothèque

Avec son stylo de fortune, il lui faut dix minutes pour écrire ces quelques mots. Mais après plusieurs jours de pratique, elle gagne en rapidité et enregistre des phrases entières à la Bibliothèque, qu'elle griffonne sur un bout de papier sitôt sa Visionneuse éteinte. Entre autres choses, elle relève ceci :

L'analyse protéomique du codex Diogène a révélé des traces de sève végétale, de plomb, de charbon et de gomme adragante, un épaississant couramment utilisé pour fabriquer de l'encre dans la Constantinople médiévale.

Et ceci :

S'il est probable que le manuscrit a survécu au Moyen Âge, comme de nombreux textes en grec ancien, dans la bibliothèque d'un monastère de Constantinople, nous en sommes réduits à imaginer comment il a pu en sortir et arriver à Urbino.

Une onde lumineuse rouge parcourt les filaments de Sybil. *Tu joues à quelque chose, Konstance ?*
« Je prends juste des notes, Sybil. »
Pourquoi ne le fais-tu pas à la Bibliothèque ? C'est bien plus efficace, et puis tu pourrais choisir les couleurs qui te plaisent.
Konstance se frotte le visage du dos de la main, laissant des taches d'encre sur sa peau.
« Ça me convient comme ça, merci. »

Des semaines s'écoulent. *Joyeux anniversaire, Konstance*, lui dit Sybil un matin. *Aujourd'hui, tu as quatorze ans. Tu voudrais que je t'aide à fabriquer un gâteau avec l'imprimante ?*

Konstance jette un coup d'œil au bas de son lit. Près de quatre-vingts morceaux de papier l'entourent, découpés dans des sacs d'emballage. Sur l'un d'eux : *Qui était Zeno Ninis ?* Sur un autre : *Σχερία.*

« Merci, ça ira. Tu pourrais m'autoriser à sortir, non ? Pour mon anniversaire ? »

Je ne peux pas.

« Sybil, j'ai passé combien de jours ici ? »

Tu es en sécurité dans la Capsule Numéro 1 depuis deux cent soixante-seize jours.

Konstance ramasse un papier sur lequel elle a écrit :

> *Ici, dans la cambrousse, comme dit ma grand-mère, on a eu des tas d'ennuis.*

Clignant des yeux, elle revoit Père l'emmener dans la Ferme #4 et ouvrir un tiroir frigorifique. Un nuage de vapeur s'en échappe et roule au ras du sol ; plongeant la main au milieu des casiers, elle arrête son choix sur l'un des sachets en aluminium.

J'ai plusieurs recettes de gâteau d'anniversaire à te proposer, reprend Sybil.

« Sybil, tu sais ce qui me ferait plaisir pour mon anniversaire ? »

Je t'écoute, Konstance.

« J'aimerais que tu me laisses tranquille. »

À l'intérieur de l'Atlas, alors qu'elle flotte à des kilomètres au-dessus de la Terre en rotation, les questions la poursuivent de leurs murmures à travers l'obscurité. Pourquoi son père gardait-il sur sa table de chevet à Nannup une traduction des aventures d'Aethon par Zeno Ninis ? Qu'est-ce que ça peut bien signifier ?

Et moi j'avais un rêve, une vision de ce que pouvait être la vie. Ce sont les dernières paroles que son père lui a adressées. *« Pourquoi rester ici alors que je pourrais être là-bas ? »* Les mêmes mots qu'avait prononcés Aethon peu avant de quitter son pays.

« Emmène-moi à Lakeport, dans l'Idaho », demande-t-elle.

Konstance descend à toute allure vers une bourgade de montagne tassée à l'extrémité sud d'un lac gelé. Elle croise sur son chemin une marina, deux hôtels, une rampe à bateau. Un téléphérique transporte les touristes jusqu'au sommet d'un pic voisin. La route principale est engorgée par la circulation : des camions tirent des bateaux sur des remorques ; des silhouettes sans visage se déplacent à bicyclette.

La bibliothèque municipale, un cube de verre et d'acier, se trouve à un kilomètre au sud du centre-ville, sur un terrain envahi d'herbes folles. Un bataillon de pompes à chaleur s'aligne sur un des côtés du bâtiment. Elle ne voit ni plaque ni jardin commémoratif, rien qui fasse allusion à Zeno Ninis.

De retour dans la Capsule n° 1, elle arpente l'espace dans ses chaussettes en lambeaux tandis qu'à ses pieds les morceaux de papier s'agitent doucement. Elle en choisit quatre qu'elle dispose bout à bout, puis s'accroupit pour les regarder.

> *Un courageux vétéran de Corée sauve les enfants et la bibliothèque*
>
> *Traduction de Zeno Ninis*
>
> *Il n'y a aucune référence correspondant à cet ouvrage dans la Bibliothèque.*
>
> *Le 20 février 2020.*

À côté de quoi est-elle en train de passer ? Elle se souvient de Mrs Flowers devant la muraille de Théodose délabrée. *Ces images d'Istanbul montrent ce qu'elle était il y a soixante ans, peut-être soixante-dix, tout dépend de la date de collecte. Avant que l'*Argos *quitte la Terre.*

Elle monte sur son Pérambulateur pour retourner à la Bibliothèque, puis écrit sur un feuillet : *Montre-moi à quoi ressemblait la bibliothèque municipale de Lakeport le 20 février 2020.*

Des photographies à l'ancienne, en deux dimensions, viennent se poser sur sa table. Sur ces clichés, le bâtiment est très différent du cube moderne que l'Atlas lui a montré : une maison bleu clair au toit pointu, à l'intersection de Lake et Park Street, dissimulée en partie par des buissons touffus. Il manque des bardeaux, la cheminée est de travers et des pissenlits poussent à travers les fissures de l'allée. Une boîte de dépôt déguisée en chouette se dresse à un coin.

Konstance écrit *Atlas*, et aussitôt, le lourd volume se déloge de son étagère.

Parvenue au croisement de Lake et Park Street, elle s'arrête pour observer. Côté sud-est, là où se tenait autrefois la bâtisse décatie qu'elle a vue en photo, se trouve un hôtel sur trois niveaux festonné de balcons. À un angle, quatre jeunes garçons sans visage, vêtus de débardeurs et de shorts de bain, ont été saisis en pleine marche.

Un auvent, un marchand de glaces, une pizzeria, un parking couvert. La surface du lac est émaillée de kayaks et de bateaux à moteur. Des files de véhicules sont immobilisées sur la voie. Aucune trace d'une vieille maison bleue ayant abrité une bibliothèque.

Pivotant de quatre-vingt-dix degrés, Konstance se retrouve à côté des adolescents, assaillie par une vague de désespoir. Les notes accumulées sur le sol de la capsule, ses expéditions sur Backline Road, sa découverte de la Schérie, le livre que son père gardait sur sa table de nuit – toutes ces recherches étaient censées aboutir à quelque chose. Comme une énigme qu'elle aurait eu à résoudre. Cependant, elle ne comprend pas davantage son père que le jour où il l'a enfermée dans la Capsule n° 1.

Alors qu'elle s'apprête à partir, elle remarque, du côté sud-ouest du croisement, une large boîte cylindrique que l'on a peinte pour lui donner l'air d'une chouette, avec des ailes plaquées contre les flancs et une petite porte. VEUILLEZ DÉPOSER LES LIVRES ICI, est-il écrit. Et elle lit sur la poitrine de l'oiseau : BIBLIOTHÈQUE MUNICIPALE DE LAKEPORT, LES LIVRES, C'EST CHOUETTE !

Ses yeux ronds, d'un jaune ambré, semblent surveiller son approche. L'ancienne bibliothèque a été démolie, ils ont construit un bâtiment neuf en périphérie de la ville, et ils auraient quand même laissé cette caisse pour retourner les livres ? Pendant plusieurs décennies ?

Si on regarde la scène sous un certain angle, on dirait qu'un des garçons marche droit sur la boîte, comme si elle n'avait pas été là au moment de la prise de vue. Bizarre.

Le dessin des plumes de la chouette est d'une admirable précision. Ses yeux luisants sont pleins de vie.

… *ses yeux deviennent trois fois plus grands et prennent une teinte de miel liquide.*

Cette boîte rappelle à Konstance les palmes de cocotier qui l'ont tant frappée au Nigéria, ainsi que la pelouse vert émeraude et les arbres fleuris devant le bâtiment municipal de Nannup – elle aussi paraît plus vibrante que l'édifice en arrière-plan, et plus éclatante que la boutique du glacier, la pizzeria et les quatre promeneurs captés par les objectifs de l'Atlas. Quand elle avance la main, elle a quasiment l'impression de sentir les plumes frémir sur les ailes de la chouette. Ses doigts rencontrent un corps solide, et son cœur bondit.

La poignée de la petite porte a la consistance du métal : dure et froide au toucher. Réelle. Konstance l'agrippe et tire dessus. La neige commence à tomber.

QUINZE

LES GARDIENNES DES PORTES

La Cité des nuages et des oiseaux, d'Antoine Diogène, Folio O

… derrière les portes je distinguai des trottoirs incrustés de pierreries scintillantes, et ce qui ressemblait à une rivière de soupe fumante. Des vols d'oiseaux pourpres, écarlates ou d'un vert lumineux ceignaient les hautes tours d'un arc-en-ciel. S'agissait-il d'un rêve ? Étais-je vraiment arrivé à destination ? Après un si long voyage et tant [d'espérances ?], mon cœur doutait encore de ce que percevaient mes yeux.

C'est alors qu'une chouette m'interpella : « Halte, petit corbeau ! » Cinq fois plus grande que moi, elle me dominait de toute sa taille et tenait des lances dorées entre ses serres. « Avant de te laisser franchir nos portes, nous devons nous assurer que tu es bel et bien un oiseau, une noble créature des airs plus ancienne que Chronos, que le Temps en personne. »

Une seconde chouette, encore plus imposante que l'autre, renchérit aussitôt : « Et pas un de ces humains ignobles et perfides, pétris de poussière et de boue, qui se serait caché sous un déguisement. »

J'aperçus juste derrière elles, au-delà des portes, sous les branchages alourdis de prunes, une tortue qui avançait lentement, chargée d'une colonne de gâteaux au miel. Je me penchai pour mieux voir, mais les deux chouettes se hérissèrent de toutes leurs plumes. Moi qui avais traversé la moitié de la Voie lactée, les Moires allaient-elles me condamner à finir lacéré par ces bêtes superbes ?

… je me dressai de toute ma hauteur en gonflant mes plumes.

« Je ne suis qu'un humble corbeau. Et j'ai fait un long voyage.

– Alors, résous notre énigme, petit corbeau, répondit la première gardienne. Ensuite, tu pourras entrer.

– Elle te paraîtra d'abord bien simple, poursuivit la seconde, mais en vérité… »

BIBLIOTHÈQUE MUNICIPALE DE LAKEPORT

20 FÉVRIER 2020

Seymour

Il tend l'oreille, son casque autour du cou. Un bruit de radiateur, quelque part dans la section Non-Fiction ; la respiration du blessé au pied de l'escalier ; le grésillement d'une radio de la police à l'extérieur, sous la neige. Et le bourdonnement du sang à ses tympans. Rien de plus.

Pourtant il les a bien entendus, ces chocs sourds venus de l'étage, non ? Il revoit la voiture de patrouille monter sur le trottoir, Marian laissant tomber ses boîtes en carton sur le sol enneigé. Pourquoi donc apportait-elle toutes ces pizzas à la bibliothèque juste avant la fermeture ?

Il n'est pas seul dans le bâtiment.

Seymour s'approche tout doucement de l'escalier, le Beretta dans sa main droite ; allongé sur le flanc, le blessé a fermé les yeux, endormi ou pire que cela. Les gouttes de peinture dorée brillent sur son bras. Et s'il s'était couché là pour faire rempart de son corps ?

Retenant son souffle, Seymour enjambe la mare de sang qui ne cesse de grossir et passe par-dessus l'homme à terre pour gravir l'escalier. Quinze marches, l'arête de chacune bordée d'adhésif antidérapant. En haut, un obstacle inattendu lui barre l'accès à la section Jeunesse : une paroi en contreplaqué dont la peinture dorée semble verdâtre sous la lumière du panneau SORTIE. Une petite porte en arcade s'ouvre en son milieu, surmontée d'une phrase écrite dans un alphabet qu'il ne connaît pas.

Ὦ ξένε, ὅστις εἶ, ἄνοιξον, ἵνα μάθῃς ἃ θαυμάζεις

Seymour pose la main sur la porte et pousse pour l'ouvrir.

Zeno

Réfugié derrière les étagères disposées en L, Zeno regarde chacun des enfants : Rachel, Alex, Olivia, Christopher, Natalie. Chut, chut. Dans cette pénombre, leurs visages se confondent avec ceux des jeunes cerfs de Corée qu'il a croisés un jour avec Rex, alors qu'ils ramassaient des branches dans la neige près du Camp n° 5 : les bois et les museaux émergeant de la blancheur, le clignement de leurs yeux sombres, leurs grandes oreilles frémissantes.

Tous ensemble, ils écoutent le grincement de la petite porte qui se referme. Quelqu'un se déplace entre les rangées de chaises pliantes. Zeno garde l'index collé à ses lèvres.

Une latte du parquet gémit ; un gargouillis de bulles monte de l'enceinte de Natalie. S'agit-il d'un individu seul ? Il semblerait que oui.

Pourvu que ce soit un officier de police. Ou Marian. Ou Sharif.

Alex serre une canette de soda entre ses mains comme si elle contenait de la nitroglycérine. Rachel se tient recroquevillée au-dessus de son texte. Natalie ferme les yeux. Olivia regarde Zeno. Christopher ouvre la bouche – pendant un instant, Zeno se dit qu'il va crier, qu'ils vont tous être découverts et assassinés sur-le-champ.

Les pas s'arrêtent. Christopher referme la bouche sans avoir émis un son. Zeno essaie de se rappeler ce qu'ils ont pu laisser traîner dans la salle et qui risque d'attirer l'attention. La caisse tombée au sol, les canettes éparpillées sous les chaises.

Les sacs à dos. Des copies de la pièce. Le portable de Natalie. Les ailes de mouette du costume d'Olivia. L'encyclopédie peinte en doré posée sur son lutrin. Par chance, ils ont éteint le projecteur.

Des pas sur la scène, maintenant. Le bruissement d'un blouson en nylon. Des cerceaux de glace compriment la poitrine de Zeno, que la pression fait grimacer. θεοὶ signifie « les dieux », ἐπεκλώσαντο signifie « ils tissent », ὄλεθρον veut dire « mort », « fléau », « destruction ». « Désastre ».

Ainsi font les dieux, ils tissent les fils du désastre à l'étoffe de nos vies, afin d'inspirer un chant pour les générations futures. Pas ce soir, dieux. Pas encore. Permettez à ces enfants de rester des enfants une nuit de plus.

Seymour

Sur la scène, l'odeur de peinture fraîche est très forte ; elle lui pique le fond de la gorge. Des étagères obstruent les fenêtres, les lumières sont éteintes et ces drôles de bruits sous-marins le déstabilisent – d'où viennent-ils, d'ailleurs ? Une parka pour enfant, une paire d'après-skis, une canette de soda. Au-dessus de sa tête, de faux nuages suspendus à des fils. Un gros livre est resté ouvert sur son lutrin, devant la toile de fond. Qu'est-ce que ça peut bien être ?

En désordre à ses pieds, un tas de photocopies au format A4, couvertes de phrases écrites à la main. Seymour ramasse une des pages et l'approche de ses yeux.

GARDIENNE #2 : Elle te paraîtra d'abord bien simple, mais en vérité elle est très compliquée.

GARDIENNE #1 : Non, non. Elle te semblera compliquée au début, mais elle est très simple en vérité.

GARDIENNE #2 : Tu es prêt, petit corbeau ? Voici notre énigme : « Celui qui connaît la totalité des Savoirs jamais écrits sait uniquement ceci ».

Le pistolet dans une main et la feuille dans l'autre, il contemple la peinture derrière la scène. Les tours en suspension dans les nuages, les formes onduleuses des arbres qui poussent au milieu, tout cela lui rappelle un rêve qu'il a fait autrefois, il y a très longtemps. L'affichette manuscrite collée à la porte d'entrée lui revient alors en mémoire.

DEMAIN SOIR
REPRÉSENTATION UNIQUE
LA CITÉ DES NUAGES ET DES OISEAUX

Le monde : c'est tout ce qu'il a jamais aimé. La forêt qui s'étendait derrière Arcady Lane, les méandres affairés des colonnes de fourmis, les zigzags rapides des libellules, le bruissement des trembles, la saveur des premières airelles de juillet, douces et âpres en même temps, les ponderosas qui faisaient sentinelle, plus anciens et plus patients que toutes les créatures qu'il ait jamais connues, et la chouette Ami-Fidèle présidant à l'ensemble du haut de sa branche.

Y a-t-il d'autres villes où des bombes explosent en ce moment même ? Les soldats de Bishop se mobilisent-ils ? Et Seymour est-il le seul à avoir échoué ?

Alors qu'il descend de la scène et se dirige vers un angle de la salle, là où trois étagères ont été déplacées pour ménager une alcôve, il entend le blessé l'appeler depuis le bas de l'escalier.

« Hé, petit ! J'ai ton sac à dos ! Soit tu redescends immédiatement, soit je sors avec pour le remettre à la police. »

SEIZE

L'ÉNIGME DES CHOUETTES

La Cité des nuages et des oiseaux, d'Antoine Diogène, Folio Π

Quoique de nombreuses hypothèses aient été émises, l'énigme posée par les chouettes gardiennes des portes est à jamais perdue. La solution proposée ici est un ajout du traducteur et ne figurait pas dans la version d'origine. Traduction de Zeno Ninis.

… je réfléchissais, « Simple mais compliquée en vérité. Ou plutôt, compliquée mais simple en vérité ? » [Celui qui connaît la totalité des Savoirs jamais écrits… La réponse pourrait-elle être l'eau ? Un œuf ? Un cheval ?

… La tortue avait passé son chemin, mais le parfum de ses gâteaux s'attardait dans l'air. Je fis quelques pas sur mes pattes de corbeau, mes serres s'enfonçant dans le tapis moelleux des nuages. Les odeurs succulentes du miel, de la cannelle et du porc en train de rôtir flottaient vers moi depuis l'autre côté des portes, et j'eus beau explorer de fond en comble toutes les cavernes de mon esprit, je n'y trouvai absolument rien.

Les autres bergers avaient eu bien raison de me traiter de bécasse et d'écervelé, de benêt et de tête de linotte. Je me tournai vers les deux énormes chouettes en leur disant :

« [Rien], voilà tout ce que je sais. »

Elles [se dressèrent alors devant moi, et la première déclara : « C'eſt juſte, petit corbeau. La réponse eſt bien rien. »

Et la deuxième gardienne ajouta : « Celui qui connaît la totalité des Savoirs jamais écrits sait uniquement ceci : qu'il ne sait encore rien.] »

… là-dessus les chouettes s'écartèrent, et les portes, [comme si j'avais récité la formule magique], s'ouvrirent en grand devant moi…

SIX KILOMÈTRES À L'OUEST DE CONSTANTINOPLE

MAI 1453

Anna

Chaque fois que la houle soulève le bateau, elle aperçoit au nord-est les contours de la ville qui jette un faible éclat dans le lointain. Partout ailleurs, un remuement d'eaux noires. Fourbue et trempée, le sac plaqué contre sa poitrine, Anna cesse de ramer et renonce à écoper, tourmentée par le mal de mer. Les flots sont trop vastes et la barque trop petite. Maria, tu as toujours été la meilleure de nous deux, la plus sage, et tu t'en es allée dans l'autre monde au moment précis où celui-ci s'effondrait. *Un ange dans l'une de ces sœurs*, disait la veuve Théodora, *et un loup dans l'autre.*

Plongée dans un état plus profond que le rêve, elle traverse de nouveau un atrium au sol dallé, bordé de chaque côté par des rayonnages de livres superposés. Elle se met à courir, mais aussi loin qu'elle s'aventure la salle semble ne jamais finir, et tandis que l'éclairage faiblit, sa peur et sa détresse vont croissant. Enfin, elle se rapproche d'une source de lumière : une fille seule devant une table, penchée sur un livre qu'éclaire une bougie. Quand elle soulève le volume, Anna tente d'en déchiffrer le titre, et c'est à cet instant que la barque d'Himerius heurte un écueil et chavire.

Elle a tout juste le temps de serrer le sac contre sa robe avant d'être projetée par-dessus bord.

Elle se débat violemment, les narines remplies d'eau salée. Un remous l'expulse vers le haut et la pousse en avant, son genou cogne contre un rocher immergé : l'eau ne lui arrive qu'à la taille. Elle remonte à la surface en crachotant, puis propulse son corps vers le rivage sans jamais lâcher le sac. Elle rampe sur une plage caillouteuse, inspecte son genou douloureux avant d'ouvrir le sac. Le capuchon en soie, le livre, le pain : tout est trempé. Sur la mer sombre et déchaînée, il n'y a plus trace du bateau d'Himerius.

Anna voit sous le ciel d'avant l'aurore que la plage forme un arc de cercle : aucun abri pour elle. Enjambant le rempart de bois flotté que la tempête a déposé en lisière des eaux, elle découvre une scène de désolation : des maisons incendiées, une oliveraie dont tous les arbres ont été abattus, le sol creusé d'ornières comme si Dieu lui-même avait ratissé la terre.

Au point du jour, elle gravit un coteau en pente douce planté de vignes. Le grondement de la houle s'atténue. Anna retire sa robe afin de l'essorer, puis se rhabille et mâchonne un morceau d'esturgeon séché, promenant les doigts dans ses cheveux courts tandis que l'aube trace une ligne rose à l'horizon.

À l'issue de cette nuit, elle espérait bien se retrouver ailleurs, transportée à Gênes, à Venise, ou bien en Schérie dans le royaume d'Alkinoos le généreux, où une déesse aurait pu l'envelopper d'une brume magique pour l'introduire dans un palais. Mais c'est tout juste si elle a remonté la côte sur quelques kilomètres. On distingue toujours la ville au loin, la ligne en dents de scie de ses toits dominée par le bouquet de dômes de Sainte-Sophie. Des rubans de fumée grise s'étirent dans le ciel. Des hommes armés sont-ils en train d'envahir tous les quartiers, forçant l'entrée des logis pour pousser leurs habitants dans la rue ? Bien malgré elle, surgit dans son esprit une image qu'elle préfère chasser : Théodora, Agata, Thekla et Eudokia, mortes toutes les quatre dans l'arrière-cuisine, l'infusion de belladone posée au centre de la table.

Des gazouillis d'oiseaux s'élèvent des vignes. Un groupe de silhouettes se découpe contre le ciel à moins d'un kilomètre de distance, des soldats à cheval qui se dirigent vers la ville ; Anna s'aplatit au sol près du sac humide, un nuage de moucherons l'entourant comme une brume.

Dès que les cavaliers ont disparu, elle se faufile jusqu'au bas du vignoble et patauge dans le lit d'un ruisseau avant de s'engager sur un nouveau coteau qui l'éloigne de la mer. Au sommet de la colline, des noisetiers se serrent autour d'un puits comme s'ils avaient peur. Un unique chemin de terre traverse les lieux. Réfugiée sous les branches basses, Anna patiente sur la litière de feuilles pendant que le silence du matin s'abat sur la campagne.

Tout est si calme qu'il lui semble presque entendre les cloches de Sainte-Théophania, le vacarme des rues, pelles et balais, aiguilles et fils. Théodora qui monte les marches, ouvre les volets de l'atelier et déverrouille l'armoire des réserves. Seigneur, protège-nous de l'oisiveté, car nous avons commis des péchés innombrables.

Elle met le capuchon et le livre à sécher sous les premiers rayons du soleil, puis dévore le reste du poisson tandis que les cigales chantent dans les ramures. Les pages du codex sont imbibées d'eau, mais au moins l'encre n'a pas bavé. Anna reste là pendant les heures les plus claires de la journée, les genoux ramenés contre la poitrine, oscillant entre veille et sommeil.

Alors que les ombres se rassemblent au cœur du bosquet, la soif lui tord les entrailles. Comme elle n'a vu personne utiliser le puits, elle n'ose pas s'y désaltérer, craignant qu'on ne l'ait empoisonné pour nuire à l'ennemi. C'est déjà le crépuscule lorsqu'elle réunit ses possessions pour se remettre en marche, progressant entre les arbres et les broussailles de la côte, la mer toujours sur sa gauche. La lune dans son dernier quartier lui fait escorte tandis qu'elle se hisse par-dessus un mur de clôture, puis un autre, et elle regrette alors que la nuit ne soit pas plus noire.

Elle ne peut avancer de cent mètres sans que l'eau lui barre la route : des étangs qu'il lui faut contourner, un ruisseau auquel elle s'abreuve avant de le franchir dans une gerbe d'éclaboussures. Par deux fois, elle passe aux abords de villages qui semblent abandonnés : pas de mouvements, aucune trace de fumée. Il est possible que quelques familles s'y cachent, terrées au fond des caves, mais personne ne l'interpelle.

Elle a laissé derrière elle l'esclavage, la terreur et pire encore. Et maintenant, qu'est-ce qui l'attend ? Les Sarrasins, des chaînes de montagnes, des bacs sur lesquels des escrocs soutirent de l'argent à ceux qui veulent traverser le fleuve. La lune se dérobe, et les étoiles que Chryse appelle la Voie des Oiseaux déploient leur large frise dorée au-dessus de sa tête. Marcher, marcher, marcher : arrive un moment où la tension de la peur continuelle vient à bout de la logique, et où le corps se meut sans que l'esprit intervienne. C'est comme escalader le mur du prieuré : un appui pour le pied, une prise pour la main, et on continue de monter.

Avant le lever du jour, alors qu'elle se fraie un chemin dans une maigre forêt en longeant une vaste pièce d'eau, Anna voit trembler la lueur d'un feu de camp entre les fûts des arbres. Elle est décidée à l'éviter, mais le vent pousse vers elle un fumet de viande rôtie.

Et cette odeur se plante comme un hameçon dans son ventre. Elle avance de quelques pas – seulement pour voir. Un modeste foyer allumé dans les bois, ses flammes lui arrivent à peine à la cheville. Anna se glisse entre les arbres, faisant craquer les feuilles mortes sous ses sandales. Elle distingue un oiseau sans tête qui cuit sur une broche.

Elle tâche de retenir son souffle. Personne en vue ; elle n'entend pas de chevaux hennir. Pendant deux minutes, elle se contente de regarder les flammes de plus en plus basses. Pas une ombre, pas le moindre mouvement : on a laissé ce festin sans surveillance. Il n'y a plus que l'oiseau – une perdrix, lui semble-t-il. Serait-elle le jouet d'une hallucination ?

Elle entend le grésillement de la graisse. Si on ne prend pas garde à retourner l'oiseau, la partie exposée aux braises sera vite calcinée. Celui qui a allumé ce feu a peut-être été obligé de prendre la fuite, qui sait ? Peut-être a-t-il entendu dire que la ville venait d'être conquise, et il a enfourché son cheval en abandonnant son repas.

L'espace d'un instant, Anna devient Aethon-le-corbeau, éreinté et dépenaillé, contemplant à travers les portes dorées la tortue qui chemine lentement, une colonne de gâteaux en équilibre sur sa carapace.

Elle te paraîtra d'abord bien simple, mais en vérité elle est très compliquée.

Non, non. Elle te semblera compliquée au début, mais elle est très simple en vérité.

Sa raison abdique. Si elle pouvait simplement s'emparer de l'oiseau. Elle s'imagine déjà en train de déguster la viande, la sensation de la chair sous ses dents, les sucs qui jaillissent dans sa bouche. Son sac caché derrière un tronc d'arbre, elle bondit en avant et arrache la broche du sol. Alors qu'elle tient la perdrix dans sa main gauche, une parcelle de sa conscience enregistre une corde, un licol et une cape en cuir en bordure des flammes, mais le reste de sa personne ne s'emploie qu'à manger. Elle entend un souffle derrière son dos.

Sa faim est si puissante qu'elle continue de porter la viande à ses lèvres alors même qu'une déflagration lui fend le crâne, un éclair blanc et fourchu qui circule de l'arrière vers l'avant de sa tête, comme si la voûte céleste venait de se fissurer. Puis tout devient noir.

DIX-SEPT

LES MERVEILLES DE LA CITÉ DES NUAGES ET DES OISEAUX

La Cité des nuages et des oiseaux, d'Antoine Diogène, Folio P

… doux, parfumé…

… une rivière de crème…

… de doux vallons et des [vergers ?]…

… accueilli par une huppe fringante qui se présenta en inclinant son aigrette :

« Je suis la vice-sous-secrétaire du vice-roi du Gîte et du Couvert. »

Elle passa alors autour de mon cou une guirlande de lierre, tandis que les oiseaux venaient tous me souhaiter la bienvenue en voltigeant au-dessus de moi, chantant la plus mélodieuse des…

… immuable, éternelle, les mois et les années n'existaient plus et chaque heure ressemblait au plus beau matin de printemps, limpide et d'un vert doré, les gouttes de rosée brillaient comme le diamant, les tours étaient pareilles à des rayons de miel, et le zéphyr qui seul soufflait…

… des raisins charnus à souhait, les meilleurs fromages frais, les plus fins des saumons et des sardines…

… et puis la tortue, les gâteaux au miel, les fleurs de pavot et les jacinthes et la prochaine…

… je mangeai jusqu'à être près [d'éclater ?], et après cela je mangeai encore…

LAKEPORT, IDAHO

1972-1995

Zeno

Il y a du bœuf bouilli pour le dîner. En face de lui, le visage de Mrs Boydstun émerge d'un halo de fumée. Sur l'écran du téléviseur à côté d'elle, une brosse lisse la frange de cils d'un œil démesurément agrandi.

« J'ai vu des crottes de souris dans la réserve.

– Je poserai des pièges demain.

– Prends des Victor. Pas les trucs pourris que tu as achetés la dernière fois. »

Un acteur en costume vante le son extraordinaire de sa télévision couleur Sylvania. Mrs Boydstun laisse tomber sa fourchette en voulant la porter à sa bouche, et c'est Zeno qui la ramasse sous la table.

« J'ai terminé », lui dit-elle.

Zeno l'emmène alors dans sa chambre en poussant son fauteuil roulant, puis il la soulève pour l'allonger sur son lit, lui prépare sa dose de médicaments, déplace la télé sur son meuble à roulettes et la rallonge de la prise électrique. Derrière la vitre, du côté du lac, les dernières lueurs du jour désertent le ciel. Parfois, dans des moments comme celui-ci, alors qu'il fait la vaisselle, le souvenir de son retour de Londres lui revient à l'esprit : l'impression que la planète allait se dérouler indéfiniment au-dessous des hublots de l'avion – étendues d'eau, champs, montagnes, et enfin les villes illuminées comme des réseaux de neurones. Il s'était dit qu'entre Londres et la Corée, il avait vécu suffisamment d'aventures pour toute une vie.

Pendant des mois, il s'installe régulièrement à son bureau près du lit en laiton : à gauche, le début de l'*Iliade*, à droite, le lexique Liddell et Scott que Rex lui a offert. Il espérait que les vestiges du grec ancien appris au Camp n° 5 étaient ancrés dans sa mémoire, mais la reprise s'avère difficile.

Μῆνιν ἄειδε, θεά, Πηληιάδεω Ἀχιλῆος. Ainsi débute l'épopée. Cinq mots dont le dernier est « Achille », tandis que l'avant-dernier désigne celui-ci comme le fils de Pélée (tout en suggérant qu'Achille est semblable aux dieux). Il ne reste donc que trois mots à traiter mais, bizarrement, le vers semble hérissé de pièges.

Traduction de Pope : *Le courroux d'Achille, source des malheurs de la Grèce.*

Traduction de Chapman : *Fais retentir, ô déesse, le funeste courroux d'Achille.*

Traduction de Bateman : *Déesse, chante le courroux dévastateur d'Achille, fils de Pélée.*

Est-ce que le grec *aeide* est vraiment bien rendu par « chanter », vu que le terme signifie également « poète » ? Et quelle serait la traduction la plus juste de *mênin* ? Fureur ? Rage ? Rancœur ? Choisir un mot revient à s'engager sur une voie unique alors que le labyrinthe en compte des milliers.

Raconte-nous, déesse, la colère déchaînée d'Achille, fils de Pélée.

Pas assez bon.

Parle, Calliope, de la rage du fils de Pélée.

Pire encore.

Muses, racontez aux gens pourquoi Achille le fils de Pélée s'est foutu en colère.

Dans l'année qui suit son séjour à Londres, Zeno écrit à Rex une douzaine de fois en se cantonnant strictement à des questions linguistiques, abandonnant à Hillary le domaine sentimental. Les lettres dissimulées sous sa chemise, il s'arrête pour les poster avant de prendre son service, les joues empourprées au moment de les glisser dans la boîte. Il attend un retour pendant des semaines, les réponses de Rex n'étant ni rapides ni régulières, et le courage qui l'animait au début finit par le quitter. Les dieux de l'Olympe, buvant dans leurs coupes de corne, surveillent ses efforts laborieux à travers le toit de la maison, une expression narquoise sur le visage.

Quelle vanité de sa part, d'avoir pu supposer que Rex s'intéressait à lui. Lui, l'orphelin et le lâche, le conducteur de déneigeuse affublé d'un costume en polyester et d'une valise en carton. Comment a-t-il osé prétendre à ce genre de sentiments ?

Il apprend le décès de Rex par un courrier aérien, une lettre qu'Hillary a écrite à l'encre violette. Il l'informe que Rex a succombé à une crise cardiaque pendant qu'il travaillait en Égypte sur ses chers papyrus, s'efforçant d'arracher une phrase de plus à l'oubli. *Il tenait beaucoup à toi*, précise Hillary. Les énormes boucles de sa signature occupent la moitié du feuillet.

Les saisons se succèdent. Zeno se réveille dans l'après-midi, s'habille dans sa chambre étriquée et descend l'escalier qui gémit sous ses pas pour tirer Mrs Boydstun de sa sieste quotidienne. Quand il l'a fait asseoir dans son fauteuil, il lui brosse les cheveux et l'aide à manger, puis l'installe devant son puzzle et lui sert deux doigts d'Old Forester. Il allume la télévision, récupère la liste des courses sur le comptoir de la cuisine : *Bœuf, oignons, rouge à lèvres, et cette fois ne te trompe pas de teinte.*

Crises, rendez-vous médicaux, traitements, une douzaine de visites au cabinet d'un spécialiste de Boise – Zeno l'accompagne jusqu'au bout. Il dort toujours à l'étage dans son lit étroit, le livre de Rex et le lexique grec-anglais ensevelis au fond d'un carton sous son bureau. Le matin, lorsqu'il a presque achevé sa ronde, il lui arrive de garer son camion sur le bas-côté pour regarder le jour s'infiltrer dans la vallée, et alors il a toutes les peines du monde à rentrer chez lui.

Dans les dernières semaines, Mrs Boydstun est submergée par la toux, comme si l'eau du lac avait envahi ses poumons. Il se demande si elle lui fera d'ultimes confidences sur ce qu'elle a vécu avec son père, si elle l'appellera « mon fils » et manifestera de la gratitude pour son soutien et son assistance, si un signe de sa part lui laissera supposer qu'elle a compris ses tourments. Mais dans les derniers moments, elle n'est plus vraiment présente : il n'y a que la morphine, ses yeux vitreux et une odeur qui le ramène en Corée.

Le jour de sa mort, il va patienter à l'extérieur pendant que l'infirmière en soins palliatifs s'occupe des démarches nécessaires, et il perçoit un ronronnement mêlé au bruit de l'eau qui goutte du toit ; les arbres se réveillent, les hirondelles voltigent, les montagnes s'ébrouent dans une rumeur vibrante. La neige fond et le monde se fait entendre.

Zeno décroche tous les rideaux de la maison. Retire les appuie-tête des fauteuils, jette le pot-pourri à la poubelle, vide la bouteille de bourbon. Les figurines d'enfants au teint rose quittent leurs étagères et finissent au fond de cartons qu'il dépose dans une boutique d'articles d'occasion.

Peu après, il recueille un chien bringé baptisé Luther, une bête de trente kilos dont le museau grisonne. Il le ramène chez lui, remplit une écuelle de ragoût de bœuf à l'orge et le regarde engloutir son repas. Après quoi le chien va flairer les alentours comme s'il ne pouvait croire à sa bonne fortune.

Enfin, Zeno se débarrasse du chemin de table fané de la salle à manger, récupère la boîte rangée dans sa chambre et étale ses livres sur le plateau en noyer semé de taches circulaires. Après s'être préparé un café, il déballe la ramette de papier achetée au drugstore de Lakeport, tandis que Luther, pelotonné en travers de ses pieds, étire un soupir sur une bonne dizaine de secondes.

Rex lui a dit un jour que, parmi toutes les folies dont les hommes étaient capables, il n'existait peut-être rien de plus noble, rien qui nous rende aussi humbles que s'atteler à la traduction des langues mortes ; nous ne connaissons pas les sonorités du grec ancien parlé ; les équivalences entre les deux langues sont tout sauf évidentes ; dès le départ, nous sommes condamnés à l'échec. Et pourtant, cette démarche, cet effort pour amener sur nos rivages quelques phrases sauvées des ténèbres de l'Histoire, demeurait selon lui la plus belle des quêtes insensées.

Zeno taille son crayon et se remet à l'ouvrage.

L'ARGOS

ANNÉE DE MISSION 64

JOUR 276

À L'INTÉRIEUR DE LA CAPSULE N° 1

Konstance

Derrière son dos, la file de véhicules est immobilisée pour l'éternité sur la voie qui borde le lac. Les quatre gamins sans visage sont à jamais pétrifiés au coin de la rue. Mais devant elle, des choses bougent dans l'Atlas : le ciel, au-dessus du dépose-livres déguisé en chouette, devient une toile argentée qui se froisse et s'agite de remous, puis d'épais flocons se mettent à tomber.

Konstance avance d'un pas. Des haies de genévriers hirsutes encadrent une allée tapissée de neige au bout de laquelle s'ébauche la forme tarabiscotée d'une maison victorienne sur deux niveaux, vétuste et peinte en bleu clair. Le porche s'affaisse, la cheminée est de travers ; une pancarte OUVERT s'allume derrière la vitre.

« Sybil, qu'est-ce qui se passe ? »

Pas de réponse. Sur un panneau à demi enfoui sous la neige, elle lit :

Bibliothèque municipale

Le reste de Lakeport est égal à lui-même : statique, estival et définitivement bloqué, ainsi que le veut l'Atlas. Mais en ce point précis, au-delà du dépose-livres à l'angle de Lake et Park Street, on est en hiver.

La neige s'accumule sur les genévriers ; des flocons volent dans les yeux de Konstance. L'allée enneigée crisse sous ses pieds, et elle laisse des empreintes dans son sillage. Elle monte les cinq marches en granit qui mènent au porche. En haut de la porte, sur la partie vitrée, une affichette rédigée par une main d'enfant :

DEMAIN SOIR
REPRÉSENTATION UNIQUE
LA CITÉ DES NUAGES ET DES OISEAUX

La porte s'ouvre en grinçant. Face à elle se trouve un comptoir d'accueil décoré de cœurs en papier rose. Le calendrier porte la date du 20 février 2020. Un message au point de croix annonce : *Les renseignements, c'est ici.* Des flèches indiquent la section Fiction sur la gauche, Non-Fiction sur la droite.

« Sybil, est-ce qu'il s'agit d'un jeu ? »

Toujours pas de réaction.

Des spirales bleu-vert creusent leur sillon sur des écrans d'ordinateurs antédiluviens. Une fuite d'eau s'écoule du plafond taché dans une poubelle en plastique déjà à moitié pleine. Flic, flac.

« Sybil ? »

Rien. Normalement, Sybil est omniprésente à bord de l'*Argos* ; quelle que soit l'heure, elle entend tout le monde dans n'importe quelle cabine ; c'est bien la première fois que Konstance la sollicite sans obtenir de réponse. Est-il possible que Sybil ne sache pas où elle se trouve ? Qu'elle ignore que ceci existe à l'intérieur de l'Atlas ?

Les livres alignés sur les étagères ont des relents de vieux papier jauni. La paume tendue sous la fuite d'eau, Konstance sent les gouttes marteler sa main.

Au milieu de l'allée centrale, un panneau avec une flèche pointant vers le haut. SECTION JEUNESSE. Elle s'engage dans l'escalier, les jambes flageolantes. Une paroi dorée se dresse sur le palier. La phrase qu'on a tracée dessus lui semble être du grec ancien.

Ὦ ξένε, ὅστις εἶ, ἄνοιξον, ἵνα μάθῃς ἃ θαυμάζεις

Une étroite porte en arcade a été ménagée dans la paroi. L'air a un parfum de lilas, de menthe et de rose, digne de la Ferme #4 dans ses moments les plus exubérants.

Konstance passe la porte. Elle découvre derrière de scintillants nuages en papier suspendus au-dessus d'une trentaine de chaises pliantes et, sur le mur opposé, un décor qui occupe toute la surface : une cité dans les nuages, des tours couronnées de vols d'oiseaux. Autour d'elle, un babil d'eau vive, de pépiements mélodieux et de craquements de ramures. Éclairé par un faisceau de lumière oblique qui descend entre les nuages, un livre repose sur un lutrin au centre d'une petite scène.

Subjuguée, elle se déplace parmi les sièges et monte sur la scène. Le volume doré est un double du livre bleu que Père gardait sur sa table de chevet : la cité dans les nuages, les tours aux mille fenêtres, le ballet des oiseaux. Au-dessus de la ville, il est écrit : *La Cité des nuages et des oiseaux.* Et au-dessous : *Par Antoine Diogène. Traduction de Zeno Ninis.*

LAKEPORT, IDAHO

1995-2019

Zeno

Il traduit un chant de l'*Iliade* et deux de l'*Odyssée*, ainsi qu'un passage remarquable de *La République* de Platon. Cinq lignes par jour en moyenne, une dizaine quand il est au mieux de sa forme, des pattes de mouche griffonnées au crayon sur des feuillets A4 jaunes qu'il entasse sous la table dans des cartons. De temps en temps, il lui arrive de juger ses traductions honorables, mais en général il les trouve désastreuses. Jamais il ne les montre à qui que ce soit.

L'administration remercie Zeno pour ses loyaux services et lui verse une retraite, Luther le grand chien bringé s'éteint paisiblement, et il adopte alors un terrier qu'il baptise Nestor roi de Pylos. Tous les matins, il s'éveille dans son lit en laiton et enchaîne cinquante pompes, puis il enfile deux paires de chaussettes Utah Woolen Mills, une des deux chemises habillées qu'il possède et une de ses quatre cravates. La verte aujourd'hui, demain la bleue, celle qui a un motif de canards pour le mercredi et celle aux pingouins pour le jeudi. Café noir, bouillie d'avoine nature. Ensuite il se rend à la bibliothèque.

Marian, la directrice, lui déniche sur Internet des vidéos d'un universitaire du Midwest, un grand escogriffe qui enseigne le grec de niveau intermédiaire, et, presque tous les jours, Zeno s'installe dès le matin à une table proche des romans d'amour en gros caractères – la section que Marian surnomme le coin Seins-Fesses –, un gros casque sur les oreilles et le volume poussé à fond.

Le passé grec lui fait littéralement tourner la tête, parce qu'il sème la confusion parmi les verbes. Et rien n'est pire que l'aoriste qui, dépourvu de toute valeur de durée, lui donne envie de se réfugier au fond d'un placard et de se rouler en boule dans le noir. Il y a tout de même de beaux moments, quelques heures où, tandis qu'il s'acharne sur ces vieux textes, les mots s'effacent pour laisser les images venir à lui à travers les siècles : des navires débordant de soldats en armure ; la mer pailletée de lumière ; les voix des dieux portées par le vent. Il a un peu l'impression d'avoir de nouveau six ans, et de se trouver simultanément devant la cheminée auprès des jumelles Cunningham et en compagnie d'Ulysse perdu au large de la Schérie, avec le fracas des vagues heurtant les rochers.

Par un après-midi lumineux de mai 2019, alors que Zeno est penché sur ses feuillets, la nouvelle recrue de Marian, un spécialiste de littérature jeunesse prénommé Sharif, l'appelle à l'accueil. Un titre de presse s'affiche sur l'écran de son ordinateur : *Un récit grec illisible dévoilé grâce aux nouvelles technologies.*

D'après l'article, il existe un lot de manuscrits médiévaux fortement endommagés, conservés pendant des siècles dans la bibliothèque ducale d'Urbino et transférés par la suite au Vatican, que l'on a longtemps tenus pour indéchiffrables. En particulier, un petit codex relié en peau de chèvre et vieux de neuf siècles qui piquait par intermittence la curiosité des chercheurs, mais les ravages de l'humidité, les moisissures et le passage du temps s'étaient ligués pour agréger ses pages en un bloc illisible.

Sharif agrandit l'image qui accompagne le document : un pavé de parchemin noirâtre et tout plissé, qui n'a même plus la forme d'un parallélogramme.

« On dirait un livre de poche qu'on a laissé mille ans dans la cuvette des toilettes », dit Sharif.

Et Zeno renchérit : « Avant de l'abandonner sur une route pour mille ans de plus. »

L'article précise qu'une équipe de conservateurs a réussi, au cours des douze derniers mois, à visualiser des fragments du texte d'origine grâce à un scanner à balayage électronique, générant parmi les spécialistes un concours d'hypothèses. Et si le manuscrit contenait une des pièces disparues d'Eschyle, un traité scientifique d'Archimède ou un évangile chrétien primitif ? Et s'il s'agissait du *Margitès*, le poème comique attribué à Homère ?

Cependant, l'équipe annonce aujourd'hui qu'elle a reconstitué une partie suffisante du texte pour pouvoir affirmer qu'il correspond à une œuvre de fiction en prose du Ier siècle intitulée Νεφελοκοκκυγία, écrite par un auteur peu connu, Antoine Diogène.

Νεφέλη, nuage ; κόκκυξ, l'oiseau appelé « coucou » ; ce titre, Zeno le connaît déjà. Regagnant précipitamment sa table, il écarte des monceaux de papiers pour exhumer du fatras le *Compendium* de Rex. Page 29. Article 51.

> *Le conte grec aujourd'hui disparu* La Cité des nuages et des oiseaux*, d'Antoine Diogène, qui relate le voyage d'un berger vers une ville céleste, date probablement de la fin du premier siècle de notre ère. Un résumé byzantin du* IXe *siècle nous apprend que le récit débutait par un bref prologue dans lequel Diogène s'adressait à sa nièce souffrante et déclarait que l'histoire comique à venir n'était pas de son invention : il l'avait découverte dans un tombeau de la ville antique de Tyr, couchée par écrit sur vingt-quatre tablettes en bois de cyprès. Mêlant les ingrédients du conte merveilleux, de la quête insensée, de la science-fiction et de l'utopie satirique, la version abrégée de Photios nous laisse penser qu'il s'agissait d'un des récits les plus fascinants de l'Antiquité.*

Zeno en a le souffle coupé. Il voit Athéna courant dans la neige ; il voit aussi Rex, son corps anguleux voûté par la malnutrition, tracer des vers sur une planchette avec un morceau de charbon. θεοὶ signifie « les dieux », ἐπεκλώσαντο signifie « ils tissent », ὄλεθρον veut dire « désastre ».

Ou mieux encore, avait dit Rex lors de leur discussion au salon de thé, *une de ces comédies antiques qui parlent d'une quête insensée jusqu'au bout du monde. Ce sont mes préférées, tu vois de quoi je parle ?*

Marian se tient sur le seuil de son bureau, une tasse décorée de chats entre les mains.

« Il va bien ? » dit Sharif.

Et Marian lui répond : « Je crois qu'il est heureux. »

Zeno demande à Sharif d'imprimer tous les articles qu'il pourra réunir au sujet du manuscrit. Une analyse de l'encre a permis de rattacher le codex à la Constantinople du Xe siècle ; la bibliothèque du Vatican s'est engagée à numériser et à diffuser gratuitement en ligne chacun des folios exploitables. Selon le pronostic d'un universitaire de Stuttgart, Diogène apparaîtra peut-être comme un Borges de l'Antiquité, préoccupé par les concepts de véracité et d'intertextualité, et la technologie mettra au jour un chef-d'œuvre ignoré annonçant *Don Quichotte* et *Les Voyages de Gulliver*. En revanche, une professeure japonaise soutient que le texte est probablement insignifiant, et qu'aucun roman antique – si tant est qu'il mérite cette appellation – ne saurait rivaliser avec le théâtre et la poésie du classicisme grec. L'ancienneté, conclut-elle, n'est en aucun cas un gage de qualité.

Le premier feuillet numérisé, baptisé Folio A, est mis en ligne le premier vendredi du mois de juin. Sharif l'imprime en grand format sur la machine neuve offerte par la société Ilium, puis va l'apporter à Zeno installé dans la section Non-Fiction.

« Et vous comptez tirer un sens de *ça* ? »

Le texte est sale, rongé par les vers et colonisé par les moisissures, comme si les champignons, l'humidité et les siècles s'étaient unis pour composer un poème de l'anéantissement. Pourtant Zeno le trouve magique, les lettres grecques semblent rayonner, blanc sur noir, depuis les profondeurs de la page, moins une écriture qu'un spectre d'écriture. Il se rappelle l'arrivée de la lettre de Rex, sa difficulté initiale à croire pour de bon que son ami avait survécu. Parfois, les choses que nous croyons perdues sont simplement cachées, attendant d'être redécouvertes.

Au début de l'été, alors que les feuillets publiés jour après jour sortent de l'imprimante de Sharif, Zeno se sent euphorique. Ses pages sont éclairées par le grand soleil de juin qui inonde la salle ; les premières séquences des aventures d'Aethon, gentiment absurdes, lui paraissent accessibles ; il pense avoir trouvé là son grand projet, la chose qui lui reste à accomplir avant de mourir. Il rêve de publier une traduction qu'il dédiera à la mémoire de Rex, de donner une réception pour l'occasion ; Hillary viendra de Londres avec une escouade de compagnons raffinés ; et les gens de Lakeport sauront alors qu'il n'est pas seulement Zeno-deux-à-l'heure, l'ancien conducteur de la déneigeuse qui a un chien bruyant et des cravates élimées.

Cependant, son enthousiasme décline chaque jour un peu plus. Bon nombre de folios sont tellement abîmés que les phrases sombrent dans l'obscurité avant qu'il ait pu en dégager la moindre lueur de sens. En outre, les conservateurs soutiennent que les cahiers, à une étape de la longue histoire du codex, ont probablement été sortis de leur reliure, puis reliés de nouveau dans un ordre différent, si bien que le déroulement originel de l'intrigue fait débat. Le mois de juillet venu, Zeno a l'impression de s'échiner sur l'un des puzzles de Mrs Boydstun, dont un tiers des pièces aurait été catapulté sous le poêle et un autre tiers définitivement perdu. Il manque d'expérience et de culture, il est trop vieux ; son intelligence n'est pas à la hauteur de la tâche.

Baiseur de Moutons, Tapette, Fiotte, Zéro. Pourquoi est-il si difficile de s'affranchir des étiquettes qu'on nous a collées sur le front dans notre jeunesse ?

Au mois d'août, la climatisation de la bibliothèque déclare forfait. Sa chemise trempée de sueur, Zeno peine tout un après-midi sur un feuillet particulièrement ingrat, illisible à soixante pour cent. Il y est question d'une huppe qui mène Aethon-le-corbeau à une rivière de crème ; d'un aiguillon de doute – trouble ? agitation intérieure ? – qui se plante sous ses ailes.

Il n'en tire pas davantage.

À l'heure de la fermeture, il rassemble ses livres et ses feuillets pendant que Sharif range les chaises et que Marian éteint toutes les salles. Dehors, l'air est imprégné d'une odeur de fumée.

« Il y a des professionnels qui travaillent là-dessus, fait Zeno tandis que Sharif verrouille la porte. De vrais traducteurs. Des gens qui ont des diplômes prestigieux et qui savent où ils vont.

– Peut-être, convient Marian. Mais aucun de ces gens n'est vous. »

Un bateau passe en rugissant sur le lac, accompagné d'un martèlement de basses. L'atmosphère est lourde et brûlante, le ciel veiné d'argent. Le petit groupe s'arrête devant l'Isuzu de Sharif, et Zeno a l'impression qu'une sorte de fantôme traverse la chaleur, invisible, insaisissable. Sur l'autre rive du lac, au-dessus des pentes de la station de ski, une nuée d'orage s'illumine de bleu.

Sharif allume une cigarette.

« Quand ma mère était à l'hôpital, juste avant de mourir, elle répétait souvent ceci : "L'espoir est le pilier qui soutient le monde."

– C'est une citation de qui ? »

Il hausse les épaules.

« Parfois elle l'attribuait à Aristote, d'autres fois à John Wayne. À moins qu'elle l'ait inventée elle-même. »

DIX-HUIT

TOUT N'ÉTAIT QUE SPLENDEUR, ET POURTANT...

La Cité des nuages et des oiseaux, d'Antoine Diogène, Folio Σ

… mes plumes se gonflèrent et devinrent plus brillantes, et je voletai de-ci, de-là en mangeant tout ce qui me tentait, friandises, viande, poisson, et même de la volaille ! La douleur et la faim n'existaient pas, mes [ailes ?] ne tremblaient jamais de fatigue et mes pattes n'étaient jamais [irritées ?].

… les rossignols donnaient leurs concerts [du soir ?], les fauvettes entonnaient des chants d'amour dans les jardins [et ?] personne ne me traitait d'écervelé, de benêt ou de bécasse, ni ne m'adressait des paroles cruelles…

Après ce long voyage, je tenais la preuve que tout le monde s'était trompé. Mais alors que, perché sur mon balcon, je laissais mon regard filer sur les joyeuses bandes d'oiseaux, sur les portes et sur les nuages échevelés, puis l'abaissais vers le monticule de boue de la terre lointaine, avec ses villes grouillantes et ses troupeaux qui parcouraient les plaines comme des traînées de poussière, mes pensées se tournèrent vers mes amis, mon petit lit et les brebis que j'avais abandonnées au champ. J'avais fait un bien long voyage, ici tout n'était que splendeur, et pourtant…

… l'aiguillon du doute se plantait sous mon aile. Un trouble obscur palpitait en moi…

L'ARGOS

ANNÉE DE MISSION 65

JOUR 325
À L'INTÉRIEUR DE LA CAPSULE N° 1

Konstance

Depuis que Konstance a découvert, camouflée à l'intérieur de l'Atlas, la petite bibliothèque délabrée, il s'est écoulé plusieurs semaines. Sur des lambeaux de sacs d'emballage, elle a laborieusement reproduit les trois quarts de la traduction de Zeno Ninis – du folio Alpha au folio Sigma – issue du volume doré exposé dans la section Jeunesse. À présent, plus de cent vingt fragments couverts de son écriture tapissent le sol autour du caisson de Sybil, chacun faisant écho à ses soirées passées dans la Ferme #4, quand elle écoutait la voix de son père.

> *… Je me frottai tout le corps avec l'onguent que Palaestra avait choisi, et pris trois pincées d'encens…*
>
> *… Même s'il te poussait des ailes, idiot de poisson, tu ne pourrais pas voler vers des lieux qui n'existent pas…*
>
> *… Celui qui connaît la totalité des Savoirs jamais écrits sait uniquement ceci : qu'il ne sait encore rien.*

Konstance se sent fatiguée, et elle a des taches d'encre partout. Assise au bord de son lit, elle attend que l'éclairage passe au gris plomb. C'est le moment le plus pénible, cette transition entre Lumière-du-Jour et Extinction. Chaque fois, elle reçoit comme un choc le silence qui règne hors de la capsule, dans ce vaisseau où la vie s'est peut-être éteinte depuis plus de dix mois, et le silence qui s'étend au-delà, derrière les parois de l'*Argos*, sur des distances qui défient l'entendement humain. Pelotonnée sur le côté, elle tire la couverture jusqu'à son menton.

Tu te couches déjà, Konstance ? Tu n'as rien mangé depuis ce matin.

« Je mangerai si tu ouvres la porte. »

Comme tu le sais, je ne suis pas en mesure de déterminer si les risques de contamination persistent à l'extérieur de cette capsule. Puisqu'il est établi que tu es en sécurité ici, je suis dans l'obligation de maintenir la porte fermée.

« Moi, je me sens plutôt en danger. Je mangerai si tu ouvres la porte. Sinon, je me laisserai mourir de faim. »

Je suis peinée de t'entendre parler ainsi.

« Tu ne peux pas être peinée, Sybil. Tu n'es qu'une pelote de filaments enfermée dans un caisson. »

Ton corps demande à être nourri, Konstance. Représente-toi un des meilleurs…

Konstance se bouche les oreilles. Tout ce dont nous aurons jamais besoin, affirmaient les adultes, nous l'avons à bord. Et s'il y a un problème que nous ne savons pas résoudre, Sybil le résoudra pour nous. Mais ce n'était qu'une fable qu'ils se racontaient pour se rassurer. Sybil sait tout, et en même temps elle ne sait rien. Konstance prend le croquis qu'elle a tracé de la cité dans les nuages et promène le bout de son doigt sur l'encre sèche. Pourquoi a-t-elle pensé que recréer ce vieux livre lui permettrait de débloquer quoi que ce soit ? Après sa mort, ne restera-t-il pas dans cette capsule pour des éternités sans personne pour le lire ?

Je suis en train de craquer, songe-t-elle. De me désagréger. Je ne suis qu'une grosse naïve sur un tapis de marche, qui erre à travers le simulacre d'une planète située à des milliards de kilomètres, en quête de réponses qui n'existent même pas.

Surgi de sous la chape de son esprit, son père retire une feuille morte prise dans sa barbe et lui adresse un sourire. *Ce qui est admirable, chez le naïf, c'est qu'il ne sait jamais quand il faut renoncer. C'est ma grand-mère qui disait ça.*

Aussitôt, Konstance se perche sur son Pérambulateur et rallume sa Visionneuse pour se précipiter vers une des tables de la Bibliothèque. Elle écrit sur un feuillet : *Le 20 février 2020, qui étaient les cinq enfants que Zeno Ninis a sauvés dans la bibliothèque municipale de Lakeport ?*

LAKEPORT, IDAHO

AOÛT 2019

Zeno

À la fin du mois d'août, deux incendies similaires ravagent chacun un million d'arpents dans l'Oregon, et leurs épaisses fumées roulent jusqu'à Lakeport. Le ciel prend une couleur de mastic, et quiconque s'aventure à l'extérieur s'imprègne d'une odeur de feu de camp. Les restaurants ferment leurs patios ; les réceptions de mariage se font en intérieur ; les activités sportives en plein air sont supprimées pour les plus jeunes et on estime que, dans ces conditions, les enfants ne peuvent même plus jouer dehors.

Tous les jours, dès que l'école est finie, les gamins qui ne savent pas où aller envahissent la bibliothèque. Zeno, retranché derrière ses feuillets et ses Post-it, progresse difficilement dans sa traduction. Assise par terre près de lui, une fillette rousse en short et bottes de pluie consulte des manuels de jardinage en faisant des bulles avec son chewing-gum. Un peu plus loin, un garçon à la poitrine bombée qui a des cheveux blonds pareils à la crinière d'un lion s'asperge avec l'eau de la fontaine qu'il recueille dans ses deux mains, bloquant la manette avec son genou.

Zeno baisse les paupières ; une migraine se prépare. Quand il rouvre les yeux, Marian se tient devant lui.

« Primo, ces incendies ont transformé mon lieu de travail en colonie de vacances. Deuzio, le climatiseur de l'étage fait autant de bruit que si on l'avait gavé de sandwiches en métal. Tertio, Sharif est parti en acheter un autre chez Bergesen

Hardware et je me retrouve donc à devoir gérer là-haut une vingtaine de démons shootés aux sucreries. »

Comme pour confirmer ses dires, un petit garçon dévale les marches sur un pouf défoncé, atterrit à genoux et la regarde avec un grand sourire.

« Quatrièmement : j'ai la nette impression que vous avez passé la semaine à hésiter sur l'adjectif le plus juste pour décrire votre berger ivre – est-il plutôt "inculte", "humble" ou "stupide" ? Moi, j'ai des gosses de CM2 qui ne vont pas décoller d'ici avant deux heures, Zeno. Ils sont cinq. Vous voulez me donner un coup de main ?

– "Humble" et "stupide", ce n'est pas du tout la même chose…

– Expliquez-leur ce qui vous occupe. Ou alors faites-leur un tour de magie, peu importe. S'il vous plaît… »

Avant qu'il ait pu inventer une excuse, Marian traîne vers sa table le gamin trempé qu'elle a arraché à la fontaine.

« Alex Hess, je te présente Mr Zeno Ninis. Mr Ninis va te montrer un truc trop cool. »

Le garçon s'empare d'une des grandes pages du fac-similé, et une douzaine des feuillets de Zeno tombent sur la moquette comme des oiseaux blessés.

« C'est quoi, ça ? L'écriture des extraterrestres ?

– On dirait du russe, intervient la petite rousse, qui s'est elle aussi approchée de la table.

– Non, c'est du grec, rectifie Marian en pilotant vers Zeno un autre garçon et deux fillettes. Une très vieille histoire. Elle parle de magiciens dans le ventre d'une baleine, de chouettes gardiennes des portes qui posent des énigmes, d'une ville dans les nuages où tous les vœux sont exaucés, et même de… » Marian baisse la voix et jette un coup d'œil théâtral derrière son dos. « De pêcheurs qui ont trois pénis. »

Deux des filles pouffent de rire. Alex Hess a un sourire moqueur. Des gouttes d'eau dégringolent de ses cheveux sur la page.

Quelques minutes plus tard, les cinq gamins sont assis en rond autour de la table de Zeno, chacun examinant un des folios du tirage. Une fille dont les cheveux au carré semblent avoir été taillés à la débroussailleuse lève la main et prend la parole sans attendre.

« Bon, si j'ai bien compris, votre Ethan a vécu des aventures de fou...

– Aethon.

– ... et son histoire a été écrite y a des millions d'années sur des tablettes de je sais pas quoi, qu'on a enterrées avec son corps après sa mort ? Et des siècles après ça, c'est Dieu-Gêne qui les a retrouvées dans un cimetière ? Alors il les a recopiées sur des centaines de bouts de papier pour...

– De papyrus, en fait.

– ... pour les poster à sa nièce qui était malade ?

– En effet, approuve Zeno, qui se sent à la fois dérouté, enthousiaste et abattu. Sauf que le mot “poster” ne s'employait pas ainsi à l'époque. Si cette nièce a bel et bien existé, Diogène a certainement confié ses rouleaux à un ami, qui a...

– Alors cette copie a été recopiée à Constantino-machin, et la nouvelle copie a été perdue pendant une éternité, mais ensuite on l'a retrouvée en Italie, sauf que c'est encore le méga-bazar parce qu'il manque des tonnes de mots ?

– Excellent résumé. »

Un frêle garçon prénommé Christopher gigote sur sa chaise.

« Et c'est super-compliqué de mettre ce vieux texte en anglais, vous n'avez que des morceaux de l'histoire et en plus vous ne savez pas dans quel ordre ils se rangent ? »

Rachel, la petite rousse, manipule son fac-similé dans tous les sens.

« Et les morceaux que vous avez, on dirait qu'ils ont été tartinés de Nutella.

– C'est ça.

– Mais alors, quel intérêt ? » demande Christopher.

Tous les enfants dévisagent Zeno : Alex ; Rachel ; le petit Christopher ; Olivia, la fillette à la coupe au carré ; et Natalie, une fille discrète aux cheveux d'un noir de jais, à la peau et aux yeux bruns, habillée de marron.

« Vous avez déjà vu un film de super-héros ? réplique Zeno. Le héros n'arrête pas prendre des coups, on se dit qu'il ne…

– Il ou elle, coupe Olivia.

– … qu'il ou elle ne s'en sortira jamais. C'est la même chose pour ces fragments : ce sont eux aussi des super-héros. Imaginez un peu les combats épiques auxquels ils ont survécu pendant deux mille ans : inondations, incendies, tremblements de terre, chute des États, voleurs, barbares, zélotes, et j'en passe. Nous savons qu'une copie du texte est parvenue entre les mains d'un scribe de Constantinople neuf ou dix siècles après sa composition, et notre seule information sur lui…

– Ou elle, répète Olivia.

– … c'est qu'il ou elle avait une écriture soignée, légèrement inclinée vers la gauche. Mais aujourd'hui, les rares personnes capables de comprendre ce vieux texte ont l'occasion d'insuffler une nouvelle vie à ces super-héros, afin qu'ils aient une chance de se battre encore pendant quelques décennies. La disparition nous traque sans cesse, vous savez ? Se dire qu'on tient entre nos mains quelque chose qui y échappe depuis si longtemps… »

Zeno se frotte les yeux, mal à l'aise.

Rachel passe les doigts sur les lignes peu distinctes de son folio.

« Ethan est pareil », dit-elle, et Olivia rectifie : « Non, c'est Aethon. Le berger naïf dont vous nous avez parlé, dans votre histoire. Il se trompe tout le temps de chemin et on l'envoie sur des fausses pistes, et pourtant il ne renonce jamais. Il survit. »

Zeno la regarde, et une nouvelle vision des choses commence à éclore dans son esprit.

« Racontez-nous des choses sur les pêcheurs à trois pénis », réclame Alex.

Ce soir-là, Zeno étale ses feuillets de travail sur la table de la salle à manger, Nestor roi de Pylos blotti à ses pieds. Dans tout ce qu'il lit, il décèle les faiblesses de ses premières tentatives. Il s'est trop soucié d'identifier les allusions savantes, d'éviter les écueils grammaticaux et de vérifier le sens de chaque terme. Cependant, une chose est sûre à propos de cette comédie grecque : elle n'avait que faire de la correction, de la distinction et de l'exactitude. Il s'agit d'une histoire destinée à réconforter une jeune fille à l'agonie. Tous ces commentaires d'universitaires qu'il s'est astreint à consulter – *Diogène a-t-il écrit une comédie populaire ou une métafiction complexe ?* –, quand on a affaire à cinq gamins de CM2 qui sentent le chewing-gum, la chaussette moite et la fumée, ce type de débat s'éteint de lui-même. Peu importe qui était Diogène, il ambitionnait avant tout de créer une mécanique propre à captiver l'attention, à éloigner la mort.

Un poids immense lui tombe alors des épaules. Il se prépare un pot de café, déballe une ramette neuve et pose devant lui le folio ß. *Un mot un trou unmotunmotunmot un trou un trou un mot* – ce ne sont que des marques sur la peau d'une chèvre morte depuis une éternité. Mais quelque chose se cristallise au-dessous.

> *Je suis Aethon, simple berger d'Aracadie, et l'histoire que je vais vous conter est si absurde, si invraisemblable, que vous n'allez pas en croire un traître mot. Et pourtant, elle est bien vraie. Moi, que l'on traite de bécasse et d'écervelé, Aethon le benêt et la tête de linotte…*

L'ARGOS

ANNÉE DE MISSION 65

JOURS 325-340
À L'INTÉRIEUR DE LA CAPSULE N° 1

Konstance

La feuille de papier se pose sur la table.

Christopher Dee
Olivia Ott
Alex Hess
Natalie Hernandez
Rachel Wilson

L'un des enfants retenus en otage dans la bibliothèque municipale de Lakeport le 20 février 2020 était Rachel Wilson. Sa propre arrière-grand-mère. C'est pour cette raison que le livre traduit par Zeno Ninis se trouvait sur la table de chevet de Père. Sa grand-mère jouait dans la pièce.

Si Zeno Ninis ne sauve pas la vie de Rachel Wilson en ce 20 février 2020, alors le père de Konstance ne peut pas venir au monde. Il ne se porte pas volontaire pour la mission Argos. Et elle-même n'existe pas.

J'avais fait un bien long voyage, ici tout n'était que splendeur, et pourtant…

Qui était Rachel Wilson ? Jusqu'à quel âge a-t-elle vécu ? Et que pouvait-elle éprouver en regardant ce livre traduit par Zeno Ninis ? Lui est-il arrivé, par une des soirées venteuses de Nannup, de s'asseoir avec le père de Konstance pour lui lire une partie de l'histoire ? Elle se met à tourner autour de la table dans l'atrium, convaincue à présent qu'un autre élément lui échappe. Caché pile devant ses yeux. Encore une chose que Sybil ne connaît pas. Elle appelle l'Atlas et se rend d'abord à Lagos, dans cette enclave du centre-ville que des hôtels d'un blanc brillant dominent sur trois côtés, avec quarante cocotiers plantés dans des bacs à damier noir et blanc. *Bienvenue au New Intercontinental*, annonce un grand panneau.

Konstance tourne longtemps en rond sous le soleil immuable du Nigéria. La sensation bien connue recommence à la tourmenter, à la lisière de sa conscience. Les stries qui marquent les troncs, les gaines foliaires desséchées à la base des frondes, les noix de coco accrochées en hauteur et celles qui sont tombées dans les bacs : aucun des fruits, remarque-t-elle, ne porte les trois pores de germination que son père lui a montrés. Les deux yeux et la bouche du petit marin qui fait son chemin dans le monde en sifflant.

Ces arbres sont des créations numériques. À l'origine, ils ne faisaient pas partie du décor.

Elle revoit Mrs Flowers au pied des murailles de Théodose, à Constantinople. *Promène-toi assez longtemps là-dedans, ma chérie, et tu découvriras quelques secrets.*

À vingt pas de distance, le triporteur d'un vendeur de rue est appuyé contre un des bacs. Sur la caisse blanche, des chouettes de bande dessinée tiennent des cornets de glace. Une douzaine de canettes luisent à l'intérieur, couchées sur un lit de glace. Les glaçons brillent, les chouettes semblent près de cligner des yeux. Tout cela paraît plus vivant que le reste de la scène, comme le dépose-livres à Lakeport.

Quand elle tend la main vers une des boîtes, ses doigts, au lieu de passer au travers, rencontrent une surface ferme, humide et froide. À l'instant où elle s'empare de la canette, un millier de vitres explosent en silence sur les façades des hôtels. Les dalles du sol s'écartent ; les cocotiers factices se volatilisent.

Des silhouettes surgissent autour d'elle, des gens qui se tiennent debout, assis ou couchés non pas sur une place ombragée, mais sur du béton crevassé et souillé. Plusieurs n'ont pas de chemise et beaucoup sont pieds nus, des squelettes ambulants, terrés pour certains sous les bâches bleues qui leur servent de tentes, et d'où ne dépassent que leurs chevilles et leurs pieds encroûtés de boue.

Pneus usés. Ordures. Fange. Plusieurs hommes assis sur des bidons en plastique qui ont un jour contenu une boisson nommée SunShineSix ; une femme agite un sac de riz vide ; une douzaine d'enfants décharnés sont accroupis sur un carré de poussière. Ici, il n'y a pas de mouvement comme à Lakeport après qu'elle avait touché le dépose-livres à l'emplacement de l'ancienne bibliothèque ; les gens se réduisent à des images fixes que ses doigts traversent comme si c'étaient des ombres.

Konstance se penche, essayant de distinguer quelque chose dans les taches floues de ces visages d'enfants. Que leur arrive-t-il ? Pourquoi les a-t-on dissimulés ?

Elle retourne ensuite sur la piste de jogging qu'elle a visitée un an auparavant, dans la périphérie de Mumbai, avec son rempart de palétuviers qui se dresse à ses côtés telle une menace, vert et compact. Elle trottine le long de la rambarde, monte sur huit cents mètres et redescend d'autant avant de découvrir ce qu'elle cherchait : une petite chouette peinte sur le trottoir. Dès qu'elle pose la main dessus, les palétuviers se dérobent pour laisser jaillir une cataracte d'un brun rougeâtre qui charrie des débris et des immondices. Elle engloutit les gens et submerge la piste avant de partir à l'assaut des immeubles d'habitation. Au deuxième étage, des bateaux sont attachés aux balcons ; quelqu'un a été saisi sur le toit d'une voiture noyée, bras en l'air pour réclamer de l'aide, son hurlement effacé par le floutage.

Konstance chuchote, tremblante et l'estomac chamboulé : « Nannup. » Elle commence à s'élever, la Terre pivote et se renverse, et elle tombe d'un seul coup. Une bourgade d'éleveurs en Australie, qui dans le temps a dû être charmante. Les banderoles fanées, tendues en travers de la route, proclament :

LUTTEZ POUR LA VIE
APPORTEZ VOTRE CONTRIBUTION
VOUS POUVEZ VOUS EN SORTIR
AVEC 10 LITRES D'EAU PAR JOUR

Devant le bâtiment municipal, à l'ombre des dragonniers, les jardinières abritent des bégonias pimpants. L'herbe est toujours aussi verte, ses tonalités beaucoup plus intenses que tout ce que l'on peut voir à quarante kilomètres à la ronde. L'eau de la fontaine étincelle ; les arbres aux fleurs resplendissantes se dressent fièrement. Cependant, il y a là quelque chose d'artificiel, comme à Lagos et à Mumbai.

Konstance parcourt trois fois le pâté de maisons et trouve enfin ce qu'elle cherchait, sur une porte latérale du bâtiment : un graffiti figurant une chouette qui porte une chaîne dorée autour du cou et une couronne inclinée sur la tête.

Elle touche le dessin. Aussitôt, l'herbe brunit et se dessèche, les arbres se disloquent, la peinture s'écaille sur les murs et l'eau de la fontaine s'évapore. Apparaît alors un camion-citerne d'une contenance de six mille gallons, encerclé par des hommes armés, et, plus loin, une longue file de véhicules poussiéreux.

Une foule nombreuse est massée contre des barrières métalliques, munie de bouteilles et de bidons vides. L'objectif a capté un homme qui saute du haut de la haie, bouche ouverte et machette brandie ; un soldat appuie sur la détente de son arme ; plusieurs corps gisent à terre.

Devant le robinet de la citerne, deux hommes se disputent une bouteille en plastique, tous les tendons de leurs bras nettement dessinés. Parmi la cohue qui se presse contre les barrières, Konstance remarque des mères et des grands-mères avec des bébés.

Voilà. C'est à cause de cela que Père est parti.

Lorsqu'elle quitte son Pérambulateur, c'est déjà Lumière-du-Jour dans la capsule. Elle clopine au milieu des morceaux de sacs d'emballage pour aller débrancher de l'imprimante le tuyau d'arrivée d'eau. Elle le met dans sa bouche. Ses mains tremblent. Ses chaussettes ont fini par capituler, tous les accrocs s'étant rejoints, et deux de ses orteils sont entamés jusqu'au sang.

Tu viens de faire dix kilomètres de marche, Konstance, lui dit Sybil. *Si tu refuses de dormir et de prendre un vrai repas, je réduirai ton temps d'accès à la Bibliothèque.*

« D'accord, je vais manger et dormir. Promis. »

Elle revoit Père parmi ses plantations en train de régler un brumisateur, laissant le jet mouiller le dos de sa main. « La faim », avait-il dit alors – et elle avait eu l'impression qu'il s'adressait aux plantes plutôt qu'à elle. « Au bout d'un moment, on peut oublier la faim. Mais la soif ? Plus elle empire, plus on pense à elle. »

Assise par terre, Konstance examine son orteil blessé en se remémorant les histoires de sa mère sur Elliot Fischenbacher le Dingue, ce garçon qui avait arpenté l'Atlas jusqu'à détruire ses pieds puis sa santé mentale. Elliot le Dingue qui avait voulu percer la peau de l'*Argos*, mettant l'ensemble de la mission en péril. Et qui avait stocké assez de Somni-pastilles pour pouvoir se supprimer.

Elle mange, se débarbouille et démêle ses cheveux, puis elle étudie la grammaire et les sciences physiques, obéissant aux consignes de Sybil. Le sol en marbre reluit comme si on l'avait astiqué pendant la nuit.

Son travail achevé, elle va s'asseoir à la Bibliothèque, et le petit chien de Mrs Flowers vient se coucher à ses pieds. Elle écrit d'une main tremblante : *Comment a été construit l'*Argos *?*

Dans le bataillon de livres, de registres et de graphiques qui survolent la table, elle met de côté les recherches financées par la société Ilium : des schémas sophistiqués sur la propulsion nucléaire pulsée ; des analyses de matériaux ; des documents sur la gravité artificielle ; la conception des cabines ; des évaluations de la capacité du vaisseau ; des plans pour le traitement des eaux usées ; des projets d'imprimante alimentaire ; des images des différents modules destinés à être assemblés dans l'orbite terrestre basse ; des centaines de brochures expliquant en détail comment l'équipage serait trié sur le volet, transporté, confiné, entraîné pendant six mois puis mis sous sédatif avant le lancement.

La somme de documents se réduit d'heure en heure. Konstance ne trouve aucun rapport indépendant estimant la faisabilité de l'opération : construire un vaisseau interstellaire dans l'espace et le propulser à une vitesse suffisante pour qu'il atteigne Beta Oph2 en cinq cent quatre-vingt-douze ans. Dès qu'un auteur soulève une question – la technologie est-elle au point, les systèmes thermiques sont-ils viables, peut-on vraiment protéger un équipage humain des radiations spatiales prolongées, comment simuler la force de gravité, les financements sont-ils disponibles, les lois de la physique sont-elles compatibles avec ce genre de mission ? –, c'est le vide total. Les articles des chercheurs sont coupés au beau milieu d'une phrase. Les numéros de chapitre passent sans transition du deux au six ou du quatre au neuf.

Pour la première fois depuis sa Journée-Bibliothèque, Konstance fait venir le catalogue des exoplanètes répertoriées. De pleines rangées, des pages entières de mondes connus au-delà de la Terre, petites images en rotation bleues ou brunes, roses ou rouge foncé. Elle pose enfin le doigt sur Beta Oph2, qui tourne lentement sur elle-même. Vert, noir, vert, noir.

$4{,}0113 \times 10^{13}$ kilomètres. 4,24 années-lumière.

Konstance promène le regard sur l'atrium rempli d'échos, et il lui semble alors que mille craquelures invisibles rayonnent dans toutes les directions, aussi fines que des cheveux. Elle écrit ceci sur un bout de papier : *Où a-t-on réuni l'équipage de l'*Argos *avant le lancement ?*

Un feuillet isolé descend du ciel :

Qaanaaq

À l'intérieur de l'Atlas, elle se rapproche doucement du littoral nord du Groenland : trois mille mètres, deux mille…

Qaanaaq est un village portuaire où pas un arbre ne pousse, coincé entre la mer et de vastes étendues de moraines. Les petites maisons pittoresques – dont beaucoup se sont affaissées, bâties sur le permafrost en train de fondre – sont peintes en vert, bleu vif ou jaune moutarde, avec des huisseries blanches. Le long de la côte rocheuse se succèdent une marina, des docks, quelques bateaux et un chaos de matériel de construction.

Il lui faut plusieurs jours pour trouver l'endroit. Elle mange, dort, accepte les leçons de Sybil et explore sans répit Qaanaaq et ses alentours, décrivant des cercles de plus en plus larges, écumant la mer. À force, elle finit par trouver, dans une partie de la baie de Baffin située à douze kilomètres du village, sur une île désolée couverte de roches et de lichens qui devait encore être sous les glaces dix ans auparavant : une bâtisse isolée, de couleur rouge, qui évoque une grange dessinée par un enfant avec un mât blanc planté juste devant. Au pied du mât, une chouette en bois pas plus grande que sa cuisse, et qui paraît assoupie.

Konstance s'approche pour la toucher, et ses yeux s'ouvrent brusquement.

De longues jetées en béton s'avancent sur la mer. Une clôture de cinq mètres de haut, surmontée de barbelés, sort de terre derrière le petit bâtiment rouge et enferme complètement l'île.

Les panneaux écrits en quatre langues disent : *Défense d'entrer. Propriété d'Ilium Inc. Accès interdit.*

Un vaste complexe industriel s'étend à l'intérieur de l'enceinte : grues, camions, remorques, montagnes de matériaux de construction entassés sur les rochers. Elle longe la clôture autant que le lui permet le logiciel de l'Atlas, puis elle prend de la hauteur et commence à planer au-dessus du site. Elle voit alors des bétonnières, des silhouettes coiffées de casques de chantier, un hangar à bateaux, une piste caillouteuse. Au centre du complexe : une structure circulaire blanche encore inachevée, immense et dépourvue de fenêtres.

Triés sur le volet, transportés, confinés, entraînés pendant six mois puis mis sous sédatif avant le lancement.

Ils sont en train de construire ce qui va devenir l'*Argos*. Pourtant, il n'y a ni fusées ni rampe de lancement. L'aéronef n'a pas été assemblé dans l'espace à partir de modules : il n'est jamais allé dans l'espace, tout simplement. Il se trouve sur Terre.

C'est le passé que Konstance a sous les yeux, des images captées soixante-dix ans plus tôt, puis retirées de l'Atlas par la société Ilium. Mais c'est aussi elle-même qu'elle regarde. Le lieu où elle vit. Toutes ces années. Elle éteint sa Visionneuse et descend du Pérambulateur, traversée par un ouragan d'émotions.

Tu as fait une bonne promenade, Konstance ? demande Sybil.

DIX-NEUF

AETHON VEUT DIRE FLAMBOYANT

La Cité des nuages et des oiseaux, d'Antoine Diogène, Folio T

… et je demandai alors : « Pourquoi les autres [semblent-ils] se satisfaire jour après jour de voler de-ci de-là en mangeant et en chantant, baignés par les tièdes zéphyrs et prenant leur essor vers les tours, alors qu'en moi ce [malaise]… »

… la huppe, vice-sous-secrétaire du vice-roi du Gîte et du Couvert, avala la sardine qu'elle avait dans le bec, puis hérissa son aigrette.

« Là, me dit-elle, tu ressembles terriblement à un humain.

– Allons, ne soyez pas ridicule, je n'ai rien d'un humain.

– Tiens, j'ai une idée pour te débarrasser de [cette perpétuelle et mortelle affliction] : rends-toi au palais qui est [au centre ?]…

… le plus verdoyant des jardins, où la déesse conserve un livre qui renferme [tout le savoir des dieux]. Il se peut qu'à l'intérieur tu trouves ce que… »

LAKEPORT, IDAHO

AOÛT 2019-FÉVRIER 2020

Seymour

D'après les instructions qu'il a reçues, il doit utiliser un navigateur Tor afin d'installer une messagerie sécurisée nommée Pryva-C. Plusieurs téléchargements de mise à jour sont nécessaires pour la faire fonctionner. Pendant des jours, il attend une réponse.

MATHILDA : merci pr ton message dsl pr le retard il fallait que je
SEEMORE6 : t'es avec Bishop ? au camp ?
MATHILDA : vérifie
MATHILDA : que t'es pas de mèche avec les autorités
SEEMORE6 : juré que non
SEEMORE6 : je veux aider & combattre avec vs
MATHILDA : c'est moi qui serai ta correspondante
SEEMORE6 : je veux détruire la machine

À la fin de l'été, un ouragan dévaste deux îles des Caraïbes, la Somalie est en proie à la sécheresse, les moyennes mensuelles des températures à l'échelle de la planète battent un nouveau record, un rapport intergouvernemental annonce que le réchauffement des océans se produit quatre fois plus vite que ce qui était prévu, et les fumées de deux méga-feux survenus dans l'Oregon dérivent vers l'est jusqu'à Lakeport, où elles stagnent en prenant des formes que Seymour, les observant sur sa tablette, compare à des tourbillons.

Il n'a pas revu Janet depuis le jour où il s'est enfui après avoir lancé une pierre dans la vitre du camping-car, près de la marina. Manifestement, elle n'a pas alerté la police ; et si jamais quelqu'un l'a interrogée, il ne pense pas qu'elle ait mentionné son nom. Pendant tout l'été, il évite la bibliothèque comme les bords du lac. Employé à la patinoire, il entretient le local des vestiaires et s'occupe du stock de boissons fraîches, la capuche de son sweat enfoncée sur la tête. Le reste du temps, il ne quitte pas sa chambre.

MATHILDA : ils disent que l'inondation a fait 80 morts mais ils ne parlent pas des gens en dépression et traumatisés, de ceux qui n'ont pas un centime pour déménager ou qui vont mourir d'une intoxication aux moisissures
SEEMORE6 : attends quelle inondation
MATHILDA : ou juste mourir de chagrin
SEEMORE6 : y a bcp de fumée ici aujourd'hui
MATHILDA : ds le futur ils s'émerveilleront qu'on ait pu vivre cm ça
SEEMORE6 : mais pas nous ? pas toi & moi ?
MATHILDA : de notre autosatisfaction
SEEMORE6 : pas les guerriers ?

Au mois de septembre, les sociétés de recouvrement appellent Bunny trois fois par jour. La mauvaise qualité de l'air décourage les touristes habituels du Labor Day ; la marina est quasiment vide, les restaurants sont déserts ; il n'y a pas de pourboires au Pig N'Pancake, et Bunny ne trouve aucun emploi pour compenser les heures qu'elle a perdues avec la fermeture de l'Aspen Leaf.

Dans l'esprit de Seymour, c'est comme si un mécanisme s'était grippé : il ne voit plus dans la planète qu'un processus d'agonie, et les gens qui l'entourent sont tous complices du meurtre. Les occupants d'Eden's Gate remplissent leurs poubelles de déchets, roulent en SUV entre leurs deux résidences et écoutent de la musique dans leur jardin sur des enceintes Bluetooth tout en se répétant qu'ils sont des gens bien, des personnes honnêtes et respectables qui vivent le prétendu « rêve américain », comme si leur pays était un Éden où les bienfaits d'un Dieu généreux se trouvaient équitablement répartis entre les êtres. Mais en réalité, ils participent à un système pyramidal qui broie la masse des plus défavorisés, dont sa mère fait partie. Et en plus, ils s'en félicitent.

MATHILDA : dsl pour le retard on ne se sert des ordis que le soir qd les corvées sont finies
SEEMORE6 : quelles corvées
MATHILDA : planter élaguer couper transporter récolter préparer les conserves
SEEMORE6 : de légumes ?
MATHILDA : oui que des produits frais
SEEMORE6 : j'aime pas trop les légumes
MATHILDA : tous ces gds arbres qui se dressent ce soir sur le camp c'est trop beau
MATHILDA : le ciel couleur aubergine
SEEMORE6 : encore un légume
MATHILDA : ha ha mdr
SEEMORE6 : vous dormez où ? ds des tentes ?
MATHILDA : tentes bungalows et aussi dortoirs collectifs
MATHILDA : ...
SEEMORE6 : t'es tjs là ?
MATHILDA : ils m'ont donné 10 mn de plus
MATHILDA : parce que tu es spécial & important & prometteur
SEEMORE6 : moi ?
MATHILDA : oui pas que pour eux pour moi aussi
MATHILDA : pr tt le monde
SEEMORE6 : ...
MATHILDA : les oiseaux de nuit qui volent au-dessus de la serre la rivière qui coule trop bien d'avoir le ventre plein
SEEMORE6 : je voudrais y être
MATHILDA : tu vas aimer même les véganes ha ha
MATHILDA : on a des sanitaires avec douches une salle de détente une armurerie et puis les lits sont super-confort
SEEMORE6 : des vrais lits ou des sacs de couchage
MATHILDA : les deux
SEEMORE6 : les filles sont séparées des garçons ?

MATHILDA : c'est ns qui décidons on ne suit pas les anciennes règles
MATHILDA : tu verras
MATHILDA : dès tu auras accompli ta mission

Pendant les heures de cours, il est obnubilé par des visions du camp de Bishop. Des tentes blanches sous des arbres sombres, des nids de mitrailleuses au sommet de palissades, des jardins et des serres, des panneaux solaires, des hommes et des femmes en treillis qui chantent et se racontent des histoires, de mystérieux brasseurs préparant de sains élixirs à base d'herbes sauvages. Mais c'est vers Mathilda que reviennent systématiquement ses rêveries : ses poignets, ses cheveux, l'endroit où se rejoignent ses cuisses. Elle descend un chemin en portant deux seaux remplis de baies ; elle est tour à tour blonde, japonaise, serbe, puis c'est une plongeuse fidjienne avec des cartouchières croisées sur la poitrine.

MATHILDA : tu te sentiras tellement mieux qd tu auras agi
SEEMORE6 : ici toutes les filles sont débiles
SEEMORE6 : aucune ne me branche
MATHILDA : tu te sentiras vraiment puissant
SEEMORE6 : aucune ne te ressemble

Seymour se renseigne : *Math* signifie « puissance » ; *Hild*, « combat » ; *Mathilda* veut dire « puissance au combat ». Mathilda se transforme alors en une chasseresse de deux mètres cinquante de haut, qui se déplace silencieusement en forêt. Il est assis sur son lit, le bord de sa tablette est tiède contre ses genoux ; Mathilda se penche pour entrer dans sa chambre, le front appuyé contre la porte. Des bougainvillées en guise de ceinture, les cheveux ornés de roses, elle fait écran à la lumière et referme sur son entrejambe la feuille de sa main.

Zeno

À la mi-septembre, Alex, Rachel, Olivia, Natalie et Christopher sont décidés à adapter pour le théâtre les fragments de *La Cité des nuages et des oiseaux* et à donner une représentation en costumes. Il pleut, les fumées se dissipent, la qualité de l'air s'améliore, mais les enfants continuent à venir à la bibliothèque le mardi et le jeudi, après les heures de classe. Zeno comprend que ces gamins-là ne sont pas inscrits au club de volley et n'ont ni prof de maths particulier ni bateau dans la marina. Les parents d'Olivia sont responsables d'une église ; le père d'Alex cherche un emploi à Boise ; les parents d'Olivia travaillent dans un restaurant jusque tard dans la soirée ; Christopher appartient à une fratrie de six ; quant à Rachel, elle n'habite que cette année aux États-Unis, où son père australien collabore avec la direction des Ressources naturelles de l'Idaho pour prévenir les risques d'incendies.

Zeno apprend quelque chose de chaque minute passée en leur compagnie. Plus tôt dans l'été, son attention restait braquée sur tout ce qu'il ne savait pas, sur les nombreuses lacunes dans le texte de Diogène. Désormais, il se rend compte qu'il n'est pas obligé d'avoir des connaissances exhaustives sur les bergers de la Grèce antique, ni de maîtriser parfaitement le vocabulaire de la Seconde Sophistique. Il peut se contenter des pistes que lui ouvrent les fragments du manuscrit, l'imagination des enfants se chargera de compléter le tableau.

Pour la première fois depuis plusieurs décennies, peut-être même depuis l'époque du Camp n° 5, quand Rex et lui s'asseyaient l'un contre l'autre près du feu des cuisines, il se sent pleinement éveillé, comme si on avait arraché les rideaux des fenêtres de son esprit : ce qu'il désire faire se trouve juste là, devant lui.

Un mardi du mois d'octobre, le petit groupe d'écoliers s'assied en rond autour de sa table à la bibliothèque. Christopher et Alex dévorent des beignets que Marian a sortis d'il ne sait où ; Rachel, maigre comme un clou dans son jean et ses bottes, est penchée sur un feuillet, griffonnant, effaçant, écrivant de nouveau. Natalie, qui n'ouvrait quasiment pas la bouche les trois premières semaines, parle maintenant à jet continu.

« Après son long voyage, dit-elle, Aethon résout l'énigme, il passe les portes, il boit aux rivières de crème et de vin, il mange des pommes, des pêches et même des gâteaux au miel, il fait tout le temps super-beau, personne n'est méchant avec lui, et malgré tout il est malheureux ? »

Alex mange un autre beignet.

« Ouais, ça paraît dingue, ça.

– Vous savez quoi ? dit Christopher. Dans ma Cité des nuages et des oiseaux, il y aurait du soda à la place du vin. Et les fruits, ce seraient des bonbons.

– Oui, plein de bonbons, approuve Alex.

– Smarties à volonté, propose Christopher.

– KitKat à volonté.

– Dans ma Cité à moi, fait Natalie, les animaux seraient traités pareil que les gens. »

Et Alex ajoute :

« Et on n'aurait jamais de devoirs. Ni d'angines.

– Mais le Méga-Livre Magique Qui Contient Tout, au centre du jardin, je le garderais dans ma Cité, précise Christopher. Comme ça, on saurait tout rien qu'en lisant pendant cinq minutes. »

Zeno pose les yeux sur sa liasse de notes.

« Au fait, les enfants, je vous ai déjà dit ce que signifie "Aethon" en grec ? »

Ils font non de la tête ; il écrit alors en très grosses lettres : αιθων.

« Flamboyant. Brûlant, ardent. D'après certains, ça peut aussi signifier "affamé". »

Olivia se rassied, tandis qu'Alex enfourne un nouveau beignet.

« C'est peut-être pour ça, suggère Natalie, qu'il ne s'arrête jamais. Qu'il ne peut pas tenir en place. Parce qu'il y a ce feu à l'intérieur de lui. »

Rachel regarde au loin avec une expression rêveuse.

« Dans ma Cité à moi, la sécheresse n'existerait pas. Il pleuvrait chaque nuit. Il y aurait des arbres bien verts à perte de vue. Et de grandes et fraîches rivières. »

En décembre, ils passent un mardi à fouiller les stocks d'une friperie pour dénicher des costumes, et un jeudi à modeler des têtes d'âne, de poisson et de huppe à l'aide de papier mâché. Marian commande des plumes grises et noires afin qu'ils puissent confectionner des ailes ; tout le monde se met à découper des nuages dans du carton. Natalie sélectionne des effets sonores sur son ordinateur ; pour faire une surprise aux enfants, Zeno demande à un charpentier de créer une scène et une cloison en contreplaqué, qui seront livrées au dernier moment. Bientôt, il ne leur reste plus que deux jeudis pour travailler, et beaucoup de choses ne sont pas encore réglées : il faut écrire le dénouement de la pièce, finaliser les dialogues, louer des chaises pliantes. Zeno se rappelle comment sa chienne Athéna vibrait d'impatience quand elle devinait qu'une sortie au bord du lac se préparait – on aurait cru que des éclairs lui traversaient le corps. C'est précisément la sensation qu'il éprouve chaque soir en essayant de trouver le sommeil, alors que ses pensées voguent par-dessus mers et montagnes et louvoient au milieu des étoiles, son cerveau pareil à une lanterne flamboyant sous son crâne.

Le 20 février à six heures du matin, Zeno fait des pompes comme d'habitude, enfile ses deux paires de chaussettes Utah

Woolen Mills, noue sa cravate à motifs de pingouins, avale une tasse de café puis se rend au drugstore de Lakeport, où il tire cinq exemplaires de la dernière version de la pièce et achète une caisse de sodas. Il traverse Lake Street, tenant les photocopies d'une main et les boissons de l'autre. Un ciel bleu argenté s'appuie sur le lac couvert de neige, les nuages occultent les sommets – une tempête se prépare.

La Subaru de Marian est déjà garée sur le parking ; de la lumière brille à une des fenêtres de l'étage. Zeno gravit les cinq marches en granit de l'entrée et fait une pause pour reprendre son souffle. Pendant une fraction de seconde, il redevient l'enfant de six ans qu'il a été, esseulé et grelottant, et deux bibliothécaires lui ouvrent la porte.

Tu as l'air gelé, toi.

Où est donc ta mère ?

La porte principale n'est pas verrouillée. Il monte à l'étage, s'arrête devant la cloison en contreplaqué doré. Étranger, qui que tu sois, ouvre ceci et tu apprendras des choses stupéfiantes.

Quand il pousse la petite porte, la clarté se déverse par l'ouverture en arcade. Sur la scène, Marian effleure de son pinceau les tours d'or et d'argent du décor, perchée sur un escabeau. Il la regarde en descendre et inspecter son ouvrage, puis remonter sur l'escabeau et plonger son pinceau dans le pot pour ajouter trois oiseaux en vol auprès d'une des tours. La peinture fraîche dégage une odeur intense. Tout est calme.

Avoir quatre-vingt-six ans et éprouver cela.

Seymour

Au moment où les premières neiges s'accumulent sur les sommets qui dominent la ville, Idaho Power coupe l'électricité dans la maison. Le réservoir de propane n'étant qu'aux deux tiers vide, Bunny chauffe l'intérieur en allumant le four, dont elle laisse la porte ouverte. Seymour recharge sa tablette à la patinoire et donne à sa mère presque tout ce qu'il gagne.

MATHILDA : Il fait froid ce soir je pensais à toi
SEEMORE6 : froid ici aussi
MATHILDA : quand il fait noir cm ça j'ai envie de me déshabiller d'aller courir dehors de sentir l'air sur ma peau
MATHILDA : pour ensuite me mettre dans mon lit douillet
SEEMORE6 : c'est vrai ?
MATHILDA : il faut que tu te dépêches & que tu viennes ici j'en peux plus
MATHILDA : tu dois t'occuper de notre mission

Le matin de Noël, Bunny le fait asseoir à la table de la cuisine.

« Je laisse tomber, mon opossum. Je vais vendre la maison, prendre quelque chose en location. Il reste juste un an avant que tu partes, et je n'ai pas besoin d'un aussi grand terrain pour moi toute seule. »

Derrière elle, le gaz chuinte en émettant des lueurs bleutées.

« Je sais bien que cet endroit a beaucoup compté pour toi, peut-être même plus que je ne l'imagine. Mais je dois le faire. Ils cherchent une femme de chambre au Sachse Inn, c'est vrai que ça fait un peu loin, mais j'ai besoin de travailler. Avec un peu de chance, entre ce boulot et la vente de la maison, j'arriverai à rembourser mes dettes et aussi à me faire soigner les dents. Peut-être même que je pourrai payer une partie de tes études. »

Derrière la baie vitrée, les lumières du lotissement tremblotent à travers le brouillard glacé. Ces derniers temps, Seymour a développé une sensibilité effrayante : une centaine de voix résonnent en chœur dans les souterrains de son esprit. Mange ça, habille-toi comme ça, tu n'es pas à la hauteur, tu n'as pas ta place ici, ta souffrance disparaîtra si tu achètes ceci immédiatement. See-More Stool-Guy, le mec qui voit tout et qui aime remuer la merde, ha ha. Là-bas, enfouis dans leur cache sous la remise de Pawpaw, attendent le vieux Beretta et les vingt-cinq grenades logées dans leurs alvéoles. S'il retient sa respiration, il les entend grincer légèrement.

Bunny pose les mains à plat sur la table.

« Seymour, tu vas faire de ta vie quelque chose d'extra. Je le sais. »

Vêtu de son blouson coupe-vent, il se tient dans l'obscurité à l'angle de Lake et Park Street. Les lumières des décorations de Noël ponctuent la devanture du showroom d'Eden's Gate, placées à intervalles réguliers. On a installé des caméras de surveillance noires sous les avant-toits, et des autocollants en forme d'écusson brillent au coin des fenêtres. Des serrures sophistiquées protègent les accès à l'avant et à l'arrière du bâtiment.

Systèmes de sécurité. Alarmes. Pénétrer là-dedans et y déposer quelque chose sans se faire remarquer relève de l'impossible. Cependant, il remarque que le mur ouest des locaux du promoteur n'est qu'à un mètre cinquante de la bibliothèque. Entre les deux, il y a tout juste la place pour un compteur de gaz et une plaque de neige gelée. Introduire des explosifs dans les bureaux d'Eden's Gate est peut-être infaisable. Mais dans la bibliothèque ?

SEEMORE6 : j'ai trouvé un endroit
MATHILDA : une cible ?
SEEMORE6 : une mission, ma façon d'enrayer la machine & de contribuer à réveiller les gens, de déclencher de vrais changements
MATHILDA : qu'est-ce que tu as
SEEMORE6 : pr gagner le droit d'entrer ds le camp
MATHILDA : décidé de faire ?
SEEMORE6 : et de te rejoindre

Le fichier PDF que Mathilda lui envoie par Pryva-C est plein de coquilles et de schémas approximatifs. L'idée générale est malgré tout limpide : détonateurs, cocottes-minute, mobiles prépayés, le tout en double exemplaire au cas où la première bombe n'exploserait pas. Il achète une cocotte au drugstore de Lakeport et s'en procure une autre au magasin Ridley, puis il prend deux cadenas chez Bergesen afin de sécuriser la porte de sa chambre et celle de la remise.

Démonter les grenades s'avère plus facile que prévu. À l'intérieur, la substance explosive paraît inoffensive, pareille à de petits copeaux de quartz doré. Pour mesurer les quantités, il se sert du pèse-lettre de Pawpaw : cinq cent soixante grammes dans chaque cocotte.

Il continue à aller au lycée. À passer la serpillière à la patinoire. Jusqu'ici il n'était qu'au prologue de sa vie et à présent elle va vraiment commencer.

Début février, alors qu'il charge trois mobiles Alcatel prépayés derrière le comptoir de la patinoire, il lève les yeux et découvre Janet face à lui, dans sa veste en jean.

« Salut. »

De nouvelles grenouilles ont été cousues sur les manches. Elle porte un de ces bonnets en laine comme il n'en a jamais eu, tellement doux qu'on aurait envie de le garder tout le temps sur sa tête. Elle a les joues hâlées de quelqu'un qui a fait du ski, et Seymour, en la regardant, a l'impression d'avoir vieilli de dix ans depuis la classe de seconde, comme si la Janet-Fixette était une ère révolue depuis un millier d'années.

« Ça faisait un bail », lui dit-elle.

Comporte-toi normalement. Tout est normal.

« Si jamais tu te poses la question, je n'ai raconté à personne ce que tu as fait. »

Il jette un coup d'œil au distributeur de boissons, aux paires de patins rangées dans leurs casiers. Mieux vaut ne rien dire du tout.

« La semaine dernière, ils étaient dix-huit à la réunion du club, Seymour. J'ai pensé que ça te ferait plaisir de le savoir. On a convaincu la cafétéria de réduire le gaspillage, et on se sert de serviettes en bambou, vu que le bambou est maintenant recyclable. On dit bien comme ça ?

– Renouvelable. »

Sur la piste, des adolescents en sweat-shirt passent en riant près de la paroi vitrée. S'amuser : les gens ne pensent qu'à ça.

« Ah, oui, renouvelable. Le 15, on va à Boise pour participer à un sit-in. Tu pourrais nous accompagner, Seymour. Tout ça commence à intéresser les gens. »

Janet lui fait son sourire un peu de travers et le fixe de ses yeux bleu-noir, mais elle n'a plus aucune emprise sur lui.

SEEMORE6 : j'en ai préparé 2 en suivant tes instructions
MATHILDA : 2 tartes
SEEMORE6 : ouais 2 tartes
MATHILDA : et comment elles cuisent ces 2 tartes
SEEMORE6 : portables prépayés, cuisson terminée à la 5ᵉ sonnerie comme dit dans le PDF
MATHILDA : 2 numéros différents ? Un pr chacune ?
SEEMORE6 : 2 tartes 2 numéros ct les instructions
SEEMORE6 : mais qd la première tarte sera cuite la 2ᵉ aussi
MATHILDA : quand ?
SEEMORE6 : peut-être jeudi, tempête prévue, sans doute moins de gens dehors
MATHILDA : …

SEEMORE6 : t'es tjs là ?
MATHILDA : envoie-moi les 2 numéros

Le mercredi quand il rentre du lycée, Bunny est en train de remplir des cartons à la lueur d'une lampe de poche. Elle lève les yeux sur lui, nerveuse et un peu éméchée.

« C'est fait. On a vendu la maison. »

Seymour pense alors à ses cocottes-minute, cachées sous l'établi de la remise et pleines de Composition B, et un nœud d'anguilles se tord dans son ventre.

« Est-ce que...

– Ils se sont décidés après avoir vu des photos sur Internet. Ils ont l'argent au bout des doigts. C'est juste le terrain qui les intéresse, ils comptent démolir la maison. Tu imagines, des gens assez friqués pour acheter une maison en ligne ? »

Bunny laisse tomber sa lampe, et Seymour, en la ramassant, se demande quelles vérités sont tacitement transmises entre mère et fils, et lesquelles ne le sont pas.

« Maman, est-ce que je peux utiliser la voiture demain ? Je te déposerai à ton travail le matin.

– Mais oui, Seymour, pas de problème. » Elle éclaire l'intérieur d'un carton avec le faisceau de sa torche électrique. Seymour l'entend s'exclamer, alors qu'il s'éloigne dans le couloir : « 2020. Ça va être notre année. »

SEEMORE6 : qd les tartes seront cuites, cmt je saurai où aller
MATHILDA : pars vers le nord
MATHILDA : appelle le numéro qu'on t'a donné
SEEMORE6 : vers le nord
MATHILDA : oui
SEEMORE6 : vers le Canada ?
MATHILDA : va vers le nord on t'enverra des instructions
SEEMORE6 : et le passage de la frontière ?
MATHILDA : tu vas être génial le plus courageux des guerriers
SEEMORE6 : et en cas de problèmes
MATHILDA : y en aura pas
SEEMORE6 : on sait jamais
MATHILDA : appelle le numéro

SEEMORE6 : si quelqu'un vient
MATHILDA : tt le monde ici
SEEMORE6 : stress
MATHILDA : sera fier de toi
MATHILDA : fou de joie

VINGT

AU JARDIN DE LA DÉESSE

La Cité des nuages et des oiseaux, d'Antoine Diogène, Folio Y

… je bus deux gorgées de vin à la rivière – une pour le courage et une pour l'audace – puis je pris mon envol vers le palais au centre de la cité. Ses tours transperçaient le Zodiaque et, [à l'intérieur ?], des cours d'eau limpides et [brillants ?] arrosaient des vergers parfumés.

… la déesse se tenait là, haute de trois cents mètres, veillant sur les jardins dans sa robe aux couleurs changeantes, soulevant des bosquets entiers qu'elle replantait ensuite. Un cercle de chouettes entourait son front, tandis que d'autres étaient perchées sur ses bras et sur ses épaules, contemplant leur reflet au miroir du bouclier sanglé sur son dos.

… et je vis à ses pieds, nimbé de [papillons ?] blancs et posé sur un socle si ornementé qu'il devait sortir des mains du dieu forgeron en personne, le livre qui, au dire de la huppe, contenait le [remède ?] au tourment qui me rongeait. Je m'élevais à tire-d'aile au-dessus de lui [disposé à le lire, lorsque la déesse se pencha vers moi. Ses gigantesques pupilles me dominaient, chacune aussi grande qu'une maison. D'une simple chiquenaude, elle pouvait m'expulser du ciel]…

Elle me dit alors, tenant quinze arbres dans chaque main :

« Je t'ai percé à jour, petit corbeau. Tu es un imposteur, une créature de glaise et non un oiseau. Au fond de ton cœur, tu restes un humain sans force, pétri dans la terre, animé par [la flamme de l'avidité]…

– … je voulais seulement [jeter un regard ?]…

– Lis ce livre autant que tu le souhaiteras, mais si tu vas jusqu'au bout tu deviendras semblable à nous, libéré du désir…

… jamais tu ne pourras retrouver ta forme d'origine. Il est temps, mon enfant, me dit la déesse lumineuse. Prends ta décision… »

DOUZE KILOMÈTRES À L'OUEST DE CONSTANTINOPLE

MAI-JUIN 1453

Omeir

Une fille. Une Grecque. Un événement si inattendu, si troublant qu'il en reste abasourdi. Lui qui a pleuré pendant la castration d'Arbre et de Clair-de-Lune, lui qui regimbait quand il fallait tuer des volailles ou des truites, il vient de fracasser une branche sur le crâne d'une chrétienne au teint clair et aux cheveux ras, plus jeune que sa propre sœur.

Gisant immobile sur la litière de feuilles, elle tient toujours dans sa main la perdrix embrochée. Elle porte une robe crasseuse et ses sandales partent en lambeaux. À la clarté des étoiles, le sang qui ruisselle le long de sa joue paraît presque noir.

De la fumée monte des braises, des grenouilles coassent dans l'obscurité, la mécanique de la nuit avance d'un cran et la fille pousse une plainte. Il lui attache les poignets avec le vieux licol de Clair-de-Lune. La fille gémit de nouveau puis commence à se débattre. Un filet de sang coule dans son œil droit ; se redressant à genoux, elle approche de ses dents ses poignets ligotés ; quand elle voit Omeir, elle se met à crier.

Effrayé, il jette un coup d'œil vers les arbres, derrière son dos.

« Tais-toi, s'il te plaît. »

Veut-elle alerter quelqu'un qui se trouve dans les parages ? Il a été trop bête d'allumer ce feu, c'était un risque démesuré. Alors qu'il étouffe les braises, la fille déverse à pleine voix un flot de paroles auxquelles il ne comprend rien. Il plaque une main sur sa bouche, mais une morsure le fait reculer.

La fille se lève et fait quelques pas chancelants avant de retomber au sol. Il se peut qu'elle ait bu : les Grecs sont toujours ivres, n'est-ce pas ce que l'on raconte ? Des semi-bêtes constamment grisées par les plaisirs du corps.

Mais elle est tellement jeune…

Il s'agit certainement d'un leurre, d'une sorcière déguisée.

Il tâche d'examiner la plaie sur sa main tout en guettant un éventuel bruit de pas. Ensuite, il mord dans la chair de la perdrix – la peau brûlée, le milieu toujours cru – tandis que la fille haletante reste couchée sur le tapis de feuilles, le visage barbouillé de sang. Une nouvelle question vient à l'esprit d'Omeir : a-t-elle deviné pourquoi il était seul ? Pourquoi il ne s'était pas joint aux vainqueurs pour investir la cité et réclamer sa part du butin ?

Elle se tortille pour lui échapper. Il est possible que cette fille soit seule, comme lui. Qu'elle ait abandonné son poste quelque part. Quand il la voit ramper vers un objet posé au pied d'un tronc, il s'approche pour s'en emparer et la fille se rebelle. Un sac. Il trouve à l'intérieur une petite boîte décorative et un ballot enveloppé d'une étoffe qui ressemble à de la soie – il fait trop sombre pour qu'il puisse en être sûr. Elle se contorsionne pour se remettre à genoux et lui lance une série d'injures dans sa langue, puis émet un cri si aigu et si douloureux qu'on croirait entendre un agneau. Une onde de terreur parcourt l'échine d'Omeir.

« Tais-toi, s'il te plaît. »

Il imagine son cri circulant à travers les bois dans toutes les directions : par-dessus l'étendue d'eau noire et le long des routes qui mènent à la cité, pour tomber directement dans l'oreille du sultan.

Il pousse le sac vers la fille, et elle le saisit entre ses mains liées avant de se remettre à tituber. Elle est affaiblie. C'est la faim qui l'a conduite jusqu'ici.

Omeir dépose près d'elle ce qui reste de l'oiseau encore tiède, qu'elle attaque à coups de dents sans même le ramasser, dévorant la viande comme un chien. Il profite de cette accalmie pour rassembler ses pensées. La ville est beaucoup trop proche. D'une minute à l'autre, des cavaliers vont apparaître, vainqueurs ou vaincus. La fille sera capturée comme esclave, et lui-même sera pendu pour désertion. D'un autre côté, la fille pourrait lui servir d'excuse si on les trouve ensemble : un trophée qu'il aurait gagné. En se déplaçant avec elle, il attirera peut-être moins les soupçons que s'il voyageait seul.

Elle suce les os de la perdrix sans le quitter des yeux, le vent se lève, les jeunes feuilles des arbres frissonnent dans l'obscurité. Au moment où il déchire une bande de sa chemise en lin, un souvenir le prend au piège : Grand-père et lui dans la lumière du matin, le pantalon mouillé de rosée jusqu'aux genoux, en train de placer sous leur premier joug Arbre et Clair-de-Lune.

La fille ne bouge pas et ne pousse pas un cri lorsqu'il panse sa blessure à la tête. Il fixe ensuite la longe de Clair-de-Lune au licol qui entrave ses poignets.

« Viens, souffle-t-il, il faut qu'on s'en aille. »

Le sac hissé sur son épaule, il la traîne au bout de la longe comme s'il s'agissait d'une bourrique récalcitrante. Ils se glissent entre les joncs qui bordent les étangs, la fille trébuchant de temps à autre tandis que le soleil se lève derrière leur dos. Dans la clarté matinale, il découvre des pieds-de-mouton dont il mange le chapeau brun, accroupi au sol.

Quand il lui en apporte, elle l'observe quelques instants avant de les accepter. Le bandage semble avoir étanché le sang, et les traces qui maculent sa gorge et son cou ont pris en séchant une teinte de métal rouillé. Sous le soleil de midi, ils passent au large d'un village incendié. Une meute de cinq ou six chiens squelettiques se rue vers eux et se rapproche dangereusement, mais Omeir réussit à les chasser à coups de pierres.

Le soir, ils traversent un paysage ravagé : vergers pillés, pigeonniers vides, vignobles réduits en cendres. Lorsque Omeir s'agenouille pour s'abreuver à un ruisseau, la fille fait de même. Peu avant la tombée de la nuit, ils se nourrissent de pois au fond d'un potager à moitié dévasté. Alors que minuit est passé depuis longtemps, Omeir trouve un petit creux dans une haie, en bordure d'un champ en friche, et enroule la longe autour du tronc d'un cyprès. La fille le dévisage, les paupières lourdes, et il regarde sa terreur céder devant le sommeil.

Au clair de lune, il emporte le sac à l'écart et en sort la petite boîte. Elle est vide et dégage un parfum épicé. Une scène assez mystérieuse est peinte sur le couvercle. Un grand édifice, le ciel au-dessus… Serait-ce l'endroit où vivait cette fille ?

Le paquet est emballé dans une pièce de soie noire chamarrée de fleurs et d'oiseaux ; il s'agit d'une liasse de peaux d'animal débarrassées de leur poil que l'on l'a aplaties, taillées en feuillets rectangulaires puis attachées ensemble par une reliure. Un livre. Ses pages humides aux relents de moisi sont couvertes de signes proprement alignés qui remplissent Omeir de frayeur.

Il se souvient d'une histoire que racontait Grand-père, au sujet d'un livre qu'avaient laissé les anciens dieux au moment de quitter la Terre. À l'entendre, il était enfermé dans une cassette en or, elle-même contenue dans un coffret en bronze que protégeait un coffre en fer, le tout enfoui dans un coffre en bois ; les dieux avaient relégué celui-ci au fond d'un lac, gardé par des dragons aquatiques longs de cent pieds qui résistaient aux plus vaillants des hommes. Cependant, quiconque parvenait à retrouver ce livre et à déchiffrer ses pages comprenait ensuite la langue des oiseaux du ciel et celle des bêtes qui rampaient sous terre, et si l'on était un esprit, on reprenait la forme que l'on avait eue au cours de son existence terrestre.

Omeir remballe l'objet de ses mains tremblantes, le range dans le sac et observe la fille au milieu des ombres que projette la lune. Sa morsure à la main l'élance. Et si cette fille était un spectre réincarné ? Se peut-il que le livre qu'elle transporte recèle la magie des anciens dieux ? Mais si elle détient une magie aussi puissante, comment expliquer qu'elle soit seule et suffisamment aux abois pour venir lui voler la perdrix qu'il faisait rôtir ? N'aurait-elle pas dû tout simplement le transformer en nourriture avant de le dévorer ? Et changer aussi les soldats du sultan en cloportes, pour pouvoir les écraser sous ses pieds ?

De toute manière, raisonne-t-il pour se rassurer, les histoires de Grand-père n'étaient que cela : des histoires.

L'aube approche et il se languit de chez lui. D'ici une heure le soleil s'élèvera au-dessus des monts, et sa mère se fraiera un chemin parmi les pierres moussues pour aller remplir le chaudron à la rivière. Grand-père ranimera le foyer, le soleil fera naître des ombres mobiles au fond du ravin et Nida poussera un soupir sous sa couverture, aux prises avec le dernier rêve de la nuit. Il s'imagine en train de se glisser dans le lit tiède, nouant ses jambes à celles de sa sœur comme dans leur enfance, et quand il se réveille la matinée s'achève déjà et la fille a réussi à se libérer ; campée au-dessus de lui, elle tient son sac contre elle et examine la fente qui lui traverse la lèvre.

Par la suite, il ne prend plus la peine de lui lier les poignets. Ils progressent vers le nord-ouest au sein d'un paysage de plaines onduleuses, filant à travers champs pour retrouver le couvert des bosquets, et, du côté nord-est, la route d'Edirne leur apparaît au loin par intermittence. La plaie de la fille s'est arrêtée de saigner ; elle semble invulnérable à la fatigue, tandis qu'Omeir doit se reposer toutes les heures ou presque, la lassitude incrustée dans la moelle de ses os, croyant entendre au fil de sa marche les craquements des chariots et le beuglement des bêtes, et sentir auprès de lui Arbre et Clair-de-Lune, deux colosses dociles cheminant sous le joug.

Le quatrième matin de leur périple, le manque de nourriture atteint un point critique. La fille elle-même titube fréquemment, et il sait qu'ils n'iront pas beaucoup plus loin s'ils ne trouvent pas à manger. À midi, Omeir remarque un nuage de poussière qui roule derrière eux, et ils vont se tapir dans un fourré en retrait de la voie.

Deux porte-étendards chevauchent en tête du convoi, leur sabre martelant la selle de leur monture, parfaite incarnation des vainqueurs sur le chemin du retour. Suivent des chameliers dont les bêtes transportent le butin de guerre : des tapis roulés, des sacs de toile pleins à craquer, une bannière grecque déchirée. Derrière les chameaux, une vingtaine de femmes et de filles aux poignets ligotés avancent dans la poussière, vaguement réparties en deux files. L'une des captives lance des cris de détresse, alors que ses compagnes traînent les pieds en silence, tête nue, leur visage exprimant un désarroi si profond qu'Omeir n'a pas la force de les regarder.

Après le groupe de femmes vient un chariot tiré par un bœuf famélique, garni jusqu'au bord de morceaux de statues en marbre : des torses d'anges ; un philosophe en tunique aux cheveux bouclés, dont le nez s'est brisé ; un pied monumental et isolé, blanc comme un os dans la lumière de juin. Un arbalétrier ferme la marche, bouclier sur le dos, son arme posée en travers de la selle, fredonnant tout bas un air qu'il destine à son cheval ou peut-être à lui-même ; son regard parcourt les champs alentour, et Omeir, en voyant la petite chèvre morte arrimée à la croupe de la monture, sent bondir son estomac vide. Déjà debout, il est sur le point de quitter son abri pour interpeller les cavaliers, mais la fille le retient par le bras.

Assise par terre, elle tient son sac contre elle, les bras égratignés et le crâne rasé, le désespoir imprimé sur tous les traits de son visage. De petits oiseaux bruns font bruire les fourrés au-dessus de la tête d'Omeir. Tout en le fixant du regard, la fille se tapote la poitrine avec deux doigts, le cœur du garçon bat à se rompre, il renonce à bouger et, une minute plus tard, la caravane a disparu.

La pluie tombe pendant l'après-midi. La fille marche en serrant bien fort son sac, faisant son possible pour le maintenir au sec. Après avoir traversé un champ bourbeux, ils tombent sur une maison abandonnée, noircie par les flammes, et se réfugient sous son toit de chaume, à demi morts de faim ; la fatigue prend possession d'Omeir, puissante comme un océan. Les yeux clos, il entend Grand-père plumer et apprêter deux faisans, puis les farcir de coriandre et de poireaux avant de les mettre à rôtir. Il hume le fumet de la viande, écoute les braises siffler et crachoter sous la pluie, mais quand il rouvre les yeux il n'y a ni foyer ni gibier, seulement la fille qui grelotte auprès de lui dans l'ombre de plus en plus dense, et l'averse qui fouette la campagne.

Au matin, ils pénètrent dans une grande forêt. Sur les arbres, les chatons mouillés par la pluie se balancent aux branches comme autant de pendules, et ils ont l'impression de passer à travers une succession de draperies. La fille tousse ; les freux criaillent ; quelque chose fait du raffut dans les branchages : puis ne demeurent que le silence et l'immensité du monde.

Quand il se tient debout, les rangées d'arbres vacillent à perte de vue et mettent plusieurs secondes à se stabiliser. Il espère douloureusement voir les montagnes se dessiner à l'horizon, en vain. De temps à autre, la fille marmonne quelques mots dans sa langue – prières ou jurons, il ne saurait le dire. Si seulement Clair-de-Lune était à leurs côtés. Lui, il saurait comment s'orienter. On lui a répété que l'homme a été créé supérieur à la bête, pourtant combien de fois ont-ils perdu un chien dans les hauteurs pour le retrouver à la maison en rentrant, le poil couvert de bardane ? Est-ce leur flair qui les guide, la position du soleil dans le ciel, ou bien une faculté secrète et plus profonde, que les animaux possèdent mais dont les hommes ont été privés ?

Tout le temps que dure ce long crépuscule de juin, il reste assis au sol, trop affaibli pour aller de l'avant, et arrache l'écorce des branches de viorne. Après l'avoir mâchée jusqu'à obtenir une pâte, il rassemble ses dernières forces pour enduire de cette substance poisseuse autant de branches qu'il le peut, comme Grand-père le faisait autrefois.

La fille l'aide à ramasser du bois, le soleil se couche et, par trois fois, il va inspecter ses pièges ; à chaque fois, il revient bredouille. Toute la nuit, il dort d'un sommeil entrecoupé. Au réveil, il trouve la fille devant un modeste foyer, le visage pâle et crasseux, l'ourlet de sa robe déchiré, les yeux aussi gros que deux poings. Omeir voit une ombre se détacher de son propre corps pour s'enfoncer dans la forêt, survoler la rivière et la maison familiale, des hardes de cerfs galopent entre les arbres au sommet des monts, poursuivis par des loups qui se coulent dans l'ombre, et il parvient enfin dans ces contrées du Grand Nord où des dragons de mer ondulent entre les pics de glace et où un peuple de géants bleus soutient les constellations. Quand il réintègre son corps, des rayons de lune filtrent entre les feuillages, moirant le sol de lumière fluide. La fille près de lui, son sac sur les genoux, suit du doigt les lignes de son livre en chuchotant des paroles dans sa drôle de langue. Omeir tend l'oreille, et à l'instant où elle se tait un vol de courlis de terre débouche du sous-bois, comme si elle les avait convoqués grâce à la magie de son livre. Des cris brefs et des trilles se succèdent, puis Omeir perçoit les battements d'ailes affolés d'un oiseau pris au piège, d'abord un seul, puis d'autres et encore d'autres, et alors la nuit résonne de leurs cris de joie. La fille le regarde, et il regarde le livre.

Les collines cèdent la place aux contreforts, puis ce sont les montagnes qui apparaissent. À présent ils ne sont plus très loin de chez lui, Omeir le sent. Les essences qui poussent là, la qualité de l'air, des effluves de menthe sauvage au milieu d'une pente, les galets ronds et luisants dans le lit d'un cours d'eau : autant de souvenirs, ou de sensations parallèles aux souvenirs. Il progresse dans l'obscurité pluvieuse, et il se peut qu'à l'instar des bœufs il ait ce quelque chose en lui, une sorte d'aimant qui l'attire vers sa maison.

Au moment où ils franchissent la dernière crête et prennent le chemin qui rejoint la route au bord de la rivière, la nouvelle de la chute de la cité est arrivée jusque dans les villages. Il lie de nouveau les poignets de la fille et la conduit au bout de la longe, racontant la même histoire à toutes les personnes qu'ils rencontrent : la victoire a été formidable ; honneur au sultan – que Dieu le garde ; il m'a renvoyé chez moi avec mon butin. Malgré sa lèvre fendue, nul ne lui témoigne d'hostilité, et même si beaucoup lorgnent le sac malpropre qu'il rapporte, personne ne réclame à en voir le contenu. Quelques charretiers vont jusqu'à le féliciter en lui souhaitant le meilleur, l'un d'eux lui donne un fromage, et un autre lui offre un panier de concombres.

Bientôt, ils abordent la gorge sombre avec son pont en rondins tendu sur la partie la plus étroite. Quelques chariots y circulent ; deux femmes en route vers le marché mènent une bande d'oies.

Omeir écoute le bruit des flots qui labourent les profondeurs de la gorge, et les voilà passés.

La nuit est tombée lorsqu'ils traversent le village dans lequel il est né. À huit cents mètres de chez lui, il entraîne la fille à l'écart de la route pour l'emmener sur la butte en surplomb de la rivière, et ils font halte sous les ramures déployées de l'if à moitié creux.

« Les enfants prétendent que cet arbre est aussi vieux que les premiers hommes, dit Omeir, et que, par les nuits les plus noires, on voit leurs fantômes danser à l'ombre de ses branches. »

L'if agite ses riches branchages au clair de lune. La fille regarde Omeir avec attention. Il lui désigne d'abord la couronne de l'arbre, puis le sac qu'elle garde serré contre sa poitrine.

Il retire sa cape en cuir et l'étale au sol.

« Ici, ce que tu transportes sera en sécurité. Protégé du mauvais temps, et personne ne s'en approchera. »

Elle le regarde longuement, le visage rayé d'ombres sous la lune, et au moment où il pense qu'elle n'a rien compris à ses paroles, elle lui remet le sac. Après l'avoir enveloppé de sa cape, il se hisse dans l'arbre, s'introduit dans le creux et pousse le paquet tout au fond.

« Voilà, il est à l'abri. »

La fille lève les yeux.

Omeir trace un cercle dans le vide.

« On reviendra plus tard. »

Elle lui présente spontanément ses poignets dès qu'ils ont regagné la route et il l'attache de nouveau. La rivière gronde, les aiguilles des pins brasillent sous les étoiles. À présent, chaque partie du chemin lui est familière, il reconnaît dans toutes ses nuances la sonorité des flots. Quand ils atteignent le chemin qui mène au ravin, Omeir se tourne vers la fille : frêle et crasseuse, la peau striée d'éraflures, elle traîne les pieds dans sa robe en loques. Depuis le commencement de ma vie, songe-t-il, je ne parle pas la même langue que mes compagnons préférés.

VINGT ET UN

LE MÉGA-LIVRE MAGIQUE QUI CONTIENT TOUT

La Cité des nuages et des oiseaux, d'Antoine Diogène, Folio Φ

… En regardant [le livre ?], j'eus l'impression de me pencher par-dessus la margelle d'un puits enchanté. À la surface se déroulaient les cieux et la terre avec tous ses pays éparpillés, toutes ses bêtes et, au [centre ?]…

… je vis des cités pleines de jardins et de lanternes, j'entendis les accents lointains des chants et de la musique. Dans l'une de ces villes, je vis une fête de mariage avec des filles aux robes splendides et des garçons aux épées dorées…

… en train de danser…

… et mon [cœur se réjouit ?]. Mais lorsque je tournai [la page ?], je vis de ténébreuses cités en feu, des hommes brûlaient vifs dans leurs champs ou portaient les chaînes de l'esclavage, des chiens dévoraient des cadavres, et des nouveau-nés jetés par-dessus les remparts s'empalaient sur des pieux. Je contemplais tour à tour les deux pages quand…

… beauté et laideur…

… danses et mort…

… [était trop ?]…

… pris peur…

BIBLIOTHÈQUE MUNICIPALE DE LAKEPORT

20 FÉVRIER 2020

18 H 39

Zeno

Les enfants se tiennent assis à l'abri des rayonnages, leur texte sur les genoux : Christopher Dee, avec ses yeux bleus qui louchent légèrement et sa manière charmante de parler du bout des lèvres ; Alex Hess, au torse bombé et à la crinière de lion – Alex qui porte un short de gym par n'importe quel temps, paraît indifférent à tous les inconforts excepté la faim et s'exprime d'une voix étonnamment douce et claire ; Natalie avec ses écouteurs roses autour du cou, et qui a une réelle intuition pour l'étude du grec ancien ; Olivia Ott et sa coupe au carré, d'une intelligence redoutable, vêtue du costume aux couleurs changeantes qu'elle s'est donné tant de mal à fabriquer ; et Rachel, la maigrichonne aux cheveux roux, allongée sur le ventre et entourée d'accessoires, suivant les répliques avec la pointe de son crayon à mesure que les acteurs les récitent.

« D'un côté la danse, et de l'autre la mort, chuchote Alex en feuilletant un livre inexistant. Sur des pages et des pages et des pages. »

Les enfants ont compris. Ils savent qu'il y a quelqu'un au rez-de-chaussée ; ils savent qu'ils sont en danger. Et ils font preuve d'un courage incroyable, lisant à voix basse l'intégralité de la pièce, se servant de l'histoire pour éloigner la mort. Cela fait bien longtemps qu'ils auraient dû rentrer chez eux. Une éternité semble s'être écoulée depuis que Sharif a annoncé qu'il comptait remettre le sac à la police. Depuis ce moment, ils n'ont plus entendu un seul bruit ; Marian ne les a pas rejoints avec les pizzas ; personne n'a parlé dans un porte-voix pour leur dire que c'était fini.

Lorsque Zeno se lève, la douleur irradie dans sa hanche.

« Lis le livre jusqu'au bout, petit corbeau, murmure Olivia-la-déesse, et tu apprendras tous les secrets des dieux. Tu pourras devenir un aigle, ou une chouette splendide, libéré du désir et de la mort. »

Il a eu tort de ne pas avouer à Rex qu'il l'aimait ; il aurait dû le lui dire au Camp n° 5 ; il aurait dû le lui dire à Londres ; et le dire également à Hillary, à Mrs Boydstun et à toutes les femmes de Valley County avec qui il a eu ces pathétiques rendez-vous. Il aurait dû prendre davantage de risques. Il lui a fallu une vie entière pour s'accepter tel qu'il est, et il constate avec surprise qu'aujourd'hui il en est capable, pourtant il n'aspire pas à vivre une année, ni même un mois, de plus : ces quatre-vingt-six ans lui suffisent. Au cours d'une existence, on accumule une infinité de souvenirs, le cerveau ne cesse de les trier, pesant les répercussions et refoulant la souffrance, mais à l'âge qu'il a atteint, on traîne malgré tout une charge écrasante de souvenirs, un fardeau aussi lourd qu'un continent, et le moment vient où il faut quitter ce monde en les emportant avec soi.

Rachel agite les mains en chuchotant :

« Pause. » Elle étale ses feuillets et demande à Zeno : « Dites, Mr Ninis. Les deux folios les plus abîmés – celui avec les oignons sauvages et celui qui parle de danses. Je crois qu'ils ne sont pas là où on pensait. Ce qui arrive ne se passe pas dans la Cité des nuages et des oiseaux : ça se passe plutôt en Arcadie.

– Qu'est-ce que tu racontes ? réplique Alex.

– Doucement, s'il vous plaît, souffle Zeno.

– La nièce, fait Rachel en baissant la voix. On oublie la nièce. Si le plus important, comme Mr Ninis nous l'a expliqué, c'est que l'histoire soit transmise – qu'elle arrive par morceaux à une fille mourante –, pourquoi est-ce qu'Aethon déciderait de rester dans les étoiles et de vivre pour toujours ? »

Olivia-la-déesse dans sa robe à sequins s'accroupit près de Rachel.

« Alors, Aethon ne lit pas le livre jusqu'au bout ?

– Non, et c'est pour ça qu'il a pu écrire son histoire sur les tablettes. Et qu'elles ont été enterrées avec lui. Parce qu'il n'est pas resté dans la Cité des nuages et des oiseaux. Il choisit... comment on dit, Mr Ninis ? »

Cœurs battants, cillements de paupières. Zeno se revoit marcher sur le lac gelé. Il se souvient de Rex dans la lumière grise du salon de thé londonien, de ses doigts qui tremblaient au-dessus de la sous-tasse. Les enfants regardent leur texte.

« Tu veux dire qu'Aethon retourne chez lui », dit Alex.

Seymour

Il est adossé aux dictionnaires, le Beretta posé sur ses genoux. Une lumière blanche, aveuglante, entre par les fenêtres et dessine au plafond des ombres fantastiques.

Son téléphone refuse de sonner. Il regarde le blessé qui respire au pied des marches. Il n'a pas trouvé le sac à dos ; il n'a pas bougé. C'est l'heure du dîner et Bunny doit être en train de servir les clients du Pig N'Pancake, assurant sa onzième heure de travail de la journée. Comme il n'est pas venu la chercher au Sachse Inn, elle a sûrement été forcée de demander à quelqu'un de l'emmener. À présent, elle sait sans doute qu'il se passe des choses à la bibliothèque. Elle a dû voir défiler les voitures de police ; au restaurant, il est probable que tout le monde parle de l'affaire, les clients et les employés des cuisines. Une personne retranchée dans la bibliothèque. Avec une bombe.

Il se dit que le lendemain il aura rejoint le camp de Bishop, loin dans le Nord, auprès de ces guerriers dont la vie a un but et un sens, et qu'il se promènera dans la forêt avec Mathilda, entre ombre et lumière. Mais y croit-il encore vraiment ?

Un bruit de pas dans l'escalier. Seymour écarte l'une des coques de son casque. C'est Zeno-deux-à-l'heure, il le reconnaît quand il arrive aux dernières marches : un vieil homme fluet qui porte toujours une cravate et s'installe invariablement près des romans d'amour en gros caractères, perdu derrière un monceau de paperasses qu'il manipule délicatement, tel un prêtre assis devant un ensemble d'objets n'ayant de signification que pour lui.

Zeno

Le T-shirt de Sharif a pris une drôle de forme et donne l'impression qu'on lui a jeté dessus un seau plein d'encre, mais Zeno a déjà vu pire. Sharif secoue la tête. Zeno se penche simplement pour lui toucher le front, puis il enjambe son ami et s'engage dans l'allée qui sépare Fiction et Non-Fiction.

Le garçon est à ce point immobile qu'on pourrait le croire mort, une arme à feu reposant sur ses genoux. Près de lui sur la moquette, un sac à dos vert et un téléphone. Un casque est incliné sur sa tête, une des coques en place et l'autre soulevée – un de ces casques antibruit que l'on porte sur les stands de tir.

La phrase de Diogène lui revient en mémoire, projetée à travers les siècles. *J'avais fait un bien long voyage, ici tout n'était que splendeur, et pourtant…*

« Tellement jeune », dit Zeno.

… l'aiguillon du doute se plantait sous mon aile. Un trouble obscur palpitait en moi…

Le garçon ne bouge pas.

« Qu'est-ce qu'il y a dans ce sac ?

– Des bombes.

– Combien ?

– Deux.

– Et comment on les déclenche ?

– Grâce aux portables qui sont scotchés dessus.

– Qu'est-ce qui provoque l'explosion ?

– Il suffit d'appeler un des numéros. Et de laisser sonner cinq fois.

– Mais tu ne vas pas appeler, je me trompe ? »

Le garçon rajuste le casque avec sa main gauche, comme s'il espérait faire barrage aux questions. Zeno se revoit au Camp n° 5, allongé sur sa paillasse et sachant qu'au même moment Rex est en train de replier son corps à l'intérieur d'un fût à essence. Et qu'il tend l'oreille, attendant que Zeno se cache dans l'autre baril, que Bristol et Fortier les transportent jusqu'au camion.

Il s'avance à petits pas, ramasse le sac à dos qu'il plaque contre sa cravate tandis que le garçon pointe vers lui le canon de son pistolet. Bizarrement, sa respiration est toujours régulière.

« À part toi, quelqu'un connaît ces numéros ? »

D'abord, le garçon fait signe que non, puis ses sourcils se froncent comme s'il venait de se rappeler quelque chose.

« Oui, quelqu'un d'autre les a aussi.

– Qui ça ? »

Il se borne à hausser les épaules.

« Si je comprends bien, une autre personne a les moyens de faire exploser ces bombes ? »

Un vague hochement de tête.

Sharif les surveille depuis le bas de l'escalier, tous ses sens en alerte. Zeno enfile le sac à dos par-devant.

« Mon ami qui est là, le responsable de la section Jeunesse. Il s'appelle Sharif. Il a besoin d'un médecin. Immédiatement. Je vais me servir du téléphone pour appeler une ambulance. Normalement, il y en a déjà une à l'extérieur. »

Le garçon grimace, comme si l'on faisait hurler dans ses oreilles une musique discordante qu'il est le seul à entendre.

« J'attends des renforts », répond-il, mais le ton de sa voix manque de conviction.

Zeno s'approche à reculons du comptoir d'accueil et attrape le combiné du téléphone. Aucune tonalité.

« J'ai besoin d'emprunter ton portable. Seulement pour appeler les secours. Après, je te le rends, c'est promis. On attendra que tes renforts arrivent. »

Le canon est toujours braqué sur la poitrine de Zeno. Le doigt du garçon ne se décolle pas de la détente. Le téléphone reste posé au sol.

« Nos vies seront pleines de sens et de lumière, dit le garçon en se frottant les yeux. Nous vivrons complètement en dehors de la machine, tout en travaillant à la détruire. »

Zeno écarte sa main gauche du sac à dos.

« Je vais approcher ma main pour prendre ton portable. D'accord ? »

Le corps de Sharif est figé au pied de l'escalier. À l'étage, les enfants ne font pas un bruit. Zeno se penche en avant. Le canon de l'arme n'est qu'à quelques centimètres de sa tête. Alors que ses doigts sont près de toucher l'appareil, l'un des portables à l'intérieur du sac qu'il tient entre ses bras se met à sonner, scotché à l'une des bombes.

L'ARGOS

ANNÉE DE MISSION 65

JOURS 341-370
À L'INTÉRIEUR DE LA CAPSULE N° 1

Konstance

« Sybil, où sommes-nous ? »

Nous sommes en route vers Beta Oph2.

« À quelle vitesse nous déplaçons-nous ? »

7 734 958 kilomètres-heure. *Tu l'as appris lors de ta Journée-Bibliothèque.*

« Tu en es sûre, Sybil ? »

C'est un fait indiscutable.

Pendant une minute, elle contemple la machine et son réseau de fils resplendissant.

Konstance, est-ce que tout va bien ? Ton rythme cardiaque est un peu élevé.

« Tout va bien, merci. Je vais aller faire un tour à la Bibliothèque. »

Elle étudie les documents techniques que son père avait consultés pendant la Quarantaine de niveau 2 : aspects mécaniques, stockage des réserves, recyclage des liquides, traitement des déchets, production d'oxygène. Les fermes, l'Espace communautaire, les cuisines. Quatre blocs sanitaires équipés de douches, quarante-deux cabines d'habitation, Sybil au centre. Pas de hublots ni d'escaliers, aucune issue, le vaisseau est un tombeau qui fonctionne en autonomie. Soixante-six ans plus tôt, on a raconté aux quatre-vingt-cinq volontaires qu'ils embarquaient pour un voyage intersidéral censé s'achever plusieurs siècles après leur mort. Ils se sont rendus à Qaanaaq, ont suivi une formation pendant six mois, puis ils ont pris un bateau et ont été enfermés à l'intérieur de l'*Argos*, placés sous sédatif pendant que Sybil préparait le lancement.

Sauf que le lancement n'a jamais eu lieu. Ce n'était qu'un exercice. Un projet pilote, un galop d'essai, un test de faisabilité impliquant plusieurs générations, qui est terminé depuis longtemps ou qui se poursuit encore aujourd'hui.

Dans l'atrium de la Bibliothèque, Konstance porte la main à l'endroit de sa combinaison où sa mère a cousu un jeune pin de Bosnie, quatre ans auparavant. Le petit chien de Mrs Flowers la regarde en remuant la queue. Il n'est pas réel. Le bureau devant elle évoque le bois – son odeur, sa texture, le bruit qu'il fait sous ses doigts. Les feuilles dans la boîte ont toutes les caractéristiques du papier.

Rien de tout cela n'est réel. Elle se tient sur un Pérambulateur circulaire dans une capsule circulaire au sein d'une structure circulaire bâtie sur une île de la baie de Baffin qui a plus ou moins la forme d'un cercle, à douze kilomètres d'un village isolé nommé Qaanaaq. Comment une épidémie a-t-elle pu se déclarer à l'intérieur d'un aéronef lancé dans l'espace interstellaire ? Pourquoi Sybil a-t-elle échoué à résoudre le problème ? Parce que personne à bord, pas même elle, ne savait où ils se trouvaient vraiment.

Elle rédige des questions sur plusieurs feuillets qu'elle insère un par un dans la fente. Au-dessus de l'atrium, des nuages filent dans un ciel jaune. Le petit chien se lèche les babines. Des livres s'envolent de leurs étagères.

De retour dans la Capsule Numéro 1, Konstance dévisse les quatre pieds de son lit. Avec l'armature métallique, elle cogne sur l'extrémité d'un des pieds pour l'aplatir.

Pourquoi est-ce que tu démontes ton lit ?

Ne lui réponds pas. Aussi discrètement que possible, elle passe des heures à aiguiser le tranchant du segment de métal, après quoi elle insère le tube dans l'orifice d'un deuxième pied de lit qui lui servira de manche. Elle solidarise les deux parties grâce à une vis et à une cordelette fabriquée avec la doublure de sa couverture : une hache de fortune. Après cela, elle verse dans l'imprimante plusieurs cuillerées de Nutri-poudre, et la machine remplit un bol à ras bord.

Je suis heureuse que tu te prépares un repas. Très copieux, qui plus est.

« J'en mangerai un autre après celui-ci, Sybil. Tu aurais une recette à me conseiller ? »

Pourquoi pas du riz à l'ananas ? Ça ne te fait pas envie ?

Konstance avale une bouchée, puis en prend une deuxième.

« Oh, si, ça m'a l'air fabuleux. »

Une fois repue, elle fait le tour de la capsule pour ramasser au sol ses transcriptions du texte de Zeno Ninis. *Aethon a une vision. Le repaire des bandits. Au jardin de la déesse.* Elle réunit en liasse les morceaux de papier – du folio Alpha au folio Oméga –, pose sur le dessus son dessin de la cité dans les nuages, puis, à l'aide d'une des vis en aluminium de son lit, elle perce des petits trous dans la marge. À partir des restes de la doublure, elle tresse des brins de fil pour fabriquer une cordelette qu'elle passe ensuite dans les œillets bien alignés, improvisant une reliure pour ses fragments de sac à Nutri-poudre.

Une heure avant l'Extinction, elle rince son bol avant de le remplir d'eau. Palpant son crâne, elle réunit une pelote de cheveux qu'elle tasse au fond de son gobelet vide.

Assise par terre, elle attend sans bouger, regardant Sybil qui brille dans sa tour. Konstance a l'impression de sentir son père l'envelopper dans sa couverture, ou s'installer près d'elle contre une paroi de la Ferme #4, au milieu d'une profusion de laitues, de cresson et de persil, avec les graines en dormance rangées dans leurs tiroirs.

Père, tu veux bien continuer à me raconter l'histoire ?

Juste après l'Extinction, elle enfile la combinaison en bioplastique que son père a cousue pour elle douze mois plus tôt, et qui la serre désormais un peu plus. Laissant ses mains libres, elle remonte la fermeture jusqu'à sa poitrine et enfouit dans les replis de son vêtement le livre qu'elle a fabriqué. Sans dégonfler son matelas, elle cale un côté du cadre du lit sur l'imprimante, et l'autre sur le siège des toilettes, afin de former une espèce de dais.

Konstance, que fais-tu avec ton lit ?

Elle se faufile sous le châlit surélevé et débranche le câble de l'imprimante pour arracher une partie de sa gaine en thermoplastique. Prenant les deux pieds restants de son lit, elle les attache aux fils de métal mis à nu. Pôle positif, pôle négatif. Elle les plonge ensuite dans son bol rempli d'eau.

Elle retourne alors le gobelet qui contient le tampon de cheveux et le tient au-dessus de l'électrode positive, attendant que l'oxygène remonte de l'eau et se concentre dans le récipient.

Konstance, qu'est-ce que tu fais là-dessous ?

Elle compte jusqu'à dix, retire les fils reliés aux pieds de lit et frotte les extrémités l'une contre l'autre. Le contact produit une étincelle qui s'allume dans l'oxygène pur et enflamme les mèches de cheveux.

J'exige une réponse. Que fais-tu sous ton lit ?

Quand elle remet le gobelet à l'endroit, la fumée qui s'en dégage s'accompagne d'une odeur de cheveux brûlés. Konstance fourre à l'intérieur une lingette roulée en boule, puis une autre. D'après les plans de l'*Argos*, un extincteur est intégré au plafond de chacun des compartiments du vaisseau. Si jamais la Capsule Numéro 1 fait exception, et qu'il existe des appareils logés dans les cloisons ou dans le sol, le projet de Konstance échouera à coup sûr. Mais s'il n'y en a qu'un au plafond, elle a des chances de réussir.

Konstance, je détecte de la chaleur. Réponds-moi, s'il te plaît. Que fais-tu là-dessous ?

Des gicleurs s'abaissent au plafond et commencent à vaporiser une brume chimique sur le lit qui surplombe Konstance ; alors qu'elle nourrit les flammes, elle la sent crépiter sur les jambes de sa combinaison.

À force d'ajouter des lingettes, elle manque étouffer le feu, mais il finit par se ranimer. De minces volutes noires se tordent sur le pourtour du lit retourné, se mêlant à la brume qui descend du plafond. Konstance souffle sur les flammes et entasse un supplément de lingettes avant de verser dessus plusieurs poignées de Nutri-poudre. Si ça ne marche pas, elle n'aura pas assez de matériel pour renouveler l'opération.

Le matelas s'embrase d'un seul coup, l'obligeant à sortir de sous le lit. Elle jette dans le foyer ses dernières lingettes. Des flammes vertes jaillissent alors des bords du matelas et une odeur âcre de produits chimiques en combustion envahit la capsule. Konstance rampe au sol sous la pluie qui tombe de l'extincteur, enfouit ses mains sous les manches de la combinaison et pose sur son visage le masque à oxygène, qu'elle fixe hermétiquement au col de sa tenue de protection.

Elle sent le bioplastique se gonfler autour de son corps.

Oxygène, dix pour cent, dit la voix sous le masque.

Konstance, ton attitude est scandaleusement irresponsable, intervient Sybil. *Tu es en train de tout mettre en péril.*

Le dessous de son lit brille plus vivement tandis que le matelas se consume. Le rayon tremblotant de sa frontale perce le rideau de fumée.

« Sybil, ta priorité est bien de protéger l'équipage, non ? C'est la première de tes fonctions, n'est-ce pas ? »

Sybil pousse au maximum l'éclairage du plafond, et Konstance plisse les yeux face à cette lumière crue. Ses mains sont noyées dans les plis de ses manches, ses pieds dérapent sur le sol.

« Il s'agit de mutualisme, tu es d'accord ? L'équipage a besoin de toi, et toi tu as besoin d'un équipage. »

S'il te plaît, retire le cadre du lit pour que l'on puisse éteindre le feu.

« Sans équipage – sans moi –, tu n'as plus aucune raison d'être, Sybil. Cette pièce est déjà tellement saturée de fumée que je n'arrive plus à respirer. Dans quelques minutes, mon masque sera à court d'oxygène. Je finirai par m'asphyxier. »

La voix de Sybil devient plus grave. *Retire immédiatement ce lit.*

Les gouttelettes diffusées par l'extincteur brouillent les lunettes de son masque, et chaque fois qu'elle tente de les essuyer, elle ne réussit qu'à les salir un peu plus. Après avoir déplacé le livre caché sous sa combinaison, Konstance s'empare de la hachette.

Oxygène, neuf pour cent.

À présent, des flammes orange et vertes lèchent le dessus du lit, et Sybil est en grande partie occultée par la fumée.

S'il te plaît, Konstance. Sa voix se radoucit, imitant celle de Mère. *Tu ne peux pas faire ça.*

Elle recule contre la cloison. La voix se modifie de nouveau, adoptant un timbre masculin. *Écoute, ma Courgette, tu veux bien retourner ce lit ?*

Les poils se hérissent sur la nuque de Konstance.

Il faut éteindre ce feu tout de suite. Le danger est partout.

Elle perçoit un sifflement, quelque chose qui fond ou qui entre en ébullition à l'intérieur du matelas, et distingue à travers les rouleaux de fumée les ondes lumineuses cramoisies de Sybil dans son caisson de cinq mètres de haut ; la voix de Mrs Chen affleure alors à sa mémoire : *Toutes les cartes jamais tracées, tous les recensements jamais effectués et tous les livres jamais publiés…*

Pendant un instant, Konstance hésite. Les images contenues dans l'Atlas datent de plusieurs décennies. Qu'est-ce qui peut bien l'attendre aujourd'hui à l'extérieur de l'*Argos* ? Et s'il ne restait pas d'autre forme d'intelligence que Sybil ? À quels risques s'expose-t-elle ?

Oxygène, huit pour cent. Essayez de respirer plus lentement.

Retenant son souffle, elle se détourne de Sybil. Devant elle, là où il n'y avait qu'une paroi uniforme, une porte se met à coulisser.

VINGT-DEUX

CE QUE TU POSSÈDES DÉJÀ VAUT MIEUX QUE CE QUE TU RECHERCHES SI DÉSESPÉRÉMENT

La Cité des nuages et des oiseaux, d'Antoine Diogène, Folio X

Le folio X est extrêmement dégradé. Cette partie des aventures d'Aethon a fait l'objet de multiples débats et il est inutile d'y revenir en détail. De l'avis de certains experts, cet épisode était originellement placé à un stade antérieur du récit, suggérant un dénouement différent de l'histoire, et la fonction du traducteur n'est pas d'émettre des hypothèses. Traduction de Zeno Ninis.

… les brebis qui mettaient bas, les collines qui reverdissaient après la pluie, les agneaux sevrés et les brebis vieillissantes, de moins en moins fécondes et ne se fiant qu'à moi… Pourquoi [étais-je parti ?] Pourquoi ce désir impérieux d'être [ailleurs ?], de me mettre toujours en quête de choses nouvelles ? L'espoir était-il une malédiction, [le dernier des maux dans la boîte de Pandore] ?

Tu voles jusqu'aux limites du ciel étoilé, et tout ce que tu désires, [c'est rentrer chez toi…]

… genoux qui craquent…

… la boue et tout…

Mon troupeau, du vin ordinaire, un bain, [voilà] toute la magie dont avait besoin un idiot de berger. J'ouvris [le bec et croassai : « Grande sagesse est profond chagrin, et c'est dans l'ignorance que se trouve la vraie sagesse. »]

La déesse se redressa, [sa tête heurtant une étoile, puis avança vers moi une main gigantesque : au centre de sa paume aussi vaste qu'un lac, reposait une seule rose blanche.]

CENTRE PÉNITENTIAIRE D'ÉTAT, IDAHO

2021-2030

Seymour

Niveau de sécurité intermédiaire, un ensemble de constructions basses que l'on pourrait prendre pour le campus délabré d'une université publique, murs beiges et double clôture métallique. On y trouve un atelier de menuiserie, une salle de sport, une chapelle et une bibliothèque garnie de dictionnaires, de manuels de droit et de romans de fantasy. La nourriture est immonde.

Il passe autant de temps que possible au labo informatique. Il a appris les langages Excel, AutoCAD, Java, C++ et Python, réconforté par la logique limpide du codage, input et output, instructions et commande. Quatre fois par jour, il a droit à une « sortie » quand retentit un signal électronique, et il peut alors regarder à travers la clôture la pente d'une plaine couverte de brome et de chondrille effilée. La chaîne des Owyhee Mountains miroite dans le lointain. Les seuls arbres qu'il aperçoit sont les seize féviers épineux qui se dessèchent sur le parking, serrés les uns contre les autres et hauts de quatre mètres à peine.

Il porte une salopette en jean ; les cellules n'ont qu'un occupant. Sur le mur en parpaings qui fait face à sa petite fenêtre, on a peint un rectangle destiné à accueillir les photos de famille, les cartes postales, les dessins personnels. Seymour a laissé le sien vide.

Les premières années, avant qu'elle ne tombe malade, Bunny lui rend visite aussi souvent qu'elle le peut : elle fait trois heures en bus Greyhound depuis Lakeport et finit le trajet en taxi. Un masque chirurgical sur la bouche, elle s'assied face à lui, clignant des yeux dans la lumière des rampes fluorescentes.

Mon opossum, est-ce que tu m'écoutes ?

Tu veux bien me regarder ?

Toutes les semaines, elle dépose sur son compte de détenu la somme de cinq dollars, qu'il dépense en paquets de M&M's tout chocolat achetés au distributeur.

Parfois, lorsqu'il ferme les yeux, il est renvoyé dans la salle d'audience, où les regards des familles des enfants se braquent sur sa nuque comme des lance-flammes. Il n'a pas eu la force de croiser celui de Marian. Qui est l'auteur du fichier PDF trouvé dans votre tablette ? Qu'est-ce qui vous a persuadé que le camp de Bishop existait vraiment ? Pourquoi avez-vous cru que votre correspondant était une femme et qu'elle avait votre âge ? Qu'il y avait un être humain à l'autre bout ? Chaque question était un coup d'aiguille dans un cœur déjà criblé de piqûres.

Séquestration, usage d'une arme de destruction massive, tentative d'homicide – il a plaidé coupable pour tout. Le bibliothécaire Jeunesse, Sharif, a survécu à sa blessure, ce qui a aidé. L'accusation, représentée par un homme aux cheveux en brosse et à la voix aiguë, a réclamé la peine capitale. À la place, Seymour a été condamné à perpétuité avec quarante années incompressibles.

Un matin, l'année de ses vingt-deux ans, alors que le signal sonore annonce la sortie de 10 h 31, le superviseur du labo informatique demande à Seymour et à deux autres détenus qui se comportent bien de rester dans la salle. Des gardiens poussent à l'intérieur un chariot avec trois ordinateurs équipés de trackballs, tandis que le sous-directeur de la prison fait entrer une femme à l'allure sévère, vêtue d'un blazer et d'un pull en V.

« Comme vous le savez sans doute, leur dit-elle d'un ton absolument neutre, cela fait des années qu'Ilium numérise la surface du globe avec une précision de plus en plus remarquable. La société est en train de réaliser la cartographie la plus complète de tous les temps – plus de quarante péta-octets de données. »

Le superviseur branche les ordinateurs, et le logo de l'entreprise tournoie sur les écrans pendant le démarrage du système.

« Vous avez été sélectionnés pour participer à un projet pilote qui vise à examiner les éléments potentiellement indésirables dans les images brutes. Nos algorithmes nous en signalent chaque jour des centaines de milliers et nous n'avons pas suffisamment de personnel pour tous les passer en revue. Votre travail consistera à déterminer si ces contenus posent problème, et à développer par la même occasion l'intelligence du logiciel. À vous de valider l'alerte ou de la supprimer.

– En résumé, ajoute le sous-directeur, le propriétaire d'un restaurant chic n'a pas envie qu'on se connecte à Ilium Earth pour voir un sans-abri uriner devant sa porte. Si vous remarquez quelque chose que vous ne montreriez pas à votre grand-mère, vous validez l'alerte, vous entourez l'image et le logiciel se charge de l'effacer. Compris ?

– Ça demande des compétences, fait le superviseur. C'est un métier à part entière. »

Seymour acquiesce. La Terre tourne sur l'écran qui lui fait face. À travers les nuages numériques, la vue plonge vers un territoire d'Amérique du Sud – peut-être au Brésil – et se concentre sur une route de campagne qui semble tracée à la règle. Dans les champs voisins, au-delà des bas-côtés en terre rouge, on cultive apparemment de la canne à sucre. Seymour manipule son trackball, et la balise s'élargit à mesure qu'il zoome.

Juste au-dessous, un petit break de couleur bleue a percuté une vache de plein fouet : le véhicule est embouti, la voie est couverte de sang et un homme se tient près de l'animal, mains derrière la tête, en train de le regarder mourir – à moins qu'il s'interroge sur ses chances de survie.

Seymour confirme avant d'entourer l'image et, dans la seconde, la vache, le bonhomme et la voiture disparaissent sous un ruban de bitume généré par ordinateur. Avant que Seymour ait pu réagir, le logiciel le projette vers l'alerte suivante.

Là, un gamin sans visage adresse un doigt d'honneur à l'objectif devant une *churrascaria* plantée en bord de route. Plus loin, quelqu'un a peint un phallus sur l'enseigne d'une petite concession Honda. Dans les environs de Sorriso, au Brésil, Seymour vérifie une quarantaine de signalements. Puis le programme le renvoie dans la troposphère, la Terre tourne et il atterrit dans le nord du Michigan.

Parfois, il est obligé de fouiner un peu s'il veut comprendre la présence de la balise. Une femme qui pourrait être une prostituée se penche par la vitre d'une voiture. Sous l'auvent d'une église qui proclame DIEU ÉCOUTE, quelqu'un a bombé le nom du groupe SLAYER. Il arrive aussi que le logiciel fasse erreur, prenant pour une obscénité un simple motif dans les feuillages d'un lierre, ou qu'il désigne un enfant sur le chemin de l'école pour des raisons qui échappent à Seymour. Il valide ou supprime l'alerte, et s'il entoure la scène avec son curseur, elle s'efface immédiatement, le contenu gênant masqué par des buissons factices ou remplacé par un bout de trottoir artificiel.

La sonnerie annonce le moment de la « sortie » ; les deux compagnons de Seymour se lèvent, mais pas lui. Au moment de l'appel du soir, cela fait neuf heures qu'il n'a pas bougé de sa place ; un vieil homme passe le balai sous la table des ordinateurs ; il fait noir dehors.

Le travail est payé soixante et un *cents* de l'heure, soit huit *cents* de plus qu'à l'atelier de menuiserie. Seymour se débrouille plus que bien. Pixel après pixel, boulevard après boulevard, ville après ville, il aide la société Ilium à assainir la planète. Il élimine les bases militaires, les campements de sans-abri, les files d'attente devant les centres de soins, les mouvements sociaux, les manifestants et les opposants, les piquets de grève et les voleurs à la tire. De temps à autre, une scène le bouleverse : une mère et son fils se tenant par la main, emmitouflés dans des parkas près d'une ambulance en Lituanie. Une femme avec un masque chirurgical, agenouillée sur une autoroute de Tokyo au milieu de la circulation. À Houston, plusieurs centaines de militants exhibent des banderoles devant une raffinerie de pétrole ; il s'attend presque à reconnaître Janet dans le groupe, vingt nouvelles grenouilles cousues sur les manches de sa veste, mais tous les visages ont été floutés. Seymour valide, et le logiciel substitue aux contestataires une trentaine de jeunes copalmes numériques.

Le dynamisme de Seymour Stuhlman, rapportent les responsables de la société Ilium, est tout à fait admirable. La plupart du temps, il multiplie par trois les objectifs qu'on lui a fixés. À l'âge de vingt-quatre ans, il est devenu une légende au sein de l'entreprise, le nettoyeur le plus efficace de tout le programme de coopération avec les détenus. On lui fournit alors un équipement plus sophistiqué et un espace de travail personnel dans la salle d'informatique, et son salaire horaire passe à soixante-dix *cents*. Pendant un moment, il parvient à se convaincre qu'il fait quelque chose de bien – débarrasser le monde des choses laides et toxiques, éradiquer l'abjection pour mettre des végétaux à la place.

Au fil des mois, cependant – en particulier le soir, dans la solitude de sa cellule –, il revoit de plus en plus souvent le vieil homme avec sa cravate à motifs de pingouins, chancelant dans l'obscurité de la bibliothèque, le sac à dos vert serré contre sa poitrine, et les doutes s'insinuent progressivement en lui.

Il a vingt-six ans lorsque la société Ilium met au point son premier prototype de tapis de marche multidirectionnel. Au lieu de naviguer d'un site à l'autre grâce à un trackball, immobile devant son écran, Seymour peut désormais se déplacer sur ses deux jambes pour aider l'IA à expurger la carte de tout ce qui est désagréable et inconvenant. En moyenne, il parcourt vingt-deux kilomètres chaque jour.

Seymour a vingt-sept ans. Un après-midi, il coiffe son casque sans fil, les narines saturées par l'odeur de sa propre transpiration, et monte sur le tapis. Il plane au-dessus de la Terre, puis un lac bleu foncé, dont la forme est plus ou moins celle d'un G, se précipite vers lui.

Lakeport.

En une décennie, la ville s'est étendue comme un cancer, les immeubles en copropriété ont poussé tels des furoncles sur la rive sud du lac et des lotissements ont proliféré un peu plus loin. L'Atlas le dépose devant la boutique d'un caviste dont on a brisé la vitrine ; Seymour la répare. Puis c'est un pick-up qui roule sur Wilson Road, son plateau débordant de gamins. Sur la banderole qui traîne dans son sillage, on peut lire : *C'est la vieillesse qui vous tuera, pour nous ce sera le climat.* Il les entoure, et le camion se volatilise aussitôt.

L'icône qu'il doit toucher pour atteindre l'alerte suivante se met à clignoter, mais Seymour l'ignore et se dirige vers lui. Il descend Cross Road sur quatre cents mètres, et les trembles prennent des teintes dorées. Une voix robotique grésille dans ses écouteurs. *Modérateur 45, vous vous trompez de direction. Veuillez avancer jusqu'à la prochaine alerte.*

Le panneau d'Eden's Gate est toujours là, en bordure d'Arcady Lane. En revanche, la maison préfabriquée a été démolie, remplacée par trois pavillons aux pelouses arrosées à outrance, si parfaitement intégrés au reste du lotissement qu'on les croirait générés par un logiciel plutôt que bâtis par des charpentiers.

Modérateur 45, vous vous écartez de votre itinéraire. D'ici soixante secondes, vous serez redirigé vers votre prochaine alerte.

Seymour se met à courir sur Spring Street en direction de l'est, le tapis tressautant sous ses pieds. Dans le centre-ville, à l'angle de Lake et Park Street, la bibliothèque n'est plus là. C'est un hôtel qui occupe son ancien emplacement, trois niveaux et un bar en roof-top. Deux jeunes voituriers à nœud papillon se tiennent devant l'entrée.

Les genévriers, le dépose-livres, la volée de marches, la bibliothèque – tous disparus. Une image vacille dans l'esprit de Seymour, le vieux Zeno Ninis courbé au-dessus de son petit bureau du coin Fiction, derrière ses piles de livres et de documents, le regard embué et lointain, clignant des yeux comme s'il contemplait des rivières de mots invisibles.

Modérateur 45, il vous reste cinq secondes…

Seymour s'est arrêté au croisement, le souffle court, et il a l'impression qu'il pourrait vivre encore mille ans et ne toujours rien comprendre au monde.

Vous allez être redirigé.

Il est brusquement soulevé dans les airs, Lakeport se réduit peu à peu à un simple point, les montagnes s'éloignent, le nord du Canada se déploie sous ses yeux, loin en contrebas, mais à l'intérieur de lui quelque chose s'est détraqué ; tout s'est mis à tourner ; il tombe de son tapis et se fracture le poignet.

31 mai 2030

Chère Marian,

Je sais que je ne mesurerai jamais pleinement les répercussions de mes actes ni les souffrances que j'ai provoquées. Je me rappelle tout ce que vous avez fait pour moi dans ma jeunesse, et même si vous n'avez plus aucune obligation envers moi, j'ai une question à vous poser : au cours du procès, j'ai appris que Mr Ninis travaillait sur une traduction avant sa mort, et qu'il préparait une pièce de théâtre avec les enfants. Savez-vous ce que sont devenus ses papiers ?

Amitiés,

Seymour

Neuf semaines plus tard, il est convoqué à la bibliothèque du centre pénitentiaire. Un gardien apporte sur un chariot trois cartons qui portent le nom de Seymour et des étiquettes rouges indiquant SCANNÉ.

« Qu'est-ce que c'est ?

– On m'a juste demandé de déposer tout ça ici. »

Le premier carton contient une lettre.

22 juillet 2030

Cher Seymour,

Cela m'a fait plaisir de te lire. Je t'envoie tout ce que j'ai pu réunir à l'issue du procès et au domicile de Mr Ninis, ainsi que ce qu'on a retrouvé à la bibliothèque. La police en a peut-être gardé une partie, mais je n'en suis pas certaine. Personne n'ayant jamais rien fait de tout cela, je te le confie. Après tout, faciliter l'accès aux documents est un des credo du bibliothécaire.

Si tu en tires quoi que ce soit de cohérent, je pense qu'un des enfants avec qui Zeno travaillait serait intéressé : Natalie Hernandez. J'ai entendu dire qu'elle suivait des cours de latin et de grec à l'université de l'Idaho.

À une époque, tu étais un garçon sensible et attentionné, et j'espère que tu es devenu aujourd'hui un homme sensible et attentionné.

Marian

Les cartons sont bourrés de feuilles couvertes de pattes de mouche au crayon à papier. Une page sur deux est tapissée de Post-it. Sur les côtés de chaque boîte, on a casé des pages au format 11×17 protégées par des pochettes plastifiées, fac-similés d'un manuscrit détérioré où manquent la moitié des mots. Il y a aussi des livres, un lourd dictionnaire grec-anglais et un exemplaire du *Compendium d'ouvrages disparus*, écrit par un certain Rex Browning. Fermant les yeux, Seymour revoit la cloison dorée en haut de l'escalier, les symboles étrangers, les faux nuages se balançant au-dessus des chaises inoccupées.

Le bibliothécaire de la prison autorise Seymour à garder les cartons dans un coin et chaque soir, fatigué d'avoir arpenté la planète, il s'assied par terre pour inspecter leur contenu. Au fond d'une des boîtes, dans une chemise étiquetée PIÈCES À CONVICTION, il découvre les cinq copies de la pièce de théâtre que la police a récupérées le soir de son arrestation – le soir où les enfants faisaient leur répétition en costumes. De multiples corrections ont été effectuées sur la dernière page d'un des exemplaires, d'une écriture énergique qui n'est pas celle de Zeno.

Pendant qu'il était au rez-de-chaussée avec ses bombes, les enfants ont modifié le dénouement de l'histoire.

Le tombeau souterrain, l'âne, le loup de mer, le corbeau qui vole à travers le cosmos : c'est un conte grotesque. Pourtant, la version qu'en donnent Zeno et les enfants n'est pas dépourvue de beauté. De temps en temps, alors que Seymour est en plein travail, il arrive que des mots grecs jaillissent comme une lumière des profondeurs du fac-similé – ὄρνις, *ornis*, qui signifie en même temps « oiseau » et « présage » – et il éprouve alors le même sentiment qu'autrefois, quand il était pris dans le regard d'Ami-Fidèle, comme si on lui permettait d'apercevoir un monde plus ancien et moins affadi où chaque hirondelle, chaque coucher de soleil, chaque orage est innervé de significations. À dix-sept ans, il s'était convaincu que tous les humains qui l'entouraient étaient des parasites, prisonniers des diktats de la société de consommation. Mais en reconstituant la traduction de Zeno Ninis, il comprend que la vérité est infiniment plus complexe, qu'il y a de la beauté en chacun de nous, même si nous faisons partie du problème, et que faire partie du problème va de pair avec notre condition d'humains.

À la fin de l'histoire, Seymour se met à pleurer. Aethon s'introduit dans le jardin au centre de la cité dans les nuages, il s'entretient avec la titanesque déesse et ouvre le Méga-Livre Magique Qui Contient Tout. À en croire les articles universitaires qu'il trouve parmi les documents de Zeno, les traducteurs classent les folios de telle manière qu'Aethon reste dans le jardin, initié aux secrets des dieux, enfin affranchi de ses désirs de mortel. Mais, de toute évidence, les enfants ont décidé au dernier moment que le vieux berger détournerait les yeux et ne lirait pas le livre jusqu'au bout. Il mange la rose offerte par la déesse et rentre chez lui, retrouvant la boue et les herbes des collines d'Arcadie.

Sous les phrases raturées, une main d'enfant a inscrit dans la marge la nouvelle réplique d'Aethon : « Le monde tel qu'il est me suffit. »

VINGT-TROIS

LA VERTE BEAUTÉ DU MONDE BRISÉ

La Cité des nuages et des oiseaux, d'Antoine Diogène, Folio Ψ

La question de l'emplacement originel du folio ψ dans le récit de Diogène n'a jamais été tranchée. Au moment où l'on a pu visualiser le texte, le feuillet avait déjà subi de tels dégâts que quatre-vingt-cinq pour cent du texte étaient devenus illisibles. Traduction de Zeno Ninis.

… je me suis réveillé…
… [je me suis retrouvé ?]…
… descendu de ces hauteurs…
… rampé dans l'herbe, les arbres…
… des doigts, des orteils, une langue pour parler !
… le parfum des oignons sauvages…
… la rosée, les [contours ?] des collines,
… la douceur de la lumière, la lune au-dessus de moi…
… la verte beauté du monde [brisé ?].
… souhaiter être pareil à eux… un dieu…
… [affamé ?]
… seulement une souris tremblant dans l'herbe, dans la [brume ?]
… la tiédeur du soleil…
… tombant.

À TREIZE KILOMÈTRES D'UN VILLAGE DE BÛCHERONS AU CŒUR DU MASSIF DES RHODOPES EN BULGARIE

1453-1494

Anna

Ils vivent dans la maisonnette qu'a bâtie le grand-père du garçon : des murs et une cheminée en pierre, un rondin écorcé en guise de poutre maîtresse, un toit de chaume peuplé de souris. Le crottin, la paille et les débris de nourriture qui s'amalgament au sol depuis quatorze ans forment une espèce de ciment. Aucune image ne décore l'intérieur, et la mère et la fille ne portent que des parures très simples : un anneau en fer, une agate suspendue à un cordon. La vaisselle est sobre et solide, les pièces de cuir ne sont pas tannées. Les choses comme les personnes semblent avoir pour objectif majeur de durer aussi longtemps que possible, et tout ce qui ne résiste pas au temps est dénué de valeur.

Quelques jours après l'arrivée d'Omeir et d'Anna, la mère se rend au bord du ruisseau pour déterrer une bourse garnie de pièces ; le garçon prend alors la route de la rivière et revient quatre jours plus tard avec un bouvillon et un âne éreinté. Avec l'aide du bœuf, il parvient à labourer les champs envahis d'herbes qui s'étagent au-dessus de la maison et il y plante de l'orge de printemps.

La mère et la sœur ont autant de considération pour Anna qu'elles en auraient pour une cruche fêlée. En effet, à quoi peut-elle bien leur servir durant les premiers mois ? Elle ne comprend même pas les instructions les plus élémentaires et se révèle incapable de traire la chèvre sans qu'elle bouge, de soigner les volailles, de fabriquer des fromages, de recueillir le miel dans les ruches, de botteler le foin et d'arroser correctement les cultures. La plupart du temps, elle a l'impression d'être un nourrisson malgré ses treize ans, et de ne savoir accomplir que les tâches les plus rudimentaires.

Mais il faut voir comment se comporte le garçon ! Il partage ses repas avec elle, lui parle tout bas dans sa drôle de langue ; Chryse aurait pu dire de lui qu'il a la patience de Job et la douceur d'un faon. Il lui enseigne la façon de repérer les pucerons sur les plants d'orge, de vider les truites avant de les fumer, de remplir le chaudron au ruisseau sans entraîner les sédiments avec l'eau. Parfois, elle le trouve seul dans l'étable en bois, à promener les doigts sur de vieux pièges et filets à oiseaux, ou dans un champ en surplomb de la rivière, trois grosses pierres blanches à ses pieds, une expression abattue sur le visage.

Si elle est devenue une possession du garçon, il ne la traite jamais comme telle. Il lui apprend à dire lait, eau, feu, chien ; la nuit, il dort auprès d'elle mais ne la touche jamais. Elle porte des sabots de bois bien trop grands qui ont appartenu au grand-père, la mère l'aide à fabriquer une robe neuve avec de la laine filée à la maison, les feuilles jaunissent, la lune s'arrondit puis décroît à nouveau.

Un matin où les arbres scintillent sous le givre, la sœur et la mère du garçon, enveloppées de leurs capes, chargent des pots de miel sur le dos de l'âne et partent vers l'amont de la rivière. Dès qu'elles ont disparu au tournant de la route, il fait venir Anna dans l'étable. Là, il emballe plusieurs rayons de miel dans un linge fin et les met à bouillir. Dès que la cire est clarifiée, il retire les blocs de l'eau et les malaxe pour obtenir une pâte. Puis il étend sur la table en bois brut un morceau de cuir de bœuf qu'ils enduisent de cire d'abeille. Lorsqu'elle a bien imprégné les fibres, il roule la peau, la cale sous son bras et entraîne Anna sur une sente vaguement frayée au bout du ravin, en direction de l'if sur la butte.

À la lumière du jour, l'arbre est magnifique : d'innombrables nœuds dessinent sur le tronc un enchevêtrement d'arabesques ; une profusion de branches basses, colorées de baies vermeilles, ondulent jusqu'au sol comme des serpents. Le garçon escalade l'arbre, se faufile dans le creux et en ressort avec le sac d'Himerius.

Ensemble, ils examinent le capuchon de soie, la boîte à opium et le livre, s'assurant qu'ils n'ont pas souffert de l'humidité. Le garçon déroule alors la pièce de cuir cirée pour y ranger la boîte et le livre protégés par le capuchon, puis il noue une cordelette autour. Il replace le tout dans le creux du tronc et Anna comprend que ce sera leur secret, car le manuscrit, à l'image du faciès du garçon, susciterait peur et méfiance ; elle se rappelle Kalapathes, les deux gouffres ardents de ses yeux, sa fureur et sa jubilation pendant qu'il tournait vers le foyer le visage de Maria inconsciente et réduisait en cendres les cahiers de Licinius.

Elle apprend à dire maison, froid, pin, chaudron, bol, main. Et aussi taupe, souris, loutre, cheval, lièvre, faim. À l'époque des semailles de printemps, elle est déjà capable de saisir les nuances. « Ne pas se prendre pour rien » signifie « être un vantard », et « se mettre dans de vilains draps », c'est « s'attirer des ennuis ». Le garçon emploie une gamme infinie d'expressions pour expliquer ce que l'on ressent sous la pluie : la plupart évoquent la tristesse, mais pas toutes. Il y en a même une qui sonne comme « joie ».

Au début du printemps, alors qu'elle vient de puiser de l'eau au ruisseau, elle croise le garçon assis sur un rocher, et il l'invite à s'asseoir en tapotant sa place. Elle dépose sa palanche pour s'installer près de lui.

« Parfois, lui dit-il, quand il me vient l'envie de travailler, je reste assis en attendant que ça passe. »

Son regard capte celui d'Anna, elle se rend compte qu'elle a saisi la boutade, et ils éclatent de rire tous les deux.

La neige fond, les sureaux se couvrent de fleurs, les brebis mettent bas, un couple de pigeons ramiers niche dans le chaume du toit ; Nida et sa mère vendent sur le marché du village des melons, du miel et des pignons de pin, et à la fin de l'été elles ont réuni assez d'argent pour acheter un deuxième bœuf qui sera attelé avec l'autre. Bientôt, Omeir commence à transporter dans son chariot les troncs abattus dans les forêts de montagne, qu'il va vendre aux scieries situées en aval de la rivière ; l'automne venu, Nida épouse un bûcheron qui habite un village à trente kilomètres de chez eux. Au cours du deuxième hiver qu'Anna passe dans le ravin, la mère du garçon, souffrant de la solitude, se met à lui raconter des choses, doucement au début, puis dans une avalanche de paroles : les secrets de l'apiculture, ses souvenirs du grand-père et du père d'Omeir, et enfin sa vie dans le village voisin, avant la naissance de son fils.

Alors que le temps se réchauffe, elles s'asseyent ensemble au bord de l'eau pour regarder Omeir guider ses bœufs maigres et rétifs, usant de ce ton prévenant qu'il réserve au bétail, et la mère dit à Anna qu'il porte sa douceur en lui comme une flamme. Lorsqu'ils se promènent tous les deux sous les arbres, profitant du soleil, le garçon lui rapporte les histoires farfelues que contait son grand-père : l'haleine d'un cerf pouvait tuer les serpents, le fiel d'un aigle mélangé à du miel rendait la vue aux aveugles. Et Anna constate que l'étroit ravin dominé par les lourdes montagnes ne lui paraît plus aussi abrupt, aussi lugubre et aussi barbare qu'au début – qu'à chaque saison il révèle un éclat de beauté inattendu qui lui met les larmes aux yeux et fait bondir son cœur. Elle en vient à penser qu'elle a peut-être atteint ce monde meilleur dont elle imaginait toujours la présence au-delà des murailles de la cité.

Avec le temps, elle ne remarque même plus le défaut d'Omeir : il est simplement là, au même titre que les boues du printemps, les moustiques de l'été ou les neiges de l'hiver. Elle donne naissance à six fils et en perd trois, et Omeir inhume leurs enfants décédés dans la clairière au-dessus de la rivière, là où sont enterrés ses sœurs et son grand-père, marquant chaque sépulture d'une pierre blanche qu'il va chercher dans les hauteurs en un lieu connu de lui seul. La maison est pleine à craquer, Anna se débrouille pour fabriquer de quoi vêtir ses garçons, et quand elle y ajoute quelques broderies maladroites, fleurs ou feuilles de vigne, elle sourit à l'idée que Maria trouverait son ouvrage bien grossier. Omeir finit par conduire leur mère, juchée sur le dos de l'âne, dans la famille de Nida, si bien qu'ils se retrouvent seuls tous les cinq au fond du ravin, près de l'entrée de la grotte.

Quelquefois, un rêve la ramène à l'atelier de broderie, où elle retrouve Maria et les autres femmes penchées sur leur métier et maniant leur aiguille, formes spectrales et si inconsistantes que ses doigts les traversent quand elle veut les toucher. De temps en temps, un éclair de douleur fuse à l'arrière de son crâne, et elle se demande alors si le mal qui a emporté Maria l'affectera aussi. Mais à d'autres moments, ces pensées s'éloignent d'elle, les visages de celles qui l'ont élevée s'effacent de sa mémoire, et il lui semble que son existence auprès d'Omeir est la seule qu'elle ait jamais connue.

C'est le vingt-cinquième hiver de la vie d'Anna et, à la fin d'une nuit si glaciale que l'eau a gelé dans le chaudron, le plus jeune de ses fils déclare une fièvre. Ses yeux ressemblent à deux braises, ses vêtements sont trempés de sueur. Assise sur la pile de tapis qui leur sert de couche, elle prend dans son giron la tête du petit malade et lui caresse les cheveux pendant qu'Omeir arpente la pièce, contractant et ouvrant les poings tour à tour. N'y tenant plus, il verse de l'huile dans la lampe et l'allume avant de sortir de la maison. Il rentre couvert de neige et tire de sous son manteau le paquet emballé dans la pièce de cuir cirée, qu'il présente à Anna d'un geste extrêmement solennel ; elle devine alors ce qu'il pense : le livre peut sauver leur enfant comme il les a sauvés au cours de leur périple, plus de dix ans auparavant.

On entend la rumeur des pins au-dehors. Le vent qui s'engouffre dans la cheminée leur envoie des flocons de neige tout en dispersant les cendres du foyer, et les deux aînés se blottissent contre elle, éblouis par le rayon de la lampe et par cet étrange ballot que leur père semble avoir sorti de nulle part. L'âne et la chèvre se serrent auprès d'eux tandis que, derrière la porte, l'univers entier bouillonne et mugit.

La pièce de cuir a été efficace : ce qu'elle abrite est resté bien sec. L'un des garçons étudie la boîte à opium, son frère fait courir ses doigts sur la capuche de samite, suivant les contours des oiseaux achevés ou simplement esquissés, et Omeir tient la lampe au-dessus d'Anna alors qu'elle ouvre le livre.

Il y a des années qu'elle a perdu l'habitude de lire le grec ancien. Cependant, la mémoire est une chose curieuse, et Anna, mue par l'inquiétude que lui cause son benjamin, ou influencée par l'enthousiasme des deux plus grands, n'a qu'à poser les yeux sur les caractères bien tracés, légèrement inclinés vers la gauche, pour que le sens des mots lui revienne à l'esprit.

A égale alpha égale ἄλφα. B égale bêta égale βῆτα. Ω égale oméga égale ὢ μέγα. Ἄστεα signifie « cités » ; νόον veut dire « esprit », ἔγνω veut dire « appris ». Lentement, un mot après l'autre, elle commence à traduire dans la langue de sa deuxième vie :

> *… moi, que l'on traite de bécasse et d'écervelé, Aethon le benêt et la tête de linotte, j'ai voyagé autrefois jusqu'aux confins de la Terre et au-delà…*

Elle puise dans ses souvenirs autant qu'elle s'aide du manuscrit, et là, à l'intérieur de la petite maison en pierre, quelque chose se produit : l'enfant malade qui repose dans son giron, le front luisant de sueur, soulève les paupières. Lorsqu'Aethon est changé en âne contre son gré, et que les deux autres garçons éclatent de rire, un sourire lui vient aux lèvres. Au moment où il atteint les confins glacés du monde, l'enfant se ronge les ongles. Et quand Aethon parvient enfin aux portes de la cité dans les nuages, ses yeux s'emplissent de larmes.

La lampe crachote, son huile quasiment épuisée, et les trois frères insistent pour que leur mère poursuive le récit.

« S'il te plaît, la pressent-ils, leurs prunelles étincelant dans la lumière. Raconte-nous ce qu'il a trouvé dans le livre magique de la déesse.

– Quand il a regardé dans le livre, il a vu les cieux et la Terre avec toutes ses contrées éparpillées autour de l'océan, toutes les bêtes et tous les oiseaux qui y vivent. Les villes étaient pleines de jardins et de lanternes, il entendait des échos de chansons et de musique et, dans l'une des villes, il a vu une scène de noces où des filles aux robes splendides et des garçons avec des épées dorées à leur ceinture d'argent sautaient dans des cerceaux et marchaient sur les mains, cabriolaient et virevoltaient en cadence. Mais à la page suivante, il a vu des cités ténébreuses ravagées par les flammes, les hommes étaient massacrés dans leurs champs, leurs femmes enchaînées et réduites en esclavage, leurs enfants projetés par-dessus les murailles sur des pieux aiguisés. Il a vu des chiens dévorant des cadavres, et en collant l'oreille contre le livre il a même entendu des lamentations. Et à force de regarder l'endroit et l'envers de la page, il a compris que toutes les villes, les radieuses comme les ténébreuses, n'en formaient qu'une seule, que la paix est inséparable de la guerre, et la vie de la mort, et alors il a pris peur. »

La lampe s'éteint ; une plainte descend par la cheminée ; les enfants se rapprochent encore. Omeir remballe le livre tandis qu'Anna, étreignant leur dernier-né contre son sein, se met à rêver d'une lumière pure et resplendissante touchant les pâles murailles de la cité ; lorsqu'ils s'éveillent, tard dans la matinée, la fièvre de l'enfant est tombée.

Les années suivantes, il suffit qu'un des enfants attrape un rhume ou que les trois frères insistent un peu lourdement – toujours à la nuit close, quand il n'y a personne à des kilomètres à la ronde – pour qu'Omeir consulte Anna du regard et que celle-ci lui donne son accord tacite. Chaque fois, il allume la lampe et disparaît un moment avant de revenir avec le ballot. C'est Anna qui ouvre le livre, et les garçons se rassemblent autour d'elle sur les tapis empilés.

« Maman, réclament-ils, raconte-nous encore l'histoire du magicien dans le ventre de la baleine.

– Et celle du peuple de cygnes qui habite au milieu des étoiles.

– Et celle de la déesse géante et du livre qui contient tout. »

Les enfants miment certaines séquences ; ils posent toujours de nouvelles questions et semblent savoir d'instinct que le livre enveloppé de soie et protégé par la pièce de cuir possède une valeur mystérieuse, qu'il s'agit d'un secret à la fois bénéfique et dangereux. Chaque fois qu'Anna reprend le manuscrit, de nouveaux fragments du texte sont devenus indéchiffrables, et elle se remémore alors le grand scribe italien dans son atelier éclairé à la bougie.

Le temps : le plus brutal de tous les engins de guerre.

Après la mort du plus vieux de leurs bœufs, Omeir ramène un jeune veau à la maison ; les fils d'Anna deviennent plus grands qu'elle et s'en vont travailler dans la montagne, acheminant le bois abattu vers les scieries des environs d'Edirne. Elle perd le fil des années, certains de ses souvenirs s'effacent. Sans prévenir, alors qu'Anna transporte de l'eau, recoud une plaie sur la jambe d'Omeir ou enlève les poux de ses cheveux, le temps se replie sur lui-même et elle revoit les mains d'Himerius sur les rames, ou retrouve la sensation vertigineuse de l'attraction terrestre quand elle redescendait du mur du prieuré. Vers la fin de sa vie, ces souvenirs-là se mélangent à ceux des histoires qu'elle a le plus aimées : Ulysse malade de nostalgie qui abandonne son radeau dans la tempête pour nager vers l'île des Phéaciens, Aethon-devenu-âne enfournant des orties piquantes dans sa bouche délicate, et pour finir, toutes les époques et toutes les histoires n'en font plus qu'une.

Elle s'éteint au mois de mai à l'âge de cinquante-quatre ans, entourée de ses trois fils ; c'est la plus belle journée de l'année, elle s'appuie contre une souche près de l'étable, et le ciel au-dessus de sa tête est d'un bleu si profond que sa vue lui fait grincer les dents. Son mari l'enterre dans la clairière, entre le grand-père et les enfants qu'ils ont perdus, il pose sur sa poitrine le capuchon brodé de sa sœur et marque la sépulture d'une pierre blanche.

LA MAISON DANS LE RAVIN

1505

Omeir

Comme dans son enfance, il dort au-dessous de la poutre du toit noircie de fumée. Son coude gauche se bloque de temps à autre, ses tympans bourdonnent avant un orage, et il a été obligé de s'arracher deux molaires tout seul. Il a pour compagnons habituels trois poules pondeuses, un gros chien noir qui effraie tout le monde malgré son tempérament inoffensif, et une ânesse de vingt ans nommée Trèfle, une bête à l'haleine fétide affligée de flatulences chroniques, mais dotée d'un caractère placide.

Deux de ses fils sont partis vivre plus au nord, dans les forêts, tandis que le troisième s'est installé avec une femme du village voisin. Lorsque Omeir est de passage avec l'ânesse, les enfants continuent à avoir peur de son visage et certains fondent même en larmes, mais la plus jeune de ses petites-filles ne le craint pas : s'il reste tranquillement assis, elle monte sur ses genoux et touche sa lèvre fendue.

Sa mémoire commence à le trahir. Les bannières et les bombardes, les hurlements des blessés, l'odeur âcre de la poudre, la mort d'Arbre et celle de Clair-de-Lune – ses souvenirs du siège de la ville ressemblent parfois aux vestiges d'un cauchemar qui affleurent fugacement à sa conscience avant de s'évanouir. Il découvre que c'est par l'oubli que le monde soigne ses plaies.

Il a entendu dire que le nouveau sultan (qu'il soit béni et préservé) exploitait des forêts toujours plus éloignées, et que les chrétiens avaient expédié leurs navires tout au bout de l'océan dans des territoires inconnus qui abritaient des villes faites entièrement d'or ; mais ce genre d'histoires ne l'intéressent plus. Parfois, lorsqu'il contemple les flammes de la cheminée, il se rappelle le conte d'Anna au sujet de cet homme transformé en âne, en poisson puis en corbeau, qui voyageait à travers la terre, l'océan et les étoiles en quête d'un pays à l'abri de la souffrance, pour décider finalement de rentrer chez lui et de passer ses dernières années auprès de ses bêtes.

C'est le début du printemps, il y a bien longtemps qu'Omeir ne compte plus les années de sa vie, et plusieurs orages éclatent dans la montagne. La rivière devient trouble, des coulées de boue rendent la route impraticable et le grondement des éboulis se répercute dans les gorges. Une nuit, au pire moment des intempéries, Omeir doit se réfugier sur la table et il écoute, recroquevillé près de son chien, l'eau qui s'engouffre dans la maison. Non pas le léger ruissellement des autres fois, mais un véritable déluge.

Des nappes d'eau déferlent sous la porte, des cascades s'écoulent le long des murs et l'ânesse cligne des yeux, plantée dans une mare qui lui monte jusqu'aux jarrets. L'aube venue, Omeir, pataugeant dans le fumier, les écorces et les débris de toute sorte, passe d'abord voir ses poules, puis emmène Trèfle dans le champ le plus élevé, afin qu'elle puisse brouter les rares herbes ; lorsqu'il lève les yeux vers la butte au-dessus du ravin, un accès de panique le saisit.

Le vieil if à moitié creux est tombé pendant la nuit. Omeir se bat pour gravir la pente, ses pieds glissant dans la bourbe. L'if étire en tous sens ses rameaux verdis de mousse, et l'immense réseau des racines gît à terre tel un deuxième arbre arraché au sol. L'air a des odeurs de résine, de bois éclaté et de choses longtemps enfouies, surgies maintenant à la lumière.

Au milieu du saccage, il lui faut un long moment pour retrouver le ballot d'Anna. L'enveloppe de cuir est trempée. Alors qu'il retourne chez lui avec le paquet mouillé, l'inquiétude le traverse comme autant de tintements sonores.

Après avoir pelleté la boue qui encombrait la cheminée, il réussit à allumer une flambée fumeuse, et quand il a mis à sécher dans l'étable les tapis sur lesquels il dort, il s'occupe de déballer le livre.

Le manuscrit est gorgé d'eau. Tout doucement il s'efforce de séparer les feuillets mais ceux-ci se détachent de la reliure, et les rangées compactes de symboles – toutes ces menues empreintes d'oiseaux serrées les unes contre les autres – paraissent plus pâles que dans son souvenir.

Il n'a pas oublié le grand cri d'Anna, la première fois qu'il a touché à son sac. Ni comment ce livre les a protégés pendant qu'ils fuyaient la ville ; comment il a attiré dans ses pièges une bande de courlis et délivré leur enfant de la fièvre. Il revoit l'expression d'Anna penchée sur le texte et traduisant au fur et à mesure, la gaîté et la vivacité de son regard.

Omeir nourrit le feu, puis tend un réseau de cordelettes sur les murs de la maison et y accroche les folios comme des oiseaux suspendus au fumoir, afin de les laisser sécher. Son cœur bat à se rompre tout du long, comme si le codex était un être vivant dont on lui aurait confié la garde et qu'il aurait mis en danger : on lui a donné une seule responsabilité toute simple – préserver la vie de cet objet – et il l'a négligée.

Dès que les feuillets ont séché, Omeir réassemble le livre sans être bien sûr d'avoir remis les pages dans l'ordre voulu, et le range ensuite dans un nouvel étui de cuir ciré. Il guette alors dans le ciel le chevron un peu bancal que forment les premières cigognes migratrices, fidèles à l'injonction immémoriale qui les arrache au Sud lointain où elles ont passé l'hiver pour les pousser vers les terres du Nord où elles demeureront tout l'été. Là, il prend avec lui sa couverture la plus solide, deux outres remplies d'eau, quelques dizaines de pots de miel, le livre et la boîte à opium d'Anna ; il ferme la porte de sa maison, puis il appelle Trèfle qui s'approche au petit trot, les oreilles dressées, tandis que le chien émerge de la flaque de soleil dans laquelle il s'était assoupi, à côté de l'étable.

Il fait d'abord halte chez son fils et remet à sa belle-fille les trois poules pondeuses et la moitié de son argent ; il voudrait aussi lui donner le chien, mais celui-ci refuse tout net de rester. Sa petite-fille passe une guirlande de roses de printemps autour de l'encolure de l'ânesse, et il se met en route vers le nord-ouest en contournant la montagne – Omeir va à pied, la bête à moitié aveugle marche près de lui d'un pas régulier, et le chien vient derrière.

Il évite auberges, marchés et attroupements. S'il doit traverser un hameau, il garde le chien à ses côtés et cache sa figure sous le bord rabattu de son chapeau. Il dort à la belle étoile, mâche les fleurs de bourrache bleues que Grand-père mastiquait pour soulager son mal de dos, et puise du courage dans la tranquille endurance de Trèfle. Les rares personnes qu'il rencontre, tombées sous le charme, lui demandent où il a trouvé cette fringante petite ânesse, et Omeir se sent comblé.

De temps en temps, il ose aborder un voyageur pour lui montrer la peinture émaillée sur le couvercle de la boîte d'Anna. Quelques-uns pensent qu'il pourrait s'agir d'une forteresse au Kosovo, d'autres parient sur un *palazzo* florentin. Mais un jour, à proximité de la Save, deux marchands à cheval, escortés chacun de deux domestiques, l'arrêtent sur la route. Le premier lui demande où il a affaire dans la langue d'Anna, et l'autre déclare : « Ce n'est qu'un vagabond mahométan avec un pied dans la tombe, il ne comprend rien de ce que tu lui racontes. »

Omeir se découvre pour s'adresser à eux : « Bien le bonjour, messieurs. Je vous comprends sans peine. »

Les deux hommes éclatent de rire, puis lui offrent de l'eau et des dattes ; quand Omeir leur fait voir la boîte, l'un des deux l'examine en pleine lumière en la retournant dans tous les sens.

« Urbino, dit-il en la tendant à son compagnon.

– Urbino la belle, dans la région des Marches.

– C'est un long voyage », précise le premier, esquissant un geste vague en direction de l'ouest. Il regarde Omeir et l'âne avant d'ajouter : « Surtout pour quelqu'un qui n'est plus dans la fleur de l'âge – et cette bête n'est pas très fraîche non plus. »

Et le deuxième de répliquer : « Pour survivre aussi longtemps avec une gueule pareille, il faut croire qu'il est assez malin. »

Au réveil, il a les pieds enflés et le corps raide et courbatu ; il inspecte les sabots de Trèfle, guettant les fissures, et certains jours il est déjà midi quand il réussit à chasser l'engourdissement de ses membres. Lorsqu'il traverse la Vénétie en direction du sud, le paysage redevient vallonné, les routes se font plus escarpées, et il distingue alors de petits châteaux perchés sur des à-pics, des paysans aux champs, des églises minuscules entourées d'oliviers, des coteaux plantés de tournesols qui plongent vers un entrelacs de cours d'eau. Son pécule est épuisé, il vend son dernier pot de miel. La nuit, rêves et souvenirs s'entremêlent : il aperçoit une ville qui miroite dans le lointain, entend les voix de ses fils quand ils étaient enfants.

Maman, parle-nous encore du berger dont le nom veut dire « flamboyant ».

Et des lacs de lait sur la lune.

Le plus jeune bat des paupières. *Raconte-nous ce qui arrive ensuite à ce benêt.*

Il parvient aux abords d'Urbino sous un ciel d'automne, et à travers les brèches des nuages des faisceaux de lumière argentée tombent sur la route qui serpente devant lui.

La ville surgit au faîte d'une colline avec ses bâtiments en grès et ses clochers, les ouvrages maçonnés semblent nés directement de la roche mère.

Tandis qu'il progresse sur la route sinueuse, la façade monumentale du *palazzo*, flanquée de deux tours et ponctuée de balcons, se découpe sur le fond du ciel : on dirait un édifice sorti d'un rêve, un songe qui aurait appartenu à Anna plutôt qu'à lui-même, comme si, l'âge venu, il visitait de préférence les chemins de ses rêves à elle.

Trèfle se met à braire ; des hirondelles filent dans le ciel. La lumière, le violet des collines au loin, les braises des petits cyclamens qui s'épanouissent en bord de route – Omeir se sent dans la peau d'Aethon-le-corbeau qui descend en tournoyant des étoiles, exténué et fouetté par le vent, dépouillé de la moitié de ses plumes. Combien d'obstacles le séparent encore de Grand-père, de sa mère, d'Anna et du repos éternel ?

Il redoute que les gardes l'éconduisent en raison de son visage, mais les portes de la ville sont ouvertes et les gens circulent librement ; tandis qu'Omeir parcourt le dédale de rues qui montent vers le *palazzo*, accompagné de l'ânesse et du chien, personne ne prête tellement attention à lui : il y a du monde partout, des visages de toutes les couleurs, et c'est surtout Trèfle qui attire les regards, à cause de ses longs cils et de son allure gracieuse.

Arrivé dans la cour du palais, il annonce à l'un des gardes qu'il apporte un cadeau aux savants de la cité. L'homme ne comprend rien et lui fait signe d'attendre ; Omeir reste près de l'ânesse, un bras passé autour de son encolure, et le chien, couché à ses pieds, s'endort immédiatement. Il patiente pendant près d'une heure, somnolant debout et rêvant d'Anna devant la cheminée, mains sur les hanches, qui rit d'une boutade lancée par un de ses garçons, et quand il se réveille, il s'assure que le livre enveloppé de cuir est toujours là ; levant les yeux vers les étages du grand palais, il voit par les fenêtres les domestiques qui se déplacent de salle en salle pour allumer des bougies.

Un interprète finit par venir lui demander ce qui l'amène. Lorsque Omeir lui montre le livre, il y jette un coup d'œil en se mordillant la lèvre et se retire aussitôt. Au bout d'un moment, un homme en habit de velours noir accourt vers lui, hors d'haleine, pose sa lanterne sur le gravier et commence par se moucher avant de feuilleter le codex.

« J'ai entendu dire, fait Omeir, qu'ici on protégeait les livres. »

L'homme le regarde un instant, puis retourne au manuscrit et s'adresse à l'interprète.

« Il aimerait savoir comment ceci est entré en votre possession.

– On m'en a fait cadeau. »

Il pense alors à Anna entourée de leurs enfants devant la flambée, esquissant un récit avec ses mains tandis que les éclairs fulguraient au-dehors. L'autre homme examine à la clarté de la lampe la reliure du codex et la façon dont les cahiers sont cousus.

« Je suppose que vous attendez un paiement ? dit l'interprète. Il est en très mauvais état.

– Un repas me suffira. Et de l'avoine pour mon âne. »

L'autre fronce les sourcils, comme si la bêtise des idiots de ce monde était une source d'étonnement infinie, tandis que l'homme habillé de velours, se dispensant de traduction, opine de la tête et referme délicatement le codex, puis ébauche un salut et disparaît avec le livre sans ajouter un mot. On dirige Omeir vers les écuries aménagées sous le palais, où un palefrenier à la moustache bien taillée conduit l'ânesse dans une stalle à la lumière de sa bougie.

Et alors que la nuit étend son voile sur les Apennins, Omeir s'installe sur un tabouret de traite appuyé contre le mur, avec le sentiment d'avoir accompli une ultime mission ; il prie pour qu'il existe un autre monde au-delà de celui-ci où Anna l'attendrait sous l'aile de Dieu. Il rêve qu'il s'approche d'un puits et se penche au-dessus, Arbre et Clair-de-Lune à ses côtés, et qu'ils contemplent tous les trois l'eau fraîche couleur d'émeraude ; l'envol d'un petit oiseau monté des profondeurs fait broncher Clair-de-Lune, et quand Omeir se réveille, un domestique en blouse marron est en train de lui servir un plat de galettes garnies de fromage de chèvre. Un deuxième lui apporte une terrine de lapin relevée de sauge et de graines de fenouil, ainsi qu'une cruche de vin – assez de victuailles pour rassasier quatre personnes. L'un des deux plante une torche dans un anneau fixé au mur, tandis que l'autre dépose au-dessous une énorme cuvette en faïence remplie d'avoine.

Le chien, l'ânesse et l'homme mangent tout leur soûl, et quand ils ont terminé le chien se pelotonne dans un coin, Trèfle lâche un soupir sans fin et Omeir cale son dos contre la paroi de la stalle, étendant les jambes dans la belle paille bien propre. Ils s'abandonnent au sommeil pendant qu'au-dehors la pluie commence à tomber.

VINGT-QUATRE

NOSTOS

La Cité des nuages et des oiseaux, d'Antoine Diogène, Folio Ω

À mesure que l'on avance dans le texte, la lisibilité du folio Ω se dégrade considérablement. Les cinq dernières lignes comportent de sérieuses lacunes, et l'on n'a pu sauver que quelques mots isolés. Traduction de Zeno Ninis.

… ils apportèrent les cruches et les chanteurs se rassemblèrent…

… [de jeunes gens ?] dansaient, les bergers [jouaient de la flûte ?]…

… [des plats] circulaient, pleins de galettes…

… peau de porc. Je me réjouis de voir ce [modeste] repas…

… quatre agneaux qui bêlaient pour appeler leur mère…

… [la pluie ?] et la boue…

… les femmes vinrent…

… vieille [commère] fluette me prit [la main ?]…

… les lampes…

… dansant toujours, [tournoyant ?]

… [à bout de souffle ?]

… tout le monde dansait…

… dansait…

BOISE, IDAHO

2057-2064

Seymour

Dans l'appartement qu'il occupe pendant sa conditionnelle, la kitchenette donne sur un coteau pilonné par le soleil et couvert de broussailles. On est au mois d'août, la fumée teinte le ciel de beige et le paysage semble onduler sous une brume de chaleur.

Six jours sur sept, il monte à bord d'un bus autonome qui le conduit dans une zone de bureaux ; là, il traverse une étendue d'asphalte brûlant pour rejoindre le bâtiment en stuc tentaculaire qui abrite la société Ilium. Dans le hall d'entrée, un globe terrestre en relief de quatre mètres de diamètre tourne sur un socle, les replis de ses montagnes en polyuréthane incrustés de poussière. On peut lire sur une affiche délavée : *Capter la planète.* Il collabore douze heures par jour avec des équipes d'ingénieurs, testant les nouvelles versions du tapis de marche et du casque reliés à l'Atlas. C'est un homme au teint blême et aux muscles secs, qui préfère manger des sandwiches sous emballage plastique devant son bureau que fréquenter la cafétéria ; il ne trouve l'apaisement que dans son travail, enchaînant les kilomètres sur son tapis comme un pèlerin médiéval arpentant les chemins en guise de pénitence.

Il lui arrive de commander une paire de chaussures neuves identiques à celles qu'il a usées. En dehors de la nourriture, il n'achète quasiment rien. Chaque samedi, il envoie un message à Natalie Hernandez, qui ne manque presque jamais de lui répondre. Natalie enseigne le latin et le grec à des lycéens peu motivés, elle a deux fils, un minivan autonome et un basset nommé Dash.

De temps en temps, il descend de son tapis et retire son casque, et, tandis que son regard se perd au-dessus des rangées d'ingénieurs, des bribes de la traduction de Zeno Ninis flottent jusqu'à lui : *À la surface se déroulaient les cieux et la Terre avec tous ses pays éparpillés, toutes ses bêtes et, au centre…*

Il atteint les cinquante-sept ans, puis les cinquante-huit ; en lui, le contestataire vit toujours. Chaque soir, quand il rentre chez lui, il redémarre son ordinateur et désactive la connexion au réseau avant de se mettre à l'ouvrage. Disséminée sur différents serveurs, la réserve de fichiers en haute résolution de l'Atlas est toujours là : des colonnes de migrants fuyant Madras, des familles entassées dans des bateaux minuscules au large de Rangoon, un tank en flammes au Bangladesh, des policiers du Caire derrière leurs boucliers en plexiglas ; une ville de Louisiane envahie par la boue – les calamités qu'il a passé des années à expulser de l'Atlas n'ont pas disparu.

Au fil du temps, il arrive à coder des séquences tellement subtiles qu'il peut les insérer dans le programme de l'Atlas sans qu'elles soient détectées. Il les camoufle un peu partout dans le monde, sous l'apparence de petites chouettes : un graffiti, une fontaine en forme de chouette, le masque d'un cycliste en smoking. Si quelqu'un en remarque une et la touche, alors les images policées et aseptisées s'évanouiront pour faire place à la vérité cachée.

Devant l'entrée d'un restaurant de Miami, un sticker est collé sur le troisième bac d'une rangée de six fougères en pot. Si on touche la chouette sur l'autocollant, les plantes se volatilisent ; une voiture en feu apparaît ; quatre femmes sont recroquevillées sur le trottoir.

Il ne prend pas le risque de vérifier que les utilisateurs découvrent bien ses petites chouettes. Cependant, la conception de l'Atlas cesse de figurer parmi les priorités de l'entreprise ; des secteurs entiers du site de Boise s'occupent de perfectionner et de miniaturiser le tapis et le casque pour les adapter à des projets différents, confiés à d'autres services. Seymour continue toutefois à coder ses chouettes soir après soir et à les introduire clandestinement dans le programme, détruisant une partie des mensonges qu'il a passé la journée à tisser, et, pour la première fois depuis qu'il a trouvé l'aile sectionnée d'Ami-Fidèle sur le bas-côté de la route, il commence à se sentir mieux. La peur est moins forte, la sensation d'être constamment traqué s'atténue.

Un séjour de trois jours à Lakeport, dans l'un des nouveaux complexes touristiques construits au bord du lac. Le billet d'avion, la pension complète, les sports nautiques de leur choix – c'est lui qui paiera tout, autant que le lui permettront ses économies. Les familles sont aussi les bienvenues. Il compte sur Natalie pour faciliter les échanges. Au début, elle pensait qu'ils ne viendraient pas tous, mais elle se trompait : Alex Hess et ses deux fils arrivent de Cleveland ; Olivia Ott prend un vol au départ de San Francisco ; Christopher Dee, qui vit à Caldwell, fait le trajet en voiture ; et Rachel Wilson se déplace depuis le sud-ouest de l'Australie avec son petit-fils de quatre ans.

Seymour attend le dernier soir pour monter à Lakeport par la route du canyon : inutile de bouleverser tout le monde en montrant prématurément sa bobine. Au petit matin, il avale un comprimé supplémentaire d'anxiolytique et patiente sur le balcon dans son costume-cravate. Au-delà des terrasses en bois de l'hôtel, les eaux du lac étincellent sous le soleil. Il espère voir passer un balbuzard dans le ciel – en vain.

Ses notes dans la poche de gauche, ses clés dans celle de droite. Remémore-toi des choses connues. La chouette a trois paupières à chaque œil. Les êtres humains sont compliqués. Pour la plupart des choses que tu aimes, il est déjà trop tard. Mais pas pour toutes.

Il a rendez-vous avec les deux techniciens d'Ilium dans une salle hexagonale avec vue sur le lac, que l'on réserve habituellement aux réceptions de mariage. Suivant ses directives, ils installent cinq tapis de marche dernier modèle, que l'on appelle des « Pérambulateurs ». Les techniciens les raccordent chacun à un casque avant de se retirer.

Natalie le rejoint de bonne heure, ses enfants, lui explique-t-elle, sont encore à table. Elle souligne à quel point il est courageux de faire tout cela.

« C'est surtout vous qui avez du courage », lui répond Seymour. À chaque inspiration, il lui semble que sa peau va craquer et ses os dégringoler.

Il est treize heures lorsque les familles font leur apparition. Olivia Ott porte un carré court et un pantalon corsaire, et on dirait qu'elle vient de pleurer. Alex Hess arrive flanqué de deux gigantesques adolescents boudeurs, qui ont hérité des cheveux dorés de leur père. Christopher Dee est accompagné d'une femme toute menue ; ils s'installent dans un coin à l'écart des autres et se tiennent par la main ; Rachel, en jean et bottes, entre la dernière ; elle a le visage tanné et creusé de rides d'une personne habituée à travailler des heures au soleil. Elle est suivie de son petit-fils, un enfant sympathique aux cheveux d'un roux flamboyant, qui s'assied sur une chaise en balançant les jambes.

« Il ne ressemble pas à un meurtrier, observe l'un des fils d'Alex.

– Tu veux bien être poli ? réplique son père.

– Il a juste l'air d'un vieux. Est-ce qu'il est riche ? »

Seymour évite de poser les yeux sur leurs visages – sinon, tout déraillerait à coup sûr. Ne lève pas le regard. Lis tes notes.

« Ce jour-là, il y a des années et des années, j'ai pris à chacun d'entre vous quelque chose de précieux. Je sais que je ne pourrai jamais me racheter complètement après ce que j'ai fait. Mais parce que je sais, moi aussi, ce que ça signifie de perdre un lieu qu'on aimait dans son enfance – de se le faire arracher –, j'ai pensé que vous apprécieriez que j'essaie de vous le rendre. »

Il tire de sa sacoche cinq livres reliés à la jaquette bleu roi et en remet un à chacun. Sur l'illustration de couverture, on voit une cité dans les nuages avec des tours environnées d'oiseaux. Olivia en a le souffle coupé.

« Je les ai fait imprimer d'après la traduction de Mr Ninis. Et je dois préciser que Natalie m'a beaucoup aidé. C'est elle qui a rédigé toutes les notes. »

Il leur distribue les casques.

« Vous pouvez commencer, tous les cinq. Les autres passeront ensuite, s'ils le souhaitent. Vous vous rappelez le dépose-livres devant la bibliothèque ? »

Tout le monde acquiesce, et Christopher ajoute : « Les livres, c'est chouette.

– Tirez sur la poignée de la caisse, et à partir de là vous comprendrez ce qu'il faut faire. »

Les adultes n'ont pas bougé. Seymour leur montre comment on fixe le casque, et les cinq Pérambulateurs se mettent en route en vrombissant.

Lorsqu'ils sont montés sur les tapis de marche, il s'approche de la baie vitrée pour regarder le lac dehors. *Plus au nord, il y a au moins une vingtaine d'endroits dans ce genre où ta chouette a pu aller. Les forêts sont encore mieux, là-bas, plus grandes qu'ici.* Elle essayait de le sauver.

Les Pérambulateurs tournent en bourdonnant ; les enfants vieillis marchent, et Natalie s'exclame : « Oh, mon Dieu !

– C'est exactement comme dans mon souvenir », dit Alex.

Seymour se remémore le silence des bois derrière sa maison, alors que la neige les recouvrait. Ami-Fidèle sur sa branche à trois mètres du sol, dans le grand arbre mort : un crissement de pneus sur le gravier à quatre cents mètres de distance suffisait à le faire broncher. Et il pouvait entendre battre le cœur d'un campagnol sous deux mètres de neige tassée.

Des moteurs pneumatiques soulèvent l'avant des Pérambulateurs. Ils sont en train de gravir la volée de marches en granit.

« Regardez, fait Christopher. L'affichette que j'avais fabriquée. »

À côté du siège que Rachel a quitté, le petit garçon allonge le bras pour attraper le livre bleu et commence à le feuilleter.

Olivia Ott tend la main droite pour ouvrir la porte. L'un après l'autre, les enfants entrent dans la bibliothèque.

L'ARGOS

ANNÉE DE MISSION 65

Konstance

Oxygène, sept pour cent, dit la voix sous le masque.

Tourner à gauche pour sortir du vestibule. Les Cabines 8, 9 et 10, leurs portes hermétiquement fermées. Est-ce que le virus circule maintenant dans l'atmosphère de la coursive, s'éveillant d'un long sommeil ? Des cadavres vieux de quatre cents jours sont-ils en train de se décomposer dans l'ombre ? À moins que l'équipage ne s'affaire à quelques pas d'elle, le bruit masqué par les chuintements de l'extincteur – les amis, les enfants, les professeurs, Mrs Chen, Mrs Flowers, Mère et Père ?

Dans la coursive, les gicleurs du plafond l'arrosent de leur brume. Le livre qu'elle a fabriqué enfoui sous sa combinaison, sa hache de fortune dans la main gauche, elle parcourt la spirale qui l'éloigne du cœur de l'*Argos* pour la mener vers l'extérieur. Ses chaussons glissent sur le dépôt de produits chimiques étalé au sol.

À terre sont éparpillés des couvertures froissées, des masques mis au rebut, un oreiller, les morceaux d'un plateau de repas cassé.

Une chaussette.

Une forme voûtée sous une fourrure de moisissures grises.

Ne baisse pas les yeux. Continue à avancer. L'entrée sombre de la salle de classe, d'autres cabines aux portes closes, un gant qui semble appartenir aux tenues de protection étanches que portaient le Dr Cha et l'ingénieur Goldberg. Un peu plus loin, un Pérambulateur renversé au milieu du passage.

Oxygène, six pour cent.

Sur sa droite, l'accès à la Ferme #4. Konstance s'arrête sur le seuil, frotte les lunettes sales de son masque : dans les rangées de bacs qui se superposent en désordre, toutes les plantes sont mortes. Mais son petit pin de Bosnie est toujours debout, un halo d'aiguilles desséchées entourant la base du tronc.

Un signal d'alarme se déclenche. Le rayon de sa frontale tremblote tandis qu'elle se précipite vers le fond de la salle : pas le temps de réfléchir. Elle choisit la quatrième poignée en partant de la gauche, tire dessus pour ouvrir le tiroir frigorifique. Une vapeur glacée se répand sur ses pieds ; des sachets en aluminium s'alignent dans les casiers par centaines. Elle en saisit autant qu'elle le peut, en laisse tomber une partie, gênée par ses moufles en plastique, et serre les autres contre sa poitrine en même temps que la hachette.

Tout près d'elle, le fantôme de Père ou son cadavre – ou bien les deux à la fois. Continue d'avancer. Le temps presse.

À quelques pas de là à peine, entre les blocs sanitaires #2 et #3, se trouve la réparation au titane dont Mère lui a parlé, à l'endroit où Elliot Fischenbacher a attaqué la paroi pendant des nuits et des nuits. Trois cents rivets au moins consolident la plaque, elle avait oublié qu'ils étaient aussi nombreux. Elle sent son moral chavirer.

Oxygène, cinq pour cent.

Les mises en garde de toujours affleurent à sa mémoire. Rayonnements cosmiques, champ gravitationnel nul, 2,73 kelvins.

Konstance abandonne les sachets de graines pour brandir sa hachette, mais le tranchant ne fait qu'emboutir la plaque de titane. Elle cogne plus fort, et, cette fois, la lame reste plantée, si bien qu'elle doit mobiliser tout son poids pour réussir à la détacher.

Un troisième coup, un quatrième. Elle n'aura jamais assez de temps. La sueur s'accumule sous sa combinaison, son masque est tout embué. Le signal d'alarme redouble d'intensité ; les extincteurs continuent à déverser leur pluie. À vingt pas sur sa droite, l'Espace communautaire encombré de tentes.

Alerte générale, dit Sybil. *L'intégrité du vaisseau n'est plus garantie.*

Oxygène, quatre pour cent.

À chaque nouvel impact, le revêtement de titane se fend un peu plus largement.

À peine trois secondes hors du vaisseau, et tes mains et tes pieds doubleront de volume. Tu te mettras à suffoquer. Tu te changeras en un bloc de glace.

L'orifice s'agrandit, et Konstance, à travers ses lunettes couvertes de buée, distingue à présent ce qu'il y a derrière – l'espace dans lequel Elliot Fischenbacher, après avoir écarté des câbles gainés d'aluminium, a perforé plusieurs couches de matériaux isolants. De l'autre côté, une seconde paroi métallique, qui, elle l'espère, donne sur l'extérieur.

Elle récupère sa hachette, inspire profondément et prend son élan pour frapper de nouveau.

Petite, appelle Sybil d'une voix tonnante, effroyable. *Arrête-toi immédiatement.*

Une peur instinctive envahit Konstance. Elle recule légèrement, puis, avec toute la force condensée en elle pendant des mois de colère, d'isolement et de chagrin, elle abat violemment l'outil qui sectionne les câbles et transperce la paroi extérieure.

À force d'appuyer sur le manche, elle parvient à dégager sa lame : il y a un trou dans la carrosserie, une bande d'obscurité se dessine.

Konstance, tonne Sybil, *tu es en train de commettre une grave erreur.*

Elle s'est trompée. Dehors c'est le néant, le vide absolu de l'espace lointain – des milliards de kilomètres la séparent de la Terre ; elle va s'asphyxier et tout sera fini. La hachette lui échappe des mains ; l'espace se rétracte autour d'elle ; le temps se replie sur lui-même. Son père déchire un sachet et une petite graine glisse au creux de sa paume, pourvue d'une ailette brun clair.

Retiens ton souffle.

« Non, pas encore. »

La graine frémit.

« Maintenant. »

Au-delà de la brèche qui s'ouvre dans la paroi, l'obscurité reste tranquille. Konstance n'est pas aspirée à l'extérieur, ses yeux ne se transforment pas en glaçons : c'est juste la nuit.

Oxygène, trois pour cent.

La nuit ! Elle ramasse la hachette et cogne sans répit ; des fragments de métal dégringolent dans le noir. Mille petits éclats argentés se dispersent par le trou qui ne cesse de s'élargir, éclairés par le faisceau de sa frontale moribonde. Quand elle passe un bras dans l'ouverture, elle constate que sa manche est mouillée.

De la pluie. La pluie tombe au-dehors.

Oxygène, deux pour cent.

Elle cogne si longtemps que ses épaules la brûlent et que les os de ses mains semblent se disloquer. À mesure que le trou s'agrandit, ses contours se hérissent d'arêtes coupantes. Elle arrive à y introduire la tête, puis une épaule. Son masque est désespérément brouillé et elle fait des accrocs à sa combinaison, mais elle n'a rien à perdre. Encore un coup et, en se tortillant, elle réussit presque à faire passer son torse.

Le parfum des oignons sauvages.

La rosée, les contours des collines.

La douceur de la lumière, la lune au-dessus de moi.

Oxygène, un pour cent.

Les gouttes de pluie se posent beaucoup plus loin en contrebas qu'elle ne le pensait, mais peu importe, le temps est compté. Elle lance dans le noir des brassées de sachets de graines, puis la hachette, et se faufile ensuite dans la brèche.

Miss Konsta…, rugit Sybil, mais Konstance a déjà fait sortir de l'*Argos* sa tête et ses épaules. Alors qu'elle se débat pour libérer le reste de son corps, l'une de ses jambes de pantalon s'accroche à une pointe métallique sur le pourtour de l'orifice.

Oxygène épuisé.

Coincée au niveau de la taille, les jambes toujours à l'intérieur, Konstance inspire un grand coup avant d'arracher son masque, déchirant la bande adhésive qui le rattachait à sa combinaison. Le masque dégringole, roule, et s'immobilise au sol cinq mètres plus bas environ, sur une surface humide et caillouteuse semée d'herbes de toundra effilées ; le rayon dressé de la lampe troue le rideau de pluie.

Il faut qu'elle se laisse tomber, c'est le seul moyen de s'échapper. Retenant toujours son souffle, elle prend appui sur la paroi extérieure et donne une poussée avant de sauter.

Elle se tord la cheville et son coude heurte un rocher, mais elle parvient à s'asseoir et à reprendre haleine – elle n'est pas morte, elle ne s'est pas asphyxiée ni changée en bloc de glace.

Le grand air ! Riche, humide, salé, vivant : si des virus y sont tapis, s'ils se déversent par le trou qu'elle a percé au flanc de l'*Argos* et prolifèrent à cet instant dans ses narines, si l'atmosphère terrestre n'est que poison, eh bien tant pis. Qu'elle survive au moins cinq minutes pour inspirer cet air et le savourer.

Les gouttes de pluie mitraillent ses cheveux trempés de sueur, ses joues, son front. Agenouillée dans l'herbe, elle les écoute tambouriner sur sa combinaison, éprouve leur contact sur ses paupières. Cela lui apparaît comme un gaspillage inconcevable, dangereux, indécent : de l'eau prodiguée par le ciel dans de telles quantités.

La frontale s'éteint, et seule une faible clarté émane de la balafre qu'elle a ouverte dans la carcasse du vaisseau. Mais l'obscurité qui règne ici n'a rien de commun avec le noir de l'Extinction. Une lueur couve dans le ciel marbré de nuages, les herbes mouillées captent et réfléchissent la lumière, des myriades de gouttelettes scintillent ; baissant sur ses hanches la combinaison de Père, elle se met à genoux et se rappelle les paroles d'Aethon : *Un bain, voilà toute la magie dont avait besoin un idiot de berger.*

Elle récupère sa hachette, se débarrasse du reste de sa tenue en bioplastique, puis, rassemblant tous les sachets de graines qu'elle peut trouver, elle les emballe dans sa combinaison avec le livre qu'elle a fabriqué. Boitillant parmi les cailloux et la végétation, elle se rapproche de la clôture. Derrière elle se dessine la forme pâle de l'immense vaisseau.

Il lui est impossible d'escalader cette haute clôture surmontée de barbelés, mais en attaquant le grillage à coups de hachette, juste à côté d'un pilier, elle réussit à découper une dizaine de mailles et à les tordre suffisamment pour se frayer un passage.

De l'autre côté, ce sont encore des cailloux, des milliers de cailloux luisants d'humidité. Tous sont couverts de lichens qui ressemblent à des croûtes ou à des écailles – en étudier un seul pourrait l'occuper des années. Au-delà de cette étendue s'élève la rumeur d'un organisme en perpétuel mouvement qui gronde, remue et bouillonne – la mer.

Le lever du jour s'étire sur une heure, et elle fait en sorte de ne pas en perdre une miette. Apparaît tout d'abord un camaïeu de pourpres qui cède lentement la place aux bleus, une gamme de nuances infiniment plus riche et plus subtile que tous les simulacres contenus dans la Bibliothèque. Elle est entrée pieds nus dans la mer, immergée jusqu'aux chevilles dans l'eau à peine agitée par la houle, qui ondoie dans mille directions à la fois ; pour la première fois de sa vie, elle n'entend pas le bourdonnement de l'*Argos* – le ruissellement de l'eau dans les canalisations, les vibrations dans les conduites, les filaments tentaculaires de Sybil, le ronronnement de cette machine qui fonctionnait déjà avant sa naissance.

« Sybil ? »

Pas de réponse.

Loin sur sa droite, elle distingue l'entrepôt gris qu'elle a découvert dans l'Atlas, le hangar à bateaux, la jetée en pierre. Derrière son dos, l'*Argos* rapetissé par la distance, disque blanc sous le ciel.

Et devant elle, sur la ligne d'horizon, le liseré bleu de l'aube est en train de virer au rose, ses doigts repoussant l'obscurité.

ÉPILOGUE

BIBLIOTHÈQUE MUNICIPALE
DE LAKEPORT

20 FÉVRIER 2020
19 H 02

Zeno

Le garçon abaisse son arme. À l'intérieur du sac à dos, le téléphone sonne pour la deuxième fois. Là-bas, derrière le comptoir qui bloque la porte, au bas des marches du perron, c'est l'autre monde qui l'attend. Trouvera-t-il en lui la force nécessaire ?

Il s'approche de l'entrée, pèse de tout son poids contre le meuble ; une onde de puissance innerve alors ses jambes, comme si elle lui était transmise par Athéna en personne : le comptoir se déplace. Étreignant le sac, il ouvre la porte et se rue au-dehors, droit sur les projecteurs aveuglants de la police.

Le téléphone sonne une troisième fois.

Les cinq marches en granit, l'allée, une étendue de neige vierge, puis il s'expose aux viseurs d'une douzaine de fusils dans un mugissement de sirènes qui se croisent, une voix retentit, « Ne tirez pas ! », et une autre – peut-être la sienne – hurle quelque chose qui n'appartient déjà plus au langage.

La neige est si dense que l'air semble fait de flocons. Zeno s'enfonce alors dans le tunnel des genévriers, aussi vite que le peut un octogénaire à la hanche abîmée, qui porte des bottes à Velcro sur deux paires de chaussettes et un sac à dos plaqué contre sa cravate. Il emporte les bombes au-delà des yeux jaunes de chouette peints sur le dépose-livres, au-delà de la camionnette marquée *Équipe de déminage*, au-delà des hommes dans leurs cuirasses de protection ; il est pareil à

Aethon tournant le dos à l'immortalité, heureux de redevenir le benêt d'autrefois, les bergers dansent sous l'averse, soufflent dans leurs flûtes et pincent les cordes de leurs lyres, les agneaux bêlent, le monde est boue, pluie et verdure.

Une quatrième sonnerie s'échappe du sac à dos. Une seule le sépare encore de la mort. Pendant une fraction de seconde, il aperçoit Marian accroupie derrière une voiture de patrouille, la douce Marian dans sa parka rouge cerise, avec ses yeux en amande et son jean maculé de peinture ; elle le regarde avec une main plaquée contre sa bouche, Marian la bibliothécaire dont le visage se changeait tous les étés en un tourbillon de taches de rousseur.

Filant sur Park Street, il s'éloigne des véhicules de police, laissant derrière lui la bibliothèque. *Imagine*, dit Rex, *ce qu'on pouvait éprouver en entendant ces chants anciens sur le retour du héros*. À quatre cents mètres de là, il y a la maison de Mrs Boydstun, ses fenêtres sans rideaux, les traductions étalées sur la table de la salle à manger, cinq soldats en plastique rangés dans leur caisse près du petit lit en laiton, et Nestor roi de Pylos assoupi sur la carpette de la cuisine. Il faudra que quelqu'un pense à le faire sortir.

Devant lui c'est le lac, tout blanc et gelé.

« Tu as l'air gelé, toi », lui dit une des bibliothécaires.

Et la deuxième lui demande : « Où est donc ta mère ? »

Il court dans la neige, et la cinquième sonn

QAANAAQ

2146

Konstance

Ils sont quarante-neuf à vivre au village. Elle habite une petite maison bleu pastel faite de planches en bois et de métal de récupération, avec une serre attenante. Elle est la mère d'un garçon de trois ans : éveillé et toujours affairé, il est bien résolu à tout essayer, à tout apprendre et à tout mettre dans sa bouche. Un deuxième enfant est en train de grandir dans son ventre, à peine plus qu'une étincelle, une graine d'intelligence qui se développe peu à peu.

On est en août, le soleil ne s'est pas couché depuis la mi-avril, et, ce soir, presque tous les autres sont partis cueillir des baies de cornouiller quatre-temps. Tout au bout du village, au-delà des quais, elle voit miroiter l'océan. Par les journées les plus limpides, elle aperçoit, loin à l'horizon, la silhouette tassée de l'île rocheuse sur laquelle l'*Argos* se couvre de rouille, livré aux intempéries.

Alors qu'elle s'occupe de son potager hors-sol, derrière la maison, son fils s'installe au milieu des cailloux, tenant sur ses genoux le livre biscornu qu'elle a fabriqué avec les fragments des sacs de Nutri-poudre. Il le feuillette à l'envers – *Aethon veut dire « flamboyant », Le magicien dans le ventre de la baleine* – en remuant les lèvres sans bruit.

L'air est doux pendant ce crépuscule d'été, les feuilles des laitues frémissent dans les bacs et le ciel prend une teinte lavande – ce soir, il ne deviendra pas plus sombre – tandis qu'elle se déplace avec son arrosoir. Brocolis. Chou frisé. Courgettes. Un pin de Bosnie qui lui arrive presque à la taille.

παράδεισος, *paradeisos*, paradis : un mot qui signifie « jardin ».

Dès qu'elle a terminé, elle s'assied sur un siège en nylon décoloré et l'enfant la rejoint avec le livre en tirant sur sa jambe de pantalon. Ses paupières sont lourdes, il lutte pour garder les yeux ouverts.

« Tu me racontes l'histoire ? »

Elle regarde son fils, ses joues rebondies, ses cils, ses cheveux humides. A-t-il déjà l'intuition de la précarité de tout cela ?

Elle le fait monter sur ses genoux.

« Va à la première page, en faisant bien attention. »

Elle attend qu'il remette le livre à l'endroit. L'enfant se mordille la lèvre inférieure et réussit à soulever la couverture. Elle suit les lignes du bout du doigt.

« Je suis Aethon, simple berger d'Arcadie, et…

– Ah non, proteste son fils en tapotant l'ouvrage du plat de la main. La voix, je veux entendre la voix. »

Elle bat des paupières ; la terre tourne d'un degré ; au-delà de son petit jardin, en contrebas du village, un souffle de vent pose un voile d'écume à la crête des vagues. Le petit garçon plante son index sur la page. Konstance s'éclaircit la voix.

« L'histoire que je vais vous conter est si absurde, si invraisemblable, que vous n'allez pas en croire un traître mot. Et pourtant… » Elle lui touche le bout du nez. « … elle est bien vraie. »

Note de l'auteur

Conçu comme un hommage à l'univers des livres, ce roman prend appui sur de multiples ouvrages. Ils sont bien trop nombreux pour que j'en établisse une liste exhaustive, mais voici tout de même quelques-unes des lumières qui m'ont guidé : *L'Âne d'or* d'Apulée et *Lucius ou l'Âne* (version attribuée à Lucien de Samosate) reprennent l'histoire du benêt-changé-en-âne avec une habileté et une énergie que je n'ai pas su égaler. La métaphore de l'arche de Noé appliquée à Constantinople, gardienne des textes anciens, est tirée du *Codex d'Archimède*, de Reviel Netz et William Noel. Pour la solution que propose Zeno à l'énigme soumise à Aethon, je me suis inspiré de *Voyages to the Moon*, de Marjorie Hope Nicolson. Concernant les expériences vécues par Zeno en Corée, j'ai trouvé une foule d'informations dans *Remembered Prisoners of a Forgotten War*, de Lewis H. Carlson. Et l'essai de Stephen Greenblatt *Quattrocento* m'a initié au monde des livres du début de la Renaissance.

Cependant, c'est surtout à une œuvre de fiction vieille de plus de dix-huit siècles que je suis redevable : *Les Merveilles d'au-delà de Thulé*, d'Antoine Diogène. Il n'en reste aujourd'hui que quelques fragments de papyrus, mais un abrégé du IXe siècle, rédigé par le patriarche byzantin Photios, nous laisse à penser qu'il s'agissait d'un ambitieux récit de voyage en vingt-quatre chapitres, avec des récits enchâssés qui s'imbriquaient les uns dans les autres. Associant imaginaire et références savantes, il faisait se croiser les genres existants tout en jouant avec les codes de la fiction, et il se peut que l'auteur ait inventé le premier voyage dans l'espace de toute l'histoire de la littérature.

À en croire le résumé de Photios, Diogène affirmait dans sa préface que *Les Merveilles* était la copie d'une copie d'un texte découvert plusieurs siècles auparavant par un soldat d'Alexandre le Grand. D'après Diogène, celui-ci était tombé sur un petit coffre en cyprès alors qu'il explorait les catacombes sous la ville de Tyr. Cette phrase était inscrite sur le couvercle : « Étranger, qui que tu sois, ouvre ceci et tu apprendras des choses stupéfiantes ». À l'intérieur, il trouva vingt-quatre tablettes en bois de cyprès sur lesquelles était gravé le récit d'un périple autour du monde.

Remerciements

Trois femmes extraordinaires méritent mes plus sincères remerciements : Binky Urban, dont la réaction enthousiaste aux premières ébauches du manuscrit m'a permis de surmonter une longue période de doute ; Nan Graham, qui a remanié et corrigé tant de versions du texte que nous ne les comptions même plus ; et surtout Shauna Doerr, qui a passé le plus gros de l'année de la pandémie concentrée sur les pages de ce roman, m'empêchant à maintes reprises de tout envoyer promener, et qui emplit mon âme de musique et mon cœur d'espérance.

Un grand merci également à nos fils Owen et Henry, qui m'ont aidé à inventer la société Ilium et l'épisode des canettes de soda renversées par Alex Hess, et qui me font rire chaque jour de ma vie. Je vous aime, les garçons.

Merci à mon frère Mark pour son optimisme sans faille ; à mon frère Chrys pour son idée d'électrolyse, grâce à quoi Konstance a pu enflammer sa pelote de cheveux ; à mon père Dick, dont le soutien m'a poussé à aller de l'avant ; et à ma mère Marilyn, qui a cultivé les jardins et les bibliothèques de ma jeunesse.

Merci à Catherine « Pérambulateur » Knepper pour ses encouragements, qui m'ont accompagné pendant une difficile succession de révisions du texte ; à Umair Kazi qui a cru au personnage d'Omeir ; à l'American Academy de Rome – et tout spécialement à John Oschendorf – pour m'avoir encore une fois offert un accès à sa brillante communauté ; et au professeur Denis Robichaud qui a corrigé mon grec de néophyte.

Merci à Jacque et Hal Eastman pour leurs encouragements, à Jess Walter pour sa compréhension, et à Shirley O'Neil et Suzette

Lamb, qui ont su m'écouter. Je remercie tous les bibliothécaires qui m'ont fourni un texte dont j'avais besoin, ou que je ne savais pas encore indispensable. Merci à Cort Conley pour les documents intéressants qu'il m'a envoyés ; à Betsy Burton qui a cru en moi ; à Katy Sewall qui m'a assisté dans mes recherches pour le passage sur l'incarcération de Seymour.

Merci à la fabuleuse équipe de Scribner, en particulier Roz Lippel, Kara Watson, Brianna Yamashita, Brian Belfiglio, Jaya Miceli, Eric Hobbing, Amanda Mulholland, Zoey Cole, Ash Gilliam et Sabrina Pyun.

Merci à Laura Wise et à Stephanie Evans, qui ont amélioré mon style ; à Jon Karp et à Chris Lynch pour leur incroyable soutien.

Merci à Karen Kenyon, Sam Fox et Roy Walsh d'ICM ; merci à Karolina Sutton, Charlie Tooke, Daisy Meyrick et Andrea Joyce chez Curtis Brown.

Un gigantesque merci à Kate Lloyd – elle saura pour quoi.

Un roman est une production humaine, issue d'un individu particulier et extrêmement faillible : malgré mes efforts et ceux de la fantastique Meg Storey, je suis convaincu que des erreurs subsistent ici ou là. J'assume l'entière responsabilité des éventuelles maladresses et imprécisions, et des entorses un peu trop audacieuses à la vérité historique.

Je rends hommage au Dr Wendell Mayo, qui, j'aime à le penser, aurait apprécié ce livre, et à Carolyn Reidy, qui nous a quittés au moment précis où nous allions lui faire parvenir le manuscrit.

Toute ma gratitude va à mes amis.

Et enfin, merci à chacun de vous, chers lecteurs. Sans vous, je serais vraiment seul, à dériver sur une mer obscure, et je n'aurais pas de foyer qui m'attend.

DU MÊME AUTEUR

Aux Éditions Albin Michel

LE NOM DES COQUILLAGES, nouvelles, 2003

À PROPOS DE GRACE, roman, 2006

LE MUR DE MÉMOIRE, nouvelles, 2013

TOUTE LA LUMIÈRE QUE NOUS NE POUVONS VOIR, roman, 2015
(prix Pulitzer 2015)

« Terres d'Amérique »

Collection dirigée par Francis Geffard
(Extrait du catalogue)

NANA KWAME ADJEI-BRENYAH
Friday Black, nouvelles

CHRIS ADRIAN
Un ange meilleur, nouvelles

SHERMAN ALEXIE
Indian Blues, roman
Indian Killer, roman
Phoenix, Arizona, nouvelles
La Vie aux trousses, nouvelles
Dix Petits Indiens, nouvelles
Red Blues, poèmes
Flight, roman
Danses de guerre, nouvelles

TOM BARBASH
Les Lumières de Central Park, nouvelles
Beautiful Boy, roman

TOM BISSELL
Dieu vit à Saint-Pétersbourg, nouvelles

AMANDA BOYDEN
En attendant Babylone, roman

JOSEPH BOYDEN
Le Chemin des âmes, roman
Là-haut vers le nord, nouvelles
Les Saisons de la solitude, roman
Dans le grand cercle du monde, roman

TAYLOR BROWN

Les Dieux de Howl Mountain, roman

Le Fleuve des rois, roman

KEVIN CANTY

Une vraie lune de miel, nouvelles

Toutes les choses de la vie, roman

De l'autre côté des montagnes, roman

DAN CHAON

Parmi les disparus, nouvelles

Le Livre de Jonas, roman

Cette vie ou une autre, roman

Surtout rester éveillé, nouvelles

Une douce lueur de malveillance, roman

MICHAEL CHRISTIE

Le Jardin du mendiant, nouvelles

Lorsque le dernier arbre, roman

TOM COOPER

Les Maraudeurs, roman

CHARLES D'AMBROSIO

Le Musée des poissons morts, nouvelles

Orphelins, récits

CRAIG DAVIDSON

Un goût de rouille et d'os, nouvelles

Juste être un homme, nouvelles

Cataract City, roman

Les Bonnes Âmes de Sarah Court, roman

LOUISE ERDRICH

L'Épouse Antilope, roman

Dernier rapport sur les miracles à Little No Horse, roman

La Chorale des maîtres bouchers, roman

Ce qui a dévoré nos cœurs, roman

Love Medicine, roman
La Malédiction des colombes, roman
Le Jeu des ombres, roman
La Décapotable rouge, nouvelles
Dans le silence du vent, roman
Femme nue jouant Chopin, nouvelles
Le Pique-nique des orphelins, roman
LaRose, roman
L'Enfant de la prochaine aurore, roman
Celui qui veille, roman

BEN FOUNTAIN
Brèves rencontres avec Che Guevara, nouvelles
Fin de mi-temps pour le soldat Billy Lynn, roman

TOM FRANKLIN
Le Retour de Silas Jones, roman
Braconniers, nouvelles

CHRISTIAN KIEFER
Les Animaux, roman
Fantômes, roman

THOMAS KING
Medicine River, roman
L'Herbe verte, l'eau vive, roman

SANA KRASIKOV
L'An prochain à Tbilissi, nouvelles
Les Patriotes, roman

RICHARD LANGE
Dead Boys, nouvelles
Ce monde cruel, roman
Angel Baby, roman
La Dernière Chance de Rowan Petty, roman

MATT LENNOX
Rédemption, roman

BRIAN LEUNG

Les Hommes perdus, roman

Seuls le ciel et la terre, roman

MAXIM LOSKUTOFF

Viens voir dans l'Ouest, nouvelles

ROBIN MACARTHUR

Le Cœur sauvage, nouvelles

Les Femmes de Heart Spring Mountain, roman

STEPHEN MARKLEY

Ohio, roman

DINAW MENGESTU

Les Belles Choses que porte le ciel, roman

Ce qu'on peut lire dans l'air, roman

Tous nos noms, roman

STEFAN MERRILL BLOCK

Le Noir entre les étoiles, roman

PHILIPP MEYER

Le Fils, roman

American Rust, roman

LEILA MOTTLEY

Arpenter la nuit, roman

MATTHEW NEILL NULL

Le Miel du lion, roman

Allegheny River, nouvelles

TOMMY ORANGE

Ici n'est plus ici, roman

KEVIN PATTERSON

Dans la lumière du Nord, roman

BENJAMIN PERCY

Sous la bannière étoilée, nouvelles

Le Canyon, roman

DAVID JAMES POISSANT
Le Paradis des animaux, nouvelles

DONALD RAY POLLOCK
Le Diable, tout le temps, roman
Une mort qui en vaut la peine, roman

ERIC PUCHNER
La Musique des autres, nouvelles
Famille modèle, roman
Dernière journée sur terre, nouvelles

SHANNON PUFAHL
Et nous nous enfuirons sur des chevaux ardents, roman

JON RAYMOND
Wendy & Lucy, nouvelles
La Vie idéale, roman

ELWOOD REID
Ce que savent les saumons, nouvelles
Midnight Sun, roman
La Seconde Vie de D.B. Cooper, roman

KAREN RUSSELL
Swamplandia, roman
Foyer Sainte-Lucie pour jeunes filles élevées par les loups, nouvelles
Des vampires dans la citronneraie, nouvelles
Le Lévrier de Madame Bovary et autres histoires, nouvelles

ANJALI SACHDEVA
Tous les noms qu'ils donnaient à Dieu, nouvelles

JON SEALY
Un seul parmi les vivants, roman

HUGH SHEEHY
Les Invisibles, nouvelles

WELLS TOWER

Tout piller, tout brûler, nouvelles

DAVID TREUER

Little, roman

Comme un frère, roman

Le Manuscrit du Dr Apelle, roman

Indian Roads, récit

Et la vie nous emportera, roman

BRADY UDALL

Lâchons les chiens, nouvelles

Le Destin miraculeux d'Edgar Mint, roman

Le Polygame solitaire, roman

GUY VANDERHAEGHE

La Dernière Traversée, roman

Comme des loups, roman

Comme des feux dans la plaine, roman

CLAIRE VAYE WATKINS

Les Sables de l'Amargosa, roman

KATHERENA VERMETTE

Les Femmes du North End, roman

SHAWN VESTAL

Goodbye, Loretta, roman

VENDELA VIDA

Se souvenir des jours heureux, roman

Les Habits du plongeur abandonnés sur le rivage, roman

JOHN VIGNA

Loin de la violence des hommes, nouvelles

WILLY VLAUTIN
Motel Life, roman
Plein nord, roman
Ballade pour Leroy, roman
La Route sauvage, roman
Devenir quelqu'un, roman

JAMES WELCH
L'Hiver dans le sang, roman
La Mort de Jim Loney, roman
Comme des ombres sur la terre, roman
L'Avocat indien, roman
À la grâce de Marseille, roman
Il y a des légendes silencieuses, poèmes

COLSON WHITEHEAD
Underground Railroad, roman
Nickel Boys, roman

CALLAN WINK
Courir au clair de lune avec un chien volé, nouvelles
August, roman

SCOTT WOLVEN
La Vie en flammes, nouvelles

JOHN WOODS
Lady Chevy, roman

Retrouvez toute l'actualité de Terres d'Amérique et de ses auteurs sur la page Facebook officielle de la collection : www.facebook.com/Terres.Amérique

Composition : Nord Compo
Impression : CPI Firmin-Didot en mai 2022
Éditions Albin Michel
22, rue Huyghens, 75014 Paris
www.albin-michel.fr
ISBN : 978-2-226-46153-7
ISSN : 1272-1085
N° d'édition : 24489/01 – N° d'impression : 169575
Dépôt légal : août 2022
Imprimé en France